FANTASY

GEFÄHRTEN DES DUNKELS

EINE GESCHICHTE AUS ERISTRIA

RUNLAND
BUCH EINS

MARIO HACKEL

IMPRESSUM

Mario Hackel

c/o Autorenglück #61382

Albert-Einstein-Straße 47

02977 Hoyerswerda

1.Auflage

Copyright © 2026 Mario Hackel

Alle Rechte vorbehalten.

Lektorat: B.Köhne

Cover: Canvas / MHa

Bildmaterial & Zeichnungen: M.H.K.I.

www.schreibkram.net

Kontakt: mario@schreibkram.net

ISBN: 978-3-00-085820-8

INHALT

WIDMUNG

.

Für all jene, die den Mut hatten, hinzusehen.
Die verstanden haben, dass Licht nicht ohne Schatten existiert.
Und dass jeder Weg seinen Preis fordert.
Diese Geschichte gehört euch.
Sie ist ein Zeichen des Dankes und ein stiller Begleiter auf euren
eigenen Wegen.

Mario Hackel

VORWORT

Liebe Leserinnen und Leser,

indem du dieses Buch aufgeschlagen hast, hast du bereits eine Entscheidung getroffen. Vielleicht aus Neugier. Vielleicht aus Vertrautheit. Vielleicht auch, weil Eristria dich nicht losgelassen hat. In jedem Fall bist du jetzt hier – und das genügt fürs Erste.

Denn es gibt Welten, die aus einer einzigen Geschichte entstehen. Und es gibt Welten, die aus vielen Stimmen wachsen. Eristria gehört zur zweiten Kategorie. Sie lässt sich nicht mit einem Blick erfassen und nicht mit einer Erzählung erklären. Sie zeigt sich Stück für Stück, manchmal leise, manchmal widerständig und nur selten genau dann, wenn man es erwartet.

Vielleicht warst du schon einmal hier. Vielleicht bist du Palineas gefolgt, hast Drachen und Götter kennengelernt und Entscheidungen miterlebt, deren Folgen größer waren als die

Figuren selbst. Vielleicht ist dies aber auch dein erster Schritt in diese Welt. Eristria stellt keine Fragen nach deinem Vorwissen. Sie verlangt nur Aufmerksamkeit.

Als ich vor etwas mehr als einem Jahr die „Verlorenen Chroniken" schrieb, wurde mir klar, dass sie keinen Abschluss bildeten. Eher ein offenes Tor – nicht, um Antworten zu liefern, sondern um Wege sichtbar zu machen. Die PALINEAS-Reihe hat eine Welt angedeutet, die älter ist als ihre Helden, widersprüchlicher als ihre Legenden und gefährlicher, als es auf den ersten Blick scheint.

Aus diesem Gedanken heraus ist dieses Buch entstanden.

Denn jenseits der großen Erzählungen von Drachen, Göttern und welterschütternden Entscheidungen liegen andere Geschichten. Weniger laut. Und weniger eindeutig. Geschichten von Menschen, die nicht auserwählt wurden, sondern handeln mussten. Von Figuren, die keine Macht, sondern Halt suchten. Von Wegen, die man nicht geht, weil man es will, sondern weil es keinen anderen mehr gibt – und weil Wegsehen irgendwann keine Option mehr ist.

Eine dieser Geschichten ist die des Waldläufers Runland „Stapfer" Falkenstieg.

Stapfer ist kein Held im klassischen Sinn. Er trägt keine Prophezeiung in sich, hat kein besonderes Erbe und niemand hat ihm versprochen, dass alles einen Sinn ergeben wird. Er ist ein Mensch, geprägt von Verlust, Verantwortung und einer Welt, die schneller zerbricht, als man sie begreifen kann. Sein Weg beginnt nicht mit Hoffnung, sondern mit Schuld und der Erkenntnis, dass jeder Schritt Konsequenzen hat und kein Weg ohne Preis bleibt.

Gerade darin steht seine Geschichte exemplarisch für Eristria. Diese Welt ist nicht nur Bühne für jene, die Geschichte schreiben. Sie ist vor allem ein Ort für jene, die von ihr mitgerissen werden. Stapfer bewegt sich zwischen Ordnung und Chaos, zwischen Pflicht und Gewissen sowie dem Wunsch nach einem einfachen Leben und einer Realität, die diesen Wunsch nicht mehr zulässt.

Was dich erwartet, ist keine Heldensaga. Es ist eine Reise durch Verantwortung, Verlust und Entscheidungen, die nicht rückgängig zu machen sind – selbst dann nicht, wenn man es gerne würde.

An Stapfers Seite triffst du auf Falvoril Waldeslied, der hier noch ein junger Halbelf ist, lange bevor er zum Beschützer Palineas werden sollte. Wenn du ihn aus späteren Geschichten kennst, wirst du ihn hier als Suchenden erleben, als Grenzgänger. Ehre und Pflicht sind für ihn noch keine festen Leitlinien, sondern Fragen. Seine Haltung formt sich dort, wo Licht und Schatten nicht mehr sauber zu trennen sind, was in Eristria häufiger vorkommt, als einem lieb ist.

Auch die Verbindung zwischen Stapfer und Falvoril folgt keinem vertrauten Muster. Sie ist brüchig, herausfordernd und oft unausgesprochen. Gerade darin liegt ihre Stärke. Denn Bündnisse entstehen in dieser Welt selten aus Sympathie. Meist aus Notwendigkeit – und sie halten nur, wenn man bereit ist, genauer hinzusehen.

Über allem liegt der Schatten eines Ereignisses, das größer ist als jede einzelne Figur: das Aufstreben des Dunkels und die daraus hervorgehende Magie-Seuche.

Diese Seuche ist kein einfacher Fluch und kein leicht zu benennendes Übel. Sie ist ein Zeichen dafür, dass etwas aus dem Gleichgewicht geraten ist. In Eristria wirkt Magie nicht nur nach außen, sondern auch nach innen. Wo man versucht, sie zu kontrollieren oder zu verdrängen, beginnt sie, sich ihren eigenen Weg zu suchen – meist leiser, als man es bemerkt.

Sie bildet den Hintergrund dieser Geschichte, nicht ihr Zentrum. Im Mittelpunkt steht die Frage, wie Menschen reagieren, wenn die Ordnung brüchig wird. Wie sie Schuld suchen, Verantwortung abgeben oder versuchen, Halt zu bewahren, während ihnen die Kontrolle entgleitet.

Du wirst einer Welt begegnen, die sich im Wandel befindet. Regionen, die sich noch sicher fühlen. Wegen, die einst verbanden und nun gefährlich geworden sind. Strukturen, die funktionieren, solange niemand sie infrage stellt, aber versagen, sobald Entscheidungen Opfer fordern.

Dieses Buch kehrt bewusst zu einer erdnahen Perspektive zurück. Zu Schmutz, Kälte, Erschöpfung und Zweifel. Zu Figuren, die nicht wissen, ob sie das Richtige tun, aber wissen, dass Nichtstun keine Lösung ist.

Wenn du bereit bist, dich auf diese Reise mit all ihren Brüchen, ihren Schatten und ihren stillen Momenten einzulassen, dann ist diese Geschichte für dich gedacht. Nicht als Antwort, sondern als Begleiter auf Wegen, die jeder für sich gehen muss.

Es gibt noch viele Geschichten aus Eristria zu erzählen.

Dies ist eine davon – und ich freue mich, dass du sie mit mir gehst.

Ich wünsche dir eine gute Reise durch diese Geschichte.

Mario Hackel

Bergwarth-Gebirge

Limarh

Morvetth-Sümpfe

Warrelh

Steinwacht

Larkas

Tholmir

Lamerth

Von der Schwelle und dem ersten Raunen

— aus den verlorenen Chroniken

»Nicht mit Blut begann der Fall der Welt,
sondern mit Ungeduld.
Die Wurzeln bebten, lange bevor der Himmel es tat,
und die Sterne wandten ihre Blicke ab,
als jene die Schwelle betraten,
die glaubten, sie verstünden das Gleichgewicht.
Wir hörten das erste Flüstern im Holz,
spürten das Ziehen im Stein,
noch ehe das Tor einen Namen trug.
Denn das Dunkel wird nicht gerufen –
es wird eingeladen,
wenn man meint, es trennen zu können vom Licht.
So ging verloren, was bewahrt werden sollte,
und geboren wurde, was niemals hätte erwachen dürfen.
Die Welt vergaß nicht aus Schwäche,
sondern aus Gnade.
Doch wenn sie sich erinnert,
dann geschieht es leise:
im Knacken alter Äste,
im Schweigen der Vögel,
im Schatten, der dort fällt,
wo einst Vertrauen wuchs.
Hüte dich vor der Schwelle,
Kind der kurzen Zeit –
denn nicht jeder Schritt vorwärts
führt zurück.«

PROLOG

— DER ERSTE RISS —

»Das Dunkel wird nicht gerufen.
Es wird eingeladen – meist von jenen, die glauben, es
kontrollieren zu können.«

— aus den verlorenen Chroniken

S päter sprach niemand mehr von dem Namen dieses Tages. Nicht weil er in Vergessenheit geraten wäre – im Gegenteil: Seine Schwere hatte sich in jede Faser der Erinnerung eingebrannt, tiefer als jene Ereignisse, die man sorgsam mit Jahreszahlen belegte und in Chroniken versiegelte. Ein Name hätte einen Anfang markiert, ein Ende vorausgesetzt und eine klare Linie durch etwas gezogen, das sich jedem Versuch entzog, es in ein »Davor« und »Danach« zu pressen. Man hätte erklären müssen: Hier begann es. Doch dieser Punkt war glitschig, ließ sich nicht greifen wie ein Schatten im

Morgenlicht. Noch rückblickend ließ sich jener Augenblick nicht an einem Sonnenstand festmachen, nicht an einer Uhrzeit verorten. War es draußen hell oder schon dämmrig gewesen? Niemand fand eine Antwort.

Was blieb, waren Bruchstücke von Eindrücken, rohes Gestein im Gedächtnis, das sich weigerte, zu einer saubereren Erinnerung zu verschmelzen. Kalter Stein unter bloßen Handflächen, rau und unnachgiebig, als läge in seinen Poren die Kälte ganzer Jahrtausende. Der Geruch von altem Fels, scharf wie Metall, vermischte sich mit dem süßlich-harzigen Nachhall von flackernden Fackeln, deren Rauch sich zäh in Kehle und Haaren festsetzte. Jeder Atemzug rutschte schwer in die Lungen, als habe die Luft selbst ihr Gewicht verdoppelt und verlange Tribut: ein leises Flüstern im Brustkorb, das den Herzschlag verdoppelte und doch irgendwo zwischen Urangst und Ehrfurcht lag.

Unter all dem schwebte ein dumpfes Wissen, das jede Klarheit erstickte: Hier war etwas geschehen, das sich nie mehr rückgängig machen ließ. Egal, wie oft man später versuchte, den Ort zu besuchen, in Berichten heraufzubeschwören, in Gedanken zu rechtfertigen oder zu verdrängen – die Erinnerung drückte wie ein schwerer Stein auf die Seele.

Die Höhle selbst verbarg sich tief unter den westlichen Ausläufern, hinter Schichten aus Gestein, die älter waren als jede bekannte Stadt, älter als die Reiche, deren ehrwürdige Namen längst in Staub zerfallen waren. Kein offener Pfad führte hierher, kein Wanderer wanderte aus Versehen in diese Tiefe. Der Abstieg begann auf schmalen Felsbändern, die nur im Schein flackernder Fackeln sichtbar wurden. Jeder Schritt kostete Schweiß und Mut, riss den Wanderer weiter hinab in muffige Korridore, wo vereinzelte Tropfen von der Decke sanken und hohl in Pfützen platschten. Mit jedem Meter wuchs das Gefühl, dass dieser Ort nie dafür gedacht war, betreten zu werden.

Wer die Höhle entdeckte, tat es aus Absicht – und bezahlte einen Preis. Zeit verstrich in endlosen Minuten, Kraft verließ die Muskeln, Orientierung stürzte in Finsternis. Wer einmal vor den steilen Wänden stand, die hintereinander gerafft wie ein Monument altvölkerlicher Baukunst erschienen, der ahnte die Absicht dieser Arbeit: Keine Einsturzspuren, keine rohe Gewalt hatten den Stein geformt. Stattdessen waren präzise Schnitte zu erkennen, Linien, so gleichmäßig, als sei ein stummer Schöpfer mit millimetergenauem Werkzeug vorgegangen.

Unter den jüngeren Kerbungen tauchten verblasste, von Staub überlagerte Rillen auf, Relikte noch älterer Hand, so fein, dass sie dem Zahn der Zeit getrotzt hatten. In den Mauern waren seltsame Zeichen eingeritzt – Kreisringe, verschlungene Spiralen und zackenartige Glyphen, deren Sinn längst entrückt war. Man glaubte nicht an Machtbeschwörung, wenn man die Runen betrachtete, sondern an Abwehr. Die Formen schienen eine unsichtbare Barriere zu errichten, eine letzte Bastion gegen etwas, das jenseits der Felsen lauerte und darauf wartete, durch ein unbedachtes Wort, eine falsche Geste oder ein unüberlegtes Siegel heraufbeschworen zu werden.

Fackeln in rostigen Eisenhaltern warfen zuckende Lichtkaskaden über die rauen Wände der Höhle. Jedes Flackern ließ die Furchen im Stein tiefer aussehen, als ob die Höhle selbst atmete – langsam, ungeduldig und völlig fremd. Die Schatten tigerten in den Spalten umher, verkrochen sich nur, um im nächsten Augenblick in anderer Gestalt wieder aufzutauchen. Das Licht reichte nicht, um die Dunkelheit zu vertreiben; es schnitt sie in flirrende Muster, die sich wanden, sobald man hinaufschaute.

Im Zentrum lag ein sorgfältig eingeritzter Runenkreis, jede Linie aus leuchtendem Kalk aufgetragen, Schicht um Schicht. Einige Schriftzeichen schimmerten frisch-weiß, als hätte man sie erst gestern gezogen, während andere bereits Risse zeigten und staubig wirkten. Manche Runen überlappten ältere Versionen, als hätten die Erschaffer gezögert, korrigiert, neu angesetzt – jede Spur von Unsicherheit im Stein festgehalten. Dieser Kreis war keine Einladung, kein magisches Tor. Er war eine Mauer. Ein Bann, dessen Aufgabe man inzwischen bezweifelte, weil niemand sagen konnte, ob er noch hielt.

Zwölf Gestalten standen am Rand, den Blick starr auf das Zentrum gerichtet. Ihre Schultern hoben und senkten sich kaum spürbar im Einklang mit dem dumpfen Klang ihrer eigenen Herzschläge. Keiner trug Rüstung, keine blanken Klingen blitzten im Schein der Fackeln. Stattdessen hingen schlichte Kutten über schmalen Körpern, auf den Stoffen waren filigrane Schutzrune eingestickt – hier sichtbar als silbriger Faden, dort so fein, dass man sie nur bemerkte, wenn man ganz genau hinsah. Ihre Hände ruhten auf hölzernen Zauberstäben oder lagen flach auf geschnitzten Opferschalen, in denen noch die letzten Aschekrümel alter Rituale glommen.

Ein Magier ließ den Blick langsamer über den Kreis wandern, die Lippen bewegten sich kaum hörbar, während er leise die Silben einer alten Formel nachsprach. Die Runenantenne am Rand begannen zu pulsieren, ein mattes Orange ausstrahlend, als hätten sie den ersten Herzschlag eines schlafenden Riesen eingefangen. Neben ihm atmete eine Magierin hörbar aus, eine straffe Falte erschien zwischen ihren Augenbrauen. Ihre Finger pochten gegen den Holzgriff ihres Stabes – zu schnell, um unbemerkt zu bleiben.

Das Schweigen wog schwerer als jedes Donnern. Ein dritter Mann auf der anderen Seite des Kreises kniff die Augen zusammen. »Spürt ihr das?« Seine Stimme war kaum mehr als ein raues Flüstern. »Die Linien beginnen zu zerfasern.« Er fuhr mit der Fingerspitze über die weiße Rune, und ein kurzer Funken riss den Schatten im Kreis auseinander. Einen Moment lang stand die Dunkelheit still.

Dann erklang ein tiefes Summen, als zitterte die Luft über der steinernen Platte. Ein Kühlschauer kroch über die Beine der Magier, und ihr Atem bildete winzige Wölkchen vor den Lippen. Die Fackeln an der Decke flammten auf – ein schluckartiges Auflodern, als keuchte das Feuer selbst. Im Zentrum jedoch blieb eine Leere: kein Stein, kein Artefakt, nur ein schwarzer Fleck, der Farbe verschluckte. Nicht schwarz im eigentlichen Sinn, eher eine völlige Absenz von allem, was man sehen oder greifen konnte.

»Langsamer«, murmelte der erste Magier in einem Ton, der beruhigen, aber zugleich warnen sollte. Seine Stimme zitterte kaum merklich, und doch wuchs die Helligkeit der Runen um einen Hauch. »Wir geraten außer Takt.«

Ein leises Klirren, als berührte jemand rasch einen Tonkrug. »Wenn wir nachlassen«, entgegnete die Magierin mit fester Stimme, »reißen wir den Bann entzwei.« Sie legte die Hand auf ihr Herz, spürte das stolpernde Pochen. »Der Kreis hält – noch.«

Ein dritter rang mit den Worten, bis sie ihm zwischen den Zähnen zischten: »Genau darum fürchte ich mich.« Seine

Finger bohrten sich in die Schale am Boden. »Seht ihr, wie die Runen ausfransen? Spürt ihr das Ziehen?«

Ein neuerliches Brummen wuchs, die Luft vibrierte wie ein gespanntes Saiteninstrument. Die Magier nahmen gleichzeitig Luft, um lauter Formeln anzustimmen – jede Silbe präzise gesetzt, jede Pause Teil eines unsichtbaren Takts. Die Runen brannten heller, erst orange, dann flammend weiß. Aus den Linien kroch ein schwacher Lichtschein, als wolle etwas hineindringen in diese Welt.

»Haltet den Rhythmus«, knurrte der erste Magier mit gesenkter Stimme. »Kein Abbruch, kein Zögern.« Seine Augen glänzten in der Reflexion der glühenden Zeichen. »Sonst ist alles verloren.«

Kein weiterer Ton störte den kummervollen Takt. Über Jahre hatten sie Karten studiert, alte Chroniken verglichen und Legenden ausgelöscht, bis sie hierher fanden – an einen Ort, dessen Geheimnis sich nur in Schweigen offenbarte. Nun stand kein Stein, keine Inschrift zwischen ihnen und der wachsenden Leere. Nur sie und der Kreis, eine Mauer aus Worten und Willen, die letzte Bastion gegen das, was weder Form noch Schatten war.

Der Fackelschein tänzelte über die rauen Wände der Höhle, ließ Staubkörnchen in der stickigen Luft tanzen. Im Zentrum prangte der Kreis: aus getrocknetem Knochenkalk gezeichnete Linien, dazwischen in blutrotem Lehm eingeritzte Runen. Ein tiefes Summen vibrierte über den Boden, bis selbst der Stein zu vibrieren schien. Einige Magier zogen unwillkürlich die Stirn kraus, doch keiner wich einen Schritt zurück.

»Haltet den Kreis«, hauchte eine Stimme, so leise, dass sie kaum mehr war als ein Luftzug, und doch schnitt ihre Autorität härter als jedes Schwert. Aus der Gruppe ertönte ein keuchendes Murmeln. »Der Fokus schwankt«, meldete eine andere: ein junger Gelehrter mit zitternden Fingern, dessen Robe an den Ellbogen schon ausgefranst war. »Die südliche Linie verliert an Bindung.«

»Dann festigt sie«, kam die knappe Antwort einer älteren Magierin, deren Augen im Fackelschein kalt glänzten. »Alle zugleich. Jetzt.«

Ein Schatten zitterte am Rand des Kreises, kaum größer als ein Tropfen Tinte. Zuerst fühlte es sich an, als streife ein unsichtbarer Finger die Realität, dann zog sich die Dunkelheit zusammen, als wollte etwas von jenseits dagegendrücken. Ein haardünner Riss schnitt durch den Boden, schimmernd und schwarz wie frisch geschliffenes Obsidian.

»Habt ihr das gesehen?«

»Nicht hinsehen!«, fauchte der Dritte, seine Stimme geriet ins Stolpern. »Haltet das Muster!«

Der Riss weitete sich geduldig, als habe er alle Zeit der Welt. Die Magier rieben Kalk nach, tauchten feuchte Pinsel in schwarze Tinte, flüsterten uralte Formeln in verschlungenen Zungen. Schweißperlen liefen ihnen über die Stirn, die Nerven surrten, doch der Kreis hielt – knapp.

Ein Windstoß rauschte durch die Höhle, als wäre er vom jenseitigen Spalt losgelassen worden, riss zwei Fackeln aus den Haltern. Rauch stieg auf, wölbte sich in dichten Schwaden und wurde verschluckt.

Irgendetwas antwortete – nicht mit Worten, sondern mit Druck: ein pulsierendes Pochen im Schädel, fremde Bilder, die sich wie blutkaltes Wasser ins Bewusstsein schoben. Ebenen aus zugefrorenem Stein unter einem violetten Himmel. Ein endloser, gieriger Hunger. Und etwas, das wartete, geduldig und hungrig, als sei es seit Ewigkeiten allein.

Ein Magier stöhnte auf und schüttelte den Kopf, als wolle er die Stimmen verscheuchen. »Es hört uns«, flüsterte jemand heiser. Ein anderer wollte widersprechen, stoppte im Hauchen. Der Riss hatte sich zu einem Portal geformt: die Kanten schlängelten sich, Raum und Tiefe verloren ihre Gewissheit. Ein Loch in der Welt.

»Wir können es nicht schließen«, sagte schließlich eine Frau mit merkwürdig ruhiger Stimme, ohne Zittern, ohne Verzagtheit. Ihre Worte hallten nach, schwer wie Felsbrocken.

Schweigend standen sie da, während jenseits des Spalts etwas wartete – schon jetzt gierig nach dem nächsten Atemzug, nach den nächsten Gedanken.

Der Älteste neigte das bleiche Antlitz leicht zur Seite. In dieser Bewegung lag weder Eile noch Panik, sondern ein zähes, schwerfälliges Akzeptieren einer Wahrheit, die er nicht länger verdrängen konnte. Seine Schultern sanken kaum merklich, als senke er ein längst vertrautes, aber ungeliebtes Bündel auf sie ab. Sein Blick wirkte plötzlich gealtert, als hätten Jahrzehnte der Verantwortung in einem Wimpernschlag ihre Spuren hinterlassen.

Als er endlich sprach, war seine Stimme glatt und nüchtern, doch jedes Wort schlug hart auf den steinernen Boden der Höhle.

»Dann bleibt uns nur eines.«

Der Satz hallte wie ein Kiesel, der in einen tiefen Brunnen fiel. Noch ehe die Stille sich legte, durchbrach sie eine scharfe Stimme:

»Nein! Das ist Wahnsinn.« Ein großer Mann trat vor, seine

Stiefel rutschten über das feuchte Moos. Er spuckte auf den Boden, und seine Backenmuskeln zuckten vor Zorn. »Nicht sie! Alles, nur das nicht. Seht ihr's denn nicht? Das hier ist elfische Magie, uralt und fremd – und jetzt wollt ihr sie herbeirufen?«

Einige im Kreis nickten zaghaft, andere verschränkten die Arme, die Stirn in Falten gelegt. Die Fackeln an den Höhlenwänden flackerten, woraufhin die Schatten tanzten.

Der Älteste musterte den Mann mit ruhigen Augen, in denen weder Vorwurf noch Mitleid flammte. Seine Hand glitt zu einem grob gemeißelten Stein, die Finger zitterten kaum merklich.

»Du weißt, was auf dem Spiel steht«, sagte er leise.

»Und ich weiß, wer auf dem Spiel steht!« Der andere schlug mit der Faust gegen den Oberschenkel. Ein Tropfen Schweiß rollte über sein Kinn. »Die Elfen warten seit Jahrhunderten darauf, dass wir ihren Fehler korrigieren – und dabei scheitern. Sie nennen das Weisheit. Ich nenne es kalte Arroganz.«

Ein Raunen ging durch die Runde. Eine Frau mit schlohweißem Haar hob demonstrativ die Hände:

»Sie werden uns nicht retten. Sie sitzen dort oben, wägen und zaudern, während unsere Dörfer in Flammen stehen. Und wenn alles in Schutt und Asche liegt, sagen sie, wir hätten es nicht besser verdient.«

Ein Mann im gestutzten Bart murmelte: »Oder sie greifen ein, machen es erneut zu ihrem Werk – und wir stehen da wie Versager.«

Der Älteste schloss die Augen, als ordne er Gedanken, die er lieber nicht gedacht hätte. Als er sie wieder öffnete, lag darin eine Erschöpfung, die nicht vom Alter kam, sondern von schlaflosen Nächten.

»Und doch ... ohne sie endet es hier.« Seine Stimme war kaum mehr als ein Flüstern, schwer wie feuchter Nebel.

Ein rauhes Lachen brach aus dem Mann hervor, hart und tonlos.

»Erpressung! Elfische Magie kennt keine Eile. Sie reden von Balance, während wir hier handeln müssen.«

Die Frau straffte die Schultern, ihre Stimme klang kühl wie Herbstluft:

»Und dennoch stehen wir vor einem Riss – ihrem Riss – der sich wie eine klaffende Wunde durch den Stein zieht. Wenn wir ihn nicht schließen, werden wir zerschellen.«

Ein dichtes Schweigen folgte. Das Dröhnen unter ihren Füßen wurde lauter, als bereite sich die Höhle vor, sie zu verschlingen.

»Vielleicht ... sollten wir besser zulassen, dass alles zerbricht, als unsere Schicksale erneut in elfische Hände zu legen«, murmelte jemand am Rand.

Der Satz hing wie eine Klinge in der Luft. Keiner bewegte sich. Die Fackeln warfen lange Schatten.

»Sag das noch einmal«, flüsterte der Älteste, und seine Stimme schnitt durch die Stille.

Der Mann wich nicht zurück, sein Blick fest auf den Ältesten gerichtet.

»Sie haben uns nie als Gleichwertige behandelt. Wir sind für sie Kinder, die mit Mächten spielen, die sie nicht verstehen.«

Ein kalter Luftzug strich durch die Höhle. Der Älteste ließ den Blick langsam umhergleiten, maß die müden, angespannte Gesichter ab.

»Und was tun wir gerade?«

Niemand antwortete. Das Brummen wurde zum Dröhnen, als wolle die Höhle selbst sie in zwei Hälften reißen.

»Wir haben keine Zeit mehr für Stolz«, sagte der Älteste, straffte den Rücken. »Und auch nicht für alten Hass.«

Eine junge Stimme wagte es:

»Dann sag es offen: Wir brauchen die verfluchten Elfen, um ihren Fehler zu korrigieren.«

Er atmete tief ein, die Brust hob sich schwer. Als er ausatmete, sickerte das Wort wie Gift:

»Wir brauchen sie.«

Einige wichen zurück, andere senkten den Blick auf den feuchten Boden, an dem winzige Wasserperlen glitzerten.

»So sei es«, murmelte die Frau, ihre Stimme tropfte von bitterer Überzeugung. »Doch das ist keine Einladung. Es ist Kapitulation.«

Der Älteste hob die Hand, nicht um zu beschwichtigen, sondern um einen Punkt in den Stein zu ritzen. Sein Blick ruhte auf jedem Anwesenden, als rechne er sie einzeln.

»Nein«, sagte er. »Es ist ein Eingeständnis.«

Die Kristalle an den Höhlenwänden begannen zu vibrieren. Erst unmerklich, dann in einem Rhythmus, der nicht von dieser Welt zu stammen schien. Winzige Risse bildeten sich im Gestein, folgten unsichtbaren Linien und formten Zeichen, die seit Jahrtausenden nicht mehr gesehen worden waren.

In den Wipfeln der uralten Bäume, tief im Elfenwald, erstarrten die Vögel mitten im Flug. Ein silbriger Schimmer lief über Blätter und Rinde, ließ Tautropfen gefrieren und löste sich dann in nichts auf.

Tief in ihren Gemächern hielten die Ältesten der Elfen inne. Kelche aus Kristall, gefüllt mit bernsteinfarbenem Wein, verharrten auf halbem Weg zu den Lippen. Augen, die Jahrhunderte gesehen hatten, weiteten sich.

Erinnerungen erwachten: der Geruch von verbranntem Stein, das Knistern von Magie, die sich selbst verzehrte, und das Wissen um einen Fehler, der nie hätte geschehen dürfen.

Die Elfen kamen wie Schatten zwischen Bäumen. Ihre Füße berührten kaum den Boden, als sie über Moos und Fels glitten. Kein Zweig brach unter ihren Schritten, kein Stein rollte zur Seite. Ihre Gewänder schimmerten im Halbdunkel, als trügen sie Sternenlicht in ihren Falten.

Als sie die Höhle betraten, erlosch das Flackern der Fackeln für einen Herzschlag. Die Luft wurde klar wie Quellwasser, und der Staub, der zuvor in der Luft getanzt hatte, sank zu Boden wie schweres Metall.

Die Menschen im Kreis atmeten tief ein, als hätten sie seit Stunden die Luft angehalten. Ihre Schultern entspannten sich unwillkürlich, während ihre Hände zitterten.

Die Elfen bildeten einen Halbkreis vor dem Riss. Ihre Augen glitten über die Menschen, maßen sie ab wie man ein gebrochenes Werkzeug betrachtet – mit kühler Distanz und dem Wissen, dass man es nicht hätte benutzen sollen.

An ihrer Spitze trat ein Elf mit schlohweißem Haar hervor, das ungebunden in weichen Wellen über seine schmalen Schultern fiel. Sein Gesicht war von scharfen Furchen durchzogen – nicht nur Narben der Zeit, sondern Spuren unzähliger Entscheidungen, deren Schatten noch immer an seinem Blick hafteten. Wenn er atmete, schien jede Falte eine eigene Geschichte zu erzählen. Seine Augen aber waren dunkler als ein mondloser Nachthimmel, und in ihrer Tiefe flimmerte die Erinnerung an Dinge, die kein Mund auszusprechen wagte. Sein Name war Mircan Nachtquell.

Er hielt mitten im Kreis inne. Kein Fuß vorwärts. Sein Blick glitt vom runenverzierten Boden — feine, silbergraue Linien, die wie Spinnweben über den steinernen Boden krochen — zu den Magiern, die sich in halbrundem Halbkreis versammelt hatten. Die flackernden Fackeln warfen tanzende Schatten auf müde Gesichter: manche Augen blitzten vor unbegründeter Hoffnung, andere waren tief in Schuld versunken, einzelne Blicke suchten stumm Vergebung, wieder andere verharrten trotzig, als könnten sie durch Starrheit jedes Urteil bannen.

Es herrschte Stille, eine Stille so dicht, dass man den Herzschlag im eigenen Brustkorb pochen hörte und den leisen Staubregen, den das Flammenspiel in der Luft aufwirbelte. Mircan schwieg — länger als alle geglaubt hatten.

Dann hob er den Blick, und seine Stimme glitt leise über die Reihen, klar wie Gebirgswasser: »Ihr habt etwas berührt«, sagte er. Sein Ton war eine nüchterne Feststellung, und gerade in seiner sachlichen Kälte lag sein Gewicht. »Etwas, das nicht berührt werden will.«

Einer der Magier, seine Hände noch zitternd, presste die Lippen zusammen. »Wir wollten es bannen«, stieß er hervor, »unsichtbar machen. Für immer.« Bei seinen Worten zuckte die Flamme am nächsten Fackelhalter, als fasse sie Wind.

Ein kaum hörbares Raunen zog durch die Elfenreihen — kein Aufstöhnen der Überraschung, sondern das knisternde Einverständnis mit einer längst bekannter Wahrheit.

Hinter Mircan meldete sich eine Falbe Stimme: rauh wie ein Herbstwind. »Ihr meint, ihr wisst es jedes Mal besser«, sagte sie, und in ihrem Ton lag bitterer Spott.

Eine Elfe in dunkelgrüner Tunika trat einen Schritt vor, ihre Hände fest um einen hölzernen Stab geklammert. »Jedes Mal seid ihr überzeugt, ihr könntet das Unmögliche zähmen.«

Ein anderer presste hervor, man habe die Elfen weder zu Anfang gerufen noch in den Plänen bedacht – erst jetzt, wo alle Rechnungen nicht mehr aufgingen. Ein Grollen der Entrüstung lag in seiner Stimme, und vor Wut bebten seine Finger.

Mircan hob die elegante Hand, die Adern am Handgelenk zeichneten sich ab. Die Stimmen erstarben augenblicklich, als hätte er den Atem selbst in ihnen erstickt. Sein Blick ruhte auf dem Sprecher – nicht mit Zorn, sondern mit jener Müdigkeit, die aus endlosen Wiederholungen erwächst.

»So beginnt jedes Chaos«, sagte er leise. Noch einmal senkte er die Hand. Ein Moment wie Jahre verstrich, ehe er fortfuhr: »Wir sind nicht hier, um eure Fehler auszumerzen. Noch nicht, um Schuld aufzuheben.«

Aus den Menschenreihen stieg zaghaftes Hoffnungsflüstern. Ein junger Magier hob die Hand, sein Blick unschlüssig zwischen Reue und Neugier. »Aber...«

Mircans Augen verengten sich kaum merklich. Er trat einen Schritt näher an den düsteren Riss im Stein heran, dessen Kanten in kaltem Blau schimmerten. Ein leiser Sog war zu spüren, als wolle die Öffnung selbst den Atem einziehen.

»Wenn wir gehen«, sagte er mit jener unbarmherzigen Ruhe, »wird das, was ihr entfesselt habt, nicht ruhen.« Er beugte sich fast andächtig vor, das Licht der Fackeln spiegelte sich in seinen tiefen Augen. »Dann wird es nicht länger darauf ankommen, wer schuldig war.«

Er atmete aus, und die Luft bebte einen Moment lang. »Wenn wir helfen«, fuhr er fort, »dann nicht aus Vertrauen. Sondern aus Verantwortung.«

Ein Dünner Mann in der vordersten Reihe fuhr auf. Seine Stimme hallte trotzig gegen die steinernen Wände: »Verantwortung? Ihr wagt es, von Verantwortung zu sprechen? Wir sind hergekommen, um euren Hochmut zu korrigieren – um euer Versagen zu sühnen! Und ihr, ihr Scheusale...«

»Genug, Ogoran!« Donnergrollig brach der Älteste ein, eine hagere Gestalt mit silbergrauem Bart, der ihm bis auf die Brust fiel. Mit einer knappen Handbewegung rief er Ruhe – so scharf, dass selbst Ogoran die Stimme absackte. Er verzog den Mund, warf einen finsteren Blick, schwieg dann.

Der Älteste wandte sich Mircan zu, sein Gesicht weicher nun, die Augen flehentlich. »Fahrt fort. Ihr seid hier, weil wir euch gerufen haben.«

Mircans einziger, knapper Blick genügte. Die anderen Elfen lösten sich aus dem Schatten und rückten vor. Ihre Schritte trafen ganz ohne Worte die exakten Positionen im Kreis. Keiner von ihnen erhob die Stimme. Stattdessen legte ihre Magie sich wie flüssiges Licht um die alten Bannkreise, spann den Faden der Runen neu, füllte jede Haarritze mit Kraft und formte eine zweite, stärkere Schicht aus reiner, silbriger Energie.

Und plötzlich war der Spalt im Stein nicht länger allein den Menschenwillen ausgeliefert. Zum ersten Mal seit der Öffnung widerstand das Tor mehr als der bloßen Hoffnung – es widerstand der Macht der Elfen.

Für einen Herzschlag zuckte das Portal, als würde ein halb erstarrtes Bild in flüssiges Licht zurückgleiten. Das schimmernde Tor aus verwobenen Runen pulsierte in wechselnden Farben – von glühendem Bernstein zu scharfem Kobalt –, ehe es schlagartig in sich zu atmen schien. In diesem Augenblick schien sogar das Unaussprechliche auf der anderen Seite innezuhalten, gebannt vom Anblick des Kreises, der sie fernhielt. Ein hauchzarter Funken Hoffnung regte sich in der Luft, so fein und doch so elektrisch, dass man ihn fast schmecken konnte – damals, wo zuvor nur die Kälte einer unabwendbaren Gewissheit geherrscht hatte. Doch noch ehe man einen Gedanken zu Ende führen konnte, zerfiel der Augenblick wie Staub.

Statt eines wütenden Ausbruchs spuckte das Tor einen Klang aus, der weniger Klang war als Vibration: ein Lachen, das über die Haut strich und in den Knochen pochte. Es klang nicht wie menschliches Gelächter, eher wie ein Schwarm winziger Glasharmonien, die zerschellen und doch in stetigem Widerhall verharren. Das Lachen kroch durch den Steinboden, wühlte sich in die Runenritzungen und fraß sich in die Köpfe der Anwesenden, als wäre es eine Substanz – süß und widerlich zugleich.

Dann stieg Druck auf, nicht schleichend, sondern so abrupt, als hätte etwas in unsichtbaren Händen das Volumen des Raumes zusammengedrückt. Die Runen auf dem Boden begannen knirschend aufzureißen: first feine, silbrig glänzende Haarrisse, bald darauf klaffende Spalten, als stülpte sich der Stein von innen nach außen. Ein menschlicher Wächter taumelte rückwärts, die Augen weit vor Entsetzen, und riss sich am Umschlag seiner Robe fest – doch der Halt war fort. Dunkles Blut sickerte aus seiner Nasenwurzel, tropfte in kleinen, halb geronnenen Perlen auf den Altarstein, ohne dass jemand ihn beachtete.

»Etwas saugt uns in das Nichts!«, rief eine Frau mit zitternder Stimme. Ihr Atem stolperte, als wollte er dem Sog folgen. Sie wollte Mircans Namen anstimmen, doch das Wort zerriss im Kehlkopf, verschluckt vom wachsenden Vakuum, das hinter ihren Augen zu tanzen begann.

Unter den Elfen verschwand der Boden. Nicht, weil er brach, sondern weil plötzlich die Logik von Distanz und Nähe ihre Gültigkeit verlor. Ein Schritt vorwärts war ein Rückschritt, ein Zentimeter zur Seite schlug eine Lücke in den Raum. Die Pfeiler des Saals verzogen sich – langgezogene Schattenrisse, die länger wurden, je länger man darauf starrte. Luft, die man einzuatmen versuchte, floss vorbei, als hätte sie keine Masse.

Ein Sog richtete sich nun auf Mircan. Zuerst spürte er nur ein Ziehen an seinem Bewusstsein, ein Flimmern am Rand seines Blickfelds: die Schatten ringsum verzogen sich, als wollten sie ihn beugen. Dann schärfte sich das Gefühl: eine unsichtbare Hand krallte sich in sein Innerstes, nahm seinen Willen ins Visier. Er atmete tief, die Brustmuskeln spannten sich bis unter die Rippen, und er stemmte sich dagegen – nicht mit Getöse, sondern mit einer Ruhe, die kilometerbreite Stürme austragen konnte.

Er murmelte Worte in Zungenschlägen, die älter waren als die Wurzeln der Berge. Jeder Laut formte glühende Glyphen in der Luft: schräg gestreckte Linien, weiche Bögen, Kreuze und Spiralen, deren Umrisse in Kupfer auf dem dunklen Boden aufleuchteten. In seinem Nacken prickelte Schweiß, seine Finger glühten, und selbst der durchdringende Sog schien vor diesem Wortgewebe zu erröten.

Für einen flüchtigen Augenblick stabilisierte sich die Welt wieder: Die Risse in den Runen verschlossen sich, der glühende Kreis zog sein Leuchten enger um Mircan. Man hörte das leise Knistern magischer Spannung, wie Seide, die man in Feuer taucht. Hoffnung und Furcht lagen wie zwei Klingen aufeinander, und es war, als hielte die Ordnung kurz den Atem an.

Dann aber brach die Schrift in einem grellen Puls auseinander, und der Sog riß Mircan fort. Er schrie stumm, während sein Körper gegen die unsichtbaren Wände der Leere schleuderte und in einem Strudel aus Licht und Schatten verschwand.

Kehlen rissen auf, Schreie brachen hervor, hallten von den Wänden zurück. Ogoran fiel auf die Knie, die Finger in den Steinboden gekrallt. Eine Frau presste ihre Faust gegen den Mund, bis Blut zwischen ihren Knöcheln hervorsickerte. Das Portal pulsierte einmal, zweimal – wie ein gesättigtes Raubtier. Seine Ränder kräuselten sich, zogen sich zusammen. Die blauen Lichter flackerten, erloschen einer nach dem anderen. Der Riss im Stein schrumpfte auf Handbreite, dann auf einen Finger, hinterließ nur einen haarfeinen Spalt, kaum sichtbar und doch so präsent wie eine offene Wunde.

Kein Atem war zu hören. Kein Flüstern.

Die Fackeln brannten ohne zu flackern. Staub schwebte reglos in der Luft, als hätte selbst er vergessen weiterzufallen. Der Älteste stand wie versteinert, sein Bart ein erstarrter Wasserfall aus Silber. Seine Lippen bewegten sich, formten Worte ohne Klang. In den Augen der verbliebenen Elfen spiegelte sich ein Wissen, das keiner der Menschen teilen wollte – ihre Körper verharrten in vollkommener Stille, nur ihre Blicke huschten zum Portal, als erwarteten sie dessen Wiederkehr.

. . .

Dann glitt die Mauer aus flirrendem Licht erneut auseinander. Nicht weit, nicht mit dröhnender Wucht, sondern gerade so weit, wie es die Schwelle jenseits durchzuzwängen brauchte – als wüsste das Portal haargenau, welchen Raum es beanspruchen konnte, ohne die Felswände zum Krachen zu bringen. Die Ränder der Öffnung vibrierten nicht, sie rollten stumm und seidenweich beiseite, als hätte sich die Wirklichkeit selbst gesträubt und sich nun sanft zur Seite neigen müssen.

Ein Wesen trat heraus.

Er war Mircan – oder etwas, das seinen Namen trug.

Im ersten Augenblick erkannte niemand einen Unterschied. Er stand aufrecht, die Füße setzten fest auf den groben Bodenplatten auf, Schultern gerade, Kopf erhoben in vertrauter Elbenmanier. Doch dann registrierten die Anwesenden das Unbehagen, das sich wie kaltes Wasser in ihre Adern schlich.

Seine Gestalt war jünger, ganz anders geformt, als wäre sie eben erst in eine silbrig schimmernde Gussform gefallen. Die Haut war glatt wie polierter Stein, frei von Runzeln und stummen Fältchen, die Zeit sonst unweigerlich eingraviert. Kein Hauch von Alter lag in den Zügen, stattdessen schien jede Muskelbahn gespannt, bereit für jeden Impuls. Auch die Luft um ihn herum fühlte sich schwerer an, zog sich zurück, als wolle sie nicht wagen, ihn ganz zu umfangen.

Aus eisblauem Glas ohne Tiefe starrten seine Augen die Umstehenden an. Sie waren keine Fenster mehr, durch die man hätte blicken können, sondern spiegelblanke Flächen, die nichts zurückgaben und zugleich etwas hindurchmusterten, das hier nicht hingehörte. Einige Ausgestoßene wichen instinktiv zurück, spürten die alte Grenze, die sie nie hatten sehen können, bis sie jetzt überschritten war.

Ein letztes Flackern ging durch den Bannkreis: die Runen an den Höhlenwänden glommen auf, flackerten und erloschen nacheinander, als hätten sie begriffen, dass ihre Macht erloschen war. Der Stein unter Mircans Füßen knirschte, nicht unter seinem Gewicht allein, sondern als müsse selbst das Gestein neu verhandeln, was es zu tragen imstande war.

Schweigen fiel, dicht und schwer wie Lavagestein. Die Anwärter spürten das Tabu auf ihren Zungen – ein ehrwürdiger Name, der in der Luft lag, doch niemand wagte, ihn auszusprechen. Mircan Nachtquell stand da, und zugleich war er nicht mehr er selbst.

Tief in den Schatten hinter dem Portal regte sich etwas. Es lauschte, zufrieden damit, endlich gesehen worden zu sein.

Niemand sprach seinen Namen.

Hinter ihm löste sich etwas vom Portal. Die Fackeln an den Wänden flackerten nicht, doch ihre Flammen schrumpften, als zöge ihnen etwas die Nahrung aus. Zwischen den Anwesenden sank die Temperatur. Atemwolken bildeten sich vor ihren Mündern. Ein Ritter am Rand des Kreises strich mit zitternden Fingern über seinen Armschutz, auf dem sich dünne Eisblumen bildeten.

Die Dunkelheit berührte den Boden. Wo sie hinkroch, verstummte das Knirschen der Sandkörner unter den Füßen der Umstehenden. Ein Magier versuchte, sie zu fixieren, doch seine Pupillen weiteten sich, bis das Weiß seiner Augen verschwand. Eine Träne gefror auf seiner Wange.

Die Luft knisterte. Staub, der eben noch reglos geschwebt hatte, wirbelte plötzlich in winzigen Spiralen, die gegen jede Strömung tanzten. Der Bannkreis vibrierte. Feine Risse zogen sich durch die Runen, nicht mit Gewalt, sondern als würden sie vergessen, was sie zusammenhielt.

Wie Nebel glitt die Dunkelheit durch den Raum. Vor dem Portal verharrte sie. Ein Tropfen Kondenswasser fiel von der Decke und blieb mitten im Fall stehen, als hätte die Zeit vergessen weiterzulaufen.

Ogoran presste die Hand auf seine Brust. Seine Knöchel traten weiß hervor. Neben ihm sank eine Magierin auf die Knie, die Lippen blau, die Augen weit.

Dann verschwand die Dunkelheit in den Spalten des Gesteins. Die Fackeln flammten wieder auf. Der Wassertropfen fiel zu Boden. Die Eisblumen schmolzen.

Nur der Geruch blieb – wie nach einem Gewitter, das nie gekommen war.

Mircan hob die Hand. Die Ader an seinem Handgelenk zeichnete sich unter der bleichen Haut ab, als sich seine Finger in einer einzigen, gleichmäßigen Geste streckten. Ein leiser Luftzug gleitete durch die Höhle, ließ die Flammen in den eisernen Fackeln züngeln und flüsterte gegen die feuchten Steinmauern. Kein Laut entzerrte die Stille, nur das kaum hörbare Knistern von Magie, die sich in fein gewobenen Silberfäden um seinen Arm schlang.

Sein Blick ruhte auf den Versammelten: schlanke Elfen in schillernden Gewändern, ihre spitzen Ohren zuckten, als wollten sie rebellieren gegen das Unaussprechliche, das ihnen bevorstand. In Mircans Haltung lag keine Huldigung, kein Triumph – vielmehr eine behutsame Gelassenheit, als kenne er jeden Schritt dieses uralten Tanzes. Seine Lider senkten sich kaum merklich, und in der kühlen Klarheit seiner Augen war keine Regung, nur die Gewissheit dessen, was kommen würde.

Dann löste sich die Magie. Sie strömte vorwärts wie ein unsichtbarer Strom aus elbischen Runen: einmal zart wie Morgentau, dann scharf wie gefrorenes Silber. Die ersten Körper reagierten mit einem tiefen, stockenden Atem: Brustkörbe hoben sich ruckhaft, als hätten sie gegen eine unsichtbare Wand gestoßen. Muskulatur zog sich schmerzhaft zusammen, Rücken krümmten sich unter einer Last, die von innen kam – ein Druck, der weder Fleisch noch Knochen verletzte, sondern ihre innerste Ordnung verstörte.

In den Augen der Elfen flackerte ein fremder Schimmer auf, matt und starr, als sei der Leib der Spiegel gewesen, der ihnen ihr eigenes Ich zurückgeworfen hatte – nur um es sogleich zu verschleiern. Ein Heer von Nervenenden schrie stumm, während die Magie weiterglitt, Finger um Finger, Sehne um Sehne, und Spuren hinterließ, die nicht mehr verwischt werden konnten. Einige fielen in die Knie, stützten sich mit bebenden Händen auf den steinernen Boden. Andere verharrten wie Statuen, angespannt bis in die letzte Faser, doch ihre Blicke waren leer, als hätten sie etwas Vertrautes verloren, ohne zu wissen, was es war.

Selbst die mächtigsten unter ihnen, jene, die seit Jahrhunderten an Ausgleich und Harmonie arbeiteten, wankten. Ihre selbstbeschworenen Schutzkreise lösten sich in dünnen Schwaden auf, als hätten die Linien der heiligen Symbole ihren Sinn vergessen. Einer nach dem anderen sank keuchend zu Boden, und das Echo ihrer Ächzer hallte durch die Höhle wie brüchige Hallen des Vertrauens.

Mircan ließ die Hand reglos in der Luft stehen. Er sah

jeden Einzelnen an, nicht mitleidig und nicht verurteilend, sondern forschend, als bestünde sein Blick aus feinen Prüfsteinen, die Seelenzustände abtasteten. Ein knappes Lächeln umspielte seine Lippen, doch es gehörte nicht ihm: Es war ein Hauch von Herbstwind auf vertrockneten Blättern, der sich kalt in die Knochen bohrte.

»Es soll geschehen«, sagte er mit leiser Stimme, und ein fremdes Lachen flocht sich in die Worte, scharf wie zerbrochenes Glas. Keine Drohung, keine Gnade – nur eine nüchterne Feststellung, so endgültig wie der Fall eines Steins, der nie wieder hochzuheben ist.

Dann senkte Mircan die Hand, und die silbernen Fäden der Magie zogen sich lautlos zurück, bis die Höhle wieder nur von den tanzenden Flammen erhellt war. Ohne ein weiteres Wort drehte er sich um, seine kniehohen Stiefel knirschten auf Kies, als er zum Ausgang schritt. Niemand rührte sich, niemand rief seinen Namen. Hinter ihm lagen Gefallene und Verirrte, gebrochene Hüter einer Ordnung, die es nicht mehr gab.

Er trat hinaus in die kühle Nachtluft. Der Nebel lag wie ein dünner Schleier zwischen den Bäumen, und mit jedem seiner Schritte breitete sich etwas Unsichtbares aus – ein leises Flüstern, das sich zwischen Gräsern und Rinden verfing, ein kalter Hauch, der in das Blut aller drang, die seines Pfades hätte gewahr werden sollen. Es war eine Seuche aus uralter Kraft, die nicht tötete, sondern verwandelte und keine Schranke brauchte, um weitergetragen zu werden.

Die Welt ahnte noch nichts. Doch sie hatte ihm die Tür geöffnet.

KAPITEL I
WOHIN DIE
SCHATTEN FALLEN

»Nicht durch Mauern fällt eine Stadt – sondern durch jene, die
sie öffnen.«

– altes Sprichwort der Graswachter

Irgendwo im Lamerth.
Gerand Falkenstieg lag regungslos auf dem Boden und hoffte, übersehen zu werden. Nicht, weil er glaubte, unsichtbar zu sein – sondern weil Bewegung Aufmerksamkeit bedeutete, und Aufmerksamkeit war hier tödlich.

Schwere Stiefel mit Eisensohlen stampften an ihm vorbei und erschütterten die Erde; er presste seine Wange gegen den Boden. Der Schatten der Vorüberziehenden glitt über ihn hinweg, einer nach dem anderen, und mit jedem Atemzug fragte er sich, ob dies der Moment war, in dem jemand innehielt.

Atemlos lauschte er der donnernden Menge und versuchte, sich so klein wie möglich zu machen — eine Kunst, in der er eigentlich ein Meister war. Diesmal jedoch reichte es nicht.

Mit einem Knirschen landete ein Stiefel direkt vor seiner Nase und zerdrückte das trockene Unterholz. Gerand warf sich im letzten Moment zurück; eine gebogene Schwertklinge bohrte sich in den Boden, wo er eben noch gelegen hatte. Er stieß gegen ein knorriges Gebüsch, Dornen verfingen sich in seinem Umhang, während er verzweifelt versuchte, sich weiter wegzurollen.

»Keine Bewegung!«, knurrte eine heisere Stimme, und er erstarrte. Langsam hob er den Kopf und ließ den Blick die unangenehme Länge der Gestalt hinaufwandern: schwarze Stiefel, schwarze Hose, ein stumpfes, fleckiges Kettenhemd und ein dunkler Umhang — darüber das widerwärtige Gesicht eines Blutmenschen. Der Blutmensch zog sein Schwert aus dem Boden und brüllte der vorbeiziehenden Gruppe etwas zu. Sekunden später war Gerand von einem johlenden Ring aus Kreaturen umgeben, die viel zu erfreut über ihren Fund waren, als dass das etwas Gutes verheißen hätte. Grobe Hände packten ihn an den Schultern und rissen ihn unsanft auf die Beine; er taumelte und stand dem Blutmenschen gegenüber, der offenbar das Kommando hatte.

»Du versuchst doch nicht, dich vor uns zu verstecken, oder?«, sagte der Anführer mit verschlagenem Grinsen. »Man sollte doch gastfreundlich sein gegenüber Gästen aus fernen Ländern! Aber es gibt eine Möglichkeit, wie du diese Unhöflichkeit wiedergutmachen kannst ... auch wenn so ein mickriges Menschchen wie du wohl kaum genug für eine hungrige Meute ist!« Er lachte, schallend, und seine Anhänger stimmten pflicht-schuldig ins Gelächter mit ein.

Gerand schluckte. Hätte er doch nur irgendeine Waffe! Wenn er wenigstens seinen Dolch gehabt hätte, könnte er viel-leicht ein oder zwei von ihnen erledigen, bevor sie ihn erwisch-ten. Doch all seine Waffen lagen in der Höhle des Trolls — zurückgelassen, als er vor Tagen geflohen war. Mit bloßen Händen war er so wehrlos wie ein Kind.

»Ich sage, wir schneiden ihm gleich die Kehle durch!«, knurrte ein anderer Blutmensch und schwang ein langes, gebo-genes Messer in der Luft. »In diesem Ding steckt genug Blut für einen guten Kessel!« Gierig drängte er sich durch die Menge, seine Augen funkelten vor mörderischer Vorfreude. Gerand schauderte. Der Gedanke, das Mittagessen einer Horde Blut-menschen zu werden, ließ ihn innerlich erstarren. Für den Moment retteten ihn jedoch die Einwände des Anführers.

»Halt!«, knurrte der Anführer und bohrte die Schwertspitze gegen Gerands Brust. »Du kannst warten, bis du dran bist. Ich bin noch nicht fertig. Es gibt einen Grund, warum dieser kleine Verräter hier ganz allein ist – oder ich bin ein Troll.«

Gerand starrte in das albtraumhafte Gesicht vor sich. Sein Herz hämmerte, als wolle es seine Rippen sprengen. Was sollte er sagen? Er war tatsächlich ein Spion, entsandt von der Stadt Larkas im nördlichen Lamerth, um die aufziehende Dunkelheit zu untersuchen: das Auftauchen von Dämonen, das Erstarken der Weldhra, die Dunkelelfen und die Schwärme fremder Ungeheuer, die sich immer weiter nach Süden wagten.

Vor kaum zwei Wochen hatte er seine Heimat verlassen und seinen Sohn zurückgelassen. Seitdem suchte er nach

Antworten. Blutmenschen und verdorbene Menschen wimmelten im Land, und getrieben von einer dunklen Macht, rüsteten sie zu etwas Großem — das hatte er herausgefunden. Einige Trolle hatten zu viel geredet; er hatte sie belauscht und wichtige Informationen gewonnen. Dann war er entdeckt worden. Nur knapp war ihm die Flucht gelungen, und seit Tagen lief er nach Westen, das dunkle Geheimnis schwer auf dem Herzen.

Das konnte er dem Mann mit dem Schwert nicht sagen.

»Ich ... ich gehe nach Osten«, stammelte Gerand und bemühte sich, schrumpfend, ängstlich zu wirken — eine Rolle, die ihm leichtfiel. »Ich will nur weg. Weg von den großen Menschen. Ich gehe zurück zum Fluss, wo meine Leute leben. Ich bin kein Spion.«

Er hoffte verzweifelt, die Lüge würde passen: Viele Menschen hatten sich auf den Weg zurück zum Warrelh gemacht, jenseits des Derwaki-Gebirges — vielleicht wussten die Blutmenschen davon. Doch seine Hoffnung zerschellte.

»Eine glaubwürdige Geschichte!«, höhnte der Anführer. »Und ich wäre ein Narr, wenn ich das glauben würde. Nein — ich erkenne einen Spion, wenn ich einen sehe. Aber egal: Was auch immer du weißt, wandert mit dir in den Kochtopf. Auf ihn, Jungs!«

Zu Gerands Entsetzen steckte der Anführer sein Schwert weg und grinste, während seine Gefolgsleute in einer heulenden Menge über ihn herfielen. Grobe Hände verdrehten ihm die Arme schmerzhaft hinter dem Rücken, Finger griffen gierig nach allem, was sie finden konnten. Einer der Blutmenschen beugte sich vor, grinste ihm höhnisch ins Gesicht, und sein heißer Atem streifte Gerands Haut. Doch das nahm er kaum wahr – sein Blick war auf einen eisernen Kessel gerichtet, den einer der Kreaturen heranschleppte.

Er konnte es nicht fassen. War das wirklich das Ende? Sollte er in einem Kessel verenden – gekocht von einer Bande Blutmenschen?

Mit schrecklicher Faszination sah er, wie der Kessel auf den Boden gesenkt wurde. Hände entzündeten ein Feuer darunter; das Knistern der Flammen klang in seinen Ohren wie brechende Knochen.

Gedanken an sein kleines Haus in Larkas drängten sich auf – an die Vorratskammern, den Hang, das weiche Bett. Und an Runland, seinen Sohn, der vor kaum drei Wochen zwanzig geworden war. Wie stolz er gewesen war, als er ihm an jenem Tag ein Kurzschwert schenkte – von seltener Machart, mit einer Klinge so fein, dass sie das Licht zu verschlucken schien. Ein weiteres Geheimnis, das er nun nie mehr würde verraten können.

Flammen loderten vor ihm auf, fraßen sich durch das Reisig, das die Blutmenschen aus den Büschen gerissen hatten. Minuten später begann das Wasser im Kessel zu brodeln.

Ein Blutmensch packte Gerand, hob ihn hoch und klemmte ihn sich unter den Arm, als wäre er nur ein Sack Getreide. Er trug ihn zum Feuer, wo das Wasser zischte und dampfte.

Gerand starrte in den brodelnden Kessel. Es sah heiß aus. Sehr heiß.

Aber sie würden ihn doch nicht in seinen Kleidern kochen ... oder?

Zum Glück hatte er nie die Gelegenheit, es herauszufinden.

Ein Schrei gellte durch den Kreis, und mit einem Fluch ließ der Blutmensch ihn fallen. Gerand schlug hart neben dem Feuer auf, rollte sich instinktiv von den Flammen weg und blieb ausgestreckt auf dem Bauch liegen. Er wagte kaum zu atmen. Dann hob er den Kopf – und starrte.

Die Blutmenschen waren zurückgewichen. Sie bildeten einen Kreis um ihren Anführer, der allein in der Mitte stand und eine Grimasse zog, die ihn noch hässlicher machte, wenn das überhaupt möglich war. Das Grollen der Menge verklang.

Während Gerand zusah, teilten sich die Reihen und gaben den Blick frei auf eine große Gestalt, die ohne Eile durch den Spalt schritt, als fürchtete sie niemanden.

Gerands Herz setzte einen Schlag aus.

Das Gesicht des Neuankömmlings war menschlich – blass, von Wetter und Reisen gezeichnet, das dunkelrote Haar wirr, die grauen Augen kühl und furchtlos. Seine Kleidung war abgetragen, doch etwas in seiner Haltung verriet Adel und Autorität.

An seinem Umhang glitzerte eine silberne Brosche in Form eines Schwertes, umringt von sieben Sternen: das Emblem der Garde von Larkas. Gerand trug dieselbe, verborgen unter seinem Mantel.

An sich nichts Beunruhigendes – wäre da nicht die Tatsache gewesen, dass er diesen Mann kannte.

Malrik. Mal. Einer der vier Hauptleute der Garde von Larkas. Sein Gefährte.

Gerand hatte Larkas nicht allein verlassen. Drei Männer begleiteten ihn, darunter Mal, der als einziger aus dem Westen stammte, ein Graswachter. Die beiden anderen Gefährten waren gefallen – erschlagen von Kreaturen, die weder ganz lebendig noch tot gewesen waren. Gerand hatte so etwas noch nie gesehen. Nur er und Mal hatten fliehen können, ohne Waffen, ohne Pferde, halb verhungert, bis sie auf diese Blutmenschen gestoßen waren.

Gerand hatte geglaubt, Mal sei in den Bäumen verschwunden, sicher, unerkannt. Offenbar hatte er sich getäuscht. Offenbar war Mal zurückgekehrt – zu seiner Rettung.

Ein hoffnungsloser, ja fast törichter Versuch, aber doch einer, der typisch für ihn war.

Mal trat in die Mitte des Kreises. Er blieb vor dem Blutmensch-Anführer stehen und sah ihm direkt in die Augen.

Die Blutmenschen knurrten, doch sie wichen zurück. Gerand war nicht überrascht – Mal konnte seine Feinde mit einem Blick verstummen lassen und zugleich die Hingabe seiner Freunde entfachen.

Dieser Blick lag nun auf dem Anführer.

Und in Mals grauen Augen glomm etwas, das gefährlicher war als jedes Schwert.

»Ihr besitzt all die Unverschämtheit und Dummheit, die ich von einem euresgleichen erwarten würde«, sagte Mal mit leiser Stimme. »Dass ihr es wagt, Hand an einen Untertanen des Großfürsten im Gebiet des Lamerth zu legen! Aber egal. Wie ich sehe, wurde niemand verletzt, und ich werde euch erlauben, friedlich von hier zu verschwinden, vorausgesetzt, ihr gebt mir meinen Gefährten sofort zurück.«

Gerand unterdrückte ein Stöhnen. Wollte Mal sich wirklich mit einem Bluff aus der Affäre ziehen? Die Großspurigen konnten in Zeiten wie diesen wirklich unerträglich sein. Er war nicht der Einzige, der Probleme hatte, Mal ernst zu nehmen.

Der Anführer starrte Mal erstaunt an und brach dann in

Gelächter aus. »Oh wirklich?« kicherte er. »Wie großzügig von euch! Und was, wenn wir nicht gehen wollen? Was dann? Wollt ihr uns mit eurem unsichtbaren Schwert besiegen?« Als die anderen sahen, dass Mal keine Waffe trug, fassten sie neuen Mut und schlichen mit hämischen Grinsen näher. Gerand beobachtete nervös und fragte sich wütend, was Mal sich dabei dachte – und warum er nicht einfach ferngeblieben war.

»Glaubst du, du fügst deinem schrecklichen Festmahl noch ein Gericht hinzu?«, fragte Mal, ohne sich von der Schar beeindrucken zu lassen. »Wenn du noch einmal so etwas vorschlägst, wirst du mehr bekommen, als du verdienst. Du bist ein Narr; doch da du nicht weißt, was du tust, könnte ich deine Dummheit diesmal übersehen. Geh mir jetzt aus dem Weg — oder ich versichere dir, du wirst es bereuen.«

Mals Worte waren leise, aber sie schnitten durch das Gegröle wie ein Blitz durch Gewitterwolken. Das Gelächter um Gerand erstarb; die Blutmenschen sahen unsicher zu ihrem Anführer. Der leckte sich die Lippen, die Augen verengten sich vor Misstrauen, doch die Miene des Mannes war nun deutlich weniger amüsiert.

»Wer bist du?«, knurrte der Blutmensch. »Was willst du hier?«

»Was ich will?«, erwiderte Mal ruhig. »Viele Dinge, zweifellos ... Was meine Person betrifft, fragt eure Herren – falls ihr euch traut. Sie kennen mich gut genug, auch wenn sie wohl nicht bereit sind, alles, was sie wissen, mit euch zu teilen. Aber seht ... es scheint, als würden eure Fragen schneller beantwortet, als ihr dachtet. Hier kommt euer Herr!«

Mals letzte Worte gingen im Entsetzensschrei der Blutmenschen unter. Zu Gerands Erstaunen stoben sie in alle Richtungen auseinander, nur ihr Anführer blieb wie erstarrt stehen.

Gerand richtete sich vorsichtig auf, und zum ersten Mal seit dem Angriff keimte in ihm wieder Hoffnung. Was Mal getan hatte, wusste er nicht – aber der Weg schien frei. Doch Mal grüßte ihn nicht, machte keine Anstalten zu fliehen; er stand einfach da, ruhig, fast gelassen, ein halbes Lächeln auf den Lippen.

»Mal!«, rief Gerand und warf dem Blutmensch-Anführer und den anderen, die sich zitternd in das Unterholz duckten, einen schnellen Blick zu. »Worauf wartest du? Komm schon!«

Mal reagierte nicht.

Gerand machte einen Schritt auf ihn zu – und erstarrte.

Jetzt verstand er, warum ihre Entführer geflohen waren.

Eine Welle beißender Kälte fegte über ihn hinweg, löschte die eben erwachte Hoffnung aus wie eine Flamme im Sturm. Es war, als griffen eiskalte Finger nach seinem Herzen und pressten es zusammen. Mit trockenem Mund hob er den Blick nach Norden.

Über der ausgedörrten Herbsterde stieg Staub auf. Eine große Gruppe bewegte sich rasch auf sie zu. Schon aus der Entfernung konnte Gerand erkennen, wer sie waren: Blutmenschen, weit mehr als zuvor – und unter ihnen viele Söldner, die sich mit ihnen verbündet hatten.

Doch das war nicht, was ihm das Blut in den Adern gefrieren ließ.

An ihrer Spitze jagte ein schwarzes Pferd, und auf seinem Rücken saß ein Reiter, schemenhaft, kaum fassbar. Wo er vorbeigaloppierte, wich die Luft zurück – und die Angst flog vor ihm her wie ein tödlicher Wind. Ein Schattenbluter.

Der Wind rauschte leise durch die bunten Blätter eines Apfelbaums, der auf der Südseite des Larkas-Hügels stand. Der süße Geruch reifer Äpfel hing schwer in der Luft. Die letzten Sonnenstrahlen fielen schräg durch das Geäst, tauchten das Laub in warmes Rot, Orange und Purpur und ließen die Szenerie friedlich erscheinen – hätte jemand innegehalten, um sie zu betrachten.

Doch die Bewohner von Larkas gingen ihren Geschäften nach. Die wenigen, die den Blick zum Horizont richteten, schenkten dem flammenfarbenen Baum keine Beachtung.

Zu diesen wenigen gehörte ein Junge, der hoch oben zwischen den Ästen saß, in Gedanken verloren. Er war kaum noch ein Kind – das lockige schwarze Haar fiel ihm in die Stirn, und seine grauen Augen wirkten ernst für sein Alter. Auf den ersten Blick war nichts Ungewöhnliches an ihm. Erst beim zweiten bemerkte man das kurze Schwert in seinen Händen.

Es war ein Geschenk seines Vaters, Gerand, gewesen – entgegen aller Tradition, und das ausgerechnet an seinem Geburtstag. Noch immer wusste Runland nicht, was er davon halten sollte.

»Das ist kein gewöhnliches Schwert, Runland«, hatte Gerand gesagt, als er ihm die Waffe übergab. »Es heißt Soryn und ist ohne Zweifel magisch. Es könnte dir eines Tages nützlich sein – aber sei vorsichtig damit! Verzauberte Dinge sind immer eigenartig, und dieses hier ... scheint mir seltsamer als die meisten.«

Seltsam – ja, das war wohl das richtige Wort, dachte Runland Falkenstieg, während er die Klinge erneut prüfte.

Die Scheide bestand aus einfachem, dunklem Leder, vom Alter fleckig und spröde – an manchen Stellen schien sie sogar blutbefleckt zu sein. Was sonst könnten diese dunklen, harten Flecken sein? Der Gedanke war beunruhigend, und Runland hatte längst beschlossen, sich so bald wie möglich eine neue Hülle für das Ding zu besorgen. Doch so alt die Scheide auch war – sie verblasste gegen das Alter der Klinge selbst.

Langsam zog er das Schwert aus der Scheide und lauschte dem rauen Klang von Metall auf Leder.

Er hielt es mit ausgestrecktem Arm und betrachtete die Waffe mit einer Mischung aus Neugier und Ehrfurcht. Viel wusste er nicht über Schwertkampf – er war kein Kämpfer, sondern ein Wanderer. In Wahrheit verbrachte er so viel Zeit in den Wäldern um Larkas, dass sein Vater ihn spöttisch »Stapfer« nannte und lachend meinte, eines Tages würde er als Wald-läufer durch Eristria streifen – also solle er schon jetzt einen passenden Namen tragen.

Doch selbst mit seinem begrenzten Wissen erkannte Runland, dass dieses Schwert anders war. Es wirkte einzigartig – fremd, fast wie nicht von dieser Welt.

Die Klinge glänzte nicht wie die der Männer von Larkas und leuchtete auch nicht wie die Waffen der Elfen. Sie war dunkel – ein tiefes, lichtloses Schwarz, das jedes Funkeln verschluckte. Trotzdem war sie scharf. Schärfer, als sie es nach all den Jahren noch hätte sein dürfen. Der Griff bestand aus demselben finsteren Material: glatt, kühl, und darin eingefasst ein einzelner, runder Stein – trüb, düster, mit einem Schimmer wie Sturmwolken kurz vor dem Regen.

Einmal meinte Runland, darin eine Bewegung zu erkennen

– einen Nebel, der sich im Innern drehte. Doch vielleicht war es nur das Licht. Oder seine Augen spielten ihm einen Streich.

Doch selbst Soryn konnte seine Aufmerksamkeit nicht lange fesseln.

Runlands Blick glitt zur Oststraße hinüber. Das Schwert hing achtlos in seinen Händen, während seine Gedanken wanderten – verständlicherweise zu seinem Vater, den er schon viel zu lange nicht mehr gesehen hatte.

Vor drei Wochen waren die Überreste einer Zwergengruppe nach Larkas gelangt – blutverschmiert, erschöpft und halbtot vor Angst. Atemlos berichteten sie von einem Überfall durch die Blutmenschen aus den Wäldern des Larth.

Was sie erzählten, ließ den Stadtrat aufhorchen: Die Angreifer seien kühner gewesen als je zuvor, ritten auf den Rücken wilder Graufletzer und führten kalte Klingen, deren Wunden sich unheilvoll entzündeten. An ihrer Seite kämpften Menschen – oder zumindest Wesen, die einst Menschen gewesen waren. Nur ihre Gestalt erinnerte noch daran.

Diese Kreaturen hatten blutrote Augen, verzerrte Körper und bewegten sich steif und unnatürlich. Sie stürzten sich auf alles Lebendige, griffen mit klauenartigen Händen an, aus denen Krallen wuchsen, und bissen mit ungewöhnlich spitzen, messerscharfen Zähnen. Die Zwerge nannten sie Dämonen – aus den langen dunklen Tagen zurückgekehrt.

Es war nicht das erste Mal, dass solche Berichte Larkas erreichten. Doch nach gründlicher Beratung beschloss der Stadtrat, eine Erkundungstruppe auszuschicken. Drei Männer und ein Waldläufer verließen am nächsten Morgen die Stadt. Ihr Anführer: Malrik – Runlands engster Freund.

Und der Späher der Gruppe war niemand Geringerer als sein Vater.

Seit jenem Tag hatte man nichts mehr von ihnen gehört. Und in Larkas begann man, das Schlimmste zu befürchten.

Runland stieß wütend gegen einen Ast. Der Baum erzitterte und ließ eine Handvoll roter Blätter herabrieseln, die sich in seinem Haar verfingen. Ungeduldig fuhr er hindurch, zupfte das letzte Blatt aus den schwarzen Locken und hielt es einen Moment lang zwischen den Fingern.

Der dunkle, purpurrote Farbton erinnerte ihn an Mal – an das Haar seines Freundes, das im Abendlicht auf ähnliche Weise geschimmert hatte.

Und plötzlich dachte er zurück an den Tag, an dem sie sich zum ersten Mal begegnet waren. Vor fünf Jahren ...

Er war sehr zufrieden mit sich selbst – schließlich war er schlau gewesen –, und konnte nicht anders, als unverschämt zu grinsen. Nicht, dass jemand in der Nähe gewesen wäre, um es zu sehen. Aber das war nebensächlich.

Runland war zum ersten Mal allein jenseits der östlichen Grenzen von Larkas, und er würde jeden Moment davon genießen.

Er war mit seinem Vater nach Renkas gereist, um die Lewands zu besuchen – alte Freunde seiner Mutter, die gestorben war, als er noch klein gewesen war. Renkas lag am östlichsten Rand des Lamerth – wie hätte er der Versuchung widerstehen können, so nah an den wilden, gefährlichen Gebieten zu sein? Noch vor Tagesanbruch hatte er sich aus dem Haus geschlichen, darauf bedacht, niemanden zu wecken, und war bis zur Oststraße gerannt. Nun stand er dort, stolz und

*aufgeregt. Wie weit würde er es nach Osten wagen? Die Blut-
menschen hatten dort mehr Macht als hier, in diesen Tagen.*

*Aber selbst der Dunkle konnte es nicht mit Runland Falken-
stieg aufnehmen, wenn dieser sich einmal etwas in den Kopf
gesetzt hatte, dachte er trotzig und setzte seinen Weg selbstsicher
fort. Er hatte schließlich einen Bogen – was konnte schon
passieren?*

*Das Wetter war unangenehm; ein kalter Wind pfiff über die
Straße, und der Himmel hing tief und grau. Die wenigen Bäume,
die den Weg säumten, schwankten unter den Böen, neigten sich
wie alte Männer und knarrten gespenstisch. Runland wurde langsamer, dann beschleunigte er wütend. Es gab keinen Grund, sich zu
fürchten, sagte er sich. Alle hatten solche Angst vor dem wilden
Land, dass sie nicht einmal Larkas verließen, um herauszufinden,
wovor sie sich eigentlich fürchteten. Kein Wunder, dass der Dunkle
jedes Jahr stärker wurde – wenn man es ihm so leicht machte!*

*Nun, er hatte keine Angst. Oder zumindest ... nicht sehr viel.
Irgendjemand musste ja etwas unternehmen.*

Da blieb er plötzlich wie angewurzelt stehen.

Er war nicht mehr allein.

*Ein Reiter kam aus dem Norden – direkt auf ihn zu. Und
wenn jemand aus dem Norden kam, konnte das nur eines
bedeuten ...*

*Er tastete blind nach seinem Bogen, während ihm der Wind
die Haare ins Gesicht peitschte. Was, wenn es einer dieser
schrecklichen Blutmenschen war, von denen er so viele furcht-
bare Geschichten gehört hatte? Was hatte er sich nur dabei
gedacht, allein hierher zu kommen?*

Seine Hände waren kalt und unbeholfen, doch schließlich

gelang es ihm, einen Pfeil aufzuspannen. Als er rasch aufsah, stellte er erschrocken fest, dass der Reiter bereits viel näher war – beinahe hatte er die Straße erreicht.

Runland zielte hastig und schoss, so gut er konnte, auch wenn Wind und Nervosität gegen ihn arbeiteten.

Zu seiner eigenen Überraschung flog der Pfeil gerade und zielsicher. Für einen Moment hob sich sein Herz.

Doch dann zog der Reiter mit einer fließenden Bewegung sein Schwert – und zerschnitt den fliegenden Pfeil mitten in der Luft. Die beiden hölzernen Stücke flogen nutzlos zu Boden. Ehe Runland den Bogen erneut heben konnte, war der Fremde schon bei ihm.

»Halt, guter Mann!«, rief der Reiter und zügelte sein Pferd.

Mit großer Erleichterung erkannte Runland, dass es sich um einen Menschen handelte. Gekleidet in Braun, nicht in Schwarz, und eher amüsiert als zornig blickte der Fremde auf ihn herab – wenn auch leicht verwundert.

»Was macht ein Junge hier draußen ganz allein?«, fragte er. »Und schießt auch noch auf Freunde!«

Runland war so erleichtert, dass er gar nicht daran dachte, den Reiter zu fragen, was er hier draußen zu suchen hatte. Er senkte den Bogen und starrte zu dem Mann auf, dessen Größe und Gesicht ihn als einen der Graswachter auswiesen. Seine Augen waren grau, sein Haar dunkelrot.

»Ich war ... äh, ich war spazieren«, stotterte Runland verlegen. »Ich habe mich wohl ein wenig verlaufen.«

»Das kann ich mir vorstellen!«, sagte der Mann lachend. »Es ist nicht ratsam, sich in den östlichen Ländern zu verirren – man kann sich viel zu leicht verlaufen.« Bei diesen Worten veränderte sich sein Gesichtsausdruck, und er sah Runland plötzlich sehr ernst an.

»Wie heißt du, junger Mann?«, fragte er.

»Runland Falkenstieg«, antwortete dieser. »Und wie heißt du?«

Der Mann schien von Runlands Offenheit kurz überrascht, antwortete dann jedoch mit einem Lächeln:

»Ich bin Malrik«, sagte er. »Nenn mich Mal.«

Er lächelte erneut, diesmal breiter.

»Aber komm! Dies ist kein angenehmer Ort für ein Gespräch. Lass uns nach Renkas zurückkehren. Mein Pferd kann uns beide tragen.«

Dann warf er einen Seitenblick auf Runlands Bogen und grinste schief.

»Du bist ja nicht schlecht mit dem Bogen ... zumindest, wenn man bedenkt, dass du auf mich gezielt hast.«

Das leise Dröhnen der Signalhörner riss Runland aus seinen Gedanken. Es war der Abendruf – das Zeichen dafür, dass die Geschäfte in Larkas schlossen und der Tag sich seinem Ende neigte.

Lange Schatten lagen auf dem Boden unter den Bäumen, und mit einem flauen Gefühl im Magen wurde ihm klar, dass es bald dunkel sein würde. Schon wieder ein Tag ohne Neuigkeiten. Schon wieder ein Tag, der seine Hoffnung weiter in die Ferne rücken ließ – diese Hoffnung, die kaum noch Kraft hatte, sich zu halten.

Er wollte nicht zurück in sein Haus am Stadtrand, nur um dort eine weitere Nacht nervös zu wachen, dem Schlaf ausgeliefert und doch ständig auf der Lauer. Aber was blieb ihm anderes übrig?

Gerand lag still, die Augen geschlossen, und versuchte, sich ein Bild von der Lage zu machen. Er lag draußen, auf dem Rücken, neben einer Zeltwand, Hände und Füße gefesselt. Es war Nacht, da war er sich sicher – es war kalt, und kein Sonnenlicht wärmte seine Haut.

Er wusste nicht, wie lange er bewusstlos gewesen war, welcher Tag heute war oder wohin sie unterwegs waren. Alles in allem: keine guten Aussichten.

Sie waren seit mehreren Tagen unterwegs – soweit er das beurteilen konnte –, und es waren ausgesprochen unangenehme Tage gewesen. Die meiste Zeit hatte er auf dem Rücken eines Blutmenschen verbracht. Immerhin trugen sie ihn in der Regel mit dem Kopf nach oben. Es hätte schlimmer sein können.

Hin und wieder hatte er einen Blick auf Mal erhascht, so weit entfernt, wie es die Größe der Gruppe zuließ. Inzwischen war aus den vereinzelten Blutmenschen eine kleine Armee geworden – entsprechend groß der Abstand. Und doch sah Gerand gelegentlich den rostbraunen Schopf seines Freundes und fand sogar die Kraft, Mitleid für ihn zu empfinden, obwohl er selbst genug Probleme hatte.

Mal wurde gezwungen, zu Fuß zu marschieren, eingekesselt von einem Spalier Blutmenschen, die nur darauf lauerten, dass er stolperte. Aber sie wurden enttäuscht. Mal wirkte nicht müde, sondern schritt weiter, als wäre es seine Gewohnheit, täglich mehrere Gewaltmärsche zu absolvieren.

Doch es war nicht das Laufen oder die Nähe zu den Blutmenschen, die Gerand hatten ohnmächtig werden lassen.

Ein Schaudern lief ihm über den Rücken, als sich vor seinem inneren Auge wieder die Vision abspielte: eine große, schwarze Gestalt, gesichtslos, mit metallenen Stulpen anstelle von Händen.

Ein Schattenbluter.

Er hatte immer geglaubt, das seien nur Geschichten – Schreckensmärchen, erfunden vom Feind, um die freien Völker zu lähmen. Es hieß, diese Reiter seien Diener einer Dunklen Macht, ihr im Geist verbunden und gehorsam in jedem Gedanken. Sie tauchten aus dem Nichts auf, wo man sie am wenigsten erwartete – so furchteinflößend, dass selbst gestandene Männer vor ihnen zu Boden krochen.

Aber wer sie wirklich waren – und woher sie kamen –, das wusste niemand.

Als der Schwarze Reiter erschienen war, hatten sich alle Blutmenschen sofort in seine Gefolgschaft eingefügt – gehorsam, beinahe unterwürfig –, und Gerand und Mal mitgenommen. Sie wurden gefesselt und gezwungen, sich dem Marsch nach Westen anzuschließen.

Gerand erfuhr nichts über das Ziel dieser Reise, doch während sie durch vertraute Landschaften zogen, wuchs in ihm ein beunruhigender Verdacht. Vom Rücken eines Blutmenschen aus versuchte er, das Land zu beobachten, die Größe der Armee abzuschätzen, ihre Bewegungen, ihre Disziplin. Und er tat sein Bestes, Mal nicht aus den Augen zu verlieren.

Seine Fähigkeiten als Beobachter hatten ihn nicht verlassen – trotz der Fesseln.

Doch dann hatte sich alles verändert.

Es war gestern Abend gewesen – zumindest glaubte er das –, als man ihn zum Schwarzen Reiter gebracht hatte.

Wohin sie ihn führten, wusste er nicht. Aber die grimmige Vorfreude in den Gesichtern der beiden Blutmenschen an seiner Seite ließ wenig Gutes ahnen. Sie führten ihn durch das Lager – vorbei an groben, grauen Zelten, bis sie vor dem größten zum Stehen kamen. Eine schwarze Monstrosität aus Stoff und Stangen, über der eine unheilvolle Flagge im Wind flatterte: Schwarz, mit einem rot umrandeten schwarzen Drachen – das Banner der Blutmenschen. In Erinnerung an ihren Erschaffer.

In diesem Moment wünschte sich Gerand nichts sehnlicher, als wieder auf dem Rücken eines Blutmenschen zu sitzen – meinetwegen auch kopfüber.

Die beiden Kreaturen hatten ihn ins Zelt gestoßen und sich dann rasch zurückgezogen.

Im Inneren hing eine einzelne Lampe von der Decke, ihr Licht brannte blutig und warf unheilvolle Schatten auf die drei Gestalten, die sich um sie versammelt hatten. Einer war der Blutmensch, der die Gruppe angeführt hatte, die Gerand ursprünglich gefangen genommen hatte. Der zweite war ein kleiner, dunkelhäutiger Mann, den er nicht kannte. Der dritte: der Schattenbluter.

Kaum war Gerand eingetreten, traten sowohl der Blutmensch als auch der Mann mit ausgestreckten Händen auf ihn zu.

»Lass deine Pfoten von ihm, Bolk!«, fuhr der Mann den Blutmenschen an und funkelte ihn zornig an. »Deine plumpen Klauen sind für diese Art von Arbeit ungeeignet!«

»Ich habe ihn gefunden, oder nicht?«, knurrte Bolk zurück. »Du überschätzt deine Stellung, Mensch. Leg dich nicht mit mir oder meinen Jungs an, Rhondar – sonst wirst du es bereuen!«

Rhondar öffnete den Mund zur Antwort, doch eine knappe, ungeduldige Bewegung des Schwarzen Reiters ließ ihn sofort verstummen. Beide warfen der turmhohen Gestalt einen Blick zu – voller Furcht.

Bolk trat vor, packte Gerand unsanft und schob ihn mit grober Kraft vorwärts, bis er direkt vor dem unheimlichen Diener der Dunklen Macht stand.

»Hier ist er, Herr«, sagte Bolk kriecherisch. »Der kleine Verräter, den wir unterwegs aufgegabelt haben.«

Gerand wagte nicht, den Blick zu heben. Lautlos ragte die riesige schwarze Gestalt über ihm auf. Die Luft wurde schlagartig kalt – als hätte ihn jemand in eisiges Wasser getaucht. Der Rest seines Mutes schien mit der Wärme aus seinem Körper zu entweichen.

Dann sprach der Schwarze zu ihm.

Gerand versuchte verzweifelt, sich die Ohren zuzuhalten – doch es nützte nichts. Je mehr er sich anstrengte, desto tiefer kroch die Stimme in seinen Kopf. Bald wusste er nicht mehr, wo er war. Oder wer. Die Stimme war überall.

Sie war tot. Ohne Gefühl. Flach, trocken, glatt – wie poliertes Eisen über nackter Haut. Und sie zischte, wie eine Schlange, die durch raschelndes Laub glitt.

»Sag mir, was du weißt«, flüsterte der Schwarze Reiter.

Gerand biss sich auf die Lippe, ohne es zu merken. In seinem Kopf wirbelten Gedanken durcheinander: seine Frau. Sein Sohn. Larkas. Das Haus am Stadtrand. Die Meilen in der Wildnis. Jedes einzelne Geheimnis, das er je gehütet hatte ...

Was sollte er zuerst sagen?

Was wollte der wissen?

Was würde diese Stimme zum Schweigen bringen?

Er öffnete den Mund – doch kein Ton kam heraus.

Er wollte sprechen. Dringend. Alles in ihm schrie danach, diese kalte Präsenz zu besänftigen. Aber etwas in ihm weigerte sich. Etwas Hartnäckiges. Etwas Wütendes.

»Ich ...«, stieß er hervor, seine Stimme kaum mehr als ein Hauch. »Ich ... ich, ich ... ich ...«

»Du musst ihm nichts sagen«, sagte eine ruhige Stimme – und durchbrach die Verwirrung in Gerands Kopf wie ein klarer Schnitt.

Überrascht fuhr er herum. Seine Augen suchten die Quelle der Worte – und fanden sie.

Da war noch jemand im Zelt.

Im tiefen Schatten einer Ecke kauerte ein Mann, halb zusammengesackt, an einen provisorischen Pfosten gefesselt. Trotz des schwachen Lichts erkannte Gerand ihn sofort.

»Mal!«, stieß er hervor, halb erleichtert, halb entsetzt. "Was ..." Doch seine Stimme versagte, und er starrte nur.

Mal sah übel mitgenommen aus. Sein Gesicht war von Blutergüssen gezeichnet, Müdigkeit hatte sich in jede Linie gegraben. Aber seine Stimme – sie war so kühl und stolz wie eh und je.

»Erzähl ihm nichts«, wiederholte er. »Er wird Larkas angreifen, verstehst du? Und er will alles wissen, was du über die Stadt weißt. Ich habe ihm gesagt, dass du ihm nichts verraten würdest – aber er glaubt mir nicht. Offensichtlich kennt er sich nicht besonders gut mit Waldläufern aus.«

Ein schwaches Grinsen zuckte über Mals Gesicht, doch sein Blick blieb unverrückt. Keine Sekunde lang wandte er die Augen von der schwarzen Gestalt ab.

Der Schattenbluter zischte wütend, und der Schatten um

ihn herum verdichtete sich wie Rauch in der Dunkelheit. Bolk und Rhondar zuckten zusammen und wichen hastig zurück.

Gerands Blick wurde wie von unsichtbarer Hand auf die Kreatur vor ihm gezogen – in der Hoffnung, dass es genug gewesen war, dass sie seiner überdrüssig werden und ihn gehen lassen würden. Doch der Schwarze trat lautlos näher.

Er streckte eine Hand aus – bleich, undeutlich, als sei sie aus Nebel und Kälte geformt.

Gerand schrie auf und wich zurück, doch seine Füße fanden keinen Halt. Er stolperte, fiel schwer zu Boden und blieb liegen. Starr.

Die Kapuze der schwarzen Gestalt neigte sich zu ihm herab – langsam, unausweichlich.

Er wollte wegsehen. Musste wegsehen. Aber er konnte nicht.

Sein Körper war wie gelähmt, seine Gedanken wie in Trance. Alles bewegte sich in zähem langsamen Tempo. Es war wie in einem Albtraum – die schlimmste Sorte, bei der man sich nicht rühren kann, egal wie sehr man es versucht.

Widerwillig hob er den Blick.

In die Tiefe der Kapuze.

Wie ein Vogel, gefangen im Blick einer Schlange.

Und dann tat er – ganz instinktiv – das einzig Vernünftige, das ihm noch blieb.

Er verlor das Bewusstsein.

Und nun war er erwacht – nach wer weiß wie vielen Stunden des Vergessens.

Er versuchte, die schreckliche Erinnerung abzuschütteln,

die seltsame Kälte aus seinen Gliedern zu vertreiben, die ihn damals überfallen und bis in die Knochen gefroren hatte. Er musste zu Kräften kommen ... die Blutmenschen würden Larkas angreifen. Stapfer ...

Dann erstarrte er.

Mehrere Stimmen durchbrachen die Stille – rau, guttural. Blutmenschen. Sie kamen näher.

Es musste bereits spät sein; das Lager lag größtenteils in Ruhe, doch die drei Stimmen näherten sich rasch dem Ort, an dem er lag. Gesprächsfetzen drangen an sein Ohr.

Er öffnete vorsichtig die Augen – nur einen Spalt – und spähte in die Nacht.

Er lag draußen, in einem schmalen Gang zwischen zwei Zelten. Um ihn herum: schlafende Blutmenschen. Offenbar waren nicht alle dieser Kreaturen bereit, auch nur so viel zivilisatorisches Verhalten zu zeigen, dass sie in einem Zelt schliefen.

Ein unterdrückter Laut entwich ihm fast, als sich einer der „Schlafenden" rührte.

Sie hatten also einen Wächter dagelassen.

Der Blutmensch hatte offenbar nicht bemerkt, dass Gerand wieder bei Bewusstsein war. Er erhob sich mürrisch und rief den drei Näherkommenden zu:

»Was glaubt ihr, was ihr da tut? Wollt ihr die Herren wecken? Die reißen euch den Kopf ab!«

Das Gespräch verstummte augenblicklich. Doch nach ein paar Sekunden traten drei gedrungene Gestalten um die Ecke. Klein, gekrümmt, mit langen Armen – Goblins. Typisch für die Nebligen Berge, aus deren Tunneln sie gekrochen kamen.

Als sie den Wachposten sahen, blieben sie stehen.

»Ach, hör doch auf zu jaulen«, spottete einer und schielte

zum Blutmenschen. »Du bist nur sauer, weil sie dir den langweiligen Job aufgebrummt haben. Nicht, dass das kleine Menschlein hier gefährlich wäre. Ich schätze, deshalb haben sie dich aufgestellt – für sonst nichts bist du zu gebrauchen!«

Die anderen lachten höhnisch. Der Blutmensch verzog wütend das Gesicht.

»Haltet eure Klappe!«, fauchte er. »Ich brauch euch nicht, um mir sagen zu lassen, was ich zu tun hab. Geht dahin zurück, wo ihr herkommt. Und wenn sie euch morgen auch abschlachten – kalt und steinern tot –, dann sag ich kein Wort dagegen!«

Morgen?

Gerands Herz schlug schneller. Morgen sollte es Kämpfe geben. Morgen – das klang nach Angriff. Nach einer Schlacht.

So nah waren sie also schon an Larkas?

Wie lange hatte er wirklich geschlafen?

»Ich denke, dass morgen viel weniger von uns tot sein werden als von denen«, sagte einer der kleinen Goblins grinsend. »Alles läuft zu unseren Gunsten, weißt du – der Herr hat einen Deal gemacht. Es ist alles geregelt.«

»Was faselst du da?«, fragte der Blutmensch, seine Neugier kaum verbergend. »Mit wem hat er einen Deal gemacht?«

»Das wüsstest du wohl gerne!«, höhnte der Goblin. »Nein, nein – du wirst dich gedulden müssen. Und jetzt gehen wir zurück in unsere Zelte.«

Die drei Goblins warfen dem Blutmenschen noch einen spöttischen Blick zu, dann verschwanden sie in der Nacht. Der Wachposten starrte ihnen missmutig hinterher und murmelte etwas Unverständliches vor sich hin. Gerand konnte gerade noch Wortfetzen auffangen wie »Emporkömmlinge« und »ich werde sie eigenhändig töten«.

Dann schien der Blutmensch sich mit seiner Lage abzufinden und ließ seinen Blick durch die Dunkelheit schweifen – bis er plötzlich innehielt.

Seine Augen weiteten sich.

Gerand spürte es sofort – seine eigenen Augen waren offen. Zu weit. Zu hell.

Und selbst in dieser Nacht ...

... konnte der Blutmensch sie sehen.

Bevor der Blutmensch sich überhaupt rühren konnte, blitzte eine silberne Klinge durch die Nacht. Mit einem heiseren Gurgeln stürzte er zu Boden, kratzte vergeblich nach dem Messer in seinem Hals – dann lag er still.

Wieder war es still.

Gerand lag wie versteinert da, kaum fähig zu begreifen, was gerade geschehen war. Doch die Antwort ließ nicht lange auf sich warten.

Eine dunkle Gestalt trat in sein Blickfeld. Mit wenigen schnellen Schritten war sie an seiner Seite, kniete sich in den Windschatten des Zeltes und zog ein weiteres Messer aus der Kleidung. Die scharfe Klinge blitzte, als sie begann, die Fesseln an Gerands Hand und Fußgelenken zu durchtrennen.

»Pssst!«, flüsterte eine vertraute Stimme. »Ein einziges Geräusch, und sie sind alle hinter uns her. Also zeig, was Waldläufer wirklich können.«

»Mal!«, hauchte Gerand überglücklich. »Du bist ein Wunder. Das ist unmöglich – wie hast du das gemacht?«

»Später«, kam die knappe Antwort.

Gerand konnte Mals Gesicht im Dunkeln kaum erkennen,

doch seine Stimme klang angespannt. Das letzte Band riss, und mit Mals Hilfe kam Gerand auf die Füße. Steif und ungelenk bewegte er Arme und Beine, um das Blut wieder in Fluss zu bringen.

»Los jetzt!«, sagte Mal. »Wir sind etwa zwanzig Meilen von Larkas entfernt. Der Angriff beginnt morgen bei Sonnenuntergang. Wir müssen vorher dort sein.«

»Und was ist mit ...«

»Später!«, schnitt Mal ihm erneut das Wort ab und bedeutete ihm zu schweigen.

Ohne weitere Worte verschwand er in der Dunkelheit, und Gerand folgte ihm – leise, geduckt, jede Bewegung so bedacht wie möglich. Sie schlichen wie Schatten durch das schlafende Lager, und Gerand hatte keine Zeit, sich über die erstaunliche Leichtigkeit ihrer Flucht zu wundern.

Ein paar Minuten später kamen sie an den letzten Zelten vorbei und rannten über die Ebene in Richtung Larkas.

Das kleine Haus lag dunkel und still in der Nacht. In den späten Stunden wirkte es beinahe verlassen – und das war es im Grunde auch. Nur ein einziger Bewohner lebte noch hier, und der verbrachte nur selten Zeit in seinen eigenen vier Wänden.

Jetzt aber lag er ausgestreckt in einem alten Sessel im Wohnzimmer und schlief – oder versuchte es zumindest – durch eine unruhige Nacht.

Runland war noch vollständig angezogen, und Soryn lag auf einem kleinen Tisch neben ihm. Gegenüber flackerte kein Feuer im Kamin; die Kohlen waren längst erloschen, und der

Raum lag in tiefer Dunkelheit. Wie das ganze Haus wirkte auch dieser Raum vernachlässigt – Zeit, Ordnung und Wärme hatten sich allmählich aus dem Leben des jungen Mannes zurückgezogen.

In den letzten Wochen war Runland zu besorgt gewesen, zu aufgewühlt, um sich um den Zustand seines Heims zu kümmern. Es war nicht das erste Mal, dass er so in den Schlaf gefallen war: angezogen, wachsam, mit einem Schwert in Reichweite.

Und es war auch nicht das erste Mal, dass seine Träume ihn nicht in Ruhe ließen …

… Er kauerte schweigend unter einem Wagen auf dem Marktplatz und beobachtete das Geschehen mit gespannter Neugier.

Normalerweise war der Platz erfüllt von Farben, Stimmen und dem hektischen Leben des Alltags: hübsch dekorierte Stände, rufende Händler, schnatternde Kundschaft, das Meckern und Blöken von Nutztieren – ein buntes, lautes Durcheinander.

Heute jedoch lag über dem Platz eine gespannte Ruhe. Nur das Klappern von Holzschwertern und das aufgeregte Murmeln der Zuschauer durchbrachen die Stille.

Es war Sommer in Larkas, und die Stadt war überfüllt – mit Fremden, Geschichten, Händlern und allerlei Spektakel. Der Markt war voller als je zuvor, doch in der Mitte hatte man einen weiten Ring freigelassen: die Arena für das Schwertkampfturnier.

Runland war es nicht gelungen, sich bis ganz nach vorne zu drängen. Also hatte er sich unter den Wagen geschlichen – sein geheimer Aussichtspunkt. Durch das Gewirr aus Beinen und flatternden Mänteln konnte er gerade genug sehen.

Er reckte den Hals, um einen besseren Blick zu erhaschen.

Denn genau jetzt begann der Kampf, auf den er gewartet hatte.

»Verabschiede dich von deinem Ruf!«, rief der erste Schwert-kämpfer lachend und wirbelte sein Holzschwert spielerisch in der Hand. Das Sonnenlicht blitzte auf seinen weißen Zähnen, als er breit grinste.

Er war ein gut aussehender junger Mann mit sandbraunem Haar, warmen Augen und einem offenen Wesen. Sein Name war Ahren – Sohn des Bürgermeisters, Liebling der Stadt, vertraut mit jedem und von vielen bewundert. Runland glaubte, dass Ahren zweifellos talentiert war – doch er war sich sicher: Diesen Kampf würde er verlieren.

»Wenn du mich dabei gleich von den weniger schmeichel-haften Teilen meines Rufs befreien kannst, wär ich dir dankbar«, entgegnete Ahrens Gegner trocken.

Auch er war ein junger Mann, und obwohl er mit dem Rücken zu Runland stand, hätte dieser ihn unter Hunderten erkannt: Malrik.

Er wirkte völlig entspannt – nicht überraschend, denn Mal galt weithin als der beste Schwertkämpfer in weitem Umkreis. Selbst jetzt, inmitten der aufgeregten Menge, strahlte er jene unerschütterliche Ruhe aus, die ihn so unverwechselbar machte.

Ein scharfer Pfiff durchschnitt die Luft – das Signal zum Beginn.

Runland hielt den Atem an.

Ahren und Mal begannen, sich zu umkreisen – Ahren voller Energie, sprungbereit, mit funkelnden Augen. Mal hingegen: kühl, gelassen, beinahe regungslos. Wie ein Eiszapfen im Sommerwind.

Dann – beinahe gleichzeitig – schnellten sie vor.

Und –

»*Hier steckst du also*«, *unterbrach plötzlich eine Stimme seine Gedanken.*

Runland blickte abgelenkt nach rechts – und staunte. Sein Vater saß im Schneidersitz neben ihm, die Arme locker auf den Knien, und schien das Geschehen auf dem Markt überhaupt nicht zu beachten.

»*Hallo, Vater!*«, *sagte Runland überrascht.* »*Schau, Mal kämpft! Ich habe einen Silberpenny darauf gesetzt, dass er gewinnt. Was für ein Witz – Mal verliert nie! Ganz egal, wie gut alle Ahren finden ...*«

Doch Gerand reagierte nicht. Kein Lächeln, kein Blick. Er schüttelte nur leicht den Kopf und seufzte leise.

»*Die Graswachter*«, *sagte er nachdenklich,* »*sie kämpfen immer – selbst in Friedenszeiten. Der Schatten hat sie zu früh eingeholt.*«

»*Was?*«, *fragte Runland verwirrt. Er verstand kein Wort. So sprach sein Vater sonst nie.*

Und außerdem – der Kampf! Der war doch gerade viel wichtiger!

Gerand antwortete nicht. Stattdessen deutete er nur wortlos zurück in Richtung des Übungsrings.

Runland runzelte die Stirn, warf ihm einen letzten fragenden Blick zu – und wandte sich dann wieder dem Turnier zu.

Vor lauter Schreck vergaß er zu schreien.

Er wollte aufspringen – stieß sich aber den Kopf an der Pritsche des Wagens und sackte mit einem dumpfen Keuchen zurück. Der Schmerz ließ seinen Schädel dröhnen, doch das Bild vor seinen Augen blieb unverändert.

Mal stand allein im Ring.

Und das Schwert in seiner Hand war nicht mehr aus Holz. Es war aus Stahl.

Mit Blut bedeckt.

Zu seinen Füßen lag ein Körper. Regungslos.

Runland wandte den Blick ab, rang mit sich. Er wollte nicht hinsehen, wollte das gebräunte, freundliche Gesicht von Ahren nicht sehen ... nicht so.

»Aber es sollte doch nur ein Spiel sein!«, rief er – und drehte sich zu Gerand um.

Doch der Platz neben ihm war leer.

Er war wieder allein.

Mit einem plötzlichen Kloß im Hals richtete er den Blick zurück auf den Übungsplatz. Mal war noch da – aber jemand anderes stand ihm jetzt gegenüber.

Gerand.

Klein. Unbewaffnet. Wehrlos.

Mal begann ihn zu umkreisen.

Runlands Herz setzte aus.

»Mal!«, schrie er. »Halt! Was machst du da?«

Er stürmte vor – oder versuchte es zumindest. Eine Wand aus Körpern versperrte ihm den Weg. Hart und unbeweglich wie Stein.

Verzweifelt warf er sich auf die Knie und begann, sich unter den Beinen der Menge hindurchzukämpfen. Kriechend. Schluckend.

»Mal! Bitte!«

Mal reagierte nicht. Er schien Runlands Rufen nicht zu hören.

Unaufhaltsam kam er näher. Auf Gerand zu.

Der rührte sich nicht. Kein Schritt zurück, keine Abwehr. Nur dieser leere, ruhige Blick.

»Ich habe es dir gesagt«, sagte er müde. »Der Schatten liegt auf ihnen. Alle Wege führen jetzt in die Dunkelheit ...«

Runland schrie – laut und verzweifelt – und... Mals Schwert sauste durch die Luft.

Ein dumpfer Aufprall.

Dann – das Tönen von Hörnern. Hoch, scharf, durchdringend.

Larkas' Trompeten riefen zur Verteidigung.

Das uralte Gefahrensignal ertönte.

... Runland schlug die Augen auf – und stellte fest, dass er auf dem Boden lag. Offenbar war er im Schlaf aus dem Stuhl gefallen.

Benommen richtete er sich auf und schüttelte den Kopf, um den Traum – und das Echo der Hörner – loszuwerden. Noch ganz benommen tastete er im Dunkeln nach der Lampe, doch sie stand nicht dort, wo er sie erwartet hatte. Oder war er einfach noch zu verwirrt, um klar zu denken?

Dann hielt er inne.

Die Hörner. Sie verklangen nicht in seinem Kopf – sie hallten durch die Stadt.

Hohe, durchdringende Töne, die jeder Bürger von Larkas kannte: Das Warnsignal.

Runland erstarrte.

Ein Angriff?

Er lauschte – doch seine Sinne wollten es noch nicht glauben. Dann spürte er es in der Tiefe seines Körpers: Es war real. Larkas wurde angegriffen.

Die Lampe vergaß er. Stattdessen griff er nach Soryn, schnallte sich das Schwert auf den Rücken – zu lang für die Hüfte –, und rannte durch die dunklen Räume zur Tür.

Draußen schlugen ihm die Töne der Hörner nun offen entgegen. Immer eindringlicher.

Er riss die Tür auf.

In der Nacht stand die Stadt still – und doch voller Geräusche. Schreie. Rufe. Trillerpfeifen. Hektisches Getrappel. Ein fernes Klirren.

Etwas stimmte nicht. Etwas Großes.

Runland lauschte kurz – dann setzte er sich in Bewegung.

Mit vollem Tempo rannte er los. Richtung Osttor.

Vor ihm zeichnete sich eine Ecke ab, wo die Hauptstraße auf die Händlerstraße traf – die direkte Verbindung zur östlichen Stadtmauer. Runland beschleunigte, seine Schritte hallten dumpf auf dem Pflaster, ein Schatten unter Schatten.

Doch genau in dem Moment trat jemand aus einer Seitengasse – direkt in seinen Weg.

Runland hatte keine Chance auszuweichen. Mit voller Wucht krachte er gegen die Gestalt. Der Zusammenprall schleuderte die Person in den Staub. Er selbst kam stolpernd zum Stehen, keuchend, benommen.

Ein Augenblick lang drehte er sich halb um, bereit, einfach weiterzurennen.

Was machte es schon aus, in dieser Nacht jemanden umzurennen?

Aber, Runland war zur Höflichkeit erzogen worden.

Er verzog das Gesicht, unterdrückte den Impuls, einfach

weiterzulaufen, und zwang sich, seiner Ungeduld Einhalt zu gebieten. Also beugte er sich vor, um der Person zu helfen, die er umgerannt hatte.

Doch als er sah, wen er da vom Boden auflesen sollte, zögerte er – und musste sich zusammenreißen, nicht einfach die Richtung zu wechseln und zu gehen.

Ein Mädchen lag blinzelnd im Staub zu seinen Füßen. Zu groß für einen Zwerg, zu klein für einen Menschen.

Er kannte sie vom Sehen – sie war Neria Dornquell. Tochter eines Menschen und einer Hügelzwergin. Inzwischen elternlos. Die Leute sprachen selten gut von ihr. Mischehen waren selbst in friedlichen Zeiten ein stilles Ärgernis, und Nerias Ruf war schlecht: aufmüpfig, lügnerisch, mit langen Fingern und noch längerer Zunge. Sie war ein Schattenkind, das von Menschen, Graswachtern und Zwergen gleichermaßen gemieden wurde.

Widerwillig streckte Runland ihr die Hand entgegen. Dabei biss er leicht die Zähne zusammen.

»Ich bitte um Verzeihung«, sagte er steif. »Ich wollte dich nicht umstoßen. Ich bin in Eile, verstehst du – ich habe dich nicht gesehen.«

Das Mädchen starrte ihn nur an.

Weit aufgerissene grüne Augen.

Runland seufzte. »Hör mal, stehst du jetzt auf oder nicht?«

Die Hörner erklangen erneut – schrill, eindringlich. Die Stadt war erwacht. Lichter flackerten in den Fenstern auf, Türen öffneten sich, erste Menschen traten auf die Straße.

Aber das Mädchen sagte kein Wort. Sie blickte ihn nur an – erschrocken, aber nicht eingeschüchtert. Furchtlos.

Etwas in ihrem Blick erinnerte Runland an ein Reh, das er

einmal im Wald gesehen hatte. Auch das Tier hatte ihn so angesehen – nicht aus Angst, sondern mit überraschtem Wiedererkennen. Die gleichen geweiteten Augen. Nur dass sie damals braun gewesen waren, nicht tiefgrün.

Er schüttelte den Gedanken ab, zuckte mit den Schultern und wandte sich ab.

Er hatte keine Zeit zu verlieren.

Neria starrte dem jungen Mann mit dem dunklen Schwert nach, während er in den tiefer werdenden Schatten verschwand. Staub klebte an ihrem Gesicht, ihre Hände brannten dort, wo sie sich beim Sturz abgestützt hatte.

Er war überheblich gewesen – hatte sie angesehen, wie man einen Straßenköter ansieht. Ein Mischling, ohne Dach, ohne Platz. Doch sie war nicht wütend.

Sie kannte seinen Namen nicht.

Aber sie wusste, dass noch vor Ende dieser Nacht seine Arroganz zerschlagen sein würde – und dass er ihr das Leben retten würde.

»Schließt das Tor!«, rief Malrik mit schneidender Stimme.

Gerand stand keuchend an seiner Seite. Sie hatten es gerade noch rechtzeitig geschafft – Larkas bei Einbruch der Dunkelheit zu erreichen war ein Wunder gewesen, aber der Preis war hoch. Gerand fühlte sich, als könne er im Gehen einschlafen. Selbst auf einem Schlachtfeld.

Der Gedanke ließ ihn das Gesicht verziehen. Genau das würde es bald sein.

Mit einem dumpfen Krachen fiel das Osttor hinter ihnen ins Schloss. Mal wandte sich ohne Zögern ab, bellte Befehle an die Wachen auf der Mauer, rief Truppführer herbei und ließ Befestigungen sichern. Überall schrien Männer durcheinander, die Hörner hallten weiter, das Klirren von Rüstungen und das Poltern eilender Schritte vermischten sich zu einem unübersichtlichen Chaos.

Sie kommen. Die Blutmenschen waren nahe – zu nahe. Mal und Gerand hatten den Feind mit eigenen Augen gesehen.

Gerand lehnte sich erschöpft gegen die Steinwand. Er war ein Waldläufer, kein Krieger. Die Stadt rüstete sich zum Kampf, doch für ihn zählte nur eins:

Wo war Stapfer?

Er würde die Hörner gehört haben. Sicher war er schon auf dem Weg hierher.

Wachen in aller Eile rauschten an ihm vorbei – Menschen, Zwerge, ein paar Elfen. Gerand fühlte sich wie ein Schatten zwischen ihnen, fehl am Platz, wie ein Ast im Strom.

Mal war verschwunden – wahrscheinlich im Turm. Gut so. Er würde gleich nach seinem Sohn suchen.

Aber zuerst ... nur ein Moment. Ein Atemzug.

Er ließ sich zu Boden sinken, lehnte den Rücken gegen den kalten Stein der Mauer und schloss kurz die Augen.

Nur eine Minute.

Dann würde er aufstehen und Runland finden.

〰

Runland stürmte auf den kleinen Platz vor dem Ostturm – der am besten befestigte Punkt der Stadtmauer. Dort blieb er abrupt stehen.

Vor ihm tobte das Chaos.

Der Platz war voller Menschen und Zwerge, viele von ihnen kaum bekleidet, aber alle bewaffnet. Sie rannten in Richtung Mauer, die schon überfüllt war. Aus der Dunkelheit zischten Pfeile, das Knarren gespannter Sehnen lag wie ein unheilvoller Takt in der Luft.

Fackeln auf der Mauer warfen zuckende Schatten, während brennende Häuser in der Nähe gespenstisches Licht spendeten. Flammen leckten an Holzbalken, Rauch trieb über die Dächer. Trotz allem konnte Runland nicht erkennen, was genau auf der Mauer geschah – die Angreifer blieben im Schatten, und der Kampf war ein einziger Strudel aus Bewegung und Lärm.

Er trat einen Schritt vor – und wurde fast von einem Zwerg umgerannt, der blindlings durch die Menge raste.

Instinktiv griff Runland nach ihm, seine Hände verfingen sich in etwas Weichem.

»Aua! Das ist mein Bart! Lass los!«

Runland ließ sofort los. »Entschuldigung! Was ist passiert? Wer greift an?«

Der Zwerg hielt inne, blinzelte ihn an – und erkannte ihn.

»Stapfer! Bei den Ahnen – bist du gekommen, um zu helfen? Sie brauchen jede Hand! Es sind Blutmenschen, was denkst du? Und ...«

Er senkte die Stimme zu einem flüsternden Ton, der Runland trotz des Lärms klar erreichte: »... sie sagen, ein Schattenbluter führt sie an.«

Mit diesen Worten riss sich Virkam los und verschwand im Getümmel.

Runland blieb zurück.

Blutmenschen. Ein Schattenbluter. Larkas unter Angriff.

Es schien unmöglich.

Der Dunkle hatte immer im Norden gelauert, ein fernes, dunkles Echo – aber Larkas war sicher gewesen. Immer. Oder?

Er hob den Blick zur Mauer – und sah sie.

Die Feinde.

Blutmenschen, über eine Leiter gestiegen, kämpften direkt auf der Stadtmauer. Schwerter blitzten, Schreie zerrissen die Luft.

Runlands Lungen zogen sich schmerzhaft zusammen.

Die Nacht war gekommen.

Mit zusammengebissenen Zähnen zog Runland sein Schwert und stürmte hinter Virkam her, der schon die nächste Treppe erklomm. Es gab nichts anderes, das er jetzt tun konnte. Die Gedanken an Mal und seinen Vater, verschlungen vom Schatten, ließen heiße Wut in ihm aufsteigen. Er begann schneller zu laufen.

Doch als er die Treppe zur Mauerkrone erreichte, spürte er, wie sein Herz schwer wurde. Er würde sich stellen – dem Schatten und dem Feuer.

Und genau das tat er.

Vor ihm lag eine Szenerie aus Dunkelheit und brennendem Rot. Die Nacht war tief, doch das Licht der Fackeln auf dem Feld darunter tauchte alles in ein unheiliges Glühen. Es war eine Armee – oder eher eine Horde. Ein Meer aus finsteren Gesichtern und noch finstereren Absichten, das dem Willen eines Schwarzen Meisters folgte.

Blutmenschen standen an vorderster Front – entstellt, zähnefletschend, mit von Fäulnis dampfender Haut. Manche trugen grobe, rostige Rüstungen, andere nichts als ihre entblößte Gier. Hinter ihnen: Graufletzer, Ungeheuer aus den dunklen Wäldern. Und Menschen. Menschen, die dem Dunklen Glauben geschenkt hatten. Die ihre Seelen verkauft hatten für Macht, für Schutz – oder einfach, weil sie daran geglaubt hatten, dass das Böse siegen würde.

Nun waren sie hier, um Larkas zu brechen. Eine Stadt, die sich nie gebeugt hatte. Eine Stadt, die in den letzten Jahren jeden, noch so starken Angriff, abgewehrt hatte, deshalb hasste wie keine andere.

Die Reihen der Angreifer erstreckten sich, Welle um Welle, in die Schwärze dahinter – wie ein einziger schwarzer Atem, der gegen die Mauern drückte. Runland starrte hinab, seine Hand fest um das Heft von Soryn geschlossen.

Sein Herz schlug wie ein Hammer in seiner Brust, aber er dachte nur einen Satz:

Es braucht mehr als hässliche Gesichter, um Larkas einzunehmen.

Leitern krachten gegen die Mauern – und wurden ebenso schnell wieder hinabgestoßen. Die wenigen Blutmenschen, die es hinauf geschafft hatten, waren bereits gefallen. Jetzt, da die Wälle voll besetzt waren, fiel es dem Feind schwer, durchzubrechen.

Aber leicht war es nicht – für niemanden.

Runland stand wie versteinert. Sein Schwert hing schlaff in der Hand, vergessen. Entsetzen, Mitleid, Trauer – langsam krochen sie in ihn hinein, Schicht für Schicht, bis sie seinen Geist ganz ausfüllten.

Die Zeit um ihn herum begann zu zerfließen. Alles wurde langsamer, greller, schärfer.

Er sah, wie ein Pfeil sich durch den Hals eines Mannes bohrte. Wie eine brennende Teerkugel das Brustbein eines Zwerges traf – Flammen fraßen sich in Fleisch und Stoff. Steine flogen über die Mauer und krachten in die Häuser dahinter, zerbrachen Dächer, entfachten Brände, warfen Licht und Schatten über das Chaos.

Ein Blutmensch hob den Kopf über den Wall – und wurde niedergestreckt. Der nächste folgte. Und der nächste.

Noch hatte keiner die Mauer überwunden.

Runland wusste nicht, wie lange er schon dort stand. Vielleicht nur ein Moment. Vielleicht eine Ewigkeit.

Ein roter Moment.

Dunkel. Schwer. Blutgetränkt.

Und er konnte sich nicht bewegen. Konnte dem Schrecken nicht entkommen. Konnte nur denken:

Was nützt es, zu kämpfen?

Es sind zu viele.

Runland war kein Kämpfer – und inmitten all des Lärms, des Lichts und des Bluts verstand er nicht sofort, was sich um ihn herum abspielte. Der Angriff wirkte heftig, chaotisch – aber nicht erfolgreich. Trotz ihrer Übermacht gelang es den Blutmenschen nicht, die besetzten Mauern von Larkas zu durchbrechen.

Sie begannen zurückzuweichen. Erst langsam, dann panisch. Sie wichen von den Wällen ab und drängten sich zum Haupttor – als könnten sie dort Schutz finden, als würden sie dort entkommen.

Ein Irrtum. Über dem Tor lauerten die Kessel – gefüllt mit

brennendem Teer und kochendem Wasser. Was sich im Torbogen sammelte, wurde vernichtet.

Doch der Rückzug war kein Zeichen der Niederlage. Der Dunkle spielte nie mit nur einem Zug. Seine Werkzeuge waren zahlreich – und nicht alle trugen Waffen.

Benommen wandte Runland den Blick ab, weg vom Gemetzel. Und gerade deshalb war er der Einzige auf den Mauern, der es sah.

Zu seiner Rechten, unter ihm, begann sich das große Rad zu drehen.

Langsam, kraftvoll.

Das Tor von Larkas öffnete sich.

Von innen.

Durch die Hand des Verrats.

Gerand riss die Augen auf. Das Kreischen hatte ihn geweckt – scharf, metallisch, schrecklich vertraut. Die Torangeln.

Das Tor öffnete sich.

Er sprang auf. Für einen Moment konnte er nur starren.

Nicht schon wieder. Nicht von innen.

Langsam trat er aus dem Windschatten der Mauer, sein Blick tastete über den Boden. Die Wachen, die hier geblieben waren, lagen reglos da – sauber getötet, leise, ohne Alarm. Kehlen aufgeschlitzt. Augen weit offen.

Und dann sah er ihn.

Eine Gestalt, schwarz im Feuerschein, flüchtete ins Innere der Stadt.

Gerand zögerte nicht. Er bückte sich, griff nach dem

Schwert eines Gefallenen, und ohne auch nur einen Blick zur Mauer zu werfen, setzte er dem Verräter nach.

Aber die Schritte reichten nicht.

Hinter ihm brach der Sturm los.

Ein markerschütterndes Gebrüll erhob sich, als das Tor ganz aufschwang – und die Blutmenschen stürmten hindurch. Hunderte. Tausende.

Gerand wirbelte herum.

Und stand ihnen allein gegenüber.

Neria schlich durch die Schatten hinter dem Gasthaus „Durstiger Wanderer", den Dolch an die Brust gepresst. Ihre Finger zitterten. Sie hatte keine Ahnung, wie man mit so etwas umging – aber wenn Blutmenschen in dein Haus einbrachen, war es klüger, etwas in der Hand zu haben.

Wie sie hereingekommen waren, darüber wollte sie jetzt nicht nachdenken. Wie sie wieder hinauskommen würden, war nicht ihr Problem.

Was machte es schon für einen Unterschied? War das Leben als Gefangene schlimmer als das einer Ausgestoßenen? Beides war leer, beides kalt. Selbst der Tod hatte etwas Beruhigendes, fast Gleichgültiges.

Doch sie war jung – und Jugend gibt das Leben nicht so einfach her. Süß oder bitter, man will es doch kosten. Sie hatte Angst.

Sie hätte fliehen sollen. Den Hügel hoch, zu den Höhlen, wo die anderen Zuflucht suchten. Doch etwas hielt sie zurück.

Ein Gedanke, den sie nicht abschütteln konnte.

Jetzt stand sie still, hinter dem Stall, das Herz ein Hammerschlag. Der Dolchgriff war feucht in ihrer Hand. Sie lehnte sich an die Wand und schloss die Augen.

Jemand hatte das Tor geöffnet.

Und sie hatte gesehen, wer es war.

Nachdem der Junge mit dem dunklen Schwert, der sie niedergestoßen hatte, in die Schatten davongerannt war, war Neria ihm gefolgt – getrieben von einer Überzeugung, stärker als Angst oder Vorsicht.

Etwas in ihr musste sehen, was kommen würde.

Im Schutz der hoch aufragenden Mauern hatte sie beobachtet, wie er hinaufstieg, wie der Angriff begann – und wie sich das Tor öffnete.

Und sie sah das Gesicht desjenigen, der es geöffnet hatte.

Als das Tor sich weit aufschwang, hatte sich die Gestalt umgedreht und war in der Nacht verschwunden. Aber nicht schnell genug. Neria hatte sie verfolgt – den Dolch einer gefallenen Wache aus der Hand gerissen, ein Zwerg, der vom Wall gestürzt war.

Und nun war sie hier.

Im Schatten des Stalls vom Durstigen Wanderer, zitternd, unschlüssig.

Warum war sie ihm gefolgt?

Was ging sie Verrat in Larkas an?

Was ging er ... sie an?

Sie hätte gehen sollen.

Sie hassten sie alle. Und sie hatte niemanden. Kein Zuhause. Kein Recht, hier zu sein.

Warum riskierte sie ihr Leben für Menschen, die ihr nie eins gegeben hatten?

Es ist doch nicht so, als wäre dein Leben etwas wert, flüsterte eine Stimme in ihrem Kopf.

Sie presste die Lippen zusammen, spürte den Dolchgriff in der Hand, kalt und feucht.

Dann schob sie die Stalltür auf.

Und trat hinein.

Runland lag benommen auf der kalten Erde. Ein Dröhnen füllte seine Ohren. Für einen Moment trieb er in einem formlosen Grau – ohne Erinnerung, ohne Gefühl. Dann, mit einem Lichtblitz, kehrte alles zurück. Langsam hob er den Kopf und starrte auf den Wehrgang, von dem er gefallen war – gestoßen vom taumelnden Körper eines Mannes, von Pfeilen durchsiebt.

Sein ganzer Körper schmerzte. Die Kälte der Luft und des Bodens kroch bis in die Knochen.

Mit großer Anstrengung richtete er sich auf. Und sah, was er nie für möglich gehalten hätte: Die Blutmenschen waren in Larkas.

Wie eine schwarze Welle ergossen sie sich durch das Tor – gesichtslos, seelenlos, ein Meer aus Hass, das alles auf seinem Weg mit Blut fortzuspülen suchte. Für einen Moment wollte er fliehen – ob in Sicherheit oder mitten in den Angriff, wusste er selbst nicht. Doch dann erkannte er unter den Verteidigern ein vertrautes Gesicht.

»Da!«, rief er, übermannt von Erleichterung – und Freude. Er stürmte aus dem Schatten der Mauer, der Verteidigungslinie entgegen.

Soryn lag in seiner Hand, doch Runland nahm das Schwert

kaum wahr. Er dachte nicht daran, es zu benutzen. Es war wie ein Schatten in der Nacht – verschwommen, ungreifbar, ein Hauch tödlicher Möglichkeit. Um ihn tobte das Gemetzel: Blutmenschen, Menschen, Zwerge – sie kämpften, fielen, starben. Doch Runland sah nichts davon. Wie ein Geist glitt er durch den Sturm des Todes. So dunkel und still, dass ihn niemand bemerkte.

Sein Blick galt nur einem: seinem Vater.

Gerand kämpfte allein. Augen und Schwert blitzten gleichermaßen. Er war mager und ausgezehrt, sein einst schwarzes Haar – so wie Runlands – war nun schneeweiß. Er wirkte müde, erschöpft bis in die Knochen, und deutlich älter, als Runland ihn in Erinnerung hatte. Blut klebte an ihm. Ob es sein eigenes war oder das seiner Feinde, ließ sich nicht sagen.

Nur noch ein paar Schritte – dann würden sich ihre Blicke begegnen ...

Da stellte sich ihm ein Blutmensch in den Weg. Ein hämisches Grinsen zerriss dessen entstelltes Gesicht, und Runland verlor Gerand aus den Augen. Mit einem Schrei holte er aus – ein wütender, impulsiver Hieb. Doch die Kreatur war bereit. Sie parierte mühelos, lachte, und ihre abgebrochenen Zähne blitzten gelb auf.

»Dummes Ding!«, zischte sie.

Runland erstarrte. Blutmenschen redeten nie. Nicht mit ihm. Nicht mit irgendwem. Er hatte geglaubt, sie könnten es gar nicht – dass solche abscheulichen Kreaturen keine Intelligenz brauchten. Aber das war falsch. Sie waren klüger, als ihr Äußeres vermuten ließ.

»Ihr kämpft auf der falschen Seite«, krächzte der Blutmensch – und lachte noch lauter, als er Runlands entsetzten, verwirrten Blick sah. »Ihr wisst es also nicht? Er hat einen Deal mit dem Herrn gemacht! Er hat euch alle verraten!«

Der Blutmensch hätte Runland auf der Stelle töten können – so fassungslos war er –, wenn nicht in diesem Moment das Schwert von Gerand Falkenstieg herabgesaust wäre, um das Leben seines Sohnes zu retten.

Lautlos fiel die Kreatur. Der Kopf rollte zur Seite. Und hinter der Leiche stand er.

Vater und Sohn sahen sich in die Augen.

Runland öffnete den Mund, wollte etwas rufen – doch die Worte erstickten auf seinen Lippen. Entsetzt starrte er seinen Vater an. Gerands Schwert glitt ihm aus den zitternden Händen. Und beinahe hätte Runland auch seines fallen lassen.

Ein Pfeil ragte aus der Seite des alten Mannes. Sein Gesicht war bleich, fast leblos, nur dunkle Blutstreifen zogen sich über Stirn und Wangen. Als er schwankte, fing Runland ihn auf – hilflos, unbeholfen.

»Stapfer ...«, flüsterte Gerand, mit einem Blick, der bereits ins Leere ging. »... Mondabend.«

Er hustete, griff nach Runlands Hand. Der Griff war schwach, aber verzweifelt fest.

»Was?«, fragte Runland. »Vater, ich verstehe nicht ...«

Da richtete sich Gerand ein letztes Mal auf. Seine Stimme war fest, wie aus alter Zeit.

»Am Mondabend ... wird die Geschichte von Tränen handeln. Vertrau nicht ...«

Die Stimme brach. Der Griff wurde schlaff.

»Wem soll ich nicht trauen? Was passiert am Mondabend?!«

Keine Antwort.

Runland kauerte neben dem leblosen Körper. Die Welt war stumm geworden. Er hörte die Rufe und Schreie nicht, sah nicht, wie die Blutmenschen schreiend aus Larkas vertrieben wurden. Nahm den Sieg nicht wahr.

Mit tauben Fingern löste er die Brosche seines Vaters – ein Schwert, umgeben von sieben Sternen – aus der Tunika. Er steckte sie ein, stand auf. Schwankte. Und floh in die Dunkelheit.

Die Nacht war still – und doch hatte Runland das Gefühl, das Rauschen aller Flüsse der Welt in seinen Ohren zu hören. Seine Schritte dröhnten auf dem Feldweg, der ins Nichts führte. Irgendwohin, nur weg.

Er dachte nicht. Oder besser: Er bemühte sich, es nicht zu tun. Dunkel, kalt, leer – wie die Nacht selbst. So zu sein war leichter, als sich dem zu stellen, was hinter ihm lag.

Ein Lichtstrahl fiel auf sein Gesicht. Blinzelnd blieb er stehen.

Er war am Hof des „Durstigen Wanderers" angekommen. Licht schimmerte aus den Ställen zur Rechten. Eine Tür stand offen.

Wie in Trance ging er darauf zu, die Hand am Griff seines Schwertes. Furcht regte sich in ihm – grundlos, aber echt. Die Trauer hatte ihn abgestumpft, machte ihn waghalsig. Angst verspürte er keine.

Doch als er durch die grobe Holztür trat, war jeder Gedanke verschwunden.

Neria Dornquell stand mitten im Stallgang. Ihre Augen

weiteten sich, als sie ihn sah – aus Überraschung? Oder Erleichterung?

Ein Dolch lag ein paar Schritte links von ihr, blank und sauber im Stroh. Vor ihren Füßen: ein hastig gescharrtes Loch. Ihr gegenüber – ein Mann, den Rücken zu Runland gewandt, gehüllt in einen dunklen Umhang. Eine Armbrust in der Hand. Auf Neria gerichtet.

Runland begriff das alles in einem Herzschlag.

Dann drehte sich der Mann um.

Und Runland sah in das Gesicht von Mal.

Sein engster Freund. Ohne Zögern hob er die Armbrust – und zielte direkt auf Runlands Herz.

KAPITEL 2

LICHT IN DER EINEN HAND, SCHATTEN IN DER ANDEREN

»Wer nur sieht, was ihm gezeigt wird, hat die Hälfte der Welt
bereits verloren.«

— Lehre der Alten Pfade

Nerias Schrei, Mals Bewegung und der schwarze Bolzen fielen in einen einzigen Augenblick – noch bevor Runland die Überraschung mit einem Atemzug hätte beantworten können. Mal hatte sich bereits zu ihm umgedreht, die Armbrust hochgerissen, als Neria mit einem verzweifelten Laut auf ihn zustürzte. Ihr Aufprall riss ihn seitlich herum, der Schuss löste sich unkontrolliert.

Der Bolzen verfehlte Runlands Herz nur um Haaresbreite. Stattdessen steifte er an der linken Halsseite entlang, riss Haut und Fleisch auf, schrammte weiter – ehe die Wucht des Treffers ihn gegen den Türrahmen schleuderte. Hart prallte er auf, verlor den Halt und sackte kraftlos zu Boden. Sterne tanzten vor seinen Augen. Für einen Moment vergaß er zu atmen.

Dann kehrte die Welt langsam zurück.

Runland blinzelte die Benommenheit fort und versuchte, sich im Stall zu orientieren, der nur von einer einzigen Laterne schwach erhellt wurde. Der Anblick, der sich ihm bot, war alles andere als ermutigend.

Er lag ausgestreckt auf dem Boden, halb gegen den Türrahmen gelehnt. Sein Schwert war ihm entglitten und lag mehrere Armlängen entfernt – unerreichbar. Am Rand des Laternenlichts kauerte Neria, an eine Stalltür gepresst. Mit einem Arm hielt sie sich an der Schulter fest, Tränen liefen über ihr Gesicht, die Zähne fest aufeinandergebissen. Sie lebte. Und sie schien – abgesehen vom Schmerz – unverletzt.

Runland erinnerte sich an ihren Schrei. An den Moment, in dem sie sich ohne Zögern auf Mal gestürzt hatte. Hätte sie ihn nicht gerammt, hätte der Bolzen nun tief in seiner Kehle gesteckt.

Ein warmes Rinnen lenkte seine Aufmerksamkeit zurück auf sich selbst. Blut lief ihm die linke Halsseite hinab und sickerte in den Kragen. Vorsichtig führte er die Hand zur Wunde. Der Schnitt war lang und brennend, dicht unter dem Kiefer – gefährlich nah an allem, was hätte töten können.

Runland schluckte vorsichtig. Ein Fingerbreit weiter innen, und er wäre jetzt bei seinem Vater. Der Gedanke schmerzte mehr als die Verletzung selbst.

Doch der Schmerz wich im nächsten Augenblick einer Welle glühender Wut.

Er hob den Blick und starrte Mal an – Zorn und Unglauben zugleich in den Augen.

Das Gesicht des Mannes war aschfahl. Die Armbrust hing schlaff an seiner Seite. Reglos erwiderte er Runlands Blick, als begreife er erst jetzt, was er beinahe getan hatte.

»Runland«, sagte er schließlich, fast schon verzweifelt klingend, »von allen Menschen auf der Welt musstest ausgerechnet du durch diese Tür kommen. Ich hätte dich töten können ...«

»Du hättest mich fast getötet!« Runland stemmte sich auf die Beine, aufgebracht, wankend. Er stolperte einen Schritt vorwärts. Blut tropfte aus seiner Kehle und sammelte sich in einer kleinen Lache auf dem Boden. »Was machst du überhaupt hier?«, keuchte er.

Mal sah zu Neria hinüber, die nichts sagte. Sie wirkte zu verängstigt, um zu sprechen – und Runland konnte es ihr nicht verübeln. Mals Blick war tödlich, und er bezweifelte, dass er ihm selbst hätte standhalten können.

»Ich bin der hier vom Tor aus gefolgt«, sagte Mal verächtlich, »nachdem sie es geöffnet hat. Sie hat die Blutmenschen hereingelassen, und das Blut der Larkas-Leute klebt an ihren Händen.«

»Aber ich – !« protestierte Neria und machte einen Schritt nach vorn. Dann zuckte sie vor Mals Blick zurück und verstummte.

»Sie hat das Tor geöffnet ...?«, fragte Runland nach einem Moment des Zweifelns. Warum sollte sie das tun? Ich verstehe das nicht ...

»Ist das nicht offensichtlich?«, sagte Mal. »Eine Ausgestoßene, die von allen gehasst wird, bekommt endlich die Chance, ihre kleine Rache zu üben. Oh, ich bezweifle, dass sie mit ihnen im Bunde war; der Dunkle hat mit solchen erbärmlichen Kreaturen nichts zu schaffen. Aber sie hat den Angriff genutzt, um so viel Schaden wie möglich anzurichten. Dann kam sie hierher, um ein Pferd zu stehlen, nehme ich an – und zu fliehen, solange sie noch konnte. Jetzt wird sie zumindest nicht ungestraft davonkommen. Die Wache wird sich um sie kümmern.«

Neria schüttelte den Kopf und sah eher verblüfft als verängstigt aus.

»Ich war es nicht!«, rief sie, stotternd vor Empörung, als hätte sie ihre Angst für einen Moment vergessen. »Ich war es nicht!«

Runland sah sie skeptisch an. Es würde ihn nicht überraschen, wenn sie tatsächlich die Verräterin war und alles, was Mal über sie gesagt hatte, stimmte. Aber ... warum hatte sie ihn dann davor bewahrt, von Mals Pfeil getroffen zu werden – wenn auch nur zufällig? Irgendetwas passte nicht, doch er konnte nicht sagen, was.

»Ich war es nicht«, wiederholte Neria, diesmal leiser. Sie schluckte, sah gleichzeitig nervös und wütend aus. »Er war es!« Sie deutete auf Mal. »Ich bin ihm hierher gefolgt! Er hat das Tor geöffnet! Er ist der Verräter!« Ihre Stimme bebte, ihre Augen leuchteten im Licht der Laterne.

»Beschuldigst du etwa mich?«, fragte Mal spöttisch. »Ich fürchte, für die Wache musst du dir schon etwas Besseres einfallen lassen. Ich bezweifle, dass sie selbst von einer so rührenden Darbietung von Aufrichtigkeit überzeugt sein werden ...«

»Du musst mir glauben!«, wandte sich Neria nun an Runland. Ich war dort, ich habe es gesehen! Er öffnete das Tor und rannte davon. Als ich hier ankam, nahm er mir meinen

Dolch weg und befahl mir, in der Mitte des Bodens zu graben ...« Sie zeigte mit schlammverschmierten Händen auf das Loch hinter Mal. »Dort will er etwas vergraben!«

Mal machte sich nicht einmal die Mühe zu antworten. Er seufzte nur und sah gelangweilt aus. Dann verschränkte er die Arme und schüttelte leicht den Kopf, sodass ihm die roten Haare ins Gesicht fielen.

»Er arbeitet für die Blutmenschen ... er wird jeden an sie verraten ...«, sagte Neria eindringlich. Doch es war offensichtlich, dass Runland ihr nicht wirklich glaubte – und es gab niemanden, an den sie sich wenden konnte. Schließlich verstummte sie und begann, sich langsam von ihnen zurückzuziehen, bis ihr Rücken gegen die Stalltür stieß. Ihre Augen huschten nervös zwischen Mann und Junge hin und her. Sie war in der Falle, und es schien keinen Ausweg zu geben.

»Ich hoffe, du hast deine lächerliche Tirade beendet«, sagte Mal kalt, »damit wir diesen dreckigen Stall endlich verlassen und mein Freund seine Wunde versorgen lassen kann.«

Er wandte sich Runland zu und sah fast bedauernd aus. »Ich muss zugeben, ich dachte, du wärst ein Blutmensch –«

»Er hat versucht, dich zu töten!«, schrie Neria, in einem letzten Versuch, ihre Unschuld zu retten.

Mal warf verzweifelt die Hände in die Luft – und in diesem Moment sah Runland es.

Für einen Herzschlag lang glaubte er zu halluzinieren. Seine Ohren rauschten, ob vor Blutverlust oder bloßem Entsetzen, wusste er nicht. Mal hielt die Armbrust immer noch in der rechten Hand, die Handfläche verborgen. Aber die linke ... die war mit schwarzen Fettstreifen überzogen, wie sie an Torrädern verwendet werden, damit sie beim Öffnen nicht quietschen.

»Mal ...«, sagte Runland leise, »da ist etwas an deiner Hand.«

Ein Anflug von Verwirrung huschte über Mals Gesicht – zum ersten Mal schien er sich seiner selbst nicht sicher zu sein. Er starrte auf die schwarzen Flecken auf seiner Handfläche, als sähe er sie zum ersten Mal. Dann hob er den Blick, und sein Gesicht verdunkelte sich – als hätte jemand eine innere Tür zugeschlagen, um das Licht auszusperren. Oder vielleicht war das Licht einfach erloschen.

»Schlachten sind selten sauber«, sagte er mit zusammengekniffenen Augen. »Ja, meine Hände sind schmutzig. Wenn du damit andeuten willst, dass das ein Beweis für Verrat ist, dann sollten wir dich wohl schleunigst zu einem Arzt bringen. Anscheinend hat mein fehlgeleiteter Pfeil mehr als nur deine Haut beschädigt.«

»Ich unterstelle gar nichts«, erwiderte Runland ruhig. »Aber du bist derjenige, dessen Hände mit Torfett verschmiert sind. Und du bist derjenige, der versucht hat, mich zu erschießen. Ich wäre tot, wenn Neria nicht gewesen wäre. Warum sollte sie mein Leben retten, wenn sie die Verräterin wäre?«

»Bin ich etwa verantwortlich für die Taten eines Mischlings?«, fauchte Mal. »Sie ist wahrscheinlich ebenso geistesgestört wie unmoralisch. Und du bist ein Narr, wenn du ihr glaubst. Warum, bei allen Göttern, sollte ich Larkas verraten?«

»Mein Vater ist heute Nacht gestorben«, sagte Runland und ignorierte Mals Frage. »Er war dein Gefährte, und ich zählte dich zu meinen engsten Freunden. Schwöre mir bei deiner Ehre und unserer Freundschaft, dass es nicht deine Schuld ist, dass er tot ist – und ich werde dir glauben.«

Mal schwieg. Statt einer Antwort zog er langsam sein

Schwert. Die Klinge glitzerte im schwachen Laternenlicht, während sein Blick kalt und unbeweglich auf Runland ruhte. Zum ersten Mal wurde Runland bewusst, dass er und Neria mit dem besten Schwertkämpfer des Landes allein waren – und dass wahrscheinlich niemand in der Nähe war, der sie hören konnte, wenn sie schrien.

»Du warst immer viel zu schlau für einen einfachen Jungen«, sagte Mal schließlich, seine Stimme ruhig, fast bedauernd. »Und viel zu kühn. Warum musstest du dich in die Schlacht stürzen, Stapfer? Warum bist du nicht in deinem Häuschen geblieben, wie es jeder vernünftige Mensch getan hätte?«

Er seufzte leise, senkte den Blick. Als er ihn wieder hob, waren seine Augen hart wie Stahl. »Das mit Gerand tut mir leid. Und das hier tut mir auch leid. Aber wenn es nicht anders sein soll ...«

Runlands Atem stockte, als Mal einen Schritt nach vorn machte. Ein leises Knirschen ertönte, als sein Stiefel den Boden berührte. Mal blickte hinab – und erstarrte.

Er stand mit einem schwarzen Stiefel in der Blutlache von Runland.

Es war ein Moment, den Stapfer nie vergessen sollte, so sehr er es sich auch wünschte. Die Laterne, die an einer der Stalltüren hing, warf ihr flackerndes Licht nur auf eine Seite des Raumes. Der Boden – braune Erde, gesprenkelt mit gelbem Stroh – und die schlichten Holzwände traten klar hervor, während die Decke in Schatten überging. Nerias zerzaustes Haar leuchtete golden im Licht, während Runland selbst im Zwielicht stand.

In der Mitte stand Mal – groß, tödlich, verloren – und das Blut verratener Freundschaft besudelte nun seine Füße.

Nur ein Augenblick verging. Dann wieherte eines der Pferde nervös, und die Stille zerbrach wie Kristallglas.

Mit einem Schrei sprang Neria auf und warf sich auf Mal. Für einen Herzschlag glaubte Runland, sie würde ihn angreifen – doch er täuschte sich. In letzter Sekunde stürzte sie sich hinter ihm zu Boden, neben das Loch, das Runland bereits bemerkt hatte, als er den Stall zum ersten Mal betreten hatte. Mal fluchte, drehte sich um – doch die Überraschung hielt ihn auf. Neria hatte bereits den Arm in das Loch gestoßen, bevor er reagieren konnte.

»Halt!«, schrie Mal. »Rühr das Amulett nicht an! Sie haben es für sich beansprucht!«

Blitzschnell stürzte er sich mit gezücktem Schwert auf das Mädchen.

Doch Neria rollte sich bereits zur Seite – die Klinge schnitt nur durch Luft. Als sie taumelnd auf die Beine kam, sah Runland, dass sie eine kleine Holzkiste in der Hand hielt.

»Komm und hol's dir, wenn du kannst«, rief sie, und im nächsten Moment sprang die Schachtel in ihren schlammverschmierten Händen auf.

Runland schnappte nach Luft. Schmerz, Blut, Trauer – all das fiel für einen Augenblick von ihm ab. Das Licht der Laterne funkelte auf einem silbernen Amulett, sechseckig geformt, in dessen Mitte ein weißer Stein saß, umgeben von einem Symbol, das er nicht erkannte. Es leuchtete nicht von selbst, doch es fing das Lampenlicht und warf es in schimmernden Wellen zurück – silberne, goldene und rote Funken tanzten über die Stallwände wie kleine, gefärbte Sterne. Das Amulett hing an einer schlichten, silbernen Kette.

Mal zuckte mit den Schultern. »Wie du willst«, sagte er leise – und hob sein Schwert.

Neria bückte sich hastig und hob etwas vom Boden auf. Es war Soryn, Runlands Schwert.

Im Licht des Steins auf dem Amulett wirkte die Klinge doppelt dunkel – eine Schneide aus Dämmerung.

So stand Neria da: Licht in der einen Hand, Schatten in der anderen. Und in diesem Moment sah sie nicht mehr aus wie ein Waisenkind oder ein verirrtes Mädchen. Ihr Gesicht war ernst, ihre Augen klar.

Mal lachte nur – ein hartes, kurzes Lachen – und holte mit seinem mächtigen Schwert aus.

Doch bevor die Klinge ihr Ziel erreichte, schrie er auf und ließ die Waffe fallen.

Runland hatte, mit einer Kraft, von der er nicht gewusst hatte, dass sie noch in ihm steckte, Nerias Dolch vom Boden gerissen und zugestoßen – schnell, instinktiv, verzweifelt. Die Klinge schnitt Mals rechten Zeigefinger ab.

Der Mann brüllte vor Schmerz und Unglauben. Blut tropfte aus seiner Hand und mischte sich mit Runlands eigenem, das sich bereits auf dem Lehmboden gesammelt hatte.

Doch noch bevor Runland Luft holen konnte, hörte er etwas, das ihm das Herz gefrieren ließ: das dumpfe Stampfen vieler Schritte draußen, schwer und eilig, auf dem Weg zum Stall.

»Lauf weg«, rief Runland Neria zu, hob den Dolch und hielt Mal mit den Augen im Visier.

Neria zögerte einen Moment, sah verwirrt aus – dann

steckte sie das Amulett hastig in ihre Tasche. Runlands Blick folgte ihr, als sie zur Tür hinauslief und in der Nacht verschwand. Dann wandte er sich wieder Mal zu.

Seine Hand zitterte, während er Mals gebeugte Gestalt betrachtete. Ihre Augen trafen sich – grau auf grau.

Dann ließ Runland den Dolch fallen, verbarg das Gesicht in den Händen – und so sah er nicht, wie Mal sich aufrichtete, den Schock abschüttelte und den sechs Männern, die in den Stall gestürzt waren, ein Zeichen gab.

»Was –?«, stieß Runland hervor, als ihn zwei Soldaten packten. Er starrte sie fassungslos an, dann wandte er sich an Mal – und verstand.

»Dieser Junge«, sagte der rothaarige Graswachter laut, »ist ein Verräter. Er trägt die Verantwortung für mehr Tote, als ich zählen möchte. Bringt ihn ins Gefängnis. Er bleibt dort, bis der Bürgermeister entschieden hat, was mit ihm geschieht.«

Der Soldat zu Runlands rechter Seite zögerte und räusperte sich.

»Es tut mir leid, Sir, aber das ist unmöglich.«

»Was? Warum?«, fragte Mal, der plötzlich die Kälte in seiner Stimme verlor.

»Der Bürgermeister ist tot, Sir. Die Blutmenschen haben ihn erschlagen – ebenso die meisten Ratsmitglieder und Hauptleute. Die wenigen, die noch leben, sind schwer verletzt und werden kaum die Nacht überstehen.« Der Mann hob den Blick. »Sie sind jetzt der ranghöchste Beamte in Larkas, Sir. Die Stadt liegt in Ihren Händen. Und …« – er salutierte knapp – »ich bin stolz, unter Ihnen zu dienen.«

Mal senkte den Kopf, als würde er über etwas nachdenken, und ging langsam zur Tür hinaus.

Runland hätte über die bittere Ironie dieses Augenblicks lachen können –

wenn es ihn noch interessiert hätte.

Neria saß mit dem Rücken an einen Baum gelehnt und war in Gedanken versunken.

Das war eine Angewohnheit von ihr – auch wenn nur wenige, die sie kannten, das geglaubt hätten. Die meisten hätten ebenso wenig geglaubt, dass sie überhaupt ein Gewissen hatte. Doch das hatte sie, und jetzt rang sie damit.

Neria war kein heldenhaftes Mädchen. Sie war eine Waise. Ihre Familie, ihr Erbe, sogar ihr Alter waren ihr ein Rätsel. Sie erinnerte sich an den Tod ihrer Mutter, als sie noch sehr klein gewesen war; danach hatte sie in einem Waisenhaus in Hafirth gelebt – einer Stadt am Ufer des Warrelh. Im Frühjahr dieses Jahres hatte sie Hafirth verlassen und war nach Larkas gewandert, wo sie in einem alten Holzschuppen wohnte, der einem freundlichen, alten Zwerg gehörte, der ihre Anwesenheit zu ihrer großen Zufriedenheit nie bemerkte.

In Larkas hielt man sie für eine Vagabundin, eine Lügnerin und eine Diebin – und keine dieser Anschuldigungen war völlig unbegründet. Ihr Aussehen half ihr dabei nicht gerade: Ihr lockiges Haar hatte zwar die Farbe von reifem Weizen und ihre Augen waren klar und grün, doch sie war mager, scharfgesichtig und wirkte unbeholfen. Außerdem trug sie unvorteilhafte Zwergenkleidung – die einzige, die ihrer Statur halbwegs passte.

Und dann war sie natürlich eine Halbzwergin: halb Mensch, halb Hügelzwerg.

Zwar lebten Menschen und Zwerge in Larkas in friedlicher Nachbarschaft, doch Mischehen wurden nicht gern gesehen. Ein Kind aus einer solchen Verbindung sorgte nur für Unbehagen – und Neria kannte niemanden, der so war wie sie. Die Leute mochten sie nicht, und so mochte sie auch niemanden. Sie zog es vor, sich zu verstecken statt zu kämpfen, und Einsamkeit statt Gesellschaft zu wählen.

Aber jetzt war etwas in ihre Isolation eingedrungen – oder besser gesagt: Sie selbst hatte sich in etwas verstrickt, das weit über ihre kleine, geschlossene Welt hinausging.

Neria legte den Kopf in den Nacken und lehnte ihn gegen den Baum hinter sich. Durch das Laub, das in der Nachtbrise leise raschelte, konnte sie den Himmel sehen – und die Sterne, die kalt und klar zwischen den Zweigen funkelten. Es roch nach Äpfeln in der Luft.

Ohne es zu wissen, saß Neria unter demselben Baum, der nur einen Tag zuvor Runlands Versteck gewesen war. Doch ihre Gedanken waren ganz andere als seine.

In ihrem Kopf stritten zwei Stimmen. Die eine riet ihr, in die Stadt zurückzukehren, den Jungen zu suchen, der ihr das Leben gerettet hatte, ihm zu danken – und ihm das Schwert zurückzugeben, das sie immer noch bei sich trug.

Die andere, lautere, flüsterte ihr zu, sich zu verstecken, zu fliehen – fort von Larkas, fort von allem, was in dieser Nacht geschehen war. Und obwohl Angst ihr erster Instinkt war, spürte sie doch, dass mehr von ihr verlangt wurde. Etwas anderes. Etwas, das sie noch nicht benennen konnte.

Langsam zog sie die Knie an die Brust und öffnete ihre Hand. In ihrer Handfläche lag das Amulett.

Das Objekt selbst wirkte nicht böse – da war sich Neria sicher. Seit sie den Stall des Durstigen Wanderers verlassen hatte, war sein Licht erloschen; nun lag es dunkel und kühl in ihrer Hand.

Es war aus feinem Silber gearbeitet, so zart, dass man kaum glauben konnte. Der weiße Edelstein in der Mitte war es gewesen, der das Lampenlicht reflektiert hatte – nicht die Kette selbst. Neria wusste nicht, was für ein Stein das war, nur dass er wertvoll sein musste.

Sie konnte sich nicht vorstellen, wem ein solches, wundersames Ding gehören mochte. Vielleicht einer Elfenkönigin? Doch was tat es vergraben im dem Stall des „Durstigen Wanderers"?

Als sie den Blick nicht von dem Amulett lösen konnte, spürte sie etwas, das ihr fast fremd war – ein Gefühl von Tiefe und Klarheit, wie der Blick in stilles, durchsichtiges Wasser, das Meter um Meter hinab bis zum Grund reicht.

Ein Windstoß blies ihr Haar ins Gesicht. Neria schloss die Augen und schüttelte kurz den Kopf.

Ein solches Gefühl von Klarheit hatte sie nur einmal zuvor gespürt – in dem Moment, als sie dem Jungen begegnet war, dessen richtiger Name ihr unbekannt war, und wusste, dass er ihr Leben retten würde.

Damals hatte sie das so sehr erschreckt, dass sie kaum ein Wort hervorbringen konnte, als er sie ansprach. Dieses Wissen – dieses Sehen mit dem Verstand – war etwas, das ihr fremd und unheimlich vorkam. Eine Art Magie, vielleicht, und Neria fürchtete sich davor. Sie hatte nie etwas für Magie übriggehabt;

das war etwas für Elfen und Zauberer, und sie wollte damit nichts zu tun haben.

Doch als sie noch einmal auf das Amulett in ihrer Hand blickte, spürte sie, wie sich ihr Herz beruhigte.

Es fühlte sich richtig an – als gehöre es jetzt ihr allein. Und zugleich hatte sie das deutliche Gefühl, dass es für etwas bestimmt war ... wenn sie nur wüsste, wofür.

Dann schweiften ihre Gedanken zu dem Jungen, der ihre seltsame Vorahnung nicht widerlegt, sondern erfüllt hatte – der ihr in dieser Nacht das Leben gerettet hatte.

Sie fragte sich, ob irgendjemand, den sie kannte, dasselbe getan hätte. Es war ein seltsames Gefühl – fast, als wäre er ihr Freund. Vielleicht lag es aber auch nur daran, dass sie sich zweimal an einem Tag begegnet waren und er sie bei keiner dieser Gelegenheiten beleidigt oder mit etwas beworfen hatte, wie es sonst üblich war.

Mal hatte ihn Stapfer genannt, aber das war sicher nur ein Spitzname; sie wusste noch immer nicht, wie er wirklich hieß.

Neria erinnerte sich an seinen Blick – diesen Ausdruck zwischen Schmerz und Entschlossenheit, als er zu dem Mann aufgesehen hatte, der ihn fast getötet hätte.

In diesem Moment hatte sie Mitleid mit ihm empfunden, zu ihrer eigenen Überraschung. So viel, dass sie ihm helfen wollte. Doch am Ende war er es gewesen, der ihr geholfen hatte – der seinen Freund verraten und ihr das Leben gerettet hatte.

Sie fragte sich, wo er jetzt war.

Neria seufzte und stützte den Kopf auf die Knie. Das Rauschen der Bäume ringsum wirkte beruhigend, und ihre aufgewühlten Gedanken glitten allmählich in die Stille.

Dann, in dieser Stille, hörte sie etwas – einen Ruf aus der Stadt unterhalb des Hügels.

Die Stimme gehörte einem Mann, laut und befehlend, doch die Worte trug der Wind davon.

Unruhe überkam sie. Langsam richtete sie sich auf, strich Erde und Gras von ihrer Kleidung und trat an den Rand des Hangs. Sie beugte sich leicht vor, bis sie zwischen den Ästen hindurch auf Larkas hinabblicken konnte.

Die Stadt lag im Licht. Überall flackerten Laternen, und durch die Straßen zogen Gruppen von Gardisten – was nach dem Angriff kaum verwunderlich war.

Neria fragte sich, wie viele in dieser Nacht gestorben waren ... und welche Strafe Malrik, der Verräter, nun erwartete, da seine Schuld offengelegt war.

Da kam ihr plötzlich ein Gedanke – klar und unausweichlich, wie ein Sonnenaufgang an einem Tag der Hinrichtung.

Ihr Mund blieb vor Schock offen stehen.

Mit zitternden Händen legte sie sich das Amulett um den Hals – und noch ehe sie über ihren Entschluss nachdenken konnte, begann sie den Abhang hinunterzukriechen, so schnell sie konnte, hin zu den hell erleuchteten Straßen von Larkas.

Sie musste den Jungen finden.

Hätte Neria Runland in diesem Moment sehen können, hätte sie vielleicht geweint.

Er hatte zumindest eine Zeit lang geweint – doch die Tränen waren längst versiegt, und nun herrschte nur noch Stille.

Er lag auf der kalten Erde des Gefängnisses von Larkas, in einer kleinen Steinzelle mit schwerer Eisentür und einem einzigen vergitterten Fenster, weit oben in der Wand.

Durch dieses Fenster war ein einzelner Stern zu sehen – alles andere lag in Schwärze.

Doch schlimmer als diese Zelle war der Kerker in Runlands Kopf: ein Ort ohne Tür, ohne Fenster, ohne jedes Licht.

Der muffige Geruch feuchter Erde hing in der Luft. Schweiß und Wasser tropften von seinem Haar, das in Strähnen über sein Gesicht fiel. Sein Nacken brannte vor Schmerz; die Blutung war zwar gestillt, doch die Wunde pochte heiß und geschwollen. Hände und Füße waren taub vor Kälte, die Kehle trocken vom Durst.

Aber all das schien fern, unwirklich – als gehöre der Körper längst nicht mehr ihm.

Vor seinen Augen lag keine Dunkelheit, sondern eine endlose Prozession von Erinnerungen – still, klar und scharf wie die Schneide eines Messers.

Er sah seine Mutter.

Seinen Vater.

Malrik.

Er sah sich selbst – die Wälder, das Blut, die Menschen.

Und immer wieder kehrte dieselbe Erinnerung zurück, hob sich aus dem flimmernden Nebel seiner Gedanken und trat klar hervor, wie ein Bild, das sich weigert zu verblassen.

... Er und sein Vater waren im Wald gewesen.

Gerand hatte ihm die Namen der Pflanzen beigebracht, auf die sie stießen, während sie langsam am Ufer eines kleinen Baches entlanggingen, der Staubflut genannt wurde. Seinen Namen hatte er bekommen, weil sich im Herbst vom Wind getriebener Blätterstaub oft auf der Wasseroberfläche sammelte und eine Weile darauf trieb – wie feiner, goldener Staub auf Glas.

So sah er jetzt aus, in Runlands Erinnerung.

Sein Vater hatte gerade von Sanetra gesprochen, Runlands Mutter, mit diesem fernen, sehnsüchtigen Blick, den er immer hatte, wenn ihr Name fiel. Dann blieb er stehen – unter den hängenden Ästen einer Trauerweide. Runland konnte jetzt seine Stimme hören, die durch die Jahre hallte:

»Schau, Stapfer! Eine Sonnenfederpflanze!«

Runland sah in die Richtung, in die sein Vater zeigte, hinunter zu den Wurzeln der Weide.

Was er dort sah, war alles andere als beeindruckend: eine fleckig graugrüne Pflanze, voller Dornen, mit giftig wirkenden roten Beeren, die dicht zusammengedrängt wie ein einziger, unförmiger Klumpen wirkten – fast wie ein Haarballen, den eine riesige Katze ausgespuckt hatte. Als er das sagte, funkelten die Augen seines Vaters.

»Schau noch einmal hin ...«, hatte Gerand leise geantwortet und an einem verdrehten Stängel gezogen.

Wie durch Zauberhand entfalteten sich die Blätter der Pflanze, und plötzlich zeigte sich ihre wahre Gestalt:

Die Innenseiten der Blätter leuchteten in reinem Gold, und in ihrer Mitte blühte eine weiße Blume – zart, still, mit Blütenblättern, die an die Federn eines Schwans erinnerten.

»Die Blätter, als Tee aufgebrüht, wärmen den Durstigen«, sagte Gerand, »und die Wurzeln stillen Blutungen.«

Er lächelte, als er das Staunen seines Sohnes sah.

»Nicht alles ist so, wie es scheint ...«

Als Runland jetzt in der Dunkelheit lag, hörte er die Stimme *seines Vaters immer wieder in seinem Kopf, gedämpft, hallend, unaufhörlich:*

Nicht alles ist so, wie es scheint ... nicht alles ist so, wie es scheint ...

Plötzlich blinzelte er.

Er hörte Stimmen – aber nicht die seines Vaters. Mehrere, leise, gedämpft, irgendwo außerhalb der Zelle.

Dann begann das Schloss zu knarren. Jemand öffnete die Tür – ob, um hereinzukommen oder ihn herauszuholen, wusste er nicht. Wahrscheinlich würde er es gleich erfahren.

Runland kauerte sich zusammen, rollte sich von der Tür weg und landete ausgestreckt an der Wand.

Die Tür öffnete sich, und grelles Licht flutete herein, blendete ihn. Etwas wurde in die Zelle geworfen – ein Sack, dachte er zuerst –, dann fiel die Tür wieder zu, und die Dunkelheit kehrte zurück.

Das Nachbild des Lichts brannte in seinen Augen. Erst allmählich erkannte er, dass der „Sack" sich bewegte. Sternenlicht, das durch das kleine Fenster fiel, glitzerte auf dunkelblondem Haar. Und plötzlich wusste Runland, wer es war.

»Neria?«, flüsterte er.

»Ich würde deinen Namen ebenso überrascht zurückflüstern«, kam die ironische Antwort, »aber ich kenne ihn ja nicht einmal.«

Einen Moment lang fand Runland keine Worte. Dann platzte es aus ihm heraus:

»Was machst du hier? Ich habe dir gesagt, du sollst weglaufen!«

»Ich bin weggelaufen«, erwiderte Neria. »Aber ich bin zurückgekommen. Ich habe immer noch dein Schwert – und ich dachte, du könntest vielleicht meine Hilfe gebrauchen. Du hast mir das Leben gerettet, und, nun ja ... man lässt seine Freunde nicht in der Pfanne, wie man so schön sagt.«

Runland blinzelte. »Du bist also gekommen, um mich zu retten?«

»So könnte man's nennen«, sagte sie und zuckte mit den Schultern.

Er lachte plötzlich – kurz, rau, überrascht über sich selbst.

»Gute Arbeit hast du geleistet.«

»Sei nicht albern«, schnappte Neria. »Ich bin nicht umsonst hier gelandet. Ich habe dir dein Schwert gebracht.«

Runland bemerkte, dass er ihr Gesicht sehen konnte. Ein Stück Mond war in dem kleinen Fenster erschienen und tauchte die Zelle in blasses Licht.

Neria hielt ihm Soryn hin, eingewickelt in ein Tuch.

Er nahm das Schwert langsam aus ihrer Hand, löste den Stoff und betrachtete die vertraute Form. Es war unversehrt – und so dunkel wie eh und je.

»Woher wusstest du es?«, fragte Neria plötzlich.

»Was wissen?«, erwiderte er und hob den Blick.

»Dass die Wache hinter dir her war und nicht hinter Mal. Ich dachte, sie wüssten längst, dass er der Verräter ist – und du wolltest nur, dass ich fliehe, damit niemand das Amulett sieht und Mal mir nicht wieder die Schuld für das geöffnete Tor geben kann. Aber er hat dir die Schuld gegeben, und sie haben dich mitgenommen. Der Gedanke, dass er dich benutzt, um seine eigene Schuld zu verbergen, kam mir erst, als ich schon weit weg war. Und da bin ich zurückgekommen, um dir zu helfen. Aber du wusstest es doch schon vorher.«

Runland steckte Soryn in die leere Scheide an seiner Seite.

Man hatte sie ihm gelassen – eine leere Hülle taugte kaum als Waffe. Dann sah er zu ihr auf.

»Ich wusste es nicht«, sagte er leise. »Ich sagte dir, du sollst weglaufen, weil ich fürchtete, dass sie dich schon beim geringsten Verdacht festnehmen würden. Aber die Dinge haben eine noch dunklere Wendung genommen.«

Er machte eine kurze Pause, dann fuhr er fort:

»Unter den Getöteten heute Nacht sind der Bürgermeister und der Hauptmann der Wache. Malrik ist jetzt der ranghöchste Mann in Larkas – die Stadt gehört ihm. Und es ist so, wie du vermutet hast: Ich werde beschuldigt, das Osttor geöffnet und die Blutmenschen hereingelassen zu haben. Alles war von Anfang an geplant. Dass du ihn entlarvt hast, hat Mals Spiel nur noch begünstigt. Jetzt kann er sowohl mir als auch dir die Schuld geben. Ich habe die Wache darüber reden hören, als sie mich hierherbrachten.«

Sie schwiegen. Der Mond stand nun voll im Fenster, und Runland konnte alles klar sehen:

Soryn in seinen Händen.

Neria, mit gesenktem Kopf vor ihm.

Die feuchte, steinerne Zelle um sie herum.

Ein Gedanke kam ihm, scharf wie ein Messer.

»Wie hast du Soryn überhaupt hier hineingeschmuggelt?«, fragte er schließlich. »Sie haben dich doch bestimmt durchsucht.«

»Was?«, fragte Neria. Dann leuchtete Verständnis in ihrem Gesicht auf. »Oh – das Schwert.«

Sie sah besorgt aus. »Ja, sie haben mich durchsucht, aber sie haben es nicht gefunden. Es war nur unter meinem Hemd, aber... es war fast so, als hätten sie ums Hemd herumgesucht.

Das Schwert ist eine seltsame Sache. Ich mag es nicht besonders, und es macht mir Angst...«

Plötzlich grinste sie. »Das ist nicht das Einzige, was ich hier reingeschmuggelt habe!«

Sie fuhr sich durchs Haar und zog das Amulett hervor, noch dunkel, aber immer noch wunderschön.

Runland starrte es ehrfürchtig an. Er konnte sich nicht vorstellen, was ein solcher Schatz im Dreck unter dem Durstigen Wanderer zu suchen hatte.

»Was glaubst du, was das ist?«, fragte er.

Neria sah ebenso ratlos aus wie er. »Ich weiß es nicht«, sagte sie und legte es sich um den Hals. »Aber das ist jetzt nicht das Wichtigste. Wir müssen hier raus, bevor sie kommen, um dich zu köpfen oder was auch immer die Strafe für Verrat ist.«

»Ausweiden«, korrigierte Runland düster.

Neria schauderte. »Noch schlimmer. Wie geht's deiner Wunde? Kannst du stehen?«

Runland dehnte langsam die steifen Glieder. »Natürlich«, sagte er und versuchte, es klingen zu lassen wie ein Kratzer. »Aber wie sollen wir hier rauskommen? Die Tür wird bewacht.«

»Das Fenster...«, begann Neria.

»...ist sieben Fuß hoch«, beendete er den Satz für sie. »Und vergittert.«

Neria runzelte die Stirn und starrte hinauf zum Fenster. »Ich bin sicher, dein Schwert kann die Gitter durchtrennen«, sagte sie zögernd, »aber die Höhe...«

Runland seufzte und lehnte sich gegen die kalte Wand.

Er war müde, hungrig und völlig erschöpft. Eine Flucht

schien aussichtslos – der Tod dagegen fast sicher. Und irgendwie hatte er Neria in all das hineingezogen.

Neria war zwar recht groß für eine Halbzwergin, aber selbst wenn sie sich gegenseitig auf die Schultern hieven würden, kämen sie nicht einmal in die Nähe vergitterten Fenster ...

Plötzlich erstarrten seine Gedanken. Dann breitete sich langsam ein Grinsen auf seinem Gesicht aus.

Die Wand.

Neria bemerkte es und sah ihn misstrauisch an.

»Was ist?«, fragte sie. »Gibt es irgendetwas besonders Lustiges daran, ausgeweidet zu werden, das ich nicht verstehe?«

»Nenne mich Alprey der Weise, und du liegst nicht weit daneben«, sagte Runland, das Grinsen noch immer im Gesicht.

»Obwohl ich das stark bezweifle, werde ich mich nicht streiten – nicht, wenn's ums Überleben geht.

Vorerst. Aber wo wir gerade dabei sind: Wie soll ich dich nennen?«

Runland zögerte kurz.

»Nenne mich ...« – er sah sie an, fast zögerlich – »... einfach Stapfer.«

Wenn Neria das merkwürdig fand, ließ sie sich nichts anmerken.

»Nun, Stapfer,« sagte sie trocken, »was ist nun deine brillante Idee? Oder dein Witz – je nachdem, was es sein soll.«

Als Antwort streckte er ihr die Hand entgegen.

»Hilf mir auf«, sagte er leise. »Bitte.«

Neria half ihm hoch, und als er ins Wanken geriet, legte sie ihm stützend eine Hand auf den Arm.

Ihr Blick war besorgt – aber sie sagte nichts.

»Ist die Wunde tief?«, fragte Neria leise.

»Nein«, antwortete er ehrlich. »Aber sie fühlt sich seltsam an – als wäre der Pfeil vergiftet gewesen oder so. Obwohl ... wenn er wirklich vergiftet gewesen wäre, wäre ich wahrscheinlich längst tot und hätte nicht nur ein bisschen Fieber. Aber hilf mir – wir kommen hier schon raus.«

Neria folgte ihm, als er zur Wand unter dem Fenster ging, Soryn zog und die Klinge ansetzte.

Das Schwert überraschte sogar ihn. Kein Geräusch begleitete die Bewegung – kein Kratzen von Metall auf Stein, kein Laut, der die Wachen hätte alarmieren können.

Trotzdem war es harte Arbeit. Der Stein war fest, und Stapfer hatte nur die Kraft eines Jungen – geschwächt, fiebrig, halb ausgeblutet. Seine Arme fühlten sich bald an wie Blei, und der Schweiß brannte in seinen Augen. Doch nach einer halben Stunde war eine schmale Leiter aus Kerben bis auf Kopfhöhe in die Wand geschnitten.

Keuchend senkte er das Schwert.

»Ich muss hochklettern, um weiterzuschneiden«, sagte er atemlos. »Aber vielleicht sollte ich mich vorher kurz ausruhen.«

Neria musterte ihn besorgt.

»Du hast keine Kraft mehr«, sagte sie. »Lass mich es versuchen.«

»Nein«, erwiderte Stapfer und schüttelte den Kopf. »Es ist mein Schwert. Es funktioniert nicht bei jedem gleich.«

Er wusste nicht, woher diese Gewissheit kam – aber er spürte, dass sie stimmte.

»Dann setz dich wenigstens hin und zieh dein Hemd aus«, sagte sie bestimmt.

»Was?«, fragte er verblüfft.

»Damit ich das Blut abwaschen kann!«

»Oh. Richtig.«

Er lächelte schwach und schüttelte den Kopf über sich selbst. Er war wirklich erschöpft.

Es war eine Erleichterung, sich hinzusetzen – doch kaum hatte er das Hemd ausgezogen, begann er zu zittern. Der kalte Stein im Rücken, die stickige Luft, der Schweiß auf seiner Haut – alles drehte sich ein wenig.

Dann spürte er Nerias Hände. Sie fühlten sich kühl an, vorsichtig, fast fern.

Er öffnete die Augen und sah sie an. Sie kaute auf ihrer Lippe und starrte auf die Wunde an seinem Hals. Ihr Gesicht verriet, dass ihr der Anblick nicht gefiel.

Die Schnittwunde war länger, als er gedacht hatte, doch sie reinigte sie rasch. Das getrocknete Blut wich, und das Brennen ließ etwas nach. Schließlich nahm Neria das Tuch, in das sie Soryn zuvor gewickelt hatte, und band es ihm behutsam um den Hals – wie einen Schal.

»Mehr kann ich nicht tun«, sagte Neria und zuckte entschuldigend mit den Schultern.

»Danke«, erwiderte Stapfer leise.

Nach ein paar Minuten Ruhe zog er sein Hemd wieder an und richtete sich auf.

»Wir müssen uns beeilen«, sagte Neria. »Es wird bald hell, und sie werden ...«

Stapfer nickte nur und begann, die Mauer zu erklimmen.

Seine Arme brannten, aber er zwang sich, den Schmerz zu ignorieren. Immer wieder hob er Soryn, schnitt, kletterte, schnitt weiter.

Eine Dreiviertelstunde lang arbeitete er so – schweigend, methodisch, erschöpft.

Schweiß tropfte von seinem Kinn auf den Stein, während das Dunkel allmählich einem blassen Blau wich.

Dann erreichte er endlich das Fenster. Sechs weitere präzise Schnitte – und die Gitterstäbe lösten sich.

Einer nach dem anderen reichte er sie hinab, wo Neria sie geräuschlos auffing und auf den Boden legte.

Das Fenster war schmal; ein erwachsener Mann hätte niemals hindurchgepasst.

Aber Neria und Stapfer waren keine Männer – und ihre geringe Größe war ihnen diesmal ein Segen.

Stapfer hob den Kopf und sah hinaus.

Über Larkas lag das fahle Licht des Morgens. Die Stadt war nicht zur Ruhe gekommen; hier und da glimmten Laternen, und er konnte sich gut vorstellen, dass noch immer Gardisten durch die Straßen patrouillierten.

Er war ein Verräter in den Augen der Stadt.

Wenn ihn jemand sah, würde er ohne Zögern getötet werden.

»Komm schon!«, flüsterte er Neria zu.

Dann steckte er Soryn weg und wandte sich dem Fenster zu. Mit einiger Mühe zwängte er sich durch den rauen Stein und kletterte auf die andere Seite hinaus.

Die Luft schlug ihm ins Gesicht – und dann kam der Fall.

Er landete hart auf dem Boden. Für einen Moment sah er Sterne tanzen, alles verschwamm, und das Bewusstsein glitt ihm fort.

Als er wieder zu sich kam, war Neria über ihm. Sie sah ihn mit großen, besorgten Augen an.

»Alles in Ordnung?«, flüsterte sie.

Er nickte schwach. »Zum Westtor. Schnell.«

Mit Nerias Hilfe kam er auf die Beine, und gemeinsam schlichen sie los – dicht an den Mauern entlang, im Schatten.

Es war mühsam. Dreimal entgingen sie nur knapp einer Entdeckung: zweimal von Menschen, einmal von einem Zwerg.

Der Zwerg war Kamock, ein alter Bekannter von Stapfer; er musste sich auf die Lippe beißen, um nicht zur Begrüßung zu rufen.

Zum Glück war es noch fast eine Stunde bis Sonnenaufgang, und die Stadt lag in einer unruhigen, erschöpften Stille.

Man konnte hören, wenn sich jemand näherte, bevor man gesehen wurde.

Stapfer erkannte die Häuser, die Höfe, die engen Straßen und Plätze, an denen sie vorbeischlichen – vertraut und doch plötzlich fremd.

Gestern noch hätte er nie gedacht, dass er innerhalb eines Tages aus seiner eigenen Stadt fliehen würde.

Und schon gar nicht mit Neria Dornquell an seiner Seite.

Sie kamen an einem Haus mit einem großen Garten vorbei. Davor stand ein graues Pferd, das sich von all dem Trubel der letzten Nacht nicht beirren ließ und ruhig Heu kaute.

Als sie vorbeihuschten, hob die Stute den Kopf – das Ohr zuckte, das Auge glänzte im Halbdunkel.

Einen Moment lang war Stapfer sicher, dass sie wiehern und Alarm schlagen würde. Doch das Tier blieb still. Sie kamen unbehelligt vorbei.

Als sie das Westtor erreichten, war der Himmel bereits aschgrau geworden. Dieses Tor war anders als das Osttor – nicht schwer bewacht, sondern schlicht: eine Holztür mit einem Fenster auf Kopfhöhe eines Mannes und einem zweiten auf Zwergenhöhe.

Aber es gab eine Wache.

Plötzlich blieb Neria stehen und schob ihn in den Schatten einer schmalen Gasse zwischen den letzten Häusern.

»Warte hier«, flüsterte sie.

»Wohin gehst du?«, fragte Stapfer und packte sie am Arm.

»Gibt es eine bessere Tageszeit für die Kunst des Diebstahls als die Morgendämmerung?«, fragte sie mit einem schelmischen Grinsen. »Ich bin gleich zurück.«

Mit einer schnellen Bewegung schüttelte sie ihn ab und schlüpfte hinaus auf die Hauptstraße.

Stapfer atmete tief durch, versuchte, sein rasendes Herz zu beruhigen. Was auch immer sie stehlen wollte, es musste entweder äußerst nützlich oder unvorstellbar wichtig sein.

Müßig fragte er sich, wie viele der Geschichten, die er über Neria gehört hatte, eigentlich stimmten.

Dass sie eine Diebin war – das wohl schon.

Aber der Rest?

Die Geschichte vom Sohn des Bürgermeisters und ...

Bevor er diesen Gedankengang weiterverfolgen konnte, kehrte das Objekt seiner Grübeleien zurück.

Zu seiner Überraschung – und heimlichen Freude – führte Neria das graue Pferd, das sie ein paar Straßen weiter gesehen hatten.

»Eine einfache Sache von Anfassen und Losreiten«, sagte sie, als sie seinen Blick bemerkte. »Aber ich denke, wir sind jetzt beim ›Losreiten‹-Teil angekommen.«

Ohne weitere Worte stiegen sie auf.

Das Pferd hieß laut Neria Nori. Stapfer saß vorn, Neria hinter ihm. Beide zogen die Kapuzen tief ins Gesicht, und er nahm die Zügel in die Hand.

Langsam ritten sie die staubige Straße hinunter, auf das Westtor zu.

Am Horizont färbte sich der Himmel rosa und rot, doch noch hatten die Hähne nicht gekräht, und Larkas lag still um sie herum – die Art von Stille, die kurz vor einem neuen Tag herrscht, wenn die Welt noch zögert, zu atmen.

Sie waren fast am Tor. Niemand hatte sie aufgehalten, niemand sprach sie an.

»Vielleicht ist der Wächter zur Ostseite gegangen«, flüsterte Neria hinter ihm. »Vielleicht gibt es gar keine ...«

»Halt!«, rief eine Stimme – genervt, aber wachsam. Der Wächter kam hastig aus seiner kleinen Hütte am Straßenrand.

»Was glauben Sie, wo Sie hingehen?«

Stapfer dachte fieberhaft – dann kam ihm eine Idee.

»Ich muss durch das Tor«, sagte er und bemühte sich, ruhig zu klingen. »Ich habe eine Nachricht von Hauptmann Malrik, die ich unseren Verbündeten überbringen soll.«

Der Wächter, ein stämmiger Mann mittleren Alters mit grau meliertem Haar und müden braunen Augen, blinzelte ihn misstrauisch an.

»Davon weiß ich nichts«, sagte er schroff. »Ich kann niemanden hinauslassen. Es hat Verrat in der Stadt gegeben, falls Sie das nicht mitbekommen haben.«

»Doch, das weiß ich«, erwiderte Stapfer rasch. »Das ist sogar Teil meiner Botschaft. Mir wurde befohlen, dies hier vorzuzeigen.«

Er zog die Brosche seines Vaters hervor. Sie schimmerte matt im frühen Licht des anbrechenden Morgens.

Der Wächter musterte sie. Für einen Moment schien er zu

überlegen. Stapfer biss sich auf die Lippe. Bitte, dachte er, lass uns einfach durch.

»Sie sind also ein Gardist«, brummte der Mann schließlich. »Das beweist gar nichts. Ich werde meinen Assistenten schicken, um den Hauptmann zu fragen, ob—«

»Los!«, zischte Neria ihm ins Ohr.

Stapfer reagierte ohne nachzudenken. Er stieß dem Pferd die Fersen in die Seiten, zog Soryn aus der Scheide und hieb mit einem einzigen Schlag die verriegelte Tür des Westtors auf.

Das Holz splitterte, das Tor sprang auf – und ehe der Wächter mehr tun konnte, als laut aufzuschreien, galoppierten sie hinaus, in die graue Weite des Morgens.

»Wir sind draußen!«, rief Stapfer – und hörte Nerias Ruf hinter sich, während sie davonjagten.

Innerhalb von Sekunden hatten sie den Schutz der Bäume erreicht. Stapfer lachte laut auf, überglücklich, warf die Kapuze zurück und hob Soryn triumphierend in die Höhe.

Die Morgendämmerung brach an, Sonnenlicht flutete den herbstlichen Wald, und in wenigen Herzschlägen würde die Stadt außer Sichtweite sein ...

Dann begannen hinter ihnen die Hörner von Larkas zu blasen.

Das Lachen erstarb.

Die hellen Stimmen der Signalhörner hallten zwischen den Bäumen wider – Töne, die er schon oft gehört hatte, und die er einst geliebt hatte.

Aber jetzt, da sie für ihn erklangen, waren sie nur noch Warnung und Verfolgung.

Er zügelte das Pferd. Nori blieb stehen, der Atem dampfte in der kalten Morgenluft. Ein leichter Wind rauschte durch das trockene Laub. Dann verebbte der Klang der Hörner, und Stille breitete sich unter der jungen Sonne aus.

»Werden sie uns verfolgen?«, fragte Neria leise hinter ihm.

»Ja«, sagte Stapfer, ohne zu zögern. »Sie werden glauben, dass ich sie verraten habe – und dass sie das Recht haben, mich zu jagen.

Und Mal ... wird sie auf das ansetzen, was du jetzt um den Hals trägst, wenn er es wirklich will.«

Einen Moment lang schwieg Neria. Stapfer glaubte zu wissen, was sie sagen wollte – doch sie behielt den Gedanken für sich. Stattdessen fragte sie nur:

»Dann müssen wir reiten. Aber in welche Richtung?«

Stapfer drehte den Kopf, ließ den Blick über den stillen Wald schweifen. Die kühle Morgenluft strich über sein Gesicht, und in Gedanken breitete sich die Karte der Lande vor seinem inneren Auge aus.

Im Westen lag Tholmir, die Heimat der Hügelzwerge, und dahinter erstreckten sich der Larth und die weiten Grasebenen.

Weiter nordöstlich zogen sich sanfte Hügel dahin, nur spärlich bewaldet, durchbrochen von Feldern und vereinzelten Dörfern. Kleine Bauernhöfe glitzerten im ersten Morgenlicht, und eine breite Straße wob sich durch das offene Land – die Straße nach Limarh, wo der Großfürst seinen Sitz hatte.

Nach Osten konnten sie nicht gehen – das war klar.

Im Nordwesten war der König, und Stapfer sehnte sich danach, dorthin zu gelangen. König Droderon galt als weise und gerecht, und man sagte, er erkenne jede Lüge und durchdringe alle Schleier der Täuschung.

Doch der Weg war lang. Eine Woche zu Pferd, vielleicht

mehr – und sie würden leicht von Reitern aus Larkas eingeholt, noch bevor sie auch nur in die Nähe der Bergwarth kämen.

Außerdem konnte Stapfer kaum noch reiten. Die Erschöpfung hatte ihn fest im Griff, und mit jedem Atemzug schien seine Kraft weiter zu schwinden.

Sie brauchten einen Ort, um zu rasten. Einen Ort, den niemand vermuten, niemand suchen würde.

Ein kalter Schauer lief ihm über den Rücken, als ihm der einzig mögliche Weg klar wurde.

Ein Ort, den selbst ihre Feinde meiden würden.

»Wir gehen zu den Gräbern der Gottverlorenen«, sagte er schließlich – und trieb das Pferd an.

Sie ritten nach Süden und Westen, in die schattigen Hügel hinein.

KAPITEL 3
WENN DIE
WELT ERWACHT

»Kälte herrscht bei Tag und Nacht,
finster wie der Tod, nie hell erwacht.
Sie ruhen auf Betten von glühendem Gold,
schön wie Maid, und stark wie der Held so hold.
Lass sie schlummern in ewiger Ruh,
während Sterne verglühen und Schatten zu.
Bis der Dunkle die Hand erhebt,
über Meer und Land, wo kein Leben mehr lebt.«

- Lied der Dunkelheit

Malrik war allein – abgesehen von den Leichen.

Er wusste nicht, wie viele in der Nacht zuvor gestorben waren; niemand hatte sie bisher gezählt, und es interessierte ihn auch nicht. Er war hergekommen, zu dem verlassenen Friedhof an den Westhängen des Larkas-

Hügels, versteckt zwischen den Bäumen, außerhalb der Sichtweite der Stadt – um jemanden zu suchen.

Langsam ging er an der Veranda des Hauses des Leichenmeisters entlang. Das Gebäude war kalt und ausdruckslos, es
wandte sich dem Hang mit stoischer Akzeptanz zu, wo sich der
Friedhof erstreckte. Purpurrote Bäume umgaben das Gelände
und schnitten es von der lebendigen Stadt Larkas ab. Das Gras
und Unkraut zwischen den Gräbern leuchtete in einem matten
Goldgelb. Friedhöfe gelten gemeinhin als unangenehme Orte –
aber dieser hier wirkte besonders trostlos.

Malrik betrachtete die Leichen, die in ungeordneten
Haufen vor dem Gebäude des Leichenmeisters lagen. Man
hatte sie hastig vom Schlachtfeld hierher gebracht – es war
lange her, dass Larkas so viele Tote auf einmal zu beklagen
hatte. Die Menschen wussten nicht recht, was sie mit den
Körpern der Gefallenen anfangen sollten.

Unter ihnen waren Blutmenschen – sie würden verbrannt
werden. Und Larkas-Leute, die auf ein würdiges Begräbnis
warteten, sobald genug Gräber ausgehoben waren.

Doch im Moment war jede Hand damit beschäftigt, das
Zerstörte wiederaufzubauen, die Verletzten zu versorgen und
die Verteidigung der Stadt zu festigen.

Sein Blick fiel auf eine zerbrochene Gestalt, halb verdeckt
vom Körper eines anderen.

Er trat näher, hockte sich hin und schob den größeren
Körper zur Seite. Ja, das war er – ein weißhaariger Mann mit
den Überresten eines Pfeils in der Seite.

Malrik machte keine Anstalten, den Toten zu berühren. Er
betrachtete ihn nur schweigend.

Vom Steinweg, der von Larkas heraufführte, erklangen

Schritte. Stimmen trugen sich durch die kühle Luft, kamen näher, bis er hörte, wie sein Name gerufen wurde.

»Hauptmann Malrik!«, rief eine tiefe Männerstimme. »Eine wichtige Nachricht, Sir!«

Langsam richtete sich Malrik auf und sah zwei Männer auf sich zukommen, die halb rannten, halb stolperten, getrieben von Aufregung.

Der eine war ein kleiner Gardist mit breiter Brust – sein Name fiel Malrik nicht ein.

Der andere war ein Fremder, in staubiger, fleckiger Kleidung, mit einem Gesicht, das Müdigkeit aus jeder Linie sprach. Er sah aus, als hätte er eine lange Reise hinter sich, nur um hierher zu kommen.

»Ja?«, fragte Malrik und trat von den Leichen zurück. »Was gibt es?«

Der Gardist verbeugte sich tief und deutete auf seinen Begleiter.

»Das ist Gordon Riseham, Sir. Er kommt aus Limarh, mit einer Nachricht vom Großfürsten. Er sagt, es sei wichtig – er bestand darauf, Sie sofort zu sprechen. Ich weiß, dass Sie nicht gestört werden wollten, aber ich dachte, Sie würden es lieber wissen.«

Malrik musterte den Neuankömmling mit prüfendem Blick. Der Bote war groß und schlaksig, fast schmächtig. Sein braunes Haar stand in wirren Büscheln ab, und ein zotteliger Schnurrbart zog sich über sein sonnengegerbtes Gesicht. An seinem Gürtel hing ein Breitschwert. Die Kleidung schien ihm schlecht zu passen, und insgesamt wirkte er eher wie ein Herumtreiber.

Riseham verbeugte sich leicht, sagte aber nichts.

»Sehr gut«, nickte Malrik dem Gardisten zu. »Bitte lass uns allein. Wenn ich mit Herrn Riseham gesprochen habe, kehren wir zum Ostturm zurück – vorausgesetzt, du beehrst uns mit deiner Gesellschaft und nimmst mit meinen Männern an ein paar Erfrischungen teil?«, wandte er sich an den Boten.

Der schüttelte den Kopf. »Ich darf nicht verweilen«, sagte er. »Sobald ich meine Nachricht überbracht und Eure Antwort erhalten habe, breche ich wieder auf. Die Befehle des Großfürsten waren sehr eindeutig.«

»Wie Ihr wünscht«, erwiderte Malrik und winkte dem Gardisten mit einer knappen Geste.

Der stämmige Soldat verbeugte sich erneut und ließ die beiden Männer allein; seine Schritte verhallten in der Stille.

Einen Moment lang wusste Malrik nicht, was er sagen sollte. Warum hatte der Großfürst ausgerechnet jetzt einen Boten geschickt? Was wusste dieser Mann?

Man sagte dem Großfürsten nach, er könne Dinge sehen, die jenseits menschlicher Wahrnehmung lagen. Hatte er die Ereignisse der letzten Tage gesehen?

Doch Malrik musste nicht lange nach Worten suchen – Riseham ergriff das Wort. Seine Stimme war rau und heiser, und er sprach schnell, als hätte er es eilig, seinen Auftrag zu beenden.

»Erlauben Sie mir, Ihnen mein Beileid auszusprechen«, sagte er. »Ich hatte nicht erwartet, bei meiner Ankunft auf eine Schlacht zu stoßen. Es scheint, als hätten Sie schwere Verluste erlitten – und ich fürchte, ich bringe keine guten Nachrichten.«

»Große Verluste, ja«, stimmte Malrik zu. »Aber wir werden durchhalten. Das hier ist Larkas – und die Leute von Larkas geben nicht auf, ganz gleich, unter welchen Umständen! Der Plan des Dunklen ist gescheitert, und er wird diese Stadt niemals einnehmen, solange es noch jemanden gibt, der sie verteidigt. Larkas schützt den Osten vom Lamerth – und das wird so bleiben. Das können Sie dem Großfürsten ausrichten.«

»Das wird ihn zweifellos erfreuen«, sagte Riseham mit einem Anflug von Selbstzufriedenheit. »Doch der Großfürst verlangt nun mehr von Larkas. Vor einigen Wochen wurden im Osten große Unruhen gemeldet. Unsere Leute, die dort leben, flohen nach Westen – und sie brachten Geschichten mit: von wachsenden Heeren der Blutmenschen. Der Dunkle hat Armeen aufgestellt – woher seine Anhänger kommen, ist ungewiss. Aber wir vermuten, dass er sich mit den Weldhra und den Blutmenschen der Berge verbündet hat. Larkas ist nicht der einzige Ort, der angegriffen wird. Die Truppen der Blutmenschen sind bereits bis zu den Derwaki-Bergen vorgedrungen. Dort konnten wir sie aufhalten und zurückschlagen – aber wir sind ihnen zahlenmäßig unterlegen. Ich wurde geschickt, um Truppen aus Larkas anzufordern. Wir brauchen Verstärkung, wenn der Lamerth geschützt werden soll!«

Malrik runzelte die Stirn. Sein Blick glitt über die Körper, die schweigend in der Sonne lagen. Er seufzte tief – sein Gesicht wurde hart, als er antwortete.

»Wie Ihr seht, haben wir wenig zu geben. Viele meiner besten Männer sind letzte Nacht gefallen – und das hier ist nicht die gesamte Zahl der Toten. Wir wissen noch nicht einmal genau, wie viele wir verloren haben. Ich kann keine Streitmacht in die Derwaki-Berge schicken, und damit Larkas schutzlos zurücklassen.«

»Wenn die Derwaki-Berge nicht verteidigt werden«, entgegnete Riseham, nun merklich aufgewühlter, »ist Larkas ohnehin verloren! Der Lamerth braucht jede verfügbare Stärke!

Und es ist der Großfürst selbst, der dir diesen Befehl erteilt. Du musst ihm gehorchen – oder du handelst als Verräter!«

Malriks Lippen verzogen sich unwillig. Mit einer schroffen Bewegung löste er sich von dem großen Mann und machte einen schnellen Schritt zurück.

»Hauptmann!«, fauchte Riseham, seine sanften Augen blitzten auf, während sein dünnes Haar flatterte. »Ihr müsst tun, was der Großfürst befiehlt!«

Er machte einen hastigen Schritt auf Malrik zu.

Darauf hatte Malrik gewartet. Seine Hand schoss hervor, schneller, als das Auge folgen konnte – drei Schläge: Kehle, Kinn, Nase. Es knackte. Blut spritzte aus Risehams Nasenlöchern. Seine Augen rissen sich weit auf.

Einen Moment lang stand er noch – dann kippte er lautlos um und fiel zwischen die reglosen Leichen. Seine Augen blieben offen.

Malrik zog seinen Dolch aus der Scheide und beugte sich über den toten Boten.

Mit ein paar schnellen Hieben zerschnitt er dessen Gesicht, bis nur noch eine blutige Maske übrig war.

Zufrieden wischte er die Klinge am Umhang des Toten ab und steckte sie zurück. Dann sah er sich um, prüfte seine Hände – keine Spuren.

Er wandte dem Körper den Rücken zu und machte sich auf den Weg nach Larkas.

Die Leiche blieb dort, zwischen den anderen. Niemand würde sie je finden – was machte schon ein Körper mehr oder weniger aus?

. . .

Ein paar Minuten später umrundete Malrik die Schulter des Hügels – und Larkas lag vor ihm, unschuldig ausgebreitet. Vom Angriff war kaum etwas zu sehen: Die wenigen verbrannten Häuser fielen zwischen den anderen kaum auf, und sonst war wenig Schaden angerichtet worden – außer an Menschenleben. Larkas war intakt. Und nun lag es in seiner Hand. Würde das genügen?

Er hatte eine Vereinbarung getroffen – und sie erfüllt. Aber nicht vollständig.

Eine letzte Sache stand noch aus. Und wenn er scheiterte ... Wenn er scheiterte, musste er eben früher handeln als geplant. Sie glaubten, ihn in der Falle zu haben. Sie glaubten, er sei ihr Diener. Aber Malrik war niemandes Diener. Früher oder später würden sie es begreifen.

Er hörte kaum die Rufe der Bürger und Gardisten, als er die Straßen in Richtung Osten durchschritt. Als er den Ostturm erreichte, erwiderte er den Gruß der Wachen mit einem stummen Nicken und trat in das kühle Steingebäude.

Sein Quartier – das eines Hauptmanns – lag weiter oben. Seine Füße fanden die vertrauten Stufen ohne Blick oder Nachdenken, während sein Kopf sich um Pläne drehte.

Mit einem Anflug von Erleichterung, den er sich nie eingestanden hätte, betrat Malrik sein Zimmer und schloss die Tür hinter sich. Die Kammer war still und fast leer – nur ein schlichter Tisch und eine kleine Sammlung Schwerter an der Wand durchbrachen die Nüchternheit des Steins. Kein Fenster hier. Nur in den angrenzenden Schlafraum, hinter der einzigen anderen Tür, fiel Licht.

Malrik lehnte sich an die Wand, schloss die Augen und atmete tief durch. Er stellte überrascht fest, dass er müde war. Angespannt. Etwas war schiefgelaufen – und die Dinge wurden komplizierter, als er erwartet hatte.

»Müdigkeit ist eine Schwäche.«

Die Stimme war messerscharf, trocken, ohne jeden Tonfall – sie durchschnitt die Stille wie ein Schnitt durch Stoff. Malrik fuhr zusammen und riss die Augen auf. Vor ihm stand eine große Gestalt, in Schatten gehüllt. Ihr Gesicht verdeckt unter einer Kaputze.

Und doch wusste er es sofort: Weldhra.

Seine Schultern stießen gegen die Tür hinter ihm – er war unwillkürlich zurückgewichen. Wütend richtete er sich auf, angewidert über sich selbst. Wie hatte er sich von dem dunklen Elfen so überrumpeln lassen? Woher war er gekommen?

Die Tür zum angrenzenden Zimmer – dem Schlafzimmer – stand offen. Kalte Luft drang heraus. Malrik unterdrückte ein Frösteln.

Weldhra.

Er kannte den Namen, doch kaum mehr. Man sagte, sie seien gefallene Elfen – die schlimmsten Diener des Dunklen. Gerüchten zufolge waren sie es gewesen, die ihn überhaupt in diese Welt gebracht hatten. Wie, wusste niemand. Aber sie strahlten Angst aus wie andere Wärme. Selbst Malrik spürte die eisigen Finger, die sich in seinen Rücken krallten, während er ihm gegenüberstand.

Er schob das Gefühl beiseite und zwang sich zur Ruhe.

»Was willst du?«, fragte er – wütend, aber auch unsicher. »Wie kannst du es wagen, innerhalb der Mauern zu erscheinen? Wenn dich jemand sieht …«

»Dann werden sie sterben«, zischte der Weldhra. »Hast du es?«

Malrik schluckte. »Nein«, sagte er. »Habe ich nicht.«

Er hielt seinem Blick stand – trotzig –, aber er schwieg. Am Ende war Malrik es, der weitersprechen musste.

»Dieser kleine Mischling hat es mitgenommen. Sie sind aus der Stadt geflohen. Ich habe Reiter hinter ihnen hergeschickt – sie werden gefangen werden, und du wirst dein Amulett haben. Aber wir hatten eine Vereinbarung. Ich habe meinen Teil zur Hälfte erfüllt:

Larkas wird dem Willen des Dunklen gehorchen, und der Großfürst aus Limarh wird keine Hilfe aus seinem eigenen Land erhalten. Wir haben ihm den Boden unter den Füßen weggezogen – und er wird es nicht einmal merken. Den Rest werde ich persönlich erledigen. Aber mir wurde eine Gegenleistung versprochen.«

»Verlangst du Bezahlung?«, sagte der Weldhra – trockenes Gelächter schlich sich in seine Worte. »Was wünschst du dir, Mensch? Reichtum? Rang? Frauen?«

»Mir wurde ein Zeichen der Drachen versprochen.«

Der Weldhra warf den Kopf zurück – und für einen Moment, der Malrik das Herz stocken ließ, glaubte er, der Elf würde schreien. Dass die Wachen herbeistürzen würden, um ihren Hauptmann mit dem schlimmsten Diener des Feindes zu finden.

Aber der Weldhra schrie nicht, er stand einfach da. Der Raum begann zu verschwimmen.

Die Wände versanken in Schatten, alles wurde dunkel, vage. Die Luft war dick und grau.

Malrik stellte fest, dass er kaum noch etwas sehen konnte – nur der Weldhra war noch klar zu erkennen. Schrecklich klar.

Sein Gehör schärfte sich. Der eigene Atem rauschte in seinen Ohren. Ein tiefes Dröhnen füllte den Raum.

Der Elf trat näher. Eine schwarze Säule in der grauen Welt.

»Weißt du, worum du bittest?«, fragte der Weldhra.

Malrik keuchte. Die Stimme war verändert. Nicht mehr dünn und fremd – jetzt war sie melodisch, elfisch, aber eiskalt. Klar wie Glas, hart wie Knochen.

Der Weldhra beugte sich vor, näher. Malrik wagte einen Blick unter die Kapuze – und sah hinein in das, was dort nicht sein sollte. Weißes Fleisch. Hohle Augen.

Er wandte hastig den Blick ab. Versuchte, das Bild aus seinem Gedächtnis zu löschen.

Es ist nicht real ...

Nur ein Trick. Nur ein Trick.

»Alle Dinge der Drachen sind für Sterbliche gefährlich«, sagte der Weldhra und hob langsam seine behandschuhte Hand.

Malrik erstarrte. Entsetzt sah er, wie auf dem ledernen Handrücken ein rotes Symbol aufglühte. Es zeigte einen großen Kreis, in dessen Rand fünf kleinere Kreise eingelassen waren – wie Knotenpunkte. Gerade Linien verbanden sie, ein verschlungenes Muster spannte sich dazwischen. Daraus formte sich ein fünfzackiger Stern, der das Innere des Symbols durchzog wie ein Netz. Es war eine Form vollkommener Symmetrie – und doch schien sie mehr zu verbergen als zu zeigen. Als trüge jede Linie eine tiefere Bedeutung, als das Auge fassen konnte.

Malrik wusste es im selben Moment: Das war die Quelle der Macht des Weldhra. Ein Zeichen der Drachen.

Er wollte aufschreien.

»Alles hat seinen Preis«, flüsterte der Elf – mit dieser kalten, klaren Stimme, die wie aus Stein gehauen war.

»Vielleicht willst du doch keines. Große Geschenke können schwere Bürden sein. Aber jetzt ist es zu spät. Du hast dir Macht gewünscht. Du hast sie bekommen – und du gehörst nun uns.«

Eisblaue Augen glitten über die nächtliche Landschaft.

Sie tasteten nicht, sie suchten nicht, sondern nahmen auf – jeden Schatten, jede Unregelmäßigkeit im Gelände, jede Bewegung, die nicht zum Rhythmus der Nacht gehörte. Lautlos löste sich eine Gestalt aus dem Schutz der Bäume am Rand des kleinen Wäldchens und trat näher an den schmalen Pfad heran, der sich durch den Schnee zog und diesen Namen kaum verdiente. In der Ferne war das dumpfe Klappern eines Planwagens zu hören, gedämpft durch Frost und Entfernung.

Als der matte Schein einer Laterne den Wagen umhüllte, glitt die Gestalt den niedrigen Abhang hinab und verschwand im Straßengraben. Kein Laut verriet ihre Anwesenheit, kein Abdruck blieb zurück. Nur eine einzelne Haarspitze ragte aus dem Schnee, weiß wie gefrorener Tau, beinahe ununterscheidbar von der Umgebung.

Der Wagen rollte vorbei.

Erst danach hob der Beobachter den Blick und vergewisserte sich, dass niemand zurückgeblieben war. Mondlicht fiel auf ein blasses Gesicht, glatt und reglos. Als nichts Verdächtiges zu erkennen war, überquerte er den Pfad mit einer Geschwindigkeit, die das Auge kaum erfassen konnte, und verschwand wieder im Unterholz. Seine Bewegung war fließend, kontrolliert, frei von Hast.

Dann griff jemand nach ihm.

Der Schlag kam hart und ohne Vorwarnung. Der Körper schlug im Schnee auf, Luft entwich keuchend aus den Lungen. Als er den Kopf hob, stand ein groß gewachsener Mann vor ihm, kräftig gebaut, die Armbrust erhoben, der Blick voller Zorn.

»So sehen wir uns wieder«, knurrte der Mann. »Wegen dir ist die Hälfte meiner Rinder verendet, du verfluchter Elf. Heute endet das.«

Das metallische Klicken der gespannten Sehne durchschnitt die Stille.

Der Elf sagte nichts. Er wich ein Stück zurück, die Bewegungen ruhig, suchend, nicht aus Furcht, sondern aus Abwägung. Als der Bolzen abgeschossen wurde, hatte er kaum vier Fuß zurückgelegt, da zerfiel er in schwarzem Nebel, als habe etwas ihn berührt, noch bevor er sein Ziel erreichen konnte.

Unglaube flackerte im Blick des Mannes.

Er bemerkte nicht, wie sich der Elf erhob. Der Tritt kam präzise, ohne Kraftaufwand, schleuderte ihn gegen den nächsten Baum und presste ihm mit einer einzigen Bewegung die Luft aus der Brust. Mircan stand nun vor ihm, eine Hand gegen den Stamm gelegt, der Mann dazwischen, wehrlos.

»Das hätte ich früher tun können«, sagte Mircan leise.

Seine Stimme war ruhig, frei von Zorn oder Genugtuung.

Er löste den Druck nicht sofort. Stattdessen legte er die Hand an die Brust des Mannes, genau dort, wo der Atem mühsam ging. Die Berührung war flüchtig, beinahe unscheinbar, doch etwas veränderte sich. Ein Zittern ging durch den Körper, dann ein erstickter Laut. Die Augen des Mannes weiteten sich, trübten sich, als lege sich ein Schleier über das, was eben noch klar gewesen war.

Die Seuche griff.

Nicht wie Fieber und nicht wie Schmerz allein, sondern wie ein stilles Eindringen. Gedanken verlangsamten sich, Grenzen verloren ihre Schärfe, und etwas Fremdes nahm Platz, ohne gefragt zu werden. Als Mircan die Hand zurückzog, sackte der Mann zu Boden, keuchend, doch lebendig.

Mircan trat einen Schritt zurück und betrachtete ihn.

»Geh«, sagte er schließlich. Kein Befehl, kein Drohen – eine Anweisung.

Der Mann hob den Kopf. Sein Blick war leerer als zuvor, verändert, und doch gehorchte sein Körper. Schwankend kam er auf die Beine, wandte sich ab und taumelte den Pfad entlang, fort von der Stelle, fort in Richtung des nächsten Dorfes.

Mircan sah ihm nach, bis die Gestalt im Dunkel verschwand.

Dann wandte auch er sich ab und ließ den Wald hinter sich, wissend, dass die Welt nun weitertragen würde, was an diesem Ort begonnen hatte.

Weit im Nordwesten, noch ahnungslos, dass sich der Schatten eines Tages in ihr Herz schleichen würde, lag die Bergwarth.

Sie erhob sich am Fuße der Derwaki-Berge und reichte mit ihren unteren Ausläufern tief in deren steinerne Flanken hinein. Die königliche Burg war in den lebenden Fels der südlichen Klippe gemeißelt worden; viele ihrer Säle und Kammern lagen verborgen im Inneren des Berges.

An der Westseite der Burg thronte auf einem vorspringenden Felssporn ein hoher Turm aus grauem Quaderstein. Gekrönt von einem goldenen Dach, das im Sonnenlicht glänzte, wirkte er wie ein Wächter über dem Land. Er wurde der sehende Turm genannt, denn in seinem Inneren wurde das Becken des blickenden Wassers bewahrt.

Dort versank der König oft im silbernen Schimmer des magischen Wassers und richtete seinen Geist auf die Geschicke seines Reiches, der Welt – und auf die Bewegungen der dunklen Mächte.

Vieles offenbarte sich ihm, und er wusste es klug zu deuten. Doch manches blieb selbst seinem Blick verborgen, manches trat unerwartet aus dem Schatten.

Unzählige Stunden hatte er dort verbracht, um die Pläne der Weldhra und das damit verbundene Auftauchen des Dunklen zu durchdringen – und dennoch blieb ihm der wahre Feind verborgen.

Hier stand er nun, Droderon, der König, die Hände tief in das Becken getaucht. Das Wasser war klar, aber von überraschender Tiefe, und in seinem Grund kreiste ein dunkles, schwarz pulsierendes Etwas.

Droderon beugte den Kopf darüber, die Stirn gefurcht, ganz versunken in die wirbelnden Schatten. Sein Gesicht war zur Maske der Konzentration erstarrt.

Lange verharrte er so, reglos, bevor er schließlich leise

seufzte und die Hände aus dem Wasser hob. Erstaunlicherweise war keine Nässe an ihnen – das Wasser benetzte ihn nicht.

Mit müden Augen wandte er sich vom Osten ab.

»Es hat keinen Sinn, Alprey«, sagte er. »Es ist getrübt.«

Der Raum war geräumig – wenn auch völlig unmöbliert – und erstreckte sich über die gesamte Breite und Länge des Turms. Weiße Wände trugen Wandteppiche in Blau und Grün, auf denen Karten von Eristria, der Bergwarth, dem Lamerth, Isalthami, Larth, den Derwaki-Bergen und den Grasebenen abgebildet waren. Die Decke reichte bis unter das goldene Dach, und durch sechs Fenster, gleichmäßig um den Turm verteilt, fiel Licht, das sich in alle Richtungen ausbreitete.

Im Sonnenlicht des südlichen Fensters stand ein Mann in eine dunkelrote Robe gehüllt, die mit einem breiten schwarzen Gürtel gehalten wurde – übersät mit kleinen Taschen und Beutelchen, gefüllt mit den Zutaten seiner Künste. Er stützte sich auf einen knorrigen Stab und wandte sich Droderon zu.

In seinem fast faltenlosen Gesicht funkelten listige, schmale Augen, deren Farbe sich unaufhörlich zu verändern schien. Diese Augen waren scharf und durchdringend, voller Weisheit – und von einem Hauch Humor durchzogen. Die langen, schlohweißen Haare waren zu einem lockeren Zopf gebunden.

»Ich kann nicht einmal nach Larkas sehen«, sagte Droderon leise. »Ein Schatten ist dazwischen gefallen. Auch Limarh ist mir verborgen – das Fenster verweigert mir den Blick. Ich fürchte, wir sind allein, Alprey. Ich kann keine Hilfe rufen.«

»Diese seltsame Dunkelheit gefällt mir nicht«, entgegnete der Rote, wie ihn jene nannten, die um seine wahre Natur wussten.

Mein Herz warnt vor neuem Übel, dachte er. Etwas hat die Macht des Dunklen gestärkt – wenn er das sehende Wasser der Hand seines rechtmäßigen Meisters entreißen kann.

Er seufzte und wandte sich wieder dem Fenster zu.

»Er hat eine unsichtbare Schlacht gewonnen. Oder einen Verbündeten. Und wir verlieren weiter an Boden. So kann es nicht weitergehen – du musst handeln.« Fuhr Alprey fort.

Droderon schritt langsam an der Mauer entlang. Seine Fingerspitzen glitten über die Karte von Eristria, während seine Schritte leise über den weißen Boden hallten – bis er schließlich neben Alprey stand.

»Wir können nicht allein durchhalten«, sagte er leise, aber mit Nachdruck. »Die Streitkräfte des Dunklen stehen am Zimeriapass, und wir können sie dort kaum halten. Du bist ein Magier, Alprey. Kannst du mir nicht helfen?«

Droderons Kiefer war angespannt, und es war unübersehbar, wie schwer ihm diese Bitte fiel – wie sehr sie seinem Stolz widerstrebte. Doch Alprey schüttelte nur langsam den Kopf.

»Ich tue, was in meiner Macht steht«, antwortete er ruhig. »Mehr kann ich nicht tun – das weißt du.«

Dann hellte sich sein Blick auf, als hätte ihn ein plötzlicher Gedanke erfreut.

»Es ist noch nicht alles verloren«, sagte Alprey. »Sende Boten nach Limarh und Isalthami – zu Fuß, zu Pferd, wie auch immer. Vielleicht erreicht dich die Hilfe, die du brauchst, noch rechtzeitig.«

Der König schwieg. Er schien über die Idee nachzudenken, doch seine Miene blieb unbewegt. Die Möglichkeiten, die ihm noch blieben, waren gefährlich – und zweifelhaft. Sein Land befand sich in einer schlimmeren Lage als je zuvor in seiner langen Geschichte. Die Bergwarth hatte viele Gefahren überstanden. Doch diesmal lag ein bleierner Schatten über ihren Mauern, und in Droderons Innerstem regte sich ein beunruhigendes Gefühl: Dass es dieses Mal nicht genug sein würde.

Und mit wachsender Unruhe erinnerte er sich an die Worte des Sehers:

»*Eine Wahl wird ihnen auferlegt, verborgen im Schatten des Schicksals. Wählen sie den Pfad, der ohne Hoffnung scheint, so wird dein Sohn einen neuen Namen tragen und Herrscher über ein mächtiges Reich sein. Doch wählen sie anders, so wird Leid die Länder überschwemmen und unzählige Leben vergehen, ehe die Menschen sich erheben und in Einigkeit zurückkehren.*«

So hatte Malvaren zu seinem Vater gesprochen, als dieser das Neugeborene in den Armen hielt.

Er hatte ihn Droderon genannt – »der Letzte in der Bergwarth« –, denn er sollte der letzte König sein ... es sei denn, er wählte weise.

Aber was bedeutete Weisheit in einer Zeit, in der alle Wege ins Dunkel führten? Wie sollte er sich entscheiden, wenn jede Option hoffnungslos schien – und selbst der Seher sich irren konnte? Was, wenn der dunkelste Pfad nicht zur Rettung, sondern zur endgültigen Niederlage führte?

Wütend schüttelte Droderon die trüben Gedanken ab und wandte sich Alprey zu.

»Deine Worte sind wie immer klug«, sagte er entschlossen. »Ich werde Reiter durch den Lamerth senden – weiter nach Limarh und von dort nach Isalthami. Vielleicht kann uns Baratorel Waldeslied helfen. Der Elfenkönig schuldet uns mehr als nur Erinnerungen.«

Alprey schüttelte den Kopf, fast unmerklich. Ein Schatten

huschte über sein Gesicht, als würde er seinen eigenen Ratschlag bereuen.

Droderon musterte ihn. Nicht zum ersten Mal fragte er sich, welche Gedanken hinter diesen wandlungsreichen Augen lauerten.

»Ich rate von der Straße nach Isalthami ab«, sagte der Magier schließlich langsam. »Etwas an der Weigerung des sehenden Wassers, euch diesen Weg zu zeigen, beunruhigt mich. Ich fürchte, jede Nachricht, die ihr dort entlang sendet, wird verloren gehen.«

»Wir haben keine Wahl«, erwiderte Droderon mit fester Stimme. »Die Nordroute ist durch die Blutmenschen blockiert, und über das Meer verfügen wir über keine Schiffe. Bleibt nur der Weg durch das Land der Hügelzwerge und über die große Ebene von Lamerth.

Selbst unsere schnellsten Reiter werden zwei Monate brauchen, um Limarh zu erreichen – und dann müssen wir hoffen, dass Roderick bald Hilfe schickt. Wenn er zu spät kommt, werden seine Banner nur noch auf verbrannte Erde treffen. Aber meine Boten sind gute Männer, Alprey. Sie werden den Weg finden – und sie werden ihn schnell finden.«

Der Magier blickte weiter aus dem Fenster auf die ruhigen Lande, die sich unterhalb der Bergwarth erstreckten – ein friedlicher Anblick, der trügerischer nicht sein konnte.

Im Süden verlor sich die Welt in der fahlen Linie des Horizonts.

»Der Winter naht«, sagte er leise. »Die Macht des Dunklen wächst. Etwas muss geschehen – und bald.«

Dann wandte er sich an den König.

»Schickt eure Reiter aus – und hoffen wir, dass sie rechtzeitig Hilfe bringen können.«

Nachdem sie die Straße verlassen hatten, waren Stapfer und
Neria stundenlang in gutem Tempo vorangekommen. Die
Sonne brannte für die Jahreszeit ungewohnt warm vom
Himmel, und eine Zeit lang spürte Runland, wie seine Kraft
zurückkehrte, als würde das Licht selbst ihn nähren.

Sie ritten durch ein kahles, hügeliges Land – baumlos,
pfadlos –, wo sprödes, aber noch grünes Gras unter den Hufen
ihrer Pferde raschelte.

Der Himmel spannte sich klar und wolkenlos über ihnen,
und eine sanfte Brise zerzauste ihr Haar, trug den trockenen
Duft des Herbstes mit sich.

Runland hing seinen Gedanken nach, schweigend, denn
was ihn bewegte, ließ sich nicht in Worte fassen. Auch Neria
hatte sich in tiefes Schweigen gehüllt, und so ritten sie stumm .

Am späten Nachmittag, als die Schatten lang über das Land
krochen, ließen sie das flachere Gelände des Nordens hinter
sich und erreichten die ersten Grashügel.

Der Wind wurde stärker, trug einen Hauch von Winter in
sich – kühl, fordernd –, und doch ertappte sich Runland immer
wieder dabei, wie seine Lider schwer wurden. Einmal verlor er
beinahe das Gleichgewicht und rutschte im Sattel nach vorn.
Das brachte Neria endlich dazu, sich zu regen.

»Das war's – wir halten jetzt an«, sagte sie, und er hörte die
Erschöpfung in ihrer Stimme, die seiner eigenen glich.

»Auch wenn du meinst, noch weitermachen zu können –

ich kann nicht mehr. An der nächsten halbwegs flachen Stelle steige ich vom Pferd und schlafe genau dort ein, wo ich falle. Und du wahrscheinlich auch, so wie du aussiehst. Wahrscheinlich noch, bevor du den Boden berührst.«

Runland zügelte Nori und sah zu ihr hinüber. Ihr Haar war zerzaust, dunkle Ringe lagen unter ihren Augen – doch ihre Augen weiteten sich, als sie sein Gesicht sah.

Schnell legte sie ihm die Hand auf die Stirn.

»Du glühst wie eine Zwergenschmiede«, murmelte sie. »Da war etwas auf diesem Pfeil... Ich hoffe nur, es ist nicht allzu schlimm. Aber eins steht fest: Wir bleiben hier. Du hast selbst gesagt, dass sie uns nicht bis hierher folgen würden – also ist es sicher genug...«

»Nein«, unterbrach er sie, und schüttelte den Kopf – was er sofort bereute. Eine Welle aus Schwindel überrollte ihn.

»Wir müssen zuerst in die Hügel hinein.«

Beide richteten den Blick auf die kargen Erhebungen, die sich vor ihnen auftürmten. Zwei Hügel, grau und kahl, standen wie schweigende Wächter links und rechts des Weges. Das verblassende Licht der Sonne schien sie nicht zu berühren. Am Fuße jedes Hügels erhob sich ein zerbrochener Stein – verwittert, rissig, geneigt, als hätten sie einst ein uraltes Tor gebildet: den Eingang zu den Hügelgräbern. Ihre langen Schatten krochen wie schwarze Finger über den Boden.

Runlands Herz wurde schwer, während die Sonne hinter ihm sank. Doch er sagte nichts – trieb Nori weiter, geradewegs durch die dunklen Hügel hindurch.

Das Pferd schnaubte unruhig, seine Ohren zuckten, und Runland spürte, wie sich Nerias Hände fester um seine Taille schlossen.

So ritten sie zwischen die Gräber der Gottverlorenen – ein Ort, über den die Legenden nur im Flüsterton sprachen.

Als sie zwischen die Hügel ritten, blieb alles unverändert. Und doch verspürte Runland ein seltsames Ziehen in der Brust – als ob jemand sie beobachtete. Kein feindlicher Blick, eher ein stilles Warten. Ein Schauer lief ihm über den Rücken. Fieberträume, dachte er. Als Nächstes sehe ich Dinge, die gar nicht da sind...

Sie überquerten die ersten beiden Hügel, und nun ragten die Hänge ringsum auf – grau, kahl, kalt.

Runland schwankte im Sattel. Seine Haut brannte, der Mund war trocken, die Lider schwer – doch er wollte noch nicht rasten.

Sie ritten weiter westwärts, folgten den Tälern, mieden die Höhenzüge, auf denen sie von weitem sichtbar gewesen wären.

Die Schatten wurden länger, flossen ineinander, während der Tag langsam in Dämmerung versank. Der Wind ließ nach, aber die Luft kühlte merklich ab.

Schließlich hielt Runland an. Sie standen auf der Nordostseite eines Hügels, dessen Flanke sanft abfiel. In einer flachen Mulde, kaum mehr als eine Delle im Rücken des Bergrückens, lagen einige flache Steine – und dazwischen, wie ein spätes Versprechen, wuchsen vereinzelte Blumen. Blass und dünn, doch standhaft in der kalten Erde. Es wirkte wie ein gutes Omen.

Dort stiegen sie ab, legten sich eng aneinander, um sich zu wärmen. Hungrig, aber zu müde, um zu essen, sanken sie in einen tiefen, traumlosen Schlaf – oder waren zu erschöpft, um sich an Träume zu erinnern.

Runland fuhr plötzlich aus dem Schlaf. Etwas hatte ihn

geweckt – doch er wusste nicht, was. Er schlug die Augen auf und sah eine dunkle Gestalt, die sich über ihn beugte.

Mit einem kehligen Schrei fuhr er hoch, zog sein Schwert und wirbelte herum. Die Klinge schrammte durch die Luft, und der Fremde wich mit einem geschmeidigen Schritt zurück.

Neria, durch den Schrei aufgeschreckt, rang nach Atem, stolperte auf die Beine und trat an seine Seite.

»Still!«, zischte der Fremde mit Nachdruck. »Ich beobachte euch seit einer Weile. Eure Verfolger sind nahe – ihr müsst sofort fort von hier.«

Der Himmel war klar, und im kalten Licht von Mond und Sternen konnte Runland den Mann nun deutlich sehen.

Er war hochgewachsen, schlank, das lange, bis zu den Schultern fallende Haar wirkte braun. In seiner Gestalt lag etwas Elfenhaftes – geschmeidig, leichtfüßig –, doch sein Körperbau war menschlicher.

Ein gewaltiger Langbogen ruhte über seinem Rücken, fast so groß wie er selbst. An seiner Seite hing ein Köcher voller Pfeile. Seine Augen spiegelten das Sternenlicht – und trugen einen Ausdruck, der jung wirkte, aber Zeitlosigkeit verriet.

»Wer bist du?«, fragte Runland misstrauisch. »Und was geht dich unser Weg an?«

Der Fremde verzog spöttisch die Lippen, verbeugte sich leicht.

»Falvoril – Falvoril Waldeslied, wenn ihr darauf besteht. Halbelf, ja. Und ich habe eigentlich kein Interesse an euch... außer dass ich ungern zusehe, wie ein pferdeloser Junge mit einem unbewaffneten Mädchen im Schlepptau von Soldaten gejagt wird.«

Er richtete sich auf, zog einen Pfeil aus dem Köcher, ließ ihn zwischen den Fingern tanzen.

»Ich dachte, es sei an der Zeit, die Chancen ein wenig auszugleichen.«

»Pferdelos...?«, wollte Runland empört ausrufen, blickte sich dann aber um – tatsächlich war Nori verschwunden. War das Pferd einfach weggelaufen oder hatte es jemand mitgenommen? Dieser Falvoril hätte das Tier mühelos fortführen und damit ihre Chance auf eine schnelle Flucht zunichtemachen können. So oder so: Sie waren nun auf sich allein gestellt.

»Und wie willst du das anstellen?«, fragte Neria skeptisch. »Die Chancen ausgleichen, meine ich.«

Falvorils Blick richtete sich auf sie.

»Na, na, was haben wir denn da?«, sagte er. »Auch ein Mischling? Mensch oder Zwerg? Eine Dame bist du, so wie du aussiehst, wohl kaum. Wovor läufst du denn davon? Vielleicht um heimlich zu heiraten? Hat dein Vater dir verboten, dieses Prachtexemplar von Mensch zu ehelichen? Oder war's umgekehrt – bist du die Unwürdige?«

Runland spürte, wie die Wut in heißen Wellen von Neria ausging, doch er schenkte ihr keine Beachtung. Stattdessen betrachtete er aufmerksam eine mittelgroße Senke, deren eine Seite in eine steile Klippe überging, die sich über einen kleineren Hügel daneben neigte. Es war der Raum zwischen Klippe und Hügel, der ihn interessierte. Dort war ein dunkler Riss, und er war sich sicher, an dessen Öffnung eine Bewegung gesehen zu haben.

Runland geriet in Panik. Wenn ihr Vorhaben durchschaut worden war, hätten sie längst eingeholt werden können – sie hatten schließlich eine ganze Weile geschlafen, und nach der

Position der Sterne zu urteilen, blieben noch etwa drei Stunden bis zum Morgengrauen. Das Pferd war weg. Und obwohl er sich klarer fühlte und ausgeruhter war als je zuvor seit der schicksalhaften Schlacht in Larkas – war das wirklich erst vor zwei Tagen gewesen? Es fühlte sich an, als läge eine Ewigkeit dazwischen – hatte er keine Chance gegen eine Gruppe von Verfolgern.

Niemand war hier, der ihnen helfen konnte, selbst wenn sie keine Flüchtlinge gewesen wären. Niemand – außer Falvoril.

Er traf seine Entscheidung rasch und wandte sich wieder seinen Gefährten zu.

»Halbelf?«, sagte Neria gerade mit einer Stimme, die so viel Verachtung trug, wie sie nur aufbringen konnte – was überraschend viel war. »Was, nicht gut genug, um ein Elf zu sein? Haben sie dich verstoßen, damit du umherirrst, du armer Abgelehnter...«

»Wenn du uns wirklich helfen kannst«, unterbrach Runland hastig, »dann tu es jetzt – bevor wir gefunden werden.«

Sowohl Neria als auch Falvoril starrten ihn einen Moment lang an. Falvoril fing sich zuerst und wurde schlagartig geschäftsmäßig, als hätte er nie ein spöttisches Wort von sich gegeben.

»Nun gut«, sagte er. »Es gibt einen Ort, an den eure Verfolger euch nicht folgen werden – und selbst wenn, könnten nur wenige dort lange gegen viele bestehen. Ich kann euch dorthin bringen und meinen Bogen in euren Diensten stellen.«

Runland hatte keine Ahnung, wovon Falvoril sprach, beschloss aber, so zu tun, als wüsste er es, und nickte knapp.

»Dann müssen wir los!«, rief der Halbelf. »Sie sind uns auf den Fersen!«

Kaum hatte er das gesagt, erklang das Donnern von Hufen, das zwischen den Hügeln widerhallte. Stapfer warf einen Blick zum Spalt zwischen den beiden Anhöhen im Osten – fünf Reiter tauchten dort auf, mit Fackeln in der Hand, in einer Linie galoppierend. Ohne zu zögern stürmte er hinter Falvoril den Hang hinab und zog Neria mit sich. Ihre Schritte, die hart auf den Boden prallten, klangen wie das Echo von Hufgetrappel – nur viel zu nah.

In der Dunkelheit konnte Runland den Weg kaum erkennen. Er folgte blind der flinken, grauen Gestalt Falvorils, Neria an seiner Seite. Der Boden, der zunächst unter ihren Füßen abgefallen war, begann sich nun wieder zu heben – sie stiegen einen weiteren Hang hinauf.

Er schluckte seine Zweifel hinunter. Es blieb ihm keine Wahl, als dem seltsamen Halbelfen zu vertrauen, der sich ihnen so plötzlich als Verbündeter angeboten hatte.

Der Anstieg wurde steiler, seine Füße rutschten mehrfach weg. Neria stürzte einmal, doch er packte sie und zog sie wieder auf die Beine. Ihr Keuchen war deutlich neben ihm zu hören.

Plötzlich wurde der Boden eben. Sie hatten die Kuppe erreicht. Runland kam schwer atmend zum Stehen. Im schwachen Licht der Sterne erkannte er einen großen, dunklen Hügel vor sich. In dessen Flanke klaffte ein schwarzer Eingang, in dessen Tiefe kein Licht drang. Falvoril stand bereits daneben und wartete.

»Ein Hügelgrab?«, keuchte Neria. »Das ist dein großartiger Zufluchtsort? Bist du wahnsinnig? In solchen Orten hausen dunkle Kreaturen, verlorene Seelen – Wesen der Finsternis!«

Falvoril sah sie nur ruhig an.

»Was sollten die Geister der Toten schon gegen uns ausrichten?«, sagte er, wandte sich ab und verschwand im dunklen Eingang.

»Wir können ihm nicht trauen!«, sagte Neria mit geweiteten Augen zu Runland. »Er könnte mit ihnen unter einer Decke stecken, uns in eine Falle locken... Wer weiß, was oder wer er wirklich ist? Warum sollte er einfach so auftauchen und uns helfen? Er würde die Grabgeister nicht fürchten – wenn er einer von ihnen wäre!«

Ein flaues Gefühl breitete sich in Runlands Magen aus. Natürlich konnte sie recht haben. Aber... Er blickte über die Schulter.

Die Reiter hatten bereits die halbe Höhe des Hügels erklommen. In wenigen Sekunden wären sie gestellt – wenn sie sich jetzt nicht bewegten.

Einer der Männer rief ihnen vom Pferderücken aus zu.

»Halt!«, rief er. »Stopp – im Namen von Larkas und des Großfürsten!«

»Neria«, sagte Runland eindringlich, »wenn du ihm nicht traust, dann vertrau wenigstens mir. Es bleibt uns keine andere Wahl.«

Sie sah ihn einen Moment lang an, dann nickte sie – grimmige Linien entstellten ihr sonst glattes Gesicht. Gemeinsam traten sie in die Dunkelheit.

Drinnen herrschte völlige Finsternis – ein tiefes, erstickendes Schwarz, das kein Auge durchdringen konnte. Runland stolperte über den unebenen Boden, während er sich vorantastete. Seine Schritte waren gedämpft; der Steinboden war dick mit Staub und Schmutz bedeckt. Er hatte das Gefühl,

WENN DIE WELT ERWACHT

sich in einem weiten Raum zu befinden – hoch und leer. Trotz des offenen Eingangs war die Luft abgestanden und schwer.

Er ging blindlings weiter, die Hände ausgestreckt vor sich.

»Neria?«, rief er unsicher. »Falvoril?«

»Ich bin direkt vor dir«, kam Falvorils Stimme aus der Dunkelheit. »Wenn du dich umdrehst, siehst du den Eingang. Dort ist ein kleines Licht.«

Runland drehte sich um – tatsächlich: Die Tür, durch die sie gekommen waren, war nun nur noch ein matter, sternenbesprenkelter Fleck.

»Ich schlage vor, du ziehst dein Schwert«, sagte Falvoril ruhig. »Es könnte sich als nützlich erweisen – wie Waffen es in Zeiten des Kampfes nun einmal tun.«

»Wo ist Neria?«, fragte Runland und zog Soryn hinter seiner Schulter hervor. Falvoril stand mit gespanntem Langbogen da, ein Pfeil bereits auf der Sehne. Im schwachen Sternenlicht erkannte Runland zumindest das matte Glimmen der Pfeilspitze.

»Ich bin hier – bei der Tür«, kam Nerias Stimme von rechts. Er blinzelte in die Dunkelheit und glaubte, dort, woher die Stimme gekommen war, einen neriaförmigen Schatten zu erkennen.

Bevor er antworten konnte, ertönte Hufgetrappel von oben auf dem Hügel – Gestalten mit Fackeln tauchten im rechteckigen Lichtfleck des Eingangs auf. Ihre Verfolger waren angekommen. Im Fackelschein konnte Runland sie nun deutlich erkennen: Fünf Männer, keiner davon bekannt, doch sie bewegten sich mit der Präzision von Soldaten. Gardisten, vermutete er.

Sie stiegen ab, zogen ihre Schwerter und steckten rasch

und ohne ein Wort ihre Fackeln im Halbkreis um den Eingang in den Boden, um möglichst viel Licht in das Grab zu werfen.

Jetzt konnte Runland den Boden rund um die Tür sehen – und Soryn in seiner Hand. Doch die Wände und Neria blieben weiterhin im Schatten verborgen.

Die Männer aus Larkas nahmen Stellung rund um den Eingang – zwei auf jeder Seite, während der fünfte, offenbar der Anführer, vortrat. Er hatte sein Schwert wieder in die Scheide gesteckt und hob nun beide leeren Hände zum Zeichen des Friedens.

»Ich möchte mit euch sprechen«, sagte er.

Im flackernden Fackellicht konnte Runland sein Gesicht erkennen. Er war jung, doch sein Ausdruck war streng und ruhig. Kein Zögern lag in seiner Stimme. Er war sich sicher, ihn nie zuvor gesehen zu haben, und doch kam Runland etwas an ihm vertraut vor. Er wünschte, das Licht würde seine Züge deutlicher zeigen; die Schatten, die über sein Gesicht zuckten, verschleierten sie.

»Ich bin Jaeden von der Wache von Larkas«, sagte der junge Mann, »und ich möchte mit Runland Falkenstieg sprechen.«

Runland zögerte einen Moment, musterte das blasse Gesicht im Feuerschein – ernst, kontrolliert. Dann senkte er Soryn und trat aus dem Schatten, sodass Jaeden ihn sehen konnte.

Er spürte, wie Falvoril sich hinter ihm lautlos bewegte, im Dunkel blieb und seinen Bogen weiterhin auf Jaeden gerichtet hielt. Doch der junge Gardist schien es nicht zu bemerken – oder ließ es sich zumindest nicht anmerken.

»So wurde ich einmal genannt«, sagte Runland ruhig, »doch

jetzt heiße ich Stapfer. Und ich brauche keinen anderen Namen.«

»Wie du willst... Stapfer«, erwiderte Jaeden. »Ich bin mit einem Befehl gekommen. Du wirst vom Hauptmann von Larkas des Verrats, des versuchten Mordes und des Raubes beschuldigt. Ich wurde entsandt, um dich zu töten – und das Mädchen, Neria Dornquell, nach Larkas zurückzubringen, damit sie sich den Anklagen stellt.«

Er hielt kurz inne, dann fuhr er fort:

»Doch ich hasse unnötiges Blutvergießen. Wenn du dich kampflos ergibst, werde ich dich nicht töten, sondern nach Larkas bringen – und dort für dich sprechen. Das ist mein Ehrenwort.«

Stapfer konnte nicht anders – er lachte. Der Klang seiner Stimme schnitt durch die erstickte Luft wie das Läuten eiserner Glocken zu einer bitteren Mitternachtsstunde. Jaedens Gesicht verdunkelte sich. Offenbar war er es nicht gewohnt, ausgelacht zu werden.

Auch wenn Stapfer ihn noch immer nicht erkannte, spürte er doch, dass Jaeden auf seine Weise gefährlich war – außergewöhnlich sogar. Und ganz sicher kein Mann, der oft mit Flüchtigen diskutierte.

»Zweifelst du an meinen Worten?«, fragte Jaeden leise.

»Oh, an dir zweifle ich nicht«, entgegnete Stapfer. »Ich misstraue dem, dessen Befehl du ausführst. Und das – wenn ich mir das Urteil erlauben darf – aus gutem Grund. Ich bin kein Verräter. Die Anschuldigungen sind falsch. Der Mann, der das Osttor geöffnet hat, läuft frei herum. Und das, fürchte ich, sind schlechte Nachrichten für Larkas.«

Jaeden runzelte die Stirn. Die Antwort gefiel ihm offensichtlich nicht, doch er reagierte nicht impulsiv. Stattdessen schwieg er einen Moment, als würde er jedes Wort abwägen.

»Du scheinst dir deiner Sache furchtbar sicher zu sein. Was willst du damit andeuten, Junge? Malrik, der Hauptmann der Wache – und von Larkas – hat persönlich ausgesagt, dass du des Verrats schuldig bist. Sein Rang und seine Achtung sind nicht unverdient. Willst du etwa behaupten, er habe sich geirrt? Oder schlimmer – dass er gelogen hat?«

Er machte einen Schritt nach vorn, die Stimme kühl.

»Und wenn nicht du der Verräter bist – wer dann?«

Es schien heller zu werden in der Kammer – oder vielleicht hatten sich seine Augen nur an die Dunkelheit gewöhnt. Stapfer konnte nun Neria erkennen, wie sie sich an die Wand neben der Tür presste. Sie starrte ihn und Falvoril an, die Augen zusammengekniffen, den Kopf leicht schräg gelegt.

»Höchstwahrscheinlich irrt er sich – und lügt«, sagte Stapfer bitter. »Aber der Schwerpunkt liegt auf lügt. Wenn du die Wahrheit wissen willst, werde ich sie dir sagen. Aber ich warne dich: Sie wird dir nicht gefallen.«

»Dann sag sie mir. Ich höre zu.«

Stapfer glaubte nicht daran – und antwortete trotzdem.

»Mal ist der Verräter. Er hat das Tor geöffnet. Und er will mich tot sehen, weil Neria und ich die einzigen sind, die es gesehen haben.«

Weiter kam er nicht. Jaedens Reaktion war heftiger, als er erwartet hatte: Der junge Mann schrie auf, zog sein Schwert, als wolle er im nächsten Moment auf sie losgehen – blind vor Zorn, ohne zu wissen, was ihn im Innern des Grabes erwartete.

»Du lügst!«, brüllte Jaeden. »Und für diese Worte werde ich

dich töten – und die Zunge zum Schweigen bringen, die solche üblen Anschuldigungen ausspricht! Mal ist kein Verräter!«

Einen Augenblick lang flackerte eine Ahnung in Stapfer auf – ein Flüstern, ein Bild. Fast glaubte er zu wissen, warum Jaeden ihm so seltsam vertraut vorkam. Doch er hatte keine Zeit, darüber nachzudenken. Jaedens Klinge leuchtete rot auf, als er mit erhobenem Schwert in den Türrahmen sprang. Stapfer verlagerte das Gewicht auf die Zehenspitzen, bereit zum Ausweichen.

Dann erstarrte alles.

Nerias Schrei durchschnitt die Luft.

»Ein Wiedergänger!«, schrie Neria und deutete hinter Stapfer. »Ein Grabgeist!«

Stapfer wurde schlagartig bewusst, dass es tatsächlich heller in der Kammer geworden war – und dass er plötzlich alles klar sehen konnte. Ein fahles, grünliches Leuchten ging von den Wänden und vom Boden aus... sogar von ihm selbst. Es mischte sich mit der Dunkelheit zu einer unheimlichen, vibrierenden Helligkeit.

Jaeden stand wie versteinert im Eingang. Der Zorn war aus seinem Gesicht gewichen – nun starrte er fassungslos auf etwas hinter Stapfer.

Mit wachsendem Unbehagen und einer Vorahnung, die ihm die Kehle zuschnürte, drehte sich Stapfer langsam um.

Die Kammer war groß und rund. In ihrer Mitte erhob sich ein Kreis aus schwarzen Säulen, die bis zur Decke ragten. Innerhalb dieses Rings türmten sich Haufen von Gold und Silber: Kelche, Juwelen, Münzen, Schwerter, Schilde, Rüstungen – all das glänzte im geisterhaften Licht in kalter, tödlicher Schönheit.

Im Zentrum des Schatzes stand eine schwarze steinerne

Bahre, über und über mit fremdartigen Zeichen bedeckt. Und auf dieser Bahre stand – nicht lag – ein Krieger. Er ruhte nicht, lebte nicht. Aber sein Blick war auf sie gerichtet.

Es war eine schreckliche Kreatur – groß, dürr wie ein Skelett, doch noch in graue Haut, zerfetzte Lumpen und verblasste Rüstung gehüllt. Hohle Augen, leer und lichtlos, starrten auf sie herab. Auf dem knochigen Schädel saß ein silberner Helm, seine verwelkten Hände und der eingebeulte Brustharnisch waren mit juwelenbesetzten Ringen bedeckt. In der Rechten hielt er ein Schwert, das in grünem Flackern glomm.

Doch nicht die Klinge war das Furchtbarste an ihm – es war seine Stimme.

Sie erhob sich wie ein Klagelied, leise und geisterhaft, zugleich aus seinem dürren Leib wie aus den Mauern selbst hallend. Kalt, unglücklich, ohne Herz – ein Knarren wie der Wind in einer toten Winternacht. Stapfer fröstelte bis ins Mark.

Er konnte Worte erahnen – schreckliche, grausame Worte, die von Qual sprachen... und Elend für alle anderen wünschten.

Dann begriff er: Es waren keine bloßen Worte. Es war ein Zauber – ein kalter, todbringender Gesang.

Ein Schauer fuhr ihm über den Rücken. Es fühlte sich an, als läge er in schwarzem, eisigem Wasser. Die Wärme wich aus seinem Körper. Seine Glieder wurden schwer, sein Geist langsam. Dunkelheit kroch von den Rändern seines Blicks heran. Schlaf rief ihn – süß und tief, voll Vergessen.

Das Licht schwand. Und da – ein Lichtstrahl in der Finsternis.

»Al Amishal Moranthiel!«

Die Worte schnitten wie Sonnenlicht durch das Dunkel.

Der Bann zerbrach. Stapfer fuhr hoch, als erwache er aus einem Alptraum. Es war Falvoril gewesen – er hatte in der Sprache der Elfen den Namen der Lichtgöttin gerufen, stärker als jede schwarze Magie.

Mit einem gellenden Schrei sprang der Wiedergänger von seiner Bahre. Seine langen Glieder stolzierten klirrend durch Gold und Silber. Noch während er sich bewegte, ließ Falvoril einen Pfeil fliegen – zielsicher, gerade ins Herz.

Doch Geister haben kein Herz, kein Fleisch, das getroffen werden könnte.

Der Geist schrie auf, kratzte mit knochigen Fingern nach dem Pfeil in seiner Brust – doch er fiel nicht. Mit glühenden, fahlen Augen stürzte er sich vorwärts. Das Schwert heulte durch die kalte Luft.

Stapfer warf sich schreiend zu Boden. Er war sicher: Eine Berührung dieser Klinge würde sein Herz für immer zum Schweigen bringen.

Der Wiedergänger hob das Schwert erneut – doch es prallte ab, mit klingendem Klirren, gegen eine andere Klinge. Jaedens.

Der Grabhügelgeist taumelte zurück, starrte auf den Mann, der seinem Grab entgegengetreten war – furchtlos.

Jaeden stand aufrecht, sein Schwert brannte in rotem Licht, ein lodernder Kontrast zum kalten Grün der Klinge des Wiedergängers.

»Für das Licht!«, rief Jaeden. »Vorwärts, Gardisten!«

Mit dem Ruf auf den Lippen stürmte er voran, gefolgt von seinen vier Männern, die laut die Schlachtrufe von Larkas und dem Lamerth ausstießen. Gemeinsam wollten sie dem Grabgeist den Garaus machen.

Doch der Wiedergänger hatte seinen grausamsten Trumpf noch nicht ausgespielt.

Als die Gardisten näherkamen, hob er seine knochige Hand – und Stapfer glaubte, für einen Herzschlag ein Lächeln auf dem ausgemergelten Gesicht zu erkennen.

»Nein!«, brüllte Stapfer. »Jaeden – stopp!«

Er warf sich vor den jungen Hauptmann, riss Soryn empor und schrie Worte, die ihm später entfallen sollten – vielleicht uralte Namen, vielleicht nur rohe Verzweiflung.

Ein fahles Licht schoss aus der Hand des Geistes – blass wie eine sterbende Sonne. Tentakelartige Strahlen prallten von der dunklen Klinge Soryns ab – doch die Männer um ihn hatten keinen solchen Schutz.

Stapfer schloss die Augen, denn trotz des schmerzenden Glanzes sah er zu viel. Zu viel von dem, was dieser Zauber anrichtete.

Ein erstickter Schrei – einer der Männer. Stapfer bebte. Aus Entsetzen. Aus Mitleid.

»Nein!«, stieß Jaeden hervor, die Augen auf den zu Boden sinkenden Kameraden gerichtet. Er wollte zu ihm – doch Stapfer packte ihn am Arm, hielt ihn zurück.

Dann erschien Falvoril an seiner Seite – die Augen weit aufgerissen, voller Verzweiflung.

»Komm schon!«, schrie Falvoril. »Es ist zu spät! Los jetzt!«

Er riss Stapfer und Jaeden mit sich, drehte sich zur Tür und stürmte hinaus. Stapfer taumelte hinterher, das Kreischen des Grauens klingelte in seinem Kopf. Ein letzter Blick zurück – dann floh er mit den anderen hinaus in die Nacht.

Er rannte den Hügel hinab – mit nur einem Gedanken: fort. Fort vom Grauen, fort von dem, was er gesehen hatte.

Die Dunkelheit draußen war klar und rein, und er versuchte, sich in ihr zu vergraben. Das unreine Licht des Grabes, die unnatürliche Dunkelheit – all das wollte er vergessen. Die kühle Nachtluft war wie ein Schluck Wein, das Sternenlicht so süß wie der Sonnenaufgang nach einem Alptraum.

Er rannte, bis seine Lungen brannten, bis seine Schulter vor Schmerz pulsierte. Blut rann ihm den Nacken hinab – die Wunde war wieder aufgerissen. Aber er konnte nicht anhalten. Nicht, bevor die Erschöpfung ihn zwang. Schließlich brach er zusammen. Er fiel zu Boden, unfähig, sich zu rühren. Die Erde unter ihm war beruhigend, das Gras weich wie ein Daunenbett. Er schloss die Augen, atmete die kalte Luft ein. Langsam beruhigte sich sein Atem.

Dort, am Fuß des Hügels, blieb er liegen – wie ein Toter. Halb träumend wünschte er sich nur noch Schlaf. Erholung. Ein fernes Erwachen in einem Land, in dem Schatten nur Träume waren, über die man im Sonnenschein lachte. Während er dalag, schien es ihm, als höre er eine Stimme singen – süß und wortlos.

Es war ein Lied des Wassers: von Flüssen und Seen, von Regen, der sanft auf die Blätter fiel, von der großen See, die an Felsen schlug.

Winzige Gebirgsbäche sprangen fröhlich von hohen Klippen, vereinigten sich mit von Lilien gesäumten Strömen und stürzten in stille, glasklare Seen. Er hörte jeden einzelnen Tropfen, jede Stimme des Wassers – ein unzählbares Orchester aus winzigen Glocken.

Lange lag er so, halb träumend, im Zwielicht von Fieber und Schlaf. Die Nacht verging. Kein Lebewesen störte ihn.

Viel später, so kam es ihm vor, öffnete Stapfer langsam die

Augen. Über ihm spannte sich der Himmel, durchzogen von roten und orangefarbenen Streifen – die Morgendämmerung war gekommen.

Er lag im Gras, vom Tau bedeckt, durstiger als je zuvor. Steif und zitternd kämpfte er sich auf die Beine. Sein Körper schmerzte, doch der Wind war kühl, und der Himmel schien freundlich.

Er blickte sich um. Hügel umgaben ihn – aber keiner kam ihm bekannt vor. Kein Zeichen vom Grabhügel. Keine Spur der Senke, in der er und Neria geschlafen hatten. Und keine Gefährten. Neria, Falvoril, Jaeden – alle waren verschwunden.

Von den vier anderen Männern fehlte ebenfalls jede Spur. Stapfer wagte nicht, sich vorzustellen, was aus ihnen geworden war. Selbst Jaedens ernstes Gesicht hätte ihm in diesem Moment Trost gespendet. Er machte einen unsicheren Schritt nach vorn – dann hob er die Stimme.

»Neria!«

Seine Stimme durchbrach die Stille – vergeblich. Keine Antwort.

Stapfer begann umherzuwandern, ohne zu wissen, wohin. Er rief nach den anderen, bis seine Stimme heiser wurde. Um ihn herum lagen nichts als Hügel und Gras, als wären Menschen, Elfen, Zwerge und Blutmenschen nie gewesen – als wäre die Welt leer, der Himmel endlos und das Land offen, aber verlassen.

Die Sonne stieg höher. Er war hungrig. Furchtbar durstig. Und die Einsamkeit begann schwer auf ihm zu lasten.

Er rief erneut: »Falvoril!«

Diesmal – ein Echo. Oder war es eine Antwort? Schwach, von links.

Hoffnung beflügelte seine Schritte. Stapfer eilte dem Geräusch entgegen, rief erneut, fast schon ungläubig. Er ging, wie ein uralter Wanderer, wie ein erwachter Elfenfürst auf der Suche nach den Seinen in einer fremden, neugeborenen Welt. Leicht war sein Gang, leise seine Schritte – wie ein milder Wind, der über die Hügel streicht.

Dann umrundete er einen niedrigen Bergrücken – und sah das Ende der Hügel vor sich.

Dort, am Fuß des letzten westlichen Hügels, stand Falvoril. Bei ihm saß Jaeden. Regungslos. Den Kopf in den Händen. Das Schwert noch an seiner Seite, aber seine Haltung sprach nicht mehr von Gefahr – eher von Schuld oder Verzweiflung.

Falvoril schenkte ihm keine Beachtung, als wäre er nur ein Felsbrocken am Weg.

Zu seiner Rechten erstreckte sich der Anfang eines Waldes – der Blutwald, genannt so, weil sein Boden im Krieg zwischen Elfen und Menschen getränkt worden war.

Stapfer rannte auf Falvoril zu.

Der Halbelf kam ihm entgegen – auf leichten Füßen, mit einem stillen, ernsten Blick.

Im Sonnenlicht sah Stapfer zum ersten Mal, wie Falvorils Haar wirklich aussah: braun mit einem Hauch von Grün und Gold – wie ein Frühlingswald, wenn die Sonne über den Baumwipfeln aufgeht. In Braun und Grün gekleidet wirkte der Halbelf wie ein Waldläufer aus alten Liedern – und deutlich frischer als Stapfer selbst.

Seine Augen hatten das tiefe Blau des Abendhimmels und funkelten wie Sterne, als er sprach.

»Stapfer! Du lebst also auch noch. Das freut mich. Ich wäre verrückt geworden, wenn ich nur ihn als Gesellschaft gehabt hätte.« Er nickte mit dem Kopf in Jaedens Richtung. »Er hört nicht auf, über Schuld und Torheit zu jammern – und weigert sich sogar, mit mir zu trainieren, um die Zeit totzuschlagen.«

Stapfer warf Jaeden einen neugierigen Blick zu, sagte aber nichts. Der junge Mann schien zu sehr in seinen Gedanken gefangen, um sie überhaupt wahrzunehmen. Etwas anderes lastete schwer auf Stapfers Gemüt.

»Wo ist Neria?«, fragte er leise.

Falvoril schüttelte den Kopf. »Wenn du sie nicht gesehen hast, weiß ich es auch nicht. Ich sah sie vor mir aus dem Hügel fliehen – aber seitdem... nichts mehr. Letzte Nacht war ich wie von Sinnen. Ich dachte nur an Flucht.« Seine Miene wurde ernst. »Das war eine böse Macht. Sie hätte nie erwachen dürfen. Ein Schatten breitet sich aus, und dunkle Dinge regen sich – Dinge, die jenseits allen Wissens schlafen sollten.«

»Ich weiß nicht, was es war«, murmelte Stapfer mit einem Schaudern. »Aber es hat vier Männer mit einem einzigen Schlag getötet.«

Er warf einen weiteren Blick auf Jaeden, der noch immer schwieg.

»Was ist mit ihm los?«, fragte er Falvoril. »Wünscht er mir noch immer den Tod? Oder trauert er um seine Gefallenen? Ich bedaure ihn. Und ich hoffe nur, dass er uns nicht mehr folgt – was auch immer seine Rolle in all dem war.«

Falvoril zuckte mit den Schultern. »Er ist ein Gardist«, sagte er nur. »Das sind seltsame Leute.«

Doch wenn er mehr sagen wollte, bekam er keine Gelegenheit.

Erneut drang Hufgetrappel an Stapfers Ohren. Er fuhr herum – und starrte.

Zum ersten Mal seit Tagen breitete sich ein Lächeln auf seinem Gesicht aus. Fast hätte er gelacht vor Freude.

Auf dem Kamm, den er selbst vor wenigen Minuten hinabgestiegen war, ritt Neria – auf dem Rücken von Nori. Fünf weitere Pferde folgten ihr im Galopp. Die Morgensonne fiel auf ihr Gesicht, glättete die scharfen Linien und tauchte ihre Haut in ein sanftes Rot. Ihr ungebändigtes, goldenes Haar flatterte wie ein lebendes Banner über Noris grauer Mähne. Ein staunendes Lächeln lag auf ihren Lippen. Am Hals trug sie das Amulett, dessen Kette im Licht schimmerte. Sie wirkte wie ein Kind aus uralten Zeiten – aus einer Welt, die gerade erst erwachte: ein Land voller weiter Ebenen, hoher Berge und endloser Wälder, noch unberührt von der Hand des Krieges.

Stapfer ließ Neria nicht aus den Augen – und vielleicht war es genau deshalb, dass er den seltsamen Ausdruck auf Falvorils Gesicht nicht bemerkte, als der Halbelf ihr entgegenritten kam. Es war kein Blick, den Stapfer dort erwartet hätte. Aber er wusste noch wenig über Falvoril und seine wechselhaften Stimmungen.

Neria erreichte sie, sprang von Nori und warf sich Stapfer mit einer Umarmung um den Hals – wie ein Mädchen, das ihren lang vermissten Bruder wiedersieht.

»Ich dachte, du wärst im Grabhügel zurückgeblieben! Ich wollte nach dir suchen, aber ich konnte den richtigen Hügel nicht wiederfinden – aber dann hab ich die Pferde entdeckt, und wir haben endlich wieder was zu essen, ich sterbe fast vor Hunger! Du doch sicher auch, oder?«

Stapfer lachte über den ungebremsten Redeschwall – und allein bei der Erwähnung von Essen meldete sich sein Magen knurrend zu Wort.

»Ich hab mir auch Sorgen gemacht«, sagte er. »Wir dachten schon, du würdest nicht zurückkommen. Ich hab nach dir gerufen – aber du musst zu weit weg gewesen sein, um's zu hören.«

»Wir?«, sagte Neria und warf Falvoril einen misstrauischen Blick zu. »Ist der Halbelf jetzt auch Teil des Wir? So viel zu: ›Wir haben von den Geistern der Menschen nichts zu befürchten‹! Du musst dich schon mehr anstrengen, Halbelf, wenn du jemals in den Legenden der echten Elfen besungen werden willst. Beim nächsten Mal – wenn du helfen willst – führ deine Leute nicht in eine Höhle, die von dunklen Kreaturen wimmelt. Wir hätten das allein besser hinbekommen.«

Falvoril schnaubte unbeeindruckt. »Viel besser, als Gefangene von dem großen Mann da drüben zu sein. Du solltest dankbar sein, dass du frei bist – ganz zu schweigen davon, dass du lebst. Ohne meine unerwartete und selbstlose Hilfe wärst du nicht weit gekommen... obwohl du letzte Nacht ziemlich weit gerannt bist. Erschrocken, kleine Dame?«

»Nicht mehr als der große Halbelf-Krieger mit seinem noch größeren Langbogen«, konterte Neria. »Was für ein furchtbar großer Stock... als Ausgleich für irgendetwas, kleiner Halbelf?«

»Können wir bitte aufhören zu streiten und einfach etwas essen?«, stöhnte Stapfer. »Und dann vielleicht darüber reden, was wir jetzt tun wollen?«

Neria grinste und stieß einen scharfen, melodischen Pfiff aus – er klang wie der Ruf eines kleinen Vogels. Eines der Pferde wieherte und trabte auf sie zu.

»Neria, du bist ein Wunder!«, sagte Stapfer, als sie aus der Satteltasche einen Wasserschlauch, ein Stück Brot, etwas Käse und getrocknetes Fleisch zog.

Sie sah ihn an, runzelte die Stirn.

»Du blutest schon wieder«, stellte sie fest. »Wir sollten uns solche Abenteuer wie letzte Nacht besser sparen – sonst fällst du irgendwann ganz auseinander. Lass mich das verbinden. Irgendwo hier ist sicher noch ein Hemd übrig.«

Stapfer nickte nur und ließ sie gewähren. Neria wickelte ihm einen frischen Verband um den Hals.

Dann setzten sie sich ins Gras – und begannen ihre erste richtige Mahlzeit seit einer gefühlten Ewigkeit.

Stapfer bot Jaeden ein Stück Wegbrot an. Doch der Mann schüttelte nur stumm den Kopf.

Stapfer warf ihm einen prüfenden Blick zu. Er konnte sich beim besten Willen keinen Reim auf dieses Schweigen machen. Kein Angriff, keine Flucht, keine Vorwürfe – einfach nichts. Diese Leute waren oft schwer zu durchschauen, aber so ein Rückzug war ihm neu. Und beunruhigend.

Als sie fertig waren, stand die Sonne schon hoch am Himmel – etwa bei neun Uhr. Stapfer begann, über den nächsten Schritt nachzudenken. Als er das Thema ansprach, war es Neria, die zuerst reagierte.

Und ihre Antwort – war ganz typisch für sie.

»Lass uns diesen verfluchten Ort verlassen«, sagte Neria. »Überlassen wir Elfen und Menschen ihren Kriegen. Warum bleiben, wenn sich hier die Mächte der Dunkelheit sammeln? Wo selbst jene, die sich ›das Licht‹ nennen, dich jagen? Sie nennen dich einen Verräter – zu Unrecht. Und mich hassen sie, ohne zu fragen, wer ich bin, nur was. Wir schulden ihnen nichts.«

Doch Stapfer schüttelte den Kopf.

»Die Dunkelheit wächst«, sagte er ruhig. »Und wenn der

Lamerth fällt, wird sie niemand mehr aufhalten. Kein Ort wäre dann sicher. Der einzige Schutz liegt im Widerstand – und selbst wenn ich undankbar sterben sollte, mein Name beschmutzt im Gedächtnis meines Volkes, wäre es mir das wert. Denn jeder Schlag gegen das Dunkle zählt. Besonders jener, der das Misstrauen und den Hass trifft, aus dem es wächst.«

Er hob die Hand und deutete nach Norden – dorthin, wo jenseits der Hügel die Festung des Königs lag.

»Wir müssen zur Bergwarth. Der König muss wissen, was in Larkas geschehen ist – und vom Verrat im Lamerth.«

Dann wandte er sich direkt an sie.

»Und du bist Teil davon, Neria. Du trägst das Amulett um den Hals – was auch immer es ist. Mal begehrt es. Und er hasst dich dafür. Ich bin sicher, dass du, ob du willst oder nicht, noch eine Rolle zu spielen hast.«

Neria öffnete den Mund – doch ehe sie antworten konnte, meldete sich Falvoril zu Wort.

»Ich würde gerne mit euch gehen«, sagte Falvoril ernst – und ignorierte dabei vollständig Nerias mörderischen Blick. »Ich habe euch meine Hilfe angeboten... und euch dadurch in große Gefahr gebracht. Fast wären wir alle meinetwegen gestorben. Ich weiß nicht genau, warum ihr flieht oder was euer Plan ist – aber ich glaube nicht, dass ihr Verräter seid.«

Er schwieg einen Moment, dann fuhr er fort: »Ich bitte euch: Nehmt mich mit. Wenn ihr mich als Gefährten akzeptiert.«

Dabei sah er Stapfer an – nicht Neria.

Und Stapfer bemerkte erstaunt, dass offenbar er derjenige geworden war, auf dessen Wort es ankam. Irgendwie... war er der Anführer geworden.

Er öffnete den Mund, um zu antworten – zögerte, suchte nach den richtigen Worten. Doch bevor er sprechen konnte, fiel ein langer Schatten über sie. Stapfer blickte auf – und sah Jaeden.

Der junge Mann stand über ihnen, das Schwert in der Hand, das Gesicht verzerrt von einem Ausdruck, den Stapfer nicht deuten konnte – Wut? Schmerz?

Doch dann kniete Jaeden nieder, legte das Schwert vor sich ab – mit dem Griff zu Stapfer hin – und senkte den Kopf.

»Vergib mir«, sagte er leise.

Valandriel fegte den Einwand mit einer knappen, ungeduldigen Geste beiseite. Der finsteren Falte auf Aimsirs Stirn schenkte er ebenso wenig Beachtung wie dessen unterdrücktem Murren.

»Ihr solltet es besser wissen, als mich mit solchem Unsinn zu belästigen, Aimsir«, grollte Valandriel und fuhr abrupt aus dem Sitz empor.

Seit Tagen nagte eine rastlose Unruhe an ihm, ein Gefühl wie kalter Rauch, das sich nicht fassen ließ – egal, wie sehr er danach griff. Schlaf war ihm fremd geworden. Nacht für Nacht überfielen ihn Träume von Feuer und Verwesung, von aufgerissenen Mündern und stummen Schreien. Wenn er aufschreckte, war sein Atem schwer, sein Herz ein wilder Schlag in der Dunkelheit. Nicht einmal der Wein – sonst ein letzter Verbündeter gegen den Wahnsinn – vermochte ihn noch zu betäuben.

Aimsir wich instinktiv zurück, als Valandriel zu wandern begann, auf und ab, ruhelos wie ein Tier im Käfig.

Die Worte der Berater, ihre Bitten, ihre Pläne – all das

klang hohl. Ohne Gewicht. Ohne Bedeutung. Als sprächen sie durch Wasser zu ihm.

Nun, da die unbekannte Bedrohung zurückgekehrt war – und mit ihr die Finsternis, die erneut über den Wald kroch –, hatte sich Unruhe im Land breitgemacht.

Die Lodhra-Elfen, einst Kinder des Larth-Waldes, wandten ihre Kräfte auf, um das gestörte Gleichgewicht zu stützen: Sie heilten, was die Spinnen, die Blutmenschen und der Krieg zerrissen hatten – in Erde, Tier und Blatt.

Durch die Abspaltung von den Sildhra blieb seinem Volk zwar ein neuer Marsch in die Schlacht erspart. Jeder konnte sich um seine Familie kümmern, um die Narben im eigenen Heim.

Doch die Bedrohung wich nicht.

Sie lauerte, schweigend und wachsam, an den Rändern des Bewusstseins – wie ein Schatten, der nicht weicht, selbst wenn man sich umdreht.

Doch mit dem Frieden kam auch die Zeit – Zeit für anderes. Und je mehr Raum sich auftat, desto häufiger flackerten sie auf: kleine Intrigen, alte Feindseligkeiten, neue Zwistigkeiten zwischen den Führern und den einst hohen Familien seines Reiches.

Manches davon konnte Valandriel noch verstehen. In manchem Disput war es sein Urteil, das die Gemüter besänftigte – ein letzter Rest von Autorität.

Er bemühte sich um die Geduld, die man von ihm erwartete. Aber oft genug war da nur Müdigkeit.

Und er wusste, woher sie kam.

Er hatte Zeitalter in Eristria überdauert, war Zeuge von Aufstieg und Verfall gewesen, hatte geliebt, verloren, gekämpft, vergessen. Einsamkeit war ihm nicht fremd – er hatte sie schon oft als Gefährte getragen. Doch diesmal war es anders. Diesmal hatte er auch Silaniel verloren.

Sein Sohn lebte noch. Aber er war fort, hatte sich fern niedergelassen, in einem Leben, das keinen Platz mehr hatte für den Larth-Wald – und keinen für seinen Vater.

Seit dem Krieg waren Jahrzehnte vergangen, Jahrzehnte ohne ein Wiedersehen. Jahre, die sich schleichend um Valandriel legten, enger mit jedem Tag, bis sie ihn umschlossen wie ein Rudel Wölfe das verletzte Wild.

Früher hatte er versucht, die Düsternis mit Festen zu vertreiben – mit Musik, mit Lachen, mit Licht. Doch längst waren diese Stimmen verstummt. Kein Lied hallte mehr durch die Hallen, kein Tanz mehr, der das Dunkel vertrieb.

Und dennoch machte er weiter. Tag um Tag. Sonnenaufgang für Sonnenaufgang. Ohne zu wissen, wofür. Seine Welt – die Welt, in die er geboren worden war, die ihn einst gebraucht hatte – war verschwunden. Verblasst. Was blieb, war eine leere Hülle.

War es das, was ihn so unruhig machte? Ein letztes Zeichen?

Ein Flüstern, das ihm sagte, seine Zeit sei gekommen – Zeit, in die Morgennebel zu treten?

Valandriel war auf seiner Wanderung erstarrt.

Reglos stand er da, den Blick ins Leere gerichtet, während draußen das Abendlicht wie ein Schleier auf den stillen Wald sank.

Schön war er, noch immer. Und doch so fremd.

»Aran nín?«, durchbrach die Stimme seines Beraters die Stille.

»Wie soll mit den beiden verfahren werden?«

Zwei junge Krieger – kaum älter als Knospen im Frühling – hatten sich um eine Elfe gezankt, die an keinem von ihnen Interesse zeigte. Ihr Herz gehörte einem anderen, einem stillen, zurückgezogenen Mann, den die beiden Rivalen in einem niederträchtigen Kampf schwer verletzt hatten. Eine dumme, blutige Eifersucht. Keiner der drei hatte noch Eltern. Die Väter waren im Krieg gefallen, die Mütter ihren Gefährten in den Tod gefolgt – wie so viele aus seinem Volk.

Nun lag die Entscheidung bei ihm.

Bei ihm, der in Herzensdingen wohl der Letzte war, dem man Vertrauen schenken sollte. Der sich nicht einmal seinen eigenen Sohn hatte bewahren können.

Ein bitteres Lächeln zuckte kurz über seine Lippen, bevor es im Schmerz wieder erstarb.

Valandriel schnaubte leise – ein Laut, halb Spott, halb Ermüdung. Dann drehte er sich langsam um.

»Sperrt die beiden Unruhestifter für drei Tage ein. Sie sollen die Zeit nutzen, um sich eine angemessene Entschädigung für den Verletzten zu überlegen – und sich von der Elfe fernhalten.

Was sie betrifft: Innerhalb eines Monats soll sie ihre Wahl treffen. Dann, so hoffe ich, kehrt endlich Ruhe ein.«

Kaum waren die Worte gesprochen, rollte die Übelkeit wie eine dunkle Welle in ihm auf.

Er griff nach dem geschnitzten Fensterrahmen, klammerte sich daran wie an einen Rest von Halt.

Was geschah mit ihm?

»Mein Herr?«, fragte Aimsir vorsichtig. Der Berater machte

einen zögernden Schritt auf ihn zu, die Hand gehoben, als wolle er ihn stützen.

Valandriel stieß ein tiefes Knurren aus und wischte die Geste beiseite. Er wollte nicht berührt werden. Von niemandem.

Er schüttelte den Kopf, atmete flach und langsam, versuchte, die aufsteigende Galle mit jedem Atemzug zurückzudrängen.

Allmählich ließ die Übelkeit nach. Dafür kam das Ziehen – dieses dumpfe, stechende Brennen tief in der Schulter.

Er tastete danach, vergeblich. Kein Makel, keine Wunde. Nur Schmerz, roher, grundloser Schmerz.

Es war nicht das erste Mal in diesen Tagen.

Und noch immer hatte er keine Antwort gefunden.

Draußen im Wald flatterten Vögel auf – abrupt, aufgeschreckt.

Dann folgte das dumpfe Schlagen von Hufen, hart und gehetzt, begleitet vom rasselnden Atem eines Menschen.

Valandriel fuhr herum, die Augen zu schmalen Schlitzen verengt, und starrte in die dämmernde Tiefe des Waldes.

Die Baumkronen verbargen den Elfenweg, der direkt zu seinen Hallen führte. Doch das Auffliegen der Vögel, wellenartig entlang des Pfades, bestätigte, was seine Ohren längst vernommen hatten.

Etwas näherte sich. Rasch. Und mit Unruhe im Gefolge.

»Schickt zwei Wachen hinaus! Sie sollen mir unverzüglich Bericht erstatten, was dort vor sich geht!«, befahl er mit fester Stimme.

Er vernahm das Rascheln von Stoff, das Knirschen von

Schritten auf Stein. Aimsir verneigte sich knapp und murmelte: »Ja, Aran nín«, ehe er eilig davoneilte.

Valandriel lauschte noch einen Moment dem verklingenden Geräusch, dann senkte er den Blick wieder in den dunkler werdenden Wald.

Etwas kam. Und es brachte nichts Gutes mit sich.

Mircan hatte die Straße wieder erreicht und folgte ihr nun in nordöstlicher Richtung, der Stadt Limarh entgegen. Mit einem einzigen, beiläufigen Gedanken hatte er sein Äußeres dem eines jungen Waldläufers angepasst – Kleidung, Haltung, sogar den Geruch von Rauch und kaltem Leder. Nur seine Augen blieben unverändert. Das Eisblau ließ sich nicht verbergen, als gehöre es längst nicht mehr ihm, sondern dem, was durch ihn hindurchblickte.

Nach einiger Zeit holte er den Planwagen ein, dem er bereits zuvor begegnet war. Der Fahrer, ein älterer Mann mit brauner Mütze und einem fleckigen Mantel, hatte am Wegesrand angehalten, um sich die Beine zu vertreten, und kletterte gerade wieder auf den Kutschbock. Als Mircan an ihm vorbeiging, musterte der Mann ihn mit offener Neugier.

»Willst du mitfahren?«, fragte er schließlich und lächelte flüchtig. »Ich bin unterwegs nach Limarh – der größten Stadt hier in der Gegend. Komme selbst aus Hafirth, von der Warrelh-Kreuzung.«

Er sah Mircan prüfend an, als versuche er, aus Haltung und Blick eine Geschichte zu lesen. »Kommst du mit?«

Mircan nickte, ohne zu antworten, und stieg auf den

Wagen. Der Kutscher schnalzte mit der Zunge, die Peitsche knallte, und die Räder setzten sich wieder knirschend in Bewegung.

Eine Weile fuhren sie schweigend, begleitet vom gleichmäßigen Rhythmus der Hufe und dem leisen Knarren des Holzes.

»Wie heißt du, mein Junge?«, fragte der Mann schließlich.

»Mircan.«

Der Name blieb einen Moment in der Luft hängen. »Mircan«, wiederholte der Kutscher langsam. »Seltsamer Name. Bist du schon lange unterwegs? Du siehst ziemlich durchgefroren aus.«

»Mir geht es gut«, erwiderte Mircan kurz.

Der Mann schnaubte leise. »Wenn alles gut läuft, sollten wir in sechs Tagen die ersten Ausläufer von Limarh erreichen. Aber sag mal – was treibst du eigentlich hier draußen, ganz allein?«

»Nichts Besonderes«, sagte Mircan.

Der Kutscher verzog das Gesicht. »Ach komm. Du willst mir doch nicht erzählen, dass du freiwillig durch dieses öde Land marschierst.«

Mircan wandte den Blick zu ihm. Für einen kurzen Moment mischten sich Erstaunen und etwas Schärferes darin. Dieses Land war einst seine Heimat gewesen – lange bevor Menschen es so benannt hatten.

»Doch«, sagte er ruhig. »Genau das tue ich.«

Der Ton war schärfer, als er beabsichtigt hatte.

Der Alte zuckte mit den Schultern. »Wenn du noch länger hier draußen herumgeirrt wärst, hätte das an Selbstmord gegrenzt. Seit die Blutmenschen wieder jagen, ist dieses Land tödlicher denn je.«

»Ich kenne dieses Land besser, als ihr glaubt«, entgegnete Mircan. Seine Stimme war nun gleichmäßig, beinahe kühl. »Und ich weiß sehr genau, was mir gefährlich werden kann.«

Der Kutscher musterte ihn eine Weile schweigend. »Vielleicht«, murmelte er schließlich.

Dann legte er den Kopf schief. »Wie alt bist du eigentlich?«

Mircan blinzelte. »Was soll die Frage?«

»Du passt nicht ins Bild«, sagte der Mann langsam. »Ich fahre seit über vierzig Wintern durch diese Lande. Ich habe vieles gesehen – aber dich kann ich nicht einordnen.«

»Warum nicht?«

»Weil ein Junge wie du – allein, bei Nacht, ohne Rüstung, ohne Waffen – längst irgendwo im Schnee liegen sollte. Aber du sitzt hier, atmest ruhig, als hättest du nichts zu befürchten.«

»Vielleicht habe ich das auch nicht.«

Der Kutscher lachte heiser, ohne Freude. »Und dann dieser Blick. Kein Zittern, keine Angst. Ich weiß nicht, was du bist – aber gewöhnlich bist du nicht.«

Mircan erwiderte seinen Blick. Das Eisblau seiner Augen wirkte nun härter, schärfer, wie gefrorenes Glas.

Der Alte erstarrte. »Bei allen Göttern ... Junge, wo kommst du her?«

»Macht euch darüber keine Gedanken«, sagte Mircan leise. Der Ton ließ keinen Widerspruch zu. »Man kann nicht alles gesehen haben. Und noch weniger verstehen. Wenn wir Limarh erreichen, bin ich ohnehin fort.«

Der Kutscher nickte langsam und wandte den Blick wieder nach vorn. Er sah Mircan nicht mehr an.

Eine Zeit lang sprachen sie kein Wort. Der Wind strich kalt

über die weiße Ebene, fraß sich durch Kleidung und Gedanken gleichermaßen.

Dann hob der Alte abrupt den Kopf. »Verdammt ... siehst du das?«

»Was meinst du?«

»Ein Sturm. Groß. Schnell. Dort vorn ist eine Abzweigung – führt zu einem Gasthaus. Wenn wir das nicht erreichen, sind wir verloren.«

»Warum fahren wir nicht einfach weiter?«, fragte Mircan und zog die Kapuze etwas zurück.

Der Kutscher schüttelte den Kopf. »Weil selbst die Mutigsten gegen einen Gewittersturm nicht ankommen. Der frisst Männer bei lebendigem Leib.«

In Mircans Augen glomm es kurz auf, kalt und innerlich, wie Licht hinter dunklem Glas. Ein kaum merkliches Lächeln berührte seine Lippen.

Gewittersturm.

So lautete die Bedeutung seines Namens.

Der Wind begann bereits zu heulen, als sie die Abzweigung erreichten. Minuten später tobte der Sturm wie ein entfesseltes Tier über das Land – doch der Wagen rumpelte gerade noch rechtzeitig unter das schwere Dach des Gasthauses.

Und draußen begann die Welt, sich neu zu ordnen.

KAPITEL 4
WAS GESEHEN WURDE, KANN NICHT VERGESSEN WERDEN

*»Erkenntnis ist keine Gnade. Sie ist eine Last, die man trägt –
oder an der man zerbricht.«*

— *Valandriel, vor dem Letzten Rat*

Einen Moment lang konnte Stapfer nur überrascht
gaffen. Obwohl Jaeden offensichtlich schon seit einiger
Zeit über etwas nachdachte, war dies das letzte Ergebnis, das er erwartet hatte. Tatsächlich hatte er die Anwesenheit
des jungen Gardisten fast vergessen – der nun, da er keine
Bedrohung mehr darstellte, wenig mit Stapfers eigenen Plänen
zu tun hatte. Einen Augenblick lang fragte er sich, ob es sich um
einen Trick handelte, aber nein: Jaeden saß einfach mit
gesenktem Blick weiter auf dem Boden. Das Gesicht des

Mannes war betrübt, und obwohl er kniete, war seinem Ausdruck noch immer Stolz anzusehen.

»Ich fürchte, ich verstehe nicht ganz«, sagte Stapfer unbehaglich, »denn was muss ich dir vergeben?«

Jaeden hob nun den Blick. Die Sonne schien noch immer hell um sie herum, doch sein Gesicht war dunkel und bewölkt wie der Himmel vor einem Sturm. Zum ersten Mal hatte Stapfer Gelegenheit, ihn aus der Nähe zu betrachten – und das Gefühl der Vertrautheit stieg erneut in ihm auf. Es war fast unheimlich ... an wen erinnerte Jaeden ihn nur? Die Augen des Mannes waren grau, wie die der meisten Graswachter, doch sein Haar hatte einen hellen, rötlich-goldenen Schimmer und war ungewöhnlich für Angehörige dieses Volkes. Sein Gesicht war hell, aber nicht heiter; er wirkte einsam und stolz.

»Weil ich dich zu Unrecht beschuldigt und versucht habe, dir mit einer falschen Anschuldigung das Leben zu nehmen«, antwortete Jaeden auf Stapfers Frage. »Ich habe dich als Verräter gebrandmarkt, ohne die Wahrheit zu kennen. Ich habe dich nun sprechen hören – und letzte Nacht hast du mir das Leben gerettet, obwohl ich gedroht hatte, dich zu töten. Das grüne Feuer des Grabgeists hätte mich niedergestreckt, wenn du nicht eingeschritten wärst. Ich habe unüberlegt gehandelt ...«

»Nicht du bist hier im Unrecht«, sagte Stapfer etwas ungeduldig, »sondern der, der dich in die Irre geführt hat.« Er war spürbar nervös wegen Jaedens Ehrerbietung. Schließlich war Stapfer nur ein sehr junger Mann, und es war ihm keineswegs gewohnt, dass große, hochgewachsene Männer vor ihm knieten und ihn um Vergebung baten.

»Es gibt nichts zu vergeben«, fuhr er fort, »aber wenn du

meine Vergebung wünschst, gebe ich sie dir gerne. Was deinen Dienst angeht, so will ich nichts davon. Ich bin ein Waldläufer, kein Heerführer!«

»Das ist auch gut so«, bemerkte Neria. Sie saß im Schneidersitz auf dem noch grünen Gras und sah mit ihren fleckigen Zwergenkleidern und dem wirren Haar eher aus wie eine streunende Katze, die sich nach einer langen, verregneten Nacht trocknete. Stapfer bezweifelte, dass er selbst viel besser aussah.

»Bei deiner Größe würdest du in einer Schlacht untergehen, und die Armee wäre führerlos«, fügte das Mädchen grinsend hinzu.

Jaeden lachte nicht. Wenn überhaupt, schien er noch besorgter zu sein als zuvor. Er fuhr sich mit der Hand durch die Haare, und wieder einmal regte sich diese hartnäckige Erinnerung in Stapfers Gedanken. Er überlegte, ob er Jaeden fragen sollte, ob sie sich schon einmal begegnet waren. Doch zu seiner Überraschung brachte der Mann das Thema selbst zur Sprache.

»Du bist nicht so, wie ich dich mir vorgestellt habe«, sagte er zu Stapfer. »Ich habe dich mir immer als kräftig und etwas einfältig vorgestellt – nicht viel mehr. Aber zu deiner Ehre: Du scheinst genauso außergewöhnlich zu sein, wie Mal es immer gesagt hat.«

Stapfer starrte ihn an. Es dauerte einen Moment, bis er überhaupt Worte fand.

»Was?«, stotterte er. »Du kennst mich? Mal hat dir von mir erzählt? Warum?«

»Natürlich hat er mir von dir erzählt«, erwiderte Jaeden ruhig. »Malrik ist mein Bruder.«

Bei dieser Enthüllung fühlte sich Stapfer, als hätte ihm

jemand einen Schlag gegen den Kopf versetzt. Mals Bruder? Er hatte einen Bruder?

Und plötzlich ergab alles einen Sinn – warum Jaeden ihm so vertraut vorkam. Er sah aus wie Mal, nur jünger und weniger respekteinflößend. Dennoch konnte Stapfer es kaum glauben. Nie hatte er in Betracht gezogen, dass Mal Geschwister haben könnte.

»Er hat dich nie erwähnt«, sagte Stapfer schließlich, etwas verlegen. Und er selbst hatte Mal offen des Verrats beschuldigt ... glaubte Jaeden ihm überhaupt? Der Mann dürstete sicher nicht mehr nach seinem Blut – aber war er überzeugt worden, oder spielte er nur auf Zeit?

Jaeden zuckte mit den Schultern. »Wir verstehen uns nicht immer bestens«, sagte er trocken. »Ich hatte ihn einige Jahre nicht gesehen. Als ich in Larkas ankam, war er fort – auf einer Mission, um Informationen über die Aktivitäten der Blutmenschen zu sammeln. Also beschloss ich, zu warten, bis er zurückkehrte. Ich wollte ohnehin eine Weile in Larkas bleiben. Doch als Mal zurückkam, folgte ihm eine Armee von Blutmenschen auf dem Fuße. Dann kam es zur Schlacht, zum Tor – und zu deiner Flucht.

Als ich ihn traf, bat er mich, eine der Reitergruppen anzuführen, die euch nachsetzten, und ich stimmte zu, obwohl ich überrascht war. Bei unserem letzten Treffen hatte er mir von dir erzählt, und ich konnte nur schwer glauben, dass der Freund, von dem er damals sprach, zu einem verachteten Verräter geworden sein sollte.«

»Kein Wunder«, schnaubte Neria, »es ist sowieso nicht wahr.«

»Ja, das sagst du«, erwiderte Jaeden ruhig, »und ich glaube

dir – glaube ich jedenfalls. Aber du hast noch mehr gesagt, und das ist schwer zu fassen. Willst du mir wirklich weismachen, dass mein Bruder des Verrats schuldig ist? Dass er absichtlich gelogen hat, um dir die Schuld zuzuschieben – und sich nicht einfach geirrt hat? Es ist schon schwer genug, mir vorzustellen, dass Mal einen Fehler macht ... aber ihn als Verräter? Fast unmöglich.«

»Ich würde dasselbe sagen«, antwortete Stapfer, »hätte ich es nicht mit eigenen Augen gesehen. Glaub nicht, dass mich diese Tatsache erfreut! Ich verstehe immer noch nicht – warum hat er das getan?«

»Ich denke, du solltest mir besser alles erzählen, was du weißt«, sagte Jaeden. »Vielleicht kann ich etwas Licht in die Sache bringen.«

Er hörte Stapfer aufmerksam zu, als dieser von seiner Konfrontation mit Mal, der Gefangennahme und der Flucht berichtete. Die Öffnung des Tors und die Eroberung von Larkas schienen ihn kaum zu beunruhigen, doch als Stapfer das Amulett erwähnte, verfinsterte sich sein Blick. Er sagte nichts, aber sein Schweigen sprach Bände.

»Das ist alles sehr merkwürdig«, meinte er schließlich und schüttelte den Kopf. »Fast unmöglich ... und doch ergibt es Sinn. Ich habe das Gefühl, dass es wahr ist. Kennst du dieses Gefühl – wenn etwas einfach richtig klingt, egal wie unwahrscheinlich es scheint?«

Stapfer musste zugeben, dass er so etwas noch nie erlebt hatte. Neria antwortete nicht, sondern sah Jaeden mit wachsender Sorge an. Stapfer hoffte nur, sie würde den Mann nicht für verrückt halten und sich weigern, weiter mit ihm zu tun zu haben – er selbst hatte tausend Fragen im Kopf und wusste kaum, welche zuerst gestellt werden musste.

»Dann glaubst du ihm also?«, fragte Falvoril schließlich. Der Halbelf hatte eine Weile geschwiegen und nur nachdenklich zugehört. Stapfer fragte sich, was Falvoril wohl von der ganzen Angelegenheit hielt – und ob er immer noch mit ihnen kommen wollte, jetzt, da klar war, dass sie praktisch vogelfrei waren.

»Ich fürchte ja«, antwortete Jaeden widerwillig. »Die Geschichte ist ziemlich überzeugend, vor allem der Teil über das Amulett. Was genau hat Mal gesagt, als Neria es berührt hat?«

»Er sagte: ›Sie haben sie für sich beansprucht‹«, erwiderte Stapfer. »Warum? Sagt dir das etwas?«

»Nein«, gab Jaeden zu. »Aber das Amulett ... darf ich es sehen?«

Neria zog die Kette unter ihrem Hemd hervor und hob das Amulett über den Kopf. Sie reichte es ihm nicht – und Jaeden fragte auch nicht danach. Stattdessen betrachtete er es nur aufmerksam. Der Stein in der Mitte des Amuletts schimmerte unschuldig im Sonnenlicht, als wüsste er nichts von den Schatten, die sich um ihn rankten.

»Nun? Weißt du, was es ist?«, fragte Stapfer.

»Ich weiß gar nichts«, sagte Jaeden leise. »Ich könnte raten, aber ... es ist sicherer, das nicht zu tun. Es könnte alles Mögliche sein. Nur eines ist gewiss: Wenn Mal es will, dann muss es wichtig sein. Vielleicht trägt es eine Macht in sich – verborgen, aber nicht verloren. Solche Dinge waren früher nicht so selten wie heute.«

Stapfer betrachtete das Amulett zweifelnd. Es war schön, ja

– aber es zeigte keine Spur von Magie. Kein Leuchten, keine Wärme, keine Kraft, die man hätte spüren können. Nur ein stiller, silberner Glanz, der nichts verriet.

»Auf jeden Fall«, sagte Jaeden zu Neria, als sie sich das Schmuckstück wieder um den Hals legte, »würde ich vorschlagen, dass du es behältst – und dafür sorgst, dass mein Bruder es nicht in die Hände bekommt.«

»Glaubst du, er wird versuchen, es zurückzuerlangen, auch wenn sein erster Versuch gescheitert ist?«, fragte Falvoril mit gerunzelter Stirn.

»Meine Befehle lauteten, Stapfer zu töten und Neria nach Larkas zurückzubringen – und besonders darauf zu achten, dass alles, was sie bei sich trug, ebenfalls zurückgegeben wird. Angeblich hatte sie einer Persönlichkeit der Stadt wertvolles Eigentum gestohlen. Jetzt, da Mals erster Plan gescheitert ist, wird er nur entschlossener werden.«

Stapfer glaubte, dass Jaeden recht hatte. Mal gab niemals auf ... das war eine seiner Eigenschaften, die er immer bewundert hatte. Und gerade dieser Gedanke ließ ihn schaudern. Vielleicht würde Mal sie selbst verfolgen. Der bloße Gedanke daran genügte, um eine Erinnerung an die Nacht zuvor wachzurufen – und das kalte Gefühl in seinem Magen kehrte zurück.

»Und dennoch«, sagte Falvoril langsam, »ist nichts klarer geworden. Warum hat dieser Mann Larkas verraten? Was plant der Dunkle? Und vor allem – welche Rolle spielst du in diesem Spiel? Wem gilt deine Loyalität?«

Die letzte Frage war an Jaeden gerichtet, und der sah plötzlich aus, als habe ihn jemand beleidigt.

»Und Ihr«, entgegnete er scharf, »wer seid Ihr überhaupt? Ihr wandert allein durch die Grabhügel in gefährlichen Zeiten und redet, als wüsstet Ihr mehr, als Ihr sagt. Ich würde Euch für einen Elfen halten – doch Euch fehlt ihre Haltung, ihre Statur, ihr Licht. Und außerdem: Kein Elf würde sich vor einem Hügelgeist fürchten. Sie besitzen hellere, stärkere Magie.«

»Sie wären auch nicht so dumm, uns überhaupt erst in einen Grabhügel zu führen«, warf Neria mit unverhohlener Genugtuung ein.

Überraschenderweise sagte Falvoril nichts. Stapfer vermutete, dass der Halbelf seine Geheimnisse lieber für sich behielt – zumindest vorerst. Er war selbst neugierig auf Falvoril, doch er beschloss, seine Fragen für später aufzuheben. Noch hatte er nicht entschieden, ob er den Halbelf wirklich als ständigen Begleiter wollte.

Was war dieser Mann überhaupt? Was trieb ihn allein durch die Wildnis? Und warum wollte er sich ihnen anschließen?

Falvoril hatte etwas Unbestimmtes an sich – vielleicht Leichtsinn, vielleicht Trotz, vielleicht auch eine Spur Verzweiflung. Wie dem auch sei, zunächst gab es noch die Sache mit Jaeden zu klären.

»Die Sonne steigt hoch«, sagte Stapfer zu seinen Gefährten, »und es ist höchste Zeit, dass wir diesen Ort verlassen.«

Er wandte sich an Jaeden. »Du hast meine Vergebung, wie du darum gebeten hast«, sagte er und fühlte sich ein wenig albern, so feierlich zu klingen. »Was wirst du jetzt tun? Ich gehe mit Neria zur Bergwarth. Wenn du willst, kannst du uns zum König begleiten – wir würden uns über deine Gesellschaft freuen.«

Neria sah nicht aus, als würde sie die Gesellschaft von irgendjemandem begrüßen, doch zum Glück sagte sie nichts.

Jaeden schüttelte den Kopf – langsam, nachdenklich, fast bedauernd.

»Hier gibt es zu viele Fragen«, sagte Jaeden leise. »Fragen ohne Antworten. Und es gibt nur einen Weg, die Wahrheit zu erfahren.«

Er nahm sein Schwert, steckte es in die Scheide, richtete sich auf und klopfte den Staub von seiner Kleidung. Dann schirmte er kurz die Augen mit der Hand ab, blickte erst nach Westen, zum Blutwald, und dann zurück nach Osten.

»Was hast du vor?«, fragte Stapfer, dem plötzlich eine böse Ahnung kam.

»Du hast recht, wenn du zu König Droderon gehst«, erwiderte Jaeden ausweichend. »Er muss von all dem erfahren. Aber Larkas ist inzwischen in den Händen eines Verräters – auch wenn es schwerfällt, das zu glauben.«

Er pfiff, und eines der Pferde, das friedlich graste, hob wiehernd den Kopf und trabte heran. Es war ein großer Fuchs, kräftig und aufmerksam. Offensichtlich kannte er Jaeden gut; das Tier stand still, während sein Herr mühelos in den Sattel stieg.

»Moment mal!«, rief Stapfer und sprang auf. »Wo willst du hin?«

Jaeden grinste, hell und unbekümmert, als wäre all das nur ein Spiel. Er gab seinem Pferd die Sporen, und der Fuchs bäumte sich auf, der lange Schatten des Tieres wogte über den Boden. Jaedens rotgoldenes Haar und die bronzene Mähne des Pferdes fächerten sich auf und bildeten einen flackernden Heiligenschein im Licht der Sonne.

»Um mit meinem Bruder zu sprechen!«

Die Hufe trafen wieder auf den Boden, und im nächsten

Moment war er fort – der Fuchs stob davon, flog über das Gras und verschwand hinter den Hügeln. Der Wind griff nach Staub und Licht, doch Jaeden blickte kein einziges Mal zurück.

Valandriel ritt ohne Pause. Die innere Unruhe, die ihn vor einigen Tagen ergriffen hatte, trug nun einen Namen – Dunkelheit.

Seine Gedanken rasten, während er die schnellen, ausgreifenden Bewegungen des Hengstes unter sich spürte und die Landschaft an ihm vorbeiflog. Der Bote, ein Krieger im Dienst König Droderons, hatte kaum ein Wort sagen müssen.

Kaum hatten ihn die Wächter erreicht, war er vor Erschöpfung zusammengebrochen. Doch seine Botschaft hatte er noch überbringen können: Die Bergwarth war in Bedrängnis – das letzte Bollwerk, bevor ganz Lamerth fallen würde.

Die Pein in Valandriels Innerem war nun nicht länger unerklärlich. Zu gut wusste er, was geschehen würde, sollte Lamerth in die Hände der Blutmenschen fallen.

Seine eigene Wunde – körperlich längst verheilt und für die Augen von Elfen, Zwergen und Menschen unsichtbar, solange er sie nicht bewusst offenbarte – brannte in seiner Seele noch immer wie am ersten Tag.

Valandriel hatte sofort alle Krieger zusammengerufen, die bereit waren, mit ihm zu reiten. Viele waren es nicht mehr, die noch in seinen Diensten standen – zu tief hatten die Schlacht am Roten Berg und der Krieg die Reihen der Elfen ausgedünnt.

Er konnte und wollte es den wenigen verbliebenen Familien nicht zumuten, erneut Väter und Söhne in den Kampf zu schicken.

Denn dass es zum Kampf kommen würde, daran hatte er keinen Zweifel. Der Bote hatte von Schattenblutern in den Reihen der Blutmenschen gesprochen – und das konnte nur eines bedeuten: die Einmischung der Weldhra.

Die Weldhra waren über viele Jahrhunderte ein angesehener Teil der Hochelfengemeinschaft gewesen – erhaben und geachtet unter den Magiern des Elfenreiches.

Doch Dunkelheit und Machtgier hatten sie korrumpiert. Ihre Kräfte waren stetig gewachsen – stärker, als Valandriel je zu fürchten gewagt hatte.

Und so stürmte eine kleine Streitmacht von kaum zwanzig Elfenkriegern hinter ihrem Anführer her.

Es war noch Nacht gewesen, als sie das Elfentor passiert hatten – nun färbte das erste Licht des neuen Morgens den Horizont, während sie über die weiten Ebenen ritten.

In der Ferne, noch kaum erkennbar im silbrigen Nebel der Dämmerung, erhoben sich die Berge. Dort, verborgen zwischen Fels und Schatten, lauerte das, was Valandriel am meisten zu fürchten gelernt hatte.

Ein Schauer rann über seine Seele, als in seiner Erinnerung erneut die dunklen Tore aus dem Nichts auftauchten und das kalte, lodernde Licht sich in seine Haut brannte.

Oft hatte er versucht, dieses Bild zu vergessen oder tief in den Schatten vergangener Zeiten zu begraben. Doch die Narbe, die mit jedem Jahrzehnt tiefer in seiner Seele brannte, ließ es nicht zu.

Er wusste: Noch einmal würde er die Magieseuche nicht

überleben. Seine Kraft war erschöpft, aufgezehrt von Jahrtausenden und Einsamkeit.

Und doch – er würde seinem Schicksal ruhig entgegentreten, wenn er damit das Leben seines Volkes retten konnte.

Unermüdlich trieb er seinen Hengst weiter an. Hinter sich hörte er das Donnern der Hufe, spürte die Präsenz der Krieger – und für einen Moment empfand er Dankbarkeit für ihre Treue.

Die Sonne stand bereits hoch am Himmel, als sein Hengst zum ersten Mal strauchelte. Geistesgegenwärtig riss Valandriel ihn hoch, doch er spürte, dass das Tier eine Pause brauchte.

Nicht weit entfernt erkannte er eine Baumgruppe und ein paar Büsche – sie markierten den Verlauf eines Bachs. Er hielt darauf zu. Mit erhobener Hand bedeutete er seinen Kriegern anzuhalten und ließ gleichzeitig sein Pferd langsamer werden.

Der Hengst schnaubte dankbar und blieb kurz darauf mit zitternden Beinen und gesenktem Kopf stehen.

Valandriel schwang sich aus dem Sattel und strich dem Tier dankend über den Hals, bevor er ihm Zaumzeug und Sattel abnahm.

»Wir rasten hier!«, rief er, an niemand Bestimmten gewandt.

Ein erleichtertes Raunen ging durch die Reihen der Krieger, als auch sie abstiegen und ihren Pferden dieselbe Erleichterung verschafften.

Valandriel trat zum Bach, tauchte die Hände in das kühle Wasser und spritzte es sich ins Gesicht. Die kalte Nässe brannte auf der Haut – doch sie erfrischte.

Er wusch sich Schweiß und Staub ab, trank aus der hohlen Hand, bis sein Durst gestillt war.

Sein Hengst war ihm, wie immer, gefolgt und senkte ebenfalls das Maul ins Wasser. Valandriel beobachtete ihn schweigend.

Das Tier war ein Geschenk seines Sohnes gewesen – jener Sohn, der sich in den grünen Wiesen und lichten Wäldern der Pferdezucht verschrieben hatte und bald schon erste Erfolge feierte. Das schönste Tier hatte er seinem Vater gesandt.

Der Hengst war groß und langbeinig, kräftig genug, um sowohl schnell als auch ausdauernd zu sein. Sein Fell schimmerte in hellem Gold, kaum dunkler als Valandriels eigenes Haar, während Mähne und Schweif einen satten Honigton trugen.

Nachts, im Mondlicht, glänzte er silbern, als sei er aus reinem Licht gegossen – bei Tag funkelte er im Sonnenlicht wie pures Gold.

Sein Wesen war mutig, freundlich und treu. Er hatte sich sofort an seinen neuen Herrn gebunden. Kein anderer konnte ihn reiten, und jedes Mal, wenn er Valandriel sah, begrüßte er ihn mit einem freudigen Wiehern.

Dieses Wiehern zu hören – und das seidige, warme Fell zu spüren – war eine der letzten Freuden, die Valandriel geblieben waren.

Nun riskierte er auch das Leben dieses edlen Tieres. Eine andere Wahl blieb ihm nicht – es war das schnellste Pferd im Stall, und Schnelligkeit war nun alles.

Das Tier hatte seinen Durst gestillt und blickte ihn aus dunklen Augen an. Valandriel nickte ihm zu.

»Komm, lassen wir die anderen ans Wasser.«

Er trat vom Bach zurück und kehrte zu dem Platz zurück, an dem er das Sattelzeug abgelegt hatte. Für die Krieger war dies das Zeichen, nun ebenfalls ihren Durst – und den ihrer Pferde – zu stillen.

Valandriel ließ sich neben seinem grasenden Pferd nieder und kniete sich in den Staub. Es war ihm gleich, ob er damit seine edlen Kleider beschmutzte.

Sein Körper schmerzte – doch nicht vom langen Ritt.

Es war seine Schulter, die brannte. Und nun, da er wusste, dass die Dunkelheit bereits erneut über das Land gekrochen war, erkannte er: Es war der Schmerz aller Völker, den er fühlte.

Doch so qualvoll dieser auch war – er schenkte ihm Hoffnung. Denn solange der Schmerz lebendig war, war es noch nicht zu spät.

Die Krieger kehrten zurück, ließen sich um ihn nieder und rasteten. Sie stärkten sich mit mitgebrachtem Proviant, und auch Valandriel aß etwas Dörrfleisch und ein paar getrocknete Apfelscheiben.

Er verspürte keinen Hunger, doch er wusste: Er würde die Nahrung brauchen, wenn er den Gewaltmarsch durchhalten wollte, der noch vor ihnen lag.

Als die Sonne eine halbe Spanne weitergewandert war, begannen die Krieger – ohne dass er ihnen ein Zeichen gegeben hätte – still ihre Pferde aufzuzäumen und zu satteln. Valandriel tat es ihnen gleich und schwang sich wortlos in den Sattel.

Ebenso schweigend folgten sie ihm, als sie ihren Weg fortsetzten – kaum langsamer als zuvor –, zu den Bergen, die nun grau und schwer vor ihnen im Sonnenlicht aufragten.

Ein weiteres Mal hielten sie Rast, in der dunkelsten Stunde der Nacht, bevor sie mit dem ersten Licht des neuen Morgens die weiten Steppen hinter sich ließen.

Sie begannen den Aufstieg in die felsigen, kargen Regionen zu Füßen des hohen nördlichen Gebirges. Kalte Winde fuhren auf sie herab – Boten des nahenden Winters.

Valandriel zog den Umhang enger um sich und achtete darauf, auch die Kruppe und Flanken seines Hengstes zu bedecken, um das erschöpfte Tier vor der Kälte zu schützen.

Schon bald würde der Aufstieg zu steil für die Pferde werden – dann müssten sie absteigen und die Tiere führen.

Valandriel versuchte diesen Moment so lange wie möglich hinauszuzögern, denn er bedeutete, noch langsamer voranzukommen.

Schwer atmend klammerte er sich am Sattel fest und überließ es dem Hengst, den sichersten Weg über das unebene Gelände zwischen Felsspalten und scharfkantigen Steinen zu finden.

»Mein Herr?«, hörte er die leise, besorgte Stimme Ederiels neben sich.

Der Heerführer hatte schon unter Valandriels Vater gedient – und Valandriel wusste, dass er ihm bedingungslos vertrauen konnte.

Müde warf er dem Elfen einen Blick zu und schüttelte dennoch sacht den Kopf.

»Wir müssen weiter«, murmelte er – und erschrak selbst über die Rauheit seiner Stimme.

Er schloss die Augen, um dem besorgten Blick des anderen zu entgehen, und bemühte sich, seine Empfindungen nicht in der Miene sichtbar werden zu lassen.

»Ich kann die Dunkelheit spüren«, fügte er leise hinzu.

Ederiel nickte grimmig. Er hatte verstanden.

Kurze Zeit später wurde der Pfad so schmal, dass sie

tatsächlich absteigen mussten. Der Aufstieg war beschwerlich, doch schließlich erreichten sie ein kleines Plateau.

Valandriel zögerte, dann ordnete er eine Rast an.

Er wusste nicht, wann sie wieder auf ein Gelände treffen würden, das breit genug für eine Pause war. Auf den engen Bergpfaden war an Ruhe nicht zu denken – hier aber bot ein flacher Felsvorsprung und etwas trockenes Gras eine letzte Gelegenheit.

Valandriel befreite seinen Hengst nicht vom Sattel, sondern löste nur das Zaumzeug, damit sich das Tier nicht im Zügel verfangen konnte.

Keiner der Krieger sprach ein Wort, als sie sich erneut schweigend um ihn versammelten.

Doch Valandriel spürte ihre Sorge – um ihn, um ihr Volk.

Und dieser stumme Zusammenhalt verdrängte für einen Moment den Schmerz in seinem Inneren.

Stapfer beobachtete die Gestalt des einsamen Reiters, bis sie vollständig verschwunden war. Dann wandte er sich wieder seinen Gefährten zu.

»Es ist Zeit, dass wir auch aufbrechen«, sagte er. »Ich möchte so schnell wie möglich in Reichweite der Bergwarth kommen. Und ich bin sicher, dass niemand sonst hier vor der Tür der Hügel sitzen bleiben möchte.«

Er begann, den Schmutz von seiner Kleidung zu wischen, und wandte das Gesicht den Sonnenstrahlen zu. Es war später Vormittag, und obwohl er sich noch etwas müde fühlte, überkam ihn eine Unruhe – das Bedürfnis, sich auf den Weg zu machen.

»Was ist mit ihm?«, fragte Neria, stand ebenfalls auf und deutete mit dem Kopf auf Falvoril. »Kommt er mit uns?«

»Was, so begierig auf meine Gesellschaft?«, erwiderte Falvoril und richtete sich geschmeidig auf. »Ihr könntet meinen Schutz gebrauchen; in diesen Kleidern könnte man Euch leicht für eine Vogelscheuche halten. Und wir wollen doch nicht, dass man Euch mit Stroh ausstopft und auf einem Feldpfahl aufstellt, oder?«

»Es müsste schon ein sehr kurzer Pfahl sein, wenn Ihr mich davon retten wollt«, konterte Neria.

»Wer hat gesagt, dass ich dich retten würde?«, grinste der Halbelf. »Normalerweise rette ich Damen in Not – keine strohköpfigen Streuner.«

»Jeder, der vorbeikommt, wird denken, du bist die Dame in Not«, erwiderte Neria mit ebenso viel Sarkasmus und deutete auf Falvorils schulterlanges Haar und sein teilweise elfisches Aussehen.

»Seht nur! Da ist ein Drache am Himmel!«, rief Stapfer plötzlich so laut er konnte und zeigte wild in den klaren, blauen Himmel. Falvoril und Neria starrten mit großen Augen umher – dann blickten sie ihn mit ausdruckslosen Gesichtern an.

»Was?«, fragte Neria.

»Also wirklich«, sagte Stapfer, »wenn ihr zwei auf dem ganzen Weg zur Bergwarth so weitermacht, lasse ich euch einfach beide zurück.«

»Dann akzeptiert Ihr meine Gesellschaft?«, fragte Falvoril, als wäre nichts gewesen. Nerias Existenz schien in diesem Moment völlig aus seinem Kopf verschwunden zu sein.

»Ja«, antwortete Stapfer. »Aber du musst uns sagen, wer du bist und was du hier tust. Wir haben keine Zeit zu warten – also reiten wir los, und du kannst uns unterwegs deine Geschichte erzählen.«

Falvoril stimmte zu, und überraschenderweise erhob auch Neria keine Einwände. Stapfer vermutete, dass sie das verbale Kräftemessen mit dem Halbelf eher genoss. Zumindest hatte sie ihre Aufmerksamkeit – und ihre scharfe Zunge – von ihm abgewandt; er war nicht besonders schlagfertig und schnitt bei solchen Scherzen meist schlecht ab.

Die drei Reisenden packten rasch die Reste ihrer Mahlzeit in die Satteltaschen der Pferde, auf denen sie reiten wollten. Falvoril entschied sich für einen mittelgroßen Schimmel als sein Reittier. Neria überließ Nori Stapfer und suchte sich ebenfalls ein neues Tier aus: einen leichtfüßigen, temperamentvollen kleinen schwarzen Hengst, den sie Raven nannte – zumindest behauptete sie das.

Sie ritt ohne Sattel, und Stapfer fand, dass sie hier, auf dem Rücken eines Pferdes in der Wildnis, sehr viel mehr zu Hause wirkte als je zuvor in Larkas. Er selbst blieb bei Nori, dem kleinen Steppenpferd, mit dem sie von dort aufgebrochen waren.

»Was ist mit den anderen?«, fragte Neria besorgt und meinte damit die beiden übrigen Pferde. »Wir brauchen sie nicht, aber ich möchte sie nicht in der Nähe der Gräber zurücklassen.«

»Wir haben keine andere Wahl«, sagte Stapfer mit einem Schulterzucken. »Außerdem glaube ich nicht, dass ihnen etwas zustoßen wird. Sie finden schon ihren Weg – vielleicht in den Lamerth oder den Blutwald. Aber wir müssen weiter. Ich will nicht noch einmal durch die Grabhügel ziehen – das hat uns nur Unglück gebracht. Gehen wir direkt nach Norden. Dort kommen wir durch bewohnte Gegenden und bleiben trotzdem fern der Nordstraße. Und die Bergwarth liegt von hier fast in gerader Linie nach Norden, wenn ich mich recht erinnere.«

Mit dieser Entscheidung machte sich die kleine Gruppe auf den Weg nach Norden. Zur Rechten erhoben sich die Grabhügel, doch sie hielten sich fern von den drohenden Erhebungen und reisten zügig zwischen ihnen und dem Wald auf ihrer linken Seite dahin. Die Sonne schien weiterhin angenehm, und unter den Baumkronen sangen die Vögel. Dennoch saß Stapfer müde im Sattel.

Seine Gedanken wanderten zurück nach Larkas – zu dem kleinen Haus, in dem er mit seinem Vater gelebt hatte. All das erschien ihm jetzt merkwürdig fern, als wäre ein abgeschlossenes Kapitel seines Lebens, das mit dem Verlassen der Heimatstadt endgültig zu Ende gegangen war. Er hatte keine Vorstellung davon, was nun auf ihn wartete – oder ob er sich überhaupt freuen konnte über die Richtung, die die Ereignisse genommen hatten.

Stapfer bemerkte, dass er nicht der Einzige war, der schweigsam in dunkle Gedanken versunken war. Neria ritt wortlos neben ihm, das Kinn auf die Brust gesenkt. Was in ihr vorging, war unmöglich zu sagen – er bezweifelte, dass sie ihr früheres Leben ebenso vermisste wie er. Und obwohl er das Gefühl hatte, sie so gut zu kennen wie eine Schwester – ein seltsames Gefühl, wo er doch eigentlich kaum etwas über sie wusste –, konnte er nicht erahnen, was ihr durch den Kopf ging.

Schließlich war es Falvoril, der das Schweigen brach.

»Kommt!«, sagte er fast fröhlich. »Kommt aus euren trüben

Gedanken heraus! Die Sonne scheint hell, und die Luft ist frisch. Kein Schatten liegt auf uns! Lasst uns versuchen, die düsteren Ereignisse der letzten Stunden zu vergessen.« Er warf Stapfer ein augenzwinkerndes Lächeln zu.

Als dieser ihn nur ungläubig anstarrte, verdrehte Falvoril die Augen. Der Halbelf lachte kurz angebunden, seine dunklen Augen funkelten wie im Besitz eines schelmischen Geheimnisses. Schatten und Sonnenlicht tanzten über sein Gesicht – er wirkte wie ein wildes Gemälde, das eher der Natur als der Zivilisation entstammte.

Inzwischen war der Pfad zwischen Hügeln und Wäldern schmal geworden. Sie bewegten sich fast unter den Ästen des Alten Waldes, und das Rascheln der Blätter begleitete die drei auf ihrem Weg.

»Nun, Falvoril«, sagte Stapfer. »Es scheint, als hättest du einige Geheimnisse, mein Freund – und ich muss zugeben, dass ich vor Neugier fast platze. Du kommst also aus Isalthami, der Hauptstadt der Elfen? Aber du bist kein ›richtiger‹ Elf ... und ich glaube, jetzt verstehe ich, was du meinst, wenn du von ›Halbelf‹ sprichst.«

»Elf und Mensch«, sagte Neria leise, mit einem seltsamen Tonfall. »Und du hast selbst daran gedacht, nicht wahr? Es gibt nicht viele Halbelfen. Nur diesen einen, der allein durch die Wildnis streift, ständig in Flüsse fällt und Damen in Not rettet.«

»Elf oder Mensch ... kommt drauf an, wen du fragst«, erwiderte Falvoril fast trotzig.

»Und was bist du?«, entgegnete Falvoril mit einem verzerrten Lächeln. »Zwerg oder Mensch – oder irgendetwas dazwischen? Was ist deine Geschichte, Mischling? Anscheinend haben wir doch mehr gemeinsam als nur einen scharfen Verstand, kleine Vogelscheuche.«

»Aber du bist es, der jetzt seine Geschichte erzählen muss«, sagte Neria. »Wie du es versprochen hast, als du dich uns angeschlossen hast. Und ich bin sicher, du sprichst ohnehin gern von dir selbst.«

Falvoril sah sie lange und unverwandt an, doch ihre grünen Augen wichen seinen blauen nicht aus. Über ihren Köpfen raschelten die Blätter, und die Sonne stand hoch am Himmel, warf Schatten in seltsamen Mustern auf ihre Gesichter.

»Ich werde dir meine Geschichte erzählen«, sagte Falvoril schließlich, »wenn du bereit bist, danach deine zu erzählen.« Seine Worte klangen wie eine Herausforderung, und sein Gesicht war grimmig.

»Was, interessiert sich niemand für meine Geschichte?«, fragte Stapfer mit gespielter Verzweiflung. Sowohl Neria als auch Falvoril lachten – teils überrascht, teils wirklich amüsiert.

»Zweifellos ist sie nicht annähernd so interessant wie eure beiden«, fuhr Stapfer fort. »Aber zumindest bin ich daran interessiert, was ihr zu sagen habt. Der Weg ist noch lang – lasst uns die Zeit mit Geschichten vertreiben!«

Neria rollte die Augen gen Himmel und tat, als sei sie verzweifelt. »Dann fürchte ich mich schon, überhaupt anzufangen!«, sagte sie.

»In diesem Fall«, sagte Falvoril, »werde ich beginnen.«

Also begann er zu erzählen.

»Ich wurde in Isalthami geboren, der Hauptstadt der Hochelfen. Mein Vater war ein Elf, meine Mutter ein Mensch – daher bin ich ein Halbelf.«

»Das wissen wir bereits«, unterbrach Neria.

»Geduld, holde Vogelscheuche!«, erwiderte Falvoril. »Hör einfach zu. Darf ich nun beginnen?«

Weder Neria noch Stapfer antworteten, also fuhr der Halbelf mit seiner Geschichte fort.

»Meine Mutter war eine Dienstmagd im Hause Waldeslied, der herrschenden Hochelfenfamilie. Zu ihrem Glück – und zum Verdruss vieler anderer Elfen – wurde sie dort gut behandelt. Sie lebte eher wie eine vertraute Angestellte denn wie eine einfache Magd.«

Falvorils Blick schweifte in die Ferne, als hingen seine Gedanken an einem längst verlorenen Bild.

»Bei einem Fest im Hause Waldeslied geschah es dann: Prolas, der Bruder von Baratorel, verging sich an ihr. Er wurde daraufhin nach Zimeria verbannt. Ich wurde einige Monde später geboren ... Meine Mutter überlebte die Geburt leider nicht.«

Wieder wanderte sein Blick ab. Stapfer schluckte schwer. »Es tut mir leid«, brachte er leise hervor.

Neria jedoch musterte den Halbelfen mit einem Blick, in dem sich kaum Mitgefühl zeigte – fast abschätzig.

»Schon gut«, sagte Falvoril und winkte ab. »Ich kannte sie ja nicht wirklich – nur durch das, was man mir erzählt hat.« Er seufzte leise und fuhr fort: »Jedenfalls nahm mich danach die Elfenfamilie Mondenwind auf. Sie zogen mich groß, als wäre ich ihr eigenes Kind. Es genügt zu sagen, dass mein Ziehvater getötet wurde, als ich noch sehr jung war – und zwar nicht von irgendeinem Graufletzer, sondern vom Anführer selbst: Kezzakh, genannt ›die Eisenpfote‹. Seine linke Pfote besteht vollständig aus Eisen, mit messerscharfen Klauen – unzerbrechlich und schärfer als alles, was ich je gesehen habe. Mein Ziehvater starb unter ihrem grausamen Hieb.«

Er hielt kurz inne. »Und so, wurde ich erneut eines Elternteils beraubt. Da nahm sich schließlich Baratorel Waldeslied meiner an – und zog mich gemeinsam mit seinen Kindern Sarelas und Valzanah auf.«

Stapfer sah Falvoril ungläubig an. »Du bist in Isalthami aufgewachsen – im Palast der Elfen? Ich habe gehört, dass es dort wunderschön sein soll. Der Palast, die Gegend drum herum ...«

»Ja, es ist wunderschön!«, sagte Falvoril. Sein Ton war sehnsüchtig, und seine Augen verloren sich in der Ferne.

»Ob Winter oder Sommer – das Land singt vor Schönheit, und die Bäume lächeln.« Seine Augen wurden traurig. »Ich habe dort viele Jahre gelebt und vieles gelernt: die Waldkunst, die Hohe Sprache der Elfen, Lieder und Geschichten, Jagd und Kriegskunst. Meine Ziehmutter liebte mich, ebenso wie meine neugewonnenen Geschwister. Aber ein Halbelf ist nun einmal nicht dasselbe wie ein Elf. Ich liebte Lachen und Essen mehr als Weisheit und Handwerk – das Spielen im Wald mehr als das Singen. Und ich besitze zwar die Langlebigkeit, aber nicht die Unsterblichkeit der Elfen.«

Er hielt inne, seine Stimme wurde leiser.

»Immer, wenn ich in Isalthami lebte, verfolgte mich der traurige Blick meiner Zieheltern und Geschwister – der Blick von jenen, die wissen, dass du sterben wirst, während sie weiterleben. Und so verließ ich mein Zuhause, als ich kein Kind mehr war. Eine Zeit lang lebte ich allein in Riverkai, südlich des Warrelhs. Doch Rastlosigkeit erfasste mich, und ich floh erneut in die Wildnis.«

Er blickte zu Stapfer und Neria. »Jetzt reise ich, wohin mich die Laune führt. Ich gehorche niemandem außer meinem eigenen Willen. Oder ... so war es, bevor ich euch traf.«

Ein kurzes Schweigen folgte, dann schloss er: »Das ist meine Geschichte. Aber jetzt habe ich genug gesprochen. Jetzt ist der Mischling an der Reihe.«

Falvoril sah Neria erwartungsvoll an, doch Stapfer zweifelte, dass sie seinem Wunsch nach ihrer Geschichte nachkommen würde. Er hatte – natürlich – recht.

»Ich habe keine Geschichte zu erzählen«, sagte Neria ausdruckslos. »Ich weiß nur dies: Mein Vater war ein Mensch, meine Mutter eine Hügelzwergin. Ihr Name war Sonira Dornquell, und ich trage ihren Namen – denn den meines Vaters kenne ich nicht. Wir lebten in Renkas, und sie starb dort, als ich noch jung war. Danach wuchs ich in einem Waisenhaus auf, bis ich nach Larkas kam. Ich weiß nicht, wo ich geboren wurde oder wann. Mehr gibt es nicht zu erzählen.«

»Es gibt immer mehr zu erzählen«, erwiderte Falvoril und starrte sie eindringlich an. »Warum hast du Renkas verlassen? Warum bist du jetzt hier? Ich habe dir meine Geschichte erzählt – obwohl ich sie nur wenigen offenbare. Vergilt es mir, wie vereinbart.«

Doch Neria war offensichtlich nicht bereit, seiner Bitte nachzukommen. Sie erwiderte seinen Blick trotzig – schweigend.

Stapfer seufzte. Wieder einmal war die Atmosphäre angespannt, und offenbar lag es an ihm, die Wogen zu glätten. Kurz überlegte er, ob er einen Witz machen sollte, verwarf die Idee aber gleich wieder.

»Wenn du wissen willst, warum Neria bei mir ist«, wandte

er sich an Falvoril, »oder warum ich hier bin – ich sage es dir gerne. Du hast bereits einiges mitgehört, aber ich werde dir die ganze Geschichte erzählen.«

Also begann Stapfer zu berichten: vom Abend des Angriffs auf Larkas, vom Tod seines Vaters, dem Verrat durch Malrik, vom Amulett, seiner Gefangennahme und schließlich ihrer Flucht aus der Stadt. Falvoril hörte ruhig zu, ohne ihn zu unterbrechen.

Als Stapfer geendet hatte, bat der Halbelf darum, sowohl das Amulett als auch sein Schwert zu sehen.

»Warum willst du es sehen?«, fragte Neria misstrauisch, reichte ihm das Amulett aber dennoch widerwillig.

Falvoril drehte es mehrfach in den Händen, betrachtete es eingehend, als würde er darin lesen wie in einem Buch.

»Ich erkenne es – oder zumindest die Zeichen darauf«, sagte er schließlich, abwesend. »Meine Halbschwester Valzanah trägt ein ähnliches Amulett. Es soll von der Göttin Amishal gesegnet sein und sie beschützen.«

Kopfschüttelnd reichte er es Neria zurück. Sie nahm es mit sichtbarer Erleichterung entgegen und legte es sich wieder um den Hals.

»Darf ich jetzt dein Schwert sehen?«, fragte Falvoril.

Stapfer reichte ihm Soryn und fragte sich, was der Halbelf wohl über die geheimnisvolle Klinge herausfinden würde.

Falvoril betrachtete das Schwert noch länger als das Amulett. Er untersuchte die Klinge, den Griff – und besonders den darin eingefassten Stein. Soryn war so dunkel wie eh und je, unberührt von Licht oder Umgebung.

Schließlich hob Falvoril den Blick und sah Stapfer direkt an.

»Es sieht nicht aus wie ein Werk der Elfen«, sagte Falvoril. »Aber es ist sehr alt. Du sagtest, sein Name sei Soryn? Hm ... das bedeutet ›Schmerz‹ in der Sprache der Hochelfen – oder zumindest ähnelt es dem Wort syrénë. Ich wundere mich nicht, dass es Stufen aus einer Steinmauer schneiden kann. Schmerz ist in der Tat eine scharfe Klinge.«

Er drehte das Schwert ein letztes Mal in den Händen. »Ich bin neugierig – hat dein Vater nie gesagt, woher es stammt?«

Stapfer schüttelte den Kopf, als er Soryn wieder entgegennahm.

»Ich weiß es nicht«, sagte er. »Vielleicht kann ich eines Tages einen der Wächter fragen. Aber im Moment ist das unwichtig. Seht – dort vorne ist die Wegkreuzung!«

Tatsächlich konnten sie nun vor sich eine schmale Baumreihe erkennen, die sich gerade nach Osten und Westen erstreckte. Es war die Wegkreuzung. Sie hatten die Hügel hinter sich gelassen und würden, sobald sie die Straße überqueren, auf dem besten Weg durch die Lamerth-Ebene nach Bergwarth sein.

»Jetzt müssen wir mit dem Erzählen leider aufhören«, sagte Stapfer. »Ich denke, wir sollten hier besser vorsichtig und leise sein – wir wollen ja nicht, dass uns jemand bemerkt. Bis zur Königsburg liegt noch ein weiter Weg vor uns ... und ich würde mir wünschen, dass er weniger aufregend wird als der Grabhügel.«

Neria und Falvoril stimmten ihm ohne Zögern zu, und so versanken die drei Reisenden wieder in ihre eigenen Gedanken. Schweigend bewegten sie sich zwischen den Bäumen am Rand des Weges und setzten ihren Marsch nach Norden fort.

König Droderon in der Bergwarth war tief in Gedanken versunken – ohne zu ahnen, dass drei kleine Flüchtlinge mit einer düsteren Botschaft auf ihn zusteuerten. Leise schritt er durch die Korridore der Burg, eine hochgewachsene, grüblerische Gestalt, so aufgewühlt wie ein Gewitterhimmel. Seit er seine Boten nach Isalthami entsandt hatte, war keine gute Nachricht mehr eingetroffen. Während der Feind sein Reich immer enger umschloss, schwanden seine Möglichkeiten.

Die Derwaki-Berge waren erneut angegriffen worden. Zwar hielten seine Truppen noch stand, doch viele Männer waren gefallen – ein Verlust, den das Land kaum verkraften konnte. Droderon kam es vor, als schrumpften seine eigenen Streitkräfte mit jedem Tag, während der Feind wuchs. Als würden die Blutmenschen aus dem Nichts auftauchen, aus reiner Dunkelheit geformt, nur um zu kämpfen.

Und noch immer blieb das sehende Wasser trüb und finster.

Das Land um die Bergwarth war einst ein mächtiges Königreich gewesen – und hätte es vielleicht noch immer sein können, wenn die Dinge anders verlaufen wären. Die Menschen von Eristria waren stolz – zu stolz. Der Lamerth hatte sich gespalten, seine Stärke durch innere Meinungsverschiedenheiten zerrissen, und der Osten war am Ende dieses Konflikts einer neu aufziehenden Dunkelheit anheimgefallen.

Das Land war weit, doch vieles Böse wurde dort erschaffen – oder von dunklen Mächten in abscheuliche Formen gepresst. Die Verbündeten der Menschen waren nur wenige: hauptsächlich Elfen und Zwerge, abgeschottet auf Inseln des Lichts und der Zivilisation, mitten in einer unaufhaltsam wuchernden Wildnis.

Droderons Optionen schwanden, und so wandte er sich nun einer letzten Hoffnung zu – einer Quelle, die selten konsultiert wurde und bestenfalls zweideutige Antworten lieferte.

Der Korridor, den er jetzt durchschritt, war lichtdurchflutet; seine Fenster blickten nach Westen. Der Saal verlief in Nord-Süd-Richtung, und seine linke Wand war mit großen Glasfenstern gesäumt, durch die sich der Blick weit über die große Grasebene öffnete. Die Wände bestanden aus weißem Stein, und wenn die Sonne – wie jetzt – hinter dem Horizont versank, tauchten ihre sterbenden Strahlen das Gemäuer in flammendes Gold. Die Halle glitzerte im Licht wie ein Pfad aus Feuer.

Doch Droderon konnte diesen Anblick nicht genießen. Zu sehr erinnerte ihn der Sonnenuntergang an das Schicksal der Bergwarth: schön im Sterben, aber dennoch dem Tod geweiht.

Er blieb stehen und blickte auf eine Tür gegenüber der Fensterreihe. Sie war schlicht und unscheinbar, doch sie führte in einen prächtigen Raum – nicht groß, nicht klein, aber schön und einladend wie ein Kindheitstraum. Nur wenige kannten den Namen seines Bewohners, und noch weniger hätten seine Bedeutung an diesem Tag erkannt – selbst wenn sie ihn gekannt hätten.

Der König trat ein. Sein Schatten zeichnete sich scharf auf dem Boden ab, geformt vom goldenen Licht, das durch die Tür hinter ihm strömte.

Der Raum hatte die Form eines Sechsecks. Zwei seiner östlichen Seiten wölbten sich nach außen und führten auf einen großen Balkon, der über einem Innenhof des Schlosses lag.

Jedes der Fenster in diesen Wänden ließ am Morgen die Sonne herein – jetzt aber füllte schwaches Dämmerlicht den Raum und floss den letzten Sonnenstrahlen in der Mitte entgegen.

Der Hof unterhalb war klein und wurde von den Schlossbewohnern selten betreten. In seiner Mitte lag ein Teich, umgeben von grünem Gras und Rosensträuchern mit weißen und roten Blüten. Doch neben dem Wasser war eine kahle Fläche, auf der nichts wuchs – eine seltsame Wunde in diesem fast paradiesischen Garten, die einzige Stelle ohne Leben.

Der Raum selbst war mit Bedacht eingerichtet: ein Bett, ein Tisch, einige tiefe Sessel, ein großer Kamin und viele Blumen, die ihren süßen Duft verströmten. Alles zeugte von feiner Handwerkskunst und hohem Wert. Und doch war sein Bewohner kein Prinz der Menschen, kein Herrscher der Elfen.

Ein alter Mann saß in einem der Sessel, mit dem Rücken zum Kamin und dem Blick auf die Raummitte gerichtet. Kein Feuer brannte, und das einzige Licht kam von der offenen Tür – denn er brauchte keines. Er war blind und stumm, hilflos wie ein Säugling. Und doch zollte selbst der König ihm Respekt. Man kannte ihn als Malvaren.

Malvaren Schattenwacht.

Malvaren der Sehende – so hatte man ihn vor vielen Jahren genannt. Einst war er ein großer Magier gewesen, eine Säule der Stärke für die Seinen, verehrt unter den Mitgliedern seiner Zunft. Er hatte finstere Gefahren gebannt und üble Mächte bezwungen. Doch selbst für die Stärksten kommt eine Zeit des Scheiterns.

In einem erbitterten Kampf war er betrogen und in die Irre

geführt worden. Dabei verlor er sein Augenlicht und seine Stimme, seine Aura war geschwächt, seine Kräfte schwanden.

Doch das Schicksal zeigt sich bisweilen gütig – oder grausam, denn manchmal ist das Geschenk, das es macht, ein kaltes. Gerade als Malvaren das Licht seiner Augen verlor, erhielt er eine neue Sehkraft: Mit klarem Verstand sah er fortan, was kommen würde – oder was kommen könnte.

Und obwohl ihm das Sprechen versagt war, kehrte zuweilen das alte Wissen auf seine Zunge zurück. Dann stieß er, mit gebrochener Stimme, Schreie aus – flüchtige Blicke auf das, was sein wird.

Während er dort in stillem Zweifel stand, drängte sich Droderons Geist ungebeten eine Erinnerung auf: das letzte Mal, als er den Seher konsultiert hatte. Zwanzig lange Jahre war es her – und doch war die Erinnerung daran so scharf und kühl in seinem Inneren wie sprödes, bereiftes Laub im Winterwind.

... Er kniete vor Malvaren auf dem Boden, die Hände zu weißen Fäusten geballt. Seine Fingerspitzen waren blutig, dort, wo sie sich in die Handflächen gegraben hatten. Der Seher konnte ihn natürlich nicht sehen – doch der alte Mann spürte, dass etwas nicht stimmte. Unsicher stand er auf seinen schwachen Beinen, und seine blinden Augen wanderten suchend umher, wie eine Blume, die nach dem Licht strebt.

Sie befanden sich im Vorzimmer der Königin, und der Raum lag in Dunkelheit. Ein schmaler Lichtstreifen fiel durch die geöffnete Tür zum Schlafzimmer auf den Boden – aber Droderon sah nicht dorthin. Er starrte nur auf Malvarens Gesicht, als wären irgendwo auf der weißen, faltigen Haut die Antworten auf all seine Fragen geschrieben.

»Gift!«, keuchte Droderon. »Sie wurde vergiftet!«

Malvaren zitterte wie ein Blatt im Wind. Auch sein Gewand war weiß, und er wirkte wie ein Geist, der schwach in der Dunkelheit schimmerte. Droderon hatte das Gefühl, sein Atem könnte den alten Mann davonblasen, wenn er zu laut sprach – aber seine Verzweiflung war stärker. Wenn Malvaren ihm nicht sagen konnte, was er wissen wollte, dann sollte er eben zittern! Möge der Wind ihn in Stücke reißen!

Im Schlafzimmer lag Firaniel im Sterben – Droderons Frau. Ihre Lippen waren purpurfarben, das Herz schlug langsam unter der eisernen Ferse des Giftes. Die drei Söhne und die kleine Tochter waren fortgeschickt worden, und nur der König und die Ärzte blieben zurück, um dem schmerzvollen Todeskampf machtlos zuzusehen.

Droderon hatte sich noch nie so hilflos gefühlt – und noch nie so blind vor Wut. Ein Mörder befand sich in der Burg, und er würde gefunden werden. Und er würde bezahlen! Wenn der Seher der einzige war, der ihm die Wahrheit sagen konnte, dann sollte es so sein.

»Wer war es, Malvaren?«, keuchte der König. »Wer hat sie vergiftet? Wird sie überleben?«

Er ergriff die Hand des alten Mannes, hielt sie fest, den Blick starr auf das zerfurchte Gesicht geheftet. Doch Malvaren antwortete nicht. Seine Lippen bewegten sich, aber er murmelte nur unverständlich – wie sehr Alte es in Momenten des Stresses manchmal tun.

Droderon hätte vor Frustration schreien können.

Er griff in seine Tasche, zog etwas hervor, das im schwachen Licht des Türspalts schimmerte. Er umklammerte es mit den Fingern, dann legte er es in Malvarens Hand und schloss die welken Finger darum.

»Von der Königin«, sagte er leise. »Erinnerst du dich an Firaniel? Sie war immer freundlich zu dir. Um ihretwillen – sag mir, was ich wissen muss!«

Malvaren öffnete seine Hand, und ein silberner Stern glitt heraus. Er fing sich im Licht, drehte sich langsam an der Kette, die sich um seine Finger geschlungen hatte. Eine Halskette – ein Erbstück des Königshauses von Lamerth. Firaniel hatte sie einst mitgebracht, als sie Droderon heiratete und ins Nordreich kam. Sie trug sie immer.

Die Kette war silbern, doch mehr als bloßes Metall: Sie war in der Zeitschmiede geschmiedet, aus dem Erz aus dem Herz des Berges. In ihrer Mitte saß ein einzelner weißer Stein.

Malvaren hob das Schmuckstück, legte es an seine Wange. Die kühle Glätte berührte seine Haut, und es schien, als schöpfe er daraus Kraft, vielleicht auch Bewusstsein. Er richtete sich etwas auf, seine von grauem Star getrübten Augen blinzelten. Dann öffneten sich seine trockenen Lippen, und er krächzte, mit heiserer, ungeübter Stimme:

»Die Königin ist tot. Die Kette hat keinen Träger. Wenn das nächste Mal eine Schöne sie um den Hals legt, ist das Schicksal des Nordens besiegelt. Und wenn der Norden fällt ... wird der Mord an der Königin gerächt werden.«

Droderon wartete. Aber Malvaren sagte nichts weiter. Seine Schultern sanken, seine Augen schlossen sich, seine Hände krallten sich um die Kette.

»Was?«, verlangte Droderon. »Hast du nichts mehr zu sagen?«

Die Königin ist tot ...

»Nein!«, schrie Droderon. »Du irrst dich! Diesmal irrst du dich!«

Er entriss dem alten Mann die Kette – ignorierte dessen erschrockene Reaktion, als könne er mit ihr die Prophezeiung zurücknehmen. Die silberne Blume glitt aus seinen Fingern, tanzte über den Boden ... und kam zum Stillstand – direkt vor zwei Füßen in schwarzen Stiefeln.

Droderon hob den Blick – und sah in das hagere Gesicht seines Heilers. Der Mann sah erschöpft aus, mit zerzaustem Bart und dunklen Ringen unter den Augen.

»Es tut mir leid, Eure Hoheit ...«

Mehr musste er nicht sagen.

Droderon holte tief Luft – und wurde sich plötzlich bewusst, wo er war ... und wozu er gekommen war. Seine Aufmerksamkeit kehrte zurück in die Gegenwart; die Vergangenheit war abgeschlossen, und er hatte damals die einzige Entscheidung getroffen, die ihm blieb.

Firaniel war längst tot – doch der Schmerz über ihren Verlust hatte ihn nie verlassen. Der Mörder war nie gefunden worden, und laut dem Vers würde er erst ans Licht kommen, wenn die Bergwarth fiel ... was Droderon um jeden Preis verhindern wollte.

Wenn der Träger der Halskette das Ende ankündigte, dann war die Lösung einfach: Die Kette entfernen. Vor all den Jahren war genau das geschehen – der Fall der Bergwarth war abgewendet worden. Wenn der Vers die Wahrheit sprach, war alles bereits getan.

Und doch nagte der Zweifel. Sein Reich zerfiel, seine Macht schwand – also war er gekommen, um Malvaren ein letztes Mal um einen Blick in die Zukunft zu bitten.

Er blickte auf seinen Schatten, der grotesk vergrößert vor ihm auf dem Boden lag.

Alles war getan. Alles längst vorbei.

Droderon wandte sich dem Seher zu, der inzwischen kaum mehr als eine Hülle war.

»Malvaren«, flüsterte er, »was siehst du?«

Der alte Mann rührte sich nicht. Seine Augen waren geschlossen. Er wirkte so zerbrechlich, so vergänglich – wie ein Schimmer von Mondlicht in der Dämmerung. Und er schwieg.

»Malvaren!«, rief Droderon, nun verzweifelt. »Sag mir, was du siehst!«

Aber diesmal kam keine Antwort.

Der Wagen ächzte ein letztes Mal unter dem Gewicht des Sturms, dann fiel die schwere Holztür des Unterstands hinter ihnen ins Schloss. Das Geräusch hallte dumpf nach und wurde sofort von der dicken Wand aus Holz und Stein geschluckt, als habe das Gebäude beschlossen, die Welt draußen auszusperren.

Für einen Moment herrschte Stille. Keine wirkliche Ruhe, sondern jenes gedämpfte Innehalten, das folgt, wenn Lärm abrupt endet. Tropfendes Schmelzwasser rann von den Balken, sammelte sich in dunklen Flecken auf dem Boden, und durch feine Ritzen drang noch immer das ferne Heulen des Windes, nun gedämpft und gebrochen, seiner Schärfe beraubt.

Der Alte schob die Kapuze zurück und strich sich mit zittrigen Fingern den grauen Bart aus dem Gesicht. Sein Atem ging schwer, doch gleichmäßiger, als habe allein das Schließen der Tür einen Teil der Last von seinen Schultern genommen.

»Komm«, murmelte er. »Da drin ist's warm. Und die Suppe ist besser als ihr Ruf.«

Mircan folgte ihm schweigend. Sein Blick glitt über das Holz der Tür, über die schmalen Eisenbänder, die sich wie vernarbte Linien über das verwitterte Material zogen. Schutz, dachte er, war immer nur eine Frage der Perspektive. Etwas in ihm regte sich – ein leises Unbehagen, das keinen klaren Ursprung hatte, sondern sich aus der bloßen Nähe zu anderen Menschen speiste. Er schob es beiseite und trat ein.

Der Geruch schlug ihnen sofort entgegen: Rauch, feuchtes Fell, gekochte Wurzeln und angebratene Zwiebeln, vermischt mit dem dumpfen Aroma nasser Kleidung. Wärme breitete sich aus, langsam, beharrlich, kroch unter Stoff und Leder, ließ gefrorene Finger wieder spürbar werden.

Das Gasthaus war so, wie man es an den alten Handelswegen des Lamerth erwarten konnte. Niedrig, gedrungen, gebaut für Stürme und nicht für Schönheit. Schwere Balken spannten sich über die Decke wie das Rippenwerk eines uralten Tieres, das hier Zuflucht gefunden hatte. An den Wänden hingen Felle, einfache Werkzeuge, dazwischen Wimpel und verblichene Wappentücher, deren Farben längst ihre Bedeutung verloren hatten.

In der Mitte der Stube brannte ein großes Feuer. Darüber hing ein gewaltiger Kessel, aus dem leise brodelnd der Duft von Wurzelgemüse und Kräutern aufstieg. Das Feuer knackte, spuckte Funken, als wolle es den Sturm draußen verhöhnen.

Ringsum saßen Männer und Frauen: Händler mit müden Gesichtern, Jäger mit halb geleerten Humpen, Reisende, die ihre Stiefel näher an die Glut geschoben hatten. Ihre Stimmen mischten sich zu einem tiefen Murmeln, getragen von Erleichterung und Müdigkeit. Niemand schenkte den Neuankömmlingen mehr als einen flüchtigen Blick.

Mircan war das recht.

Der Alte klopfte sich den Schnee von den Schultern, als könne er damit auch die Anspannung abschütteln. »Nichts Besonderes«, sagte er halblaut, »aber es hält warm. Und es füllt den Magen.«

Eine stämmige Frau mit roter Schürze trat zu ihnen. Ihr Gesicht war von Jahren harter Arbeit gezeichnet, die Augen wach und prüfend. Ihre Schritte waren schwer, doch nicht unfreundlich.

»Was darf's denn sein?«, fragte sie und sah den Alten an. »Der Sturm sieht nach einer langen Nacht aus.«

»Ein Bier«, sagte er sofort. »Und Kartoffelsuppe, wenn ihr noch welche habt.«

Die Wirtin wandte sich an Mircan. »Für den Jungen auch etwas?«

»Nur Wasser«, antwortete er.

Einen Herzschlag lang runzelte sie die Stirn. Wasser war selten die erste Wahl. Doch sie sagte nichts, nickte nur knapp. »Setzt euch. Ich bring's gleich.«

Sie wählten einen Tisch nahe der Wand, etwas abseits vom Feuer. Der Alte ließ sich schwer auf die Bank sinken, streckte die Beine aus und rieb sich die Hände, als müsse er sich erst vergewissern, dass sie noch da waren.

»Ein paar Stunden Ruhe«, murmelte er. »Das haben wir uns verdient.«

Mircan schwieg. Sein Blick wanderte durch den Raum, ruhte auf Gesichtern, auf Bewegungen, auf kleinen Gesten. Nichts Auffälliges. Und doch spürte er, wie sich etwas Unsichtbares zwischen den Menschen spannte, ein feiner Nachhall dessen, was er mit sich trug.

Draußen tobte der Sturm weiter.

Stapfer, Falvoril und Neria reisten mehrere Tage lang ereignislos, nachdem sie die Grabhügel hinter sich gelassen hatten. Die Wegkreuzung passierten sie rasch, nachdem sie sich vergewissert hatten, dass niemand in Sichtweite war, und setzten ihren Weg nach Norden fort.

Die Pfeilwunde an Stapfers Hals heilte schnell, und offenbar war das Gift nur schwach gewesen – er wurde nicht krank. Eine Narbe würde bleiben, das war klar, aber immerhin, so dachte er, lebte er. Es hätte deutlich schlimmer kommen können.

Er wusste nicht, wie viele Gruppen aus Larkas noch nach ihnen suchten, doch er wollte kein Risiko eingehen und ermahnte seine Gefährten zur Wachsamkeit.

Doch weder Falvoril noch Neria zeigten großes Interesse daran, Wache zu halten – sie waren viel zu beschäftigt damit, sich zu streiten. Stapfer wunderte sich nicht wenig darüber, wie zwei so offensichtlich Ausgestoßene, von denen man Verschlossenheit und Misstrauen erwarten würde, sich so viel zu sagen hatten.

Nicht, dass es sich um normale Gespräche handelte – es glich eher einer Reihe verbaler Fechtduelle. Doch keiner von beiden schien sich darüber aufzuregen, und Stapfer kam zu dem Schluss, dass manche Leute offenbar sehr eigenartige Vorstellungen von Unterhaltung haben.

Sie ritten nun durch einen dünn besiedelten Teil des Landes. In dieser Region des Lamerth gab es keine großen

Städte, nur Dörfer und Höfe, verstreut über die sanften Hügel. Wenn sie eines dieser Ansiedlungen sahen, hielten sie sich fern davon und blieben links der Pilgerstraße, die sich am östlichen Horizont wie ein blasser Strich entlangzog – wenn sie überhaupt sichtbar war.

Die Landschaft war wunderschön – geprägt von weiten Tälern und sanften Hügeln. Trotz der fortgeschrittenen Jahreszeit war der Boden mit Gras bedeckt, so grün wie im frühen Frühling. Kleine Baumgruppen säumten die Kämme der Hügel, und die Luft war frisch und würzig, durchzogen vom Duft nach Regen und Holz.

Zahlreiche kleine Bäche entsprangen den Hängen, flossen durch die Täler, sammelten sich für eine Weile an stillen Stellen und sprangen dann fröhlich weiter auf ihren gewundenen Pfaden. Wasserfälle stürzten über glänzende, dunkle Felsen und warfen Regenbögen auf das Gras – wie bunte Münzen, die ein König seinem Volk zuwirft.

Stapfer hatte das Gefühl, er könne fast die Gesichter der Bäche erkennen – ihre vielstimmige Sprache verstehen.

Der Abend brach herein, und die ersten Sterne erschienen am Himmel. Der Mond war abnehmend und würde nach Einbruch der Dunkelheit kaum Licht spenden. Sie würden bald anhalten müssen, um ein Lager aufzuschlagen, bevor es zu dunkel wurde, um weiterzureiten.

Die kühle Abendluft verlieh dem Land eine sanfte, beinahe traumhafte Atmosphäre – wie ein Gemälde, in dem die Konturen langsam verschwimmen.

Stapfer dachte traurig an die langen Nachmittage, die er einst damit verbracht hatte, durch Wälder und Felder wie diese zu streifen – manchmal mit Mal, manchmal mit seinem Vater, manchmal allein. Er fragte sich, ob Jaeden wohl schon nach Larkas zurückgekehrt war ... und wenn ja, welches Schicksal den Mann dort ereilt hatte.

Auf jeden Fall würde Larkas bald wieder sicher sein. In ein paar Tagen würden sie die Bergwarth erreichen – und der König würde die Dinge in Ordnung bringen. Vielleicht könnte er schon in zwei Wochen zurückkehren ...

»Ich will damit nur sagen«, unterbrach Neria seine Gedanken, »dass makellos weiße Blusen normalerweise als feminin gelten – und ich nehme an, dass du diesen Titel ablehnst. Obwohl man darüber diskutieren könnte ...«

»Ich trage KEINE makellose weiße Bluse!«, rief Falvoril empört.

»Was ist dann das für ein weißes Material unter deinem Mantel?«, konterte Neria.

»Das wüsstest du wohl zu gern«, grinste Falvoril. »Ich muss zugeben, ich habe nicht mit einem so herzlichen Empfang gerechnet, als ich mich euch anschloss ... aber ich nehme an, es ist die Verzweiflung, die dich zu solch schamlosen Bekundungen des Interesses treibt.«

»Das muss es wohl sein«, gab Neria trocken zurück. »Nichts anderes als pure Verzweiflung, die mich zu einem letzten verzweifelten Versuch bringt – dich überhaupt anzusehen.«

Stapfer brach in Gelächter aus. Er beugte sich vor über den Hals seines Pferdes, seine Seiten zitterten, und Tränen traten ihm in die Augen.

»Ganz ruhig, mein Freund«, sagte Falvoril und sah genervt aus. »So lustig ist sie nun auch wieder nicht.«

Neria blickte einfach nur triumphierend drein. »Erkenne meine Überlegenheit an«, sagte sie.

»Worin?«, fragte Falvoril. »Welche verborgenen Talente hast du denn? Anscheinend gehört das richtige Zuknöpfen deines Hemdes nicht dazu.«

»Und warum starrst du auf mein Hemd, wenn ich fragen darf?«, entgegnete Neria spitz, während sie heimlich versuchte, ihre Knöpfe zu richten – die in der Tat recht ungeschickt zugeknöpft waren. Zwei fehlten sogar ganz.

»Um zu sehen, ob es makellos weiß und feminin ist!«, warf Stapfer ein – und antwortete damit für den Halbelf.

Falvoril und Neria stöhnten im Chor.

»Was?«, fragte Stapfer entrüstet. »Ist es nicht lustig, wenn ich das sage?«

»Stapfer, mein Freund«, sagte Neria mit einem Grinsen, »ich schlage vor, du bleibst dabei, Armeen zu führen und gegen Karren-Wichte zu kämpfen – und überlässt uns das Witzemachen. Oder zumindest mir, denn der Halbelf hier lässt sich beim besten Willen nicht als ›witzig‹ bezeichnen.«

Stapfer rollte mit den Augen. »Ihr zwei seid schlimmer als ein Paar Zwerge in der Pubertät«, murmelte er und zügelte sein Pferd. »Und ich bin müde. Lasst uns das Lager aufschlagen. Hier ist es so gut wie überall.«

Sie hatten in einer kleinen Senke zwischen zwei Hügeln Halt gemacht. Ein schmaler Bach plätscherte am Grund entlang, doch das Ufer war trocken und mit Gras bedeckt. Im Westen senkten sich die Hügel zu einem weiten Feld, das in einen kleinen Hain überging. Der Abendstern leuchtete hell am Himmel.

Stapfer stieg ab und begann, das Lager aufzuschlagen – gefolgt von Neria und Falvoril.

Er hatte sich gewaltig geirrt, wenn er geglaubt hatte, körperliche Arbeit würde seine Gefährten zum Schweigen bringen. Die beiden führten ihre Diskussion über angemessene Reisekleidung mit ungebrochener Energie weiter – auf eine Weise, die jeden echten Waldläufer die Hände über dem Kopf hätte zusammenschlagen lassen. Stapfer, von Natur aus fröhlich und gut gelaunt, konnte sich das Lachen über viele ihrer spöttischen Bemerkungen nicht verkneifen. Entsprechend langsam kamen sie voran.

Erst in tiefer Dämmerung waren die Pferde endlich abgesattelt, angepflockt und in der Senke zum Grasen freigegeben.

»Können wir nicht ein Feuer riskieren?«, fragte Neria und verschränkte die Arme vor der Brust. Es war Herbst im Norden, die Luft kühl, und ihre Kleidung war weder besonders warm noch ausreichend. Dazu kam ihre schmale Gestalt – Stapfer spürte Mitgefühl mit ihr in der kalten Abendluft.

Er zögerte. In den letzten Nächten hatten sie sich nicht getraut, ein Feuer zu machen – zu groß war das Risiko, von umherstreifenden Verfolgern aus Larkas entdeckt zu werden. Noch einmal würden sie sich ein solches Zusammentreffen kaum leisten können.

Andererseits ... in dieser Region würde jeder Rauch wohl einem Bauernhof oder einer Hütte zwischen den Hügeln zugeschrieben werden. Und sie alle waren erschöpft und durchgefroren. Schließlich nickte er.

»Wir halten das Feuer aber klein«, sagte Stapfer rasch. »Und zuerst müssen wir etwas Holz sammeln. Der kleine Hain dort drüben wäre ein guter Anfang.« Er winkte vage in Richtung des Baumbestands im Westen.

»Gut!«, sagte Neria. »Ich würde sicher erfrieren, wenn ich

noch eine Nacht mit kaltem Wind überstehen müsste – und das Schnarchen des Elfen hilft auch nicht gerade.«

»Glaubst du, ich schlafe überhaupt?«, erwiderte Falvoril mit sarkastischem Lachen. »Ich habe jede Nacht über deine Träume gewacht. Letzte Nacht musste ich sogar einen Drachen vertreiben. War gar nicht so schwer – er dachte, er bekäme eine schöne Jungfrau zu fressen. Aber als er dich sah, verlor er wohl spontan den Appetit. Du kannst von Glück reden, dass du jemanden hast, der nicht sofort einschläft, sobald er sich nicht mehr bewegt.«

»Toll!«, sagte Stapfer trocken. »Dann kannst du ja Holz holen – du bist ja nicht müde.«

Falvoril schien die Idee nicht zu stören. Nach einem weiteren teuflischen Grinsen in Nerias Richtung lief er leichtfüßig in die einbrechende Dunkelheit und verschwand zwischen den Bäumen.

»Ehrlich«, sagte Stapfer zu Neria, »müsst ihr beide so weitermachen? Er ist wirklich ein sehr erträglicher Kerl.«

Neria schüttelte den Kopf. »Ich weiß nicht«, sagte sie verwirrt. »Irgendetwas an ihm macht mich einfach ... nervös und wütend. Er ist so, so ...« Sie brach ab und schnaubte frustriert. »Ich weiß nicht einmal, was ich sagen will! Aber er tut immer so, als stünde er über mir – mit seinem elfischen Wissen und seinen tragischen Wanderungen. Da kann ich gar nicht anders, als wütend zu werden!«

»Seit wann kümmert es dich, was andere denken?«, fragte Stapfer leise. »Du kamst mir nie wie jemand vor, dem die Meinung anderer wichtig ist. Du glaubst es vielleicht nicht, aber ... ich bewundere dich dafür.«

»Das liegt daran, dass alle die gleiche Meinung über mich

haben. Wenn ich mich davon stören ließe, wäre ich längst
verrückt geworden«, erwiderte Neria sarkastisch. »Niemand
sonst kümmert sich um mich, also kümmere ich mich auch nicht
um sie. So funktioniert es für alle ganz gut. Vielleicht kümmere
ich mich nicht einmal um mich selbst; vielleicht ist an mir
nichts, was außer einem Narren etwas wert wäre.«

»Eigentlich ist es mir nicht egal«, sagte Stapfer – und
versuchte, beiläufig zu klingen.

Neria sah ihn an, und ihr Blick wurde weicher. Die beiden
standen im Gras im Sternenlicht, zwei schattenhafte Gestalten,
von jedem Wanderer übersehen – doch füreinander so deutlich
sichtbar, als stünden sie im Licht von Zwei Sternen selbst.

Neria legte den Kopf zurück und betrachtete die Sterne, die
langsam am Himmel erschienen. Sie seufzte – lang, leise –, und
Stapfer war, als läge ihre ganze Seele in diesem Klang: sanft,
einsam, verborgen.

»Du sorgst dich«, sagte sie. Ihre Stimme war ein Flüstern
wie das Rascheln eines Blattes im Wind. »Warum sorgst du
dich? Du reist heimlich durch Todesgefahr, um Menschen zu
helfen, die dich töten würden – und es für eine gute Tat hielten.
Du sorgst dich um mich, um Jaeden, obwohl er versucht hat,
dich zu töten ... und um Mal, obwohl er eure Heimat an die
Blutmenschen verraten hat. Warum? Wir haben das nicht
verdient. Wut, Verzweiflung, Arroganz, Verrat ... wir verdienen
die Liebe von jemandem wie dir nicht.«

»Nach diesen Maßstäben verdiene ich mich selbst nicht«,
schnaubte Stapfer. »Und Liebe ist dazu da, gegeben zu werden.
Warum suchst du nur nach Dunkelheit in dir? Es gibt dort so
viel zu sehen – so viel Schönes und Gutes.«

Neria streckte langsam eine Hand aus. Sie schwebte unsicher zwischen ihnen, als wüsste sie nicht, woran sie sich halten sollte. Ihr Gesicht wirkte, als stünde sie kurz davor zu weinen oder zu schreien – oder beides zugleich.

Stapfer nahm ihre Hand und hielt sie fest. Ihre kühle Hand zitterte in seiner.

»Und was siehst du«, fragte Neria leise, »wenn du mich ansiehst?«

Er sah sie an. Sie war blass, von Schatten umhüllt. Ihr Haar fiel in wilden, dämmrigen Strähnen über die Schultern, die Kleidung dunkel, zerfetzt. Und ihre Augen – tief und dunkel, mit nur dem schwächsten Schimmer Licht darin.

Und doch wartete sie auf seine Antwort, als hinge alles davon ab. Als wären seine Worte eine Verkündung des Schicksals – eine Wahrheit, die nur er aussprechen konnte.

Er legte beide Hände auf ihre und antwortete mit einem Lächeln:

»Einen Freund.«

Da weinte sie nicht. Sie schrie nicht. Sie lächelte – ohne Ironie, ohne Bitterkeit. Mit einer Einfachheit, für die es keinen Namen gibt.

Einen Moment lang standen sie so: Hand in Hand, unter dem sternenklaren Himmel. Zwei Flüchtlinge, die vielleicht nur in der Gegenwart des anderen Frieden finden konnten.

Dann – Schritte. Hastige, rennende Schritte. Ein Ruf:

»Stapfer!«

Es war Falvoril.

Erschrocken ließ Neria Stapfer los und fuhr herum, starrte in Richtung des Waldes. Stapfer griff instinktiv nach dem Griff seines Schwertes. Was war geschehen? Was konnte einen wie Falvoril derart aus der Fassung bringen?

»Stapfer!«

Falvoril tauchte aus dem Dunkel auf, keuchend und gerötet, als sei er lange gerannt. Er wirkte gehetzt, erschöpft – und vor allem: verängstigt. Viel mehr als damals, als sie von Reitern verfolgt wurden. Oder dem Grabgeist begegneten.

Stapfers Magen verkrampfte sich. Was war es diesmal? Blutmenschen? Oder ... Schlimmeres?

»Was ist los?«, rief er. »Was ist passiert?«

Falvoril stand schwer atmend vor ihnen. Sein Blick flackerte. Der Schrecken in seinem Gesicht ließ alles andere vergessen.

»Wir wurden entdeckt!«, keuchte er. »Sie kommen – jetzt!«

»Wer?«, riefen Stapfer und Neria gleichzeitig.

Des Halbelfs Augen waren weit aufgerissen, und alle Farbe war aus seinem Gesicht gewichen, als er antwortete:

»Elfen!«

UND DIE SAAT GING AUF

»Nichts wächst schneller als das, was im Verborgenen genährt wird.«

— *Sprichwort aus dem Norden*

J aeden schlich lautlos durchs Gebüsch und blinzelte in die Dämmerung. Den ganzen Tag war er ohne Pause geritten und erreichte Larkas bei Sonnenuntergang. Schon von Weitem hatte er die Stadt sehen können – eine dunkle Rauchsäule stieg über ihr auf und stach grotesk in den Himmel. Wahrscheinlich verbrannten sie die Leichen der Blutmenschen, die nach der Schlacht geblieben waren. Der Rauch wirkte unheimlich, ein schwarzer Makel in der friedlichen Landschaft.

Doch nicht der Rauch ließ ihn unter den Bäumen in Deckung gehen, die sich um die Kreuzung drängten. Sein erschöpftes Pferd wieherte nervös, und er strich dem Hengst beruhigend über die Nüstern, murmelte gedankenverloren vor sich hin. Was immer das Tier beunruhigte – er spürte es auch. Mehr noch: Er sah es.

Die Mauer von Larkas erhob sich nur einen Steinwurf entfernt, geworfen wie ein dunkler Schatten auf die Erde. Die Szene wirkte verlassen – keine Bewegung auf den Wällen, kein Laut hinter dem geschlossenen Tor. Und doch: Etwas war an der Mauer entlanggeglitten. Ein Schatten, der sich selbstständig bewegte. Zuerst hatte er an einen Mann gedacht, sehr groß, im Zwielicht kaum zu erkennen. Doch der Anblick hatte ihn mit solcher Urangst erfüllt, dass er für einen Moment tatsächlich die Augen schloss. Als er sie wieder öffnete, war der Schatten verschwunden – und die Mauer stand still und leer vor ihm.

Was auch immer es gewesen war – es war weg. Doch seine Aufgabe blieb.

Er richtete sich auf, dehnte die verspannten Muskeln und wappnete sich für das Kommende. Er war todmüde; zwei Nächte ohne Schlaf zehrten an ihm. Einen Moment lang überlegte er, umzukehren – eine Nacht Schlaf, dann weiter. Vor ihm lagen gefährliche Gewässer, und es war töricht, sie mit benebeltem Geist zu durchqueren.

Aber nein. Wenn er jetzt nachgab, würde er es nie schaffen. So begann der Weg des Feiglings.

Entschlossen lenkte Jaeden sein Pferd auf das Südtor zu. Es war fast vollständig dunkel, doch die Mauer war gut zu erkennen – hoch genug, um die Sterne zu verdecken. Vor einer kleineren Tür, die für einzelne Reisende gedacht war, hielt er an und hob die Hand zum Klopfen.

Da öffnete sich die Tür von selbst.

Fackelschein flutete heraus, und durch den Lichtschein

erkannte Jaeden die vertrauten Straßen von Larkas. Die Fackel hielt ein Gardist in der Hand – und überraschenderweise war es ein bekanntes Gesicht. Obwohl Jaeden nicht in Larkas lebte und dort nur wenige Leute kannte, war er Ehrenmitglied der Garde – dem Rang seines Bruders als Hauptmann sei Dank. Diesen Zwerg aber kannte er aus eigener Erfahrung: Virkam, rotbärtig, stur, trinkfest. Sie hatten sich bei einem seiner früheren Besuche im Durstigen Wanderer angefreundet.

»Virkam!«, sagte Jaeden und zwang sich zu einem Lächeln. »Später Dienst, was? Wie steht's um die Stadt?«

Der Zwerg blickte zu ihm auf. »Larkas lebt noch. Stinkt bloß wie die Asche der Blutmenschen. Aber du bist früh zurück – und allein. Wo ist deine Truppe?«

»Tot«, erwiderte Jaeden knapp und trat durch das Tor. Er hatte die Männer unter seinem Befehl kaum gekannt, doch ihr Tod lastete schwer auf ihm. Er war verantwortlich gewesen – und hatte versagt. Aber dafür war jetzt keine Zeit.

Virkam schlug die Tür zu und verriegelte sie mit kräftigen Bewegungen. Im Fackelschein sah Jaeden kurz das Wachhaus und den Südturm – gut besetzt, kein Zweifel. Larkas überließ nichts mehr dem Zufall.

Die Wachen grüßten ihn nicht. Sie blieben still an ihren Posten.

»Die Stadt ist so still wie ein Grab«, brummte Virkam. »Die Narren trauen sich kaum zu reden, und der Wirt schenkt kein Bier mehr aus. Sagt, wir sollen trauern statt trinken. Blödsinn, wenn du mich fragst – wozu besiegen wir die Blutmenschen, wenn Larkas sich danach aufführt, als hätten die Bastarde gewonnen?«

»Wir haben sie noch nicht besiegt«, entgegnete Jaeden

trocken. »Aber schön zu hören, dass wenigstens einer Optimismus versprüht. Die meisten, die ich gehört habe, klangen weniger zuversichtlich.«

»Dann waren das wohl keine Zwerge!«, knurrte Virkam. »Zwerge geben nie auf, und sie vergessen nie. Wenn das hier eine Zwergenhöhle wär, wär längst ein Heer auf dem Weg, um Rache zu nehmen an den feigen Hunden, die uns angegriffen haben!«

»Daran zweifle ich nicht«, sagte Jaeden mit einem schiefen Lächeln. »Aber ich bezweifle auch, dass viele davon zurückkämen, um davon zu berichten. Geduld und Schweigen haben ihren Wert, mein Freund.«

Virkam brummte nur etwas Unverständliches. Heimlichtuerei lag ihm nicht, aber er war nicht dumm – er sah die Logik. Er hob seine Fackel und musterte Jaedens Gesicht.

»Du siehst aus, als hättest du fünf Rüstungen am Stück geschmiedet«, murmelte er. »Was du brauchst, ist ein ordentliches Bier – wenn dieser verfluchte Zapfer dir eins gibt. Kommst du mit ins Wirtshaus? Ich lass die Jungs meine Schicht übernehmen.«

»Nein, nein«, wehrte Jaeden ab und schüttelte den Kopf. »Keine Zeit für Bier. Ich muss sofort mit meinem Bruder sprechen. Aber ich hab eine Bitte – wenn's dir nicht zu viel Mühe macht.«

»Nur raus damit!«, sagte Virkam, verbeugte sich mit übertriebener Geste und lüftete den Hut. »Virkam, zu euren Diensten!«

Jaeden musste sich ein Grinsen verkneifen. Wahrscheinlich meinte Virkam es ironisch – aber bei Zwergen wusste man nie.

»Bring mein Pferd in den Stall. Lass es tränken, abreiben –

es ist den ganzen Tag gelaufen und kann kaum noch stehen. Ich würde's selbst machen, aber ich hab keine Zeit. Nimmst du's?«

»Natürlich!«, sagte Virkam, sichtlich erfreut. »Geh und erledige, was du musst. Dein edles Ross ist bei mir in besten Händen!«

Er beäugte das Tier allerdings mit sichtbarem Misstrauen – Zwerge und Pferde waren nie gute Freunde gewesen. Trotzdem nahm er die Zügel ohne Murren. Das Pferd senkte den Kopf und schnupperte an Virkams Bart, sehr zu dessen Entsetzen.

Jaeden grinste. »Herzerwärmend, diese Zuneigungsbekundungen, findest du nicht?«

Virkam riss seinen Bart zurück und knurrte etwas über »hirnlose Viecher«.

»Na los, beweg dich!«, sagte er. »Rede mit deinem Hauptmann, wenn's sein muss – ich kümmere mich um dieses Monstrum.«

Jaeden klopfte ihm auf die Schulter und wandte sich zum Gehen. Noch einmal drehte er sich um, sah, wie Virkam das Pferd widerwillig die Straße hinunterführte – dann ließ er ihn hinter sich und ging dem entgegen, was vor ihm lag.

Die Straßen lagen still, doch hell erleuchtet. Seine Schritte hallten einsam auf dem Pflaster wider. Niemand war zu sehen. Türen und Fenster waren verriegelt, als wollte die Stadt selbst die Welt aussperren.

Je näher er dem östlichen Viertel kam, desto sichtbarer wurden die Spuren der Schlacht. Angesengte Häuser, verkohlte Balken, niedergebrannte Fassaden. Trümmer lagen verstreut auf den Gehwegen – stumme Zeugen der Zerstörung.

Am Ostturm angekommen, nickten ihm die Wachen respektvoll zu. Er erwiderte den Gruß knapp. Hoffentlich würden sie nicht reden. Noch war er allein zurück – und irgendwann würde er erklären müssen, was mit den anderen geschehen war. Aber nicht jetzt. Noch nicht.

Im Innern des Turms überkam ihn für einen Moment tiefer Zweifel. Vielleicht hätte er Larkas nie betreten sollen. Vielleicht hätte er das alles verhindern können. Doch er wusste es besser – wäre er nicht gekommen, wäre Larkas gefallen. Vielleicht der ganze Lamerth.

Er seufzte, straffte die Schultern und begann den Aufstieg. Die Treppe führte ihn höher, Stufe für Stufe, bis er schließlich vor einer schlichten Holztür stand – Mals Quartier.

Er hob die Hand, um zu klopfen, zögerte jedoch im letzten Moment. Stattdessen lehnte er sich mit angehaltenem Atem an die Tür. Nichts. Dann – ein dumpfes Poltern. Wieder und wieder. Die Tür vibrierte leicht bei jedem Schlag. Was bei allen Göttern tat Mal da?

Ein neues Geräusch: Schritte, die näherkamen. Rasch richtete Jaeden sich auf und klopfte dreimal fest an. Die Tür öffnete sich sofort.

Mal stand ihm gegenüber – nicht überrascht.

»Jaeden«, sagte er ruhig. »Schon zurück? Willst du nicht reinkommen?«

Er trat zur Seite und ließ ihn eintreten.

Jaeden trat so lässig wie möglich ein. Mal schloss die Tür hinter ihm – mit einem leisen Klicken – und sofort wurde klar, woher das seltsame Poltern von vorhin kam: Mehrere kurze Messer steckten in der Innenseite der Tür. Offenbar hatte Mal an seiner Treffsicherheit gefeilt.

Ohne ein Wort zog er zwei der Klingen aus dem Holz und ließ sie mühelos durch die Finger gleiten, während er sich mit der Hüfte gegen die Wand lehnte – elegant wie immer.

Jaedens Blick blieb an Mals rechter Hand hängen. Der Zeigefinger fehlte. Ein grober Verband verdeckte einen Teil der Hand. Wann war das passiert? Während der Schlacht? Falls ja, hinderte es ihn nicht daran, mit den Messern zu spielen wie früher.

»Nun?«, fragte Mal. »Was hast du zu berichten?«

»Auch schön, dich zu sehen, Bruderherz«, sagte Jaeden trocken. »Larkas scheint ja in bester Stimmung zu sein – still wie ein Grab und eingehüllt in Blutmensch-Asche. Du hast dir echt Mühe gegeben.«

Mal hob leicht die Brauen. »Klingt, als würdest du meine Arbeit kritisieren.«

»Nur ein bisschen Sarkasmus, zur Auflockerung«, erwiderte Jaeden. »Willst du hören, was passiert ist, oder soll ich dir erst die Taschen volllügen?«

»Komm zur Sache«, sagte Mal kühl. »Hast du die Flüchtigen gefunden? Wo sind sie?«

»Ja, ich habe sie gefunden«, sagte Jaeden. »Sie sind etwa auf halbem Weg zur Bergwarth. Sie wollten unbedingt weiter – meinten, sie hätten eine Botschaft für den König. Nachdem ich gehört habe, was sie zu sagen hatten ... muss ich sagen, ich stimme ihnen zu. Es waren aufschlussreiche Gespräche.«

Mal hielt inne. Die Messer in seinen Händen erstarrten. Seine Augen verengten sich, die Lippen zu einer harten Linie gepresst. Noch nie hatte Jaeden ihn so gefährlich gesehen.

Lautlos glitt Mal zur anderen Seite des Raums, die Klingen rollten wieder über seinen Handrücken – eine Bewegung so geschmeidig wie eine Schlange.

»Aufschlussreich ...«, wiederholte er leise.

»Sehr«, fuhr Jaeden fort, der sich zu ihm drehte. »Warum, Mal? Was zum Teufel hast du dir dabei gedacht? Hast du völlig den Verstand verloren? Du hast das Königreich verraten! Die halbe Wache ist tot – wegen dir! Du hast deine Ehre weggeworfen ... und die Schuld deinem besten Freund angehängt!«

Er keuchte, fassungslos, während Mal reglos blieb – kalt wie ein gefrorener See.

»Du hast dir eine Menge gefährlicher Gedanken eingefangen, kleiner Bruder«, sagte Mal mit glatter Stimme. »Ich würde sie an deiner Stelle für dich behalten. Oder ...«

»Oder was?«, spottete Jaeden. »Willst du mir drohen? Denkst du, ich bin noch der kleine Junge, der sich unter deinem Blick duckt? Die Zeiten sind vorbei. Ich weiß, was du getan hast. Also hör auf mit dem Theater. Sag mir nur eines: Warum? Was war dein Preis, Mal? Was war dir deine Seele wert?«

»Meine Seele?«, zischte Mal. »Du redest, als wüsstest du, was das überhaupt ist. Preise, Motive – lächerlich! Du warst schon immer ein borniert er kleiner Idealist. Und jetzt kommst du her und hältst mir Predigten über Ehre?«

Er lachte kalt. »Ein wahrer Mann ist nicht an Ehre gebunden. Freiheit heißt auch Freiheit von Moral – von diesen Konventionen, aufgestellt von dummen Kreaturen, die glauben, sie lebten, während sie blind durchs Dunkel stolpern.«

»Ach, und du hast das Licht gefunden, ja?«, sagte Jaeden mit bitterem Spott.

Es geschah so schnell, dass es ihn beinahe das Leben gekostet hätte. Mals Hände zuckten – zwei Messer zuckten durch die Luft, silberne Blitze auf Herz und Kehle gerichtet. Jaeden reagierte instinktiv. Sein Schwert schoss aus der

Scheide, parierte im letzten Moment. Metall schlug auf Metall, zweimal – dann Stille.

Er lebte. Die Dolche klirrten zu Boden, verstreut wie Würfel.

Mal zögerte keinen Herzschlag. Er riss ein Schwert von der Wand – Teil seiner Sammlung – und stürmte vor. Jaeden wich zurück, doch zu spät: Mal krachte gegen ihn, presste ihn gegen die Wand. Das Holz splitterte, vibrierte unter der Wucht des Aufpralls.

Jaeden duckte sich im letzten Moment unter dem Schlag hindurch, rollte seitlich weg, sprang auf und setzte sich in Bewegung. Ein Tisch stand zwischen ihnen – grob, schwer, das Einzige, was zählte. Er schob ihn mit einem Ruck zwischen sich und Mal, trat zurück.

Die Brüder standen sich gegenüber. Schwerter in den Händen. Atemlos. Die Muskeln gespannt, das Gewicht auf den Fußballen. Zwei Krieger – vereint im Blut, getrennt durch alles andere.

»Du warst schon immer zu neugierig«, fauchte Mal. »Steckst deine schmutzigen Finger in meine Angelegenheiten, sobald sich die Gelegenheit bietet. Du wirst mich nie verstehen, Bruder – und mir nie das Wasser reichen. Also hör auf, es überhaupt zu versuchen.«

Er setzte sich in Bewegung, glitt seitlich um den Tisch herum. Jaeden spiegelte ihn, wich keinen Schritt zurück, hielt den Abstand exakt.

»Glaubst du ernsthaft, ich will so sein wie du?«, höhnte Jaeden. »Weißt du überhaupt noch, auf wessen Seite du stehst? Du bist einfach nur bitter – und brauchst das Drama wie andere die Luft. Darum geht's doch, oder? Die große Geschichte der Welt – mit Malrik in der Hauptrolle.«

Mal knurrte, aber sprach nicht.

»Was für ein Held du doch bist«, fuhr Jaeden fort. »Keine Freunde. Kein Zuhause. Keine Frau, keine Kinder. Nur ein Schatten – und ein paar tote Kameraden, die mal deine Brüder waren. Was für eine Geschichte ergibt das, wenn man seine Freunde abschlachtet?«

Mals Augen flackerten – stahlgrau, hart, voller Wut – doch er blieb kontrolliert. Noch.

Jaeden wusste, wie gefährlich sein Bruder war. Vielleicht der beste Schwertkämpfer in ganz Lamerth. Und obwohl er selbst nicht schlecht war – im direkten Duell hatte er wohl kaum eine Chance.

Aber Mal führte die Klinge mit links. Wenn er ihn aus der Reserve locken konnte ... wenn Mal wütend genug wurde, um Fehler zu machen ... Vielleicht gab es dann eine Chance.

»Apropos Neugier«, sagte Jaeden kühl, »ich habe in Renkas ein paar Dinge erfahren, die dich interessieren könnten. Ich bin der Spur deines alten Schwarms gefolgt – falls du's wissen willst.«

Mal lachte auf. »So verbringst du also deine Zeit! Du schnüffelst in den Liebesgeschichten anderer rum. Schade, dass du keine eigene hast – sonst könnte ich mich revanchieren!«

Dann kam er. Ohne Vorwarnung stürzte Mal vor. Jaeden hob das Schwert – zu spät. Statt eines Hiebs kam ein Tritt gegen den Tisch. Das schwere Holz krachte ihm in die Brust, drückte ihn gegen die Wand. Die Luft entwich ihm mit einem keuchenden Laut. Nur ein Wimpernschlag – doch fast sein letzter.

Mals Klinge stach zu. Sie erwischte ihn im Gesicht.

Ein gleißender Schmerz explodierte in seinem linken Auge. Blut strömte heiß über die Wange. Jaeden schrie auf, riss die Hand hoch, blind vor Schmerz. Er sah den nächsten Angriff nur verschwommen – und warf sich seitlich weg, gerade rechtzeitig.

Keuchend stützte er sich an der Wand ab, das halbe Gesicht bedeckt. Das Auge brannte wie Feuer, nichts war mehr zu erkennen. Nur Rot, nur Schmerz. Sein Schwert zitterte in der Hand.

Wo war Mal?

Er zwang sich, durch das gesunde Auge zu sehen – trübe, verschwommen. Mal kam langsam näher. Nicht angreifend. Noch nicht. Ein eiskalter Knoten wuchs in seinem Magen. Er konnte nicht halbblind kämpfen. Er hatte verloren.

»Ich fürchte, du hast dich in eine gefährliche Lage gebracht«, sagte Mal mit einem dunklen Grinsen. »Zu viel Gerede bringt Ärger – wie man so schön sagt.«

Wut flammte in Jaeden auf. Sein eigener Bruder wollte ihn töten – und spottete auch noch darüber. Aber er hatte noch ein Ass im Ärmel. Keine Klinge, kein Schild. Nur Worte.

Und diese Waffe würde treffen.

»Oh, aber ich bin noch nicht fertig mit Reden«, sagte er, und seine Stimme zitterte vor Zorn. »Meine Geschichte ist noch nicht vorbei. Erinnerst du dich an deine alte Geliebte? Klar tust du das. Du weißt bestimmt auch, dass sie gestorben ist … aber vielleicht wusstest du nicht, dass sie ein Kind hatte.«

Mal erstarrte.

Jaeden presste weiter, jede Silbe ein Schnitt.

»Ein armes kleines Wesen, das seinen Vater nie kannte –

was wohl das Beste für es war. Ich hörte, es ging nicht gut aus. Der Stadtrat von Renkas hat es wegen Mordes verbannt.«

Für einen Augenblick lichtete sich der Schleier vor seinem Auge. Und Jaeden sah es.

Treffer.

Mal stand da wie versteinert. Sein Gesicht – eine Maske aus Entsetzen. Schock, Trauer, Nostalgie. Bedauern. Angst. Wut. Alles auf einmal, alles sichtbar.

Aber es war die Wut, die am Ende blieb. Und Jaeden wusste: Jetzt kam der Sturm.

»Schlange!«, fauchte Mal. »Ich hätte dir die Zunge herausschneiden sollen, nicht das Auge.«

Er trat näher, schlug mit einem schnellen Hieb das Schwert aus Jaedens schwacher Hand. Der Schmerz raubte ihm fast den Halt, doch er zwang sich, aufrecht zu bleiben – trotzig bis zuletzt.

Aber Mal war noch nicht fertig.

»Wie passend, dass du Liebende erwähnst«, sagte er mit giftiger Ruhe. »Als ich das letzte Mal in der Bergwarth war, hatte ich das Vergnügen, deiner kleinen Freundin zu begegnen – der Königstochter. Wie hieß sie? Laniria? Spielt keine Rolle.«

Er lächelte kalt.

»Ich weiß, wie sehr du sie magst. Leider, mein Bruder, scheint sie deine Gefühle nicht ganz zu teilen. Sie bat darum, Zeit mit mir allein zu verbringen. Und du weißt ja – ich bin kein Mann, der einer Dame einen Wunsch abschlägt.«

In Jaeden explodierte etwas. Er vergaß den Schmerz, vergaß alles. Ein einziger, glühender Gedanke blieb: Mal muss sterben.

Er warf sich auf seinen Bruder, die Hände ausgestreckt,

bereit, ihm die Kehle zu zerreißen. Doch Mal war schneller. Er wich mit tödlicher Eleganz zur Seite – und schlug zu.

Ein gleißender Blitz. Dann Dunkelheit.

Virkam öffnete die kleine Tür im Südtor zum zweiten Mal an diesem Tag und fragte sich, wie oft er den rothaarigen Graswachter noch in und aus Larkas lassen müsste. Diesmal war es Hauptmann Malrik, der hinauswollte – nicht hinein. Das Pferd des Hauptmanns tänzelte unruhig, ebenso wie sein Reiter, dessen Gesichtszüge zuckten, als hätten sie ihren Halt verloren. Vor allem sein Mundwinkel – er bewegte sich, als wäre er einem eigenen Willen unterworfen.

Langsam löste Virkam die Riegel und Schlösser, das Metall krächzte wie eine alte Kehle.

»Hat Jaeden Euch gefunden, Herr?«, fragte er beiläufig. Seit der junge Mann in den Gassen von Larkas verschwunden war, hatte er nichts mehr von ihm gehört.

»Was?«, Mal blinzelte. »Oh. Ja, ja … er hatte eine wichtige Nachricht. Ich muss geschäftlich verreisen – eine Weile. Larkas bleibt bis dahin in seiner Obhut.«

»Das trifft sich gut«, sagte Virkam, zog die Tür auf und wollte fortfahren: »Der Junge hat Verstand in …«

Aber Mal war schon hindurch. Das Pferd stob davon, der Reiter wie gehetzt, verschluckt vom Staub der Straße.

Kaum hatten Mircan und der Alte Platz genommen und die Wärme des Feuers begonnen, den Frost aus den Gliedern zu treiben, löste sich eine Gestalt vom Nachbartisch. Zunächst nahm Mircan nur eine Bewegung im Rand seines Blickfelds wahr, ein dunkles Verschieben im Halbschatten zwischen zwei Gästen. Dann trat der Mann hervor, langsam und ohne Zögern, mit der Ruhe dessen, der sicher ist, dass sich sein Weg nicht mehr ändern wird.

Er trug eine graue Robe, an Schultern und Saum vom Wetter ausgebleicht, doch von einem matten, silbrigen Schimmer durchzogen, der weniger von Reichtum als von Herkunft kündete. Es war das Gewand eines Ordens, der im Lamerth selten geworden war. Die Kapuze hing tief im Nacken, und darunter kam ein schmales, beinahe ausgemergeltes Gesicht zum Vorschein, eingerahmt von dünnem, hellgrauem Haar.

Seine Augen jedoch ruhten nicht. Sie flackerten rastlos, fuhren über Mircans Schultern, verweilten auf seinem Gesicht und kehrten immer wieder zu seinen Augen zurück, als suchten sie dort etwas, das sich dem Zugriff entzog.

Der Mann blieb stehen. Starrte. Nicht feindselig, nicht offen aggressiv, sondern mit jener unangenehmen Intensität, die entsteht, wenn jemand glaubt, etwas erkannt zu haben.

»Du«, sagte er schließlich. Seine Stimme klang rau, als habe sie lange keinen Gebrauch gefunden. »Wer bist du?«

Mircan hob langsam den Blick. Die Bewegung war ruhig, kontrolliert. »Ein Reisender.«

Der Mann legte den Kopf schief. Ein Ausdruck huschte über sein Gesicht, der fast einem Lächeln ähnelte, doch ohne Wärme blieb. »Ein Reisender? Aus dieser Richtung? Zu dieser Stunde? Mitten in einem Sturm, der selbst das Vieh in den Ställen unruhig macht?«

Der Alte neben Mircan räusperte sich leise, ein unsicheres Geräusch. »Lasst den Jungen doch essen«, murmelte er, ohne den Fremden aus den Augen zu lassen.

Doch der Mann schenkte ihm keine Beachtung. Er trat näher, und ein Hauch kalten Weihrauchs lag um ihn wie ein alter Schatten. »Deine Augen«, murmelte er. »Sie gehören nicht hierher.«

Ein kaum wahrnehmbarer Zug ging über Mircans Gesicht. Seine Finger schlossen sich um den Rand des Tisches, nicht aus Angst, sondern um sich an etwas Greifbares zu erinnern.

»Das reicht«, sagte er leise.

Der Mann beugte sich vor, stützte die Hände auf den Tisch. Sein Atem war nun deutlich spürbar. »Nenn mir deinen wahren Namen.«

Für einen Augenblick schien die Stube den Atem anzuhalten. Das Knistern des Feuers, das Scharren eines Stuhls, selbst das Heulen des Windes draußen verloren an Gewicht.

»Geht, es ist noch nicht an der Zeit«, sagte Mircan. Die Warnung war ruhig, doch von einer Kälte, die sich wie Reif ausbreitete.

Der Mann lächelte dünn. Nicht spöttisch – eher bestätigt. »Ich kenne die Zeichen«, flüsterte er. »Ich habe sie gelesen. Du trägst etwas in dir, das—«

Der Stuhl schrammte über den Boden, als Mircan aufstand. Mehrere Gäste fuhren herum. Ein Jäger hielt mitten in der Bewegung inne, ein anderer legte instinktiv die Hand an den Messergriff.

»Verschwindet«, sagte Mircan.

Nicht laut. Aber so klar, dass der Raum enger zu werden schien.

Der Priester schlug mit der flachen Hand auf den Tisch. Becher hüpften, Suppe schwappte über. »Antworte mir! Was bist du?«

Die Spannung griff um sich. Stühle rutschten. Stimmen verstummten. Die Wirtin trat zwischen die Gäste, hob beschwichtigend die Hände, doch ihre Worte gingen im wachsenden Tumult unter.

In Mircan regte sich etwas. Kein plötzlicher Ausbruch, sondern ein langsames, drängendes Pochen, tief unter der Haut. Wärme breitete sich aus, unheilvoll und fremd, als sei etwas zu lange eingeschlossen gewesen.

»Ich habe euch gewarnt«, sagte er leise.

Der Priester wandte sich nun der ganzen Stube zu, die Augen weit, das Gesicht bleich, erfüllt von fanatischem Glanz. »Seht ihn an! Niemand trägt solches Licht! Das ist kein Mensch! Das ist—«

Die Worte gingen im Chaos unter. Der Sturm trommelte gegen die Scheiben, das Feuer flackerte und warf verzerrte Schatten an die Wände.

Und in diesem Moment begann die Luft um Mircan zu flimmern.

Für einen Moment fragte sich Stapfer, ob Falvoril nur einen seiner üblichen Scherze machte. Doch nein – der Halbelf wirkte tatsächlich verärgert. Sein Atem ging rasch, als sei er bereit wegzulaufen oder zu kämpfen – eher wegzulaufen, wie es schien. Sein Bogen hing ungenutzt auf dem Rücken; zumindest schien er nicht entschlossen, auf Elfen zu schießen, so überrumpelt ihn ihr plötzliches Erscheinen auch haben mochte.

»Elfen?«, fragte Neria und klang ebenso verwirrt, wie Stapfer sich fühlte. »Und das ist ein ... Problem?«

Falvoril starrte sie einen Moment lang an, dann schien er sich zu fangen. Er richtete sich auf und warf den Kopf leicht zurück, sodass seine zerzausten Haare wieder an ihren Platz fielen. In der Dunkelheit des Abends konnte Stapfer seinen Gesichtsausdruck nicht erkennen, und als der Halbelf sprach, war seine Stimme ruhig.

»Natürlich nicht«, sagte er eisig. »Ich dachte nur, du möchtest es vielleicht wissen – damit du dir wenigstens das Gesicht waschen und die Haare kämmen kannst, bevor du anderen gegenübertrittst. Aber andererseits sind Elfen ja für ihr Mitgefühl bekannt – und für ihre seltsame Vorliebe für schmutzige, pelzige Wesen. Vielleicht mögen sie dich ja trotzdem.«

Neben Stapfer ballte Neria die Fäuste und trat vor, ganz offensichtlich bereit, sich auf Falvoril zu stürzen – obwohl er sowohl größer als auch stärker war als sie und einen Bogen sowie ein Gürtelmesser trug, während sie unbewaffnet war.

Doch in diesem Moment schrie Stapfer auf – vor Überraschung und Staunen –, denn weit hinter dem Elfen traten weitere aus dem Wald, wie fleischgewordenes, schwaches Sternenlicht, entschlossen, die Pfade der Welt zu beschreiten.

Sie ritten auf großen Pferden, grau wie Schatten in der Nacht und schimmernd wie Mondlicht auf dunklem Wasser. Die Hufe machten keinen Lärm; nur ein leises Klingen, wie das Läuten kleiner Glöckchen, wehte mit der Brise an Stapfers Ohr. Ihre Schritte waren schnell und leicht, während sie singend aus den Bäumen kamen – durch das Gras, über den Hügel, direkt auf Stapfer und seine Gefährten zu.

Es waren viele, mindestens zwanzig, doch das wirkte weder zu viel noch zu wenig, weder wie ein Heer noch wie eine kleine Gruppe. Geschmeidig glitten sie durch die Nacht, und für einen Moment glaubte Stapfer, sie würden einfach vorbeireiten.

Doch dann zügelte der Anführer – oder zumindest der Elfe an der Spitze – sein Pferd und wandte sich ihnen zu.

»Ähm... ja!«, sagte Stapfer, der sich plötzlich klein und unbeholfen fühlte.

»Wir heißen euch natürlich willkommen – und teilen unseren Lagerplatz gern mit euch.«

Er verbeugte sich tief, denn er wusste nicht, wie er sich sonst verhalten sollte.

Der Elf musterte ihn skeptisch, lachte dann – freudlos.

»Nun... selbst die Elfen scheinen die Menschen in Sachen Höflichkeit nicht übertreffen zu können.«

Und – oh Wunder – er verbeugte sich seinerseits leicht.

Wirklich ernst gemeint war das vermutlich nicht.

Dann wandte er sich an Falvoril.

»Ich habe gehört, dass Baratorel jemanden wie dich am Leben gelassen hat. Dich nun vor mir zu sehen... interessant. Was bevorzugst du – als was man dich sieht? Mensch oder Elf?«

Der Blick des Elf wirkte dabei fast bedrohlich.

Als Stapfer zwischen Falvoril und dem Elfen hin und her sah, wurde ihm mit einem Mal klar, dass sie zumindest teilweise demselben Volk angehörten. Tatsächlich fragte er sich, wie er es je hatte übersehen können. Und doch wirkte Falvoril im

Vergleich klein, dunkel und unbeholfen – ein Schatten gegen die erhabene Anmut und Würde des Elfen. Es war, als stünde ein blasses Spiegelbild neben einer lebendigen Gestalt; eine halb fertige Marionette neben dem vollendeten Werk eines Meisters.

Und offensichtlich war sich Falvoril dessen nur allzu bewusst.

Er antwortete dem Elfen – die Stimme kühl, trotzig, ohne jede Wärme.

»Kommt ganz darauf an, wer gerade fragt. Die einen nennen mich ›Mensch‹ mit Verachtung, die anderen ›Elf‹ mit Misstrauen.

Ich nehme, was weniger verachtend klingt. Doch sagt mir – wer seid ihr, dass ihr meint, mich zu kennen?«

»Mein Name ist Valandriel«, sagte der Elf – ohne auf die Worte des Halbelfen einzugehen.

Er lächelte gelassen, als hätte ihn die Antwort nicht im Geringsten berührt.

Dann wandte er sich Neria zu, die seit dem Erscheinen der Elfen kein einziges Wort gesprochen hatte.

»Sieh an. Noch ein Mischling.«

Neria wich einen halben Schritt zurück, als der Blick des Elfenanführers sie traf. Kein feindlicher Blick — aber einer, der durch sie hindurchging, als bestünde sie aus Glas.

Falvoril straffte sich. »Valandriel ...«, begann er warnend, doch der Elf hob nur eine schmale Hand, und seine Geste schnitt ihm das Wort ab wie ein Messer.

Valandriel stockte. Dann sagte er leise: »Du trägst etwas.«

»Etwas, das nicht in diese Welt gehört.«

Neria griff instinktiv an ihren Hals, dorthin, wo das

Amulett unter ihrer Kleidung lag. Sie wusste nicht warum — sie fühlte sich ertappt. Beobachtet. Entblößt.

»Was soll das heißen?«, fauchte sie — mehr aus Unsicherheit als aus Mut.

Valandriel kam näher. Das Sternenlicht, das die Haare seiner Krieger erhellte, schien auf seiner Haut zu liegen wie ein flüssiger Schleier.

Stapfer spannte sich an. Sein Instinkt sagte ihm, sich zwischen Neria und Valandriel zu stellen, doch er wusste, dass das töricht wäre.

Der Elfenanführer blieb stehen — nur eine Armlänge entfernt.

»Licht, gefangen in einer Schale aus Stein«, murmelte er. »Und dennoch ... gebrochen.«

Sein Blick wanderte zu Stapfer, dann zurück.

»Wie kam dies in eure Hände?«

Neria hob das Kinn. »Gefunden«, sagte sie. »Oder vielleicht hat es mich gefunden. Was kümmert es Euch?«

Falvoril sog scharf die Luft ein. »Neria—«

Doch Valandriel war schneller.

»Es kümmert mich«, sagte er, »weil solch ein Zeichen nur denen gegeben wird, deren Weg durch die Schatten führt.«

Der Wind strich über die Hügelkuppe. Die Pferde der Elfen schnaubten leise. Keiner der Krieger bewegte sich.

Valandriel richtete sich zu voller Größe auf, und in diesem Moment wurde klar, warum selbst Könige der Menschen von ihm sprachen wie von einem Sturm — einem, den man nicht aufhalten, nur überstehen konnte.

»Und euer Weg«, sagte er, »führt nach Norden. Zur Bergwarth.«

Stapfer fuhr zusammen. »Woher wisst Ihr das?«

»Weil wir denselben Ruf hören.«

Valandriels Augen verdunkelten sich.

»Das Licht flackert. Die Dunkelheit erwacht. Und die Welt beginnt, sich zu erinnern.«

Falvoril wirkte, als hätte ihn jemand geschlagen. »Valandriel ... was meint Ihr damit?«

Der Elfenanführer wandte sich ihm zu — und in seinem Blick lag keine Verachtung, sondern Trauer. Echte, tiefe Trauer.

»Mein Sohn«, sagte Valandriel leise, »ist seit Jahrzehnten fort. Doch die Wunden, die seine Abwesenheit hinterließ, brennen wieder. Und sie führen mich hierher.«

Falvorils Augen weiteten sich. »Silaniel ...«

Valandriel nickte kaum merklich. Dann wandte er sich wieder Neria zu.

»Zeig es mir«, sagte er ruhig.

Neria zögerte. Sie spürte Stapfers Blick, Falvorils Unruhe, die erwartungsvolle Stille der Krieger. Langsam griff sie unter ihre Jacke und holte das Amulett hervor. Es baumelte frei in der kalten Luft — und in dem Moment, in dem das Mondlicht es traf, zog ein dünner, silbriger Riss durch die Wolken über ihnen, als würde der Himmel selbst reagieren.

Valandriel sog scharf den Atem ein. Er streckte die Hand aus — nicht befehlend, sondern wie jemand, der eine verlorene Erinnerung berührt.

Doch bevor seine Finger das Amulett erreichten, zuckte ein Funke über die Kette. Ein feines, helles Knistern. Valandriel erstarrte.

»Bei Amishals Lied ...«, flüsterte er.

»Dies hätte niemals ... niemals hier sein dürfen.«

Neria presste die Lippen zusammen. »Was ist es?«

Der Elfenanführer senkte die Hand, als hätte er Angst, es zu berühren.

»Ein Schlüssel«, sagte er. »Ein Siegel.«

Sein Blick ging zu Stapfer — prüfend, schwer.

»Und eine Warnung.«

»Wovor?«, hauchte Stapfer.

Valandriels Augen waren finster wie der Sternenhimmel selbst.

»Vor dem, was hinter euch her ist.«

Stille. Der Wind hielt den Atem an. Dann zeigte Valandriel gen Süden.

»Etwas Dunkles hat euren Pfad geschnitten. Nicht menschlich. Nicht sterblich. Nicht allein.«

Falvoril erblasste. »Die Weldhra ...?«

Valandriel lachte — freudlos.

»Die Weldhra? Nein ... Der, der hinter den Weldhra steht. Der, dem sie den Weg geebnet haben. Und wenn er euch findet, bevor wir die Bergwarth erreichen — endet euer Weg hier.«

Stapfer legte unbewusst eine Hand auf Soryns Griff. Neria fasste das Amulett fester. Falvoril trat einen Schritt näher an seine Gefährten.

Valandriel sah sie alle drei an — und für einen Moment lag in seinem Blick Respekt. Vielleicht sogar Anerkennung.

»Ihr seid auf einem Weg, der größer ist, als ihr versteht«, sagte er.

Dann hob er die Hand — und zwanzig Elfenkrieger richteten sich in perfekter Synchronität auf.

»Wir lagern heute Nacht gemeinsam.«

Ein Moment verging.

»Denn ab Sonnenaufgang«, sprach Valandriel, »reiten wir zusammen zur Bergwarth.«

Die Begegnung mit den Elfen und das, was sie in der Nacht erfahren hatten, lastete schwer auf ihnen. Schweigend ritten sie am nächsten Morgen durch den Nebel.

Ihr Weg führte durch zahllose Täler, stieg nur selten an — und ließ ihnen den ganzen Tag über keinen Blick auf die Sonne. Es war nass und kalt, doch der Wind blieb aus. In der dichten Wolke wirkte selbst der Klang gedämpft, als hätte der Nebel ihn verschluckt.

Die Elfen bewegten sich wie Schatten zwischen den Schwaden, manchmal singend oder leise flüsternd. Für einander waren sie kaum noch sichtbar.

Nach einigen Stunden begannen die Hügel um sie herum zu wachsen, die Bäume standen dichter und ragten höher auf. Sie hatten die nördlichen Hügel erreicht.

Es musste schon gegen Abend sein, denn der Nebel wurde dunkler. Da hörte Stapfer einen Ruf aus der Vorhut.

Sie ritten gerade einen flachen Bergrücken hinab. Der Boden unter den Hufen ihrer Pferde wurde eben — und dann, plötzlich, tauchte aus dem Nebel vor ihnen eine gewaltige Mauer auf.

Die Bergwarth.

Schwarz und uralt ragte sie empor wie ein Stück der Berge selbst.

»Wenn die Schatten im Feuer wandeln, erhebt sich die Nacht
selbst gegen die Lebenden.«

– Fragmente der Weldhra-Schriften

Reth-Wüste Grenzposten, südwestlich der Bergwarth.

Die Wüste verzieh nichts.

Wer hier lebte, tat es aus Zwang. Wer hier wachte, aus
Pflicht. Und wer hier starb, verschwand spurlos im Sand – kein
Grab, kein Gedenken, nur der Wind, der die letzten Spuren
forttrug.

Für Fremde war sie ein Abgrund aus Staub und Hitze. Für
die Soldaten von Lamerth ein endloses Bollwerk aus Trocken-
heit und Schweigen, das sie Tag und Nacht bewachen mussten
– zwischen ihnen und der Dunkelheit, die jenseits der Grenze
lauerte.

Und so begann auch diese Nacht.

Sand – wohin das Auge reichte.

Am Tag blendend hell, als hätte jemand Mehl über das
Land gestreut. Nachts dagegen stumpf und schwer, kaum zu
unterscheiden von gewöhnlicher Erde. Doch jetzt, im Zwielicht, wirkte die Einöde beinahe milde. Freundlicher jedenfalls
als das gnadenlose Brennen der Sonne.

Ravien war froh, diesmal die Nachtwache erwischt zu
haben. Aber froh bedeutete nicht entspannt. Die Stunden
krochen dahin.

Seine Schritte knirschten über den Sand, das Gewicht der
Rüstung lastete auf seinen Schultern, jeder Tritt ein leises Echo
im Nichts. Kein Pilger, kein Händler, nicht einmal ein strei-

fendes Tier. Die alte Pilgerstraße, die sich bis in den nordöstlichen Teil des Lamerth zog und schließlich in Habron endete, lag still. Zu still.

Zwischen den Reichen im Südosten und dem Lamerth brodelte es seit Jahren. Deshalb kam kaum jemand mehr vorbei.

Ein ruhiger Posten also. Ruhig. Sicher.

Zumindest offiziell.

Genau deswegen hatte Ravien sich freiwillig gemeldet.

Hier gab es keine offenen Feldzüge, keine chaotischen Gefechte wie im Norden. Keine Blutmenschen, die mit Speeren und schwarzer Magie anrückten – Kreaturen, die aussahen wie Menschen, aber zu viel Blut tranken. Zu viel davon rochen.

Und doch wusste er: Die Gefahr war niemals fern.

Ihre Horden fielen immer wieder in den Lamerth ein – wild, unberechenbar, wie aus dem Nichts. Früher oder später, so sagte man, würden sie das Grenzland aufgeben müssen. Und bis dahin blieben die Überfälle.

Selten tödlich für die gut ausgebildeten Soldaten.

Aber manchmal – ganz selten – reichte es.

Ein Posten ausgelöscht.

Ein Dutzend Männer verschwunden im Sand.

Selbst mit einem Magier an ihrer Seite konnte es geschehen.

Ravien schob den Gedanken beiseite und richtete den Blick zurück in die Wüste. Die Stille war vollkommen. Zu vollkommen.

Er lauschte – und fragte sich, ob genau diese Nacht eine jener Nächte sein würde.

Er war erst seit zwei Tagen an diesem Posten stationiert – und bislang war nichts geschehen.

Gar nichts.

Die Stille, so drückend sie auch war, hatte er genutzt, um seine Kameraden besser kennenzulernen: zehn Soldaten, ein Magier. Mehr brauchte es nicht, um diesen Außenposten zu halten.

»Ravien!«

Die Stimme des Kommandanten schnitt durch die Nacht.

»Ja, Sir?«

»Ihr seid dran. Rauf auf den Turm. Schickt Lucan runter.«

Ravien bestätigte mit einem knappen Nicken und machte sich auf den Weg. Die Holzstufen unter seinen Stiefeln ächzten leise bei jedem Schritt. Oben wartete Lucan bereits, sichtlich erleichtert, abgelöst zu werden.

»Viel Spaß da oben«, murmelte er mit einem müden Grinsen. »Und schlaf nicht ein.«

Ravien brummte nur, übernahm den Bogen und trat hinaus auf die kleine Plattform.

Der Wind war kühler hier oben, trug feinen Staub mit sich und den trockenen Geruch von Holz, das lange in der Sonne gelegen hatte. Vor ihm breitete sich die Nacht aus – eine dunkle Fläche, grenzenlos, verschmolzen mit dem Himmel, schwer und reglos. Kein Laut, außer dem Flattern einer losen Fahne und dem langsamen Knarren der Konstruktion unter seinen Füßen.

Allein auf dem Turm fühlte er sich plötzlich klein.

Er zog den Kragen seiner Uniform höher, lehnte sich gegen die Brüstung und ließ den Blick über das Dunkel schweifen.

Nichts rührte sich.

Und doch – für den Bruchteil eines Augenblicks meinte er,

etwas zu sehen. Eine Bewegung. Weit draußen im Sand, zu vage, um sicher zu sein. Nur ein Schatten? Ein Spiel des Lichts?

Er wusste es nicht. Aber das Gefühl, beobachtet zu werden, blieb.

Die Minuten verstrichen.

Ravien starrte in die Dunkelheit, zwang sich, wach zu bleiben. Einschlafen während der Wache – undenkbar. Ein schweres Vergehen.

Gerade überlegte er, wie er seine Augen offenhalten sollte, da flackerte plötzlich ein Licht auf.

Weit entfernt. Dann näher. Rasch näher.

Er richtete sich auf, trat einen Schritt vor, spannte die Schultern – doch da war es schon zu spät.

Kaum hundert Schritt entfernt – ein Feuerball.

Schwarz durchzogen, pulsierend im Kern, raste er auf den Turm zu.

Ravien wollte rufen, sich ducken, reagieren – doch der Einschlag kam zu schnell.

Die Explosion traf die hölzerne Plattform mit voller Wucht.

Ein gleißender Schlag. Ein Dröhnen. Der Boden riss unter seinen Füßen auf, und ehe er den Aufprall begriff, wurde Ravien von den Beinen gerissen, schleuderte gegen die Wandung. Holz splitterte, das Geländer gab nach.

Der Turm ächzte – ein langgezogenes Stöhnen alter Balken – und begann zu schwanken.

»Angriff!«

Ravien brüllte es hinaus, stemmte sich hoch, riss den Langbogen an die Schulter. Mit zusammengekniffenen Augen suchte er die Dunkelheit ab.

Dort – wieder dieses unheilvolle Glühen.

Er spannte, zielte, ließ die Sehne schnellen. Der Pfeil verschwand in der Finsternis, zu schnell, um zu erkennen, ob er traf – doch da kam bereits der nächste Feuerball.

Das Geschoss schlug ein, zerschmetterte die Plattform mit einem kreischenden Aufprall. Der Boden unter seinen Füßen sackte weg. Ravien stolperte, hastete zur Leiter, krallte sich fest, begann den Abstieg – doch zu spät.

Die tragenden Balken barsten. Holz splitterte, die Welt neigte sich.

Die Leiter riss nach hinten weg.

Ravien stürzte. Drei Meter tief, hart in den Sand. Der Aufprall raubte ihm den Atem. Ein stechender Schmerz jagte durch seine Rippen. Für einen Moment blieb er benommen liegen, während Splitter, Glut und Staub auf ihn herabbrannten.

Er keuchte, schmeckte Sand, roch Rauch.

Verschwommen sah er den Rest des Turms in einem Feuersturm vergehen – flammende Balken, wirbelnde Funken, ein Grollen, das durch Mark und Boden ging.

Stimmen schrien durcheinander. Befehle, Rufe, Panik.

Und dann – ein Gesicht.

»Ravien!«

Lucan. Staubbedeckt. Die Augen weit, der Griff an seiner Schulter fest.

»Alles in Ordnung? Was hast du gesehen?«

Raviens Blick flackerte, Lucans Gesicht verschwamm kurz vor seinen Augen.

Er nickte schwach, rang nach Luft.

»Feuerball«, stieß er hervor.

Sein Herz raste noch, als er sich gemeinsam mit Lucan zu

den anderen durchkämpfte. Der Schädel dröhnte, und der Sand unter seinen Stiefeln schwankte, als würde der Boden selbst atmen. Er war gestürzt, gefallen – aber er lebte. Und sein Bogen auch. Mehr Glück, als er verdiente.

Seit dem zweiten Einschlag lag eine gespenstische Stille über dem Posten. Zu still. Jeder Atemzug schien zu laut, jeder Schritt zu schwer. Die Männer stellten sich nebeneinander auf, die Waffen krampfhaft umklammert. Niemand sprach. Kein Husten, kein Fluch. Nur das Knirschen des Sands unter den Stiefeln, das viel zu deutlich durch die Nacht schnitt.

Der Kommandant deutete ihm, zurückzugehen. Ravien gehorchte sofort und ließ sich in die zweite Reihe fallen, hinter Lucan. Dankbar – und zugleich beschämt. Er wollte nicht in der ersten Linie stehen, nicht dort, wo der nächste Feuerball einschlagen würde. Ein bitterer Gedanke. Aber er war da. Und er machte ihn nicht weniger zum Soldaten, auch wenn er sich genau so anfühlte.

Er sah sich um, suchte Halt in der Ordnung. Links und rechts standen die Bogenschützen auf den verbliebenen Türmen, die Pfeile halb gespannt, die Blicke starr in die Dunkelheit gerichtet. Auch sie mussten diese Angst spüren. Dieses Warten. Dieses lähmende Gefühl, dass dort draußen etwas lauerte, unsichtbar, geduldig – bereit, erneut zuzuschlagen.

Und Ravien fragte sich, ob sie vorbereitet waren.

Oder ob er in dieser Nacht hier sterben würde.

Die Zeit nach dem ersten Einschlag zog sich wie eine Ewigkeit – eine Dehnung der Wirklichkeit selbst, geformt aus Angst, Schweigen und der dumpfen Erwartung des Unvermeidlichen.

Dann, ohne Vorwarnung, durchbrachen drei Gestalten die

Dunkelheit – Schatten, durchzogen von Flammen, ihre Umrisse flirrend wie aus Rauch, ihre Waffen glühend, als seien sie in Höllenglut geschmiedet, und in ihren Augen das unstete, rote Brennen erloschener Sterne.

Sie stürzten sich auf die Verteidiger, lautlos, mit einer Geschwindigkeit, die mehr an Gedanken als an Fleisch erinnerte. Zwei Männer hoben geistesgegenwärtig ihre Schilde, Funken stoben, als die ersten Hiebe auf Metall trafen – dumpf, hart, überirdisch.

Lucan aber war zu langsam.

Ein Schlag traf ihn mit solcher Wucht, dass er zurückgerissen wurde, taumelnd, hilflos.

Und dann trafen die Klingen erneut – diesmal gezielt, erbarmungslos. Sie drangen in seinen Bauch, glitten durch die Panzerung, durch Fleisch und Knochen, und traten auf der Rückseite wieder hervor.

Einen Augenblick lang stand er noch, wie versteinert, als habe die Zeit ihn für diesen Moment angehalten – und Ravien spürte, wie sich ihm der Magen zusammenzog, wie sein Atem stockte, als könne allein das Hinsehen ihn töten.

Dann kippte Lucan langsam nach hinten, stumm, ohne einen Laut, und blieb liegen.

Ravien starrte auf die Rüstung, auf die tiefen Kerben, die der erste Hieb hinterlassen hatte – das Metall war gesplittert, aber nicht gebrochen, hatte den Schlag überstanden, doch dem folgenden Stich nichts entgegensetzen können.

Das Wesen drehte sich zu ihm um, die glühenden Augen suchten ihn, durchbohrten ihn – und ohne ein Geräusch, ohne ein Wort, setzte es sich in Bewegung.

Ravien riss den Bogen hoch, spannte, schoss – der Pfeil zischte durch die Luft, traf, zerplatzte.

Kein Aufprall, kein Widerstand – als hätte er nur Rauch durchstoßen.

Im selben Moment verlor die Gestalt ihre Form, löste sich in schwarzen Dunst auf – und erschien direkt vor ihm, körperlich, greifbar, tödlich nah.

Zu wenig Abstand.

Kein Schild.

Kein Schutz.

Nur noch die Leere zwischen einem Atemzug und dem Tod.

Er hob den Bogen, versuchte den Schlag abzufangen – doch das Holz splitterte in seinen Händen, brach mit einem hässlichen Knacken, und der Hieb traf ihn voll. Schmerz brannte wie Feuer über seine Seite, er stolperte, rang nach Halt. Noch ein Treffer – und er würde enden wie Lucan.

Also ließ er sich fallen. Einfach rückwärts, ohne Plan, ohne Eleganz.

Die Klingen fuhren ins Leere, das Wesen stolperte über ihn hinweg.

Ravien trat zu, zielte mit aller Kraft gegen das, was wie ein Gesicht aussah. Die Gestalt wankte. Er rollte sich zur Seite, riss das Schwert aus der Scheide und hieb tief gegen das Bein mit den rot glimmenden Adern.

Ein Treffer – da war er sich sicher. Doch er spürte nichts. Kein Widerstand. Nur Leere.

Ein Fluch stieg ihm auf, heiß und bitter. Er hob die Klinge erneut, aber tief in seinem Inneren wusste er: Den nächsten Hieb würde er nicht überleben.

Das Wesen stand über ihm.

Und jetzt – im grellen Flackern der Flammen – sah Ravien es klarer als je zuvor.

Diese Waffen waren keine Waffen. Sie wuchsen direkt aus den Armen, als hätte das Fleisch selbst Metall geboren. Die Schneiden pulsierten, flossen, tropften mit schwarzer Glut.

Ravien lag auf dem Rücken, das Schwert fest umklammert, das Schild zu weit entfernt.

Sein Herz schlug wie ein Hammer in seiner Brust, während ein einziger Gedanke durch seinen Kopf dröhnte:

Vielleicht war das hier ein Fehler. Mein größter.

Er schloss die Augen, holte ein letztes Mal aus – und stach zu.

Die Klinge glitt ihm aus den Fingern. Der Stoß verpuffte im Nichts.

Dann: Ein Schrei – schrill, fremd, unmenschlich.

Ravien riss die Augen auf.

Das Wesen zuckte zurück, riss die Arme hoch, als wolle es etwas abwehren – doch die Angriffe kamen nicht von ihm.

Gleißende Lichtkugeln, schnell wie Pfeile, brannten sich in das dunkle Fleisch. Jeder Treffer fraß sich tiefer, riss ein weiteres Stück aus dem Körper, ließ ihn verglühen, zerfallen, zersplittern.

Ein letztes Zucken – dann nichts mehr.

Der Magier ihrer Einheit.

Der Name wollte Ravien nicht einfallen. Egal.

Er war da.

Und er hatte eine Waffe gegen diese Dinger.

Ravien sog gierig Luft in die Lungen, während das Wesen in einer wabernden Wolke aus Rauch zerbarst. Zurück blieb nur ein schwarzes Skelett, das mit einem trockenen Krachen in sich zusammenfiel. Feiner Staub legte sich wie Asche über ihn, brannte in Nase und Augen.

Benommen blieb er liegen, das Gesicht zum flackernden Himmel gewandt, und blinzelte gegen das unstete Licht der Brände. Nur wenige Schritte entfernt sah er den Magier, wie er die letzte der Kreaturen mit einem Hagel aus Licht durchbohrte – gleißende Geschosse, präzise, erbarmungslos. Das Schattenwesen verformte sich, riss auseinander – und verschwand.

Für einen Moment schien selbst der Wind innezuhalten. Dann fiel die Nacht zurück in eine schwere, erschöpfte Stille.

»Schattenbluter«, sagte der Magier. Seine Stimme klang rau, angegriffen, doch ruhig. »Schwarze Magie in Gestalt. Nur Licht zerreißt sie.«

»Deswegen der Name«, murmelte der Kommandant. Er gehörte zu den wenigen, die noch standen – und lebten.

Die beiden redeten weiter, leise, gefasst, während Ravien sich mühsam aufrichtete. Seine Glieder zitterten, der Schädel dröhnte, als sei etwas in ihm zerbrochen. Er stand schief, rang nach Halt, und versuchte, zu begreifen, was geschehen war.

Zehn Soldaten waren sie gewesen. Jetzt lagen sechs von ihnen tot im Sand.

Außer ihm und dem Kommandanten hatten nur die beiden Bogenschützen überlebt.

Zusammen mit dem Magier waren sie fünf.

Fünf – von elf.

Er starrte auf die Leichen, auf verbrannte Rüstungen, auf Schilde, die nur noch als verkohlte Splitter im Sand lagen. Der Rauch brannte in seiner Kehle, und während der Gestank von Blut und geschmolzenem Metall schwer in der Luft hing, fragte er sich, wie lange fünf Männer gegen das bestehen konnten, was dort draußen lauerte.

Sein Blick blieb an Lucan hängen. Der war fast noch glimpflich davongekommen – wenn man das so nennen konnte. Einer der Männer, die den ersten Hieb mit dem Schild pariert hatten, war schlimmer zugerichtet. Ravien sah den abgetrennten Arm, der noch immer das zerborstene Schild umklammerte, kaum einen Meter vom Körper entfernt. Das Gesicht war zerschmettert, die Kehle aufgerissen, die Augen starr und offen zum Himmel gerichtet, als suchten sie dort oben nach einer Antwort.

Auch die anderen Toten boten kein milderes Bild. Gesichter, aufgeschlitzt bis zum Knochen, Brustpanzer, die gespalten waren wie morsche Rinde, Leiber, aufgerissen, verdreht, entstellt – als hätte die Dunkelheit selbst sich in das Fleisch gegraben, um etwas darin zu hinterlassen.

Blut und schwarzer Staub zogen sich wie ein unheiliger Teppich durch die brennenden Reste des Außenpostens.

Ravien würgte. Der Magen krampfte sich zusammen, seine Kehle brannte, und ihm wurde schwindlig. Der Geruch von verbranntem Fleisch mischte sich mit dem metallischen Geschmack des Bluts – alles in ihm wollte fliehen.

Seit dem ersten Feuerball waren kaum Minuten vergangen. Und doch fühlte es sich an, als lägen Jahre zwischen der ruhigen Nachtwache und dem Massaker, das jetzt hinter ihm lag.

Eben noch ein sicherer Posten.

Jetzt – nur noch die Hälfte der Männer am Leben.

Genau das hatte Ravien vermeiden wollen, als er sich für

diesen Ort gemeldet hatte. Doch es half nichts. Es gab kein Zurück. Keine Ausrede. Nur das Jetzt.

Er zwang sich, zu handeln. Mit zitternden Fingern griff er nach einem Schild, hob das Schwert auf.

Nicht weil er bereit war.

Sondern weil es keinen anderen mehr gab, der es tun konnte.

»Zweite Runde!«

Die Stimme des Kommandanten peitschte über das Schlachtfeld – trotzig, fast wie Hohn, und doch hörte Ravien die Verzweiflung darin, schneidend wie ein heimliches Bekenntnis.

Er folgte dem Fingerzeig nach oben.

Hoch über dem Posten schwebte eine neue Kugel – aus Feuer und Schatten gewoben, dunkler als zuvor, als habe sie bereits den Tod berührt.

Dann stürzte sie herab.

Der Einschlag zerschmetterte den zweiten Turm mit einem einzigen, glühenden Hieb. Anders als bei Raviens Plattform traf der Feuerball direkt das Herz der Konstruktion.

Der Bogenschütze hatte keine Chance.

Ein Schrei – kurz, erstickt – dann war er von den Flammen verschlungen.

Sein Körper wurde aus der Explosion geschleudert, schlug hart auf dem Sand auf, noch immer brennend, zuckend, und kam schließlich zur Ruhe.

Das Feuer verzehrte ihn schnell. Zu schnell. Schwarze Magie sengte Fleisch und Knochen, ließ nur ein verkohltes Gerüst zurück. Metall glühte auf, erlosch, zerfiel zu stumpfem Staub. Der beißende Gestank von verbranntem Fleisch stieg

Ravien in die Nase, ließ ihn würgen, noch bevor er begriff, was er sah.

Der letzte verbliebene Bogenschütze begann sofort den Abstieg. Kein Moment zu früh – im nächsten Atemzug ging auch sein Turm in Flammen auf.

Und wieder krochen Schattenbluter aus der Dunkelheit.

Doch diesmal war der Magier bereit.

Gleißende Lichtkugeln zuckten durch die Nacht, durchbohrten die Gestalten noch, bevor sie die Linie erreichten. Jeder Treffer riss die Wesen auf, verwandelte sie in Rauch, der sich ohne Laut im Wind verlor.

Dafür war ein Magier an jedem Posten.

Dafür. Und für nichts anderes.

Aber Ravien sah, wie die Hände des Mannes zitterten, wie seine Finger sich verkrampften, der Schweiß auf seiner Stirn glänzte wie Öl im Feuer.

Dann – wieder Stille.

Das Warten schnürte Ravien die Kehle zu, ließ jeden Atemzug zu laut erscheinen, jeden Herzschlag zu schwer, als wolle der eigene Körper sich gegen die Stille stemmen.

Und als es endlich vorbei war, als Bewegung die Reglosigkeit durchbrach, wünschte er sich die Ruhe zurück – so falsch und trügerisch sie auch gewesen war.

Denn diesmal war es anders.

Keine flüchtigen Schatten, die im Rauch zerfielen. Keine lautlosen Schnitte durch Rüstungen und Fleisch. Stattdessen traten zwei Gestalten aus der Dunkelheit, klar umrissen, greifbar – und doch fremder, als es jede namenlose Kreatur je gewesen war.

Die erste war von massiger Statur, Schultern breit wie

Schilde, Muskeln gespannt wie in Stahl gegossen, und in der Hand hielt sie eine Axt, deren Größe selbst die Langschwerter der Soldaten klein und bedeutungslos wirken ließ. Jeder ihrer Schritte ließ den Boden unter dem Eisen vibrieren, dumpf, drohend, unausweichlich.

Die zweite war hochgewachsen, schmal, mit einer Eleganz in der Bewegung, die beinahe elfisch wirkte – geschmeidig, fast tänzerisch, als würde der Körper einem Takt folgen, den nur sie hören konnte. Ihre Augen jedoch waren schwarz wie Obsidian, ohne Tiefe, aber voller funkelnder Wachsamkeit, wie Steine, die sich weigerten, Licht zu schlucken.

Ravien spürte, wie sich sein Magen zusammenzog. Elfen? Was machen Elfen hier draußen? Für einen Moment ließ ihn der Gedanke erstarren – dann erinnerte er sich. An alte Geschichten. An Warnungen.

Die Weldhra.

Elfen, deren Seelen der Dunkelheit verfallen waren, deren Körper noch lebten, aber deren Geist längst von etwas Anderem gelenkt wurde.

Einen Moment lang standen sie einander gegenüber – fünf Männer, verwundet, erschöpft, gegen zwei Wesen, die weder atmeten noch zögerten. Dazwischen: fünfzig Meter verbrannter Boden, flackerndes Feuer, aufsteigende Glut, das stetige Knacken der eingestürzten Türme.

Dann durchbrach ein einzelnes Zischen die angespannte Stille.

Der letzte Bogenschütze hatte die Nerven verloren.

Er spannte, schoss – und der Pfeil bohrte sich tief in die Schulter des riesigen Kriegers.

Das Brüllen, das darauf folgte, war kein Laut menschlicher

Wut, sondern ein archaisches Grollen, das durch Luft und Sand fuhr wie ein ferner Donner, schwer und drängend, als hätte der Himmel selbst zu beben begonnen.

Die Antwort ließ nicht auf sich warten.

Die zweite Gestalt hob die Arme, langsam, fast würdevoll, als vollzöge sie ein uraltes Ritual. Ihre Hände begannen zu glühen, tiefrot, wie glühendes Erz, das in einer unsichtbaren Esse geschmiedet wurde, und für den Bruchteil eines Augenblicks schien die Zeit selbst zu halten.

Dann brach das Inferno los.

Hunderte kleiner Feuerkugeln lösten sich wie lebendig aus ihren Fingerspitzen, schossen mit irrer Geschwindigkeit in die Nacht, zuckten über den Himmel wie ein Schwarm glühender Insekten, flirrend, zischend, todbringend – ein Sturm aus Schattenflammen, der den Sternenhimmel verschlang.

»Schilde hoch!«

Die Stimme des Kommandanten schnitt durch den Lärm, rau und bestimmt, doch Ravien wartete nicht auf den Befehl. Noch bevor das Echo verklungen war, hatte er den Schild gehoben, presste sich eng dahinter, während die ersten Geschosse niedergingen – ein Hagel aus Feuer und Schatten, der mit gleißender Härte auf sie einprasselte.

Jeder Einschlag ließ seinen Arm erzittern, die Hitze flammte über das Metall, sog sich durch den Griff bis in die Gelenke, der Geruch von verbranntem Leder und aufplatzender Rinde mischte sich mit Rauch, Asche, Schweiß.

Er hörte das Schreien des Holzes, das Splittern der Barrikade, das metallene Stöhnen der Rüstungsteile um ihn herum, und aus dem Augenwinkel sah er den Schützen – den letzten – der keinen Schild hatte, keinen Schutz.

Der Magier, gehetzt und bleich, riss den Arm hoch, warf ein Geflecht aus flimmerndem Licht um ihn, zu schnell gewoben, zu schwach, um zu halten.

Die Schattenfeuer trafen wie ein Sturm.

Fleisch, Stoff, Metall – alles wurde zerrissen, aufgelöst, in einem einzigen, grellen Aufblitzen zerfetzt, als hätte sich der Körper in Staub verwandelt, noch bevor der Schrei enden konnte.

Dann verstummte das Prasseln.

Ein letzter, zitternder Funkenregen ging nieder, und langsam senkte Ravien den Schild.

Vor ihnen trat der Hüne aus dem flackernden Schatten hervor, schwer bewaffnet, das schwarze Eisen seiner Axt in der Faust, ein Konstrukt von solcher Größe und Massivität, dass der Boden bei jedem Schritt bebte, als würde sich der Posten selbst gegen seine Ankunft sträuben.

Er kam näher, ruhig zuerst, beinahe gemessen, doch die Schritte wurden länger, raubtierhaft, und als der Abstand sich schloss, riss er die Axt hoch – ein Sprung, eine Bewegung, schnell und kraftvoll, die Waffe über dem Kopf wie ein herabstürzender Turm, gezielt, unaufhaltsam.

Ravien wusste, dass kein Schild der Welt diesem Schlag standhalten würde – doch er hob ihn dennoch, aus Instinkt, aus Pflicht, aus einem verzweifelten Trotz, der sich gegen das Ende stemmte.

Der Einschlag kam – und blieb aus.

Kein Krachen, kein Aufprall.

Stattdessen flackerte vor ihm ein Schild aus Licht auf, flüchtig, glühend, durchscheinend, eine Wand aus Magie, die sich zwischen ihm und der Axt spannte, gerade rechtzeitig, um den

Schwung zu brechen.

Die Klinge prallte ab, die Bewegung verpuffte, und für einen Moment war da nur das scharfe Zischen erhitzten Metalls gegen eine unsichtbare Kraft – kein Schmerz, kein Splittern, nur Stille, durchzogen vom pochenden Echo seines eigenen Herzschlags.

Der Magier hatte ihn ein zweites Mal gerettet.

Doch der Moment hielt nicht.

Ein weiterer Feuerball zerriss die Nacht – gezielt, schnell, gnadenlos.

Der dunkle elfische Zauberer hatte sein Ziel längst erkannt.

Sein Magier, bereits erschöpft, die Schultern schwer, die Finger zitternd, wurde von der Explosion erfasst. Sein Körper wurde in zwei Hälften gerissen, fortgetragen von der Wucht, hell aufleuchtend im Schein der eigenen Magie – und dann fiel er, rücklings, schwer, ohne Laut.

Der Schild zerbrach im selben Augenblick, in dem sein Leben endete.

Ein leises Splittern, fast klirrend wie Glas – dann war der Weg frei.

Ravien starrte in das vernarbte Gesicht des Hünen, das wie eine Karte vergangener Schlachten wirkte – wulstig, verzogen, hart wie Stein. Mit einem einzigen Ruck rammte der Krieger die Axt in Raviens Schild, riss sie ihm aus den Händen, als wäre sie nicht mehr als ein loses Stück Holz.

Ravien schlug mit dem Schwert nach ihm, doch der Hieb war halbherzig, schwach, nutzlos – mühelos pariert. Dann fuhr der Stiel der Axt vor, traf ihn mit voller Wucht in die Brust. Ein Knacken. Dann Schmerz.

Er hörte, wie die Rippen brachen, spürte, wie ihm die Luft

aus den Lungen gepresst wurde, als hätte man sein Innerstes nach außen gestülpt. Atmen war nicht mehr möglich. Der Schlag schleuderte ihn rücklings gegen das glühende Gerippe seines Turms, der Aufprall ließ den Schädel gegen verkohltes Holz krachen – dann Dunkelheit.

Ein kurzes, flackerndes Vergessen.

Langsam kehrten die Sinne zurück.

»Bleibt noch einer«, knurrte der Hüne – und wandte sich ab.

Ravien hob mühsam den Kopf. Alles in ihm schrie, doch er war still.

Der Koloss schritt auf den Kommandanten zu – den letzten Überlebenden. Und der trat ihm entgegen. Ohne Schild, ohne Magie, nur mit dem Gewicht seiner Entscheidung.

Er kämpfte. Entschlossener, zäher als alle anderen zuvor. Der Hüne, gezeichnet von der Pfeilwunde an der Schulter, musste seine Hiebe korrigieren, mit Kraft statt mit Schwung führen. Doch jeder Schritt, jedes Ausweichen kostete den Kommandanten mehr Kraft, als er geben konnte.

Am Rand des Schlachtfelds, halb im Schatten, stand die zweite Gestalt. Die Weldhra. Regungslos. Schweigend. Beobachtend.

Der Kommandant hielt nicht durch.

Ein Hieb von oben, tief geführt, zu schnell, zu wuchtig – die Schneide der Axt durchtrennte sein Bein, als wäre es nichts als nasses Leder. Ein gellender Schrei zerriss die Nacht, dann fiel er.

Das Gesicht des Hünen verzog sich. Die Narben spannten sich über die Mundwinkel, als er grinste.

Ravien wollte schreien.

Doch seine Lunge gehorchte nicht.

Der Hüne hob die Axt zum letzten Schlag.

Aber sie fuhr nicht nieder.

Ein Laut – kurz, scharf, von schneidender Klarheit – durchschnitt die Nacht. Ein einziges Wort, gesprochen in einer Sprache, die Ravien nicht verstand.

Die Stimme kam von der zweiten Gestalt.

Vom Weldhra.

Der Hüne erstarrte. Die Axt blieb in der Luft hängen, das Grinsen auf seinem vernarbten Gesicht gefror, als hätte das fremde Wort ihm die Kraft geraubt. Zögernd senkte er die Waffe.

Die hochgewachsene Gestalt trat aus dem Schatten. Ihre Bewegungen waren fließend, fast tänzerisch, als gehorchten sie einer Musik, die nur er selbst vernahm. Augen glommen in der Dunkelheit – tief, schwarz, lebendig.

Er ging am Hünen vorbei, ließ ihn zurück wie ein Werkzeug, das seinen Zweck erfüllt hatte, und blieb vor dem am Boden liegenden Kommandanten stehen.

»Nicht er«, sagte er leise.

Die Stimme war glatt wie polierter Stahl. Klar, aber ohne Wärme. Keine Emotion. Kein Zögern.

»Der Auftrag lautet anders.«

Ravien schluckte. Seine Kehle fühlte sich trocken an, als hätte der Sand der Wüste in ihm Wurzeln geschlagen.

Der Kommandant lag im Staub, das Bein aufgerissen, kaum noch bei Bewusstsein. Doch der Weldhra schenkte ihm keinen weiteren Blick.

Stattdessen hob er langsam den Kopf – und sah Ravien direkt an.

Ravien hielt dem Blick nicht stand. Doch er konnte auch nicht entkommen.

Der Weldhra kam näher. Kein Laut begleitete seine Schritte. Nicht das Knirschen von Sand, nicht das Rascheln von Stoff – nichts. Erst als sich sein Schatten über Ravien legte, begriff dieser, wie nah er bereits war.

Er kniete sich nicht nieder, beugte sich nicht – stand einfach da. Und sah ihn an.

Augen wie flüssiger Obsidian. Kalt, tief, endlos.

Der Hüne hatte sich nicht gerührt. Die Axt hing schlaff in seiner Faust. Er wartete – wie ein Tier, das auf den Willen seines Herrn lauscht.

Kein Wort fiel. Kein Befehl.

Nur dieser Blick, der durch Ravien hindurchging, als könne er jede Erinnerung, jede Schwäche, jeden Gedanken darin lesen.

Und Ravien wusste:

Was auch geschah – der Weldhra hatte bereits entschieden.

Das Gesicht des Weldhra blieb ausdruckslos, und nur für den flüchtigen Bruchteil eines Augenblicks glühten seine Augen auf, als das Schreien des Kommandanten im dumpfen Aufschlag der Axt erstickte und die Nacht wieder das übernahm, was ihr gehörte.

Er setzte einen Fuß vor den anderen, langsam und bedächtig, nicht aus Vorsicht, sondern aus vollkommener Kontrolle, und noch während er ging, begann seine Gestalt zu zerfließen, löste sich lautlos in Rauch auf und tauchte einen Wimpernschlag später neben dem verstümmelten Körper wieder auf –

Schattenwandeln, über hundert Schritt in einem Atemzug, eine Technik, die seine Diener ebenfalls beherrschten, wenn auch nur über weit geringere Distanzen.

Sein Blick glitt über die verkohlten Überreste des Magiers, verweilte einen Moment länger, als es nötig gewesen wäre, und ein kaum wahrnehmbares Rümpfen der Nase verriet, dass selbst dieser Tod nicht völlig bedeutungslos gewesen war. Der Mann hatte nie eine echte Gefahr dargestellt, nicht für jemanden wie ihn, doch er hatte die Barriere errichtet – die einzige Verteidigung, die der Weldhra in seinem geschwächten Zustand nicht hätte durchbrechen können, ganz gleich, wie sehr rohe Gewalt dagegen angerannt wäre.

Der Hüne mochte glauben, sein Schlag habe die Konzentration gebrochen, mochte sich in dieser Vorstellung sonnen wie in einem verdienten Sieg, doch es war ein Irrtum. Nicht der Schlag hatte den Schutzwall fallen lassen. Der Magier hatte selbst entschieden, und diese Entscheidung war klüger gewesen als jeder Versuch zu fliehen.

Flucht hätte Tage bedeutet, endlose Märsche durch Sand und Hitze, ohne Wasser, ohne Ausrüstung, ohne Hoffnung auf Rettung – ein langsames, qualvolles Vergehen, das keinen Zweck erfüllt hätte. Der Tod dagegen war schneller. Und wirksamer.

Denn wenn ein Magier fiel, spürten es seine Lehrer in der Sturmfeste, selbst über große Entfernungen hinweg, sofort, wie ein plötzliches Ziehen im Gefüge der Macht. Ein klares Signal, weitreichend und unüberhörbar.

Ein Alarmsignal. Und genau das war beabsichtigt.

Ein Nachteil. Und zugleich ein Werkzeug – eines, das er zu nutzen wusste.

Mit einem letzten, verächtlichen Blick auf das blutige Häufchen, das einst ihr Wächter gewesen war, wandte sich der Weldhra den Trümmern des Turms zu. Dort lag der Soldat. Noch am Leben. Kaum.

Der dunkle Zauberer hob beiläufig die Hand. Ravien löste sich aus dem zerborstenen Holz, schwebte heran wie eine Puppe an unsichtbaren Fäden. Regungslos. Wehrlos.

Die rechte Hand vor dem Gesicht des Bewusstlosen ausgestreckt, ließ der Weldhra seinen Zauber wirken. Schwarzer Rauch, durchzogen von Adern aus tiefem Rot, quoll aus den Fingerspitzen, floss in feinen Strängen in den Körper: durch Nase, Mund, Augen, Ohren, durch jede Wunde, jede Öffnung. Der Körper zuckte, krümmte sich, bäumte sich auf – dann sackte er schlaff zu Boden.

Der Zauber war vollendet.

Der Weldhra betrachtete sein Werk mit der Kühle eines Gärtners, der einen besonders giftigen Samen in fruchtbare Erde gelegt hat. Tief im Fleisch, tiefer noch in der Seele verankert, würde sich der dunkle Keim ausbreiten – unauffällig, stetig. Ein neuer Weg war geschaffen. Die Seuche hatte einen weiteren Träger gefunden.

Bald würde sein Herr hier feste Wurzeln schlagen. Und diesmal – dessen war er sich sicher – würde niemand die Saat mehr herausreißen.

Ein Lächeln huschte über sein Gesicht. Kalt. Still. Und vollkommen genügsam.

Ravien richtete sich langsam auf. Seine Bewegungen waren ruhig, fast prüfend. Er hob die Arme, streckte die Finger. Keine

Schmerzen. Keine Brüche. Vorsichtig setzte er einen Fuß vor den anderen – stabil, sicher. Sein Körper gehorchte.

Nur der Kopf fühlte sich fremd an. Dumpf. Leer.

Wie von selbst wandte er sich um. Sein Blick suchte den Weldhra – fand ihn, wartete.

Dann, mit ruhiger Stimme, als käme sie nicht mehr ganz aus ihm selbst:

»Zeigt mir meinen Weg, Meister.«

KAPITEL 6
DIE LINIEN
SIND GEZOGEN

»Im Nebel erkennen selbst Könige die Wahrheit nur als Schatten
– doch die Schatten erkennen uns längst.«

- aus den Chroniken der Bergwarth

Winzige Regentropfen prasselten gegen das Fenster des Zimmers im Westflügel. Das hohe Glas war beschlagen – eines der vielen Fenster, die der Turm der Bergwarth barg. Jenseits davon erhob sich die gewaltige Festung selbst: ein Bauwerk, das seit mehreren Jahrhunderten den Pass bewachte. Einst hatte König Warth der Erste sie errichten lassen – ein Bollwerk gegen Zimeria, tief in den Fels des Derwaki-Gebirges getrieben, dort, wo die Passstraße den einzigen sicheren Übergang bildete.

Ursprünglich war die Bergwarth nichts weiter als eine

wehrhafte Bastion, verborgen inmitten eines dichten Gebirgs-waldes. Doch Kriege gegen die Elfen und blutige Bürgerkriege ließen im Laufe der Jahrhunderte immer mehr Menschen Schutz in ihrer Nähe suchen. Um die Mauern der Festung entstanden zunächst einfache Holzhütten, notdürftig errichtet, dann feste steinerne Häuser. Schritt für Schritt dehnte sich die Siedlung aus, bis aus dem einstigen Vorwerk eine Ortschaft wurde – und aus der Ortschaft eine Stadt.

Der Wald, der sie einst umgeben hatte, wich nach und nach den Äxten der Menschen – sehr zum Verdruss jener Wesen, die ihn seit Generationen ihr Zuhause nannten. Vor etwa hundert Jahren schließlich ließ der damalige König eine schützende Mauer um die gewachsenen Stadtviertel errichten und verband sie endgültig mit der alten Festung. Seitdem ist die Bergwarth mehr als nur eine königliche Bastion: Sie ist eine lebendige Stadt und ein wichtiger Handelsposten an der Grenze. Der Name jedoch blieb – aus Respekt vor ihrem Erbauer und als Erinnerung an König Warth den Ersten.

Nebel zog über die Steinhäuser der Stadt und verhüllte die vertraute Landschaft, bis nur noch ein paar der höchsten Türme aus dem grauen Meer herausragten. Doch selbst dieser dichte Schleier hinderte Laniria nicht daran, die Reitergruppe zu beobachten, die im vorderen Hof angekommen war.

Sie lehnte die Stirn gegen das kalte Glas und atmete leise. Sekunden später ärgerte sie sich, weil der Atem das Sichtfeld beschlagen hatte. Mit einem leichten Schmollmund wischte sie die Feuchtigkeit weg und versuchte erneut, die Neuankömm-linge zu erkennen.

»Da kommt jemand, Danora«, sagte sie zu ihrer Begleiterin.

Die ältere Dame, die in einem flauschigen Sessel saß und

vom Fenster abgewandt war, grunzte nur unverbindlich. Ihre Hände blieben in Bewegung; sie stickte an einem weißen Schleier. Das Muster war zwar noch unklar, doch es sah aus, als könnte es eine unfertige Darstellung des Baumes und der Sterne werden.

»Ich frage mich, wer das ist«, plapperte Laniria weiter. Verfluchter Nebel! Warum muss das Wetter immer gegen mich arbeiten? Ich bin die Tochter des Königs – weiß es das nicht?

»Wirklich, Liebste«, antwortete Danora, ohne von ihrer Stickerei aufzublicken, »du kannst kaum erwarten, dass das Wetter einem Sterblichen gehorcht, egal wessen Tochter sie ist.«

Laniria runzelte skeptisch die Stirn, war jedoch zu sehr in ihre Beobachtungen vertieft, um zu protestieren. Sie sah, wie die kleine Gruppe abstieg und sich auf den Weg zu den großen Toren machte.

»Oh, schau!«, keuchte sie plötzlich. »Er ist es!«

Danora unterbrach ihre Arbeit zum ersten Mal und blickte auf, wobei sie mit leeren Augen auf das Feuer starrte, das im Kamin knisterte.

»Jaeden?«, fragte sie. »Malrik?«

»Nein, nein!«, sagte Laniria und ignorierte munter den hoffnungsvollen Ton in Danoras Stimme. »Keiner deiner feinen Söhne ist hier – es ist Valandriel! Du weißt schon, Vaters Freund – der gutaussehende.« Sie kicherte leise über ihre Kühnheit, einen Elfen als gutaussehend zu bezeichnen. Aber es stimmte ja schließlich.

Sie drehte sich vom Fenster weg und beobachtete zufrieden den Kreis, den ihr lockeres schwarzes Haar bei der plötzlichen Bewegung um sie herum beschrieb. Dann hüpfte sie die wenigen Schritte zu Danoras Stuhl, lehnte sich träge über die Stuhllehne und drückte der älteren Frau einen Kuss auf die Wange.

»Ich frage mich, warum er gekommen ist«, sagte sie. »Es muss etwas Aufregendes passieren! Bist du nicht neugierig?«

»Nicht besonders«, sagte Danora. »Ich bin sicher, es sind schlechte Nachrichten.«

»Ach komm, sei nicht so pessimistisch!«, sagte Laniria. »Du bist viel zu melancholisch, wenn du den ganzen Tag hier sitzt und nähst. Wie wäre es mit ein bisschen Spaß? Lass uns runter-gehen und nachsehen, warum sie gekommen sind!«

Danora legte ihre Stickerei beiseite und blickte amüsiert zu ihrer Pflegetochter auf. Lanirias Mutter, die Königin, war gestorben, als das Mädchen noch ein Säugling gewesen war, und Danora hatte das Kind in ihre eigene Obhut genommen. Sie selbst war eine der Hofdamen gewesen und mit ihrer Herrin zur Bergwarth gekommen, als die Hochzeit geschlossen wurde, die die Allianz zwischen den Nord- und Südkönigrei-chen besiegelte. Kurz nach ihrer Ankunft hatte sie einen unge-stümen Edelmann eines entfernten Hofes geheiratet und ihm im Laufe der Jahre zwei Söhne geboren. Doch keines ihrer eigenen Kinder war ihr je so ans Herz gewachsen wie Laniria. Die beiden waren trotz ihres Altersunterschieds unzer-trennlich.

»Du weißt, was dein Vater sagen wird, wenn er es heraus-findet«, ermahnte sie ihre Adoptivtochter sanft.

»Ja«, sagte Laniria, »er wird sagen, dass ich sein wertvollstes Juwel bin, die schönste Blüte – genau wie immer. Bitte, Danora? Der Tag ist so trübe.«

Danora warf die Hände in einer Geste der Niederlage in

die Luft. Es hatte keinen Sinn zu streiten – Laniria würde tun, was ihr gefiel, ganz gleich, was Danora dafür oder dagegen vorbrachte. Das Mädchen war unverbesserlich. Außerdem würde es sie nicht stören, zu erfahren, welche Neuigkeiten Valandriel mitgebracht hatte. Vielleicht wusste der Elf ja etwas über den Aufenthaltsort ihrer ständig abwesenden Söhne, die sich viel zu selten die Zeit nahmen, ihre Mutter zu besuchen.

»Na gut«, sagte sie, »aber du musst diesmal leise sein, sonst bemerkt am Ende noch jemand das Guckloch. Letztes Mal hat dieser fette Adlige aus der Provinz dein ungehobeltes Kichern gehört und uns fast entdeckt. Zum Glück hatte er genug Wein getrunken, um zu glauben, dass seine Ohren ihm einen Streich spielten! Aber wirklich – du musst vorsichtiger sein.«

»Aber seine Hose war offen ...« Laniria lachte. »Und er hat es nicht einmal bemerkt!« Ihrem ungläubigen Gesichtsausdruck nach zu urteilen, hätte man meinen können, dies sei das Lustigste auf der Welt.

Danora schüttelte den Kopf und stand auf. Sie war groß und vom Alter keineswegs gebeugt; ihr grauer Zopf hing ihr bis zur Taille und war noch immer so dick wie damals, als er noch rot gewesen war. Sie trug ein schlichtes schwarzes Kleid, das von einem silbernen Gürtel gehalten wurde, und auch ihre Augen wirkten eher silbern als grau.

»Dann beeil dich!«, sagte sie und nahm Lanirias Hand. »Wir müssen vor der Delegation dort sein, wenn wir alles hören wollen!«

Laniria grinste voller Aufregung. Die beiden Frauen hielten ihre langen Röcke hoch und spähten verstohlen in den Korridor, um sicherzugehen, dass niemand in Sicht war, bevor sie rasch durch die Hallen eilten.

. . .

Das Audienzzimmer des Königs lag in einiger Entfernung von ihrem Zimmer, und Danora begann sich Sorgen zu machen, dass sie nicht rechtzeitig ankommen würden. Sie war ganz in Gedanken und in Wahrheit neugierig, was die Elfen zur Bergwarth gebracht hatte. Einmal mussten sie anhalten, weil Laniria darauf bestand, ihr Aussehen in einem an der Wand hängenden Spiegel zu überprüfen. Danora seufzte entnervt und zog die Prinzessin hastig weiter.

»Aber was ist, wenn Valandriel mich sieht?«, rief Laniria.

»Du siehst gut aus«, erwiderte Danora. »Außerdem rechne nicht damit, dass sich ein Elf unsterblich in dich verliebt – du weißt, wie ungern so etwas gesehen wird.«

Laniria sagte nichts mehr, denn sie waren an der kleinen Tür angekommen, die sich um die Ecke von Droderons Audienzraum befand. Eigentlich handelte es sich um eine Dienerecke, einen Ort, von dem aus Erfrischungen diskret serviert werden konnten, aber Danora hatte vor Jahren einen anderen Vorteil daran entdeckt.

Die beiden Frauen eilten hinein und schlossen die Tür vorsichtig hinter sich. Der Raum war im Moment menschenleer, aber der riesige Schrank stand an seinem gewohnten Platz an der gegenüberliegenden Wand. Danora und Laniria verschwendeten keine Zeit und kletterten hinein, wobei sie die Tür einen Spalt offen ließen, um etwas Licht hereinzulassen (außerdem war es, wie Danora sehr wohl wusste, nie klug, sich vollständig in einem Schrank einzuschließen). Laniria löste das lose Brett an der Rückseite und spähte hindurch.

»Da ist Vater!«, flüsterte sie.

Die beiden Frauen machten es sich bequem und beugten sich über das winzige, quadratische Guckloch in der Steinwand. Danora hatte keine Ahnung, wie der Spalt dorthin gekommen war oder warum sich das Brett davor einst gelöst hatte, doch der glückliche Zufall kam ihr sehr gelegen. Durch das kleine Fenster hatte man einen leidlichen Blick auf die Kammer dahinter.

Droderons Audienzzimmer war zugleich sein Thronsaal. Er war kleiner und weniger imposant als sein Gegenstück in Limarh, besaß jedoch eine eigene, stille Eleganz. Der Raum war rund und mit weißem und grünem Marmor ausgelegt. An der Nordwand erhoben sich drei hohe Fenster, die sich vom Boden bis zur Decke erstreckten und sich nach außen wölbten wie ein Balkon. Dadurch entstand ein kleinerer Halbkreis, der leicht über dem Niveau des restlichen Raums lag. Auf diesem Podest stand der Thron, deutlich sichtbar im einfallenden Licht.

Er war nicht mit Gold oder Juwelen besetzt; vielmehr bestand er aus schwarzem Holz, fantasievoll geschnitzt, mit Kurven und Windungen, denen das Auge kaum folgen konnte.

Jeder König seit dem ersten hatte auf diesem Thron gesessen und das Königreich von diesem Raum aus regiert.

Im Moment jedoch saß Droderon nicht auf seinem Thron. Er hatte sich auf die Stufen gesetzt, die vom Podest hinunter führten, etwas links vom mächtigen Stuhl, die Ellbogen auf die Knie gestützt und den Kopf gesenkt.

Die große Tür gegenüber dem Thron öffnete sich, und fünf Gestalten traten ein. Es gab keine Ankündigung, keinen Herold, keine Trompeten – offenbar war diese Versammlung streng vertraulich.

Danora beugte sich vor, überrascht und neugierig zugleich.

Zwei der Besucher kannte sie – Valandriel und einen seiner Wächter. Doch die anderen drei Fremden waren höchst ungewöhnlich.

Da war ein Mensch – ein sehr junger Mensch mit einem Schwert. Seit wann zogen so junge Leute in den Krieg? Dieser hier hatte offensichtlich schwere Zeiten hinter sich. Eine ausgefranste, rote Narbe zog sich über seine Kehle, und selbst aus ihrer eingeschränkten Perspektive erkannte sie, dass sie frisch war.

An seiner Seite ging entweder ein äußerst ungewöhnlicher Elf oder ein sehr edler Mensch; Danora konnte sich nicht recht entscheiden, welchem Volk er angehörte.

Und hinter ihnen kam ein kleines Mädchen in erbärmlichen Lumpen, mit einer Art silberner Kette um den Hals. Danora konnte zunächst nicht erkennen, was genau es war – und was ein Kind hier zu suchen hatte. Es konnte doch unmöglich älter als zehn Jahre sein ...

Doch als die fünf Besucher näher an ihr Versteck traten, erkannte Danora, dass das „Mädchen" überhaupt kein Kind war. Es wirkte mindestens so alt wie Laniria, nur unnatürlich klein. Ein Schauer lief ihr über den Rücken.

Das konnte nur ein Mischling sein.

Sie schreckte aus ihren Gedanken hoch, als der König aufsprang, um seine Besucher zu begrüßen. Droderon rannte beinahe durch den ganzen Raum und packte den führenden Elfen an den Schultern.

»Valandriel!«, rief er. »Endlich! Ihr seid gekommen! Wo

wart ihr die ganze Zeit? Ihr habt keine Ahnung, wie froh ich bin, euch zu sehen!«

»Wir sind so schnell gekommen, wie wir konnten«, antwortete Valandriel mit leicht überheblichem Ton und nahm freundlich, aber bestimmt die Hände des Königs von seinen Schultern. »Niemand würde fernbleiben, wenn der Lamerth in Not ist. Mögen die alten Bündnisse wieder aufleben!«

Neben Danora seufzte Laniria demonstrativ.

»Er spricht so gut«, flüsterte sie.

»Du bist widerlich«, flüsterte Danora zurück. »Gibt es überhaupt einen einzigen Mann im ganzen Land, auf den du nicht ein Auge geworfen hast?«

»Oh bitte«, Laniria rollte mit den Augen. »Das war nur ein Scherz.«

Danora verzichtete darauf, sich zu streiten, und wandte sich stattdessen wieder dem Gespräch im Thronsaal zu.

»Dieses Mal wird vielleicht selbst das Bündnis zwischen Elfen und Menschen nicht ausreichen«, sagte Droderon. »Ich fürchte, der Lamerth ist verloren, Valandriel, und nichts, was ich tue, kann es verhindern.«

»Leider kann ich Euch nur wenig Hilfe und keine guten Nachrichten bringen«, erwiderte Valandriel. »Ich habe Boten aus Larkas bei mir. Sie berichten von neuen Ungeheuerlichkeiten – so grauenvoll, dass es einem das Herz zusammenschnürt. Verrat und ... Aber hört einfach selbst. Hier ist der Waldläufer Stapfer aus Larkas. Ich habe ihn unterwegs getroffen und kenne seine beunruhigende Geschichte. Doch er soll sie mit eigenen Worten erzählen.«

. . .

Verrat? Schreckliche Taten?

Danora biss sich auf die Lippe. Das war kein gewöhnlicher Besuch. Waren die Dinge wirklich so weit gekommen? Und warum hatte sie nichts bemerkt?

Sie verfluchte sich im Stillen dafür, dass sie den Angelegenheiten der Stadt keine Beachtung geschenkt hatte. Einst hatte sie die Entwicklungen im Lamerth aufmerksam verfolgt – doch seit dem Tod ihres Mannes hatte sie sich still und leise aus dem öffentlichen Leben zurückgezogen und ihre Zeit fast ausschließlich mit Laniria verbracht.

Vielleicht war es an der Zeit zurückzukehren.

Der Waldläufer mit dem Schwert trat zögerlich vor, verbeugte sich leicht und blickte zum König auf. Es war kaum verwunderlich, dass er sich von der edlen Gesellschaft und der eleganten Umgebung eingeschüchtert fühlte. Danora vermutete, er sei ein einfacher Bauer und womöglich noch nie so weit von seiner Heimat entfernt gewesen. Dennoch war sie gespannt darauf, was er zu sagen hatte.

Doch kaum hatte er den Mund geöffnet, wurde er von Droderon unterbrochen. Der Blick des Königs war auf die beiden anderen Fremden gefallen, die Valandriel begleiteten – und in dem Moment, in dem er das Mischlingsmädchen erblickte, erbleichte er und erstarrte vor Schreck.

»Nein!«, schrie Droderon, stolperte rückwärts und hob abwehrend die Hände, als wollte er ein nahendes Übel zurückdrängen.

Die Augen des Mädchens weiteten sich vor Überraschung, was ihr ausgemergeltes Gesicht noch fremder und entrückter wirken ließ. Sie starrte Droderon fassungslos an, als könne sie nicht glauben, was sie sah. Danora fragte sich, warum. Sie hätte angenommen, dass ein Mischling an solche Reaktionen längst gewöhnt war.

»Du!«, brüllte Droderon und zeigte mit zitterndem Finger auf das Mädchen. »Verschwinde!«

Ohne ein Wort, aber mit Tränen in den Augen, drehte sie sich um und floh aus dem Saal.

Stapfer machte einen Schritt, als wolle er ihr folgen, hielt jedoch inne. Einen Moment lang blickte er Droderon an, dann zu dem Halbelfen, der offenbar sein Freund war. Doch nur kurz – dann wandte er sich ab und rannte der Gefährtin hinterher. Seine leichten Schritte blieben lautlos auf dem kalten Stein.

»Das ist wie in einer Geschichte«, flüsterte Laniria. »Wie aufregend! Glaubst du, sie sind verliebt?«

»Was?«, fragte Danora abwesend.

»Die beiden, die eben weggelaufen sind ...«, begann Laniria, doch Danora unterbrach sie mit einer warnenden Geste.

Droderon stand reglos da, wie versteinert, und bedeckte sein Gesicht mit beiden fein geformten Händen. Laniria machte eine Bewegung, als wolle sie zu ihm eilen – was natürlich unmöglich war, da sich eine Steinmauer zwischen ihnen befand. Auch den übrigen Reisenden war der Vorfall nicht entgangen.

»Droderon!«, rief Valandriel. »Was soll das? Ist das inzwischen euer Umgang mit Gästen?«

Der Mann reagierte nicht. Noch immer stand er mit verhülltem Gesicht da. Dann senkte er langsam die Hände. Sein Gesicht war grimmig und grau wie gemeißelt – als wäre er in wenigen Sekunden um zwanzig Jahre gealtert. Eine unsichtbare Last schien auf ihm zu liegen, schwerer als ein Mensch sie tragen kann.

»Es ist das Ende ...«, murmelte er. »Nach allem, was geschehen ist, ist das Ende gekommen – und alles ist Eitelkeit.«

»Wovon redest du?«, sagte der Elf. Seine Stimme klang wütend – ungewöhnlich für einen seiner Art. »Willst du aufgeben, bevor die Schlacht begonnen hat? Was hast du im Gesicht der Jungfrau gesehen, das dir die Kraft raubt und den Mut nimmt?«

»Nichts«, sagte Droderon und schüttelte sich leicht. »Es ist nichts. Ich wurde nur an einen schlechten Traum erinnert, das ist alles. Aber was ist nun mit den Neuigkeiten aus Larkas? Ich habe vor Tagen einen Boten dorthin geschickt, doch er ist nicht zurückgekehrt.«

»Das ist Falvoril, ein Halb– ... ein weiterer meiner Begleiter«, antwortete Valandriel. »Er kennt die Geschichte besser als ich und kann sie vollständig berichten.«

Droderon und Valandriel wandten sich erwartungsvoll dem Halbelfen zu. Falvoril verbeugte sich vor dem König und ließ dabei seinen Umhang leicht aufbauschen.

Wäre er nicht so ungewöhnlich, dachte Danora, hätte Laniria sich vermutlich längst seinetwegen aufgeregt. Falvoril hatte ein hübsches Gesicht, eine gefährliche Ausstrahlung – und genug Statur, um nicht lächerlich zu wirken.

»Ich fühle mich geehrt«, sagte Falvoril mit einem Anflug von Spott in Richtung Valandriel und begann ohne Umschweife flüssig zu sprechen.

Stapfer keuchte und mühte sich ab, mit Nerias fliegenden Schritten durch die unzähligen Hallen des Schlosses mitzuhalten. Mehrmals verlor er sie fast aus den Augen, sah nur noch, wie ihr Haar um eine Ecke wehte. Sie schien keine Ahnung zu haben, wohin sie rannte – doch das hielt sie nicht davon ab, weiterzulaufen, als hetzten sie ihre schlimmsten Albträume.

Flure und Räume rauschten an ihm vorbei, pracht- und geheimnisvoll, nur halb wahrgenommen im Augenwinkel. Am liebsten hätte er angehalten, um alles in Ruhe zu betrachten oder stundenlang durch die Burg zu wandern. Doch ein Gedanke brannte in seinem Kopf und ließ ihm keine Ruhe: Wenn er Neria jetzt verlor, würde er sie nie wiederfinden.

Er bog um eine weitere Ecke und gelangte in einen langen Korridor. Der Boden war unbedeckt, und er rutschte auf dem glatten Stein gefährlich aus. Ein Duft von Essen hing in der Luft – sie mussten sich in der Nähe der Küchen befinden.

Weit vor ihm riss Neria eine Tür auf der rechten Seite des Gangs auf und verschwand dahinter.

Ein ersticktes Jaulen hallte durch den Flur. Stapfer verzog das Gesicht. Hoffentlich war sie nicht eine Treppe hinuntergestürzt oder so ...

Eine Sekunde später sprang auch er durch die Tür. Sein

Fuß trat ins Leere, und er stürzte nach vorn – doch zum Glück war der Fall kurz; der Boden lag nur ein paar Zentimeter tiefer. Trotzdem landete er unsanft und blieb eine Weile hustend liegen, während er versuchte, wieder zu Atem zu kommen.

»Na, das war ja brillant«, sagte Neria neben ihm. »Nachdem du mich hast fallen sehen, springst du blindlings hinterher. Du hättest dich umbringen können! Was, wenn das ein bodenloses Loch gewesen wäre?«

»Dann würden wir immer noch fallen«, erwiderte Stapfer, setzte sich auf und warf ihr einen finsteren Blick zu.

Allmählich wurde ihm bewusst, dass sie draußen waren – auf einer Art Kiesweg. Neblige Nachtluft wirbelte um sie herum. Vor ihnen erstreckten sich Hecken, gesäumt von Gras und kahler Erde, auf der im Frühling wohl Blumen wachsen würden. Es war ein Garten.

Neria sprang auf und begann wütend auf und ab zu gehen.

»Ich glaube es nicht!«, rief sie. »Der König höchstpersönlich! Der große, weise, ach so mächtige König vom Lamerth! Und er konnte es nicht einmal ertragen, mich anzusehen!«

Sie blieb abrupt stehen und drehte sich zu ihm um.

»Sehe ich wirklich so schlimm aus?«, fragte sie.

Stapfer betrachtete sie von Kopf bis Fuß. Ihr Haar war zerzaust und ungekämmt, die Ränder ihres Umhangs zerschlissen. Das ehemals weiße – vermutlich – Hemd war stumpfgrau, die Hosen zu kurz, mit losen Schnüren an den Bündchen. Ihre Schuhe waren durchlöchert.

Das einzig Auffällige – nein, fast Majestätische – war die Halskette mit dem Amulett, das an ihrem Hals baumelte.

»Nein«, log Stapfer. »Du siehst gut aus.«

Neria runzelte die Stirn. »Du lügst, oder?«, fragte sie erschöpft.

»Äh ...«, machte Stapfer. »Das möchte ich lieber nicht beantworten. Aber ... ich finde trotzdem, dass du gut aussiehst.«

Er lächelte ermutigend, doch Neria starrte ihn nur mit verschränkten Armen an. Dann begann sie wieder, unruhig auf und ab zu gehen – wie eine beleidigte Katze im Käfig.

»Immer dasselbe!«, murmelte sie. »Immer, wenn sie mich sehen, reagieren sie so! Was stimmt denn nicht mit mir? Sind sie etwa besser? Na und – wenn ich ein obdachloser Bettler bin ... könnten sie ein Schwert an einer Gruppe Wachen vorbei in eine Gefängniszelle schmuggeln? Könnten sie es mit einem Grabgeist aufnehmen?«

Nebelschwaden zogen um Nerias Kopf, während sie weiter über »sie« und deren zahllose Unzulänglichkeiten schimpfte. Winzige Ranken wanden sich unbemerkt um ihre Füße – als würde der Garten selbst auf ihre Wut reagieren.

Dann glitten lautlos ein paar bunte Schmetterlinge aus dem Nebel, schwebten in sanften Bögen um ihren Kopf und lösten sich beinahe schwerelos in der Luft auf.

Stapfer blinzelte. Schmetterlinge? Im Nebel?

»... und nur weil sie groß sind, die übergroßen Riesen! Kürzer ist sowieso besser, und ich ...«

»Neria?«, unterbrach Stapfer ihre Tirade vorsichtig. »Gibt es Schmetterlinge, wenn Nebel aufzieht?«

»Was?«, fuhr sie ihn an und warf ihm einen finsteren Blick zu.

»Da«, sagte er und deutete auf einen weiteren Schmetterling, der flatternd kleine Kreise in der Luft zog. Sekunden später folgten ihm ein paar weitere – bunte Minischmetterlinge, die lautlos um Nerias Kopf tanzten.

Stapfer rieb sich die Augen, doch das Bild blieb. Immer mehr der winzigen Wesen schwirrten um sie herum, völlig unschuldig, als gehörten sie zu ihr.

Neria beobachtete sie – und sah plötzlich erschrocken aus.

Eine Sekunde später drehten die Schmetterlinge ab und verschwanden zwischen den Hecken.

Stapfer stand auf und begann, den bunten Wesen vorsichtig zu folgen. Sie bewegten sich nicht besonders schnell – im Gegenteil, es wirkte fast, als warteten sie darauf, dass er ihnen näherkam.

Immer tiefer führte ihn ihr Tanz in das Heckenlabyrinth, während seine Schritte leise auf dem Kiesweg knirschten.

Schließlich blieb er stehen.

»Was ist das?«, fragte Neria. Sie war ihm schweigend gefolgt und hatte ihren Wutanfall für einen Moment vergessen.

»Schau!«, sagte er und deutete in den Nebel vor ihnen.

Gerade noch konnte er eine Steinbank erkennen, die einsam in einem kleinen Kreis aus Grünpflanzen stand. Die Schmetterlinge waren bis dorthin geflogen, schwebten zur Mitte des Kreises – und stoben dann in einem flirrenden Aufblitzen auseinander. Im nächsten Augenblick waren sie verschwunden, als hätten sie nie existiert.

Doch das war es nicht mehr, was Stapfers Aufmerksamkeit fesselte.

Auf der Bank saß ein Mann, ganz allein im Nebel. Er trug eine dunkelrote Robe, die mit einem breiten schwarzen Gürtel zusammengehalten wurde – ein Gürtel, übersät mit kleinen Taschen und Beutelchen.

In seinem fast faltenlosen Gesicht leuchteten schmale, listige Augen, deren Farbe sich ständig zu verändern schien. Seine langen, schlohweißen Haare waren zu einem lockeren Zopf gebunden.

Stapfer war viel zu neugierig auf den geheimnisvollen Fremden, um einfach weiterzugehen. Er trat mutig näher, wollte ihn gerade ansprechen, als der Mann den Kopf drehte.

»Oh!«, sagte er. »Das ist aber eine angenehme Überraschung, muss ich sagen – ein Waldläufer aus dem Lamerth!«

»Genau genommen bin ich aus Larkas«, antwortete Stapfer etwas überrascht. »Sagt, die vielen bunten Schmetterlinge – wo … wo sind sie denn plötzlich alle hin? Aber wo sind meine Manieren … Guten Abend, Herr …?«

Der Fremde schluckte kurz und lachte dann leise. »Schmetterlinge? Oh, oh … lass sie das ja nicht hören. Glinseriche sind ein stolzes Volk – und leicht beleidigt.« Fast schon erschrocken sah er sich suchend um.

»Nenn mich Alprey«, sagte der Fremde schließlich. »Und ich nehme an, du bist Gerands Sohn, Runland – auch Stapfer genannt?« Er sah Stapfer freundlich und fragend an.

»Was sind Glinseriche …? Moment mal … Alprey? Alprey, der … Zauberer? Und ihr kanntet meinen Vater?«, rief Stapfer ungläubig. »Ich dachte immer, ihr wärt älter … viel älter! Und woher kanntet ihr ihn überhaupt?«

»Älter? Hm … wer sagt denn, dass ich es nicht bin?«, entgegnete Alprey mit einem schiefen Lächeln. »Gerand … lass mich überlegen, das ist schon eine Weile her – eine ganze Weile.«

Er seufzte leise.

»Wie geht es ihm denn?«

»Er ist tot!«, sagten Stapfer und Neria gleichzeitig.

»Ermordet. Von einem Verräter ...«, fügte Stapfer hinzu, schluckte schwer. »Ich ... ich konnte nichts für ihn tun ...«

»Tot? Ganz sicher?«, fragte Alprey und begann, sich heftig am Kopf zu kratzen. »Das tut mir sehr leid, mein Junge.«

Stapfer sah den Zauberer an, als erwarte er, dass Alprey gleich mit Eiern jonglieren würde. »Ja ...«, seufzte er. »Aber ihr – was tut ihr hier? Seid ihr gekommen, um uns zu helfen? Mit eurer Magie könntet ihr doch ...«

»Ich habe heutzutage wenig Zeit für Magie«, sagte Alprey und hob mit einer Geste die Hand, was Stapfer verstummen ließ. »Bestimmte andere Dinge nehmen meine Zeit in Anspruch. Für den Lamerth läuft es ziemlich schlecht, wenn du es wissen willst, und ich tue, was ich kann, um zu helfen. Aber ich bin nur ein Magier – und mein Feuerwerk nützt nicht viel gegen den Dunklen.« Seine Augen funkelten geheimnisvoll, als würde er über einen privaten Witz lachen. »Die Finsternis ist dreist geworden. Sie hat Eristria seit Jahren im Visier – genauer gesagt seit Jahrhunderten –, und jetzt glaubt sie, dass die Zeit gekommen ist, es einzunehmen. Der König steckt in einer etwas schwierigen Lage – er braucht jede Hilfe, die er kriegen kann.«

»Ist die Aussicht dann wirklich so düster?«, rief Stapfer. Er konnte sich den Lamerth nicht ohne König vorstellen. Oder Eristria ohne den Lamerth.

»Oh, ich weiß nicht«, sagte Alprey. »Das ist schwer zu sagen. Der Dunkle scheint von Tag zu Tag stärker zu werden, und der Lamerth hat leider nur wenige Verbündete. Andererseits weiß man nie, was passieren könnte – manchmal kann schon das kleinste Ereignis einen Unterschied machen.«

Stapfer hatte das seltsame Gefühl, dass Alprey mehr wusste, als er preisgab. Aber was wusste er schon? Er konnte weder eine Armee gegen die Horden der Blutmenschen anführen noch den König in Kriegsangelegenheiten beraten. Und jetzt, da er in der Bergwarth angekommen war, wusste er nicht einmal, was er als Nächstes tun sollte.

Wohin sollte er gehen? Zurück nach Larkas? Oder vielleicht in der Bergwarth bleiben – aber wozu?

Zum ersten Mal wurde ihm bewusst, dass er keinen Zweck hatte, der ihn leitete. Und keinen Ort, an den er sich binden konnte.

»Und was kommt als Nächstes?«, fragte Neria. Sie hatte offensichtlich über dasselbe nachgedacht wie er. »Ist das das Ende des Lamerth? Nicht, dass es mich besonders kümmern würde ... aber das ist unwichtig. Wer bin ich schon ...«

»Ah ... kleines Geschöpf. Wer du bist? Nun, das ist leicht zu beantworten. Du – und dein Freund, Falvoril, so heißt er doch? – ihr seid das Beste aus unseren Welten. Geschaffen, um die Völker daran zu erinnern, dass sie nur gemeinsam die Kraft haben, Eristria vom Makel der Finsternis zu befreien.«

»Kleines Geschöpf? Ich heiße Neria – und ... und dieser Halbelf ist nicht mein Freund!«, empörte sich Neria mit hochrotem Kopf und machte sich so groß, wie ihr Körper es zuließ.

Stapfer legte beruhigend eine Hand auf ihren Arm.

»Hm ... wie du meinst«, sagte Alprey mit einem leichten Lächeln und stand auf. Dann schnippte er mit den Fingern. Urplötzlich erschien ein spitzer Hut in seiner Hand, den er sich leicht schief auf den Kopf setzte.

»Nun, du wirst es noch verstehen. Droderon wird einen Rat einberufen – da bin ich mir sicher. Anführer sind berühmt für ihre Räte. Es sollte recht informativ sein. Aber jetzt schlage ich vor, dass wir wieder hineingehen. Es ist ziemlich kühl ... und mein Hut wird feucht.«

Tatsächlich hatte der Hut allen Versuchen, ihn aufzumuntern, widerstanden und hing traurig auf dem Kopf des Magiers. Stapfer und Neria gingen an Alpreys Seite zurück zur Burg. Der Magier summte ganz unbekümmert eine Melodie, als hätte er nicht gerade erst vom Untergang der Welt und dem Triumph des Bösen gesprochen.

Als sie das Schloss betraten, wurden sie von einem Diener begrüßt. Er keuchte atemlos und sah aus, als hätte er schon seit einiger Zeit nach ihnen gesucht.

»Der König ... entschuldigt sich ...«, sagte er. »Er war leicht krank ... oder hatte eine böse Vision ... ich weiß nicht mehr, was davon.«

Stapfer und Neria warfen sich einen Blick zu.

»Eine glaubwürdige Geschichte«, murmelte Neria. Dann hob sie ihre Stimme: »Egal. Sagen Sie dem König, dass ich seine Entschuldigung annehme.«

Der Diener nickte. »Ich werde euch zu den Gemächern führen, die der König euch freundlicherweise zur Verfügung gestellt hat«, sagte er, inzwischen wieder erholt und mit ruhiger Stimme. Dann wandte er sich an Alprey. »Meister, wenn ich euch gesehen habe, soll ich euch sagen, dass der König euch in seinem Vorzimmer sprechen möchte.«

»Nun, es scheint, als hättest du mich tatsächlich gesehen«, sagte Alprey, »also kannst du es mir genauso gut jetzt sagen.«

Der Diener blinzelte. »Äh ... der König möchte Sie in seinem Vorzimmer sprechen.«

»Wirklich?«, sagte Alprey und sah leicht überrascht aus.

»Wie interessant. Ich werde sofort hingehen.« Und mit einem Schwung seiner roten Robe schritt er den Korridor entlang.

Der Diener seufzte. »Manchmal ist es nicht einfach, ein Diener zu sein«, sagte er traurig. Dann verbeugte er sich vor Stapfer und Neria. »Wenn Sie mir bitte folgen würden?«

Und natürlich taten sie das.

Stapfer fand Falvoril auf dem steinernen Fensterbrett sitzend, offenbar in Gedanken versunken. Sie teilten sich ein Zimmer, während Neria ein eigenes Gemach hatte. Sie hatte sich nicht entscheiden können, ob sie sich über die Höflichkeit freuen oder darüber ärgern sollte, von ihren Gefährten getrennt zu sein, hatte sich am Ende aber mit widerwilliger Zustimmung abgefunden.

Sobald Stapfer eintrat, fiel sein Blick auf den Halbelfen, der sich geschmeidig am Fenster zusammengekauert hatte.

»Ich habe dem König alles erzählt«, sagte Falvoril, als Stapfer auf Zehenspitzen vorbeischlich. Dieser zuckte zusammen – fast hätte er gedacht, Falvoril würde schlafen.

»In ein paar Wochen findet ein Rat statt, und wir beide werden dort sein«, fuhr der Halbelf ungestört fort. Das Mondlicht erhellte sein Gesicht, das unstet durch den dünner werdenden Nebel schimmerte, und mit den Schatten, die seinen Körper umhüllten, sah er unheimlich aus – wie ein körperloser, schwebender Kopf. Die Mundwinkel waren leicht nach oben gezogen, als würde er über einen inneren Gedanken lächeln. »Sie werden besprechen, was zu tun ist. Das könnte interessant werden.«

Stapfer fragte sich, ob Falvoril sarkastisch war – das war manchmal schwer zu sagen, und die Launen seines Freundes waren wechselhaft, wie er allmählich zu verstehen begann.

»Ganz recht!«, antwortete er fröhlich. »Zumindest wird sich um die Angelegenheiten gekümmert! Danke, dass du sozusagen meinen Teil dazu beiträgst. Aber ich musste Neria hinterhergehen.«

»Ja, ja, Neria«, sagte Falvoril, legte den Kopf schief und sah Stapfer an. »Sehr aufgebracht, die kleine Dame?«

»Ganz und gar nicht«, antwortete Stapfer. »Tatsächlich haben wir uns gefragt, was wir tun sollen, wenn diese Angelegenheit erledigt ist. Ich dachte, Tholmir wäre ein guter Ort, um anzufangen. Du kannst natürlich gerne mitkommen – ich bin sicher, Neria hätte auch nichts dagegen.«

Falvoril sah äußerst überrascht und noch skeptischer aus. Er sprang von der Fensterbank. Stapfer und der Halbelf standen Seite an Seite im Mondlicht, das durch das Fenster strömte, und ihre Schatten erstreckten sich wie zwei uralte Kolosse, die von den Erbauern des Imperiums geschnitzt worden waren, durch den Raum.

»Glaubst du das wirklich?«, fragte Falvoril ungläubig. Stapfer nickte.

»Ich bin ziemlich davon überzeugt, dass sie mich hasst«, fügte der Halbelf leichtfertig hinzu.

Stapfer schnaubte. »Neria ist eine sanfte Seele – fast zu sanft für diese Welt. Sie hasst niemanden und liebt viel. Man muss nur die Augen öffnen und es sehen. Vielleicht wirst du das, wenn du mit uns kommst.«

»Ich werde mit euch kommen«, sagte Falvoril. »Aber ich bezweifle, dass wir nach Tholmir gehen werden. Die Dinge sind nicht so einfach, wie sie scheinen – wie ich vor einigen Stunden herausgefunden habe. Bald wirst du vielleicht Dinge hören, die deine Meinung und deine Pläne ändern werden ... oder vielleicht wird jemand anderes sie für dich ändern. Auf jeden Fall erneuere ich mein Angebot, euch auf dem Weg, den ihr wählt, zu begleiten – und meine Dienste anzubieten.«

Stapfer schüttelte entschieden den Kopf. »Du darfst uns nur unter einer Bedingung begleiten: nicht wegen deiner Dienste oder deiner Ehre, sondern aus Freundschaft. Ich betrachte dich als Freund, Falvoril – und würde dir keinen anderen Titel geben!«

Falvoril schien keine Antwort darauf zu haben. Er stand still im Halbdunkel, die Augen glänzend, angespannt und starr wie ein Tier auf der Jagd. Dann streckte er den Arm aus und ergriff Stapfer bei der Hand.

»Dann lass uns Freunde sein«, sagte er mit einem plötzlichen Lachen in der Stimme. »Bis ans Ende der Tage!«

Ihre beiden riesigen Schatten trafen sich und reichten sich die Hände – wie zwei Wanderer, die sich auf einem einsamen Pfad begegnen und ineinander einen verwandten Geist erkennen. Dort schworen sie eine Freundschaft, die nicht bezeugt und nicht besungen wurde, aber nicht weniger verbindlich und nicht weniger von Herzen kam als die der alten Elfenfürsten in der fernen Vergangenheit der Welt.

Dort schmiedeten sie ein Bündnis des guten Willens und der Loyalität – und obwohl es nur wenige Beteiligte hatte, war es doch wie ein Lichtschimmer in der hereinbrechenden Dunkelheit. Denn die Dunkelheit kennt keine Liebe und keine Brüderlichkeit, und all diese Dinge sind ihr ein Fluch und ein Dorn im Auge.

»Falvoril«, fragte Stapfer, während sie noch immer dastanden, die Handflächen aneinander gelegt, »warum hast du dich entschieden, mit uns zu kommen?«

Der Halbelf lächelte nur.

»Eines Tages werde ich es dir sagen«, sagte er.

Weit im Süden galoppierte ein einsamer Reiter die Pilgerstraße entlang. Die Sterne leuchteten hell am Himmel, doch sein Gesicht blieb im Schatten des Umhangs verborgen. Er achtete kaum auf den Weg – das Pferd würde ihn schon sicher tragen. Seine Gedanken waren weit fort.

Zuerst hatte Mal versucht, nach Riverkai zu gelangen. Dort würde man ihn nicht vermuten, und vielleicht konnte er mehr über das herausfinden, was Jaeden ihm erzählt hatte. In Larkas zu bleiben ergab keinen Sinn mehr. Es kümmerte ihn nicht – und es war zu gefährlich. Sein Leben aufs Spiel zu setzen, nur um den Wünschen der Weldhra zu entsprechen? Nein. Riverkai lag viele Meilen entfernt, am Ufer des Warrelh. Die Macht der dunklen Elfen war dort schwächer. Vielleicht würden sie ihn nicht finden. Vielleicht würden sie ihn vergessen. Doch auch diese Hoffnung zerschlug sich schnell.

Kaum zwei Meilen hinter Larkas hatte ihn der Dunkle Elf gestellt. Noch immer lief Mal ein Schauer über den Rücken bei der Erinnerung ...

»Du kannst dich nicht vor ihm oder uns verstecken«, sagte der Weldhra. Hier draußen, in der dämmrigen Wildnis, wirkte seine Präsenz noch bedrohlicher – genährt von den dunklen

Höhlen, in denen den Menschen jede Macht fehlte. »Du kannst nicht fliehen.«

»Ich verstecke mich nicht!«, fauchte Mal. Er hatte Mühe, das scheuende Pferd unter Kontrolle zu halten, das die schwarze Kreatur, die wie ein Schatten über den Boden der Dämmerung glitt, in Panik versetzte. »Ich fürchte ihn nicht!«

»Du hast den Handel nicht erfüllt«, entgegnete der Reiter. »Larkas ist nicht in unserer Gewalt. Das Amulett fehlt. Du hast versagt.«

»Der Handel ist ungültig!«, rief Mal. »Ich fordere keine Bezahlung. Ich verzichte auf meinen Anteil an euren Spielen. Unsere Wege trennen sich hier, dreckiger Elf!«

»Du kannst den Handel nicht ablehnen«, sagte der Reiter, ohne auf die Beleidigung einzugehen. »Oder hast du das vergessen?«

Er hob seine dunkle Hand – und augenblicklich geriet die Welt ins Flimmern. Alles vor Mals Augen verzerrte sich, als hätte sich die Wirklichkeit selbst verschoben. Sein Blick wurde magisch davon angezogen. Er schloss die Augen, doch das verschwommene Bild brannte sich in seinen Geist: ein schwarzes Loch aus dunklem Feuer. Etwas zog an ihm. An seiner ... Seele.

Er hatte sie verkauft. An den Dunklen. Und doch begehrte er noch immer seine Macht.

»Du hast die Vereinbarung gebrochen und wirst nun den Preis zahlen«, sagte der Weldhra. »Aber wir sind nicht ungerecht. Diene ihm – und uns – gut, und du wirst belohnt werden. Eine Belohnung, größer als deine kühnsten Träume und dunkler als deine tiefsten Albträume. Ist das nicht, was du dir wünschst?«

»Was weißt du schon von meinen Wünschen?«, entgegnete Mal bitter und starrte auf den Boden.

»Wir wissen alles. Und Er – Er wird dir das Kind geben.«

Mals Kopf schoss hoch. »Das Kind?«, platzte es aus ihm heraus. »Wie habt ihr ...«

Er sparte sich die Frage. Was wussten diese Kreaturen nicht?

»Wir wissen es«, wiederholte der Weldhra. »Du wirst das Kind bekommen – wenn du Ihm dienst. Und uns. Ich werde dir deine Befehle geben; du wirst mir Bericht erstatten. Ruhm erwartet dich, Schattenwandler. Tu, was der Dunkle verlangt. Folge mir.«

Er wollte nicht. Alles in ihm sträubte sich. Aber er tat es trotzdem.

Mal war ihm gefolgt – zurück in den Osten. Und nun jagte er wie der Wind dahin, um seinen ersten Auftrag auf Befehl der Weldhra zu erfüllen.

Mal zügelte sein Pferd und fiel in einen Trab. Der Ort war nah, und er wollte die Stelle nicht verpassen. Es würde ein Feuer geben – eine bewusste Entscheidung, auch wenn es sie leichter auffindbar machte. Doch sie wollten bereit sein, mit einer Waffe, die selbst der Feind fürchtete.

Zu beiden Seiten ragten Bäume auf; er hielt Ausschau nach einer Lücke im dichten Blätterwerk.

Dann sah er sie: Ein paar Meter weiter glomm schwach ein orangefarbenes Licht zwischen den Stämmen – ein Lagerfeuer.

Er lenkte sein Pferd ohne Zögern darauf zu. Alles war abgesprochen.

Als er im Feuerschein auftauchte, sprangen fünf Männer auf, Waffen in der Hand. Auch als sie ihn erkannten, sanken ihre Bögen und Schwerter nicht. In diesen Landen konnte man sich Misstrauen nicht leisten.

Mal zog die Kapuze zurück und streckte demonstrativ die leeren Hände aus. Sein Blick glitt rasch über die Senke: Von Büschen umgeben, lag sie gut geschützt. Das Feuer war so platziert, dass sein Licht größtenteils von der Anhöhe abgeschirmt wurde – nur ein paar Strahlen fielen auf die Straße. Ob die Männer das bedacht hatten oder nicht, war ihm gleich. Wichtig war nur, dass sie Menschen waren. Männer mittleren Alters, erfahren, wachsam.

»Wer seid ihr – und was wollt ihr hier?«, fragte einer von ihnen mit scharfem Ton und musterte Mal mit misstrauischem Blick.

»Mein Name ist Rogoran«, sagte Mal mit einem Anflug grimmiger Belustigung. »Ich bringe eine Botschaft aus Isalthami. Man sagte mir, ich könnte auf der Straße auf eine Gruppe Boten treffen – wenn ich schnell genug reite. Fünf Männer, entsandt vom König aus der Bergwarth. Liege ich richtig mit meiner Annahme?«

»Das tun Sie«, erwiderte der Mann und senkte den Bogen leicht. »Ich bin Urendal, Anführer dieser Gruppe. Sie kommen aus Isalthami? Aus der Elfenhauptstadt – und suchen nach uns? Warum?«

»Ja. Fast hätte ich gedacht, ich käme zu spät. Ich soll euch warnen – vor einem Hinterhalt. Weiter die Straße hinunter lauern Blutmenschen. Und ein Schattenbluter.«

Urendals Augen weiteten sich. »Ein Schattenbluter? Hier?«

Mal nickte. Mit Genugtuung sah er, wie Urendal den Bogen nun ganz senkte und einen Blick zu seinen Gefährten warf.

Es war zu einfach. Er musste sie nur im Gespräch halten – dann würde alles seinen Lauf nehmen. In wenigen Minuten würde das Lager umstellt sein, und noch immer schenkte keiner der Männer den schattigen Bäumen und Büschen jenseits des Feuerscheins besondere Beachtung.

»Ja«, bestätigte Mal mit einem Nicken. »Diese dunkle Kreatur führt eine Streitmacht an – groß genug, dass ihr ihr nicht standhalten könnt.«

»Dann haben die Weldhra von unserem Auftrag erfahren«, murmelte einer der Männer. »Urendal, ihre Horden könnten uns bereits auf der Spur sein. Dieser verfluchte Elfenabschaum ... wir müssen das Lager verbergen.«

»Ein weiser Vorschlag«, sagte Mal mit gespielter Zustimmung. »Auch ich bin nicht sonderlich erpicht darauf, einer Horde Blutmenschen zu begegnen. Löscht zuerst das Feuer – wenn ihr unentdeckt bleiben wollt.«

Urendal nickte und deutete auf den Mann, der zuvor gesprochen hatte. Dieser steckte sein Schwert zurück in die Scheide und eilte zum Feuer. Mit schnellen, geübten Bewegungen warf er einen Erdhaufen auf die Flammen und begann, sie auszutreten – zu hastig, wie sich herausstellte. Das Licht erlosch mit einem Zischen, als hätte jemand eine Kerze ausgeblasen.

Mal pfiff – ein kurzer, scharfer Ton, der durch die Nacht schnitt.

Für einen Moment war er selbst geblendet von der plötzlichen Dunkelheit, ebenso wie die fünf Männer des Königs. Doch die Zimerianer, die in den Büschen rund um das Lager lauerten, hatten ihre Augen bis zum Signal geschlossen gehalten. Sie waren bereit.

Eine Salve Pfeile zischte durch die Luft – kein einziger Schrei, kein Laut. Die Boten fielen, einer nach dem anderen, lautlos zu Boden.

Mals Augen gewöhnten sich rasch an die Dunkelheit. Er stieg ab, warf einen kurzen Blick über das Lager und rief seine Männer zusammen. Dreißig dunkelhäutige Krieger aus den Steppen von Zimeria tauchten lautlos aus dem Gebüsch auf.

»Durchsucht das Lager«, sagte Mal. »Nehmt, was ihr braucht – dann brennt alles nieder.«

Er wollte mit der Plünderung nichts zu tun haben. Es war unter seiner Würde. Auch jetzt noch – obwohl er längst kein angesehener Soldat oder gut bezahlter Verräter mehr war.

»Was ist mit den Leichen?«, fragte ein Soldat mit dichtem Bart.

Mal zuckte mit den Schultern. »Schneidet ihnen die Köpfe ab«, sagte er. »Bindet sie an ein Pferd – und schickt es zurück. Unsere Antwort für den Absender.«

Der Zimerianer verneigte sich. »Wie Ihr befehlt, Hauptmann.«

Mal verzog das Gesicht. Sie nannten ihn Hauptmann.

Aber er war längst zu einem Bauern geworden.

Das Flimmern um Mircan verschwand so rasch, wie es gekommen war, und wich einem feinen Nebel – nicht hastig und nicht widerwillig, sondern mit jener trägen Selbstverständlichkeit, als folge er einer Entscheidung, die längst gefallen war.

Er glitt über die Dielen, sammelte sich für einen Moment um Mircans Füße und verlor sich schließlich im Licht des

Feuers, bis nur noch ein matter Schleier zurückblieb, der sich lautlos auflöste.

Was blieb, war nicht klar.

Einige der Gäste standen noch immer an Ort und Stelle, starr, blass, mit geweiteten Augen, als hätten sie den Atem angehalten und vergessen, ihn je wieder freizugeben. Andere lagen am Boden, zusammengesunken, benommen, lebendig – und zugleich zutiefst verstört. Manche keuchten, andere tasteten nach Halt oder suchten mit irren Blicken einander, ohne wirklich zu begreifen, was geschehen war.

Doch nicht alle waren verschont geblieben.

Zwischen den Tischen standen Gestalten, die sich nicht mehr bewegten wie Menschen. Ihre Körper hielten sich aufrecht, doch ohne jede natürliche Spannung, als würde sie nicht mehr ihr eigener Wille tragen. Die Haut war fahl geworden, fleckig, als habe sich etwas Fremdes daruntergesetzt, und ihre Augen blickten nicht mehr in den Raum, sondern durch ihn hindurch – als seien sie bereits jenseits von dem, was sie eben noch an diese Welt gebunden hatte.

Sie atmeten nicht.

Und dennoch begannen sie sich zu bewegen.

Nicht alle zugleich, nicht hastig – einer nach dem anderen, als folgten sie einem inneren Takt, einem stillen Ruf, der nur für sie bestimmt war. Ihre Schritte waren ungleichmäßig, ruckhaft, begleitet von einem leisen, kaum fassbaren Knirschen, das aus überdehnten Gelenken zu kommen schien. Ein süßlicher Geruch breitete sich aus, zu früh, zu deutlich – als habe die Zeit bei ihnen einen Schritt ausgelassen.

Mircan stand zwischen ihnen.

Er wirkte ruhig, beinahe leer – frei von jeder Regung, die

man hätte deuten oder auf sich beziehen können. Er hob nicht die Hand, als er sprach, und das eine Wort, das über seine Lippen kam, war leise, beinahe beiläufig.

»Kommt.«

Nur jene reagierten, die bereits verloren waren.

Die anderen blieben zurück. Einige sanken auf die Knie, andere wichen an die Wände zurück. Einer der Jäger schlug panisch das Zeichen seiner Götter, während eine Händlerin lautlos weinte, das Gesicht in den Händen vergraben. Niemand schrie.

Die Gestalten, die Mircan folgten, taten es ohne Widerstand, ohne Zögern – eine stumme Prozession, verzerrt in ihrer Bewegung, löste sich aus der Stube und verließ den Raum, als hätte es sie nie wirklich darin gegeben.

Am Rand des Raumes stand der Alte noch immer an der Tür. Seine Finger krallten sich ins Holz, die Knöchel weiß vor Anspannung, und sein Blick irrte zwischen denen, die zurückblieben, und jenen, die gingen – unfähig zu begreifen, warum er selbst noch atmete.

Mircan wandte den Kopf kaum merklich. Sein Blick streifte den Alten für einen flüchtigen Moment – kühl, unlesbar.

Kein Mitgefühl.

Keine Drohung.

Nur die stille Gewissheit, gesehen worden zu sein.

Dann stieß er die Tür auf.

Draußen war der Sturm fort – nicht abgeklungen, nicht weitergezogen, sondern verschwunden, als hätte ihn etwas mit einem einzigen Atemzug ausgelöscht.

Die Stille, die folgte, lag schwer auf der Landschaft. Der Himmel war klar und schwarz, unbewegt, übersät von starren

Sternen. Kein Schnee fiel. Kein Wind regte sich. Die Welt wirkte geglättet, als habe eine gewaltige Kraft sie eben erst neu geordnet.

Mircan trat hinaus.

Der Schnee unter seinen Füßen blieb stumm. Hinter ihm folgten nur wenige – schweigend, ihre Schatten verzerrt auf dem weißen Boden.

Keiner stellte eine Frage. Keiner wandte sich um.

Die Tür des Gasthauses blieb offen.

Darin: Wärme, Atem, Zittern.

Und Menschen, die begriffen hatten, dass sie überlebt hatten – ohne zu wissen, warum.

Mircan sah nicht zurück.

Er ging weiter in die Nacht, und mit jedem Schritt entfernte sich der Ort von dem, was er einmal gewesen war.

Irgendwo in der Dunkelheit regte sich etwas – langsam, lauschend, als habe es erkannt, dass jemand seinen Weg fortsetzte.

Die Nacht hielt den Atem an.

Mircan tat es nicht.

KAPITEL 7
DER LETZTE RAT

»Wer in die Tiefe des Veyrun blickt, erkennt nicht die Zukunft —
sondern das, was schon begonnen hat.«

- Elfische Weisheit

Der Alte blieb reglos stehen. Er wusste nicht, wie lange. Die Zeit hatte ihre Ordnung verloren, seit Mircan gegangen war. Die Tür stand noch offen, und mit ihr war die Nacht hereingekrochen – vorsichtig, fast prüfend, als taste sie sich erst an den Raum heran. Kalte Luft legte sich auf seine Haut, kroch ihm unter den Kragen, über die zitternden Hände. Er spürte sie kaum. Sein Blick hing an der Schwelle, dort, wo eben noch Bewegung gewesen war.

Das Feuer im Herd glühte nur noch schwach. Kein Knistern mehr, kein Auflodern – nur ein matter Rest, der mehr Schatten warf als Licht. Es roch nach Rauch, nach verschütteter Suppe, nach Angst. Und da war noch ein anderer Geruch, seltsam süßlich, krank – einer, den er nicht benennen konnte, der ihm aber sofort den Magen zusammenzog.

Einige Gäste standen noch da. Oder standen nicht mehr richtig. Er erkannte den Händler zuerst. Er wusste nicht warum – vielleicht, weil er ihn noch kurz zuvor hatte lachen hören. Jetzt stand er schief, der Kopf leicht zur Seite geneigt, die Arme eng am Körper, als wüsste er nicht mehr, wohin mit ihnen. Der Alte schluckte hart. Seine Zunge fühlte sich an wie trockene Asche.

Er zwang sich, einen Schritt nach vorn zu machen. Seine Knie gaben nach – kaum merklich, aber genug, um ihn zu erschrecken. Es fühlte sich an, als trüge er plötzlich ein Gewicht auf der Brust, etwas Unsichtbares, Schweres, Kaltes. Er atmete ein. Es half nicht.

»Hallo?«

Das Wort klang fremd, kaum ausgesprochen schon fehl am Platz – zu laut, zu klar, als gehöre es nicht in diesen Raum.

Etwas bewegte sich. Der Alte zuckte zusammen. Sein Herz schlug hart gegen die Rippen. Der Händler drehte langsam den Kopf. Die Bewegung war nicht richtig – zu gleichmäßig, zu lang, zu sauber. Kein Zögern, kein Innehalten. Als sei sie für einen anderen Körper gedacht.

Die Augen waren leer. Nicht glasig. Nicht tot. Leer. Der Mund öffnete sich. Ein Laut trat hervor – feucht, tief, rau, als reibe sich etwas im Inneren an Stellen, die nie für Geräusche bestimmt gewesen waren. Kein Wort. Kein Laut, den er kannte.

Der Alte wich zurück, stolperte gegen einen Tisch. Holz krachte. Ein Becher zerbrach. Das Geräusch war wie ein Peitschenhieb.

»Bei allen Göttern ...«

Er roch es jetzt. Nicht Tod. Nicht Verwesung, wie er sie kannte. Es war süßlich, warm, falsch. Ein Geruch, der versprach, dass etwas weiterarbeitete, wo längst hätte Stille sein müssen. Sein Magen krampfte sich zusammen, und er würgte. Der Händler fiel.

Einen Augenblick lang war da Erleichterung – beschämend kurz. Der Alte sog die Luft ein, keuchend, als habe ihm jemand gerade erlaubt, wieder zu leben. Dann bewegte sich der Körper. Finger krallten sich in die Dielen. Das Geräusch der Nägel im Holz schnitt ihm durch Mark und Bein. Gelenke knackten, als sich der Körper aufzurichten begann. Der Brustkorb hob sich. Senkte sich. Doch kein Atem war zu sehen. Kein Dampf. Kein Laut.

Der Alte schrie. Er wusste nicht, dass er es tat, bis der Laut ihm selbst das Blut in den Adern stocken ließ. Er wirbelte herum, stolperte zur Tür, riss sie auf, rannte hinaus in die Nacht – blind vor Kälte, blind vor Panik. Der Schnee knirschte unter seinen Füßen, er rutschte, fing sich, lief weiter.

Hinter ihm kam ein Geräusch. Keine Schritte. Etwas Schleifendes. Suchendes. Er rannte, bis die Lungen brannten und die Kälte in ihn hineinkroch wie ein Gift. Und irgendwo tief in ihm setzte sich etwas fest – keine Angst mehr, sondern etwas Schwereres. Eine Kälte, die blieb.

Falvoril lehnte sich unverschämt in seinem Holzstuhl zurück. Einen Moment lang glaubte Stapfer, der Halbelf würde gleich die Stiefel auf den Tisch legen – doch offenbar fehlte selbst ihm der Mut zu solch offener Respektlosigkeit. Stapfer selbst saß so aufrecht wie möglich und musterte mit stiller Neugier die Gesichter der anderen Anwesenden. Niemand beachtete ihn sonderlich, und ein leises, gespanntes Murmeln erfüllte den Raum.

Er und Falvoril saßen an einem glänzenden Holztisch im höchsten Stock des Turms des Sehens. Ihre Reisekleidung hatten sie abgelegt, trugen nun schlichte, aber saubere Gewänder – vorbereitet von den Hofdienern. Keine Waffen waren ihnen geblieben; nur Wachen und Mitglieder des königlichen Blutes durften innerhalb der Burg bewaffnet sein.

Neria hatte abgelehnt, sie zu begleiten, trotz Stapfers Bitte. Zu seinem Bedauern war sie aus ihrem Zimmer verschwunden, bevor er sie ein letztes Mal umstimmen konnte.

Der Raum selbst war bis auf den Tisch und die zahllosen Karten an den Wänden völlig leer – und wirkte doch nicht kahl. In seiner Schlichtheit lag eine stille Schönheit. Für Stapfer war es der eindrucksvollste Ort, den er bislang in ganz Lamerth gesehen hatte.

Zwei Wochen war es her, seit sie in der Bergwarth eingetroffen waren. Stapfer bemerkte, dass viele der Persönlichkeiten, die damals empfangen worden waren, nun auch beim sogenannten Letzten Rat anwesend waren – so hatte König Droderon das Treffen mit düsterem Unterton genannt.

Etwa zwanzig Personen nahmen teil und vertraten die verschiedenen Völker Eristrias. Der König selbst, streng und grauhaarig, saß am östlichen Ende des Tisches, den Blick fest auf die Tür gerichtet. Auch Valandriel war anwesend, begleitet von seinem Leibwächter, ebenso mehrere Elfen. Allesamt

Lodhra – von den Hochelfen aus Isalthami fehlte jede Spur, obwohl Stapfer Gerüchte vernommen hatte, dass Droderon bereits vor Wochen Boten nach Isalthami, zu Baratorel geschickt hatte.

Zu Droderons Rechten saßen seine Söhne. Daneben hatten Adlige und hochrangige Offiziere aus Lamerth, aus der Graswachterebene und aus der Stadt in den Dämmerungsbergen Platz genommen. Alprey, der Magier, war ebenfalls anwesend – und sein Blick schweifte unablässig über den Tisch.

»Ich glaube, er beobachtet uns ...«, murmelte Falvoril, dem Stapfers Blick nicht entgangen war. »Man sollte meinen, ein Zauberer könnte so etwas unauffälliger tun.«

»Warum? Er ist sicher nur neugierig«, erwiderte Stapfer abwesend.

»Nichts weiter – außer, dass man Zauberern niemals trauen sollte.«

Stapfer wandte sich ihm überrascht zu. »Du zweifelst an Alpreys Absichten?«

»Wer weiß schon, was in den Köpfen von Zauberern vorgeht?« Falvoril hob die Brauen. »Wenn er wirklich so mächtig ist, wie alle glauben – warum tut er dann nichts gegen die Bedrohung?«

»Falvoril«, sagte Stapfer, »vielleicht sollten wir einfach froh sein, dass er überhaupt hier ist. Wer weiß ... vielleicht ist seine Macht gar nicht so groß, wie alle denken.«

»Oh ... weißt du«, erwiderte Falvoril ausweichend, »ich kenne ihn schon eine Weile. Ich habe ihn das ein oder andere Mal heimlich beobachtet, als er in Isalthami war – bei Gesprächen mit meinem Ziehvater. Du kannst mir glauben: Er weiß. Und er kann.«

Er beugte sich leicht zu Stapfer hinüber. »Und wenn du jemandem von dieser Beobachtungsgeschichte erzählst, muss ich dich leider töten.«

Sein Blick blieb an Alprey hängen – und fast schien es, als würde der Zauberer ihn mit zusammengekniffenen Augen mustern. Stapfer sah rasch weg. Und doch war er sich nicht sicher, ob er den Rest der Geschichte überhaupt hören wollte.

Zwei Stühle am Tisch waren unbesetzt. Stapfer hatte es erst jetzt bemerkt. Wer fehlte noch? Die Delegation aus Limarh war längst eingetroffen, ebenso alle obersten Berater Droderons. Auf wen warteten sie?

Er bekam schneller eine Antwort, als er erwartet hatte.

Die Tür an der Westseite des Saals öffnete sich – und die beiden fehlenden Ratsmitglieder traten ein.

Stapfer sprang auf. Sein Stuhl fiel scheppernd zu Boden. »Jaeden!«

Ein Aufschrei, der durch den Saal hallte. Denn es war tatsächlich Jaeden – sein Gesicht ernst wie immer, doch mit einem schwarzen Augenpflaster über dem linken Auge. Der Anblick traf Stapfer wie ein Schlag.

»Du lebst! Du bist gekommen! Aber ... dein Auge!«

Das Augenpflaster verlieh ihm ein raueres, fast spöttisches Aussehen. Weniger ehrwürdig als in Stapfers Erinnerung, doch keineswegs fehl am Platz. An Jaedens Seite stand Virkam, der Zwerg – mit seinem strubbeligen roten Bart und dem breiten Grinsen, das man nicht so leicht vergaß.

»Sei gegrüßt, Stapfer!«

Jaeden lächelte aufrichtig, trat auf ihn zu und klopfte ihm herzlich auf die Schulter.

»Schön, dich zu sehen! Ich bin überglücklich, dich wiederzusehen, mein Freund. Und mach dir keine Sorgen um mich – ich habe zwar ein Auge verloren, aber sie nennen mich trotzdem schon Jaeden den Weitsichtigen.«

Er lachte leise.

»Du hattest am Ende doch recht – aber das ist eine Geschichte, die gleich alle hören werden. Ich glaube, dass jetzt vieles ans Licht kommen wird ... und sich manche Dinge endlich erklären.«

Dann hob er eine Hand und senkte die Stimme: »Aber jetzt – stille! Der König spricht.«

Jaeden und Virkam setzten sich rasch auf die beiden freien Stühle, während König Droderon sich erhob.

»Ich habe euch versammelt«, sagte der König, »um über die Zukunft von Lamerth – ja, ganz Eristria – zu entscheiden. Unsere Welt hängt an einem seidenen Faden über einem Abgrund, der jeden Tag tiefer wird. Noch nie war die Gefahr so groß. Und ich fürchte, wir verlieren alles, wenn wir nicht sofort handeln. Doch obwohl uns keine Zeit bleibt, dürfen wir keinen Fehler machen. Deshalb müssen wir heute über unser weiteres Vorgehen entscheiden. Viele von euch kennen nicht das ganze Ausmaß der Lage. Deshalb werde ich beginnen – und euch sagen, was ich weiß.«

Droderon seufzte kurz und fuhr fort.

»Wie ihr alle wisst, hat die Dunkelheit unsere Grenzen erreicht. Und wie einst, in der Zeit meiner Vorfahren, erhebt sich erneut eine Bedrohung, wie sie damals von den Drachen ausging. Die Drachen konnten aufgehalten und in einen tiefen

Schlaf gezwungen werden. So überdauerte der Lamerth – und aus seiner Asche wuchs neue Stärke. Es folgte eine lange Ära des Gleichgewichts.

Doch nun kippt die Waage erneut – und diesmal nicht zu unseren Gunsten. Die Finsternis hat neue Verbündete gefunden: unter den wilden Menschenstämmen im Südwesten, und selbst jenseits der Berge – in Zimeria. Blutmenschen strömen aus Wäldern und Schluchten herab. Mit dieser wachsenden Macht hat die Dunkelheit ihre Hand bis an die Derwaki-Berge ausgestreckt. Dort halten die Graswachter die Stellung – noch. Aber sie können nicht ewig standhalten. Und auch der Lamerth wird fallen, wenn wir nicht bald Verbündete finden.

Ich habe in das Veyrun geschaut – das Sehende Wasser der Bergwarth. Doch es war dunkel. Es gehorchte meinem Willen nicht.

Ich sandte Boten nach Isalthami und Limarh, doch sie kehrten nie zurück. Vor einigen Tagen jedoch kam eines ihrer Pferde zurück – mit den blutigen Köpfen aller fünf Boten an den Sattel gebunden. Der Dunkle hat offenbar unsere Absicht erkannt – und die Gruppe in einen Hinterhalt geführt.

Und es gibt Schlimmeres: Ich habe Berichte über einen neuen Anführer gehört, der in den östlichen Ländern wütet. Er tauchte vor wenigen Wochen auf und dient ohne Zögern den Weldhra. Die Flüchtlinge aus jener Region nennen ihn den Neunfingrigen. Doch sein wahrer Name ist Malrik – ein Graswachter. Einer von uns.

Die Lodhra-Elfen sind uns zur Seite getreten. Valandriel hat mir zugesichert, dass sie uns jede Hilfe gewähren werden, die in ihrer Macht steht. Doch das allein wird nicht reichen, um den Lamerth zu halten.

Wir brauchen Verbündete. Aber unsere Liste der Freunde ist kurz geworden.

Wir können keine Botschaften mehr senden – und selbst hier, in unserem eigenen Land, gibt es jene, die uns den Rücken kehren würden.

Vor Kurzem kam ein Bote aus Larkas mit Nachrichten von dunklen Ereignissen in dieser einfachen Stadt.«

Er wandte sich zu Stapfer und hob die Hand.

»Sprich, Waldläufer. Erzähle deine Geschichte – damit alle hier sie hören.«

Stapfer erhob sich hastig und begann zu erzählen – vom Tag der Schlacht in Larkas bis zu seiner Ankunft in der Bergwarth. Er ließ kein Detail aus. Alle Augen waren auf ihn gerichtet, und er merkte schnell, dass die meisten seine Geschichte noch nicht kannten.

Nur einmal wurde er unterbrochen.

»Du warst es also, der den Neunfinger-Hauptmann verwundet hat?«, fragte einer der Söhne des Königs. »Das war mutig. Die Graswachter sind keine leichten Gegner.«

»Vielleicht war es mutig«, erwiderte Stapfer ruhig, »aber ich empfand kein Vergnügen dabei. Der Mann war mein Freund.«

Der Prinz schwieg, und Stapfer fuhr fort. Als er geendet hatte und sich wieder setzte, erhob sich ein aufgeregtes Murmeln im Raum.

Es verstummte, als Jaeden sich räusperte und schließlich erhob.

»Alles, was der Waldläufer berichtet hat, ist wahr«, sagte er. »Aber die Lage hat sich inzwischen geändert. Larkas steht nicht länger unter dem Einfluss eines Verräters. Malrik ist aus der Stadt geflohen.«

Erneutes Murmeln ging durch den Saal. Auch Stapfer legte überrascht den Kopf schief. Was hatte Jaeden in Larkas getan? Die Antwort ließ nicht lange auf sich warten.

»Ich kehrte nach Larkas zurück, nachdem ich überzeugt war, dass Stapfer die Wahrheit sprach«, erklärte Jaeden. »Ich war entschlossen, meinen Bruder zur Rede zu stellen – koste es, was es wolle. Am Ende ... habe ich für meine Anmaßung teuer bezahlt«, fügte er mit einem Hauch von Ironie hinzu.

»Aber ich habe mein Ziel erreicht: Mal hat Larkas verlassen. Zwischen uns fielen harte Worte, und wir kämpften. Er hat mich besiegt – aber er hat mich nicht getötet. Vielleicht ist er nicht so tief in den Schatten gefallen, wie es scheint. Er ließ mich leben. Noch am selben Tag verließ er die Stadt. Ich wäre ihm gefolgt, doch meine Wunde war schwer. Erst vor wenigen Tagen konnte ich wieder reiten. Und ich machte mich sofort auf den Weg hierher. Ich wusste nicht, ob Stapfer es lebend geschafft hatte – und ich wollte den König über die veränderte Lage in Kenntnis setzen.«

»Ich weiß nicht, was Malrik gerade durch den Kopf geht. Ich vermute, er hat Larkas nicht im Sinne seines neuen Herren verlassen. Wahrscheinlicher ist, dass er der Macht der Weldhra entkommen wollte, statt sich ihr anzuschließen. Das heißt jedoch nicht, dass er seine Tat bereut oder dem Lamerth wieder treu ergeben ist. Vielmehr sieht er sich vermutlich als Ausgestoßener oder Freidenker – jemand, der nur auf eine Gelegenheit wartet, sein altes Leben endgültig hinter sich zu lassen. Doch bevor er das tut, wird er nach Renkas gehen. Ganz gleich, wie gefährlich dieses Unterfangen ist.«

»Renkas? Warum?«, fragte Droderon. »Was sucht er dort?«

»Ein ... Kind«, sagte Jaeden, leicht verlegen. »Erlaubt mir, das zu erklären. Vor einiger Zeit erzählte mir meine Mutter, dass Malrik einst eine Geliebte hatte – eine junge Frau aus Renkas. Das liegt fünfundzwanzig Jahre zurück, aber mein Bruder hat diese Affäre nie vergessen. Offenbar wurde er damals gegen seinen Willen verlassen. Er hat jahrelang nach ihr gesucht, sie jedoch nie gefunden. Meine Mutter stand hingegen in Kontakt mit der Frau – obwohl sie geschworen hatte, ihren Aufenthaltsort niemals preiszugeben. Doch es gab noch etwas, das sie ebenfalls verschwieg: Die Frau hatte ein Kind – ein Kind, das von meinem Bruder gezeugt wurde. Kurz darauf verließ sie ihren Unterschlupf und verschwand spurlos. Meine Mutter erfuhr später vom Tod der armen Frau, aber jede Spur des Kindes verlor sich.«

»Vor etwa einem Jahr hörte meine Mutter seltsame Neuigkeiten aus Renkas – der Heimatstadt der einstigen Geliebten meines Bruders. Sie vertraute mir daraufhin die Geschichte mit dem Kind an und bat mich, mehr herauszufinden. Ich war mit anderen Dingen beschäftigt, aber ich tat, was ich konnte, und verfolgte die Spur des Kindes bis nach Renkas. Dort jedoch verlor sich jede Spur.

Mals Kind war wegen Mordes aus der Stadt verbannt worden – niemand wusste, wohin es danach ging. Viel mehr weiß ich nicht. Ich kann nicht einmal sagen, ob es sich um einen Sohn oder eine Tochter handelt, oder wie alt das Kind heute ist.«

»Was ich jedoch wusste, habe ich Mal erzählt, als wir sprachen. Vielleicht war das nicht besonders klug«, gab Jaeden zu. »Aber damals schien es mir richtig. Die Nachricht traf ihn tief – und ich glaube, er wird alles daran setzen, nach Renkas zu gehen und das Kind zu finden, wenn er nur die geringste Möglichkeit dazu hat.«

»Das sind in der Tat überraschende Neuigkeiten«, sagte Droderon und schüttelte den Kopf. »Die Angelegenheiten meines eigenen Hofes erschüttern den Lamerth ... Aber das ist jetzt nebensächlich – abgesehen von der Gefahr, die all das für ganz Eristria bedeuten könnte.«

»Vielleicht doch nicht so nebensächlich«, sagte Rimano plötzlich.

Droderons mittlerer Sohn stützte den Ellbogen auf den Tisch und strich sich die kohlschwarzen Haare aus den Augen. Er war klein für sein Alter und dunkelhäutig; auch seine Augen glänzten schwarz.

»Malrik ist zu einer ernsthaften Gefahr für den Lamerth geworden. Wenn wir ihn gefangen nehmen könnten, würden wir den Weldhra einen schweren Schlag versetzen. Seine Hauptleute wären führungslos – sein Einfluss auf die übrigen Länder würde schwinden.«

»Und wie soll ich meinen Bruder gefangen nehmen?«, entgegnete Jaeden. »Er ist nicht gerade leicht zu fassen – Hinterhalte und Attentäter übersteht er mit Leichtigkeit.«

»Nicht diesen Attentäter«, konterte Rimano. »Dieser trifft direkt ins Herz. Wenn wir das Kind finden, wird Mal von selbst kommen.«

Jaeden schwieg einen Moment. Dann sagte er langsam: »Ihr schlagt vor, das Kind als Köder zu benutzen? Und wenn der Junge – oder das Mädchen – nicht mitspielt? Was dann?«

Rimano zuckte mit den Schultern. »Dann spielt es keine Rolle. Wir sprechen hier von der Sicherheit des Lamerth. Ich schlage nicht vor, das Kind zu quälen – nur, dass wir es im Auge behalten, bis Mal auftaucht. Und dann … handeln wir, wie es die Umstände erfordern.«

»Es ist unehrenhaft, die Kinder eines Mannes gegen ihn einzusetzen«, sagte da plötzlich Virkam. Zum ersten Mal meldete sich der Zwerg zu Wort. »Selbst wenn dieser Mann ein Verräter ist. Das ist hinterhältig. Gemein. Besiegt ihn im Kampf, wenn ihr könnt – aber wer sich auf die Methoden der Weldhra herablässt, ist nicht besser als sie.«

»Dies ist kaum der Moment für solche Skrupel!«, fuhr Rimano auf, beleidigt. »Und hüte deine vorwitzige Zunge! Hinterhältig? Ohne den Lamerth wäre dein Volk längst ausgelöscht worden. Wir halten die Macht des Dunklen von euch fern, während ihr euch in euren Bergen versteckt und uns den Rücken zukehrt!«

»Nennt Ihr die Zwerge etwa Feiglinge?«, knurrte Virkam, sprang auf. »Gebt mir eine Axt – und wiederholt das noch einmal!«

»Genug!«, sagte Droderon müde. »Wir haben keine Zeit für solche Streitereien. Mal muss gezügelt werden – und ich finde den Vorschlag meines Sohnes gut. Wir müssen das Kind finden und öffentlich machen, dass es sich in der Bergwarth befindet.«

»Wie Ihr wünscht, Majestät«, sagte Jaeden mit einem knappen Nicken. »Ich werde die Suche aufnehmen. Ich habe bereits einige Zeit mit der Spur verbracht – vielleicht verschafft mir das einen Vorteil.«

»Sehr gut«, sagte Droderon und wirkte erleichtert. »Damit wäre diese Angelegenheit geklärt. Jetzt müssen wir uns wieder dem Hauptproblem zuwenden – der Verteidigung des Lamerth. Ich bitte meinen Hauptmann der Garde, uns die Lage zu schildern.«

Ein drahtiger Mann am anderen Ende des Tisches erhob sich und verbeugte sich knapp.

»Euer Majestät sind gnädig«, sagte er. »Das Problem ist folgendes: Wir sind in der Unterzahl, unterversorgt – und von Hilfe abgeschnitten.«

»Klingt wunderbar ...«, murmelte Falvoril an Stapfers Seite.

Stapfer trat dem Halbelfen unter dem Tisch gegen das Schienbein. Dies war kaum der richtige Moment für Sarkasmus.

»Die Truppen der Blutmenschen lagern zu Füßen der Derwaki-Berge. Ihr letzter Angriff liegt drei Wochen zurück – er fiel zeitgleich mit dem Überfall auf den südwestlichen Grenzposten, sowie auf Larkas. Offenbar war es der Plan der Weldhra, eigene Befehlshaber in der Stadt zu installieren und den Lamerth in zwei Hälften zu spalten. Larkas liegt an der Kreuzung der Nord-Süd- und Ost-West-Routen. Wer die Stadt kontrolliert, bestimmt den Verkehr zwischen der Bergwarth, Renkas, Tholmir und Isalthami. Hätte Malrik Larkas halten können, wären unsere Verbindungen systematisch gekappt worden. Wir entsandten damals einen Boten, um Verstärkung zu fordern – er kehrte nie zurück. Auch das, so vermuten wir, war Teil des Plans: den König zu isolieren, seine Truppen zu schwächen. Dass dieser Teil vereitelt wurde, ist ein schwacher Trost. Die Lage bleibt prekär. Noch halten wir die Linie – aber nur, weil der Schwarze Hauptmann seither keinen weiteren Großangriff befohlen hat. Es gab kleinere Scharmützel, nichts weiter. Unsere Späher berichten jedoch, dass sich die Weldhra sammeln. Sie warten. Vermutlich auf den Winter. Dann ist ihre Macht am stärksten – besonders im Norden. Im Süden ist es längst schlimmer. Seit der Fall unseres Postens an der Reth-

Wüste kontrollieren sie das Gebiet bis zu den Hügeln. Die Ost-West-Straße zwischen Larkas und Isalthami liegt fest in der Hand des Neunfingrigen Hauptmanns. Kein Bote kommt durch. Wir sind von Isalthami und Limarh vollständig abgeschnitten. Wenn sie es schaffen, die Derwaki-Berge zu durchbrechen, steht die Stadt offen. Ihre Streitmacht ist zu groß. Wir hätten keine Chance. Und fällt die Bergwarth, fällt auch der Rest des Lamerth. Daran besteht kein Zweifel.«

Der Mann machte eine kurze Pause, als müsse er abwägen, ob das, was nun folgte, überhaupt in diesen Raum gehörte. Schließlich straffte er sich.

»Doch es gibt noch etwas«, fuhr er fort, leiser nun. »Etwas, das nicht auf Karten verzeichnet ist und keine Banner trägt.«

Ein leises Murmeln ging durch den Saal.

»Seit Wochen erreichen uns Berichte aus dem Inneren des Lamerth. Zuerst aus einzelnen Höfen, abgelegen, fern der Heerstraßen. Dann aus ganzen Weilern. Die Menschen dort erkranken – nicht an Hunger, nicht an Kälte. Es beginnt schleichend. Fieber. Schwäche. Verwirrung. Manche sprechen von schwarzen Adern unter der Haut, andere von Stimmen, die die Kranken nachts wachhalten.«

Er schluckte.

»Die meisten sterben binnen weniger Tage. Und das wäre noch das Geringste.«

Stille.

»Denn sie bleiben nicht tot.«

Einige am Tisch wechselten Blicke. Jemand fluchte leise.

»Die Toten stehen wieder auf«, sagte der Mann tonlos. »Nicht sofort. Manchmal erst nach Stunden, manchmal nach einer Nacht. Sie erkennen keine Freunde mehr, keine Familie.

Sie ziehen los – wahllos, mordend. Ganze Höfe wurden ausgelöscht, Dörfer niedergebrannt, nicht von Feinden, sondern von
den eigenen Nachbarn.«

Falvoril richtete sich langsam auf. Sein Sarkasmus war
verschwunden.

»Unsere Reiter berichten von Landstrichen, die verstummt
sind«, fuhr der Sprecher fort. »Kein Rauch mehr aus den
Schornsteinen. Keine Glocken. Keine Stimmen. Nur Bewegung
in der Dämmerung. Und wer zu nahe kommt, kehrt nicht
zurück.«

»Eine Seuche«, murmelte jemand. »Oder ein Fluch.«

»Was auch immer es ist«, sagte der Mann, »es breitet sich
aus. Unabhängig von den Weldhra. Vielleicht nutzen sie es.
Vielleicht haben sie es entfesselt. Das wissen wir nicht. Aber
wir wissen eines: Unsere eigenen Reihen werden dünner, ohne
dass ein Schwert gezogen wird. Bauern fliehen in die Städte –
wenn sie es überhaupt schaffen. Die Straßen sind unsicher.
Patrouillen meiden ganze Regionen.«

Er ließ den Blick über die Versammelten schweifen.

»Wir kämpfen also nicht nur gegen eine Armee, sondern
gegen ein Land, das stirbt – und sich gegen uns erhebt.«

Einen Moment lang sagte niemand etwas.

Dann räusperte sich eine Stimme am Tisch.

»Was sollen wir dann tun?«, fragte jemand. »Wir können
keine Armeen aus dem Nichts herbeizaubern. Ist der Lamerth
etwa schon verloren?«

»Wohl kaum«, sagte Alprey ruhig.

Seine Stimme war nicht laut, doch sie trug mühelos über
den Tisch. Gespräche verebbten, Stühle knarrten, und alle
Blicke richteten sich auf den Magier – in jener stillen Hoff-

nung, dass nun einer dieser Sätze folgen würde, die Ordnung in das Chaos brachten.

»Und um Armeen aufzubauen, braucht es keine Magie«, fuhr er fort. »Nur ein Mindestmaß an logischem Denken. Ja – die Menschen allein sind zu wenige. Aber sie sind nicht die einzigen Bewohner Eristrias, falls ihr das vergessen habt.«

Er ließ den Blick langsam über die Versammelten gleiten.

»In diesem Raum sitzen Vertreter eurer Nachbarn. Völker, die nicht erst seit gestern wissen, wie man verteidigt, was Bestand haben soll. Vielleicht richtet ihr eure Frage besser an sie.«

Ein kurzes Schweigen folgte, dann sprach Alprey weiter, nun etwas ernster.

»Was die Seuche betrifft«, sagte er, »so ist sie weder Zufall noch bloßes Sterben. Tote, die wieder aufstehen, folgen keinem natürlichen Kreislauf. Das ist kein Fieber, das vergeht, und kein Hunger, der sich stillt.«

Er verschränkte die Hände vor sich.

»Ob sie entfesselt wurde oder lediglich genutzt wird, ist noch unklar. Doch eines ist gewiss: Sie frisst nicht nur Menschenleben. Sie zersetzt Ordnung. Sie leert das Land, treibt Flüchtlinge in die Städte, schwächt Nachschub, verunsichert Heerführer. Wer sie ignoriert, kämpft bald gegen Schatten statt gegen Soldaten.«

Sein Blick wurde schärfer.

»Aber auch das ist kein Grund zur Kapitulation. Untote kennen keine Furcht – aber auch keine Strategie. Sie halten kein Gelände, sie sichern keine Pässe, sie führen keine Kriege. Man kann sie eindämmen. Man kann sie lenken. Und man kann lernen, sie zu erkennen, bevor sie sich erheben.«

Er lehnte sich leicht zurück.

»Der Lamerth ist nicht verloren. Aber wer ihn retten will, muss begreifen, dass dies kein einzelner Krieg ist. Es sind viele – und sie verlangen nach Bündnissen, nicht nach Wundern.«

»Alprey spricht mit Verstand«, sagte Valandriel. »Ich habe dies bereits mit dem König besprochen. Die Lodhra sind bereit, dem Lamerth in jeder erdenklichen Weise beizustehen. Wir sind kein kriegerisches Volk – aber Ihr könnt auf unsere Hilfe zählen.«

»Und auf die der Zwerge!«, rief Virkam, der sich unter keinen Umständen von einem Elfen übertrumpfen lassen wollte. »Ihr meint, wir verstecken uns in Höhlen?«, knurrte er und funkelte Rimano an. »Schon bald werdet ihr froh sein über unsere unterirdischen Arbeiten. Wir haben im Laufe der Jahre viele Waffen geschmiedet – scharfe Schwerter, lange Speere, starke Schilde. Mein Volk besteht aus Kriegern. Und wir marschieren mit Freude gegen die Blutmenschen!«

»Und was ist mit euren Vettern, den Hügelzwergen?«, fragte Droderon und sah Virkam fragend an. »Können wir auch von ihnen Hilfe erwarten?«

Mehrere Anwesende lachten leise, und Virkam verzog das Gesicht.

Hügelzwerge waren nicht gerade für ihre Tapferkeit bekannt. Die anderen Völker hielten sie für rundlich, fröhlich – und eher einfältig. Ganz falsch lag man damit nicht. Aber auch nicht ganz richtig. Denn unter Druck offenbarten die Hügelzwerge oft erstaunliche Talente – meistens gerade noch rechtzeitig.

»Woher soll ich wissen, ob diese Höhlenflüchter kämpfen

würden? Ich bin ein richtiger Zwerg, kein Herr der Hügelchen!«

Er stieß ein verächtliches Lachen aus. Dann fügte er – mit einem Schulterzucken – hinzu:

»Ich weiß es nicht. Aber wenn Ihr es wünscht, Majestät, kann jemand mit ihnen sprechen. Ich bin sicher, es findet sich ein Freiwilliger. Was das Kämpfen angeht ... na ja, vermutlich sind sie eher bereit, Vorräte und Lebensmittel zu schicken. Tholmir ist ein reiches Land, und man sagt, sie seien großzügig – wenn man sie richtig anspricht. Vielleicht schickt der eine oder andere Hügler sogar Bogenschützen. Die sind nämlich gar nicht so schlecht mit dem Bogen – falls Ihr das nicht wusstet.«

»Ihr seht also«, sagte Valandriel, »der Lamerth ist nicht allein. In diesem Raum sitzt mehr Stärke, als Ihr vielleicht glaubt. Und doch – es wird nicht reichen, um den Norden zu halten. Darum rate ich Euch: Stärkt jetzt Eure Festungen – und bereitet einen Gegenschlag vor. Die Derwaki-Berge werden nicht ewig standhalten. Es ist sinnlos, auf Zeit zu spielen.

Ihr müsst zurückschlagen – und den Feind vernichten, bevor er noch mächtiger wird. Mit unserer Hilfe könnt Ihr eine Streitmacht aufstellen, die stark genug ist, um die dunkle Macht für immer zu brechen. Nutzt Eure Verbündeten. Dann – und nur dann – hat der Lamerth vielleicht noch eine Chance.«

Nach Valandriels Rede wurde viel geflüstert. Stapfer sah, wie Zustimmung viele der Gesichter im Raum aufhellte. Die Worte waren gerecht – und hoffnungsvoll. Auch in ihm regte sich neuer Mut. Doch sein Herz blieb beunruhigt. Denn als er zu Alprey sah, bemerkte er, dass der Magier still blieb – traurig, fast ungerührt.

»Ich zweifle nicht daran, dass eure Angebote tapfer sind«,

sagte Alprey schließlich, als das Gemurmel verebbte. »Aber ich fürchte, es wird nicht genügen. Wir müssen mehr tun – oder wir gehen unter. Ihr kennt die wahre Macht des Dunklen nicht.«

Er schwieg einen Moment – dann nickte er Valandriel zu.

»Und doch: Eure Worte sind weise. Ich bitte euch, an ihnen festzuhalten. Holt Hilfe von euren Völkern. Holt alles, was ihr aufbringen könnt.«

Er wandte sich an den König.

»Stellt eure Armeen auf, Droderon – dann kann euer Land vielleicht noch gerettet werden. Aber setze nicht all dein Vertrauen in sie. Ihre Stärke ist nur ein Schatten im Vergleich zu dem, was sich unter den Bannern seiner Verbündeten versammelt hat: die Weldhra, die Blutmenschen – und andere. Darum mein Rat: Sendet erneut Boten. Heimlich, durch Wälder und über Ebenen. Wenigstens bis nach Limarh – besser noch bis Isalthami. Wenn Großfürst Rodericks Armee rechtzeitig kommt und sich euch anschließt, dann – und nur dann – kann das Dunkle zurückgeschlagen und die Festung der Weldhra dem Erdboden gleichgemacht werden.«

»Wie sollen Boten Limarh rechtzeitig erreichen?«, fragte Droderon ungeduldig. »Und wer hätte die List und Stärke für so eine Reise? Ich habe Männer entsandt – gute Männer. Sie haben versagt. Die Ost-West-Straße ist unpassierbar. Es bleibt nur ein Weg: über die Ebenen und Hügelwälder. Und die sind gefährlich – voller wilder Völker und seltsamer Kreaturen. Wen soll ich schicken? Ein Kontingent Elfen? Waldläufer? Ich kann sie nicht entbehren. Jeder Mann wird hier gebraucht. Du selbst sagst, Alprey, dass unsere Chancen gering sind. Selbst wenn eine Streitmacht durchkäme – sie würde entdeckt. Und sobald der Dunkle von ihrer Anwesenheit erfährt, wird er sie vernichten. Ein Bote müsste schnell sein – und völlig unbemerkt. Keine Armee kann das leisten. Kein Trupp. Kein Krieger. Wer also dann?«

Der Magier antwortete nicht. Doch Alprey wirkte kein bisschen beeindruckt von Droderons Ausbruch – im Gegenteil.

Stapfer hätte schwören können, dass er fast lächelte. Kein Spott, kein Übermut – eher das Lächeln eines Mannes, der etwas weiß, was niemand sonst am Tisch zu wissen scheint.

Stapfer fragte sich, was in Alpreys Gedanken vorging. Welche Pläne der alte Magier schmiedete – und welches Wissen er in sich trug, verborgen wie eine Glut unter Asche.

Dann bemerkte er, dass Alprey ihn ansah. Die buschigen Brauen waren leicht gesenkt, der Blick fest – und irgendwie ... prüfend.

Ein seltsames Gefühl durchfuhr ihn.

Er sah sich um – auf die besorgten Gesichter, die den Tisch umringten: Der König, schwer und erschöpft. Seine edlen Söhne. Valandriel, aufrecht wie ein Baum, sein Berater still neben ihm. Alprey, unbewegt. Virkam, trotzig und aufgebracht. Jaeden, der liebe, kluge Kämpfer.

Und plötzlich war ihm, als wäre niemand von ihnen stärker als er.

Oder ... war er wirklich so schwach, wie er sich immer gefühlt hatte?

Was hatte der König gesagt?

„Schnell – und völlig unentdeckt.“

Wer fiel weniger auf als ein einfacher Waldläufer?

Plötzlich schien der Weg vor ihm klar zu sein – als müsste

er nur den ersten Schritt tun. War es Schicksal, das ihn rief? Oder nur das Ergebnis all der Reden?

Sein Verstand versicherte ihm, dass es Letzteres war. Und dass er wie ein Narr dachte.

Er war kein Held. Aber dies war auch keine Heldentat. Es war eine Mission der Heimlichkeit und Verschwiegenheit – so wie die, an denen sein Vater einst teilgenommen hatte.

Sein Vater, von dem er alles gelernt hatte, was er wusste. Und was nützte das Wissen – wenn man es nie einsetzte? Was bedeutete Erinnerung – wenn man ihr nicht gerecht wurde?

Stapfer erhob sich. Fest. Klar.

»Ich werde nach Limarh gehen«, sagte er.

»Und welchen Weg ich auch nehmen muss – ich werde Hilfe bringen. Wenn ich mir dafür die Füße wund laufen muss!«

Alle Blicke richteten sich auf ihn. Einen Moment lang herrschte völlige Stille.

Dann lachte Valandriel – und in seinem Lachen lag kein Spott.

»Seht nur: Ein kleiner Mensch steht auf – und nimmt eine Aufgabe an, vor der selbst große Krieger zurückschrecken! So sei es. Stapfer wird unsere Hoffnung tragen!«

»In der Tat«, sagte Alprey mit einem Lächeln. »Ich habe schon vermutet, dass dies das Ende dieser Frage sein würde. Unsere Hoffnung ist in guten Händen. Oder ich bin ein Zwerg!«

»Das sind Sie ganz sicher nicht!«, schnaubte Virkam. »Aber ich zweifle nicht daran, dass Sie recht haben. Ehre für Stapfer von Larkas über alles!«

Er stand auf, verbeugte sich – und nahm seine Mütze ab, in der stillen Art seines Volkes.

»Ja«, sagte Droderon. »Es verdient in der Tat viel Ehre, wenn du diese Aufgabe erfüllen kannst. Ich danke dir für deinen Mut, diese Bürde auf dich zu nehmen – denn meine Hoffnung, ja, mein ganzes Königreich, mag in der Tat auf deinen kleinen Schultern ruhen. Aber du brauchst Gefährten. Du kannst nicht allein auf eine solche Reise gehen.«

»Natürlich geht er nicht allein!«, rief Falvoril und sprang empört von seinem Stuhl auf.

»Das käme ihm nicht einmal im Traum in den Sinn! Wozu hat man schließlich Freunde? Niemand soll sagen, dass Falvoril Waldeslied seinen Treuebruder in der Stunde der Not im Stich gelassen hat! Er wird mindestens einen Gefährten haben – und keinen ganz nutzlosen, wenn ich das selbst sagen darf.«

Er verschränkte die Arme vor der Brust und sah trotzig in die Runde des versammelten Rates.

»Ich glaube auch nicht, dass Neria Dornquell euch ohne sie gehen lassen wird«, sagte Jaeden leise. »Und ich denke auch nicht, dass es gut für euch wäre, sie zurückzulassen. Vielleicht ist mein Augenlicht nicht mehr das beste. Aber mein Herz sagt mir, dass ihr drei unzertrennlich seid. Eure Schicksale sind miteinander verflochten. Doch ich kann nicht sagen, wie dieses Schicksal aussieht. Und ich fürchte um dich, Stapfer – auch wenn du mutig bist. Und nicht unklug.«

Er sah ihn lange an, mit ernster Miene und einem Schmerz in den Augen, der nicht von dieser Stunde allein stammte.

Dann schwieg er. Und schüttelte nur den Kopf.

»Dann werden die Boten zu dritt sein«, sagte Alprey.

»Geht schnell – und auf den verborgenen Pfaden, die ihr in

der Wildnis finden könnt. Der Lamerth wird zu seinem Bündnis der Völker stehen ... aber nicht für immer.«

So wurde auf jenem letzten Konzil beschlossen, dass Stapfer, Falvoril Waldeslied, der Halbelf, und Neria Dornquell, die drei Boten sein sollten – heimlich entsandt als letzte Hoffnung des Lamerth auf Hilfe.

Mircan ging voran, und die Nacht wich ihm.

Der Schnee unter seinen Füßen blieb unberührt, nicht, weil er ihn nicht berührte, sondern weil die Welt keinen Abdruck mehr von ihm verlangte. Kein Knirschen begleitete seine Schritte, kein Laut verriet seine Richtung, und selbst der Wind schien seinen Lauf zu ändern, als er sich durch die Dunkelheit bewegte. Hinter ihm folgten jene, die sich aus dem Gasthaus gelöst hatten – nicht in geordneter Reihe und nicht im gleichen Takt, sondern in einer unsteten Folge aus schleppenden Bewegungen und kurzen, stockenden Pausen.

Sie gingen aufrecht, auch wenn ihre Körper sich nicht mehr daran erinnerten, wie das ging.

Manche zogen ein Bein nach, als gehöre es nicht mehr zu ihnen, andere hielten die Arme seltsam angewinkelt, als hätten sie vergessen, wozu sie einst gedient hatten. Doch sie blieben in Bewegung, unaufhaltsam, getragen von etwas, das nicht Müdigkeit und nicht Schmerz kannte. Mircan musste sich nicht umsehen, um zu wissen, dass sie da waren. Er spürte sie.

Nicht mit den Augen und nicht mit den Ohren, sondern als einen dunklen Zug in sich selbst, tief unter Haut und Fleisch, dort, wo etwas Neues Platz gefunden hatte. Ein Strom, der ihn mit ihnen verband und zugleich weiterführte, fort von diesem Ort, fort von der Erinnerung an Wärme, Stimmen und Licht, hin zu einer Richtung, die sich nicht ändern ließ.

Er wusste, wohin er ging.

Nicht, weil er es geplant hatte, und nicht, weil ihm jemand einen Weg gewiesen hätte, sondern weil die Richtung längst feststand, lange bevor er den ersten Schritt getan hatte. Die Welt selbst schien diese Bewegung zu kennen, schien sich darauf einzustellen, als habe sie verstanden, dass etwas in ihr unterwegs war, das nicht aufgehalten werden sollte.

Ein leises Flüstern regte sich in ihm. Kein Wort, kein Gedanke, den man hätte festhalten können, sondern Gewissheit. Das Tor. Die anderen. Das Werk, das begonnen worden war, ohne dass jemand es so genannt hätte. Er erinnerte sich an den Moment, in dem sie es geöffnet hatten – nicht an Angst oder Zweifel, sondern an den Druck, an das Nachgeben der Wirklichkeit, an jenen Augenblick, in dem Eristria einen Spalt weit aufgerissen worden war und etwas hindurchgeatmet hatte, das nie Teil dieser Welt hätte sein dürfen.

Es hatte sich festgesetzt.

In ihnen und in ihm.

Mircan hob den Blick. Der Himmel war klar, unnatürlich klar, und die Sterne wirkten scharf wie Splitter aus Eis, unbewegt und fern. Er spürte keine Kälte, nicht mehr, und dieser Gedanke blieb einen Moment lang bei ihm, fremd und beiläufig zugleich. Ein Teil von ihm wusste, dass sich etwas verändert hatte, dass etwas fehlte, das einst da gewesen war. Doch diese Erkenntnis hatte kein Gewicht mehr, keine Dringlichkeit, als handele es sich um eine Erinnerung an ein Gesicht, dessen Namen man vergessen hatte.

Die Seuche war nicht etwas, das er trug wie eine Last.

Sie war Bewegung.

Sie breitete sich aus, nicht explosionsartig und nicht sichtbar, sondern mit jedem Schritt, mit jeder Berührung, mit jeder Nähe, die entstand. Wo Mircan ging, veränderte sich die Ordnung, und wo die anderen folgten, begann sie sich zu lösen – langsam, still und dauerhaft. Dörfer, Straßen, Menschen: Sie waren nicht Ziel, sondern Stationen, notwendige Übergänge auf einem Weg, der weiterführte.

Die Untoten folgten ihm lautlos, und doch war ihr Vorhandensein spürbar, wie ein Nachhall, der nicht mehr verklang.

Mircan war nicht ihr Herr.

Er war der Knoten, an dem alles zusammenlief.

Und irgendwo, jenseits des Horizonts, wartete bereits das Nächste.

KAPITEL 8
AM RAND DES ZERBRECHENS

»*Es gibt Finsternis, die kein Augenlicht sehen kann — nur
Herzen, die daran zerbrechen.*«

- altes Elfensprichwort

S pät in der Nacht desselben Tages blieben zwei einsame
Gestalten im Ratsraum der Bergwarth zurück. Sie saßen
am östlichen Ende des großen Tisches. Haltung und
Gesicht des einen verrieten ihn als Droderon, während die
hellen Augen und die Anmut des anderen ihn als Valandriel
erkennen ließen. Doch sie waren nicht mehr dieselben wie
damals, als im Sonnenlicht noch hoffnungsvolle Beratungen
stattgefunden hatten. Ohne die Anwesenheit und die Stärke
ihrer Gefährten wirkten sie geschwächt.

Denn sie waren hierher gekommen, um selbst einen Rat

abzuhalten – und dunkle Worte fielen zwischen ihnen. Selbst ihre weisen Herzen waren nun voller Zweifel.

Eine einzelne Lampe stand auf dem Tisch und warf ihr Licht in zufälligen Mustern durch den Raum. Die weißen Wände schimmerten matt im gelblichen Schein, doch die Karten, die sie bedeckten, waren kaum mehr als ein vager Schatten. Kein Stern war durch die Fenster zu sehen. Leere Stühle standen verstreut um den Tisch. Ihre langen Schatten hüllten den Raum in ein sich kreuzendes Labyrinth aus Dunkelheit und Licht, dem kein Auge folgen konnte.

Zaghaft streifte das Licht das dunkle Holz des Tisches und fiel auf die beiden sitzenden, grübelnden Gestalten. Es beleuchtete ihre Gesichter von unten – doch vor Droderon lag ein Schatten, den selbst die kleine Lampe nicht zu durchdringen vermochte: schwer und geheimnisvoll, gehüllt in einen Mantel der Nacht.

Einen Moment lang herrschte Stille. Mensch und Elf waren tief in ihre Gedanken versunken – fanden Trost in der Gegenwart des anderen, doch keiner wagte, seine Gedanken auszusprechen.

Valandriels Augen leuchteten stetig mit dem unauslöschlichen Feuer des Geistes. Es flackerte und tanzte in ihnen, obwohl er sich nicht rührte und seine Unruhe durch kein anderes Zeichen verriet. Droderons Augen hingegen waren niedergeschlagen; Dunkelheit lag auf seinem Gesicht, und er saß still wie eine Statue.

So war es der Elf, der zuerst sprach.

»Ich möchte das nicht tun«, sagte er, und seine sanfte Stimme erfüllte den stillen Raum wie das ferne Tropfen von Wasser in einer Höhle. »Es kann zu nichts Gutem führen –

egal, was du denkst. Ich bin mir nicht einmal sicher, ob es überhaupt ein Ergebnis geben würde. Warum sollte ich Erfolg haben, wo du selbst gescheitert bist?«

Droderon hob den Blick von seinen Händen und ließ ihn weiß und regungslos auf dem Tisch ruhen, neben jener unsichtbaren Dunkelheit, die das Licht nicht berührte. Dann sah er Valandriel an – dessen Gesicht im Schein der Lampe die unvergängliche Schönheit und Weisheit der Elfen trug, unberührt vom Alter und unbeeindruckt vom Kummer.

»Wieder und wieder«, sagte er – kaum mehr als ein Flüstern, damit seine Stimme nicht von den leeren Wänden zurückgeworfen wurde. »Ich habe in das sehende Wasser geblickt, und es zeigt mir nur Dunkelheit. Aber keine leere Dunkelheit. Der Geist des Dunklen ist dort – und er wächst, unaufhörlich. Er erfüllt meinen Blick, durchdringt meinen Geist.«

Er schwieg kurz, als müsste er Kraft sammeln.

»Ich kann seine Gedanken nicht sehen. Aber er ahnt die meinen. Ich glaube... ich glaube, er war einmal ein Mensch. Er kennt unsere Art. Er weiß, wie wir denken, wie wir hoffen. Er kann die Wahrheit für meine Augen verdrehen und verschleiern, bis ich nicht mehr sagen kann, was Lüge ist – und was Wirklichkeit.«

Sein Blick hob sich, schwer.

»Aber ihr seid ein Elf. Und ein Führer eures Volkes. Eure Gedanken sind älter als meine, tiefer vielleicht. Darum bitte ich euch: Schaut. Schaut in das Wasser – und sagt mir, was sich euch in den Tiefen offenbart.«

»Ihr wisst nicht, worum ihr da bittet!« Valandriels Stimme klang entrüstet, doch darunter schwang etwas anderes mit – Schmerz, vielleicht.

»Droderon! Erinnert Ihr Euch? Als Ihr als junger Mann in die westlichen Wälder kamt und wir uns zum ersten Mal begegneten? Erinnert Ihr Euch, was Ihr mich damals unter dem Schicksalsbaum gefragt habt – während die Blätter wie lautlose Boten auf unsere Füße schwebten?«

Droderon starrte in das flackernde Licht der Lampe. Die tanzenden Flammen spiegelten sich in seinen Augen – wie Gedanken, die kamen und vergingen, unfassbar, unstet. Lange schwieg er. Dann sprach er, mit matter Stimme:

»Warum besucht Ihr mich – in diesen trüben Tagen – während eure Vettern von den Sildhra mich sofort getötet hätten, hätte ich nur einen Fuß über die Grenze Eures Reiches gesetzt? Und was habt Ihr gesehen – in all den Jahrhunderten, da Ihr über diese Welt gewandelt seid? Was wisst Ihr über diese Dunkelheit, die nun wächst? Und warum tut Ihr nichts gegen sie?«

»Ja«, sagte Valandriel leise. »Also hast du dich gefragt. Und obwohl ich damals vom Schicksal sprach – und vom Leid meines Volkes – waren meine Worte doch vergeblich.«

Er atmete tief ein, als müsse er sich selbst Mut zusprechen.

»Ich antworte dir nun erneut: Wir sind durch Blut und Schicksal an diese Welt gebunden. Ja, wir waren das Erste Volk, und unsere Lebensspanne überdauert Generationen. Aber wir sind keine Götter, Droderon – und am Ende sind auch wir sterblich.«

Sein Blick war fest, doch seine Stimme verlor an Stärke.

»Selbst in den Tagen des Ruhms konnten wir die Herrschaft der Dunklen Macht nicht beenden. Wir konnten sie schlagen, nie vernichten. Heute schwinden unsere Kraft, unsere Weisheit – und unser Volk.«

Ein bitteres Lächeln zuckte um seine Lippen.

»Ich bin ein Elf. Ein Lodhra. Aber ich kann mich dem Willen des Dunklen nicht widersetzen, selbst wenn er von sterblichem Ursprung ist. Ich fürchte ihn, Droderon. Die finstere Macht, die in ihm wohnt, ist alt – und sie wächst in ihm. Wenn ich in das sehende Wasser blicke und ihm dort begegne... wird er mich bezwingen.«

Seine Hände umklammerten den Tischrand, als wollte er sich festhalten.

»Ich fürchte diese Dunkelheit! Ich will nicht unter seinem Bann verloren umherirren... ein Sklave seines gnadenlosen Willens – wie meine einstigen Brüder, die Weldhra.«

Er neigte den Kopf leicht, beinahe beschämt.

»Es fällt mir nicht leicht, euch darum zu bitten. Ihr wisst, dass ich die Geheimnisse des Veyrun nicht leichtfertig teile. Und doch – ich bitte euch.«

Valandriel schwieg. Noch immer zögerte er, und sein Blick ruhte auf dem Becken. Der lichtlose Schatten darin pulsierte leise – das Veyrun, ein Riss in der Welt, ein Loch aus Nacht, das nur von seinem eigenen, kalten Glanz durchleuchtet wurde.

Dann seufzte Valandriel, leise und müde.

»Es ist gegen meinen besseren Rat«, sagte er. »Aber ich werde es tun – für euch. Und für Eristria.«

Er trat näher, beugte sich über das sehende Wasser, legte beide Hände hinein – und blickte in die verborgenen Tiefen.

Ein grünes Licht regte sich dort, als käme es von jenseits aller bekannten Weiten. Es leuchtete schwach empor, und als es sich in Valandriels Augen spiegelte, schien es, als leuchte etwas in ihm selbst auf – hell, aber fremd. Sein Blick wurde starr, sein Körper unbeweglich. Und sein Gesicht, eben noch ruhig, war nun wie eingefroren – umflammt von Licht, das von der Lampe und dem Veyrun kam, vermischt wie zwei brennende Geister, die einander erkannt hatten.

Dann – ein Schrei.

Kurz, roh und lautlos zugleich, wie ein Schnitt durch die Stille. Ein Laut von Schmerz. Oder war es Trauer?

Droderon fuhr hoch. In einem einzigen Schritt war er bei ihm, packte ihn an den Schultern.

»Valandriel!«, rief er. »Kommt zurück! Schaut nicht weiter!«

Aber der Elf rührte sich nicht. Er blieb sitzen wie in Stein gegossen, nur ein feines Zittern lief durch seinen Körper, als zöge die Kälte der Tiefe in seine Glieder. Seine Hände lagen noch immer im Wasser, starr wie die Hände eines Ertrinkenden, der längst aufgehört hat, nach Luft zu greifen. Und sein Blick – weit geöffnet, doch ohne zu sehen – war verloren in einem wirren, dunklen Labyrinth, das jenseits jeder menschlichen Reichweite lag. Kein Ruf, keine Stimme konnte dorthin dringen.

Droderon wich erschrocken zurück und sein Herz krampfte sich zusammen.

»Oh... was habe ich getan!« Seine Worte fielen schwer in die Stille, wie Steine in ein tiefes Becken. Dann brach aus ihm ein zweiter, heiserer Ruf hervor: »Was habe ich getan? Valandriel! Ich habe euch ins Verderben geschickt! Kehrt zurück!«

Er packte die Schultern des Elfen, schüttelte ihn verzweifelt, als könne er ihn aus dem Griff des unsichtbaren Feindes reißen. Doch der Körper des Elfen war steif, unnachgiebig, als halte ihn eine Macht fest, die stärker war als Fleisch und Wille.

Droderon griff nach den erstarrten Händen Valandriels, die

noch immer bis zu den Handgelenken im Veyrun ruhten. Das Wasser, das um sie schwappte, war unnatürlich kalt; es fühlte sich an wie glasige Nacht, flüssige Finsternis. Er versuchte, die Finger des Elfen zu lösen, aber sie schienen an die Tiefe selbst gebunden – als hätte das Veyrun beschlossen, nicht nur seine Hände, sondern seine Seele zu behalten.

»Valandriel!« rief er erneut, diesmal fast flehend. »Hört mich! Kommt zurück!«

Doch der Elf antwortete nicht. Sein Atem ging kaum merklich – und das schwache grüne Leuchten in den Tiefen des Wassers begann sich zu verändern, als erwache dort etwas, das Droderon nicht sehen wollte.

Da – ein Blinzeln. Nur ein einziges, kaum wahrnehmbares Zucken der Lider. Valandriels Hände jedoch blieben reglos, tief im Veyrun verankert, als seien sie mit der Finsternis verwachsen. Langsam, beinahe ruckartig, drehte er den Kopf. Sein Blick hob sich und traf Droderon, der noch immer seine Schultern umklammert hielt und kaum wagte, zu atmen.

Für einen Herzschlag lang herrschte vollkommene Stille.

Dann schoß etwas Kaltes, Fremdes durch Valandriels Augen – und Droderon sog scharf die Luft ein. Aber bevor er ein Wort formen, bevor er überhaupt begreifen konnte, was sich vor ihm abspielte, riss Valandriel seinen Arm zur Seite. Die Bewegung war unnatürlich schnell, eine Mischung aus Elfengeschmeidigkeit und etwas Härterem, Dunklerem.

Seine Faust traf Droderon mit der Wucht eines Schmiedehammers.

Ein dumpfer Schlag, trocken wie brechendes Holz. Droderons Kopf wurde herumgerissen, und sein Körper sank lautlos in sich zusammen. Ohne Schrei, ohne ein einziges Wort, fiel der König zu Boden – wie eine gelöschte Flamme.

Valandriel rührte sich nicht weiter. Nur das Veyrun um seine Hände bebte leise, als hätte es gerade mit ihm gemeinsam zugeschlagen.

Jaeden rührte sich nicht. Er trat nicht aus dem Schatten der Mauer hervor; noch nicht. Solange niemand ihn bemerkt hatte, wollte er unsichtbar bleiben.

Der Hof war kühl, die Nachtluft scharf wie dünnes Glas. Doch dem rothaarigen Mann schien die Kälte nichts anhaben zu können. Rosenbüsche säumten das noch immer grüne Gras, und in der Mitte lag der Teich wie eine polierte Scheibe aus Dunkelheit, in der sich der klare Nachthimmel spiegelte. Sterne glitzerten auf seiner Oberfläche – und unter ihnen ein zweites, zerbrechlicheres Licht.

Eine Frau spiegelte sich im Wasser. Groß und schlank war sie, mit alabasterweißer Haut, tiefschwarzem Haar und Augen, die in diesem Licht blau leuchteten wie gefrorene Flammen. Ein hellblaues Gewand umfloss sie in seidigen Wellen und fiel bis zu den silbernen Schuhen an ihren Füßen. Ihr Gesicht war ihm abgewandt, doch das spielte keine Rolle.

Jaeden kannte jedes Detail. Jede zarte Kurve ihrer Wangenknochen. Jede Linie ihres Halses. Jeden Zentimeter jener weichen Haut, die er einst berührt hatte – und die ihn seitdem nicht mehr losgelassen hatte.

Sie betrachtete ihr Spiegelbild im stillen Wasser, drehte sich, neigte den Kopf, als suche sie eine Antwort im Glanz des eigenen Abbildes. Dann lächelte sie – ein warmes, unbeschwertes Lächeln – und wirbelte einmal im Kreis, sodass ihr Kleid wie ein heller Nebel um sie aufflammte. In der Bewegung aber fiel ihr Blick auf Jaeden.

Sie keuchte erschrocken auf und machte einen Schritt zurück, als hätte die Dunkelheit selbst zu ihr gesprochen.

»Guten Abend, Laniria«, sagte Jaeden aus dem Schatten der Mauer heraus. Seine Stimme war ruhig, beinahe weich. »Es ist lange her, nicht wahr?«

»Jaeden!« Überraschte Freude überflutete ihr Gesicht und ließ es erstrahlen wie eine aufgehende Kerze. »Wie schön, dich zu sehen!«

»Das könnte ich auch sagen«, erwiderte Jaeden.

Laniria errötete, ein zartes Rosa unter der blassen Haut. Er wunderte sich darüber – sie, die schon unzählige Male gehört hatte, wie schön sie sei, wie sehr man sich über ihre Anwesenheit freue. Doch irgendetwas an seinen Worten, an seiner Stimme, schien sie dennoch zu treffen.

»Seid Ihr vom Rat gekommen?«, fragte sie hastig.

Als er nickte, überschlug sich ihre Stimme beinahe:

»Was haben sie gesagt? Was wird Vater tun? Und was ist mit Mal? Oh, wir haben uns solche Sorgen um euch beide gemacht…«

Sie trat unwillkürlich einen Schritt näher, ihre Hände leicht erhoben, als könne sie Antworten aus der Luft greifen. In ihren Augen flackerte eine Mischung aus Furcht und Hoffnung – mehr Hoffnung, als sie wohl zugeben wollte.

»Was?«, fragte Jaeden fassungslos. »Ihr wisst von Mal? Wie könnt ihr davon wissen?«

Laniria senkte den Blick, als hätte man sie bei etwas Heimlichem ertappt.

»Oh nein...« sagte sie beklommen. »Ich hätte das nicht sagen dürfen. Wie dumm von mir. Bitte sag es niemandem! Sie wären so wütend, wenn sie es erfahren. Ich sollte solche Dinge nicht wissen. Was völlig unfair ist, wenn du mich fragst – warum darf ich nicht wissen, was ich offensichtlich längst weiß?«

Dann hob sie den Kopf, ihre Stirn gerunzelt.

»Und warum versteckst du dich überhaupt dort drüben im Dunkeln? Komm doch her! Man kann schlecht reden, wenn man nur Schatten sieht.«

Jaeden seufzte und trat aus dem Schatten hervor. Lanirias Augen wurden groß.

»Meine Güte!« rief sie und schlug eine zarte Hand vor den Mund. »Dein Auge!«

Ohne zu zögern stolzierte sie auf ihn zu, ganz Anmut, als würde sie über Wasser gehen. Ihre Hände umfassten seinen Kopf, drehten ihn prüfend hin und her, als sei er ein Kunstwerk mit einem Riss.

»War es...?« Ihre Stimme sank zu einem hauchdünnen Flüstern. »Hat er...?«

»Das war es, und er hat es getan«, sagte Jaeden trocken. »Das hier ist das Werk meines lieben Bruders. Nur ein kleiner Teil davon, wohlgemerkt – du scheinst vom Rest ja ohnehin schon zu wissen. Wie hast du das eigentlich herausgefunden?«

Laniria lächelte geheimnisvoll, die Art von Lächeln, die mehr verbarg als offenbarte.

»Ich habe meine Methoden«, sagte sie. »Und... das Stück

steht dir erstaunlich gut. Du siehst jetzt aus wie ein echter Rebell. Das gefällt mir.«

Jaeden hätte mit den Augen gerollt – aber da er nicht mehr über die Mehrzahl verfügte, musste er sich damit begnügen, das eine rollen zu lassen.

Die Königstochter war manchmal so hohlköpfig, dass er sich fragen musste, warum er so hoffnungslos, so vollkommen wahnsinnig in sie verliebt war.

Es war wirklich unerträglich. Aber er konnte nichts dagegen tun.

Aber nein, entschied er sofort. Sie war nicht hohlköpfig. Nicht wirklich.

Laniria war clever – wenn sie es sein wollte. Mehr als einmal hatte Jaeden das Gefühl gehabt, dass sie irgendein Spiel spielte. Nur wusste er nie, mit wem... oder warum. Vielleicht war sie tatsächlich nur eine verwöhnte Prinzessin, die nie gezwungen gewesen war, selbst zu denken.

Aber dieses Gefühl, dass sich unter ihrer strahlenden Oberfläche etwas verbarg – etwas Scharfes, Kluges, Gefährliches vielleicht – ließ ihn nicht los. Und wann immer ihn ein solches Gefühl beschlich, störte es ihn. Vor allem, weil es fast immer zutraf.

Doch heute war er nicht hier, um über Lanirias Geheimnisse nachzugrübeln.

Er war gekommen, weil etwas anderes ihn quälte. Er hatte nicht glauben wollen, was Mal gesagt hatte. Dass Laniria ihn liebte.

Der bloße Gedanke daran ließ etwas Wildes in ihm aufflammen, heiß und schmerzend – obwohl kein Außenstehender den geringsten Funken davon in seinem Gesicht erkennen konnte.

Ungewissheit aber war schlimmer als Wut. Und so blieb ihm nichts anderes, als zu fragen. Egal, wie melodramatisch die Szene werden würde. Und Laniria konnte melodramatisch sein wie ein Sturm in Seide.

Jaeden hasste Melodramatik. Also mühte er sich, seine Stimme so ruhig und harmlos wie möglich klingen zu lassen.

»Da wir gerade von meinem Bruder sprechen«, begann er vorsichtig, »ich hätte da… eine klitzekleine Frage.«

»Nur zu!« Laniria strahlte ihn an, ein Lächeln süß wie Honig. »Ich lebe, um zu gefallen!«

»Mal erwähnte, dass ihr euch getroffen habt, als er das letzte Mal hier war.«

Er räusperte sich. »Und… er machte einige interessante Bemerkungen über dein Verhalten ihm gegenüber. Ich war… überrascht. Und wollte wissen, ob da… etwas Wahres dran ist.«

Laniria legte den Kopf schief, unschuldig wie eine Katze vor einem zerfledderten Vogel.

»Oh? Was hat er denn gesagt? Ich sterbe vor Neugier!«

Jaeden presste die Lippen zusammen. Dann warf er die Worte heraus, so hastig wie ein Mann, der befürchtet, gebissen zu werden.

»Im Grunde sagte er, du hättest darauf bestanden, dass er dein Bett besucht.«

Empörung flammte in Lanirias Gesicht auf, schnell und hell wie ein Schlag ins Wasserspiegelbild. Jaeden zuckte innerlich zusammen. So viel zur Milde…

»Und zweifellos hast du ihm geglaubt?« fuhr die Prinzessin ihn an. »Einfach so, ja? Vielen Dank für dein Vertrauen! Ich bin noch nie so beleidigt worden! Das hätte ich dir nicht zugetraut, Jaeden! Ich sollte— ich sollte…«

»Bitte erspare mir den Wutanfall«, unterbrach Jaeden ruhig. »Ich will nur wissen, ob es wahr ist. Ja oder nein. Nun?«

»Warum sollte ich dir antworten?« Laniria grinste – hübsch, aber scharf wie ein Messer unter Seide. »Ich finde es viel amüsanter, dich im Zweifel zu lassen. Außerdem – warum sollte ich nicht mit wem auch immer verkehren? Du hast kein Recht, mich zu beschuldigen oder mir Schuldgefühle einzureden, selbst wenn ich mit deinem Bruder geschlafen hätte!«

»Aber das hast du nicht... oder?« fragte Jaeden, und etwas wie Hoffnung blitzte in seiner Stimme auf.

»Vielleicht habe ich es nicht. Oder vielleicht habe ich es getan.«

»Jetzt schmollst du nur«, sagte Jaeden. »Für eine Jungfrau in deinem Alter höchst unschicklich.«

Für einen Herzschlag lang war ihr Gesicht wie ein offenes Buch.

Ein seltsamer Ausdruck flackerte darüber – Verletzung, Wut, und tief darunter etwas Bitteres, das er nicht deuten konnte. Sie öffnete den Mund, als wolle sie etwas sagen... etwas Wahres, vielleicht. Doch dann schloss sie ihn wieder, presste die Lippen aufeinander und verschränkte trotzig die Arme.

»Was kümmert es dich überhaupt?« fragte sie schließlich, hart wie gefrorenes Glas.

»Warum sollte es mich kümmern?« Jaeden sprach langsam, jede Silbe schwer vor zurückgehaltener Wahrheit. »Musst du das wirklich fragen? Denke nach, Laniria! Oder wenn du das nicht kannst – fühle! Siehst du es nicht in meinem Gesicht? Schau hin – und du wirst deine Antwort haben.«

»Alles, was ich sehe«, antwortete Laniria stur, »ist ein ungehobelter Tölpel, der glaubt, dass der Lamerth nur zu seinem Vergnügen existiert.«

Ihre Stimme bebte nun, trotz ihrer Worte.

»Ich will nicht mehr mit dir reden. Geh jetzt!«

»Wie du willst«, sagte Jaeden – plötzlich schneidend vor Wut. Seine Stimme vibrierte wie eine gestraffte Saite. Er ballte die Fäuste, starrte sie finster an.

»Wie du willst. Ich gehe nach Renkas. Ich weiß nicht, wann ich zurückkomme – wenn überhaupt. Aber ich kann dir versichern, dass ich mich nicht beeilen werde, zu dir zurückzukehren!«

Er wandte sich ab. Seine Schritte hallten hart über den Hof, hastig, schwer, voller unterdrückter Worte. Etwas Unverständliches murmelte er vor sich hin, während er in der Dunkelheit verschwand.

Laniria rührte sich nicht. Erst als seine Schritte verklangen, als keine Möglichkeit mehr blieb, dass er sich doch noch einmal umdrehte, sanken ihre Schultern. Sie ließ sich erschöpft auf das Gras nieder, als hätten ihre Beine plötzlich jede Kraft verloren. Mit einem Zittern holte sie Luft, bedeckte ihr Gesicht mit den Händen. Ihre schmalen Schultern bebten lautlos.

Ein Windhauch strich über den Hof, sanft wie eine trauernde Berührung. Er fuhr über die kahle Stelle neben dem Teich – dort, wo einst die Säule der Magie gestanden hatte. Die Säule, die vor Jahren in einer einzigen Nacht in sich zusammengefallen war, als wäre sie nie mehr als ein Traum gewesen.

Jetzt lag kein Licht mehr dort. Nur die stille, zusammengesunkene Gestalt der weinenden Jungfrau, bleich im Mondschein.

»Laniria?«

Eine Stimme, nicht weit entfernt. Ruhig. Neugierig. Vielleicht besorgt.

Laniria fuhr erschrocken hoch. Hastig wischte sie sich die Tränen von den Wangen, strich Gras und Erde von ihrem Kleid, presste ein Lächeln auf ihre Lippen – ein keckes, perfekt geübtes Lächeln, das von ihrem Schmerz nichts verriet.

»Ich komme, Danora!« rief sie hell und hüpfte leichtfüßig in die Richtung der Stimme, als ob nichts geschehen wäre.

»Bitte wohin gehst du?«

Nerias Stimme überschlug sich, schlug um in einen Schrei. »Was hast du vor? Warum?«

Sie war in Stapfers und Falvorils Zimmer gestürmt, blieb nun mitten im Raum stehen – die Arme haltlos an den Seiten, das Gesicht reines, unverfälschtes Entsetzen. Stapfer zuckte zusammen. Er stand mit dem Rücken zum Fenster, als hätte er zufällig dort Stellung bezogen, und blickte sie schuldbewusst an.

Falvoril dagegen lehnte an der Wand neben der Tür, die Arme verschränkt, und wirkte... amüsiert. Sehr amüsiert.

»Du musst nicht mitkommen, wenn du nicht willst«, sagte Stapfer vorsichtig, beinahe entschuldigend. »Wir dachten... also, wir dachten, du würdest gerne mit. Aber... wir hätten wohl fragen sollen.«

Er kratzte sich am Nacken.

»Du wolltest ja nicht mit zum Rat, und... äh... irgendwie ist es dann einfach so gelaufen.«

Seine Worte verloren sich in hilflosem Gemurmel.

Neria war schon wütend gewesen, als er ihr von seiner Entscheidung erzählt hatte, im Namen König Droderons nach Limarh zu reisen.

Doch sein halbherziger Versuch einer Versöhnung – der klägliche Tonfall, das Herumrudern – war wie Öl in die Flammen.

»Oh, ich verstehe!« fauchte sie und zog die Augen zusammen, bis sie schmale, glühende Schlitze waren.

»Nicht nur entscheidest du hinter meinem Rücken, dass ich mich auf eine lange und gefährliche Reise begebe, ohne mich auch nur zu fragen – jetzt willst du mich auch noch zurücklassen!«

Sie trat einen Schritt auf ihn zu, hob den Finger, als wolle sie ihm das Wort in den Hals zurückstopfen.

»Nun, lass dir eines gesagt sein, Stapfer der Schwachsinnige: Du kannst meine Entscheidungen nicht einfach für mich treffen!«

Ihre Stimme bebte, aber nicht vor Angst – vor Wut, vor verletzter Freiheit.

»Ich komme mit – ob es dir passt oder nicht!«

Stapfer blinzelte. Etwas an der ganzen Situation kam ihm merkwürdig vor. Sehr merkwürdig.

Hinter Neria sah er Falvoril stehen – dessen Schultern vor unterdrücktem Gelächter bebten.

Der Halbelf hatte die Arme um sich geschlungen, als müsse er sich festhalten, um nicht einfach laut loszuprusten.

Stapfer fand die Lage keineswegs lustig. Neria erst recht nicht. Sie wirbelte herum und fixierte Falvoril mit einem Blick, der selbst einen ausgewachsenen Bären hätte davonlaufen lassen. Ihre Empörung schien sich noch einmal zu verdoppeln.

»Und du!« fauchte sie. »Was, bei allen Göttern, gibt es da zu lachen? Glaubst du, es ist amüsant, mit einer Gruppe planlos durch die Wildnis zu stolpern, mit dem Hungertod vor Augen und hungrigen Wölfen im Rücken? Glaubst du, ihr beide werdet große Helden sein?«

Sie stemmte die Hände in die Hüften, als würde sie gleich selbst einen Krieg erklären.

»Und was hat es überhaupt mit dieser Treuebruderschaft auf sich?«

Falvoril richtete sich langsam auf, strich sich seelenruhig eine Haarsträhne aus dem Gesicht und antwortete mit einer Stimme, die so gelassen war, dass sie nur noch mehr provozierte:

»Ein Brauch unter zivilisierten Menschen«, sagte er spöttisch, »der allgemein als ehrenhaft und höflich gilt.«

Er verbeugte sich leicht, viel zu elegant für die Stimmung im Raum.

»Es tut mir aufrichtig leid, dass wir dich nicht einweihen konnten — es handelt sich normalerweise um eine Angelegenheit für Männer...«

Er lächelte mit gespielter Nachsicht.

»Also: Trauzeugen.«

Neria erstarrte.

Falvoril fuhr unbeirrt fort, mit einem Ton, der zwischen Ironie und höflicher Angeberei schwankte:

»Aber wenn die Dame es wirklich wünscht, könnte ich sie selbstverständlich als meine Trauzeugin akzeptieren.«

Er tippte sich ans Kinn, als denke er ernsthaft darüber nach.

»Die Dame würde in einem vierzackigen Hut übrigens ausgezeichnet aussehen.«

Stapfer schloss kurz die Augen. Er wusste nicht, ob Neria

gleich explodieren oder ob Falvoril gleich tot sein würde. Vielleicht beides.

»Du wirst nicht mehr so überheblich reden, wenn wir erst einmal im Blutwald sind«, erwiderte Neria bitter.

»Ich habe ihn gesehen. Ich war dort, bevor ich Renkas verließ. Er ist eine Wildnis – ungezähmt, ohne Wege, voller seltsamer Kreaturen.«

»Wie du zum Beispiel?« schlug Falvoril mit unschuldigem Gesichtsausdruck vor.

»Wenn du das Schlimmste bist, was der Blutwald zu bieten hat, dann werden wir schon überleben. Wo wir gerade beim Thema sind – warum hast du Renkas eigentlich verlassen?«

Doch das war ein Schritt zu weit.

Neria presste sofort die Lippen zusammen. Ihr Gesicht verhärtete sich, als hätte jemand eine Tür zugeschlagen. Ohne ein weiteres Wort ging sie zu Stapfers Bett, ließ sich dort mit verschränkten Armen nieder und starrte trotzig an Falvoril vorbei, als existiere er nicht mehr.

Falvoril hob eine Braue, ganz so, als hätte er genau diese Reaktion erwartet und amüsiere sich prächtig darüber.

Stapfer dagegen holte tief Luft.

Er hoffte inständig, dass der Sturm nun vorüber war. Vielleicht. Hoffentlich. Wahrscheinlich nicht.

Er fühlte sich ohnehin schon schuldig genug.

Er war derjenige gewesen, der Neria in diese Reise hineingezogen hatte – unbedacht, überrumpelnd, vielleicht sogar unfair. Er hätte sie fragen sollen. Er hätte mit ihr sprechen sollen. Er hätte... alles Mögliche tun sollen.

Aber er hatte es nicht getan.

Und jetzt saß sie hier – wütend, verletzt, trotzig – und trotzdem wollte er sie nicht missen. Nicht eine Minute.

Er hatte diese sonderbare, scharfzüngige, verbitterte, schüchterne, aber tief im Inneren sanfte und liebevolle junge Frau wirklich lieb gewonnen.

Mehr, als ihm bewusst gewesen war. Vielleicht mehr, als gut für sie war.

Vielleicht bin ich egoistisch, dachte er.

Neria wäre in der Bergwarth sicherer.

Oder in Tholmir.

Oder eigentlich überall, nur nicht mit ihnen auf dem Weg durch Blutwald und Dunkelheit.

Doch sein Herz flüsterte ihm etwas anderes zu.

Sie wäre dort unglücklich. Sie will bei uns sein. Bei mir... Vielleicht.

Und damit wog die Schuld nicht leichter, aber sie fühlte sich wenigstens weniger falsch an.

»Wenn du tatsächlich mit uns kommen möchtest«, sagte Stapfer, »heiße ich deine Gesellschaft gerne willkommen. Ich bitte sogar darum. Ohne dich wäre es nicht dasselbe! Wir werden zu Pferd reisen, schnell und leise, und vielleicht ist es nicht so gefährlich, wie du denkst. Hoffentlich verläuft unsere Reise unbemerkt und ereignislos. Und wenn wir Erfolg haben, ist der ganze Lamerth mit Sicherheit gerettet. Du weißt, dass ich das tun muss – oder es zumindest versuchen muss.«

Nach einem Moment seufzte Neria, nickte aber widerwillig.

»Du nutzt meine unvernünftige Zuneigung zu dir auf unfaire Weise aus«, sagte sie, »aber ich nehme an, dass du jemanden brauchst, der bei einer Aufgabe wie dieser über einen ganzen Verstand verfügt. Du und Falvoril zusammen seid nicht einmal einen Fingerhut wert, wenn es um gesunden Menschenverstand geht.«

»Genau«, sagte Stapfer freundlich, erleichtert, dass Nerias Zorn spürbar abgeflaut war. »Wer sonst könnte uns schon mit ihrer bloßen Anwesenheit mit solch reiner Freude erfüllen?«

Sein Grinsen erstarb sofort, als Neria ihn finster anstarrte.

»Jetzt machst du nur noch auf nett«, knurrte sie. »Du bist ein hinterlistiges, gerissenes kleines Wesen und nicht halb so unschuldig, wie du aussiehst.«

Stapfer zuckte mit den Schultern und versuchte, möglichst unschuldig zu wirken.

»Also abgemacht«, sagte Falvoril, der wie immer hauptsächlich amüsiert klang. »Wir werden in ein paar Tagen aufbrechen, nehme ich an, und ich...«

Doch was auch immer Falvoril als Nächstes sagen wollte, wurde im selben Augenblick unterbrochen — von einer Stimme an der Tür.

»Ich fürchte, in ein paar Tagen wird es zu spät sein!«

Die Stimme durchschnitt den Raum wie ein kalter Windstoß.

»Die Dinge haben eine dunkle Wendung genommen, und eure Abreise muss beschleunigt werden. Wir wurden entdeckt.«

Jaeden kam hastig durch die Tür, fast stolpernd vor Eile. Offenbar war er gerannt: sein Atem ging stoßweise, seine Wangen glühten, und in seinem Blick lag eine Mischung aus Angst und fiebriger Entschlossenheit.

Doch das war nicht das, was Stapfer am meisten erschreckte.

Jaeden hielt — entgegen jeder Sitte, jeder Höflichkeit — eine blanke Klinge in der Faust.

Und unmittelbar hinter ihm trat der hochgewachsene junge Mann ein, den Stapfer nur allzu gut erkannt hatte: Regard, Sohn König Droderons.

»Stapfer, mein Freund, du musst jetzt gehen — wenn möglich sofort«, sagte Jaeden, seine Stimme kaum weniger atemlos als sein Brustkorb. »Sonst fürchte ich, dass du vielleicht nie wieder wegkommst, außer in ein Land, das weit entfernter ist als Limarh... und aus dem kein Reisender jemals zurückkehrt. Und wir anderen würden dir dorthin aller Wahrscheinlichkeit nach nur allzu bald folgen.«

»Was?« Neria sprang auf. »Wir können jetzt nicht aufbrechen! Nichts ist vorbereitet! Du kannst doch nicht erwarten, dass wir ohne Proviant, ohne Ausrüstung, ohne Karten, ohne irgendetwas in die Nacht hinausrennen — für eine Reise, die mindestens einen Monat dauert!«

»Und doch müsst ihr gehen«, sagte Regard ruhig vom Türrahmen aus.

Im Gegensatz zu Jaeden war er weder außer Atem noch sichtlich erschüttert. Er stand gerade, beinahe gelassen, und wirkte mit seinem ruhigen Blick wie ein Anker inmitten des Aufruhrs.

Stapfer betrachtete ihn — und der Gedanke kam ungerufen: Er sieht seinem Vater ähnlich... und doch nicht.

Jünger, frischer, unverbraucht.

Mit einem leichten Funkeln in den Augen, das Droderon

früher einmal besessen haben mochte, bevor Kummer und Verzweiflung es gedämpft hatten.

Regard fuhr fort, seine Stimme so klar wie ein gezogener Pfeil:

»Ihr habt keine Stunde mehr. Vielleicht weniger.«

»Die Situation hat sich geändert«, sagte Regard. Seine Stimme war ruhig, aber darunter vibrierte etwas Dunkles. »Mein Vater wurde angegriffen.«

Stille schlug in den Raum wie ein Hammerschlag.

»Er war allein mit Valandriel im Turm der Sicht eingeschlossen und hatte befohlen, dass niemand sie stören dürfe. Doch ich war beunruhigt. Ich wollte mich selbst mit ihm beraten – denn in mir war der Wunsch erwacht, mit der Gesellschaft aus dem Süden zu gehen.«

Er atmete leise ein, als müsse er das Gesagte ordnen, bevor er fortfuhr:

»Als ich die Treppe zum Ratszimmer hinaufging, hörte ich einen Schrei. Einen seltsamen, schrecklichen Schrei, erfüllt von Angst und Schmerz. Es war nicht die Stimme meines Vaters – aber sie erfüllte mich mit Furcht. Ich rannte hinauf, um zu sehen, was geschehen war.«

Regards Blick wurde hart.

»Droderon lag bewusstlos und verwundet am Boden. Von Valandriel fehlte jede Spur. Mein Vater wurde angegriffen... und was mit dem Elfen geschehen ist, weiß niemand.«

Stapfer war fassungslos.

»Aber wer könnte so etwas getan haben? Gab es keine Wachen im Turm? Wie konnte ein Diener des Feindes überhaupt dorthin gelangen?«

Falvoril verschränkte die Arme, nachdenklich.

»Und wie konnte er entkommen?« fügte er hinzu.

»Ich habe heute nur einen Eingang in diesen Raum gesehen. Und wenn es keinen geheimen Ausgang gibt, hätte jeder Flüchtende von Regard gesehen werden müssen.«

Er verneigte sich dabei leicht vor dem Königssohn, als er seinen Namen aussprach.

»Niemand, von dem ich weiß, kann diese Fragen beantworten«, erwiderte Regard. »Außer vielleicht mein Vater selbst – wenn er erwacht. Alprey ist jetzt bei ihm, und vielleicht kann er ihn mit seiner Macht und Weisheit wieder ins Bewusstsein zurückführen.«

Er schüttelte den Kopf, als wolle er eine unsichtbare Last abschütteln.

»Aber es ist nicht zu hoffen, dass unsere Pläne geheim bleiben. Er weiß jetzt von den Boten, von ihrer Anzahl und ihrem Weg. Wenn ihr wartet, werdet ihr feststellen, dass der Pfad bereits von den Kreaturen des Dunklen versperrt ist.«

Sein Blick ruhte ernst auf jedem von ihnen.

»Jetzt liegt unsere Hoffnung nur noch in Schnelligkeit und Geheimhaltung. Ihr drei müsst in der Wildnis verschwinden – bevor ihr überhaupt bemerkt werdet.«

Neria verschränkte die Arme, die Stirn gerunzelt.

»Und doch werden wir am Ende entdeckt werden. Wir brechen völlig unvorbereitet auf und müssen unterwegs Proviant besorgen. Die Wildnis bietet in dieser Jahreszeit nicht viel – und noch weniger für jene, die sich beeilen müssen.«

Regard hob die Hand in einer schnellen, beruhigenden Geste.

»Fürchtet euch nicht!« sagte er. »Eure Worte sind weise, aber es ist alles vorbereitet. Eure Pferde sind gesattelt und mit

Proviant beladen; sie warten bereits im unteren Hof. Es bleibt keine Zeit für weitere Ratschläge.«

Er trat einen Schritt zurück, die Tür halb geöffnet, sein Gesicht im Wechsellicht des Fackelscheins.

»Lebt wohl – und geht schnell!«

Dann verschwand er im Flur, und das Echo seiner Schritte verklang rasch, als trüge ihn die Dringlichkeit selbst fort.

»Kommt«, sagte Jaeden. »Ich werde euch jetzt führen.«

Stapfer nahm nur sein Schwert und die Brosche seines Vaters, wickelte sich den Umhang um die Schultern und folgte Jaeden.

Hinter ihm ging Falvoril schweigend, den großen Bogen locker über der Schulter, den Köcher fest am Gürtel.

Neria folgte als Letzte. Sie trug keine Waffe und nahm nichts mit außer dem Amulett, das wie immer an der Kette um ihren Hals hing.

Sie schlichen in den Korridor hinaus, und jedem Beobachter hätte es so erscheinen können, als sei Jaeden allein unterwegs. Die drei Gestalten hinter ihm verschmolzen fast mit den Wänden und bewegten sich so leise, dass kein Laut von ihnen ausging.

Sie begegneten niemandem in den Hallen, und schon bald erreichten sie den Eingang zum westlichen Hof.

Als sie hinaustraten, empfing sie die kalte Nachtluft, und der vertraute Glanz der Sterne lag über ihnen.

Drei große Schatten vor dem Brunnen wurden bei näherem Hinsehen zu ihren wartenden Pferden, die schnaubten und unruhig mit den Hufen stampften. Stapfer war erleichtert, Nori unter den Tieren zu erkennen; die großen Kriegspferde waren nie nach seinem Geschmack gewesen, trotz ihrer Kraft und Schnelligkeit.

Rasch schwangen sie sich in die Sättel.

»Lebt wohl!« sagte Jaeden. »Folgt der Straße geradeaus vom Tor aus. Ihr kommt zu einem kleinen bewachten Tor, man wird euch ohne Schwierigkeiten passieren lassen. Verweilt nicht auf der Straße! Und... ich wünsche euch Glück. Um unser aller willen.«

Er hob die Hand zum Abschied – im schwachen Sternenlicht kaum mehr als eine Silhouette.

Doch bevor Stapfer und seine Gefährten den Hof verlassen konnten, rief eine Stimme aus den Schatten der Burg zu ihnen herüber.

»Halt!«

Stapfer zuckte zusammen, und Nori scheute leicht, die Hufe scharrend.

Jaeden wirbelte herum, suchte nach dem unsichtbaren Sprecher. Er musste nicht lange warten.

Ein Schatten löste sich von der Burgmauer und trat auf sie zu.

Stapfer stieß einen Laut aus, halb Schreck, halb Unglauben – denn im schwachen Licht erkannte er Valandriel.

Ohne Umhang. Zerzaust. Bar der üblichen elfischen Anmut, als hätte ihn ein Sturm aus einer anderen Welt ausgespuckt.

Der Elf ging wie in einem Traum. Seine Schritte berührten die Pflastersteine, doch machten keinen Laut.

»Valandriel!« rief Jaeden, die Stimme überschlagend vor Erleichterung. »Wo wart Ihr? Wir haben nach euch gesucht – alle fürchteten schon das Schlimmste!«

Doch die Worte verloren sich im kalten Hof.

Valandriel antwortete nicht.

Er blieb stehen, wie angewurzelt, und hob das Gesicht zum Himmel, als lausche er etwas, das keiner der anderen hören konnte.

Keine Bewegung. Kein Atemzug, der sichtbar wurde. Nur eine fremde, starre Stille.

Stapfer spürte, wie seine Nackenhaare sich aufstellten. Plötzlich war ihm übel vor Angst, ohne zu wissen warum.

Er wünschte, er wäre irgendwo anders — überall anders.

Etwas stimmte nicht.

Etwas stimmte ganz und gar nicht.

Und ein Teil von Stapfer fürchtete, dass er gar nicht wissen wollte, was als Nächstes geschah.

Jaeden jedoch dachte nicht an Vorsicht.

Er rannte auf den Elfen zu, packte Valandriel an den Armen – fest, fast verzweifelt.

Valandriels Blick löste sich langsam vom Sternenhimmel und sank auf Jaeden herab.

Jaeden erstarrte.

Das Gesicht des Elfen war von Tränen gezeichnet, die wie dunkle Juwelen über seine blasse Haut liefen. Seine Lippen waren verzerrt, als stünde er unter unsäglichen Schmerzen, doch er sprach kein Wort.

Nicht einmal ein Hauch von Atem schien ihn zu verlassen.

Da schrillte Stapfers Schrei durch den Hof – und Nori bäumte sich in wilder Panik auf.

Wie ein Blitz, lautlos und tödlich, schoss ein Dolch in Valandriels Hand hervor.

Gerade, schnell, zielgerichtet — ein Pfeil aus Stahl, geführt auf Jaedens Herz zu.

Jaeden schrie überrascht auf, riss sich zurück, doch zu spät. Viel zu spät.

Doch im letzten Augenblick — in einem Herzschlag zwischen Tod und Entscheidung — drehte Valandriel die Hand.

Mit einem würgenden Schluchzen, einem Laut reiner Verzweiflung, stieß der Elf den durstigen Stahl in sein eigenes Fleisch.

Valandriel keuchte, dann brach ein Schrei aus ihm hervor – fremd und uralt klingend:

»Ah, Droderon! Wir sind zu spät!«

Er sackte in sich zusammen, und Jaeden fing ihn auf, bevor er zu Boden stürzte.

Blut strömte schnell hervor, dunkel und glänzend, und sammelte sich in einer wachsenden Lache auf den Pflastersteinen, als wollte die Erde selbst sein Opfer trinken.

Jaedens Stimme bebte, doch er hielt den Elfen fest.

»Welche bösen Taten kündigt diese Nacht an! Die Netze des Feindes fangen uns sogar in der Festung des Westens!«

Dann sah er zu Stapfer, Falvoril und Neria hinüber — ein Blick voller Dringlichkeit und verzweifelter Entschlossenheit.

»Reitet jetzt!« rief er. »Und schaut nicht zurück in die schwindende Hoffnung!«

Stapfer zögerte — nur einen Augenblick.

Ein letzter Blick auf Jaeden, der seinen sterbenden Freund hielt.

Ein letzter Blick auf die Mauern der Bergwarth, die ihm

plötzlich nicht mehr wie Schutz wirkten, sondern wie ein Grab aus Stein.

»Leb wohl, Jaeden!« rief er schließlich. »Mögen wir uns in glücklicheren Zeiten wiedersehen!«

Dann trieb er Nori an.

Falvoril und Neria folgten ihm sofort, und gemeinsam flohen sie aus der Bergwarth in die Dunkelheit der Nacht —

so wie Stapfer eine Woche zuvor aus Larkas geflohen war.

Doch diesmal war der Weg länger.

Ungewisser.

Und er war nicht allein.

Im Dunkel des frühen Morgens verließen sie die Bergwarth und wandten sich nach Süden und Westen, hinab in die Schatten der Hügel – auf den langen, ungewissen Weg nach Tholmir.

Jaeden sah den drei Gestalten auf ihren Pferden nur einen Herzschlag lang nach, wie sie im Dunkel der Nacht verschwanden.

Dann zwang er sich, sie aus seinen Gedanken zu verdrängen, hob den bewusstlosen Elben auf und eilte mit ihm zurück zur Burg.

Seine langen Beine verschlangen den Weg durch die Hallen. Fast rannte er — denn in ihm nagte die Gewissheit, dass jede Sekunde zu spät sein könnte.

Einmal wagte er einen Blick auf Valandriels Gesicht.

Das hätte er vielleicht nicht tun sollen.

Der Elf war bleich wie Schnee, die Lippen farblos, dunkle Schatten lagen um seine geschlossenen Augen wie Spuren eines unsichtbaren Feuers.

Jaeden wusste nicht, ob er noch lebte — und er wagte nicht, anzuhalten, um nach einem Herzschlag zu suchen.

Er lief weiter.

Treppen hinauf, Gänge entlang, bis er die Tür zur königlichen Kammer erreichte.

Wachen standen zu beiden Seiten, doch als sie Jaeden erkannten — und die Last in seinen Armen — öffneten sie sofort den Weg und ließen ihn eintreten.

Die Tür fiel hinter ihm ins Schloss.

Mit einem Blick erfasste Jaeden die Szene.

Er befand sich in der Kammer des Königs, einem großen, reich verzierten Raum voller gedämpften Lichtes und gespenstischer Stille. Droderon lag reglos auf dem breiten Bett, so unbeweglich wie Stein.

An seiner Seite standen Regard und Alprey.

Nicht weit entfernt saß Virkam auf einem Hocker.

Alle drei wandten sich zu Jaeden um.

Ihre Augen weiteten sich, als sie sahen, wen er trug.

Jaeden trat an das Bett heran und legte Valandriel neben der unbeweglichen Gestalt des Königs ab.

Stille hing schwer im Raum — wie ein Atemzug, der nicht ausgehaucht werden wollte.

»Ihr habt ihn gefunden!« rief Regard.

Doch als sein Blick auf den blutigen Riss in Valandriels Tunika fiel — und auf die Wunde darunter — erstarrte sein Gesicht.

»Aber wer könnte so etwas tun?«

»Seine eigene Hand trieb die Klinge in seine Brust«, antwortete Jaeden schwer. »Doch zuerst zielte er auf mein Herz. Es war, als kämpfte er mit sich selbst — als rangen zwei

Widersprüchliche Wünsche in ihm. Da ist irgendein Wahnsinn am Werk, und ich verstehe ihn nicht!«

Alprey trat näher, seine Bewegungen ruhig, aber die Falte zwischen seinen Brauen verriet Sorge.

Er beugte sich über Valandriel und legte eine knochige Hand auf die glatte Stirn des Elfen.

»In der Tat Wahnsinn«, murmelte er.

»Oder vielmehr eine List des Dunklen. Er hat viele Mittel, Unschuldige in seine Netze zu locken — und selbst die Starken können in ihnen gefangen werden.«

Seine Finger verweilten auf Valandriels Haut, als lausche er auf etwas, das nur er hören konnte.

Die Luft im Raum schien sich zu verdichten.

Dann fiel Jaedens Blick auf etwas, das er zuvor nicht bemerkt hatte.

In Valandriels linker Hand — der Hand, die nicht den Dolch geführt hatte — lag eine dunkle Kugel. Klein, rund, unheilvoll. Sie war an seine Seite gepresst gewesen und bis jetzt durch den zerfledderten Umhang verborgen geblieben.

Jaeden wich unwillkürlich zurück.

Alprey streckte langsam die Hand aus, als würde er ein schlafendes Tier nicht aufschrecken wollen. Vorsichtig nahm er das Objekt aus Valandriels schlaffer Hand; die Finger des Elfen fielen kraftlos auf die Bettdecke zurück.

Der Magier hielt die Kugel ins Licht.

Seine Augen weiteten sich kaum merklich.

»Ein Auge aus dem Veyrun«, sagte Alprey leise — doch in seiner Stimme lag eine Schwere wie Stahl. »Nun... nun kann dieses Rätsel vielleicht gelöst werden.«

Er drehte sich zu den anderen um, die wie versteinert auf ihn starrten.

»Ein Attentäter betritt unerkannt den Turm, greift den König an und entführt den Herrscher der Elfen — und entkommt ebenso unerkannt, obwohl der einzige Ausgang bewacht war.«

Seine Worte hallten im Raum wie Schläge einer unsichtbaren Glocke.

»Dann treibt er seinen Gefangenen auf irgendeine Weise in den Wahnsinn, sodass dieser versucht, sich selbst zu töten.«

Alpreys Blick senkte sich auf die dunkle Kugel, als könne er die Antwort darin lesen.

»Und das alles«, fuhr er fort, »ohne dass jemand auch nur einen Hauch seiner Anwesenheit spürt. Ohne einen Schritt, ohne einen Schatten, ohne ein Zittern der Luft.«

Ein Schauder ging durch die Kammer.

Regard flüsterte: »Ihr meint...?«

Doch Alprey antwortete noch nicht.

Er starrte nur auf das Auge des Veyrun, und die Dunkelheit darin schien zurückzublicken.

»Welche Antwort findest du darin?« fragte Regard schließlich, als Alprey weiterhin schwieg. Seine Stimme war gereizt; Müdigkeit, Sorge und Zweifel hatten ihn an den Rand seiner Geduld gebracht.

»Das ist Unsinn und unmöglich! Sprich deutlich, Alprey — dies ist nicht die Zeit für Scherze!«

»Ich scherze nicht«, antwortete Alprey milde. »Ich denke nur nach.«

Er hob das Auge des Veyrun ein Stück an, betrachtete die

dunkle Oberfläche, als könne sie ihm direkt ins Herz der Dinge blicken lassen.

»Und ich glaube, ich habe tatsächlich die Antwort.«

Er wandte den Blick nicht von der Kugel.

»Valandriel schaute in das Veyrun. Warum, weiß ich nicht — es war ein törichter Schachzug, und ich habe ihn nie als Dummkopf erlebt. Doch aus welchem Grund auch immer: Er stieß dort auf eine Macht, die größer war als er selbst. Eine Macht, die seinen Willen unterwarf... und seine Handlungen kontrollierte.«

Regard wich unwillkürlich einen Schritt zurück.

»Es gibt nur sehr wenige Wesen, die einen so mächtigen Elfen besiegen können«, fuhr Alprey fort, »und ich fürchte, es ist klar, wer diese Macht war.«

Er legte Valandriels Hand sanft zurück auf die Decke.

»Valandriel griff Droderon an — unter der Führung eines finsteren Geistes. Du hast ihn nicht gesehen, Regard, als du in den Ratsraum gelaufen bist, weil er ein Elfenlord ist. Es steht in seiner Macht, sich in Schatten zu verstecken, still und beinahe unsichtbar zu werden.«

Ein leises Zittern ging durch den Raum.

»Der Dunkle weiß nun von unseren Plänen«, sagte Alprey. »Er hat sein Werkzeug der Verführung auf die Spur der Boten geschickt. Valandriel wurde angewiesen, dich zu töten, Jaeden — und höchstwahrscheinlich auch die anderen.«

Jaeden erstarrte, die Hände noch immer vom Blut des Elfen befleckt.

»Doch zu deinem Glück sind die Herzen der Elfen stark!«

Alpreys Stimme gewann an Wärme, an Überzeugung.

»Ich würde sagen, Valandriel hat seinen inneren Kampf

letztendlich gewonnen — auch wenn er seine Hand nicht völlig aufhalten konnte und sie nur gegen sich selbst richten konnte.«

Er richtete sich auf.

»Doch bald wird er es uns selbst sagen können. Die Wunde ist nicht tödlich, Regard. Und ich schlage vor, du rufst erneut nach den Heilern!«

»Das ist nicht nötig«, sagte Regard ruhig. »Ich werde mich selbst darum kümmern. Mein Vater bewahrt das Amarinblatt in seiner Kammer auf, und ich habe es ihm bereits verabreicht. Er schläft friedlich und wird bald geheilt sein. Nun wollen wir sehen, was die Hände der Graswachter auf dem Fleisch eines Elben bewirken können!«

Er trat zu einem Steintisch neben dem Bett, in dessen Oberfläche ein flaches Becken eingemeißelt war, das mit klarem Wasser gefüllt war.

Neben dem Becken lag ein kleiner, unscheinbarer Beutel. Regard öffnete ihn und nahm eine Handvoll silbriger Blätter heraus.

Als er sie ins Wasser streute, erfüllte ein reiner, durchdringend frischer Duft die Kammer — wie die Luft eines Morgens im Frühling, ehe die Sonne aufgeht.

Der Geruch löste Jaedens Sorge wie Nebel im Wind. Er atmete tief ein, und für einen Moment schien die Last auf seiner Brust leichter, sein Geist klarer, sein Herz gestärkt.

Regard tauchte ein weißes Tuch in das nun duftende Wasser, das sich im Licht leicht grünlich verfärbt hatte, und kehrte rasch zum Bett zurück, um Valandriels Wunde zu versorgen.

Alprey beobachtete ihn schweigend, die Hände hinter dem Rücken verschränkt. Dann murmelte er wie zu sich selbst:

»Vielleicht ist es am Ende doch das Beste. Vielleicht hat er durch den Kontakt mit diesem unheimlichen Willen etwas gelernt... und jedes Bisschen Wissen wird jetzt gebraucht.«

Die langen Stunden des frühen Morgens verbrachte Regard schweigend und unermüdlich damit, sich um den gefallenen Elfen zu kümmern.

Alprey wachte am Fußende des Bettes, Virkam bewegte sich kaum, wie erstarrt vor Sorge, und Jaeden wich nicht von Valandriels Seite.

Draußen verstrich die Nacht — langsam, quälend langsam.

Erst als die ersten Strahlen der Sonne durch das hohe Fenster fielen und den Raum in ein fahles, dünnes Licht tauchten, regte sich Valandriel.

Zuerst nur ein Zucken unter den geschlossenen Lidern.

Dann ein schwaches Einatmen.

Und schließlich öffnete er die Augen.

Ein unnatürlich helles Grün glomm darin, matte Glut unter einer Schicht aus Schmerz und fernem Entsetzen.

Er hob den Kopf ein kleines Stück, als müsse er sich vergewissern, dass die Welt noch existierte.

Dann sprach er — laut und klar, mit einer Stimme, die alt klang, älter als sein Körper:

»Sie sind verloren.«

Die Worte fielen wie Steine in den Raum.

Regard fuhr zusammen.

Jaeden wurde bleich wie Leinen.

Alpreys Hand umklammerte das Auge des Veyrun so fest, dass die Knöchel weiß hervortraten.

Und selbst Virkam, der sonst nie die Fassung verlor, senkte den Blick.

Nicht einmal das Licht der Morgendämmerung konnte diese Furcht lindern.

Denn alle vier Männer wussten im selben Moment:

Valandriel hatte nicht von sich gesprochen.

Und auch nicht vom König.

Er hatte von jenen gesprochen, die in der Nacht davongeritten waren.

Tief unter der Sturmfeste, unter Erde und Gestein, abgeschirmt von Licht, Wind und der Erinnerung der Welt, lag die Halle der Siegel.

Seit ungezählten Generationen hatte kein Schritt mehr den feinen Staub auf ihrem Boden aufgewirbelt, kein Atemzug die kalte, dichte Luft in Bewegung gesetzt. Die Wände aus tiefschwarzem Stein wirkten nicht gebaut, sondern freigelegt, als habe man sie wie Adern aus dem Fleisch der Erde selbst herausgeschält. Runenlinien durchzogen das Gestein, kantig und fremdartig, erfüllt von einem matten Leuchten, das weder flackerte noch an Stärke gewann. Es war einfach da gewesen – immer, unverändert, zuverlässig.

Bis zu diesem Moment.

Eine der Linien begann zu zittern.

Zunächst war es kaum mehr als ein unstetes Pulsieren, so schwach, dass es hätte übersehen werden können, wäre man nicht darauf vorbereitet gewesen. Doch das Leuchten gewann an Intensität, geriet aus seinem uralten Rhythmus und fing sich nur mühsam wieder, als drücke etwas Unsichtbares von innen gegen ein Gefüge, das seit Äonen nicht berührt worden war.

Der alte Mann öffnete die Augen.

Er saß an einem niedrigen Steintisch, die knochigen Finger um einen schlichten Becher gelegt, und für einen langen, stillen Atemzug wirkte es, als habe sich selbst sein Herzschlag dem fremden Takt unterworfen. Dann zuckten seine Hände. Der Becher entglitt ihm, prallte hart auf den Boden und zerbrach. Die klare, geweihte Flüssigkeit rann kaum einen Fingerbreit weit, ehe sie verdampfte, noch bevor sie den Rand der Runenkreise berühren konnte.

Langsam erhob sich der Mann, beinahe mechanisch, als folge auch diese Bewegung einer Ordnung, die älter war als er selbst. Sein dunkler Mantel strich über den Boden, als er zur Wand trat, und sein Blick glitt über die eingelassenen Zeichen, prüfend, suchend, bis er innehielt.

»Nein ...«, entwich es ihm heiser.

Weitere Linien reagierten.

Ein Siegel an der Nordwand öffnete sich mit einem trockenen, schmerzhaft reißenden Laut – kein klaffender Riss, kein Tor, das man hätte durchschreiten können, sondern ein feiner Spalt, aus dem ein Wind drang, der nicht von dieser Welt war. Die Flammen der Wächterkerzen zuckten, nahmen einen bläulichen Schimmer an und begannen unruhig zu tanzen.

Aus dem Schatten trat ein zweiter Wächter hervor.

Er war jünger, kräftiger, doch sein Blick war ebenso wachsam. Die Hand ruhte wie von selbst auf dem Griff eines Stabes, dessen Kopf dicht mit Zeichen bedeckt war – eingeritzt, eingebrannt, gebannt. Er folgte dem Blick des Alten, erkannte das Flackern und verzog unwillkürlich das Gesicht.

»Wo?«, fragte er knapp.

Der Alte schloss die Augen.

Er hörte nicht mit den Ohren, sondern mit dem, was von ihm geblieben war nach Jahrzehnten des Wachens, in denen alles andere an Bedeutung verloren hatte.

»Im Lamerth«, sagte er schließlich. »Tief im Westen. Ein Ort, der vergessen sein wollte.«

Ein dumpfer Schlag lief durch die Halle, gedämpft, aber schwer wie ein Herzschlag unter Last. Ein weiterer Runenstein bekam feine Risse, und das Licht darin flackerte nervös, als habe jemand den uralten Takt endgültig gestört. Ein kaum hörbares Vibrieren breitete sich aus, nicht laut, aber voller Bedeutung, wie ein fernes, klagendes Echo.

»Wie viele?«, fragte der Jüngere.

Der Alte zögerte, und in diesem Zögern lag mehr Wahrheit als in jeder schnellen Antwort.

»Mindestens einer«, sagte er schließlich und öffnete langsam die Augen. »Aber nicht allein.«

Die Stille, die folgte, war nicht die vertraute Ruhe des Wartens, sondern eine gespannte Leere, wie sie einem Sturm vorausgeht. Selbst die Runen schienen für einen Moment den Atem anzuhalten.

»Die Tore sind nicht offen«, sagte der Jüngere, ruhig, wenn auch mit einem kaum wahrnehmbaren Zittern unter der Stimme. »Noch nicht.«

Der Alte nickte langsam.

»Nein«, erwiderte er. »Aber sie sind wieder berührt worden.«

Er legte die Hand auf den kalten Stein, und unter seiner

Haut begann es zu pulsieren, ein Rhythmus, der sich in den Linien des Gesteins widerspiegelte.

»Und was einmal geantwortet hat«, fuhr er fort, »wird es wieder tun.«

Ein fernes Grollen lief durch den Boden, mehr gespürt als gehört. Feiner Staub rieselte von der Decke, nicht viel, doch genug, um zu zeigen, dass selbst diese Halle nicht mehr unangreifbar war.

»Weckt die anderen«, sagte der Alte schließlich. »Alle.«

Der Jüngere nickte, und in seinem Gesicht lag nun nichts mehr von Unsicherheit – nur noch Ernst, vielleicht bereits Entschlossenheit.

»Dann ist es also wieder so weit.«

Der Alte sah ihn lange an.

»Nein«, sagte er leise. »Diesmal ist es schlimmer.«

Und tief unter einem Himmel, der nichts ahnte von dem, was sich regte, begann etwas im Innersten der Welt zu pulsieren – nicht laut, nicht ungestüm, sondern geduldig.

Die Götter hatten es auch gespürt.

Und dieses Mal würden sie nicht schweigen.

DAS RAUNEN DER WEGE

LIED DER WALDLÄUFER

I

Nicht mit Klingen fiel die Welt,
nicht mit Feuer, nicht mit Blut.
Leise war der erste Schritt,
getan aus Zweifel, nicht aus Mut.

Die Wurzeln bebten tief im Grund,
der Stein hielt länger, als er schwieg.
Doch wer die Schwelle einmal sah,
vergaß den Weg, der hinter ihm blieb.

Hüte dich vor jedem Schritt,
den du gehst, wenn keiner ruft.
Denn nicht jeder Weg nach vorn

führt zurück zu Licht und Luft.

Ein Raunen ging durch Wald und Land,
noch eh der Sturm den Himmel brach.
Die Vögel schwiegen, als sie fühlten,
dass etwas Altes neu erwacht.

Man trennte Licht von seinem Schatten,
nannte Ordnung, was man tat.
Doch was man schnitt, begann zu wachsen
und forderte, was niemand gab.

Hüte dich vor jedem Schritt,
den du gehst, wenn keiner ruft.
Denn nicht jeder Weg nach vorn
führt zurück zu Licht und Luft.

II

Es gibt kein Lied vom reinen Sieg,
kein Ende ohne stillen Preis.
Wer weitergeht, trägt mehr im Herzen
als Hoffnung, Mut und winterndes Eis.

Die Schuld geht mit auf jedem Pfad,
sie fragt nicht nach dem Warum.
Und dennoch geht man weiter fort
mit leerer Hand und trockenem Mund.

Gedenk derer, die gegangen sind,
nicht laut, nicht stolz, nicht unversehrt.

Sie waren mehr als nur ein Name,
den der Nordwind flüchtig ehrt.

Denn jeder Weg ist aus Erinnerung,
aus dem, was war und was vergeht.
Und manchmal ist es nicht der Held,
der bleibt –
sondern der, der weitergeht.

Hüte dich vor jeder Schwelle,
die dir niemand offen zeigt.
Denn nicht das Dunkel ruft nach dir –
du bist es, der ihm Einlass leiht.

KAPITEL 9
DER WINTER IST EIN JÄGER

»Wo das Licht verstummt, spricht die Finsternis.«

- altes Sprichwort

D ie Morgendämmerung fand Stapfer und seine Gefährten bereits tief in der einsamen Landschaft, während sie nach Westen in Richtung Tholmir ritten.

Sie hatten das Tor der Bergwarth ohne Schwierigkeiten passiert und waren die ganze Nacht hindurch fast ziellos weitergeritten, bis schließlich die ersten Sonnenstrahlen über den Horizont spähten und ihnen wenigstens eine Richtung wiesen.

Es war ein kalter Sonnenaufgang. Die Sonne schien trübe und schwach, ein blasses Auge hinter einem Schleier aus Nebel.

Am Horizont sammelten sich Armeen eisgrauer Wolken, die das ohnehin matte Licht weiter verschluckten. Das Land war hügelig, kahl und leer; in diesem nördlichen Teil des Lamerth gab es keine Häuser, keine Farbtupfer menschlichen Lebens.

Nur vereinzelte, verkrüppelte Bäume und sprödes, kurz gewachsenes Gras.

Ein Land, das selbst im Sommer nicht freundlich wirkte — und nun noch weniger.

Die drei Reisenden fröstelten und zogen ihre Mäntel enger um sich, doch die dünnen Stoffschichten boten kaum Trost.

Stapfer beobachtete, wie sein Schatten immer länger über den Boden kroch, während die Sonne hinter ihm ihr müdes Haupt hob.

Er starrte zum Himmel, wo sich das Grau zusammenballte.

»Ich glaube, wir bekommen schlechtes Wetter«, sagte er und durchbrach das lange Schweigen.

Falvoril hob den Kopf, ließ den Wind durch sein Haar fahren. In seinen Augen funkelte etwas — vielleicht Begeisterung, vielleicht Unruhe. Unter den dreien schien ihn die Kälte am wenigsten zu kümmern; er wirkte beinahe beschwingt.

»Der Winter ist gekommen«, sagte er. »Über Nacht, so scheint es. Der Sturmdrache streckt seinen eisigen Arm aus. Wir werden Schnee bekommen, wenn ich mich nicht irre — im schlimmsten Fall einen Sturm.«

»Na, du bist ja ein echter Überbringer guter Nachrichten«, bemerkte Neria trocken.

Falvoril hob spöttisch eine Augenbraue.

»Angst vor der Kälte? Keine Sorge, wir beide zusammen können dich sicher warm halten ... oder, Stapfer?«

Stapfer rollte mit den Augen.

»Zieh mich da nicht mit rein«, sagte er. »Das ist dein Kampf, mein Freund.«

Er umklammerte die Zügel fester und zog instinktiv die Schultern ein, als ein scharfer Windstoß aus östlicher Richtung über sie hinwegfegte.

Die Kälte biss bis in seine Knochen, und für einen Moment wünschte er sich nichts sehnlicher als sein kleines Zuhause in Larkas — den knisternden Kamin, den Duft von Tee, die verheißungsvolle Wärme eines servierten Frühstücks.

Doch statt dessen gab es nur Wind, Frost ... und den weiten, grauen Weg nach Westen.

Das Sonnenlicht hielt nicht lange an. Schon bald zogen schwere Wolken über den Himmel und verschluckten die ohnehin schwachen Strahlen. Der Tag wurde grau, gedämpft und kalt, als hätte der Himmel beschlossen, jede Hoffnung im Keim zu ersticken.

Die Boten ritten noch einige Stunden weiter. Sie sprachen leise miteinander, mehr aus dem Bedürfnis nach Ablenkung als aus echter Gesprächslust — um das bedrückende Wetter zu vergessen, den Wind, der immer stärker wurde und mit frostigen Fingern an ihren Gesichtern und Mänteln zerrte.

Der Winter schien sich nicht nur anzukündigen; er schien sie persönlich herauszufordern. Und doch gelang es einem von ihnen, die Schwere zu vertreiben.

Vor allem Falvoril ließ sich vom bedrohlich dunklen Himmel nicht im Geringsten beeindrucken. Mit der unverwüstlichen Leichtigkeit der Halbelfen erzählte er eine Geschichte nach der anderen — frech, spitz, voller unwahrscheinlicher Wendungen und noch unwahrscheinlicherer Heldentaten.

Er erzählte von einem Wirt in Tholmir, der einen Riesen mit einer Bratpfanne vertrieben hatte.

Von einer Katze, die einen erfahrenen Waldläufer auf einen Baum gejagt hatte.

Und von einem vergessenen Elfenfest, bei dem angeblich jeder Teilnehmer am Ende einen Schuh zu wenig hatte — sogar die Musiker.

Zu Stapfers Überraschung lachte Neria mehrmals unverhohlen auf, und jedes Mal huschte ein triumphierendes Funkeln über Falvorils Augen.

Stapfer sah die beiden an und musste grinsen.

Er war doppelt froh — nein, dreifach — den Halbelfen an seiner Seite zu haben.

Denn es gab Dinge, die selbst ein tapferes Herz nicht ertrug:

Wind. Kälte. Und Schweigen.

Falvorils Leichtigkeit war ein warmer Funke inmitten des wachsenden Sturms.

Doch dieser Funke verlosch augenblicklich. Falvoril verstummte mitten im Erzählen und riss sein Pferd zur Seite, bis es stehen blieb.

»Was ist los?« fragte Neria sofort.

Der Halbelf antwortete nicht. Er starrte zum Himmel hinauf — und aller Humor war aus seinem Gesicht gewichen, als hätte ein unsichtbarer Wind ihn dort fortgewischt.

Stapfer folgte seinem Blick. Und sein Herz wurde schwer.

Die grauen Wolken über ihnen waren schwarz geworden.

Nicht dunkelgrau, nicht sturmblau — schwarz, wie flüssiger Schatten.

Sie hingen tief, viel zu tief, als würden sie sich über die drei Reisenden beugen, um sie zu mustern. Um sie zu erkennen.

Ein paar Schneeflocken lösten sich und rieselten auf ihre Köpfe.

Und wie es aussah, würden es bald sehr viel mehr werden.

»Meinst du, wir sollten anhalten?« fragte Neria nervös. »Diese Wolken sehen gefährlich aus.«

»Nein!« sagte Falvoril entschieden. »Wir dürfen keine Zeit verschwenden! Wenn wir jedes Mal anhalten, sobald es schneit, kommen wir erst nächstes Jahr in Limarh an. Es ist schließlich Winter. Schnee ist normal.«

»Das sieht für mich nicht normal aus«, erwiderte Neria leise und blickte zweifelnd nach oben. »Gestern war das Wetter noch harmlos. Es ist... so seltsam. Als ob der Sturm absichtlich hinter uns hergeschickt worden wäre.«

Falvoril schluckte. Die Zuversicht verließ seine Augen ein wenig.

»Wenn dem so ist«, sagte er schließlich, »dann ist das ein Grund mehr, weiterzumachen. So etwas wie ein Schneesturm kann uns nicht aufhalten — selbst wenn er von den Weldhra geschickt wurde...«

Seine Stimme versagte. Nur ein hartes Schlucken folgte. Der Gedanke, dass die Weldhra ihnen einen Sturm auf den Kopf hetzen könnten, erfüllte ihn offensichtlich nicht mit Mut.

Neria sah Stapfer flehentlich an — doch diesmal fühlte er sich Falvorils Worten näher.

»Wir dürfen uns nicht aufhalten lassen«, sagte er. »Kommt schon. Behaltet einfach den Weg im Auge!«

Der Wind antwortete mit einem kalten Heulen.

Sie ritten weiter durch den fallenden Schnee. Der Wind

hatte gedreht, kam nun aus Westen und peitschte ihnen nasse, kalte Flocken direkt ins Gesicht.

Es dauerte nicht lange, bis Stapfer kaum noch etwas sehen konnte — nur ein wirbelndes, gnadenloses Weiß.

Der Himmel verdunkelte sich stetig, der Schnee fiel schneller, dichter, schwerer. Der Wind begann zu heulen, erst wie ein fernes Tier, dann wie ein Rudel. Nori stolperte immer häufiger; der Boden unter den Hufen war rutschig geworden, unwegsam, tückisch.

Stapfer zog seine Kapuze tief ins Gesicht und beugte den Kopf in den Wind.

Seine Augen tränten, und die Tränen froren auf seinen Wangen zu kleinen, schmerzhaften Kristallen.

Doch in seinem Inneren wuchs sture Entschlossenheit — oder war es Trotz?

Er und Nori stapften weiter durch den Sturm, Schritt für Schritt, als könne reine Willenskraft sie tragen.

Seine Hände klammerten sich um die Zügel; irgendwann fragte er sich vage, ob er sie überhaupt noch bewegen könnte, wenn er es wollte.

Er blinzelte in das tosende Weiß vor seiner Nase — sah aber nichts außer Chaos.

Ein beunruhigender Gedanke kroch in sein Bewusstsein:

Was, wenn wir uns im Kreis bewegen?

Vielleicht sollten sie wirklich anhalten, vielleicht war es besser, den Sturm auszusitzen. Sich zu verirren war gefährlicher als Stillstand — und führte am Ende nur zu größerer Verzögerung.

Stapfer wandte sich nach links, um Falvoril vorzuschlagen, dass sie ein provisorisches Lager aufschlagen sollten.

Doch sein Herz rutschte ihm in die Tiefe. Der Halbelf war nicht da.

Stapfer blinzelte scharf, suchte mit brennenden, halbgefrorenen Augen gegen das Schneegestöber an — doch er sah weder Falvoril noch Neria.

Nicht einmal eine Regung, nicht einmal eine Silhouette.

Nur Schnee, Wind und Leere.

»Neria!« rief er — aber der Wind riss ihm das Wort aus dem Mund, zerriss es und schleuderte es in die Finsternis.

Er holte tief Luft, rief erneut:

»Falvoril!«

Doch auch dieser Ruf wurde gestohlen, gedämpft, verschluckt, als hätte der Sturm selbst Hunger auf Stimmen.

Stapfer hielt inne, einen Moment lang vollkommen unsicher. Sein Herz schlug schmerzhaft, der Atem gefror in seiner Brust.

Dann fasste er einen Entschluss: Er würde weiterreiten.

Der Warrelh lag im Westen — soweit wusste er es. Wenn er ihn erreichte, konnte er Schutz suchen. Seine Gefährten würden den Ort am Ende ebenfalls finden, und nach dem Sturm konnte er nach ihnen suchen. So hoffte er. So musste er hoffen.

Er drehte Nori, sodass er den Wind im Rücken hatte — das war das Einzige, woran er sich orientieren konnte — und zwang sein Pferd weiter durch das tosende Weiß.

Schritt für Schritt. Gegen Kälte, gegen Dunkelheit, gegen Angst.

Allein.

Der Morgen kam leise – ohne Hahnenschrei, ohne Lachen, ohne Rufe, die über die Höfe hallten. Nur das fahle Licht der Sonne kroch zögerlich über die flachen Dächer, legte sich auf das gefrorene Gras und ließ den Reif auf den Feldern matt glänzen.

Es war ein Ort ohne Namen – oder zumindest ohne einen, der je von Bedeutung gewesen wäre. Ein Dutzend Häuser aus Holz und Lehm, geduckt gegen den Wind, der hier fast immer ging. Ein Brunnen, ein schiefer Zaun, ein kleiner Stall. Mehr brauchte es nicht, um zu leben.

Und bis heute hatte es gereicht.

Der Erste, der etwas bemerkte, war Jarek. Wie an jedem Morgen war er früh auf den Beinen. Die Knochen schmerzten mehr als sonst, doch daran hatte er sich längst gewöhnt. Das Vieh musste versorgt werden – gleichgültig, wie alt man war.

Als er die Stalltür öffnete, schlug ihm ein Geruch entgegen, der nicht hierhergehörte: süßlich, schwer, warm. Jarek hielt inne. Die Kuh lag auf der Seite, die Beine unnatürlich angewinkelt, die Augen offen, aber leer. Graubraune Flecken zogen sich über ihre Flanken, als hätte etwas von innen an ihr genagt.

»Bei allen...«, murmelte er.

Zögernd trat er näher, beugte sich hinab und legte die Hand auf das Fell. Es war noch warm. Zu warm. Ein feines Zittern lief durch seine Finger. Er zog die Hand zurück, wischte sie an der Hose ab – und erstarrte.

Ein dunkler Schmierfilm klebte an seiner Haut. Kein Blut. Etwas Dickflüssigeres.

Jarek schluckte. Noch bevor er einen Schritt zurückweichen konnte, begann die Kuh zu zucken. Kein Aufbäumen, kein

Kampf – nur ein kurzes, unwillkürliches Beben, das durch den massigen Körper lief. Dann lag sie wieder still.

Er wich zurück, schloss die Tür und verriegelte sie – als könne ein Holzriegel aufhalten, was er nicht verstand.

Später, als die Sonne höher stand, versammelten sich die Dorfbewohner. Männer, Frauen, Kinder – alle standen beisammen, doch niemand trat zu nah an den Stall heran. Der Geruch war stärker geworden, lag schwer in der Luft.

»Vielleicht eine Krankheit«, sagte jemand.

»Oder Gift«, meinte ein anderer.

Jarek hörte kaum zu. Seine Hand schmerzte. Die Stelle, an der er das Fell berührt hatte, fühlte sich taub an – fremd, als gehöre sie nicht mehr zu ihm.

Am Nachmittag kam das Fieber.

Er versuchte, es zu ignorieren, setzte sich vor das Haus und trank Wasser aus dem Brunnen. Doch das Zittern kehrte zurück, stärker diesmal. Die Sicht verschwamm, Geräusche klangen dumpf, als kämen sie aus weiter Ferne.

Als er fiel, war niemand da, der es bemerkte. Er lag lange so.

Als man ihn fand, war sein Atem flach und unregelmäßig. Die Haut kühl, obwohl sein Körper brannte. Graubraune Flecken hatten nun auch seine Brust erreicht.

Die Nacht senkte sich über das Dorf, und niemand schlief gut. Hunde winselten, das Vieh war unruhig. Kurz nach Mitternacht hörte Jareks Frau auf zu atmen.

Sie weinte nicht. Sie saß nur da, die Hände um seinen Arm gelegt, und starrte ihn an, bis sich sein Brustkorb nicht mehr hob.

Sie schrie nicht, als er sich bewegte.

Er öffnete die Augen.

Sie waren leer.

Am nächsten Morgen lag Stille über dem Dorf. Kein Rauch stieg aus den Schornsteinen, keine Türen öffneten sich. Der Brunnen blieb unberührt. Auf den Feldern zeichneten sich Spuren im Reif ab – unregelmäßig, schleifend, als hätten Füße den Boden kaum berührt.

Ein Kind stand auf dem Platz. Es bewegte sich nicht. Der Kopf war leicht geneigt, der Blick starr nach vorn gerichtet. Als der Wind kam, flatterte sein Mantel, doch es reagierte nicht.

Aus einem der Häuser drang ein dumpfes Poltern.

Dann wieder Stille.

Und während der Tag seinen Lauf nahm, breitete sich etwas aus. Nicht mit einem Schrei. Nicht mit Feuer. Nicht mit Krieg.

Sondern mit Berührung.

Mit Atem.

Mit Nähe.

Als die Sonne ihren höchsten Punkt erreichte, war das Dorf leer.

Und doch nicht verlassen.

Etwas hatte begonnen, sich von hier aus weiterzutasten – hinaus in die Welt, über Wege und Pfade, entlang von Handelsrouten und Höfen.

Kein Name würde bleiben.

Nur die Spur.

Und irgendwo, weit entfernt, pulsierte etwas im Dunkel – zufrieden, geduldig, wach.

Stapfer hatte keine Ahnung, wie lange er so dahinrutschte —
den Kopf gesenkt, den Oberkörper tief hinter Noris Hals
gebeugt, als könne er dort Schutz finden. Es mussten Stunden
sein, vielleicht auch nur Minuten; in der ewigen Dämmerung
des Schneesturms war Zeit bedeutungslos geworden.

Manchmal fiel er in einen Halbschlaf. Sein Kopf nickte vor,
und am Rand seines Bewusstseins schwebte dunkle, verführeri-
sche Müdigkeit. Ein Teil von ihm fragte sich träge, was wohl
geschähe, wenn er einfach einschliefe. Ein anderer Teil verwarf
den Gedanken sofort.

Der Sturm schluckte alles. Reiten. Kälte. Schnee. Wieder
Schnee. Nichts als Schnee. Eine endlose, weiße Leere, die ihm
die Welt abgewöhnt hatte.

Irgendwann — nach einer Zeit, die sich nur noch wie
Schmerz und Frost anfühlte — konnte Stapfer es nicht mehr
ertragen. Sein Körper fühlte sich steif gefroren an, wie die
Schneemänner, die er einst mit seinem Vater gebaut hatte.
Schwer und unbeweglich, halb Mensch, halb Eisfigur.

Und vielleicht wäre er tatsächlich in einen Traum geglitten,
aus dem er nie erwacht wäre...

...wenn Nori nicht gewesen wäre.

Als Stapfer langsam den Kopf sinken ließ, um die Stirn auf
Noris Mähne zu betten, wieherte die Stute plötzlich — schrill,
voller Angst.

Sie warf den Kopf hoch, rebellierte verzweifelt gegen den
Sturm, gegen ihren Herrn, gegen die Kälte. Dann bäumte sie
sich mit einer Kraft auf, die Stapfer vollkommen unvorbereitet
traf.

Er wurde rücklings aus dem Sattel geschleudert. Hart. Kalt.
Der Aufprall raubte ihm den Atem.

Noch bevor er begriff, was geschehen war, hörte er Hufschläge — schnell, panisch, flüchtend.

Nori galoppierte davon, verschluckt von den wütenden Schneewirbeln, bis nichts von ihr blieb als ein schwindender Schatten im Weiß.

Stapfer blieb liegen und starrte hinterher, fassungslos, mit einem Stich in der Brust.

Für einen Moment drohte Verzweiflung ihn zu erdrücken — die Art von Verzweiflung, die in eisiger Einsamkeit heranwächst.

Aber Stapfer war in den letzten Tagen Schlimmeres gewohnt.

Er hatte erlebt, dass Hoffnung zerbricht — aber nicht, dass er daran zerbricht.

Er presste die Lippen zusammen, rollte sich ächzend herum und zwang sich auf die Füße. Dann stapfte er weiter gegen den Wind, jeder Schritt ein kleiner Trotzakt gegen den Sturm, gegen die Dunkelheit, gegen das, was hinter ihm und vor ihm lag.

Missmutig murmelte er vor sich hin — von heißer Suppe, flauschigen Federbetten und allem, was in dieser sterbenden Landschaft wie ein süßer Traum wirkte. Er hob den Arm, um sein Gesicht zu schützen, und marschierte weiter, allein in einem endlosen weißgrauen Nichts.

Nach einer Weile wurden seine Schritte langsamer, und er runzelte die Stirn.

Irgendetwas... stimmte nicht mehr.

Der Sturm klang anders. War der Wind schwächer geworden? War es endlich vorbei?

Stapfer blieb stehen und blinzelte in das Weiß.

Er glaubte, Konturen zu erkennen — eine flache Ebene, die sich vor ihm ausbreitete, und einige dunkle, hohe Gestalten, die wie Bäume wirkten. Er konnte nicht sicher sein, ob seine Augen ihm noch gehorchten oder ob der Sturm ihm Bilder vorgaukelte.

Schnee wehte ihm in die Nase; er nieste heftig, zog den Arm wieder über sein Gesicht und setzte mühsam einen Fuß vor den anderen, zielstrebig auf die baumartigen Gebilde zu.

Mit jedem Schritt wuchs die Aufregung in ihm. Er irrte sich nicht — der Sturm wurde schwächer!

Der Wind blies ihm nicht mehr mit derselben erbarmungslosen Gewalt entgegen, und nun drang ein anderes Geräusch an seine Ohren.

Ein leises, gurgelndes...

War das Wasser?

Bevor sein erschöpfter Geist darüber nachdenken konnte, geriet sein Fuß ins Leere. Stapfer stolperte, rutschte über matschiges, glitschiges Ufer — und fiel kopfüber nach vorn.

Das eisige Weiß unter ihm wich plötzlich tiefem Schwarz.

Mit einem erstickten Keuchen fiel er mit dem Gesicht voran in die unergründlichen Tiefen des Warrelh.

Blut-Wald. Gebiet der Hochelfen.

Der Wald hatte es zuerst gewusst — nicht durch Worte und nicht durch Zeichen, wie Menschen sie deuten würden, sondern durch ein tiefes Ziehen in den Wurzeln, durch ein kaum wahrnehmbares Beben im Geflecht unter der Erde, dort, wo Zeit langsamer floss und Erinnerungen länger verweilten als an der unruhigen Oberfläche der Welt. Was sich regte, war kein natürlicher Wandel, kein Teil des großen Kreislaufs, sondern etwas, das einst bewusst gerufen worden war und nun zurückforderte, was man ihm genommen hatte.

Reglos stand der Elf zwischen den hohen Stämmen, während unberührter Schnee sich über Farne und Moos legte, als wolle er verbergen, was darunter lauerte. Sein Blick ruhte auf dem fernen Horizont – jener unscharfen Grenze, an der der Wald endete und das Land der Menschen begann. Ein Grenzsaum, der seit Jahrhunderten mehr trennte als nur Reiche.

Der Wind trug Kunde mit sich, nicht als Stimme, sondern als Druck unter der Haut – durchzogen von Unruhe und dem metallischen Beigeschmack alter Wunden. Es war ein Geruch, den der Wald kannte. Und den die Elfen hätten erkennen müssen.

»Die ersten Berichte sind eingetroffen«, sagte eine Stimme hinter ihm – leise, kontrolliert.

Er wandte sich nicht um. Er wusste, wer bei ihm stand, und dass diese Worte längst erwartet worden waren. »Dann hat es also begonnen«, erwiderte er ruhig.

Die Gestalt trat näher. Ihr Haar schimmerte wie Frostlicht, ihre Augen waren dunkel und tief, gefüllt mit Wissen, das man bewahrte, und Wahrheiten, die man verschwieg. In ihren Händen lagen Schriftrollen, versiegelt mit Zeichen, älter als viele Königreiche der Menschen – und belastender, als es je jemand außerhalb ihres Volkes erfahren durfte.

»Die Menschen sprechen von einer Seuche«, sagte sie. »Von Magie, die außer Kontrolle geraten sei. Ihre Zirkel suchen fieberhaft nach einem Ursprung.«

Ein leises, kaum hörbares Ausatmen ging durch den Elf.

Unter seinen Füßen spannte sich das Erdreich, als hätte es diesen Moment lange erwartet.

»Sie werden ihn nicht bei sich suchen«, sagte er. »Das haben sie nie getan.«

»Nein«, stimmte sie zu. »Und wir werden dafür sorgen, dass sie es auch diesmal nicht tun.«

Er schloss die Augen. Tief unter ihm regten sich die alten Pfade – jene verborgenen Bahnen, in denen Erinnerungen nicht verblassten. Dort lag noch immer das Echo eines Fehlers, den die Elfen vor Jahrhunderten begangen hatten – in der Gewissheit, klüger zu sein als jede andere Spezies.

»Sie haben Dinge berührt, die nicht für diese Welt bestimmt waren«, sagte er leise. »Nicht aus Notwendigkeit, sondern aus Überzeugung.«

»Und wir haben die Spuren verwischt«, ergänzte sie. »Sorgfältig. Geduldig. Über Generationen hinweg.«

Ein Vogel stob aus den Zweigen empor, als hätte ihn etwas Unsichtbares aufgeschreckt. Der Wald wurde noch stiller.

»Nun kehrt es zurück«, fuhr sie fort. »Verändert. Weitergetragen von jenen, die nichts davon wissen.«

Der Elf öffnete die Augen. Sein Blick war klar – aber nicht frei von Schwere. »Die Menschen werden die Träger sein«, sagte er. »Und damit die Schuldigen.«

»Wie es immer war«, entgegnete sie. »Ihre Kurzlebigkeit macht sie zu idealen Gefäßen – und zu glaubwürdigen Verursachern.«

Er legte die Hand an den Stamm eines uralten Baumes, dessen Rinde kalt war, obwohl darunter Wärme lag. Erinnerung. Schuld. Verdrängung.

»Was sich ausbreitet«, sagte er schließlich, »ist nicht ihr Werk. Aber es wird unter ihrem Namen wandeln.«

Ein fernes Grollen ging durch das Geäst – kein Donner, sondern der tiefe Atem der Erde, die sich erinnerte und nicht vergaß.

»Die menschlichen Magier schließen ihre Tore«, sagte sie. »Sie bannen, sie zählen, sie katalogisieren. Und mit jedem Zeichen, das sie setzen, schreiben sie unsere Geschichte für uns fort.«

Ein schwaches Lächeln huschte über seine Lippen. Es war kalt. »Ordnung ist ein wirksames Werkzeug«, sagte er. »Vor allem, wenn sie auf Lügen ruht.«

»Was tun wir?«, fragte sie.

Der Wald schwieg. Und in diesem Schweigen lag mehr Urteil, als Worte hätten tragen können. Schließlich hob der Elf den Blick zu den Baumkronen.

»Wir beobachten«, sagte er. »Und wir lenken.«

Ihre Stirn legte sich in Falten. »Und wenn sie uns beschuldigen?«

Seine Stimme war ruhig, fast sanft. »Dann werden wir ihnen zeigen, was sie ohnehin zu sehen bereit sind.«

Ein einzelnes Blatt löste sich aus der Höhe und sank lautlos zu Boden.

»Die Wahrheit«, fuhr er fort, »ist selten das, was überlebt.«

Die andere Gestalt atmete tief ein. »Der Wald erinnert sich«, sagte sie. »Auch wenn wir es nicht wollen.«

Er nickte langsam. »Und genau deshalb«, antwortete er, »muss er schweigen.«

Tief unter der Erde spannte sich etwas an.

Und weit entfernt – jenseits von Wurzeln und Sternen –

wuchs die Seuche weiter: getragen von Angst, genährt von Lügen und fest verankert in einer Schuld, die nie wirklich begraben worden war.

Neria lag benommen im Schnee. Jeder Atemzug brannte in ihrer Brust, als hätte die Natur selbst sie dafür bestraft, dass sie gewagt hatte, sich dem Sturm zu widersetzen.

Die Kälte hatte ihren Geist betäubt. Es fühlte sich an, als läge sie in schwarzem, eisigem Wasser, und die Wärme strömte schneller aus ihrem Körper, als sie begreifen konnte. Ein unkontrollierbares Zittern erfasste sie; sie schnappte nach Luft, geriet in Panik — und ertrank beinahe im Schnee.

Ihre Augen tränten, während sie mit zitternden Fingern nach ihrem Hals tastete. Sie umklammerte das Amulett, als könne es sie wärmen, als könne es ihr Leben retten. Doch es blieb kalt, kalt wie Stein.

Plötzlich tauchte ein Gesicht über ihr auf — ein dunkler Umriss gegen den peitschenden Sturm.

Zwei leuchtend blaue Augen brannten durch das Schneegestöber hindurch.

Neria schrie.

Sie fuhr mit den Händen hoch und schlug wild nach dem Phantom, das sie offenbar im Moment ihres Todes heimsuchte.

Doch der Fremde packte ihre Handgelenke, fest und doch behutsam, und brachte ihre verzweifelten Versuche mühelos zum Stillstand.

Er zog sie auf die Beine — und in einem Schlag der Erleichterung erkannte sie ihn.

Falvoril.

Seine Brauen waren von Eis verkrustet, doch er wirkte ruhig, gesammelt, unerschütterlich.

»Sachte!« hörte sie ihn durch den Wind. »Ich bin's! Du bist vom Pferd gefallen!«

Er imitierte pantomimisch eine Person, die kopfüber vom Sattel stürzt. Unter anderen Umständen hätte sie ihn dafür geohrfeigt.

Neria nickte, ihre Zähne schlugen unkontrolliert aufeinander. Sie wollte etwas Kluges, Schneidendes erwidern — doch ihr fiel nichts ein. Der Schnee klebte hart an ihrem Gesicht, und ihre Glieder fühlten sich wie aus Stein an.

Sie kippte nach vorn und wäre erneut gestürzt, wenn Falvoril sie nicht um die Taille gepackt hätte. Mit erstaunlicher Leichtigkeit zog er sie mit sich zu seinem Pferd, das im Wind schnaubte, Ohren angelegt, Beine gespreizt.

Der Halbelf hob sie in den Sattel, schwang sich hinter sie und schützte sie mit seinem Umhang.

»Wo ist Stapfer?« brüllte Falvoril ihr ins Ohr.

Neria schüttelte schwach den Kopf.

»Ich habe ihn nicht gesehen...« flüsterte sie, kaum hörbar durch klappernde Zähne.

Falvoril sah sie mit einem Ausdruck an, den Neria nicht deuten konnte.

Sein Gesicht verschwamm vor ihren Augen — durch Tränen, Schnee, Kälte.

Wo war Stapfer? Was, wenn er sich verirrt hatte? Was, wenn er irgendwo im Sturm lag, alleine, ohne Pferd, ohne Schutz?

Ein scharfer Schmerz durchzuckte sie — und plötzlich war da der Kloß im Hals, den sie so gut kannte.

Ihr einziger Freund... und sie hatte ihn verloren.

Jetzt war sie allein mit Falvoril. Für immer, so fühlte es sich an.

Warum hatte sie Stapfer nur auf diese idiotische Reise gelassen? Warum hatte sie nicht stärker widersprochen? Warum nicht klüger, mutiger, weniger... sie selbst gewesen?

»Mach dir keine Sorgen«, sagte Falvoril leise und beugte sich zu ihr, damit der Wind seine Worte nicht verschluckte.

Neria merkte erst jetzt, dass sie wütend schluchzte; die Hitze der Scham brannte stärker als die Kälte des Sturms.

Sie riss sich zusammen. Sie würde dem Halbelf nicht auch noch das geben — die Genugtuung, sie brechen zu sehen. Es reichte schon, dass er gesehen hatte, wie sie vom Pferd gefallen war.

»Wir werden ihn finden«, sagte Falvoril.

Seine Stimme war ungewohnt ruhig. Kein Spott, kein Grinsen. Fast... tröstend.

»Stapfer ist kein Dummkopf«, fuhr er fort. »Er wird weiter nach Westen reiten und am Ende auf den Warrelh treffen. Dort treffen wir ihn wieder.«

»Aber was ist, wenn...?«

Neria schluckte die Frage herunter. Sie kannte die Antwort. Falvoril wusste es auch.

»Mach dir keine Sorgen«, sagte er erneut. »Halt dich warm.«

Er legte die Arme um sie, griff die Zügel und drückte sie behutsam an sich.

Es kostete einiges an Überredungskunst, bis das Pferd

endlich wieder antrabte, doch irgendwann gehorchte es widerwillig seinem Herrn.

Sie setzten sich erneut in Bewegung — diesmal mit dem Wind im Gesicht, der ihnen das Atmen schwer machte.

Neria zog die Schultern hoch und schob die Hände unter ihre Achseln.

Sie zitterte immer noch, doch der Halbelf hinter ihr schien Wärme auszustrahlen. Sein Körper presste sich an ihren, und Stück für Stück wich die grausame Kälte aus ihren Gliedern; ihr Denken wurde klarer, der panische Nebel in ihrem Kopf dünner.

Falvorils Kopf war leicht über ihre Schulter gebeugt, tief in den Wind geduckt.

Sie spürte seinen Atem an ihrem Nacken — heiß gegen die Kälte.

Ihr Blick fiel auf seine Hände an den Zügeln. Er litt weniger als sie, das wusste sie, aber selbst seine Haut war blau, seine Finger zitterten.

Nach kurzem Zögern legte sie ihre Hände auf seine und zog ihren Umhang so weit wie möglich über beide.

Falvoril sagte nichts — doch sie spürte, wie sich die mysteriöse Wärme seiner Haut unter ihren Fingern verstärkte.

Gemeinsam, dem Sturm trotzend, kämpften sie sich weiter nach Westen.

Gegen Wind, Schnee und gegen das Gefühl, dass die Welt um sie herum langsam bis aufs Mark erfror.

Stapfers überraschter Schrei wurde von Wasser erstickt, das sich über seinem Kopf schloss und in seine Nase strömte. Es war eisig und fühlte sich dichter an, als Wasser sein sollte, schwer wie eine Decke, die sich auf seinen Körper legte, während er verzweifelt versuchte, sich an die Oberfläche zurückzukämpfen. Er konnte schwimmen, klar – aber hier nützte ihm das kaum. Wo war oben? Alles war gleich dunkel.

Er blies einen dünnen Strahl kostbarer Luft aus seiner Nase und beobachtete die Blasen. Sie stiegen nicht nach oben, sondern schwebten zur Seite davon. Panik schoss in ihm hoch. Er riss an seinem Umhang und Rucksack, doch ein Arm und ein Bein waren hoffnungslos verheddert. Seine Lungen begannen zu brennen, während der Rest seines Körpers vor Kälte erstarrte. Etwas zog an ihm – eine Strömung, die ihn von der Luft fortzerrte. Die Dunkelheit presste sich auf seine Augen, seine Sicht verschmierte. Eine tödliche Erschöpfung kroch in ihn hinein. Er war den ganzen Tag unterwegs gewesen. Nur eine Minute ruhen ... nur eine klitzekleine ...

In Panik trat Stapfer wild mit beiden Beinen, schloss die Augen und klammerte sich an die Bewegung. Er wand und drehte sich in blinder Hoffnung, endlich die richtige Richtung zu erwischen. Luft! Er brauchte Luft. Das dunkle Wasser war überall – in seiner Nase, seinen Ohren, seinen Augen, in seinem Kopf. Luft, Luft! Oh, wie herrlich es wäre, wenn seine Lungen sich wieder füllen könnten ...

Das Brennen in seiner Brust wurde unerträglich. Er öffnete den Mund, bereit, Luft oder Wasser, Leben oder Tod zu schlucken – unfähig, sich selbst noch zu helfen.

Sein Kopf durchbrach die Wasseroberfläche. Mit einem tiefen, gierigen Atemzug sog er Luft in seine Lungen und spürte, wie sie sich in ihm ausbreitete, süßer als jeder Wein, lebendig wie ein Funken in der Dunkelheit. Langsam löste sich der Schleier in seinem Kopf, und zu seiner Überraschung stellte er fest, dass er sehen konnte. Ein blasses Leuchten umgab ihn, kaum mehr als ein Hauch, aber genug, um Konturen erkennbar zu machen.

Kein Wind. Kein Schneetreiben. Nur Stille.

Er blinzelte, sah sich um – und fragte sich für einen Moment, ob er noch lebte oder ob der Sturm ihn in einen Fiebertraum geschleudert hatte.

Das Ufer lag nur wenige Meter links von ihm. Stapfer sammelte seine letzten Kraftreserven, paddelte unbeholfen durch das schwere Wasser, bis seine Hände Stein berührten. Er zog sich keuchend aus dem Fluss und brach auf dem Boden zusammen, völlig ausgezehrt.

Er lag in einer Grotte. Unterirdisch, und doch öffnete sich das hintere Ende rechterhand wie ein zerborstener Mund zum Himmel. Durch die Öffnung sah er den Schnee vorbeipeitschen – aber die Kälte erreichte ihn nicht mehr. Seltsam. Bei dieser Temperatur hätte er längst tot sein müssen. Stattdessen durchströmte ihn Wärme, als würde etwas Unsichtbares ihn umfangen.

Er tastete nach dem Boden. Der Stein unter ihm war heiß. Die Luft roch nach etwas Fremdem, Metallischem vielleicht, und sie hing feucht und warm wie Dampf um ihn herum. Magie? Möglich. Aber was auch immer es war und woher es kam – er hatte nicht vor, sich zu beschweren.

Hinter ihm rauschte das Wasser weiter; der Fluss musste unterirdisch hierher gelangen, in diese alte Höhle, die vermutlich aus jenen Tagen stammte, als der Warrelh noch größer und wilder gewesen war. Der Boden bestand aus grauem Sand, die Wände aus glatt geschliffenem Stein.

Stein? Aber er leuchtete.

Die Wände schimmerten mit einem Licht, das so fern und kalt war wie das der Sterne.

Als sein Atem wieder ruhiger ging, richtete sich Stapfer langsam auf und sah sich staunend um. Die Wände funkelten in einem blassen, weißen Licht – schwach, aber so wunderschön, dass es ihm für einen Moment den Verstand zu klären schien. Eine Mine vielleicht? Doch nirgends glitzerte ein Edelstein. Es war der Stein selbst, der leuchtete, als hätte er das Licht tief in sich eingeschlossen.

Von der Decke hingen steinerne Säulen herab, andere erhoben sich aus dem Boden, als wüchsen sie einander entgegen. Und der Raum war nicht allein von der Natur geformt: In der Mitte der Grotte stand ein gewaltiger Steintisch, glatt geschliffen, kahl und ebenso glänzend wie die Wände. Feine Rinnsale liefen darüber hinweg, tropften an den Kanten herab und sammelten sich auf dem sandigen Boden, der von kleinen, dampfenden Pfützen übersät war.

Daher also die Wärme.

Heiße Quellen mussten unter dem Boden liegen, das Wasser durch Risse nach oben drücken und es hier über die glatte Fläche strömen lassen.

»Wo bin ich hier nur ...?«, murmelte Stapfer leise, und für einen Herzschlag vergaß er die Kälte, den Sturm – und seine problematische Lage.

Stapfer strich mit den Fingerspitzen über die glatte Kante des Steintisches – und fuhr erschrocken zurück. Der Fels war warm. Beinahe lebendig. Die Wärme pulsierte leicht, als atme der Stein.

Ein Schauder kroch ihm den Rücken hinauf. Das hier war keine gewöhnliche Höhle. Er erinnerte sich an Geschichten, gehört als Kind am Herdfeuer, geflüsterte Worte, die man nicht laut aussprach. Von einem Volk, das einst die Tiefen des Nordens bewohnt hatte, lange bevor Menschen diese Länder durchwanderten: Steinformer, Lichtbewahrer ... Diener der alten Drachen.

Er schluckte.

Die leuchtenden Wände ... Die Säulen, die wirkten, als wären sie gezielt gewachsen ... Der makellos geschliffene Tisch in der Mitte des Raumes ...

Das passte zu den Beschreibungen.

»Eine Hallung«, murmelte er ungläubig. »Eine Warrelh-Hallung ... das kann doch nicht ...«

Doch die Geschichten sprachen auch davon, dass das Licht im Stein nie erlösche, solange noch eine Spur der alten Magie darin weile. Und hier – hier funkelte es wie ferne Sterne. Kalt. Ruhig. Uralte Tiefe.

Der Tisch begann erneut warm gegen seine Handfläche zu pulsieren. Nicht stark. Nur ein Flüstern von Wärme. Aber genug, um das Gefühl hervorzurufen, dass dieser Ort auf etwas reagierte.

Vielleicht auf ihn.

Stapfer wich einen Schritt zurück. Sein Herz schlug schneller – nicht vor Angst. Vor Ahnung.

»Warum bin ich hier?«, flüsterte er.

Doch die Halle antwortete nicht. Nur das sanfte Tropfen heißen Wassers und das gedämpfte Rauschen des Flusses füllten den Raum – als lausche etwas Unsichtbares mit, ohne sich zu zeigen.

Sollte er diese Höhle lieber schnell wieder verlassen? Seine Neugier siegte. Stapfer vergaß seine vorherige Angst, sein Unbehagen – und trat durch die dampfenden Pfützen um den Tisch herum. Er war so groß, dass er gerade eben über die Tischplatte sehen konnte. Also stieg er auf einen nahe gelegenen Felsen – und kletterte hinauf.

In der Mitte des Tisches befand sich eine Mulde, gefüllt mit Wasser, so ruhig, dass es fast unsichtbar war. Gebannt schlich Stapfer näher. Eine seltsame Stimmung ergriff ihn – eine Gewissheit, dass er hineinschauen musste. Wenn nicht, würde ihn der Drang, es zu sehen, für den Rest seines Lebens verfolgen.

Das Licht der Wände spiegelte sich auf der dunklen Oberfläche. Stapfer kniete sich nieder, die Augen geweitet, den Blick konzentriert auf das Becken gerichtet.

Plötzlich fuhr er zurück.

Das Wasser hatte sich verändert. Es begann zu leuchten – nicht von außen, sondern von innen heraus, wie ein lebendiger Spiegel. Und darin: sein Gesicht.

Zwei graue Augenpaare blickten einander erschrocken an, unter einem nassen Wirrwarr schwarzer Locken. Hohe Wangenknochen, eine gerade Nase – alles spiegelte denselben Ausdruck des Staunens.

So plötzlich, wie es erschienen war, verschwand das Bild wieder. Das Wasser wurde ruhig. Klar. Reglos.

Aber nichts war mehr, wie es zuvor gewesen war.

Im Wasser lag nun ein Edelstein – kalt und klar wie das Wasser selbst. Er hatte die Form einer Blume, deren zarte

Blütenblätter sich geöffnet hatten. Stapfer hätte ihn mit einer Hand fassen können. Und mit diesem Gedanken kam der Wunsch, genau das zu tun.

Dieses Juwel, so mächtig und geheimnisvoll wie der Ort selbst, schien den Waldläufer zu rufen. Es griff nach seinem Geist – mit einer Macht, wie sie einst den Großen Magiern zugeschrieben wurde. Eine Sehnsucht durchströmte ihn. Ein Verlangen, schmerzhaft und süß zugleich – von jener Art, die Menschen und Elfen zu unaussprechlichen Taten getrieben hat.

Bilder drängten sich in seinen Kopf: Er selbst, den Edelstein in der Hand, umringt von den staunenden Blicken der Leute von Larkas.

Darin lag mit Sicherheit Magie. Wer wusste, welche Kräfte er ihm verleihen konnte? Selbst die Elfen würden ihn um einen solchen Schatz beneiden.

Er sah sich selbst – geachtet von den Völkern des Landes. Er sah ihre ehrfürchtigen Blicke, während er den Spiegel in den Händen hielt und ihnen offenbarte, was er in seinen Tiefen sah.

Stapfers Augen füllten sich mit dem Glanz des Edelsteins. Er streckte eine Hand aus, um ihn aus dem Wasser zu bergen.

In dem Moment, als seine Fingerspitzen die Oberfläche berührten, kräuselte sich das Wasser – und ein lautes Platschen durchbrach die Stille. Stapfer fuhr erschrocken zurück, zog die Hand hastig zurück und sah sich schuldbewusst um.

Was hatte er getan?

Doch das Geräusch war nicht von ihm verursacht worden.

Am anderen Ende der Grotte, dort, wo er sich vor wenigen Augenblicken aus dem Fluss gezogen hatte, durchbrach eine Gestalt die Wasseroberfläche. Stapfer sprang auf die Füße.

»Wer bist du, dass du diesen Ort betreten konntest?«, fragte die Gestalt – mit einer Stimme, leise wie das Murmeln eines Wasserfalls –, während sie aus dem Strom trat.

Das Licht in der Höhle flammte auf, und Stapfer sah, dass er einer großen Frau gegenüberstand. Sie trug flammend rote Gewänder, und wo sie den Boden berührte, schmolzen die Pfützen. Ihr Haar loderte wie Feuer, ihre Haut war dunkelbraun, ihre Augen tief und unergründlich. Ihr Gesicht wirkte wild und hungrig, unerbittlich – und strahlte Hitze aus.

»Ich bin Stapfer«, sagte er kühn. »Ein Wanderer. Und wer bist du?«

»Ich bin das Wasser und das Feuer. Ich bin, was ich bin«, erwiderte sie.

Und so sah sie auch aus: Ihre Bewegungen flossen wie Wasser – und zuckten unruhig wie die Zunge einer Flamme.

Stapfer schluckte.

»Ist es deins?«, fragte er und deutete auf den Edelstein auf dem Tisch.

»Du hast die Blume gesehen?«

Die Frau wirkte schockiert. Ihr Gesicht verhärtete sich, ihre Augen weiteten sich – vor Zorn.

»Du begehrst sie, Stapfer der Waldläufer.«

Es war keine Frage.

»Nur selten verirren sich Wanderer aus den grünen Landen bis hierher. Wenige sehen die Blume – doch alle hungern nach ihr. Ich sehe es in deinen Augen. Die Gier.«

Ihre Stimme wurde schärfer, ihr Blick brannte sich in ihn hinein.

»Sie gehört mir. Du kannst sie nicht haben!«

Aber Stapfer ließ sich nicht einschüchtern.

Der hochmütige Ton der Frau traf ihn mitten ins Herz. Er straffte sich, hob das Kinn – und zog Soryn aus der Scheide.

»Du hältst so etwas Kostbares hier vor der Welt verborgen?«, fuhr er sie an. »Es soll gesehen werden! Ich werde es nehmen! Du hattest es eine Ewigkeit – warum sollte ich es dir jetzt lassen?«

Die Frau wich einen Schritt zurück. Ihr Blick fiel auf Soryn – voller Furcht.

Das Schwert lag schwer und dunkel in Stapfers Hand. Die glänzenden Wände warfen kein Licht darauf.

»Du bringst Angst und Zorn an diesen Ort des Friedens«, zischte sie. »Du versuchst, die Blume ihrem rechtmäßigen Hüter zu entreißen. Glaubst du wirklich, du seist im Recht, Stapfer, Waldläufer und Wanderer?«

Ihre Stimme tropfte vor Spott.

»Die Blume gehört mir. Und du bist nichts als ein gewöhnlicher Dieb.«

Als das Licht von den Wänden auf sie fiel, sah Stapfer sie mit neuen Augen. Sie war tatsächlich gespalten – eine Seite aus fließendem Wasser, ruhig, kühl, durchsichtig; die andere ein Tanz aus Flammen, unruhig, gierig, wild.

Er begriff: Der Fluss hatte diese Höhle ausgehöhlt, lange bevor er geboren worden war – und sie hatte all die Jahre darin gelebt. Und sie würde noch hier sein, wenn längst niemand mehr seinen Namen kannte.

Schlamm klebte in ihrem Haar, Ruß an ihrer Kleidung. Sie kannte nur sich selbst – und ihre Blume. Das war alles, was sie besaß.

Langsam senkte Stapfer sein Schwert. Sein Blick fiel auf das

Juwel im Wasser, und es war, als weiche ein Schatten aus seinem Geist.

Für einen Moment war er versucht, über sich selbst zu lachen. Er – auf einer hoffnungslosen, geheimen Suche, wandernd durch wilde Länder ... Was wollte er mit einem Edelstein? Ganz gleich, wie schön er war.

»Es tut mir leid«, sagte er leise. Er spürte, wie ihm die Röte ins Gesicht stieg, als er Soryn in die Scheide schob. »Du hast recht. Ich habe kein Recht, dir zu nehmen, was dir gehört.«

Ohne einen weiteren Blick auf die Blume zu werfen, sprang er vom Tisch.

Die Frau richtete sich auf. Ihre Arme hingen schlaff an den Seiten, und einen Moment lang wirkte sie ratlos – noch überraschter als bei seinem ersten Anblick.

Dann lachte sie plötzlich. Ein wildes, ungestümes Lachen, das klang wie das Tosen einer Stromschnelle.

»Leid? Es tut euch leid?« Ihre Augen funkelten, während sie sprach. »So etwas habe ich noch nie gehört! In eurer Heimat müsst ihr großen Respekt genießen – denn du bist standhafter und bescheidener als viele andere, die diesen Ort betreten haben.«

Stapfer schwieg einen Moment. Dann sagte er ruhig: »Ich danke Euch für Eure freundlichen Worte, Herrin. Aber ich muss nun gehen und meine Gefährten suchen. Wir wurden im Sturm voneinander getrennt ...«

»Ah, aber wartet!«, rief die Frau. »Ihr allein, von allen, die diesen Ort je betreten haben, habt die Blume aus eigenem Willen aufgegeben. Ich hätte euch in meinen Flammen verbrannt und eure Asche mit einer Flut hinweggespült, hättet ihr versucht, sie mit Gewalt an euch zu reißen. Doch durch eure eigene Fairness habt ihr ihrem Ruf widerstanden. So erkenne ich euch – denn mir wurde gesagt, dass nur einer kommen würde, der sie ablehnen kann. Ihr seid er.«

»Was?«, fragte Stapfer nervös. »Ich bin wer?«

»Du hast nach mir gesucht«, sagte die Frau, ohne auf seinen zweifelnden Gesichtsausdruck zu achten. »Und ich habe auf dich gewartet. Mir wurde prophezeit, dass einer mit reinem und standhaftem Herzen kommen würde. Du hast die Prüfung bestanden – du bist derjenige, auf den ich warte.«

»Wirklich ...?«, sagte Stapfer zögernd. Er wusste nicht recht, wie er reagieren sollte. Das kam unerwartet – und er war sich nicht sicher, ob er derjenige sein wollte, auf den sie gewartet hatte.

Es war schließlich schon anstrengend genug, auf einer gefährlichen Mission zu sein – da brauchte er nicht auch noch magische Wesen und geheimnisvolle Damen mit rätselhaften Kommentaren über seine Identität.

»Ja«, fuhr sie fort, »ich komme als Bote des Herrn der Zeit und der Hoffnung zu dir.«

Das klärte gar nichts.

»Der Herr der Zeit und der Hoffnung?«, fragte Stapfer. »Wer ist das?«

Sie sah ihn teilnahmslos an.

»Vanor. Du kennst Vanor nicht?« Ihre Stimme war von stillem Erstaunen erfüllt. »Aber er kennt dich. Hast du keine Träume? Hörst du nicht die Stimmen der Berge und Täler, durch die du wanderst, Wanderer?«

Sie trat einen Schritt näher, ihre Gestalt halb im Licht, halb im Schatten.

»Das liegt daran, dass die Gnade Vanors dich schützt. Er

sieht viele Dinge, und die Angelegenheiten aller Länder gehen ihn an. Vor langer Zeit schwand seine Macht aus Eristria, und er zog sich tief unter das Derwaki-Gebirge zurück. Aber seine Kraft ist nicht vergangen. Wenn er will, kann er immer noch wirken – denn das Schicksal und die Zeit gehorchen ihm und sprechen mit seiner Stimme.«

Sie hielt inne.

»Ich spreche jetzt für ihn. Möchtest du seine Botschaft hören?«

Verwirrt, aber neugierig, nickte Stapfer. Er fragte sich, was dieser Vanor ihm wohl zu sagen hätte.

»Höre also, Stapfer«, sagte die Frau, und ihre Stimme klang nun wie fernes Donnern über stillem Wasser. »Du hast dich ohne Eigensinn dem Dunkel entgegengestellt – und es verabscheut Widerspruch. Indem du diese Aufgabe annimmst, trotzt du dem Schicksal selbst.«

Sie hob den Blick.

»Aber es gibt andere Mächte in dieser Welt als Jene, die tief unter dem Gebirge in seiner Zeitschmiede sitzt und alles sieht. Vielleicht kannst du noch ändern, was bestimmt scheint. Die Dunkelheit ist vorausgesagt – doch du trägst das Licht. Und du kannst deinen eigenen Pfad wählen.«

Ein Hauch von Müdigkeit trat in ihre Stimme.

»Ob du Erfolg hast, weiß ich nicht. Doch wohin dein Wille dich auch führt – erinnere dich: Am Ende kannst du zur Schmiede kommen. Wenn du es wünschst. Sie erwartet dich.«

Dann verstummte sie.

Stapfer schwieg. Ein Moment verstrich, in dem er hoffte, sie würde noch etwas Klareres hinzufügen. Etwas, das er auch verstehen konnte.

»Ist ... ist das alles?«, fragte er schließlich. »Ich verstehe kein Wort davon! Was soll das bedeuten?«

»Das kann ich nicht sagen«, erwiderte sie. »Ich bin nur eine Botin. Vielleicht wirst du es eines Tages verstehen. Aber eines weiß ich: Du stehst unter dem Schutz Vanors. Seine Gnade liegt auf dir – und meine auch.«

Sie trat einen Schritt zurück, ihre Stimme weich wie Nebel.

»Fürchte das Licht nicht. Es ist dein Verbündeter und wird dir helfen, wenn du es am wenigsten erwartest. Erinnere dich an Valira – und fürchte dich nicht. Doch nun musst du gehen. Sie warten auf dich.«

»Aber ich ...«, begann Stapfer.

Doch Valira beachtete ihn nicht mehr. Sie wandte sich um, trat zurück in den fließenden Strom – und begann im dunklen Wasser zu versinken, mit einem leisen Zischen, als würde die Flamme in ihr erlöschen.

»Leb wohl!«, rief sie – und verschwand.

Zu verwirrt, um zu protestieren, stapfte Stapfer mit schweren Schritten zum hinteren Ende der Grotte. Der Sturm hatte sich gelegt – doch er war noch nicht vorüber. Und er wusste immer noch nicht, wo Neria und Falvoril waren.

Als er sich dem Ausgang näherte, wo die Höhle in einen schmalen Pfad nach draußen mündete, warf er nur einen einzigen Blick zurück.

Valira war verschwunden.

Ohne ein weiteres Wort drehte er sich um – und trat hinaus in die weiße Welt, den Fluss hinter sich lassend.

Draußen schlug ihm die kalte Luft mit eiserner Hand entgegen. Stapfer zitterte in seiner nassen Kleidung, und mit einem Mal kehrte all seine Erschöpfung zurück. Er wäre auf der

Stelle eingeschlafen, hätte er nicht gewusst, dass Kälte und Schnee ihn töten würden.

Auf seinem Gewand begann sich Eis zu bilden.

Er stolperte weiter durch die Dunkelheit. Der Tag war vergangen, eine eisige Nacht hatte ihn verschluckt. Benommen fragte er sich, ob seine tauben Hände noch gehorchen würden – ob er sie überhaupt dazu bringen konnte, ein Feuer zu entzünden.

Seltsame nächtliche Geräusche erfüllten die Luft, gedämpft vom abklingenden Schneesturm. Bei jedem unheimlichen Laut zuckte Stapfer zusammen. Er griff nach dem Griff seines Schwertes, entschlossen, nicht kampflos zu sterben. Doch nur Augenblicke später versank er wieder in träger Gleichgültigkeit.

Seine Füße waren ebenso taub wie seine Hände. Immer wieder stolperte er, stieß sich die Zehen, ohne es recht zu spüren.

Schließlich konnte er nicht mehr. Er brach zusammen und blieb liegen wie ein Toter.

Der Wind wurde sanfter. Schnee wehte heran und bedeckte ihn langsam, bis er nur noch eine kleine Erhebung in der weißen Weite war.

Sturmfeste. Tief im Derwaki-Gebirge.

Sie kamen bei Tageslicht, nicht viele – sechs Gestalten in dunkle Roben gehüllt, deren schwerer Stoff den Wind brach, statt ihm zu folgen. Ihre Schritte hallten kaum auf dem blanken Stein, als sie durch das innere Tor der Sturmfeste traten. Hoch über ihnen ragten die Zinnen in den grauen Himmel, umtost von jenen stetigen, kreisenden Winden, die diesem Ort seinen Namen gegeben hatten.

Die Sturmfeste schlief nie. Doch an diesem Morgen schien sie den Atem anzuhalten.

Am Rand des inneren Hofes blieben sie stehen – dort, wo alte Runenkreise in den Boden eingelassen waren, verwittert, vielfach ausgebessert, aber noch immer wach. Der Anführer hob die Hand, die Gruppe kam zum Stillstand. Kein Rascheln von Stoff, kein geflüstertes Wort war zu hören. Alles an ihnen wirkte bewusst gedämpft, als hätten sie gelernt, selbst ihre bloße Anwesenheit zu zügeln.

Der Mann in der Mitte trat vor. Von mittlerer Größe, das Haar grau meliert, das Gesicht gezeichnet von unscheinbaren Narben – keine Spuren von Duellen, sondern von Fehlversuchen, von Magie, die nicht gehorcht hatte. An seinem Gürtel hing kein prunkvoller Stab, sondern eine schlichte Klinge mit feinen, eingebrannten Zeichen. Unter der Robe trug er Schutzleder, alt und vielfach geflickt. Er blieb stehen und atmete langsam aus.

»Hier«, sagte er schließlich. Nicht laut – aber endgültig.

Die anderen folgten seinem Blick. Einer der Magier kniete nieder, legte die Hand auf den Runenkreis und schloss die Augen. Ein feines Zittern lief durch den Stein – kaum sichtbar, doch spürbar bis in die Knochen.

»Spät«, murmelte der Anführer. »Aber nicht lange her.«

Ein zweiter Magier zog eine schmale Glaslinse hervor, beugte sich tiefer und hielt sie über die Runen. Sein Gesicht verhärtete sich. »Das ist kein menschliches Muster«, sagte er leise. »Zu sauber. Zu organisch. Es wächst, statt zu zerfallen.«

»Elfisch?«, fragte der Anführer.

Der Mann zögerte einen Moment zu lang. »Verwandt«, antwortete er schließlich. »Die Struktur folgt elfischer Magie – alten Pfaden. Alten Bindungen, die man besser nicht mehr berührt.«

Ein leises Raunen ging durch die Gruppe, gedämpft, aber unüberhörbar.

Sie betraten die Halle der Resonanz, wo hohe Bögen sich über ihnen spannten und in der Mitte des Raumes ein Kristall schwebte – milchig, von feinen Rissen durchzogen. Einst klar, pulsierte er nun schwach, als würde etwas in seinem Inneren nachhallen, das nicht mehr zu bannen war.

»Der Kristall hat reagiert«, sagte einer der Bannkundigen. »Nicht auf Tod. Auf Übergang.«

»Auf ein Tor«, ergänzte ein anderer. »Oder auf das, was hindurchgekommen ist.«

Der Anführer trat näher, betrachtete das matte Leuchten. »Und wer öffnet Tore, ohne Spuren zu hinterlassen?«

Niemand antwortete sofort.

Dann sagte jemand, fast widerwillig: »Die Elfen.«

Das Wort blieb im Raum stehen – schwerer als jede Formel.

»Oder jene, die sich ihrer Kunst bedienen«, fügte ein anderer hinzu. »Die Weldhra.«

Der Anführer nickte langsam. »Dann ist es bestätigt. Was sich ausbreitet, ist keine gewöhnliche Seuche. Es ist ein Eingriff.«

Sie gingen weiter, tiefer in die Feste. Nahe dem inneren Fokus lag ein Körper – oder das, was davon geblieben war. Die Haut war fleckig, die Gliedmaßen in einem Winkel verdreht, der jeder natürlichen Ordnung widersprach. Der Magier, der sich zu ihm hinabbeugte, berührte ihn nicht.

»Er reagiert«, sagte er nach einer Weile.

»Wann?«

»Unregelmäßig. Aber zielgerichtet.«

Ein anderer hob ein Amulett – schlicht gearbeitet, haarfein durchzogen von Rissen. Es vibrierte schwach. »Elfische Resonanz. Verdorben. Aber eindeutig.«

Der Anführer schloss für einen Moment die Augen. »Wie weit hat es sich ausgebreitet?«

»Weiter, als uns lieb ist. Und schneller, als es möglich sein dürfte.«

Die Stille, die folgte, war gespannt. Dann durchbrach ein Geräusch sie – kein Schrei, kein Ruf, nur ein dumpfes Scharren. Aus dem Schatten zwischen zwei Säulen bewegte sich etwas, langsam, ruckartig.

Die Magier formierten sich sofort. Zwei traten vor, Schutzzeichen erhoben, während ein dritter Worte murmelte, deren Klang älter war als die Feste selbst.

Die Gestalt trat ins Licht. Es war ein Mensch – oder war es einmal gewesen. Der Kopf hing schief, der Mund stand offen, die Augen leer. Suchend. Ohne zu sehen.

»Nicht zu nah«, sagte der Anführer ruhig. »Keine direkte Verbindung.«

Die Gestalt hob den Arm. Einer der Magier zog die Klinge – und zögerte.

»Wenn das elfische Muster noch aktiv ist …«

»Dann ist es längst zu spät«, unterbrach ihn der Anführer.

Der Magier nickte. Die Klinge glitt vor. Kein Laut. Der Körper sackte zusammen – und regte sich erneut. Maden krochen aus dem Boden, wanden sich um den Leib.

»Jetzt.«

Ein Zeichen wurde in die Luft gezogen. Blaues Licht flammte auf, schnitt durch den Körper. Die Gestalt fiel. Diesmal blieb sie liegen.

Niemand sprach.

»Bestätigt«, sagte schließlich einer der Magier. »Untot. Durch fremde Magie verstärkt.«

Der Anführer atmete aus. »Dann ist es kein Einzelfall.«

Er wandte sich an die Gruppe. »Die Sturmfeste wird isoliert. Keine offenen Tore. Keine elfischen Gesandten ohne Bann.«

Ein kurzes Zögern. »Und die Meldung?«

Der Mann hob den Blick zu den Zinnen, wo der Wind heulte. »Sofort.«

Er zog ein kleines Metallsiegel hervor, unscheinbar, gezeichnet mit denselben Runen wie seine Klinge. Als er es hob, glomm es auf – und der Name Tharion Khel band sich unausweichlich in die Bannformel. Von diesem Moment an waren die Maßnahmen kein Rat mehr. Sondern Gesetz.

»Die Schwelle ist überschritten«, sagte er ruhig. »Und wenn die Elfen ihre Finger im Spiel haben ...«

Er ließ den Satz unvollendet. Niemand widersprach.

Der Wind um die Sturmfeste gewann an Kraft.

Und irgendwo – jenseits aller Formeln, jenseits aller Schuldzuweisungen – setzte sich etwas in Bewegung. Lautlos. Stetig. Wach.

KAPITEL 10
DAS FEUER, DAS MAN ZURÜCKLÄSST

»Drei gehen hinaus in eine Nacht ohne Sterne — und doch trägt jeder ihrer Schatten die Hoffnung eines Reiches.«

- Weissagung

S tapfer träumte.

Der Wind heulte ohrenbetäubend, und er stand auf einer endlosen Eisfläche, die unter ihm zu bersten begann. Das Weiß erstreckte sich blendend in alle Richtungen, durchzogen von schwarzen Linien – wie riesige Spinnweben. Er hörte das Knistern, als die Platten unter seinen Füßen in kleinere Stücke zerbrachen, wegdrifteten, und dunkles Wasser darunter aufglomm.

Es wurde wärmer. Das Knistern lauter.

Mite einem lauten Knack brach die Eisplatte unter ihm. Er sprang auf die nächste.

Es knirschte gefährlich und direkt vor ihm tat sich ein Spalt auf. Er kippte – vorwärts, abwärts – dem eiskalten Wasser entgegen ...

Stapfer riss die Augen auf.

Über ihm spannte sich ein grauer Himmel, gefiltert durch die grünen Zweige eines hohen Nadelbaums. Er lag auf dem Waldboden, zugedeckt mit Decken. Neben ihm brannte ein Feuer – die Quelle der Wärme und des Knisterns, das in seinen Traum gedrungen war.

Um ihn herum ragten Bäume auf, ihre schneebedeckten Kronen still im Morgenlicht. In der Nähe rauschte leise Wasser. Er fühlte sich taub und erschöpft und konnte sich nicht erinnern, warum er bei diesem Wetter nicht in einem warmen Haus lag.

Einen Moment lang blieb er einfach liegen, beobachtete die Funken, die über ihm tanzten. Dann bewegte er vorsichtig die Zehen – sie waren unversehrt. Seine Hände streckten sich zögerlich zur Seite.

Und plötzlich kam die Erinnerung zurück – wie eine Lawine.

Der Fluss. Der Sturm. Das war kein Traum gewesen.

Aber was war danach geschehen?

Er war unverletzt. Und am Leben.

»Bin ich ... wirklich noch am Leben?«, murmelte er.

»Nun«, sagte eine unbekannte Stimme mit gut gelaunter Stimme, »mir sind nicht viele Tote begegnet, die noch antworten können.«

Stapfer blinzelte. Für einen Moment fragte er sich ernsthaft, ob sein Blick ihm einen Streich spielte, denn die beiden Zwerge vor ihm glichen einander so sehr, dass man sie für ein und dieselbe Person hätte halten können. Gesicht, Haltung, selbst die Art, wie sie dastanden – alles schien gespiegelt.

Beide trugen das für Hügelzwerge typische, dichte, lockige Haar in einem satten Braunton, das ihnen wie eine wollene Kapuze um die wettergegerbten Gesichter fiel. Ihre Augen waren klein, aber wachsam, und funkelten vor Vergnügen, als sie seine Verwirrung bemerkten. Breite Nasen, kräftige Wangenknochen und feste Kiefer verliehen ihnen den Ausdruck von Leuten, die ebenso gut lachen wie zupacken konnten – im Alltag wie im Ernstfall.

»Guten Morgen«, sagte der Zwerg, der zuerst gesprochen hatte, und zog leicht den Kopf ein, wie es unter Hügelzwergen eine lockere Begrüßung war. »Ich bin Linosch Bergkamm.«

»Und ich bin Lanosch Bergkamm«, ergänzte der andere ohne Zögern.

»Zwillinge«, fügte Linosch hinzu.

Beide brachen in schallendes Gelächter aus. Stapfer saß noch immer sprachlos da, blinzelte ein weiteres Mal und fragte sich, welche der vielen Fragen, die ihm durch den Kopf schossen, wohl als erste den Weg aus seinem Mund finden würde.

»Wie ...?«, brachte er schließlich hervor, ohne selbst zu wissen, was er eigentlich wissen wollte.

»Ich nehme an, du fragst dich, wie du hierhergekommen bist, wer wir sind und warum wir hier sind, nicht wahr?«, sagte Linosch hilfsbereit.

»Nein, ich glaube, er fragt sich, wie er schnell etwas zu essen bekommen kann«, warf Lanosch ein. »Wie jeder vernünftige Mensch in seiner Lage!«

»Nicht jeder denkt ständig ans Essen, Lanosch!«, entgegnete Linosch mit einem genervten Seitenblick. »Ich bin sicher, im Moment interessieren ihn ganz andere Dinge.«

»Was weißt du denn schon?«, fauchte Lanosch zurück. »Ich wette, er ist halb verhungert!«

Dann wandte er sich plötzlich an Stapfer und grinste breit. »Nun? Wer von uns hat recht?«

»Beide«, sagte Stapfer, der endlich seine Zunge wiederfand. Er richtete sich auf und zog die Decken fester um sich, zitternd in der kalten Luft.

»Ich muss zugeben, dass ich ziemlich hungrig bin«, fuhr er fort, »aber kaum weniger neugierig!«

»Seht ihr?«, sagte Lanosch triumphierend. »Ich hatte recht!«

»Ich auch!«, warf Linosch ein.

»Richtig«, meinte Lanosch. »Wie wäre es mit ein paar Salzknollen?«

Ohne eine Sekunde zu verlieren, kniete er sich neben das Feuer und begann in einer großen, abgewetzten Ledertasche zu wühlen. Was er hervorholte, war keine sorgfältig sortierte Mahlzeit, sondern eine ehrliche Auswahl dessen, was Hügelzwerge für wichtig hielten: geröstete Pilzpastete, mehrere Steinäpfel, eine Flasche Wurzelmet – und, fast schon feierlich, ein kleines Glas Steinapfelkompott.

Mit geübten Handgriffen spießte er einige der Salzknollen auf lange Holzstäbe und steckte sie rund um die Glut in den Boden, dort, wo die Hitze gleichmäßig war. Dann beugte er sich über das Feuer, hob den schweren Topf ein Stück an und ließ nacheinander verschiedene Zutaten hineingleiten. Es klang satt und vielversprechend, als sie auf den Boden des Topfes trafen.

»Steintopf der Väter«, sagte er trocken zu Stapfer und warf

ihm dabei einen kurzen Blick zu, in dem mehr Stolz als Scherz lag.

Linosch griff sich einen Steinapfel und warf einen zweiten zu Stapfer hinüber. Er biss in seinen herzhaft hinein und kaute, als hätte er alle Zeit der Welt.

»Wir haben schon gefrühstückt«, erklärte er beiläufig, »aber noch kein zweites. Und Essen teilt man, wenn man kann.«

Ein schiefes Grinsen huschte über sein Gesicht.

»Also, Herr Wanderer – wie heißt Ihr eigentlich?«

»Stapfer«, antwortete dieser und biss in den Apfel. In seinem Magen meldete sich ein deutliches Knurren, und erst jetzt wurde ihm bewusst, wie ausgehungert er war. Seit gestern Mittag hatte er nichts mehr gegessen – und noch nie hatte ein Apfel so gut geschmeckt.

»Wirklich? Was für ein seltsamer Name«, bemerkte Linosch. »Wo kommst du denn her?«

»Aus Larkas«, antwortete Stapfer. »Aber ich kenne ein paar Leute im Tholmir. Ihr kommt aus den östlichen Grenzlanden, nehme ich an?«

»Natürlich!«, rief Linosch. »Wir sind Bergkamms, wie gesagt. Eigentlich waren wir nur zu einer kleinen Bootstour aufgebrochen – wollten noch ein bisschen Spaß haben, bevor der Winter kommt. Aber dieses Jahr war der wohl schneller als wir. Jedenfalls hatte der Sturm es ziemlich eilig, die Ernte- und die Bootssaison gleichzeitig zu beenden.«

Er deutete vage hinter Stapfer. »Unsere Boote liegen dort drüben, am Ufer des Warrelh.«

Stapfer drehte sich leicht um und nahm zum ersten Mal richtig seine Umgebung wahr. Sie befanden sich nahe am Fluss, mit Blick nach Süden, am Rand einer kleinen Lichtung.

KAPITEL 10

Zwischen den Bäumen, die den Warrelh säumten, hingen immergrüne Zweige über ihren Köpfen, warfen tiefe Schatten auf den Boden und schützten sie vor dem schlimmsten Wind und der Kälte.

Die Brüder hatten hier ein provisorisches Lager aufgeschlagen – mit dem Rücken zu einer großen Kiefer, das Feuer durch mehrere Felsbrocken abgeschirmt. Nur wenige Schritte entfernt lag eine winzige Bucht, in die zwei kleine Ruderboote gezogen worden waren – von der Art, wie sie die Flussleute bevorzugten. Das Wasser floss träge dahin, in einem trüben Grau-Braun, und überall lag Schnee, obwohl es schon deutlich wärmer war als am Vortag.

Das Feuer knisterte fröhlich, und Stapfer spürte, wie seine Stimmung sich besserte und die Kräfte zurückkehrten – noch bevor Lanosch ihm eine dampfende Schale Eintopf reichte.

»Ich bin sicher, das wird dir schmecken«, sagte der junge Hügelzwerg. Unser eigenes Rezept – köstlich und perfekt für unterwegs!«

»Dann seid ihr viel unterwegs?«, fragte Stapfer und nahm einen Löffel. Der Eintopf schmeckte genau so köstlich, wie Lanosch es versprochen hatte.

»Nicht so viel«, antwortete Linosch, »zumindest nicht außerhalb von Tholmir. Wir fahren einfach gern Boot – deshalb sind wir ja hier, wie ich schon sagte. Und das war dein Glück! Gestern sind wir den Fluss hinaufgepaddelt, als plötzlich aus dem Nichts ein Sturm losbrach und es anfing zu schneien wie verrückt. Also haben wir unsere Boote rausgezogen und unter dem Schutz der Bäume hier unser Lager aufgeschlagen.

Irgendwann am Abend ließen Schnee und Wind nach, und ich schaute mich gerade ein bisschen um – da sah ich plötzlich jemanden herumtorkeln, halb tot und völlig verloren! Ich wollte gerade was rufen, da bist du umgekippt. Als ich bei dir ankam, warst du schon bewusstlos. Also haben Lanosch und ich dich ans Feuer geschleppt, um dich irgendwie wieder aufzuwärmen.

Ich sag dir: Für einen Moment waren wir richtig besorgt! Deine Füße waren ganz blau, und wir hatten echt Angst, dass du dir Erfrierungen geholt hast ... aber du scheinst zur zähen Sorte zu gehören.«

»Aber sag uns«, fragte Lanosch neugierig, »wer bist du – und was machst du hier allein, mit nichts als einem ziemlich seltsamen Schwert?«

»Ich bin überhaupt nicht allein«, erwiderte Stapfer und beendete seine zweite heiße Schale Eintopf. Er fühlte sich schon deutlich besser. Doch nun schlich sich ein unangenehmer Gedanke ein: Er hatte keine Ahnung, wo Neria und Falvoril waren – ob es ihnen gut ging oder was er als Nächstes tun sollte.

»Zumindest war ich es nicht. Ich habe zwei Gefährten. Wir wurden im Sturm getrennt, und jetzt weiß ich nicht, wie ich sie finden soll. Ihr habt niemanden gesehen, oder?«, fragte er besorgt.

Linosch und Lanosch schüttelten einmütig den Kopf.

»Seit gestern haben wir nichts als Schnee gesehen – und nichts als Wind gehört«, sagte Linosch.

»Dann weiß ich nicht, wo sie sein könnten«, murmelte Stapfer und starrte auf seine Hände in seinem Schoß. »Wahrscheinlich irgendwo da draußen ... aber ich muss sie unbedingt finden. Ich kann nicht allein weitergehen!«

»Weitergehen – wohin?«, fragte Lanosch.

»Nun ...«, begann Stapfer zögernd. Er hatte nicht das

Gefühl, dass er jedem alles erzählen sollte – selbst nicht zwei gutmütigen Hügelzwergen, die ihm das Leben gerettet hatten. Aber ganz ohne Erklärung kam er nicht davon.

»Ich habe tatsächlich in Larkas gelebt«, sagte er schließlich. »Aber jetzt komme ich aus der Bergwarth, wo ich den König getroffen und im Namen der Menschen an einem Rat teilgenommen habe. Ich bin so etwas wie ein Bote – meine Gefährten und ich sind unterwegs nach Tholmir, dann weiter nach Limarh, um alle vor der Gefahr zu warnen, die uns bevorsteht.«

Es war eine Lüge – aber nicht allzu weit von der Wahrheit entfernt.

»Gefahr?«, fragte Lanosch gebannt. »Was für eine Gefahr?«

»Jetzt warte mal einen Moment«, sagte Linosch stirnrunzelnd. »Wenn etwas so Wichtiges im Gange ist, dass der König einen Boten nach Tholmir schickt – was, nebenbei gesagt, seit Jahren nicht mehr passiert ist! –, dann sollten wir nicht einfach hier am Feuer darüber reden. Mein Onkel ist der Hochwart der Hügel – er muss davon erfahren. Ich nehme an, du willst mit uns den Fluss hinunterkommen?«

»Ja, aber ich ...«, begann Stapfer – und merkte plötzlich, dass etwas fehlte. »Wo ist mein Schwert?«, fragte er alarmiert.

»Das große schwarze Ding?«, fragte Lanosch mit einem leichten Schaudern. »Du hattest es in der Hand, als wir dich gefunden haben. Aber wir haben keine Scheide dafür gesehen – vermutlich hast du sie unterwegs verloren. Wir haben das Schwert in eine Lederhülle gesteckt, damit es trocknet.«

Er drehte sich um und wühlte kurz in einer Tasche. Eine Minute später kam er mit Soryn zurück, das er vorsichtig mit beiden Händen trug.

»Was für eine seltsame Waffe«, murmelte Linosch und

schüttelte den Kopf, als sein Bruder die Klinge Stapfer reichte – mit der Spitze voran.

Linosch schien sich mit Schwertern nicht auszukennen. Stapfer lehnte sich instinktiv von der schwarzen Spitze weg.

Plötzlich pfiff ein Pfeil durch die Luft, verfehlte Lanosch nur um Haaresbreite und schlug mit einem dumpfen Laut in den Baum hinter ihnen ein.

Lanosch schrie auf, ließ das Schwert fallen und fiel vor Schreck rücklings zu Boden. Im selben Moment sprang Stapfer – noch etwas wacklig – auf und suchte mit angespanntem Blick den umliegenden Wald ab.

»Falvoril!«, rief er. »Nicht schießen!«

Er hatte natürlich sofort erkannt, wer der Schütze war – und tatsächlich: Wenige Sekunden später sprang Falvoril selbst aus den Bäumen am südlichen Rand der Lichtung. In der Hand hielt er seinen Langbogen, ein Pfeil lag gespannt auf der Sehne. Doch kaum hatte er Stapfer entdeckt, der ihm eilig zuwinkte, huschte ein Ausdruck der Erleichterung über sein Gesicht. Er senkte die Waffe, steckte sie mit routinierter Bewegung weg und lief in fließenden Schritten auf das Lager zu. Mit einem breiten Lächeln ergriff er Stapfers Hand.

»Stapfer!«, rief er und beachtete Lanosch nicht, der ihn mit finsterer Miene ansah. »Dir geht's gut! Wir hatten schon befürchtet, du wärst im Sturm verschollen oder in die Hände der Feinde gefallen!«

Stapfer grinste – doch ehe er antworten konnte, wurde er von einem Lichtblitz unterbrochen. Ein goldener Schimmer raste aus der Richtung, aus der Falvoril gekommen war, direkt auf ihn zu.

Im nächsten Moment fand er sich in Nerias Armen wieder, die ihn umschlang, als könne sie ihn nie mehr loslassen.

»Gott sei Dank habe ich dich wiedergefunden!«, rief Neria. »Falvoril hört einfach auf keine Vernunft! Ich hab ihm gesagt, dass es hier keine Blutmenschen gibt – wir sind praktisch schon im Tholmir! Aber er musste natürlich sofort seinen Bogen zücken und auf alles zielen, was sich bewegt – ohne auch nur kurz anzuhalten, um zu sehen, was es ist! Und jetzt schau dir das an – er hätte dich töten können! Oder ... oder ...«

Sie verstummte plötzlich und starrte auf die Zwillinge, die sich inzwischen aufgerichtet hatten und das ungewöhnliche Wiedersehen mit einer Mischung aus Verwirrung und Anteilnahme betrachteten.

Stapfer räusperte sich.

»Das sind meine Gefährten«, sagte er. »Neria Dornquell – und Falvoril Waldeslied.«

»Freut mich, euch kennenzulernen ...«, sagte Linosch mit funkelnden Augen und reichte Neria die Hand. »Ich bin Linosch Bergkamm.«

»Und ich bin Lanosch Bergkamm«, fügte sein Bruder sofort hinzu.

»Sie sind Zwillinge«, erklärte Stapfer trocken.

Die beiden grinsten breit – und riefen im Chor:

»Genau!«

Ein paar Stunden später saß Stapfer im Bug eines kleinen Bootes und beobachtete, wie der kalte Warrelh um ihn herumfloss. Soryn lag in braunes Leder gehüllt auf seinem Schoß, bis er eine neue Scheide dafür finden konnte. Seine Hände ruhten locker auf dem unscheinbaren Paket.

Nach einigem Hin und Her – und einer leicht überarbeiteten Version seines Auftrags – hatten die fünf Reisenden beschlossen, sich schleunigst auf den Weg nach Steinwacht zu machen, dem Sitz des Hochwarts der Hügel. Mit dem Boot würden sie das abgelegene Tal in ein paar Tagen erreichen.

Falvoril hatte sein Pferd zurücklassen müssen – auf dem Wasser konnte es nicht mit –, aber auch die Reittiere von Neria und Stapfer waren im Sturm verschollen. Viel hätte das eine verbliebene Tier also ohnehin nicht genützt. Stapfer hoffte, dass die Pferde den Weg zurück nach Hause finden würden – wenn schon nicht für ihn, dann wenigstens für Nerias willen.

Sie hatten das Gepäck verteilt und sich in zwei kleine Boote gesetzt, um gegen zehn Uhr morgens in der kühlen Luft aufzubrechen. Stapfer und Falvoril teilten sich das vordere Boot mit Lanosch, während Linosch Neria mit einem schelmischen Augenzwinkern einlud, mit ihm im hinteren zu fahren. Sie nahm das Angebot lächelnd an – sehr zum Missfallen Falvorils, der die respektlose Art der Zwillinge nur schwer ertragen konnte. Auch den Pfeil vergaßen sie nicht so schnell.

Die Ufer zogen zügig an ihnen vorbei, gesäumt von Bäumen in unterschiedlichen Höhen, deren Äste oft bis ins braune Wasser reichten. Stapfer beobachtete die Strudel und Wirbel der Strömung, fasziniert vom Spiel des Flusses. Der Himmel war weiterhin bewölkt, doch je weiter sie nach Süden kamen, desto weniger Schnee lag am Boden – und am Ende des ersten Tages war er ganz verschwunden.

Am Abend schlugen sie ihr Lager am Westufer des Warrelh auf, mitten im Tholmir. Als sie am nächsten Morgen erwachten, war der Himmel endlich klar – ein leuchtendes Blau begrüßte sie. Der Fluss wirkte hier viel freundlicher: Die Ufer waren gesäumt von dunklem immergrünen und leuchtendem

Herbstlaub, das sich fröhlich im Wind wiegte. Das Wasser glitzerte im Sonnenlicht, und der Wind trieb weiße, flauschige Wolken über den Horizont – wie gemalt in einem Märchenbuch.

Einige Tage reisten sie durch diese malerische Landschaft. Und während der Fahrt vergaß Stapfer fast die drohende Gefahr, die mit ihrer Mission verbunden war – für einen Moment kam es ihm vor, als sei er einfach auf einem kleinen Urlaub. Auf dem Weg nach Hause.

Am Nachmittag des fünften Tages erreichten sie die Warrelh-Brücke, und Stapfer begann aufmerksam, die Landschaft zu mustern. Er kannte diesen Weg. Vor Jahren war er schon einmal hier entlanggereist, der Oststraße folgend, auf dem Weg zu Bekannten im westlichen Tholmir. Damals hatte er dem Ganzen wenig Beachtung geschenkt. Nun jedoch sah er genauer hin.

Jenseits des Flusses tauchten Dörfer und kleinere Siedlungen auf, niedrig gebaut und breit angelegt, eingebettet in die Hügel. Aus den Schornsteinen stieg Rauch auf – gleichmäßig und ruhig, Zeichen bewohnter Häuser und arbeitender Herde. Das Land zeigte sich zur Erntezeit von seiner verlässlichsten Seite: sanfte Höhen, durchzogen von Feldern, Weiden und kleinen Wäldern, die eher genutzt als gezähmt wirkten. Kinder spielten zwischen den Häusern, nicht laut, aber ausgelassen, während Erwachsene Karren beluden oder auf festen Wegen in Richtung der Märkte unterwegs waren. Nichts wirkte hastig. Alles folgte einem vertrauten Rhythmus.

Auf diesem Abschnitt des Warrelh begegneten sie mehreren Booten. Fischer winkten den Zwillingen grüßend zu, manche riefen ein paar Worte herüber, wie es unter Flussleuten üblich war. Stapfer jedoch erkannte niemanden. Er blieb Beobachter, noch.

Erst spät am Abend des siebten Tages erreichten sie schließlich Steinwacht. Die Stadt lag im südlichen Tholmir, dort, wo der Warrelh breiter wurde, und wurde von einer gewachsenen Siedlung am Ufer begleitet. Jenseits des Flusses begann bereits das Grenzland zum Alten Wald, dessen dunkler Saum selbst im letzten Licht noch sichtbar war.

Steinwacht erhob sich nicht hoch, sondern fest. Mauern und Hallen schlossen sich an den Hügel an, als wären sie Teil davon. Die Stadt war unter anderem die Heimat der Bergkamm-Familie und wurde größtenteils von deren Verwandtschaft und verbundenen Sippen bewohnt – ein Ort, der weniger durch Größe als durch Beständigkeit Bedeutung trug.

Stapfer hatte den Blick gerade wieder auf den Fluss gerichtet, als sie eine sanfte Biegung passierten – und plötzlich lag es vor ihnen. Das große Gemäuer war direkt in den Hügel am Ufer des Warrelh gearbeitet und wuchs scheinbar organisch aus dem Hang hervor, als hätte der Stein selbst beschlossen, hier Halt zu machen.

Zweifellos war es ein Haus, doch eines von einer Größe, wie sie nur Zwerge planten: nicht hoch aufragend, sondern tief verankert. Breiter als jedes gewöhnliche Wohnhaus, mit massiven Steinfronten, die eher an eine befestigte Halle als an eine einzelne Behausung erinnerten. Fenster und Türen waren sauber in das Gestein geschnitten, ihre Kanten geglättet vom Lauf der Jahre. Die meisten Öffnungen zeigten zur Straße und hinunter zum Fluss, denn die Hügelzwerge hielten gern Sicht auf das, was kam und ging.

Warmgelbes Licht floss aus den Fenstern in die beginnende

Dämmerung. Es mischte sich mit Stimmen, Lachen und dem dumpfen Klang von Musik, die durch die Abendluft trug. Diese Halle war kein Ort für eine einzelne Familie. In ihren Mauern lebten ganze Sippen von Hügelzwergen und ihren Verwandten. Hinter der sichtbaren Fassade erstreckte sich ein weit verzweigtes Geflecht aus Wohnräumen und Gängen, Vorrats-kammern und Küchen, Speisehallen und Werkstätten – alles tief in den Hügel hinein, bis dorthin, wo der Stein kühl und verlässlich wurde.

Und doch war selbst diese Halle nur ein Vorgeschmack auf das, was kommen sollte. Ein früher Stein im Fundament jener größeren Ordnung, die eines Tages Gestalt annehmen würde, wenn jenseits des Warrelh, am Ostufer, neue Mauern wachsen und Steinwacht mehr sein würde als ein Name.

Vor der Halle lag ein unerwartet großes Dock aus Holz und Stein, fest im Ufer verankert. Ein gepflasterter Weg führte von dort zu einer breiten, schweren Tür, neben der eine Laterne ruhig flackerte. Lanosch und Linosch banden die Boote routiniert am Steg fest, sprangen behände ans Ufer und winkten Stapfer und seinen Gefährten mit fröhlichen Rufen herüber.

»Wir kommen gerade rechtzeitig!«, rief Linosch lachend. »Sie feiern das Erntefest! Es findet jedes Jahr am dritten Mondtag im Herbst statt – und der ist heute!«

»Jetzt werdet ihr mit einem echten Festmahl verwöhnt«, fügte Lanosch hinzu. »Selbst in Larkas können sie nicht so kochen wie wir Bergkamms – das ist natürlich nicht böse gemeint.« Er verbeugte sich leicht vor Stapfer.

»Schon gut!«, erwiderte Stapfer mit einem Lächeln und stieg aus dem Boot. Einen Moment lang zögerte er – wegen

Soryn. Doch schließlich beschloss er, die Waffe in seinem Rucksack zu lassen, gut verborgen in Stoff gewickelt.

»Und tanzen!«, fuhr Linosch fort. »Heute Abend könnt ihr tanzen, so viel ihr wollt! Natürlich«, fügte er hinzu und wandte sich an Neria, »wenn Ihr feiern mögt – würdet Ihr mir dann einen Tanz gewähren?«

»Sicher«, sagte Neria und errötete leicht vor Vergnügen.

Sie hatte an diesem Tag kaum gesprochen, sondern still die vorbeiziehende Landschaft beobachtet – mit einem leisen, stetigen Lächeln. Tholmir berührte etwas in ihr, das lange kalt und leer gewesen war. Es fühlte sich an wie ein Zuhause. Ein Ort, an dem sogar sie das Gefühl hatte, dazuzugehören.

Weder Linosch noch Lanosch hatten auch nur mit einem Wort ihr Aussehen oder ihre Herkunft kommentiert – im Gegensatz zu fast jedem Mann, dem sie je begegnet war. Und die Hügelzwerge, an denen sie auf dem Fluss vorbeigekommen waren, hatten ihr mit ehrlicher Freundlichkeit zugewunken, mit einem typischen, echten Lächeln, das sie überrascht erwidert hatte.

Sie hatte sich gewundert – und gefreut.

»Reizend«, bemerkte Falvoril gelangweilt. »Ihr könnt euch darum streiten, wer von euch der Ungeschicktere ist. Hoffentlich schaffen es die anderen Gäste rechtzeitig hinaus, bevor ihr ihnen – oder einander – die Füße brecht.«

»Zumindest stehen sie nicht im Weg, falls jemand zufällig anfängt, mit Pfeilen auf sie zu schießen«, konterte Linosch trocken.

Falvorils Stirn legte sich in Falten, doch er sagte nichts – und ließ seinen Bogen wo er war.

Lanosch stieß die schwere Tür auf, und die fünf traten in

einen breiten, sanft gewölbten Korridor. Der Stein unter ihren Füßen war glattgetreten, die Wände roh belassen, nur stellenweise mit Holz verstärkt, wo der Fels nachgab. Es war ruhig hier. Die angrenzenden Kammern lagen im Halbdunkel, und kein Laut drang aus ihnen hervor. Erst aus der Tiefe der Anlage kam gedämpftes Gelächter, begleitet vom fernen Klang von Saiten und Trommeln – ein leises, aber unverkennbares Versprechen des Festes.

»Alle werden im Großen Saal sein«, sagte Lanosch beiläufig. »Ich suche den Hochwart und melde eure Ankunft. Linosch bringt euch erst einmal unter – dort könnt ihr euer Zeug ablegen.«

Ohne weiter zu zögern bog er in einen Seitengang ab und verschwand zwischen Pfeilern und Schatten. Linosch führte sie weiter den Korridor entlang, vorbei an verschlossenen Vorratsräumen und offenen Nischen, in denen Werkzeuge ordentlich an der Wand hingen. Nach wenigen Minuten erreichten sie eine geräumige Kammer mit tief sitzenden, nach Süden gerichteten Fenstern. Durch sie fiel das letzte Licht des Tages herein und ließ Staub und Stein warm schimmern.

Hier legten sie Rucksäcke, Mäntel und Waffen ab. Wasser stand bereit in schweren Schalen, und sie wuschen sich den Staub der Reise von Gesicht und Händen, so gut es ging, strichen den Schmutz aus Haar und Bart und richteten ihre Kleidung.

Dann setzten sie ihren Weg fort, ohne großes Aufheben. Die Korridore wurden breiter, der Boden wechselte von nacktem Stein zu fest verlegten Holzbohlen. Mit jedem Schritt schwoll der Klang der Feier an: Stimmen, Lachen, Musik. Die

Stille wich, und das Leben der Hügelzwerge zog sie unaufhaltsam in seinen Bann.

Nach einigen Minuten weitete sich der Gang merklich – und sie traten in den Großen Saal.

Er machte seinem Namen alle Ehre, wenn auch auf zwergische Weise: Die Decke wölbte sich hoch genug, dass selbst ein erhobener Hammer Platz fand, und das Licht unzähliger steinerner Lampen ließ den Raum warm und lebendig wirken. Ihre Flammen brannten ruhig hinter geschliffenem Glas und tauchten die Halle in gedämpftes, bernsteinfarbenes Leuchten.

Die Wände bestanden aus grob behauenem Fels, stellenweise mit Erdfarben gekalkt – Ocker, Braun und dunkles Grün. Zwischen alten Steinpfeilern hingen gebündelte Weizengarben, getrocknete Kräuter und geflochtene Maisstränge: Zeichen der letzten Ernte und stumme Zeichen des Dankes an das Land über ihnen.

Eine gewaltige Feuerstelle nahm eine ganze Wand ein. Darin glühte Holz aus den Hügelwäldern, und davor war ein weiter, freier Bereich gelassen worden. Dort bewegten sich bereits mehrere Zwerge im Takt der Musik: raue Geigen, tiefe Flöten und dumpfe Trommeln bestimmten den Rhythmus. Die Tänze waren kraftvoll und bodennah, mehr Stampfen als Drehen, begleitet von Gelächter und Zurufen.

Der übrige Saal war mit niedrigen, runden Steintischen gefüllt, deren Kanten glattgeschliffen waren. Auf ihnen standen Schüsseln mit Brot, Wurzelgemüse, gebratenem Fleisch und schweren Krügen voller Bier und Met. Um die Tische gruppierten sich breite Bänke und robuste Stühle, mit Leder und Filz gepolstert – eindeutig gemacht für lange Abende.

In der Mitte jedes Tisches stand ein ausgehöhlter Kürbis

oder ein grob geschnitzter Steinleuchter, in dem eine Kerze brannte. Ihr Licht tauchte die Gesichter der Feiernden in ein warmes, flackerndes Leuchten.

Eine feste Ordnung schien es nicht zu geben. Gespräche überlagerten sich, Musik und Lachen mischten sich, und niemand schenkte den Neuankömmlingen besondere Beachtung. In Steinwacht feierte man nicht nach Etikette – man feierte, weil der Tag es erlaubte.

»Da drüben«, sagte Linosch leise zu Stapfer und nickte in Richtung des anderen Endes des Saals. »Das ist der Hochwart.«

Stapfer folgte seinem Blick. An einem der runden Tische saß ein Zwerg mittleren Alters mit breiten Schultern und einem ruhigen, offenen Gesicht. Sein Bart war ordentlich geflochten, ohne Schmuck, und seine Kleidung wirkte schlicht, aber sorgfältig gearbeitet. Er beugte sich gerade zu einem jungen Zwergenmädchen hinüber und hörte ihr aufmerksam zu, als hinge jedes Wort von Bedeutung an ihren Lippen.

»Durak Steinhüter«, fügte Linosch hinzu. »Die meisten nennen ihn einfach den Hochwart. Manche sagen auch nur ›Steiner‹ – aber das eher unter uns.«

Noch während er sprach, schob sich Lanosch durch die Menge und trat zu ihnen. Er sah zufrieden aus, fast erleichtert, und als er Stapfer und die anderen entdeckte, hellte sich sein Gesicht merklich auf.

»Der Hochwart weiß, dass ihr hier seid«, sagte er. »Und er ist neugierig. Geschichten hört er lieber als Lobreden – je länger und ehrlicher, desto besser.«

Er grinste schief. »Ich schätze, ihr werdet heute kaum dazu kommen, euch auszuruhen. Aber probiert unbedingt die Erdfruchtpasteten, wenn sie euch angeboten werden. Und wenn die Trommeln lauter werden«, er deutete zum freien Platz vor der Feuerstelle, »dann tanzt wenigstens einmal. In Steinwacht gilt: Wer nicht tanzt, hat die Nacht verpasst.«

Doch Stapfer stellte fest, dass er weder Appetit noch Lust zum Tanzen hatte. Die Feier um ihn herum erinnerte ihn nur umso stärker an die Gefahr, die aus dem Norden heraufzog – und an die Dringlichkeit seiner Aufgabe. Der Gedanke, dass die Macht der Weldhra bis ins unschuldige Herz von Tholmir reichen könnte, ließ ihn frösteln.

Aber er verbarg seine Unruhe so gut er konnte. Er wollte seine Gefährten nicht beunruhigen – und ihnen nicht den Genuss dieses Moments nehmen, der vielleicht ihr letzter sicherer Rastplatz für lange Zeit war.

»Wartet nicht auf mich!«, sagte er mit einem Lächeln zu Neria und Falvoril. »Niemand feiert wie ein Zwerg – also genießt es!«

»Keine Sorge!«, rief Linosch ihm hinterher. »Wir kümmern uns darum!«

Stapfer winkte zurück und begann, sich seinen Weg durch die tanzende, lachende, essende Menge zu bahnen. Verschiedene Zwerge begrüßten ihn mit beschwipster Freundlichkeit, und eine alte Zwergenfrau hängte ihm kichernd einen Kranz aus geflochtenem Herbstlaub um den Hals.

Als er schließlich den Tisch des Hochwarts erreichte, hatte er Gelegenheit, das Oberhaupt der Hügelzwerge genauer zu betrachten.

Der Hochwart war klein, selbst nach zwergischen Maßstäben, doch an ihm war nichts Geringes. Seine Gestalt wirkte kompakt und fest, als wäre sie aus demselben Stein gewachsen wie die Halle selbst. Wer ihn ansah, verstand rasch, dass Schwäche nie Teil seines Wesens gewesen war.

Sein Gesicht war von tiefen Linien durchzogen, die weniger vom Alter als von häufigem Lachen zeugten. In seinem Ausdruck lag eine ruhige Geduld, getragen von jener stillen, bodenständigen Weisheit, die aus Jahren des Zuhörens erwächst. Das Haar auf seinem Kopf war vollständig ergraut und lockig, doch seine Augen waren klar und wachsam, aufmerksam für alles, was sich in der Halle regte. Er schien mehr wahrzunehmen, als er zeigte, ohne dabei den Blick von dem jungen Zwergenmädchen abzuwenden, dem er gerade zuhörte.

Sie bildete einen deutlichen Gegensatz zu ihm: jung, mit glattem Gesicht und kräftigen, braunen Gliedern, voller Bewegung und Leben. Ihr Lächeln blitzte immer wieder auf, hell und ungezwungen, wie Licht, das durch eine Tür fällt, die nie lange geschlossen bleibt.

Als sie Stapfers Annäherung bemerkten, verebbte ihr Gespräch. Das Lachen verklang, und beide wandten sich ihm zu. In ihren Blicken lag Neugier, keine Zurückhaltung – offen, prüfend, wie es bei den Hügelzwergen Brauch war.

Stapfer wusste selbst nicht, wie er in ihren Augen aussah – er konnte sich schließlich nicht sehen, und hätte er es gekonnt, hätte er vermutlich nichts Besonderes bemerkt.

Doch seit seinem plötzlichen Aufbruch aus Larkas hatte er sich verändert. Drei Wochen auf Reisen hatten ihre Spuren hinterlassen. Er war zwar schon immer nicht sehr groß gewesen, aber nun war er etwas breiter – und zugleich kräftiger. Obwohl er im Moment keine Waffe trug, lag in seiner Haltung der

Ausdruck eines Mannes, der mit dem Gewicht einer Klinge vertraut war.

Die Narbe an seinem Hals war schlecht verheilt und stach deutlich aus seiner Haut hervor. Kummer und Pflicht lasteten schwer auf seinen Schultern. Und er hatte vom Wein der Elfen getrunken und ihren Gesang in den wilden Hügeln gehört – etwas, das keinen Sterblichen unverändert lässt.

Was der Hochwart sah, war ein junger Mann – ja –, aber ein seltsamer Mensch, mit einem Leuchten in den Augen und Entschlossenheit in den Schritten.

Stapfer blieb neben dem Tisch stehen und senkte kurz den Kopf – nicht tief, aber eindeutig respektvoll.

»Seid gegrüßt, Hochwart der Hügel«, sagte er. »Ich bin Runland „Stapfer" Falkenstieg und komme als Bote des Königs.«

Der Hochwart hob den Blick zu ihm, musterte ihn einen Herzschlag lang und nickte dann langsam.

»Der Gruß ist erwidert«, sagte Durak Steinhüter ruhig. »Und wer einen weiten Weg hinter sich hat, steht nicht gern lange.«

Er deutete auf den freien Platz neben sich. »Setz dich an meinen Tisch. Hunger bringt schlechte Worte hervor.«

Dann wandte er sich leicht zur Seite.

»Brina«, sagte er ohne Schärfe, »lass uns einen Moment allein, Tochter.«

Er lächelte sie an, warm und selbstverständlich. Brina erhob sich ohne Zögern, schob den Stuhl zurück und trat einen Schritt zur Seite. Bevor sie ging, warf sie Stapfer noch einen kurzen, neugierigen Blick zu – offen, ohne Scheu. Er bemerkte es nicht.

Stapfer neigte noch einmal den Kopf und nahm Platz neben dem Hochwart. Das angebotene Essen ließ er unberührt, doch den schweren Becher Met, den man ihm reichte, nahm er dankbar an.

»Es gibt Dinge, die nicht warten können«, sagte er leise. »Und meine Zeit hier ist begrenzt.«

Durak Steinhüter nahm einen langsamen Schluck, stellte den Becher ab und sah Stapfer ruhig an.

»Mein Neffe hat mir erzählt, dass du aus Larkas kommst«, begann der Hochwart. »Mit Neuigkeiten, die das Tholmir betreffen. Ich bin sehr daran interessiert, was du zu sagen hast. Wir hatten hier in letzter Zeit unsere eigenen Probleme – und es gibt Gerüchte über noch schlimmere in den Ländern außerhalb. Wir sind dem König treu ergeben und bleiben es auch. Doch Hügelzwerge werden in den Ratsversammlungen der Menschen leicht übersehen, und ich sehe es als meine Aufgabe, das Wohlergehen des Tholmirs zu sichern. Also sprich, Stapfer Falkenstieg. In Steinwacht hört man zu, bevor man urteilt.«

»Sehr wenig Erfreuliches«, gab Stapfer zu. »Ich komme aus einer jener Ratsversammlungen, auf die Ihr Euch bezieht – dem Letzten Rat, wie König Droderon ihn genannt hat.

Der Feind ist zurückgekehrt. Und stärker denn je – zu mächtig für die geschwächte Kraft des Nordreichs. Ein Bündnis aus Menschen, Elfen und Berg-Zwergen wurde geschlossen, um der dunklen Flut aus Weldhra und den Blutmenschen entgegenzutreten. Und doch: Selbst vereint stehen die Völker nur vor einer geringen Hoffnung auf Sieg.

Die Straßen nach Osten und Süden liegen im Schatten. Die Bergwarth kann auf keine weitere Hilfe hoffen. Aber der König und seine Berater weigerten sich, die Hoffnung aufzugeben – und so sandten sie mich mit meinen Gefährten aus, um einen

Weg nach Limarh zu finden. Die Stadt steht noch, in voller Blüte ihrer Macht. Dort, so hoffen wir, könnte Hilfe für die Bergwarth gefunden werden – und damit für ganz Lamerth.

Ich wurde beauftragt, im Namen des Königs auch mit den Hügelzwergen zu sprechen – um um Unterstützung zu bitten. Vorräte, Kämpfer, was immer gesandt werden kann. Mein Auftrag ist geheim, und ich bitte Euch, ihn nicht weiterzugeben. Aber ich bin Waldläufer, und ich kann das Tholmir nicht durchqueren, ohne eine Warnung auszusprechen: Wenn die Bergwarth fällt, wird dieses Land den Angriffen aus dem Norden und Osten schutzlos ausgeliefert sein.«

»Ich danke dir zumindest für offene Worte«, sagte der Hochwart ruhig. »Auch wenn das, was du bringst, schwer wiegt.«

Er legte die Hände flach auf den Tisch, als würde er damit den Gedanken ordnen.

»Ganz unerwartet kommt es für mich nicht. Steinwacht liegt an den Rändern Tholmirs, und aus den äußeren Landen erreichen uns noch immer Nachrichten – bruchstückhaft, aber beständig. Jenseits des Flusses regt sich der Alte Wald, und im Süden melden die Sippen Bewegung in den Sümpfen. Dinge, die lange still waren, zeigen sich wieder. Doch dass selbst die Toten nicht mehr ruhen, ist schlimmer, als ich es angenommen hatte.«

Er hob den Blick.

»Noch in dieser Nacht werde ich Boten zu den anderen Sippen entsenden, so weit es die Wege zulassen. Ganz Tholmir muss gewarnt sein. Wir sichern unsere Höfe nicht erst, wenn es brennt.«

Dann deutete er Stapfer an fortzufahren.

»Erzähl mir nun von diesem Rat. Lass nichts aus.«

Stapfer berichtete ausführlich von den Worten, die im letzten Rat gefallen waren: von der Verdunkelung Larkas', von den Boten, die Isalthami nie erreicht hatten, von seiner eigenen Reise – von Soryn bis zur Bergwarth. Auch schilderte er den Sturm, der sie getrennt hatte, und seine Befürchtung, dass der Dunkle bereits von ihrem Auftrag wusste. Von Valira und ihrer Botschaft sprach er nicht.

Der Hochwart schwieg einen Moment, nachdem Stapfer geendet hatte.

»Was das Letzte betrifft«, sagte er schließlich, »so besteht kaum Zweifel daran, dass der Dunkle von eurem Vorhaben weiß. Wer so handelt wie er, hört selten zu spät.«

Er zog die Stirn kraus. »Wenn eure Route bekannt ist, dann seid ihr in Gefahr. Vielleicht erreicht ihr Limarh nicht rechtzeitig. Vielleicht gar nicht. Und es mag sein, dass auch wir euch nicht die Hilfe geben können, die ihr erhofft.«

Er ließ diese Worte kurz wirken – dann schüttelte er den Kopf.

»Doch das ist kein Grund, den Hammer fallen zu lassen. Die wilden Länder sind weit, und nicht alles liegt im Blick des Dunklen. Reist schnell. Reist unauffällig. Vermeidet feste Wege, wo ihr könnt. Selbst seine Spione können nicht überall sein.«

Er sah Stapfer fest an.

»Aber eines ist klar: Ihr dürft hier nicht verweilen. Jeder Tag, den ihr verliert, arbeitet gegen euch. Wann wollt ihr aufbrechen?«

»Morgen früh, wenn es möglich ist«, antwortete Stapfer.

»Doch ich bin unschlüssig, welchen Weg wir wählen sollen. Wir dachten daran, zu Fuß nach Süden bis Morgenrast zu gehen und von dort durch die Wildnis nach Hochburg. Aber wenn die Sümpfe unsicher geworden sind, versperrt uns das den Weg. Der Oststraße bis Steintal zu folgen und erst dort nach Süden abzubiegen, wäre ein Umweg – kein wünschenswerter.«

Der Hochwart schüttelte den Kopf.

»Nicht nötig. Ihr nehmt den Fluss.«

Er zeigte in Richtung Süden. »Ich stelle euch ein Boot und schicke euch Begleitung mit. Linosch und Lanosch werden sich nicht zweimal bitten lassen. Sie bringen euch bis nach Steintal. Dort teilt sich der Warrelh in flache Arme – manche führen in die Sümpfe, andere nicht. Bleibt wachsam, dann ist der Weg noch schiffbar.«

Er hob mahnend den Finger.

»Von dort geht ihr zu Fuß weiter. Und meidet die südliche Straße. Sie ist zu offen.«

Stapfer nickte langsam.

»Dann deckt sich euer Rat mit meinem eigenen. Wir wollten ohnehin die Ebenen queren und direkt auf die Lücke in den Roten Bergen zuhalten – fern der Straßen.«

»Gut«, sagte der Hochwart zufrieden. »So handeln Reisende, die lange leben wollen.«

Dann hellte sich sein Blick ein wenig auf. »Doch für heute genug von Sorgen. Kommt – lasst uns noch eine Weile von anderen Dingen sprechen. Ich höre gern, was sich zuletzt in Larkas zugetragen hat.«

· · ·

Die Nacht senkte sich unmerklich über Steinwacht, während das Gespräch weiterging und an Schwere verlor. Worte wurden langsamer, leiser, begleitet von Bechern, die sich füllten und wieder leerten. Weder Stapfer noch der Hochwart achteten noch auf das Treiben um sie herum – obwohl Stapfer irgendwann aus dem Augenwinkel Neria und Linosch erspähte, die sich mitten im freien Bereich vor der Feuerstelle in einen ausgelassenen Tanz gestürzt hatten. Keiner von beiden bemerkte, dass sich unter dem Nachbartisch ein vertrauter Lockenkopf hervorschob: Brina Steinhüter lauschte, halb verborgen, mit funkelnden Augen jedem Wort.

Vor der Feuerstelle wirbelte Neria mit Linosch im Kreis. Das Licht der Flammen spielte auf ihren Gesichtern, während die Musik sie trug. Die Geigen kreischten fröhlich, Flöten setzten ein, und die Trommeln gaben einen stampfenden Rhythmus vor, dem sich ihre Füße willig fügten. Linoschs breites Grinsen verriet pure Freude, und Neria lachte laut, ungehemmt, während er sie herumzog, schneller und schneller.

Die übrigen Tänzer hatten sich längst zurückgezogen, standen nun am Rand und klatschten im Takt, riefen kurze Zurufe, feuerten sie an. In Steinwacht ließ man andere tanzen, wenn sie es konnten. Neria nahm davon kaum etwas wahr. Für sie existierten nur noch der Boden unter ihren Füßen, die Musik in ihren Ohren und das Gefühl, für einen Moment ganz im richtigen Takt zu sein.

Mit einem letzten, kräftigen Schlag der Trommel endete das Lied. Keuchend blieben sie stehen und sahen sich an, beide mit geröteten Wangen und leuchtenden Augen. Einen Herzschlag lang war es still – dann brach um sie herum lauter Beifall aus, begleitet von Jubel und Gelächter.

Linosch verneigte sich breit und übertrieben, wie es unter Hügelzwergen üblich war, und Neria tat es ihm gleich – aufrecht, ohne Knicks, genau so, wie sie es sich vorgenommen hatte.

»Danke«, brachte Linosch außer Atem hervor. »Das war ... wirklich gut gemeint.«

Mehr kam er nicht dazu zu sagen. Die Musik setzte erneut ein, laut und ungeduldig, und die Umstehenden lachten, ehe sie sich wieder in Bewegung setzten und zurück auf den Tanzplatz drängten.

Neria wischte sich eine Strähne aus dem Gesicht. »Sollen wir kurz raus?«, fragte sie. Die Müdigkeit saß ihr in den Beinen, während Linosch noch immer wirkte, als könne er problemlos ein weiteres Lied durchtanzen.

»Unbedingt«, sagte er ohne Zögern. »Ein wenig frische Luft tut gut.«

Dann grinste er schief. »Und der Mond über dem Warrelh ist heute ruhig. Der Wald drüben hält still, und die Sterne sind klar. Fast so gut wie ein weiteres Lied.«

Neria lächelte, als er ihre Hand nahm, und gemeinsam schlängelten sie sich durch die tanzende Menge, hinaus aus dem Großen Saal in den breiten Korridor. Sie sah sich kurz nach Falvoril um, doch er war nirgends zu entdecken. Also ließ sie den Gedanken ziehen.

Ihre Schritte hallten gedämpft in den nun ruhigen Hallen wider. Linosch ging voraus und deutete im Vorübergehen auf Türen und Nischen, erklärte beiläufig, wofür die Kammern einst genutzt worden waren, wo Familien gewohnt, gearbeitet oder gefeiert hatten. An manchen Stellen blieb er kurz stehen, um auf alte Schnitzereien oder Werkstücke hinzuweisen, die mehr Geschichte trugen als Schmuck.

Nach wenigen Minuten erreichten sie den Ausgang und traten hinaus in die Nacht.

Kühle Luft schlug ihnen entgegen. Neria atmete tief ein, ließ die Wärme des Tanzes langsam aus ihrem Körper weichen, während sie sich vom Licht Steinwachts entfernten. Sie gingen über den Steg und folgten dem grasigen Ufer ein Stück flussabwärts, bis sie stehen blieben.

Der Warrelh floss ruhig dahin. Auf der anderen Seite erhob sich der Alte Wald, dunkel und dicht, seine Baumkronen verschluckten die Sterne im Osten. Nur das leise Rauschen des Wassers war zu hören; die Musik aus der Halle erreichte sie nur noch als fernes, kaum wahrnehmbares Echo.

Linosch blieb stehen, verschränkte die Arme und nickte zufrieden.

»Gut so«, sagte er leise. »Man muss hören können, wenn der Fluss spricht.«

»Es ist wunderschön«, sagte Neria schließlich leise. »Wie ganz Tholmir.«

»Wunderschön«, stimmte Linosch zu. Doch Neria hatte das Gefühl, dass er dabei an etwas anderes dachte als nur an Hügel, Häuser und Lichter.

Einen Moment lang schwieg er, dann sah er sie von der Seite an. »Gefällt es dir hier?«

Neria nickte ohne zu zögern.

»Ich mag es sehr. Es ist nicht wie die anderen Orte, die ich gesehen habe. Nicht größer, nicht lauter – aber geschlossener. Als würde alles zusammengehören.«

Sie suchte nach den richtigen Worten. »Es fühlt sich an wie eine eigene kleine Welt. Versteckt zwischen Hügeln und Stein, fern von all dem Dunklen da draußen. Ich kann mir kaum vorstellen, dass hier Platz für Hass oder Angst ist. Es muss gut sein, in Tholmir zu leben. Jeden Tag dieselben Wege, dieselben Gesichter, Lachen, Musik. Und überall diese Hügel, die Wälder ... und die kleinen Leute.«

Sie lächelte ihn an. »Du hast es gut hier.«

Linosch schnaubte leise, nicht spöttisch, eher nachdenklich.

»Vielleicht«, sagte er. »Oder wir haben einfach gelernt, darauf aufzupassen.«

Er sah hinaus auf den Fluss. »Tholmir ist ruhig, ja. Und meist freundlich. Aber schön bleibt ein Ort nur, wenn man ihn festhält. Auch Hügel rutschen ab, wenn man sie sich selbst überlässt.«

Dann zuckte er mit den Schultern.

»Schade nur, dass ihr nicht bleibt. Ihr seid nur auf der Durchreise.«

»Ja«, murmelte Neria.

Während sie dort stand, glaubte sie für einen Moment, dass sie hier wirklich glücklich sein könnte. Dass sie nicht weiterziehen müsste, nicht weiter nach Ruhe suchen. Doch der Gedanke war flüchtig. Noch lagen viele Meilen vor ihr, und sie wusste nicht, ob sie jemals nach Tholmir zurückkehren würde.

Sie hatte eine Aufgabe – oder folgte zumindest Stapfer auf dem Weg zu seiner.

»Warum folgst du ihm?«, fragte Linosch, und Neria zuckte zusammen. Für einen Moment glaubte sie, er hätte ihre Gedanken gelesen.

»Was verbindet dich mit Stapfer?«, fuhr er fort, ohne ihre Überraschung zu bemerken.

»Er ist mein Freund«, antwortete sie schlicht.

»Also wirst du mit ihm durch alle Länder von Eristria ziehen? Sicherheit und Frieden hinter dir lassen – für die Suche eines anderen?«

Er zögerte kurz, dann sprach er hastig weiter:

»Möchtest du nicht hier bleiben? Er kann nach Renkas gehen oder wohin auch immer sein Herz ihn führt. Am Ende wird er vielleicht nach Tholmir zurückkehren – und du könntest ihn wiedersehen. Möchtest du nicht bleiben?«

Neria öffnete den Mund, doch kein Ton kam heraus. Im Tholmir zu bleiben ... . Seit sie mit Stapfer aus Larkas geritten war, hatte sie eigentlich nie daran gedacht, sich von ihm zu trennen.

Aber warum denn nicht?

Sie war nicht an ihn gebunden. Ja, sie liebte ihn, und er sie vielleicht auch – doch das bedeutete nicht, dass sie ihm durch ganz Eristria folgen musste. Auch hier, im Tholmir, wartete Liebe auf sie. Und er würde es verstehen – er würde sie nicht zwingen mitzukommen, wenn sie sich dagegen entschied.

Sie musste nur Ja sagen.

Und doch ... sie konnte es nicht.

Irgendetwas hielt sie zurück. Sie spürte, dass all das Glück der letzten zwei Wochen – das Gefühl von Heimat, von Zugehörigkeit – irgendwie mit ihm verknüpft war. Als hätte er es ihr gegeben. Und wenn sie ihn jetzt zurückließ, würde all das verschwinden.

Sie konnte den Gedanken nicht ertragen, dass er allein nach

Limarh weiterzog, die Gefahren auf sich nahm – während sie in Sicherheit blieb. Sie würde sich seiner Freundschaft nicht würdig fühlen.

Und doch ... ein anderer Gedanke regte sich in ihrer Brust.

Leise. Neu. Beängstigend.

Sie wollte nicht auf ihn hören.

So stand sie da – zerrissen zwischen zwei Wegen, unfähig, eine Antwort zu finden.

Bis jemand anderes für sie sprach.

»Wie rührend«, erklang Falvorils Stimme aus der Dunkelheit. »Ist das nun der Beginn einer Romanze – oder nur ein nächtlicher Zeitvertreib? So oder so riecht es verdächtig nach Abwegen.«

Neria fuhr erschrocken hoch und stieß einen kurzen Schrei aus. Linosch drehte sich abrupt um, die Schultern angespannt, die Hand bereits halb erhoben.

»Wer ist da?«, rief er scharf. »Zeig dich!«

Ein Schatten löste sich vom Steg. Er trat ins matte Licht, das aus der offenen Tür der Halle fiel, und nahm Gestalt an. Falvoril. Mit einer geschmeidigen Bewegung sprang er vom Steg, landete am Ufer und lehnte sich lässig gegen das Holz, als gehöre der Ort ihm. Sein Blick ruhte kühl auf den beiden.

»Du hast also gelauscht«, sagte Linosch verärgert. »Das ist bei uns kein Zeitvertreib.«

Falvoril hob eine Augenbraue. »Ganz im Gegenteil. Ich war lange vor euch hier. Habe dem Fluss zugehört, den Bäumen, der Nacht.«

Ein nachdenklicher Zug umspielte seinen Mund. »Bis diese... Darbietung begann. Wirklich bemerkenswert. Ich fragte mich nur, was als Nächstes kommt. Eine Einladung, länger zu bleiben? Oder gleich ein Abschied von alten Gefährten?«

»Falvoril!«, fuhr Neria ihn an. Ihr Gesicht glühte, und sie hoffte, dass die Dunkelheit es verbarg. »Das geht dich nichts an.«

»Nicht?«, erwiderte er nun schärfer. »Du denkst darüber nach, Stapfer zurückzulassen – jetzt, wo der Weg dunkler wird und die Gefahr näher rückt. Und das nennst du Freundschaft?«

Neria ballte die Fäuste und hob das Kinn. Sie sagte nichts, doch das Schuldgefühl ließ sich nicht fortschieben. Der Gedanke war da gewesen. Das wusste sie.

Linosch trat einen Schritt vor.

»Und du glaubst, du weißt, was Freundschaft ist?«, fragte er ruhig, aber hart. »Nachts Leute belauschen? Deinen Gastgeber verspotten, während du in seinem Land stehst und sein Brot isst?«

Er hielt Falvorils Blick stand.

»In Tholmir sagt man, was man zu sagen hat – offen. Wer flüstert und stichelt, stellt sich selbst ins Abseits. Also sprich klar, Elf. Oder geh zurück in die Dunkelheit, aus der du gekommen bist.«

Falvoril trat auf Linosch zu und blickte mit zusammengekniffenen Augen auf den kleineren Zwerg herab.

»Ich schulde dir nichts«, sagte er kalt. »Du dummer Steinklopfer! Du denkst, ich sollte dir dankbar sein? Ich bin durch Länder gereist und habe Schrecken erlebt, die du dir in deiner mickrigen Fantasie nicht einmal vorstellen kannst – und du würdest schon beim Anblick vor Angst stammeln. Wenn Stapfer und ich bei unserer Mission scheitern, wird Tholmir von einem Schatten hinweggefegt, dunkler als alles, was du dir auszumalen vermagst. Also pass auf, Zwerg!«

So bedrohlich war sein Blick, so funkelnd seine Augen, dass Linosch unwillkürlich einen Schritt zurückwich.

»Falvoril!«, schrie Neria, ihr Kopf dröhnte vor aufsteigender Wut. »Hör auf! Du hast kein Recht, Leute anzuschreien, zu beleidigen und ihnen Angst zu machen – nur weil ... nur weil du eifersüchtig bist!«

»Was?«, zischte der Halbelf, seine Stimme wie ein Peitschenhieb.

»Ja, eifersüchtig!«, wiederholte Neria, die ihn nun direkt anstarrte. »Du! Eifersüchtig, weil alle anderen lachen, während du hier sitzt und grübelst wie ein Kind – und eifersüchtig auf mich, weil ich ...«

Aber sie verstummte, denn Falvoril lachte.

»Oh, Himmel!«, sagte er und rang nach Luft. »Eifersüchtig auf den kostbaren Mischling! Was für ein Juwel du bist, Neria! Und du hast so viel, um das man dich beneiden könnte – nicht wahr?«

»Ja«, erwiderte sie eisig, über sein Lachen hinweg. »Ich habe ein Herz.«

Falvoril verstummte, das Lachen erstarb in seinem Hals. Einen Moment lang starrte er sie nur an – kalt, durchdringend. Dann huschte das vertraute, spöttische Lächeln über sein Gesicht, und er verbeugte sich steif.

»Ah«, sagte er leise, »aber du verrätst es.«

Ohne ein weiteres Wort drehte Falvoril ihnen den Rücken zu und ging gemächlich zurück zur Halle, während Neria ratlos zurückblieb.

Stapfer war bereits im Zimmer, als Falvoril eintrat. Der Halbelf entdeckte ihn sofort.

Einen Moment lang dachte er, Stapfer würde schlafen – obwohl die Lampe brannte –, denn er saß reglos auf dem Bett, ans Kopfende gelehnt. Doch als Falvoril näher trat, drehte Stapfer den Kopf, und seine weit geöffneten Augen blickten wach und klar.

Leise schloss Falvoril die Tür hinter sich und ließ sich im Schneidersitz auf dem gegenüberliegenden Bett nieder. Stapfer schien in Gedanken versunken, doch nach einem Augenblick regte er sich und sah ihn an.

»Hallo ... oh«, sagte er.

»Was? Gibt es ein Problem?«, fragte Falvoril.

»Du hast dich wieder mit Neria gestritten, oder?«, bemerkte Stapfer. »Du hast diesen Blick.«

»Ich würde es nicht gerade Streit nennen«, erwiderte Falvoril trocken. »Etwas in der Art von ‚der Zweiten Schlacht der Ungezählten Tränen‘ wäre wohl treffender.«

Stapfer rollte mit den Augen, sagte aber nichts.

»Ich hoffe, du hast dich wenigstens auf dem Fest amüsiert«, meinte er schließlich.

»Tatsächlich«, grinste Falvoril, »habe ich diese wunderbare kleine Zwergenmagd getroffen. Schlank wie eine Elfe – und außerdem rothaarig.«

Stapfer starrte ihn entsetzt an.

»Ach, komm schon«, stöhnte Falvoril, das Grinsen verschwand. »Ich habe nur gescherzt. Ich bin rausgegangen und habe die ganze Zeit in den Wald gestarrt. Bist du jetzt zufrieden?«

Stapfer verzog keine Miene. Doch nach einem Moment wurde sein Blick weicher, und er senkte den Kopf.

Falvoril bemerkte, dass Stapfer etwas in den Händen hielt. Er neigte den Kopf, um besser sehen zu können – und als Stapfer das Objekt hob, erkannte er eine kurze Scheide: schwarz und grün, mit goldener Stickerei in Form von Blättern verziert.

»Was ist das?«, fragte er neugierig. Wo hatte Stapfer so schnell eine Scheide für Soryn gefunden?

»Die Schwertscheide von Hargol Tholmirhand«, antwortete Stapfer. »Einer der beiden Brüder, die nach den Sippenkriegen die Hügelzwerge hierher führten und das Tholmir gründeten. Sie wurde nach seinem Tod aufbewahrt und über Generationen hinweg weitergegeben. Der Hochwart hat sie mir nach dem Festmahl überreicht – ich hatte erwähnt, dass ich Soryns Scheide verloren habe. Und damit kam ein letzter Ratschlag, sozusagen ... ein privater letzter Rat.«

Er schwieg, starrte auf die Scheide in seinen Händen, die Stirn gerunzelt.

»Was hat er gesagt?«, fragte Falvoril nach einer Weile.

Stapfer sah zu ihm auf.

»Er sagte: ›Ich glaube, der Lamerth wird aus eigener Kraft bestehen – oder gar nicht. Deshalb werde ich Boten durch Tholmir schicken, um zu den Waffen zu rufen – einen Ruf zum Krieg. Aber wir sind ein friedliches Volk, und ich fürchte, nicht viele werden dem Ruf folgen, wenn niemand sie vereint und anführt.

Darum bitte ich dich: Geh nicht nach Limarh, um Hilfe zu suchen. Schließ dich uns an. Führe uns – zusammen mit den anderen Völkern – gegen die Dunkelheit. Wir werden uns dem

Aufgebot anschließen, und diese letzte Kraft könnte am Ende entscheidender sein als alle Armeen des Südens ... falls sie zu spät kommen.‹

Und dann gab er mir diese Schwertscheide – sie trug einst das Schwert von Hargol Tholmirhand, dem ersten Anführer der Hügelzwerge.«

Falvoril seufzte. »Mein Freund«, sagte er leise, »ich vermute, du denkst dasselbe wie ich. Tholmir ist ein Land wie kein anderes, das ich je gesehen habe. Aber so sehr dein Herz sich danach sehnt – wir können nicht bleiben.«

»Ich weiß«, erwiderte Stapfer und senkte den Blick auf seine Hände. »Aber es ist nicht mehr so einfach. Wenn wir nach Limarh gehen – und zu spät kommen –, ist alles verloren. Aber wenn wir hierbleiben und Tholmir in die Schlacht führen ... könnte sich dann nicht das Blatt wenden? Oder würden wir die Hügelzwerge nur in ein hoffnungsloses Gemetzel führen?«

Falvoril schwieg. Eine lange Minute lang starrte er mit gerunzelter Stirn ins Leere, als blickte er weit zurück in die dunklen Brunnen der Vergangenheit. Seine Augen wirkten fern und verschattet.

Dann atmete er tief und lautlos ein – als müsste er Kraft schöpfen, um eine unmenschliche Last zu tragen.

»Stapfer«, sagte er, »ich glaube nicht, dass Tholmir den Lamerth retten kann – nein, nicht einmal im Bündnis mit den Elfen, den Bergzwergen und den Menschen dieses Landes. Denn der Dunkle ist größer und finsterer als sie alle zusammen.«

Dann wandte er sich von seinem Freund ab – und sprach in dieser Nacht kein weiteres Wort.

Am nächsten Morgen stand Stapfer schweigend am Ufer

des Warrelh. Der Fluss lag dunkel und ruhig da, nur ein feiner Dunst hing über dem Wasser, als würde der Stein selbst noch schlafen. Er trug seinen dunklen Mantel eng um die Schultern gezogen, Soryn ruhte in der neuen Scheide auf seinem Rücken, schwer und vertraut. Die Dämmerung kam langsam, ohne Hast – so, wie es die Hügel mochten.

Neria und Falvoril standen bei ihm. Keiner von ihnen sprach. Worte waren nicht nötig. Zwischen ihnen lag eine stille Erleichterung, fest und unspektakulär, wie ein sauber gesetzter Schlussstein. Das Gefühl, etwas überstanden zu haben. Und gemeinsam weiterzugehen.

Sie beobachteten, wie die letzten Vorräte verladen wurden. Säcke, Kisten, fest verschnürt – ordentlich, ohne Übermaß. Dieselben zwei Boote, mit denen sie gekommen waren, warteten nun wieder im Wasser. Bald stiegen sie selbst ein. Linosch und Lanosch hatten sich ohne Zögern gemeldet, sie bis zur Hochburg zu bringen. Es war keine große Sache gewesen. Man half, wenn Hilfe nötig war.

Stapfer nahm im zweiten Boot Platz, neben Lanosch. Neria und Falvoril setzten sich zu Linosch nach vorn. Am Kai hatten sich einige Zwerge eingefunden, noch schlaftrunken, mit wirren Bärten und schweren Augenlidern. Niemand machte großes Aufheben. Ein Nicken hier, ein kurzes Heben der Hand dort. Fremde kamen und gingen – entscheidend war, wie sie gingen.

Als die Zwillinge die Taue lösten, drehte Stapfer sich noch einmal um. Steinwacht erhob sich hinter ihnen, fest und unbeweglich, wie eh und je. Er hob die Hand und winkte.

Die Boote glitten in die Strömung. Ruhig. Gleichmäßig. Steinwacht wurde kleiner, der Bau verschmolz mit dem Hügel dahinter. Fast war er außer Sicht, als plötzlich Bewegung auf dem Dock entstand. Die schwere Tür schlug auf, und der Hochwart stürmte heraus, hastig, ungewohnt eilig. Er rannte den Steg entlang und kam ins Stolpern, fing sich im letzten Moment.

Dann legte er die Hände an den Mund und rief mit rauer Stimme:

»Brina! Brina!«

Im selben Augenblick ruckelten die sorgsam gestapelten Gepäckstücke im vorderen Boot. Ein Sack kippte, eine Kiste verrutschte – und mit einem erschrockenen Aufschrei tauchte zwischen Taschen und Bündeln ein Kopf auf.

Brina Steinhüter.

Ihr Gesicht strahlte, als hätte sie gerade einen besonders gelungenen Streich vollbracht. Sie grinste breit, winkte fröhlich – und blickte Stapfer an, als wäre es das Selbstverständlichste der Welt, genau hier zu sein.

Sturmfeste. Konklave der Magier.

Der Sturm ließ nicht nach.

Unermüdlich riss er an den Zinnen der Sturmfeste, zerrte an den Bannfahnen und ließ die Runenlichter an den Mauern flackern – unstet, nervös, als zweifelten sie selbst an der Standfestigkeit ihrer Formeln. Und doch herrschte in den inneren Hallen jene gespannte, lauernde Stille, die nur dann einkehrt, wenn Entscheidungen bevorstehen, die sich nicht mehr rückgängig machen lassen – gleichgültig, wie sorgfältig man sie später zu begründen versucht.

Der Kreis der Magier war versammelt.

Nicht vollständig – das war er nie –, doch die Anwesenden reichten aus, um Gewicht zu haben, um gehört zu werden und um Verantwortung zu tragen. Sie standen im Rund der Großen Halle, wo uralte Zeichen den Boden durchzogen: ein Kreis ohne Stufen, ohne erhöhten Sitz, ohne sichtbare Hierarchie – in dem jeder Platz dem anderen gleichgestellt war, zumindest dem Anspruch nach.

Tharion Khel stand im Zentrum, die Hände hinter dem Rücken verschränkt. Sein Blick glitt mit jener nüchternen Präzision über die Versammelten, die sich in Jahren des Abwägens und Verwerfens eingeschliffen hatte.

»Der Bericht des Konklaves liegt vor«, begann er. »Und er lässt keinen Zweifel: Mehrere Faktoren haben zusammengewirkt. Die entsandten Magier berichten übereinstimmend von elfischen Resonanzen – verdorben, verzerrt, aber in ihrer Struktur unverkennbar.«

Ein leises Murmeln ging durch den Kreis.

»Ebenso eindeutig jedoch«, fuhr Tharion fort, »ist die Beteiligung menschlicher Hände. Abtrünnige Zirkel. Magier, die sich unseren Ordnungen entzogen haben – und glaubten, alte Grenzen gefahrlos überschreiten zu können.«

Ishara Elandor trat vor. Ihre Stimme war ruhig, doch nun lag Schärfe in ihr. »Dann sprecht es auch aus«, sagte sie. »Es waren Menschen, die das Ritual vollzogen haben.«

»Ja«, entgegnete Tharion ohne Zögern. »Menschen, die mit Wissen arbeiteten, das nicht ihres war. Wissen, das sie aus elfischen Quellen bezogen haben – Fragmenten, Überlieferungen, Dingen, die hätten begraben bleiben müssen.«

Ein älterer Magier hob langsam den Kopf. »Das Konklave bestätigt«, sagte er mit matter Stimme, »dass das Portal nicht vollständig geöffnet wurde. Es war ein gewaltsames Streifen – ein unvollständiger Durchbruch. Doch selbst das genügte.«

»Weil etwas auf der anderen Seite längst gewartet hat«, murmelte jemand.

Tharion nickte. »Die Abtrünnigen glaubten, Kontrolle zu haben. Sie dachten, sie könnten das Tor bannen, noch während sie es öffneten. Was sie stattdessen taten, war, es zu markieren.«

Isharas Blick verfinsterte sich. »Und dennoch richtet sich euer Verdacht zuerst gegen die Elfen.«

»Nicht zuerst«, entgegnete Tharion ruhig. »Aber unvermeidlich auch gegen sie. Denn was durch das Tor gedrungen ist, trägt elfische Struktur – alte Pfade, alte Bindungen. Die Menschen haben es freigesetzt, doch sie haben es nicht erschaffen.«

Ein Raunen ging durch die Halle – schwerer diesmal, uneiniger.

Ein Magier mit schütterem Haar trat vor, den Stab locker in der Hand. »Die Weldhra«, sagte er. »Sie stehen genau an dieser Schnittstelle. Elfischen Ursprungs. Von Menschen gefürchtet. Von beiden Seiten verleugnet.«

»Und von beiden Seiten benutzt«, erwiderte Ishara scharf.

Tharion ließ die Worte wirken. »Das Konklave ist sich einig«, sagte er schließlich, »dass die Seuche kein Werk eines einzelnen Volkes ist. Sie ist das Ergebnis von Überheblichkeit – elfischer wie menschlicher.«

Einen Augenblick lang herrschte Schweigen, dann war es Ishara, die die Stille durchbrach.

»Und der König?«, fragte sie ruhig. »Wollt ihr ihn im Dunkeln lassen, bis die Seuche seine Grenzen erreicht?«

Mehrere Blicke wandten sich zu Tharion. Der Wind heulte draußen an den Mauern, als dränge er auf eine Antwort.

»Droderon ist kein Magier«, sagte einer der Älteren zögernd. »Was wir hier besprechen, wird er kaum begreifen – und noch weniger kontrollieren können.«

»Er ist König«, entgegnete Ishara. »Und diese Seuche macht nicht an Bannkreisen halt. Wenn sie sich weiter ausbreitet, wird sie sein Reich treffen, ob er vorbereitet ist oder nicht.«

Ein anderer Magier trat vor, die Stirn in Falten gelegt. »Wenn wir ihn verständigen, bevor wir Klarheit haben, riskieren wir Panik. Truppenbewegungen. Forderungen nach Schuldigen.«

Tharion hörte zu, ohne einzugreifen, sein Blick auf die Zeichen im Boden gerichtet, als suchte er dort nach einer Antwort, die ihm niemand abnehmen konnte.

»Wenn wir schweigen«, sagte schließlich eine leise Stimme aus dem Hintergrund, »riskieren wir etwas Schlimmeres. Dass er glaubt, wir hätten es verheimlicht.«

Tharion hob den Kopf. »Der Bericht des Konklaves ist nicht vollständig«, sagte er langsam. »Aber er ist ausreichend, um eine Warnung auszusprechen.«

Er sah in die Runde. »Droderon muss wissen, dass sich etwas ausbreitet, das nicht allein mit Stahl oder Bann zu bezwingen ist. Und er muss wissen, dass die Sturmfeste handelt.«

Ein kurzes Zögern ging durch den Kreis.

»Keine Schriftrolle«, fügte Tharion hinzu. »Kein Siegel, das missverstanden werden kann. Eine Abordnung. Persönlich.«

Der Sprecher des Kreises nickte langsam. »Zur Bergwarth«,

sagte er. »Dorthin, wo der König Hof hält und die Grenze zum Unruhigen verläuft.«

»Mit klaren Worten«, ergänzte Ishara. »Und ohne Schuldzuweisungen, die wir später nicht zurücknehmen können.«

Tharion neigte knapp den Kopf. »So sei es.«

Der Sprecher hob den Stab ein letztes Mal. »Dann ist es beschlossen. Eine Abordnung der Sturmfeste wird zur Bergwarth entsandt, um König Droderon zu unterrichten – nicht über alle Wahrheiten, aber über genug, um ihn handeln zu lassen.«

Niemand widersprach.

Dann hob ein junger Magier zögernd die Hand. »Wenn wir das öffentlich machen ...«, begann er.

»... verlieren wir jede klare Front«, fiel ihm ein anderer ins Wort. »Und mit ihr jede Handlungsfähigkeit.«

Stille senkte sich über den Kreis.

Tharion hob das Kinn. »Deshalb wird der Bericht in dieser Form nicht veröffentlicht. Nicht vollständig. Die Rolle der Abtrünnigen wird intern verfolgt – gejagt, wenn nötig. Doch nach außen müssen wir verhindern, dass die Schuldfrage uns lähmt.«

Ishara starrte ihn an. »Ihr wollt also selektive Wahrheit.«

»Ich will Zeit«, entgegnete Tharion. »Und Kontrolle.«

»Vorsicht«, sagte sie leise. »Vorsicht hat schon einmal ein Tor geöffnet.«

Ein dumpfer Schlag hallte durch die Halle, als der Sprecher des Kreises seinen Stab auf den Boden setzte. Seine Stimme war alt, brüchig – und unumstößlich.

»Genug«, sagte er. »Was hier beschlossen wird, ist kein Schuldspruch. Es ist ein Notstand.«

Er ließ den Blick über die Versammelten gleiten. »Die Elfen werden uns misstrauen. Die Menschen wie immer schweigen. Und die Wahrheit wird zwischen beiden zermahlen.«

Niemand widersprach.

»Zwei Wege liegen vor uns«, fuhr er fort. »Offenlegung – oder Kontrolle. Verantwortung – oder Überleben.«

Draußen heulte der Sturm auf, als hätte er die Entscheidung bereits gespürt. Und tief in den Mauern der Sturmfeste – verborgen zwischen Runen, Bannzeichen und verbotenen Namen – spannte sich etwas weiter an: ein Riss, genährt von Schuld, Lüge und Angst, bereit, erneut aufgerissen zu werden.

KAPITEL II

DER PREIS DES WEGES

»Manche Taten lassen sich nicht zurücknehmen.
Man kann nur entscheiden, wer den Preis bezahlt.«

- Erydon, der Chronist

»Wende das Boot«, sagte Stapfer scharf. Keine Hast in der Stimme – nur Befehl. »Jetzt.«

Lanosch blickte zu Brina. Sie wirkte nicht im Geringsten überrascht. Halb unter den Rucksäcken verborgen saß sie im Schneidersitz, als würde sie genau dort hingehören. Hose, Hemd, fest geschnürt; das lockige Haar im Nacken zusammengebunden. Der Kurzbogen lag quer über ihrem Rücken. Sie schenkte Lanosch keine Beachtung. Ihr Blick ruhte auf Stapfer – trotzig, fest. Ein Hauch von Röte in ihrem Gesicht verriet mehr, als sie zugeben wollte.

Stapfer verzog das Gesicht. Kurz. Wie jemand, der einen Riss im Stein entdeckt, wo keiner sein sollte.

»Zu spät«, sagte Brina. Ihre Stimme war ruhig. »Jetzt wendest du nicht mehr. Du nimmst mich mit.«

Stapfer antwortete nicht. Er drehte sich zu Lanosch, griff nach dem Paddel und legte die Hand fest darum.

»Wir wenden«, sagte er. Eindringlich, ohne Zorn. »Sie bleibt nicht an Bord.«

Der Warrelh zog schneller unter ihnen durch. Die Ufer glitten vorbei, der Abstand zu Steinwacht wuchs mit jedem Herzschlag. Stapfer spürte es deutlich – den Punkt, an dem ein Weg sich schloss.

Lanosch nahm das zweite Paddel. Er hob es an, hielt inne. Seine Hände verharrten. Sein Blick ging nach Norden, dorthin, wo die Stadt bereits hinter der Flusskrümmung verschwunden war.

»Zu spät«, rief er nun. In seiner Stimme lag keine Freude. Nur Gewissheit. »Wir sind auf dem Fallorh. Rudere, Stapfer – sonst legt er uns um.«

Da packte der Fluss zu.

Ein Strudel riss das Boot herum. Holz knarrte, Wasser schlug über den Rand. Stapfer klammerte sich an die Bordwand. Brina wurde von ihrem Platz gerissen, rollte gegen die Seite und stieß einen kurzen, überraschten Laut aus.

Der Himmel drehte sich. Blau, Licht, Wasser. Der Warrelh tobte, als hätte er entschieden, selbst über sie zu richten.

Stapfer bekam ein Paddel zu fassen. Er spannte die Arme an, senkte den Blick und stemmte sich gegen die Strömung – nicht in der Hoffnung zu siegen, sondern um standzuhalten.

»Was ist los?«, rief er Linosch zu, der sich neben ihm abmühte.

»Der Fallorh fließt hier in den Warrelh!«, rief der Zwerg zurück. »Er ist verzaubert ... manchmal zieht er Boote in den Wald hinauf oder schickt sie flussabwärts!«

»Hoffen wir auf Letzteres«, murmelte Stapfer und ruderte verbissen weiter.

Das Boot wurde ruhiger und drehte sich nicht mehr, doch Stapfer war zu sehr damit beschäftigt, das schlingernde Fahrzeug unter Kontrolle zu halten, um zu bemerken, wohin der Fluss sie trug. Die Farbe des Wassers war seltsam: Mit dem üblichen Braun des Warrelh vermischte sich eine wirbelnde, grün getönte Strömung – der Strom des Fallorh.

Plötzlich keuchte Brina und zeigte vor sich auf den Fluss. Unsicher hielt sie sich am Bug fest, beugte sich nach vorn und starrte flussabwärts.

»Oh!«, sagte sie. »Oh, schau! Linosch!«

Stapfer reckte den Hals, folgte Brinas zitterndem Finger – und ließ vor Schreck beinahe sein Paddel fallen.

Der Warrelh war hier breit, dort, wo der Fallorh aus dem Alten Wald in ihn mündete und die Wasser stürzten und spielten, wie es ihnen gefiel. Am Ostufer wuchsen auf der Ebene nur spärliche Bäume, doch im Westen lagen die Morveth-Sümpfe grau und still da: ein gewundenes Labyrinth aus seichtem Wasser und schwankender Erde.

Einst war der Sumpf ein riesiger, flacher See gewesen, berühmt für seine gewaltigen Seerosenblätter, die die Größe einer Scheune erreichen konnten. In alten Zeiten hatten riesige weiße Blüten seine Oberfläche bedeckt und die Luft mit süßem Duft erfüllt. Doch im Laufe der Jahre waren dunkle Dinge in den Sumpf geschlichen. Die Pflanzen alterten, Erde sammelte sich auf ihnen, und Schilf und Rohrkolben schlugen Wurzeln. So entstanden zahllose instabile, schwimmende Inseln.

Kanäle führten vom Fluss in das hohe, raschelnde Schilf. Sie öffneten und schlossen sich manchmal direkt vor den Augen eines Beobachters – ein Labyrinth, das sich ständig veränderte.

Linoschs Boot war auf die gleiche Weise wie ihres in der unberechenbaren Strömung des Fallorh gefangen. Doch statt es in schwindelerregende Kreise zu ziehen, trieb das Wasser es unaufhaltsam in den Windschatten der Sümpfe.

Während Stapfer zusah, wurde ihm mit schrecklicher Klarheit bewusst, was geschah: Ein breiter Kanal hatte sich geöffnet, und das kleine Holzboot wurde trotz der verzweifelten Bemühungen seiner Besatzung hineingezogen – hilflos, dem Sumpf entgegen.

»Schnell!«, sagte Stapfer und vergaß alles andere. »Wir müssen ihnen folgen, bevor wir sie aus den Augen verlieren!«

»Was?«, keuchte Lanosch. »In die Sümpfe? Wir kommen nie wieder heraus! Wir sollten umkehren und Hilfe holen!«

»Keine Zeit!«, erwiderte Stapfer. »Wir können nicht gegen den Fluss zurück! Sie werden verloren sein!«

Entschlossen begann er, dem anderen Boot hinterherzupaddeln, und dieselbe Strömung, die sie zuvor behindert hatte, half ihnen nun voran. Ohne weitere Diskussion schloss sich Lanosch seinen Bemühungen an, und sie eilten ihren Freunden hinterher.

Linoschs Boot hatte bereits die erste Schilfgruppe passiert, doch die vereinten Anstrengungen seiner drei Passagiere hatten seine Fahrt etwas verlangsamt.

Stapfer lief der Schweiß in die Augen, und seine Arme

begannen zu brennen, doch er arbeitete nur noch härter und steuerte das Boot, so schnell er konnte. Er biss sich auf die Lippe, denn es war unübersehbar, dass der Kanal, auf den sie zuhielten, immer schmaler wurde. Die schwimmenden Ufer auf beiden Seiten schlossen sich um sie wie eine gierige Umarmung.

Undeutlich sah er Neria aufstehen, unsicher schwankend in dem kleinen Boot, das nun nur noch wenige Meter vor ihnen lag. Sie warf ihnen etwas zu. Stapfer sah, wie das Ende eines Seils auf den Holzboden neben ihm schlug.

»Fangt es auf!«, hörte er Neria rufen.

Brina griff nach dem Seil und knotete es hastig an ihrem eigenen Boot fest. Dann schossen die letzten Meter an ihnen vorbei, und sie stürzten in den schmalen Strom der Sümpfe, von ihrer eigenen Geschwindigkeit an den Gefährten vorbeigetragen.

Das Seil spannte sich einmal – hielt. Die beiden Boote rissen einander näher und kamen wieder Seite an Seite.

Plötzlich wurde es ganz still.

Stapfer legte das Paddel beiseite und blickte auf, mit einer furchtbaren Gewissheit dessen, was er sehen würde. Das Rauschen des Warrelh war verschwunden; nur das leise Flüstern des Schilfs im Wind drang an seine Ohren. Wohin er auch sah, überall ragte das dichte Grün um sie auf.

Der Kanal, durch den sie gekommen waren, hatte sich hinter ihnen geschlossen. Sie waren in den Sümpfen verloren.

»Himmel«, hörte Stapfer Lanosch neben sich flüstern.

Das Gesicht des Zwergs war blass, seine Augen weit aufgerissen, während er starr um sich blickte. Unbehaglich erinnerte sich Stapfer an die Worte des Hochwarts – an seltsame Kreaturen, die in den Sümpfen leben sollten. Welche Monster mochten hier lauern? Doch außer dem leisen Rascheln der Rohrkolben war nichts zu hören.

Er beugte sich über die Bordkante, doch der Blick sagte ihm nichts. Das Wasser war dunkelbraun, trübe, und seine Tiefe nicht zu erahnen.

Stapfer sah zu dem anderen Boot hinüber, das nun reglos neben ihnen trieb. Falvoril stand in der Mitte auf der einzigen Holzbank und musterte die Umgebung mit leuchtenden Augen, unerschrocken und ruhig. Sein Umhang flatterte dramatisch im Wind und ließ ihn wie eine Gestalt aus einem alten Märchen erscheinen.

Nach einem Augenblick sprang er leichtfüßig zurück ins Boot, ohne dass es bei der Bewegung auch nur ins Wanken geriet.

»Zwecklos«, sagte er. »Ich kann überhaupt nichts sehen.«

Er setzte sich neben Neria auf den Boden. Linosch kniete am Rand des Bootes, umklammerte das Holz mit vor Angst zitternden Händen und starrte Stapfer an. Er leckte sich über die Lippen.

»Was sollen wir tun?«, fragte er.

Alle schauten Stapfer an, und ihm drehte sich der Magen um. Fünf Augenpaare ruhten auf ihm, fünf lebende Seelen – und nervös fragte er sich, ob er dieses Gewicht tragen konnte. Ob er sie führen und ebenso viele wieder hinausbringen konnte, wie er hierher geführt hatte.

Er schluckte.

»Nun, wir können hier nicht bleiben«, sagte er so fröhlich wie möglich. »Ich denke, wir sollten nach Süden und Osten gehen, wenn wir den Fluss wieder erreichen wollen. Wenn wir uns nach der Sonne richten, können wir vermutlich einen halb-wegs geraden Kurs parallel zum Warrelh halten, bis wir einen weiteren Kanal finden. Dann rudern wir wieder hinaus.«

Er machte eine kurze Pause.

»So vermeiden wir zumindest für eine Weile die gefährli-chen Strömungen. Und hier drin wird uns ganz sicher niemand sehen. Wenn wir erst wieder auf dem richtigen Weg sind, kommen wir schnell genug nach Hochburg und gehen von dort zu Fuß weiter. Von dort aus kannst du mit Lanosch ins Tholmir zurückkehren, Linosch – und Brina mitnehmen.«

Er sah das Mädchen durchdringend an. Sie wirkte nervös, starrte jedoch stur zurück.

»Ich gehe nicht mit ihnen zurück«, sagte sie.

»Das wirst du ganz sicher«, erwiderte Stapfer, nun wütend. »Du kommst nicht nach Limarh, und damit basta. Wenn du nicht freiwillig ins Tholmir zurückkehrst, wirst du gefesselt und mit deinen Cousins zurückgeschickt.«

»Das kannst du nicht tun«, sagte Brina mit hochrotem Kopf.

Stapfer sah sie nur finster an. Sie verstummte und senkte den Blick.

Einen Augenblick lang sagte niemand etwas.

Dann wandte sich Stapfer wieder Linosch und Falvoril im anderen Boot zu.

»Ich schlage vor, wir legen los«, sagte er. »Wir sind nach Süden ausgerichtet – also müssen wir nach vorn und nach links fahren, wenn es irgendwie möglich ist.«

Sie gehorchten ihm schweigend, griffen zu den Rudern und begannen langsam und vorsichtig durch die Sümpfe zu paddeln. Die Arbeit war mühsam und zermürbend. Immer wieder trieben sie an schmalen Kanälen vorbei, ohne sie zu bemerken, oder hielten einen dunklen Einschnitt für einen links abbiegenden Strom, nur um festzustellen, dass er in einer Sackgasse endete oder nach Westen zurückführte.

Mehrmals blieben sie im seichten Wasser stecken. Es war unmöglich zu erkennen, wo der Grund tragfähig war und wo nicht. Dann blieb ihnen nichts anderes übrig, als mit vereinten Kräften zu schieben und zu ziehen, bis sich das Boot mit schmatzendem Geräusch aus dem zähen Schlamm löste. Bald waren sie alle von braunen Spritzern bedeckt.

Nirgends war das Rauschen des Warrelh zu hören. Stattdessen begleitete sie unablässig das leise Rascheln der graugrünen Binsen, eine monotone, ermüdende Melodie. Auch das Wasser begannen sie zu meiden. Es fühlte sich seltsam rutschig an, als wäre es von Schleim oder Öl überzogen, und jeder Kontakt hinterließ ein unangenehmes Kribbeln auf der Haut.

Die Luft schien mit jeder Stunde schwerer zu werden – heiß, dick und stickig, als befänden sie sich in einem gewaltigen Raum ohne Türen und Fenster. Die Zwillinge zuckten bei jedem ungewohnten Geräusch zusammen, und selbst während der Mahlzeiten fanden sie keine Ruhe. Mit der Zeit wurden sie immer nervöser, immer ängstlicher.

Neria saß schweigend im Heck ihres Bootes, in eine seltsame Melancholie versunken. Ab und zu pfiff sie in perfekter Nachahmung den Ruf verschiedener Vogelarten und lauschte. Doch kein Vogel antwortete. Schließlich verstummte auch sie.

Falvoril schien unermüdlich. Er paddelte und redete mit gleicher Leichtigkeit, stand oft im Boot auf und hielt Ausschau, nur um am Ende jedes Mal den Kopf zu schütteln und sich wieder zu setzen. Er unterhielt sich lebhaft mit Stapfer, und gemeinsam versuchten sie, ihre Gefährten mit allen Mitteln aufzuheitern.

Brina sagte nichts. Sie saß missmutig auf dem Holzboden und schmollte, und doch wich sie Stapfer nicht von der Seite.

Nach einer Weile begann ihn das ernsthaft zu nerven.

»Wenn du glaubst, dass du mich mit deinem Starren davon überzeugen kannst, dich nach Limarh zu bringen, liegst du weit daneben«, sagte er schließlich. Die Sonne stand bereits tief, und sie waren der Flucht aus den Sümpfen kein Stück näher gekommen. Die Stimmung war entsprechend gereizt.

»Du bringst mich nirgendwohin«, erwiderte Brina. »Ich gehe, wohin ich will.«

Stapfer unterdrückte den Drang zu stöhnen. »Warum musstest du auch in das Boot steigen?«, fuhr er sie an. »Bist du völlig verrückt?«

»Nicht völlig«, sagte sie und grinste plötzlich. »Aber größtenteils, ja.«

»Ich hätte es mir denken können ...«

»Ich werde wirklich mit dir kommen«, sagte Brina. »Du kannst mich nicht aufhalten.«

Stapfer schwieg.

»Willst du nicht wissen, warum?«, fragte Brina schließlich, ein wenig verärgert.

»Nicht wirklich«, sagte Stapfer. »Ehrlich gesagt interessiert mich die Frage nicht im Geringsten.«

Falvoril blickte vom anderen Boot herüber. »Vorsicht, Stapfer«, lachte er. »Du fängst an, wie ich zu reden!«

Stapfer funkelte den Halbelfen an. »Bleib auf deinem eigenen Boot«, knurrte er. »Wir versuchen hier, uns zu unterhalten.«

Er seufzte und wandte sich wieder Brina zu. »Na gut. Ich nehme an, du kannst mir deine Gründe für das heimliche Mitfahren nennen – wenn du unbedingt willst. Aber es sollte besser eine gute Geschichte sein. Sonst höre ich gar nicht erst zu.«

»Nun ...«, begann Brina. »Ich habe gehört, wie du mit meinem Vater gesprochen hast. Alles, was du gesagt hast.«

Sie zögerte kurz. »Ich habe nicht versucht zu lauschen ... nun, na gut, eigentlich habe ich versucht zu lauschen. Aber du hast mich nicht bemerkt, oder?«

Sie wartete, bis Stapfer nickte, bevor sie zufrieden fortfuhr.

»Es klang alles so schrecklich. Ich habe immer wieder gedacht: Kann ich nicht irgendetwas tun, um zu helfen? Es schien mir so eine Verschwendung, nutzlos im Tholmir zu bleiben, wenn ich vielleicht etwas gegen den Dunklen tun könnte. Er ist so ... böse. Jemand muss ihn aufhalten.«

Sie atmete tief durch. »Und ja, ich bin wahrscheinlich nicht die richtige Person dafür ...«

»Definitiv«, fiel Stapfer ihr ins Wort.

»... in Ordnung, definitiv«, gab sie zurück, ohne sich beirren zu lassen. »Aber ich will trotzdem helfen. Also habe ich beschlossen, mit dir nach Limarh zu gehen. Auch gewöhnliche Menschen müssen schließlich ihren Teil beitragen.«

Sie richtete sich etwas auf. »Ich weiß, dass du denkst, ich sei nutzlos und nur eine Last – nur weil ich ein Mädchen bin, natürlich. Aber du solltest mir trotzdem eine Chance geben. Vielleicht brauchst du mich ja.«

Sie hob ihren Kurzbogen und schwang ihn demonstrativ. »Ich kann schießen. Und ich kenne mich mit Pflanzen aus.«

»Wirklich?«, sagte Stapfer mit gespieltem Interesse. »Na, das ist ja wunderbar. Dann sind ja all unsere Probleme gelöst.«

Brina runzelte die Stirn. »Du bist sarkastisch«, stellte sie fest. »Das ist unhöflich. Urteile nicht so schnell – nicht alles ist so, wie es scheint.«

Stapfer zuckte bei den vertrauten Worten zusammen. Sein Vater hatte ihm oft dasselbe gesagt.

Aber galt dieser Rat auch hier?

Er betrachtete Brina diesmal genauer, und sein Herz sank. Sie war jung – jünger sogar als er – und er bezweifelte, dass sie jemals das Tholmir verlassen hatte. Doch wie oft war er außerhalb von Larkas gewesen, bevor all das begonnen hatte? War es wirklich fair, ihr ihre Unerfahrenheit vorzuwerfen?

Und andererseits: War es fair, sie in eine Situation zu führen, von der sie nichts wusste?

Verantwortung, so entschied er, war ein zweischneidiges Schwert.

»Sei mir nicht böse, dass ich mich als blinder Passagier an Bord geschlichen habe«, bat Brina leise.

Zu seinem eigenen Entsetzen bemerkte Stapfer, dass er fast Mitleid mit ihr empfand.

»Und ... denk darüber nach, mich mitkommen zu lassen«, fuhr sie unsicher fort. »Wenn du nicht willst, kann ich dich wahrscheinlich nicht zwingen. Aber denk trotzdem darüber nach. Denk darüber nach – aus meiner Sicht.«

Ihrer Sicht.

Ein vages Gefühl der Überraschung regte sich in ihm. Aber warum eigentlich nicht? Sie mochte eigensinnig sein, doch sie war offensichtlich auch mutig, kühn und entschlossen. Eine weitere Person würde ihre Chancen, vom Feind bemerkt zu werden, kaum erhöhen – erst recht nicht jemand so klein und unauffällig wie ein Zwergenmädchen.

Mehr noch: Vielleicht würde sie ihnen sogar helfen. Eine solche Gruppe konnte leicht für Flüchtlinge gehalten werden, die vor dem Krieg flohen – falls sie überhaupt jemand bemerkte.

Und konnte er sie wirklich zwingen, umzukehren?

Doch seine Zweifel ließen ihm keine Ruhe. Irgendetwas in ihm sträubte sich dagegen, Brina mitzunehmen. Sie sollte jetzt nicht bei ihnen sein, nicht hier, nicht zu diesem Zeitpunkt – und er war sich unbehaglich sicher, dass ihre Anwesenheit Folgen haben würde. Keine guten.

»Na gut«, sagte er schließlich vorsichtig. »Ich werde darüber nachdenken. Aber rechne nicht damit, dass ich meine Meinung ändere.«

Ein Lächeln erhellte Brinas Gesicht, wie die Sonne, die hinter einer Wolke hervorkommt. »Hervorragend!«, sagte sie. »Ich kann es kaum erwarten, bis wir wieder landen. Ich war noch nie in den Ebenen!«

»Jetzt warte mal ...« Stapfer runzelte die Stirn. »Ich habe gesagt, ich denke darüber nach. Nicht, dass ich entschieden hätte, dich mitzunehmen.«

»Aber das wirst du doch«, erwiderte Brina prompt. »Schließlich ist das unter den gegebenen Umständen die klügste Entscheidung ...«

Stapfer rollte mit den Augen. Er war müde und hatte keine Lust mehr, sich mit diesem anmaßenden Mädchenkind zu streiten. Er warf Neria einen Blick zu, in der Hoffnung, ihren Blick aufzufangen, doch sie und Falvoril saßen am anderen Ende ihres Bootes und flüsterten miteinander.

Er fragte sich kurz, worum es in dem Gespräch ging, beschloss dann aber, es dabei zu belassen. Zumindest gingen sie sich nicht mehr an die Gurgel.

Stapfer lehnte sich im Boot zurück und starrte in den sternenübersäten Nachthimmel.

Als er ein Junge gewesen war, hatte sein Vater ihm die Geschichten hinter den Sternen erzählt. Sie hatten gemeinsam im Gras auf dem Hügel von Larkas gelegen, hatten Sternbilder benannt, verglichen – und neue erfunden, wenn ihnen keines gefiel.

Mit einem Mal spürte er, wie sich etwas in ihm zusammenzog. Es war Heimweh.

Das Tholmir hatte ihn daran erinnert, wie sich ein gewöhnliches Leben anfühlte, und nun fehlte es ihm. Das Sumpfgebiet wirkte in der Nacht unheimlich, still und fremd – ein harter Gegensatz zur warmen Lebendigkeit von Steinwart.

Seufzend schob er das Gefühl beiseite, zog den Umhang enger um sich und versuchte zu dösen.

Neria beobachtete Falvoril aus den Augenwinkeln. Das Licht der Sterne zeichnete sein Profil scharf, und seine Augen funkelten, als wären sie selbst zwei der Götterlichter.

Vor wenigen Minuten hatte er sich neben sie ins Heck ihres Bootes gesetzt, doch seitdem kein Wort an sie gerichtet, sie nicht einmal angesehen. Neria nahm sich fest vor, nicht die Erste zu sein, die sprach. Dennoch begann die Stille langsam, an ihren Nerven zu zerren.

Was wollte er?

Vielleicht versuchte er einfach nur, sie nervös zu machen. Das wäre typisch für ihn. Leider gelang es ihm auch. Sie zappelte unwillkürlich, zwang sich dann jedoch, still sitzen zu bleiben.

»Ich nehme an, du fragst dich, warum ich hier sitze«, sagte Falvoril schließlich und lehnte den Kopf gegen die Bordwand. »Und ob ich nicht einfach nur versuche, dich zu verärgern, oder?«

»Genau«, sagte Neria. »Und ich hoffe, du wirst es mir sagen. Aber ich sollte mich vermutlich nicht darauf verlassen.«

»Das ist äußerst seltsam«, erwiderte Falvoril. »Ich hatte das Gefühl, dass du genau das sagen würdest.«

»Vielleicht bist du ein Gedankenleser«, meinte Neria trocken. »Aber wenn dem so ist, müsstest du das erst beweisen – indem du meine Gedanken liest, bevor ich sie laut ausspreche.«

Falvoril lachte leise. »Ich habe verstanden«, sagte er. »Aber bevor das hier in einen weiteren erbitterten Streit ausartet, möchte ich noch etwas sagen.«

Seine Stimme blieb ruhig, doch Neria spürte die Spannung darunter. Sie wartete.

»Es tut mir leid, dass ich dich beschuldigt habe, uns verlassen zu wollen«, fuhr Falvoril fort. »Das war unangebracht, und ich fürchte, ich habe schlecht reagiert. Ich weiß sehr wohl, dass dir niemand auf der Welt mehr bedeutet als Stapfer – und dass du ihn niemals freiwillig verlassen würdest. Das würde ich übrigens auch nicht.«

Er hielt kurz inne. »Ich habe nie wirklich geglaubt, dass du so etwas tun würdest. Aber ich war ... nun ja. Auf schlimmste Weise ich selbst.«

Ein plötzliches Grinsen huschte über sein Gesicht, und seine weißen Zähne blitzten auf. »Du hast allen Grund, mich zu verachten. Und du hattest recht – ich habe kein Herz. Oder, falls doch, bräuchte man vermutlich ein ganzes Team von Zwergen, um es herauszuholen.«

»Falvoril«, sagte Neria verwundert, »ich glaube nicht, dass ich dich jemals so lange habe sprechen hören, ohne dass du irgendjemanden beleidigt hast.«

Sie runzelte die Stirn und blickte in die Nacht. »Du bist doch nicht krank, oder? Ich weiß nicht viel über Kopferkrankungen ...«

Falvoril unterdrückte ein Lachen. »Nein, mein Geist hat kein Fieber«, sagte er. »Aber ob ich krank bin oder nicht, ist eine andere Frage. Trotzdem habe ich es nicht eilig zu sterben, also kannst du deine heilenden Hände für dich behalten.«

Er hob die Augenbrauen. »Oh. Ich nehme an, das war schon wieder eine Beleidigung?«

»Das war zu schön, um wahr zu sein«, sagte Neria grimmig.

Falvoril schwieg einen Moment. Neria beobachtete ihn genau, doch er sah sie nicht an. Sein Blick ruhte auf dem Himmel, und seine Hände zuckten unruhig auf den angezogenen Knien.

Unwillkürlich erinnerte sie sich daran, wie sich seine Hände unter ihren angefühlt hatten, damals, als sie gemeinsam durch den Sturm geritten waren.

Was war nur los mit ihr?

Ihr Kopf fühlte sich seltsam leicht an, und ihr Blut rauschte in den Ohren. Hastig warf sie einen Blick auf das trübe Wasser neben dem Boot – kalt und dunkel. Kalt.

Sie wollte etwas sagen, konnte sich aber nicht entscheiden, was. Ausgerechnet er hatte sich bei ihr entschuldigt. Was tat man in so einem Fall?

»Ich ...«, begannen sie beide gleichzeitig.

Neria grinste über den überraschten Gesichtsausdruck des Halbelfen.

»Du zuerst«, sagte sie. »Und ich warne dich: Für jede Beleidigung tauche ich dich – und deine makellose weiße Bluse – in den schlammigsten Tümpel, den ich finden kann.«

»Ich trage keine ...«, setzte Falvoril empört an. Er brach jedoch ab und presste die Lippen aufeinander, offenbar bemüht, sich nicht provozieren zu lassen.

»Wie auch immer«, fuhr er fort. »Zurück zu einem erwachsenen Gesprächsthema – und das war keine Beleidigung.«

Er zögerte kurz. »Ich wollte dich nur noch einmal etwas fragen. Wer warst du, bevor du Stapfer kennengelernt hast? Ich habe euch erzählt, woher ich komme und wer meine Eltern sind. Es ist nur fair, dass du dich früher oder später dafür erkenntlich zeigst.«

Neria runzelte die Stirn.

»Das geht dich nichts an«, sagte sie kalt. »Und ich möchte nicht darüber reden. Es interessiert mich nicht, was du für fair hältst oder nicht. Mein Leben gehört mir – und das Gleiche gilt für meine Geheimnisse.«

»Aber dein Leben gehört dir nicht mehr«, beharrte Falvoril. »Als du allein warst und dich um niemanden kümmern musstest, hattest du vielleicht das Recht, alles für dich zu behalten. Aber jetzt hast du Freunde.«

Seine Stimme wurde fester. »Stapfer und ich haben ein Recht darauf, die Wahrheit zu kennen. Du bist unsere Gefährtin. Es geht um Treue. Um Ehre. Wir drei stecken da gemeinsam drin.«

»Ehre!«, fauchte Neria. »Du und dein Unsinn von Treue ... In Wahrheit bist du nur neugierig. Nun, meine Angelegenheiten gehen nur mich etwas an! Und deine ausgefallenen Vorstellungen von Ehre haben nichts mit mir zu tun.«

»Vielleicht sollten sie das!«, erwiderte Falvoril scharf. »Willst du für immer das bleiben, was du dein ganzes Leben lang warst – eine Ausgestoßene? Wenn du dich weigerst, Menschen zu vertrauen, die versuchen, dir nahe zu kommen, dann bist du selbst schuld!«

»Behalte deine Urteile für dich!«, schnappte Neria. »Mit welchem Recht beurteilst du mich überhaupt? Was kümmert es dich?«

»Nun, ich ...« Falvoril stockte. Seine Wangen röteten sich. »Du ... starrköpfige, einfältige ...«

Er bemerkte ihre plötzliche Bewegung, riss die Augen auf und schrie:

»Nein, warte!«

Aber es war zu spät.

Mit einem kräftigen Stoß, den sie aus dem ganzen Körper holte, stieß Neria Falvoril über den Rand des Bootes. Es gab ein lautes Platschen, und beide Boote gerieten ins Schaukeln.

Brina und die Zwillinge schrien auf. Stapfer fuhr hoch, setzte sich ruckartig auf und sah sich wild um.

»Was ist passiert?«, rief er und sprang mitten in seinem Boot auf.

Eine Sekunde später beantwortete sich seine Frage von selbst.

Falvoril tauchte wieder auf, bis zum Hals im dunklen Wasser, fluchend wie ein Zwerg mit brennendem Bart. Er schüttelte den Kopf, sodass schwere Tropfen gegen die Boote spritzten. Wenn er jemals eine makellose weiße Bluse getragen hatte, dann waren diese Tage endgültig vorbei – jetzt war er von flüssigem Schlamm durchtränkt.

Sein Haar hing in nassen Strähnen herab, braunes Wasser lief ihm übers Gesicht und ließ einen Ausdruck blanker Wut erkennen.

Geschmeidig wie eine Schlange glitt er an Nerias Boot heran, packte sie am Arm und riss daran.

Neria stemmte sich gegen die hölzerne Bordwand und zog sich mit aller Kraft zurück. »Nicht – du –!«, keuchte sie und versuchte, sich aus dem Griff des Halbelfen zu befreien.

Aus den Augenwinkeln sah sie, wie Linosch stolpernd herbeieilte, um ihr zu helfen.

»Falvoril!«, rief Stapfer, der zu weit entfernt war, um mehr zu tun, als verwirrt zu starren. »Bist du sicher, dass das –?«

Ohne jede Vorwarnung lockerte Falvoril seinen Griff um Nerias Arm. Im nächsten Moment fiel er rücklings ins Wasser und klammerte sich verzweifelt mit beiden Händen an die Bordwand. Seine Augen weiteten sich, als er Nerias Gesicht anstarrte, während sein Mund stumm arbeitete.

Dann verschwand er mit einem erstickten Schrei unter der Wasseroberfläche.

Neria beugte sich gefährlich weit über den Rand des Bootes und starrte verzweifelt in die schwarzen Wellen. Beide Boote gerieten heftig ins Schaukeln, Wasser schlug gegen das Holz. Zu viele Wellen ...

»Neria!«, rief Stapfer. Er packte das Seil, das die Boote verband, und begann daran zu ziehen, um die kleinen Gefährte näher zusammenzubringen. »Was hast du zu ihm gesagt?«

Sein Gesicht war angespannt, als bereue er nun, die beiden ohne seine eigene beruhigende Anwesenheit zurückgelassen zu haben. Offenbar war ihre Fehde noch lange nicht beigelegt gewesen.

»Wo ist er hin?«, fragte Linosch mit brüchiger Stimme und spähte ins Wasser.

Mit einem dumpfen Knacken stießen die Boote zusammen und schwankten noch eine Weile, obwohl die Wellen bereits abebbten.

»Oh nein«, hörte Stapfer Neria flüstern. Sie setzte sich plötzlich hin und starrte mit weit aufgerissenen Augen ins Leere.

Dafür hatte er jetzt keine Zeit. Stapfer suchte fieberhaft die Wasseroberfläche ab. Wo war Falvoril? Der Halbelf konnte schwimmen – warum war er dann gesunken? Oder war er das überhaupt?

Es war zu dunkel gewesen, um etwas zu erkennen. Doch Falvoril hatte sich unter Wasser so schnell bewegt, dass es unnatürlich gewirkt hatte.

Unangenehme Worte hallten in Stapfers Kopf wider: ... seltsame Kreaturen erwachen in den Sümpfen zum Leben ...

Stapfer überlegte gerade, selbst ins Wasser zu springen – auch wenn es vermutlich nichts gebracht hätte –, als Falvoril wieder auftauchte.

Der Kopf des Halbelfen durchbrach auf der anderen Seite von Nerias Boot die Wasseroberfläche. Er packte die Bordwand, zog sich hastig darüber und landete als nasser, ungeordneter Haufen zwischen den Holzbänken.

Neria schrie auf und fiel nach hinten. Einen Moment später kroch sie wieder näher heran und versuchte, Falvoril umzudrehen. Er stieß sie grob von sich und spuckte hustend Wasser aus.

»Falvoril!«, begann Neria. »Ich –«

»Ruhe!«, schnappte er.

»Aber –«

Er presste ihr mit einer Hand den Mund zu und funkelte sie wütend an. Dann warf er Stapfer einen vielsagenden Blick zu und deutete mit einer knappen Kopfbewegung auf das Wasser.

Stille kehrte in den Sumpf ein.

Keine vollkommene Stille – doch nah genug, um sie unerträglich zu machen.

Das Wasser war so dunkel und undurchdringlich wie zuvor, aber ein seltsames Rascheln lag in der Luft. Leise, kaum hörbar. Stapfer fragte sich einen Augenblick lang, ob er es sich nur einbildete.

Vorsichtig schlich er zum Rand des Bootes und starrte in die Schwärze, während sich in seinem Inneren ein schrecklicher Verdacht formte.

Sie trieben in einem breiten, nach Süden führenden Kanal. Hohe, schilfbewachsene Inseln säumten die Seiten, doch das Wasser selbst war hier weit, beinahe wie ein Teich. Das Schilf wiegte sich sanft im Wind.

Und dann –

Zu ihrer Rechten geriet das Wasser plötzlich in Bewegung. Eine lange, schlangenartige Gestalt glitt vorbei und zog feine Wellen hinter sich her, die gegen die Boote schlugen.

Es war zu dunkel, um Einzelheiten zu erkennen. Dennoch hatte Stapfer den deutlichen Eindruck eines schleimigen Körpers, lang und massiv, mit Stacheln, die in regelmäßigen Abständen aus seinem Rücken ragten.

Das Wesen war mindestens fünf Fuß breit.

»Was ist das?«, flüsterte Brina.

»Pssst ...«, flüsterte Stapfer, kaum laut genug, um gehört zu werden. »Sagt nichts. Vielleicht zieht es einfach weiter ...«

Das Wesen bewegte sich jedenfalls. Ob es sich entfernte, war eine andere Frage. Die schuppige Haut verschwand immer wieder unter der Wasseroberfläche und tauchte erneut auf, matt schimmernd im Mondlicht. Stapfer fragte sich unwillkürlich, wie groß es sein mochte.

Noch schien es sie nicht bemerkt zu haben. Hoffnung regte sich in ihm. Vielleicht würde es unbehelligt vorüberziehen.

Dann schrie Brina auf. »Es sieht uns! Schau – sein Auge leuchtet!«

Sie sprang auf, riss ihren Bogen hoch und legte einen Pfeil ein. Im selben Moment sah Stapfer es ebenfalls: einen glänzenden Fleck auf dem dunklen Körper des Wesens.

Aber das war kein Auge.

Der Fleck lag mitten am Leib.

»Nein!«, rief Stapfer und griff nach Brina. »Schieß nicht! Du lenkst nur seine Aufmerksamkeit auf uns!«

Er war zu langsam.

Der Pfeil sauste durch die Nacht und traf den leuchtenden Fleck – prallte jedoch mit einem hellen Klirren ab. Die Stelle war kein Auge, sondern eine hellere Schuppe, die das Mondlicht spiegelte.

Der schlangenartige Körper zuckte.

Ehe Stapfer auch nur blinzeln konnte, hob sich das Wesen aus dem Wasser. Ein riesiger Kopf erhob sich, triefend vor Schleim und Schlamm, und schüttelte sich mit einem tiefen, grollenden Brüllen.

Zwei gewaltige gelbe Augen rissen auf und richteten sich auf die beiden winzigen Boote, die hilflos vor ihm trieben.

»Wasserschlangendrache!«, schrie Falvoril.

Stapfer hatte noch nie von einem Wasserschlangendrachen gehört und wünschte sich verzweifelt, er hätte nie einen Grund gehabt, diesen Namen zu lernen. Tatsächlich sah das Wesen einem Drachen ähnlich – nur ohne alles Feurige. Sein Körper war schlangenartig, lang und muskulös, und als es sich höher aus dem Wasser erhob, zeichnete sich seine Gestalt scharf gegen den Himmel ab.

Der Kopf hatte eine kantige, beinahe rautenförmige Gestalt. Hornige Wucherungen und scharf gezeichnete Stacheln zogen sich in einer gleichmäßigen Reihe vom Nacken über den Rücken. Zu beiden Seiten des Schädels ragten paarige Hörner auf, dicht hinter flach anliegenden, kaum sichtbaren Ohren.

Brina stand mit offenem Mund in der Mitte des Bootes, den gelben Augen des Drachen direkt gegenüber. Den Bogen hielt sie noch in der Hand, hatte ihn jedoch völlig vergessen.

Die Augen des Wesens blinzelten. Einmal. Zweimal. Dann öffnete sich das Maul, und ein Schwall heißen, fauligen Atems strömte über sie hinweg. Brina schwankte. Stapfer war sicher, sie würde ohnmächtig werden – doch im letzten Moment fing sie sich.

»Pass auf!«, schrie er, als sich die Muskeln im schuppigen Hals des Wasserschlangendrachen spannten.

Mit einer Bewegung, fast zu schnell für das Auge, schnappten die riesigen Kiefer zu. Nur das wilde Schaukeln des Bootes rettete Brina, die hart zu Boden stürzte.

Stapfer presste sich so weit wie möglich vom Drachen weg, Lanosch dicht neben ihm. Doch das Tier hatte sie gesehen. Es rollte sich erneut zusammen und riss das Maul weit auf.

Für einen Herzschlag war Stapfer sicher, dass dies das

Letzte war, was er je sehen würde: Mondlicht, das auf gelben Reißzähnen glitzerte.

Dann blitzte etwas auf.

Der Drache bäumte sich auf und brüllte vor Schmerz und Wut.

Falvoril hatte ihm einen Pfeil ins Maul geschossen.

Stapfer sprang unsicher auf und griff nach dem Seil. Doch Falvoril war schneller – und beweglicher. Der Halbelf sprang auf den Kopf des Drachen, das Messer blitzte in seiner Hand.

»Falvoril, du Narr!«, schrie Neria. »Komm zurück!«

Sie stolperte wild hin und her, unfähig, auf dem schaukelnden Boot festen Stand zu finden, während sie versuchte, ihm zu folgen. Linosch packte sie und zog sie zurück. Gemeinsam stürzten sie kämpfend auf den Boden des Bootes.

Falvoril schenkte dem keine Beachtung. Seine ganze Aufmerksamkeit galt dem Drachen.

Das Wesen begann, den Kopf heftig hin und her zu schleudern, um seinen lästigen Reiter loszuwerden. Mit blitzschnellen

Bewegungen warf es sich zur Seite und versuchte, den unwillkommenen Passagier abzuschütteln.

Der Kopf schwang nach links. Falvoril rutschte ab und wäre beinahe gestürzt, konnte sich jedoch im letzten Moment an einem glitschigen Rückgrat festklammern. Einen Herzschlag lang hing er nur an einer Hand in der Luft, die Beine frei baumelnd.

Dann schwang er sich mit einer geschmeidigen Bewegung zurück auf den grotesken Schädel.

»Stapfer!«, rief er. »Wirf mir das Seil zu!«

Stapfer wusste nicht, was Falvoril vorhatte, aber er wusste, dass jetzt keine Zeit für Fragen war. Er griff nach der verbleibenden Spule, wartete auf einen kurzen Moment im chaotischen Ruckeln des Drachen – und warf das Ende hinüber.

Falvoril fing es geschickt auf und schlang es um das größte Horn in der Mitte des Schädels. Mit einem kräftigen Ruck befestigte er das Seil.

»Binde …«

Bevor Falvoril seinen Satz beenden konnte, schleuderte der Drache den Kopf erneut herum und tauchte ruckartig unter die Wasseroberfläche. Einen Herzschlag später brach er wieder daraus hervor – mit einem zappelnden Halbelfen, der sich immer noch verzweifelt an seinen Schuppen festklammerte.

Falvoril begann gefährlich zu rutschen. Die glatten Schuppen boten selbst seinen flinken Fingern kaum noch Halt.

»Binde es am Boot fest!«, schrie er. Seine Stimme zitterte vor Anstrengung.

»Was?«, rief Stapfer. Für einen kurzen Moment fragte er sich, was Falvoril vorhatte – entschied dann aber, dass Fragen warten mussten. Hastig band er das andere Ende des Seils am schaukelnden Boot fest.

Falvoril presste sich flach auf den Kopf des Monsters und umklammerte den hornigen Schädel mit beiden Armen. Die Bestie, als ahnte sie, was geschehen würde, bäumte sich wilder denn je auf. Doch sie konnte das an ihr haftende Gewicht nicht abschütteln.

Stahl blitzte.

In der einen Hand hielt Falvoril sein Messer, in der anderen einen Pfeil. Mit einer rücksichtslosen Bewegung stieß er das Messer in das linke Ohr des Drachen und die Pfeilspitze in das rechte.

Der Wasserschlangendrache stieß einen schrillen, durchdringenden Schrei aus, der unheimlich durch die Sümpfe hallte.

Dann zuckte er vor – und begann zu schwimmen.

Stapfer wurde durch den plötzlichen Ruck nach hinten geschleudert und fiel hart ins Boot. Das Seil spannte sich bis zum Äußersten, hielt jedoch – und im nächsten Augenblick rasten sie durch die dunklen Sümpfe davon.

Wasser schoss in hohen Fontänen zu beiden Seiten hoch. Stapfer blickte über die Schulter und sah, wie das Boot von Neria und Linosch hinter ihnen hergerissen wurde, noch immer fest mit seinem eigenen verbunden. Die beiden klammerten sich verzweifelt an die Holzbänke, ihre angsterfüllten Augen glitzerten, während das Boot von einer Seite zur anderen geschleudert wurde.

Neben ihnen erstreckte sich der schuppige Leib des Wasserschlangendrachen. Stapfer hoffte inständig, dass ein einziger, unbedachter Schlag seines Schwanzes die Boote nicht zum Kentern bringen würde.

Er schleppte sich nach vorn, bis auf die Knochen durchnässt. Das Boot lief voll Wasser, doch er hatte keine Zeit, sich darum zu kümmern. Sein Blick wanderte zu Falvoril.

Der Halbelf ritt den Drachen, als wäre es das Selbstverständlichste der Welt – als säße er auf einem Pferd. Er hatte sich aufgerichtet, sein nasses Haar wehte hinter ihm wie dunkle Flammen im Wind. Falvoril lachte laut, ausgelassen, und da begriff Stapfer, was geschah.

Falvoril lenkte das Monster.

Indem er den Pfeil weiter in das rechte Ohr des Drachen trieb, zwang er ihn nach links. Sie rasten nun nach Süden und Osten und durchquerten die Sümpfe mit einer Geschwindigkeit, die sie aus eigener Kraft niemals erreicht hätten.

Schwimmende Inseln kippten und kenterten, als der riesige Körper des Wasserschlangendrachen sie aus dem Weg fegte. Kanäle weiteten sich, verschmolzen, vereinigten sich.

Die Sümpfe veränderten sich um sie herum.

Sie wurden neu geformt.

Plötzlich drang durch das Plätschern des Wassers um ihn herum ein anderes Geräusch an Stapfers Ohren.

Lanosch tauchte neben ihm im Bug auf. Der Zwerg sah halb zu Tode erschrocken aus, doch er zwang sich, ruhig zu rufen. Falvorils waghalsige Tapferkeit hatte ihn offensichtlich beeindruckt, und er versuchte – eher erfolglos –, unbesorgt zu wirken.

»Der Warrelh!«, schrie er. »Ich höre den Warrelh!«

Tatsächlich war es das Donnern von Wasser, das Stapfer hörte – viel zu laut, viel zu nah.

Ein Wasserfall.

Der Drache zog sie direkt auf eine Klippe zu.

»Falvoril!«, brüllte Stapfer. »Falvoril!«

Doch der Halbelf hörte ihn nicht.

Vor ihnen wichen die Schilfinseln auseinander, und im nächsten Augenblick schossen sie aus den Sümpfen hinaus auf den Warrelh. Das ferne Ufer tauchte auf, von dunklen Bäumen gesäumt. Das schwarze Wasser spiegelte das Mondlicht grell wider, und Stapfer sah, was er bereits gefürchtet hatte:

Etwa hundert Schritte vor ihnen stürzte der Fluss in die Tiefe.

Der Mond glitzerte auf der weißen Gischt.

Und der Drache steuerte direkt darauf zu.

Auch Falvoril hatte den Abgrund erkannt. Er verdrehte den Kopf nach hinten.

»Stapfer!«, schrie er. »Schneid das Seil durch!«

»Nein!«, rief Stapfer. Er war nicht bereit, seinen Freund auf dem Kopf eines rasenden Drachen zurückzulassen.

Doch Falvoril wartete nicht.

Er zog sein Messer aus dem Ohr des Wasserschlangendrachen – und durchschnitt das Seil.

Mit einem heftigen Ruck wurden die Boote langsamer. Sie kamen nicht ganz zum Stillstand, sondern drehten sich in trägen Kreisen auf dem Wasser. Noch immer zog sie die Strömung in Richtung Wasserfall, aber nun deutlich langsamer.

Der Drache kümmerte sich nicht im Geringsten um sein verlorenes Gepäck. Er glitt achtlos weiter – und riss Falvoril mit sich. Der Halbelf schien zu versuchen, vom Rücken seines grotesken Reittiers zu springen, doch die Kreatur bewegte sich so schnell, dass er flach gegen ihre schleimige Haut gepresst wurde.

»Lanosch, paddel das Boot ans Ostufer«, befahl Stapfer. Er schob seine Waffe hastig weg und richtete sich auf.

»Was machst du?«, rief der junge Zwerg.

»Meinen Schwur einhalten«, sagte Stapfer.

Ohne ein weiteres Wort sprang er in den Fluss. Und genau diese Bewegung rettete ihm das Leben.

Als sein Kopf wieder durch die Wasseroberfläche brach, sah er als Erstes das Ende des Schwanzes des Wasserschlangendrachen. Mit einem letzten, rachsüchtigen Hieb krachte er auf das Boot herab.

Brina schrie auf und warf sich im letzten Moment zur Seite.

Der gewaltige, schuppige Schwanz zerschmetterte das Boot zu Holzsplittern und schleuderte eine mannshohe Welle in alle Richtungen.

Die Welle rollte über Stapfer hinweg, und für einen Moment war er im schwarzen Wasser verloren. Es war kalt – doch er nahm es kaum wahr.

Er schlug verzweifelt nach oben, durchbrach keuchend die Oberfläche und sog gierig Luft ein.

Der Drache war verschwunden.

Vom Boot war nichts mehr übrig, nur zersplitterte Holzstücke, die auf dem Fluss trieben. Stapfer hielt sich mühsam über Wasser, ruderte mit Armen und Beinen und drehte sich hektisch im Kreis.

Da – Nerias und Linoschs Boot. Unversehrt, wenn auch halb vollgelaufen.

Dann tauchte Brina wenige Meter von ihm entfernt auf. Sie keuchte, schlug panisch um sich und bekam kaum Halt.

»Schwimm ans Ufer!«, schrie Stapfer und verschluckte sich dabei an einer Ladung Flusswasser.

Ohne zu prüfen, ob sie ihm gehorchte, wandte er sich ab.

Er ließ sich von der Strömung erfassen und begann, in Richtung des tosenden Wasserfalls zu schwimmen.

Der Wasserschlangendrache stieß erneut einen schaurigen Schrei aus.

Stapfer erstarrte und blickte auf das Geschehen vor sich. Das Wasser stürzte gleichgültig über den Abgrund, doch die Riesenkreatur hatte die Gefahr zu spät erkannt. Sie bäumte sich auf, wand sich und versuchte verzweifelt, dem Fall zu entkommen.

Falvoril hatte endlich einen Augenblick.

Er begann, so schnell er konnte, den Rücken des Drachen hinunterzurutschen und nutzte den gewaltigen Leib als schlüpfrigen Pfad weg vom Wasserfall.

Mit einem letzten, klagenden Schrei erzitterte der Wasserschlangendrache. Dann wurde er über die Fälle gezogen. Sein Kopf verschwand über dem Abgrund, und der lange Körper folgte ihm, Glied um Glied.

Der gewaltige Leib wölbte sich aus dem Wasser, tropfte, wand sich – ein sterbendes Ungeheuer im Griff der Strömung.

Stapfer hielt den Atem an.

In quälender Spannung sah er, wie Falvoril den Schwanz entlang raste, verzweifelt, rutschend, kämpfend. Wenn der Körper vollständig über die Kante gespült wurde, bevor der Halbelf das Ende erreichte, würde er mitgerissen werden – in einen sicheren Tod.

Falvoril sammelte sich zum Sprung.

In diesem Moment zuckte der Schwanz des Drachen ein

letztes Mal, peitschte durch die Luft, und der Halbelf wurde nach vorn ins Wasser geschleudert. Mit einem raschelnden, gurgelnden Laut verschwand der Wasserschlangendrache über dem Wasserfall – und der Fluss wirkte plötzlich leer, als wäre nichts geschehen.

Falvoril tauchte keuchend an der Oberfläche auf und begann, gegen die Strömung anzukämpfen. Er war erschöpft, doch hier floss der Warrelh langsamer, und Schritt für Schritt – Zug um Zug – arbeitete er sich in Richtung Ostufer vor.

Stapfer warf einen letzten Blick zurück zu den Sümpfen. Die schilfbewachsenen Inseln hatten sich bereits wieder geschlossen. Kein aufgewühltes Wasser, kein Hinweis darauf, dass sie hier hindurchgekommen waren.

Dann wandte auch er sich dem Land zu und schwamm weiter.

Ein paar Minuten später versammelte sich die Gruppe nass und erschöpft unter den Bäumen am Ostufer des Warrelh.

Falvoril brach auf dem Boden zusammen und rollte sich mit hechelnder Brust auf den Rücken. Neria und Linosch hatten es geschafft, ihr Boot ans Land zu bringen, es zwischen den Wurzeln festzuziehen und wenigstens die Hälfte der Vorräte zu retten. Nun saßen sie zitternd auf der weichen, mit Kiefernnadeln bedeckten Erde.

Brina stand am Ufer und starrte auf den Fluss hinaus.

Stapfer stolperte zu dem Halbelfen. »Falvoril«, sagte er müde, »das nächste Mal, wenn du mir zurufst, ich soll dir ein Seil zuwerfen, hänge ich es dir um den Hals.«

»Dann kannst du es auch gleich tun und die Sache hinter dich bringen«, keuchte Falvoril, der sich mit sichtlicher Mühe aufsetzte. »Ich kann sowieso kaum atmen.«

Er strich sich das nasse Haar aus dem Gesicht und sah Stapfer an. Tiefe Müdigkeitslinien zeichneten sich in seinem Gesicht ab, im kalten Mondlicht, das gefleckt durch die Äste fiel.

Stapfer ließ den Blick über die Gruppe wandern. »Sind wir alle ...«, begann er.

Er stockte.

Jemand fehlte.

Sie waren nur zu fünft.

Linosch starrte Stapfer an, und die Erkenntnis breitete sich langsam in seinem Gesicht aus. Stapfer drehte sich um und sah Brina an, die noch immer reglos auf den fließenden Warrelh hinausblickte.

»Er ist nie wieder aufgetaucht«, flüsterte sie. In der nächtlichen Stille war jedes Wort deutlich zu hören. »Er ist einfach nie wieder aufgetaucht.«

Die letzten vereinzelten Holzstücke trieben lautlos über die weißen Wasserfälle. Doch Lanosch Bergkamm war verschwunden.

Linosch rang nach Luft. Stapfer sah den verbliebenen Zwilling nicht an. Bitterer Zorn stieg in ihm auf. Man hatte ihm fünf anvertraut – und nun hatte er nur noch vier. Sie alle hatten gehofft, dass er sie führen würde, und er hatte bereits beim ersten Mal versagt.

Der Preis für dieses Versagen war höher, als er ihn je hätte tragen können.

Ein lautes Knacken durchzog die Luft und ließ sie alle zusammenzucken. Brina hatte ihren Bogen in zwei Teile zerbrochen.

Sie trat einen Schritt vor und schleuderte die beiden

Hälften mit aller Kraft ins dunkle Wasser. Dann sank sie zu Boden und begann zu weinen.

Als der Morgen dämmerte, fand er die fünf verbliebenen Reisenden an derselben Stelle am Ufer des Warrelh. Die ersten Sonnenstrahlen berührten die dunklen Nadeln der umliegenden Bäume, und Stapfer hob den Kopf und blinzelte. Er sah sich verwundert um, als wäre er aus einem tiefen Schlaf erwacht – obwohl er in dieser Nacht keine Ruhe gefunden hatte.

Der Warrelh floss weiter, gleichgültig gegenüber dem Kummer, den er den fünf kleinen Wanderern bereitet hatte, die seinen mächtigen Strömungen getrotzt hatten. Die Sonne schien unbekümmert, und in den Bäumen begannen die Vögel zu singen.

Stapfer stand steif auf und betrachtete die vier Gestalten, die mit gesenkten Blicken auf dem Waldboden saßen. Der Tag war gekommen. Es war Zeit, weiterzuziehen.

»Wir können hier nicht länger bleiben«, sagte er. Seine Stimme durchbrach die schwere Stille und riss die anderen aus ihren Gedanken. »Wir müssen weiter.«

Falvoril nickte und kam auf die Beine. Er klopfte sich die Kiefernnadeln von der zerknitterten Kleidung. Er wirkte wieder bei Kräften, obwohl Stapfer sicher war, dass er ebenso wenig geschlafen hatte wie der Rest von ihnen.

»Ich werde mich waschen und mich ein wenig umsehen«, sagte der Halbelf. »Ich bin in ein paar Minuten zurück. Zumindest haben wir noch einen Teil unserer Vorräte – hoffentlich reichen sie, bis wir eine Stadt erreichen, in der wir sie auffüllen können.«

Er deutete auf das Boot. »Packt es aus und rettet, was ihr könnt.«

Falvoril schritt am Flussufer nach Süden entlang und verschwand bald zwischen den Bäumen.

Stapfer zog mit Nerias und Brinas Hilfe das Boot vollständig auf trockenes Land und begann, die Rucksäcke und Taschen durchzusehen, die nicht weggeschwemmt worden waren. Linosch schloss sich ihnen nicht an. Er sagte kein einziges Wort, blieb sitzen und starrte mit leerem Blick in die Ferne. Stapfer entschied, ihn besser in Ruhe zu lassen.

Zum Glück hatte sich der Großteil ihrer Vorräte im verbliebenen Boot befunden. Trotz der gründlichen Durchnässung war das meiste noch brauchbar. Sie fanden außerdem einige nützliche Dinge: ein Seil, einen Zündstein, ein paar Töpfe, mehrere inzwischen zerknitterte Decken und einen Köcher mit Pfeilen. Falvoril würde sich darüber freuen – der Halbelf hatte seine eigenen im Fluss verloren.

Als Falvoril sauber und erfrischt zurückkehrte, hatten die drei bereits alles, was sie für notwendig hielten, in fünf kleine Bündel gepackt.

»Wir sind nicht ganz dort gelandet, wo wir hinwollten«, sagte Falvoril. »Von der Kante des Wasserfalls aus kann man ziemlich weit sehen. Es geht steil bergab, und die Bäume lichten sich. Das Land am Horizont ist flach, und dort verläuft eine Straße. Das müsste die Tholmirstraße sein, die den Fluss bei Hochburg überquert – genau dort, wo wir eigentlich an Land gehen wollten.«

Er zuckte mit den Schultern. »Wir sind jetzt etwas nördlich davon, aber nur um ein paar Stunden.«

»Dann sind wir kaum vom Kurs abgekommen«, sagte

Stapfer erleichtert. »Das ist zumindest etwas. Wir dürfen keine Zeit mehr verlieren.«

»Aber was ist mit ... was ist mit Linosch?«, fragte Neria und warf dem schweigenden Zwerg einen traurigen Blick zu.

Als er seinen Namen hörte, blinzelte Linosch und sah zu ihnen auf. Er wirkte beinahe überrascht, als hätte er ihre Anwesenheit erst jetzt bemerkt.

»Gehen wir dann weiter?«, fragte er. »Das trifft sich gut. Ich will diesen verdammten Fluss nicht länger sehen. Ich glaube nicht, dass ich jemals wieder Boot fahren werde – niemals in meinem Leben.«

Er stand auf und blickte sich langsam um. »Was war das eigentlich? Dieses Ding? Ein Wasserschlangendrache?«

»Ja«, sagte Falvoril. »Natürlich kein echter Drache. Echte Drachen spucken Feuer und sind deutlich klüger als Wasserschlangendrachen.«

Er zuckte mit den Schultern. »Diese hier sind eher übergroße Schlangen. So aufgebläht, dass sie sich an Land kaum bewegen können. Deshalb leben sie im Wasser – am liebsten in flachen Teichen oder Seen mit tiefem Schlamm, in dem sie sich eingraben und vor der Sonne verstecken können. Ihre Augen sind sehr empfindlich.«

»Früher gab es mehr von ihnen«, fügte er hinzu. »Aber ihre Zahl ist im Laufe der Jahre zurückgegangen – was wohl jeder als positive Entwicklung bezeichnen würde.«

Linosch nickte. »Na dann sollten wir besser gehen. Es hat ja keinen Sinn, noch länger zu warten.«

Er blickte ein letztes Mal auf den braunen Fluss und seufzte tief. »Ich hätte nie gedacht, dass ich den Warrelh einmal nicht mögen würde«, sagte er leise. »Aber jetzt ... jetzt habe ich das Gefühl, ich hasse ihn. Und es würde mir nichts ausmachen, wenn alle Drachen der Welt kämen und ihn mit ihrem feurigen Atem austrockneten.«

Mit diesen Worten schulterte er einen der kleinen Rucksäcke und ging nach Süden in den Wald. Seine vier Gefährten folgten ihm rasch, wenn auch nicht, ohne mehr als einmal traurig zurückzublicken.

Das Land senkte sich bald. Hier ging das höher gelegene Gelände in die niedrigen, flachen Ebenen über, die sich bis zum Meer erstreckten. Die Bäume waren hoch und standen in weitem Abstand zueinander – immergrüne Gewächse mit würzigem Duft, deren Nadeln den Waldboden bedeckten.

Nach einer Weile verklang das Rauschen des Warrelh, je weiter sie sich vom Fluss entfernten. Eine ruhige Stille erfüllte den Wald, nur gelegentlich durchbrochen vom Ruf eines Vogels oder dem schnellen Klopfen eines Spechts. Einmal schreckten sie ein Reh auf, das mit leichten Sprüngen zwischen den Stämmen verschwand, sein geflecktes Fell im unruhigen Sonnenlicht kaum zu verfolgen.

Trotz der Sonne war es kalt. Der Wind kam in unregelmäßigen Böen, und sie waren alle froh um ihre Mäntel.

Gegen Mittag wurde das Land endlich flacher, und die Bäume lichteten sich, bis sie ganz endeten. Sie traten aus dem Wald heraus und sahen, wie die Tholmirstraße ihren Weg kreuzte und sich die Ebenen auf der anderen Seite endlos erstreckten.

»Nun denn«, sagte Stapfer. »Hier trennen sich unsere Wege.«

Er wandte sich an Linosch. »Es tut mir leid. Ich habe dich nicht so geführt, wie ich es hätte tun sollen. Alles, was geschehen ist, liegt auf meinen Schultern. Ich hoffe, du kannst mir eines Tages vergeben. Du bist uns gegenüber zu nichts verpflichtet und kannst nach Belieben ins Tholmir zurückkehren.«

»Mach dir keine Vorwürfe«, sagte Linosch ruhig. »Es gab schon genug Leid.«

Er nickte. »Ja, ich werde ins Tholmir zurückkehren – aber vielleicht bleibe ich nicht dort. Ich möchte nicht, dass mein kleines Land von Kreaturen wie diesem Wasserschlangendrachen überrannt wird. Und ich nehme an, genau das wird geschehen, wenn der Dunkle seinen Willen bekommt.«

Seine Stimme wurde fester. »Es muss etwas unternommen werden. Ich werde mit meinem Onkel sprechen, und mit den anderen großen Familien.«

Er sah Stapfer an. »Ich wünsche dir Glück auf deiner Reise.«

»Das werden wir zweifellos brauchen«, sagte Neria.

Sie umarmte Linosch impulsiv. Selbst Falvoril drückte dem Zwerg die Hand und schenkte ihm ein schiefes Lächeln.

»Und willst du immer noch mit uns kommen?«, fragte Stapfer Brina. »Du hast gesehen, woraus unsere Reise besteht. Das war erst der Anfang, und ich kann nicht ahnen, was uns noch begegnen wird.«

Er zögerte kurz. »Vielleicht hättest du trotzdem eine Rolle beim Aufhalten der Finsternis spielen können – so, wie du es dir zu Hause im Tholmir erhofft hast.«

Brina blickte über die weiten Ebenen. Dann schüttelte sie langsam den Kopf.

»Ich habe mich kaum als fähig erwiesen, mich euch anzuschließen«, sagte sie leise. »Wenn mein Pfeil nicht gewesen wäre, wäre der Wasserschlangendrache an uns vorbeigezogen – und Lanosch wäre jetzt hier.«

Sie atmete tief durch. »Nein. Ich werde nicht mit euch gehen. Ich gehe nach Hause, ins Tholmir. Aber vielleicht sehen wir uns vor dem Ende noch einmal. Das hoffe ich zumindest.«

»Ich auch«, sagte Stapfer. »Du bist tapferer als viele Menschen, die ich kenne.«

Er grinste. Sie lächelte zurück.

»Leb wohl«, sagte Brina. »Und viel Glück.«

Nach den letzten, leisen Abschiedsworten wandten sich Brina und Linosch nach Westen. Ohne sich noch einmal umzusehen, schlugen sie den Weg Richtung Steinwart und weiter nach Tholmir ein. Stapfer und seine Gefährten blieben stehen und sahen ihnen nach, bis die beiden Gestalten mit der Landschaft verschmolzen und schließlich nur noch blasse Punkte am Horizont waren – dann auch diese verschwanden.

Einen Moment lang sagte niemand ein Wort.

Schließlich wandten sie sich ab. Schweigend überquerten sie die Straße und traten hinaus in die weite Ebene. Vor ihnen lag offenes Land, ungewiss und still, doch nicht frei von Schatten. Irgendwo dort draußen wartete mehr, als sie kannten – Wege, die noch nicht begangen worden waren, Entscheidungen, die ihre Zeit noch finden würden.

Der erste Abschnitt ihrer Reise war vorüber.

Doch was folgen sollte, hatte längst begonnen.

Die Geschichte wird fortgesetzt in:
Runland II - Licht im Schatten

EPILOG
ZWISCHEN FALL UND HALT

>*»Wenn der Hass einen Namen hat, findet er immer eine*
Stimme.«

— *Anonyme Notiz aus Limarh*

L imarh. *Stadt im Lamerth. Sitz des Großfürsten.*
Hoch über der Stadt klemmte die Burg von Limarh
an schroffen Felsen, ihre grauen Mauern von Moos
und jahrhundertealten Ritzen durchzogen, als trügen sie das
Flüstern vergangener Belagerungen in jedem Stein. Ein
windiger Zug zog durch die Korridore, hob vereinzelte Staubkörnchen auf und ließ das schwache Licht der Fackeln auf dem
feuchten Boden tanzen. Diener huschten lautlos an den
Wänden entlang, die Hände gefaltet, die Schultern gesenkt, als
fürchteten sie das Echo ihrer eigenen Schritte.

Im Hohen Saal, wo das bleiche Winterlicht durch schmale, bleiverglaste Fensterdrähte brach, versammelte sich der Große Rat um eine lange Eichentafel. Die Wände hingen voller Banner: einst stolze Wappen, deren Stoff nun ausgebleicht und eingerissen war, als hätten die Töne vergangener Siege ihnen ihre Würde geraubt. Auf dem polierten Steinboden spiegelten sich die Umrisse der Ratsmitglieder, die sich auf ihren Sesseln zusammenkauerten wie Vogelschwärme, die in der Kälte Schutz suchen.

An der Stirnseite der Tafel saß Großfürst Roderick. Silberne Strähnen zogen sich durch sein dichtes Haar, und die feinen Falten um die grauen Augen verrieten lange, schlaflose Nächte. Vor ihm lag ein Pergament mit einem gesprungenen Siegel – die Wachstropfen waren bröckelig, als hätte man das Siegel hastig zerstört und dann vergessen. Seit seiner Ankunft hatte er es nicht berührt. Jetzt legte er die Fingerspitzen auf die zerfledderten Ränder.

»Ihr habt ihn gelesen«, sagte er leise. Sein Ton war ruhig, doch in der Stille schnitt jedes Wort wie ein Messer in die gespannte Luft.

Ein leises Murmeln ging durch die Reihen: Adlige in schweren Pelzen rückten auf ihren Sitzen hin und her, Militärführer in Abzeichen und Orden tauschten gedämpfte Blicke. Eine Magisterin strich sich nervös eine Locke hinters Ohr. Ein Ordensbruder fuhr sich über den kahlrasierten Schädel.

»Ein Dorf«, begann ein Ratsherr mit zitternder Stimme. »Weit im Norden, abgeschieden. Gewiss tragisch – aber doch...«

»– nicht unwichtig.« Eine Stimme schnitt ihm das Wort ab. Der Sprecher stand am Rand des Saals, in ein schlichtes, pechschwarzes Gewand gehüllt. Sein Umriss war unscheinbar, doch das Licht brach sich an ihm, als wäre er selbst eine Klinge. Er stützte sich mit einem knöchernen Finger auf den Tisch und ließ die Luft wenige Herzschläge lang brennen, ehe er fortfuhr: »Die Berichte sprechen von einer Ausbreitung nach dem Tod. Von Berührung, die Leben nicht zur Ruhe kommen lässt. Das ist keine gewöhnliche Seuche.«

Augen weiteten sich, als er »Seuche« aussprach. Eine Dienerin neben der Tafel rang nach Atem. Auf den Lippen der Zuhörer lag Angst, feucht und drückend wie die Zugluft in den Gängen.

»Magische Krankheiten kennen wir«, warf eine Magisterin ein. Ihr Blick glitt zu einem ledergebundenen Buch, das an ihrem Gürtel hing. »Wir haben Bannkreise, Geisterstäbe –«

»Nicht gegen diese.« Ihre Stimme war kühl wie Eis. Die Frau in Weiß stand nun auf, das wallende Gewand justierte ihre schlanke Gestalt. Ihr heller Umhang war so rein, als spräche jede Falte von unerschütterlicher Klarheit. »Dies ist kein Verfall. Es ist ein Eindringen.«

Ein dumpfer Schlag auf die Eichenplatte ließ die Reihen laut werden. Ein wuchtiger Militärführer mit wettergegerbtem Gesicht stemmte die Faust auf. »Ein Eindringen, ja! Wer übertritt seit Jahrhunderten Grenzen, als hätten sie nie existiert? Wer spielt mit Magie, die älter ist als unsere Königskronen?«

»Die Elfen«, keuchte er weiter, während seine Augen in metallischem Licht funkelten. »Und ausgerechnet König Droderon will sich mit ihnen verbünden.« Er spie das Wort »verbünden« aus, als schmeckte es Gift. Mehrere Ratsmitglieder nickten so heftig, dass ihr Kettenhemd leise klirrte.

Ein anderer – dicht am Fenster stehend – richtete eine Stirnfalte auf. Er strich mit einem Finger über ein aufgeschlagenes Pergament, das eine grobe Skizze der Grenzdörfer zeigte. »Unsere Siedlungen sterben seit Jahren dahin. Vieh verendet, Wege versinken in Mooren, Patrouillen kehren nie zurück. Immer heißt es: Zufall. Natur.«

Er schlug mit der Hand auf den Plan. »Elfische Späher, verbotene Übergänge, Rituale zum »Gleichgewicht«. Und wir stehen da und warten auf Erklärungen, die nie kommen.«

Ein älterer Ratsherr räusperte sich. Seine knochigen Hände zitterten. »Und jetzt... Tote, die nicht tot bleiben.« Er senkte den Blick, als flöge sein eigener Schatten vor ihm davon.

Der Mann in Schwarz beugte sich vor, die Fingerspitzen aneinandergedrückt. »Die Weldhra.« Er sprach das Wort, als verstünde er dessen Zunge besser als jene aller hier Anwesenden. »Elfischen Ursprungs. Verstoßen von ihrer eigenen Art – doch nie ausgelöscht. Wo sie wirken, ziehen sie Konsequenzen nach sich.«

»Der Kontakt ist verboten – selbst für die Elfen«, meldete sich ein junger Adliger hastig.

»Und dennoch existieren sie. Jemand hat ihre Spur berührt.« Der Mann in Schwarz hob eine Augenbraue. Ein kalter Wind fuhr durchs Fenster, ließ sein Gewand flattern.

Roderick erhob die Hand, und alle verstummten, als zöge er im Geiste ein Schwert. »Verdacht ist kein Beweis«, sagte er mit fester Stimme. »Wenn wir die Elfen belasten, dann nur auf Basis harter Fakten. Nicht aus Zorn. Nicht, weil es bequem ist.«

Er glitt mit dem Blick über die stummen Gesichter und fügte hinzu: »Ein Krieg, geboren aus Furcht, trifft schließlich stets die Falschen.«

Der Mann in Schwarz senkte das Kinn kaum merklich. »Furcht hält wach. Hass bündelt Kräfte.« Einige Ratsmitglieder wichen schuldbewusst zurück, andere nickten, als befreite das Wort sie von Hemmungen.

Die Frau in Weiß drehte sich zu ihm. Ihre Stimme war leise, doch durchdringend: »Hass vergiftet schneller als jede Seuche. Er frisst blind.« Die Fackeln flackerten, als hielte ihre Warnung selbst das Feuer in Schach.

Roderick atmete schwer. Dann richtete er sich auf, stampfte mit der Fußspitze auf den Steinboden. Die festliche Stille folgte seinem Schlag: ein klares Signal.

»Sendet Boten an alle Grenzfestungen! Schreibt an die Orden und die Magier von Rang. Limarh wird handeln.« Er schlug erneut mit der flachen Hand auf den Tisch – diesmal ein leiser, aber unmissverständlicher Tropfen im Ozean der Ratssitzung. »Und wir senden Nachricht an König Droderon in die Bergwarth. Er soll hören, was wir von seiner elfischen Allianz halten. Gleichzeitig schickt jemand nach Riverkai zu Alprey. Ich erwarte Antwort sofort.«

Die Fensterscheiben zitterten, als draußen der Wind verstärkte. Tief unter den Mauern, dort, wo kein Banner mehr wehte und alle Namen verstummten, pulsierte etwas Unaufhaltsames. Der Hass hatte ein Gesicht gefunden, die Götter standen näher, als man glaubte – und warteten geduldig.

Der Saal lag verlassen da. Kein Räuspern, kein Knarren von Stiefeln durchbrach die Stille. Die doppelflügeligen Eichentüren standen fest verriegelt, als hätten sie den Atem aller

Versammelten aufgesogen. Die schweren Banner, einst vom Wind in stolzen Wellen getragen, hingen reglos, ihre goldenen Fransen hingen schlaff herab. Nur das bleiche Licht des späten Nachmittags glitt durch die hohen gotischen Fenster, zerbrach sich an bunten Glasstücken und warf lange, scharfkantige Schatten über die rauen Steinplatten. Die Schatten wirkten wie klaffende Risse, als drohe der Boden selbst unter der Last unausgesprochener Vorsätze zu bersten.

Amishal lehnte mit den Fingerspitzen an der kühlen Fensterbank. Die kalte Kante drang durch die feine Seide ihres Gewands, während sie hinabsah auf die unruhige Stadt. Unter ihr glitt Limarh dahin wie ein träger Organismus: Dachfirste glitzerten matt im Dunst der späten Sonne, dünne Rauchfahnen stiegen aus Fachwerkkaminen empor, und irgendwo flötete das Klirren von Pferdehufen over Kopfsteinpflaster. Aus den engen Gassen drang gedämpftes Stimmengewirr – das Lachen von Kindern, das Rufen eines Marktschreiers, das Klappern von Wagenrädern. Die Menschen gingen ihrer Wege, ohne den bevorstehenden Sturm zu ahnen. In ihrem unbeschwerten Schritt lag eine leichte Wehmut, als wüssten sie selbst, dass das Jetzt bald zerbrechen könnte.

»Sie fürchten sich«, flüsterte Amishal und strich sich eine borstige Locke hinter das Ohr. Ihre Stimme klang wie ein trockenes Blatt, das in der Windstille raschelt. »Und sie suchen nach einem Namen für ihre Angst.«

Kharell blieb reglos hinter ihr stehen. Er trug einen Mantel aus tiefschwarzem Tuch, dessen Falten das letzte Licht zu verschlucken schienen. Selbst die Schatten wichen ihm aus. Als er sprach, hob er die Hand und ließ Staub vom Sarkander-Stein rieseln. »Namen sind nützlich«, sagte er leise. »Sie geben dem Chaos eine Richtung.«

Langsam drehte sich Amishal um. Ein schwaches Lächeln spielte um ihre Lippen, doch ihre Augen blieben kühl, türkisblau wie zersprungene Juwelen. Das Lächeln löste sich, als vergaß sie es auf der Zungenspitze. »Oder ein Ziel«, entgegnete sie, die Stimme glatt wie polierter Stein.

Kharell trat einen Schritt vor, die Stiefel knarrten in der Ödnis des Saals. Jedes Flüstern seiner Bewegung ließ das matte Licht kurz flackern, als zöge es sich vor ihm zurück. »Ziele sind unausweichlich«, sagte er mit ruhiger Eindringlichkeit. Seine Stimme rollte über die Steinplatten wie entfernte Gewitter. »Früher oder später. Besser, man bestimmt sie selbst, als blindlings ins Dunkel zu laufen.«

Amishal hob eine Augenbraue. Ihre Hand glitt zur Saumkante, als wollte sie ihre Gedanken zügeln. »Sie wählen nicht«, entgegnete sie kühl. »Sie werden gelenkt.«

Ein feines Lächeln huschte über Kharells Gesicht, mehr Schatten als Licht. »War das jemals anders?«

Sie schwieg, atmete einmal tief durch und ließ ihre Fingerspitzen über einen Riss im Mauerwerk gleiten. Dann murmelte sie kaum hörbar: »Du hast ihre Stimmen gehört. Den Zorn. Den Hass. Er wächst unaufhaltsam.«

»Wie alles, was man nährt«, sagte Kharell, und sein Ton war so sanft wie fallende Asche. »Alte Geschichten geben ihm Nahrung.«

Amishal trat einen Schritt zurück, das Licht glitt in schimmernden Streifen über ihr Gewand, fing sich in den goldenen Stickereien an Ärmeln und Kragen. »Alte Geschichten enden selten gut«, sagte sie, der Blick starr in die Mitte des Saals gerichtet. »Vor allem nicht für jene, die dazwischen geraten.«

Kharell funkelte sie an. »Großfürst Roderick scheint das anders zu sehen.«

Das Wort »Großfürst« fiel wie ein schwerer Stein, kratzte an der Stille, die sich wie ein Tuch über den Raum legte. Amishals Kiefer spannte sich, aber sie schwieg. Schließlich nickte sie knapp. »Er hat es ausgesprochen, ja. Alprey. Er will seinen Rat.«

Kharells Augen verengten sich. Langsam strich er sich die Fingerspitze an den Mund. »Das ist unklug.«

»Oder verzweifelt«, setzte er nach. »Alprey sieht Dinge, die anderen verborgen bleiben.«

Amishal hob die Augen. Ein Funke Eis zog durch ihre Stimme. »Er sieht zu viel – und stellt Fragen, deren Antworten nicht jeder hören will.«

Sie standen sich gegenüber: zwei Schatten im letzten Licht, die ein Geheimnis teilten, das kaum auszusprechen war. Kharell löste die Stille. »Du fürchtest, was er erkennen könnte.«

Sie lachte leise, aber die Muskeln um ihre Augen krampften. »Und du nicht?«

Ein weiteres Pochen Stille. Dann sagte Kharell mit leiser Schärfe: »Der Weldhra hat gehandelt ... Mircan war effizient.«

Ein hartes Klingeln legte sich in Amishals Blick. Sie presste die Lippen zusammen. »Du weichst aus. Aber ja – er ist gefallen.«

»Er ist nützlich«, entgegnete Kharell ohne Regung. »Wie alle, die glauben, sie hätten noch eine Wahl.«

Amishal trat näher, so dass ihre Spitzen der Zehen fast seine Schuhe berührten. Kein Zurückweichen, keine Drohung – nur eine Präsenz, die Raum forderte. »Du verwechselst Bewegung mit Fortschritt«, sagte sie leise. »Zerstörung mit Wandel.«

Kharell hob die Schultern. »Und du verwechselst Hoffnung mit Stillstand.«

Ihre Blicke verhakten sich, und die Luft dazwischen schien vor Spannung zu vibrieren. Amishals Stimme brach nur hauchdünn hervor: »Wenn sie beginnen, einander zu jagen, wird die Welt bluten.«

Kharells Antwort war kaum mehr als ein Flüstern: »Die Welt blutet bereits.« Er wandte sich zur Tür, doch sein Blick bohrte sich ein letztes Mal in ihres. »Glaubst du wirklich, deine kleinen Helden können diese Blutung stillen?«

Ein kurzes Schnauben. Dann schlug die schwere Tür hinter ihm ins Schloss.

Amishal blieb allein zurück. Langsam legte sie die Hand an die grobe Steinwand, als wollte sie spüren, dass sie wirklich da und unverrückbar war. Ihr Blick wanderte noch einmal hinaus über Dächer und Gassen, über Menschen, die nichts ahnten. Ein leises Flüstern verließ ihre Lippen: »Noch ist Zeit. Sie kommen – wenn auch mit Verlusten. Und ich werde warten.«

Doch tief unter der Welt pochte etwas weiter: ein dumpfes, unaufhaltsames Dröhnen. Nicht alles, was erwacht war, ließ sich wieder verbergen. Oder zurückrufen.

Mircan blieb stehen – nicht mit einem hastigen Ruck, nicht, weil er unschlüssig war, sondern weil etwas Tiefes in ihm bremste. Ein leiser Druck, der von seiner Brust wie flüssiges Blei durch die Glieder sickerte und jeden weiteren Schritt unmöglich machte. Es war kein Stechen, kein klares Warnsignal, eher eine subtile Korrektur seines Weges.

Vor ihm öffnete sich der Wald: Die Stämme standen jetzt weiter auseinander, als hätten unsichtbare Hände die Bäume zur Seite geschoben. Ihre Rinden wirkten tiefschwarz vor feuchter Kälte, während die kahlen Äste nur mattes Grau gegen den bleichen Himmel zeichneten. Zwischen den knorrigen Wurzeln lag der Schnee flach und unberührt – seine Oberfläche schien das Licht zu schlucken, als sei jede Reflexion unerwünscht. Die Kälte schlich nicht über seine Haut, sondern nagte an seiner Lunge, jeder Atemzug war spürbar schwerer.

Hinter ihm glitt eine Prozession der Toten heran. Ihre Schritte klangen gedämpft, mal schleifend, als rissen sie winterstarre Glieder hinter sich her, dann stockend, als suchten sie Halt im unsichtbaren Rhythmus, der sie verband. Mircan sah sie nicht als Individuen mit ausgezehrten Gesichtern oder leeren Augenhöhlen, sondern als ein Geflecht aus Gewicht, Bewegung und echoartiger Reaktion – sie waren Teil eines größeren Ganzen.

Er hob den Blick zu einem kahlen Hügel, der in der Ferne aufragte. Sein Hang war schroff, das Gestein dunkelgrau wie verschmorter Stahl. Kein Flockenweiß wies seinen Weg hinauf, als stieß der Boden jede Schneeschicht ab. Tief im Fels, kurz vor dem Fuß des Hangs, lag die Stelle, an der Stein und Bannkraft seit Jahrhunderten aufeinandergetroffen waren: Eine abgegriffene Vertiefung im Stein, in die Hände – elbisch, menschlich – ihre Runen eingeritzt hatten. Er wusste das ohne Denken, als trüge es sein Blut.

Für einen Augenblick flammten Erinnerungen auf: Kreise aus flirrendem Licht, Runen, die unter dem Wind zerbrachen,

Hände, die mit rauer Inbrunst dieselben Zeichen zeichneten. Ein Name formte sich wie ein Flüstern an seinem Bewusstsein: Tharion Khel. Mircan kannte ihn nicht – zumindest nicht in Worten – und doch spürte er sein Gewicht: Ordnung, Bann, Begrenzung. Dann tauchte ein ferner Gedanke auf: Sildhra. Elfen, uralt und wachsam, ihre Präsenz schwach, aber unumstößlich.

Die Toten hielten an, ohne es zu wollen. Ein Geräusch von krachendem Knochen, als eine Gestalt kurz ihr Gleichgewicht verlor und sich in schlaffer Anpassung wieder aufrichtete. Kein Jammern, nur das leise Reiben von Fleisch und Rippen – eine Selbstkorrektur im Dunkel.

Mircan griff nicht ein. Dieses Miteinander ordnete sich von selbst.

Er setzte einen Fuß vor den anderen. Mit jedem Schritt verschmolzen die Gegensätze: Wald und Hallen, Magie und strenge Ordnung, Angst und Kontrolle rückten näher zusammen. Er erinnerte sich nicht an den Augenblick, als er den Bann durchbrach – nur an das leise Nachgeben, als sich der Widerstand auflöste.

Ein kalter Wind fuhr über die Schneefläche, wirbelte Kristalle auf, so dass alles in mehreren Ebenen zu liegen schien – verschobene Realitäten übereinander. Die Toten stießen erneut an ihre Grenze, hoben die Köpfe wie ferngesteuert, als jagte ein Wortloser Befehl von Körper zu Körper.

Mircan atmete aus. »Es ist noch nicht die Zeit ... noch nicht«, flüsterte er. Keine Drohung. Keine Hoffnung. Eher eine Feststellung. Der Hügel rückte näher: kein konkreter Plan lag dort, nur unendliche Bereitschaft.

Eine der Gestalten stolperte; das Fleisch spannte sich,

Knochen knirschten, ehe eine unsichtbare Hand sie fing und aufrichtete. Der Untote stand danach fester als zuvor. Mircan nahm es hin.

Weit entfernt in steinernen Hallen hallten Füße auf kaltem Marmor, wurde über Schicksale verhandelt. In alten Hainen lauschten Finger überrunzelter Rinde, suchten nach dem Puls der Welt. In Städten wurden Tore verriegelt, Schuldige gesucht. Alles Teil desselben Netzes.

Er selbst war weder Ursprung noch Lenker, nur ein Knotenpunkt, an dem sich Fäden bündelten.

Der Wind legte sich, und das leise Knirschen des gefrorenen Schnees setzte wieder ein. Die Toten folgten ihm, still und präzise ausgerichtet. Mircan hob den Blick zum Hügel. »Und doch ... bald ist es soweit«, murmelte er – ein Versprechen oder eine Beobachtung, hart und unverrückbar.

Unter der Oberfläche spannte sich etwas an.

Er merkte es zu spät. Sein nächster Schritt über eine unsichtbare Wurzel hätte Schmerz auslösen müssen, doch der Impuls blieb aus. Der Fuß rutschte über einen glatten, gefrorenen Wurzelbogen, rappelte sich auf, ohne dass sein Körper sich sträubte.

Er blieb stehen und sah hinab: Seine Beine standen in einem unnatürlichen Winkel, nicht gebrochen, nur umgestellt, als hätten sie sich bereits auf eine zukünftige Haltung eingestellt.

Hinter ihm reagierte das Gefüge: Zwei Tote verlagerten ihr Gewicht, ein dritter rückte nach vorn, die Formation rückte zusammen. Effizient, lautlos, endgültig.

Mircan atmete tief ein und suchte nach dem Reflex, nach

dem Widerstand, der sonst jede falsche Bewegung gemeldet hatte. Doch da war nichts.

»Das war so nicht vorgesehen«, sagte er leise, während sich die Stille um ihn herum zusammenzog. Keine Antwort erklang. Nur eine sanfte, unaufhaltsame Korrektur.

Er begann zu gehen – vorsichtiger, nicht aus Furcht, sondern aus Erkenntnis. Was ihm genommen worden war, kehrte nicht zurück. Und beim nächsten Mal würde das Gefüge noch schneller reagieren.

Tatsächlich!?

ANMERKUNG EINES CHRONISTEN
— AUS EINER ABSCHRIFT
UNBEKANNTER HERKUNFT

Vieles wurde ausgelassen. Nicht aus Unwissen, sondern aus Vorsicht.

Denn nicht jede Begebenheit lässt sich benennen, ohne sie zu verändern. Und nicht jeder Weg sollte beschrieben werden, bevor er gegangen ist.

Was hier festgehalten wurde, ist fragmentarisch.

Es folgt Stimmen, Erinnerungen und Spuren, nicht einer Ordnung, die Bestand verspricht. Manches mag widersprüchlich erscheinen. Manches unvollständig. Das ist kein Fehler.

Die Welt, von der diese Aufzeichnungen berichten, ist nicht abgeschlossen. Sie bewegt sich weiter – in Entscheidungen, die noch nicht getroffen wurden, und in Wegen, die noch niemand beschritten hat.

Wer mehr sucht, wird nicht hier fündig werden. Noch nicht.

Auszug aus einem unvollständigen Bericht über das Auftreten und die Ausbreitung der magischen Verunreinigung

(in späteren Abschriften als „Magie-Seuche" bezeichnet)
- Verfasser unbekannt.

Zeitpunkt der Niederschrift nicht eindeutig bestimmbar. Mehrere Passagen weisen auf nachträgliche Ergänzungen hin.

I. Vorbemerkung

Die folgenden Beobachtungen beruhen auf Berichten aus verschiedenen Regionen sowie auf eigenen Untersuchungen.

Widersprüche wurden nicht bereinigt. Mehrere Annahmen gelten als vorläufig.

II. Betroffene Personengruppen

Nach bisherigem Kenntnisstand betrifft die Verunreinigung ausschließlich Menschen.

Untersuchungen an Elfen, Zwergen und Mischlingen zeigten bislang keine vergleichbaren Verläufe.

Auch bei wiederholtem Kontakt mit verunreinigter Magie traten bei Nichtmenschen keine eindeutigen Symptome auf.

Die Gründe hierfür sind unbekannt.

III. Frühe Anzeichen

Die ersten Anzeichen bei Menschen sind unscheinbar und werden häufig fehlgedeutet.

Beobachtet wurden:

  i. anhaltende Erschöpfung nach magischer Einwirkung,
  ii. verlangsamte Reaktionen,
  iii. zunehmende Kälteempfindlichkeit,
  iv. Phasen ungewöhnlicher Teilnahmslosigkeit.

In keinem bekannten Fall wurde zu diesem Zeitpunkt eine lebensbedrohliche Entwicklung angenommen.

IV. Übergangszustand

Nach dem Auftreten der frühen Symptome folgt häufig ein plötzlicher körperlicher Zusammenbruch.

Gemeinsame Merkmale:

  i. vollständiger Ausfall lebenswichtiger Funktionen,
  ii. kein Nachweis regulärer magischer Aktivität,
  iii. Zustand wird allgemein als Tod bewertet.

In mehreren Fällen wurden die Betroffenen ordnungsgemäß bestattet oder aufgegeben.

V. Wiederkehr

In einem nicht genau bestimmbaren Zeitraum nach dem Tod kommt es bei einem Teil der Betroffenen zur Wiedererweckung.

Feststellungen:

  i. *keine spontane Atmung im klassischen Sinn,*
 ii. *reduzierte oder fehlende Körperwärme,*
iii. *verlangsamte, aber zielgerichtete Bewegungen,*
 iv. *eingeschränkte oder veränderte Erinnerung.*

Die Wiedergekehrten zeigen keine Anzeichen eines eigenständigen Lebens, sondern wirken funktional und ausgerichtet. Der Begriff Untote wird in mehreren Randnotizen verwendet, ist jedoch nicht offiziell bestätigt.

VI. Geistige Veränderungen

Die geistige Struktur der Wiedergekehrten unterscheidet sich deutlich von der ursprünglichen Person.

Beobachtet wurden:

  i. *Verlust emotionaler Bindungen,*
 ii. *starke Fokussierung auf einfache Handlungsziele,*
iii. *fehlende Selbstzweifel,*
 iv. *geringe Reaktion auf moralische oder soziale Appelle.*

Eine bewusste Erinnerung an den eigenen Tod konnte nicht festgestellt werden.

VII. Zusammenhang mit Magie

Es gilt als wahrscheinlich, dass die Verunreinigung nicht allein aus eristrischer Magie hervorgeht.

Auffällige Zusammenhänge:

i. *Häufung der Fälle in Regionen mit starker elfischer Magieeinwirkung,*
ii. *deutlich beschleunigter Verlauf nach Kontakt mit dunkler, fremdartiger Magie,*
iii. *Wirkungsformen, die bekannten magischen Schulen widersprechen.*

Mehrere Beobachter weisen darauf hin, dass die beteiligte Dunkelmagie nicht aus dieser Welt zu stammen scheint.

VIII. Rolle elfischer Magie

Elfische Magie wirkt nach bisherigen Erkenntnissen nicht ursächlich, jedoch verstärkend.

Mögliche Erklärungen:

i. *größere Durchlässigkeit zwischen magischen Strömen,*

ii. *fehlende Abgrenzung gegenüber fremden Einflüssen,*

iii. *hohe Stabilität, die die Verunreinigung trägt statt abwehrt.*

Diese Annahmen sind umstritten.

IX. Ausbreitung

Die Ausbreitung folgt keiner festen geografischen Linie.

Auffällig ist:

i. *Konzentration entlang stark genutzter Wege,*

ii. *Häufung an Orten magischer Verdichtung,*

iii. *kein Zusammenhang mit Klima oder Jahreszeiten.*

Die Verunreinigung scheint Verbindungen zu bevorzugen, nicht Orte.

X. Gegenmaßnahmen

Bisherige Versuche der Eindämmung blieben erfolglos.

Erprobt wurden:

i. *Bann- und Schutzkreise,*

ii. *rituelle Trennung von Körper und Magie,*

iii. *vollständige magische Abstinenz.*

In mehreren Fällen beschleunigten Eingriffe den Übergangszustand.

XI. Bewertung

Die Magie-Seuche ist kein gewöhnlicher Verfall. Sie tötet nicht im herkömmlichen Sinn. Sie ersetzt. Die Wiedergekehrten wirken nicht chaotisch, sondern zweckgerichtet. Ob dies als Kontrolle, Anpassung oder Vorbereitung zu verstehen ist, bleibt offen.

XII. Schlussvermerk

Die größte Gefahr liegt nicht im Tod der Betroffenen, sondern in der wachsenden Gewöhnung an ihre Rückkehr. Was wiederkehrt, wird selten hinterfragt.

Weitere Aufzeichnungen fehlen.

PERSONENVERZEICHNIS

- **Alprey** Alter, mächtiger Magier. (Roter Drachengott)
- **Amishal** Weiße Drachengöttin des Lichts.
- **Brina Steinhüter** Junge Hügelzwergin aus Steinwacht.
- **Droderon** König der Bergwarth.
- **Falvoril Waldeslied** Halbelf
- **Gerand Falkenstieg** Waldläufer und Vater Runlands
- **Jaeden Dunkelblume** Bruder Malriks
- **Kharell** Schwarzer Drache der Dunkelheit
- **Laniria** Nahestehend zu Jaeden und Malrik
- **Lanosch Bergkamm** Hügelzwerg, Zwillingsbruder von Linosch
- **Linosch Bergkamm** Hügelzwerg
- **Malrik Dunkelblume** Ehemaliger Freund Runlands, Verräter

- **<u>Malvaren Schattenwacht</u>** Blinder Seher der Bergwarth
- **<u>Mircan Nachtquell</u>** Elf der Weldhra (ehemaliger Sildhra), Schlüsselfigur des Magie-Seuchenkrieges
- **<u>Neria Dornquell</u>** Mischlingsmädchen (halb Mensch, halb Hügelzwerg)
- **<u>Runland „Stapfer" Falkenstieg</u>** Mensch, Waldläufer
- **<u>Valandriel</u>** Elfenfürst der Lodhra

PALINEAS Trilogie:
Buch 1 – Aufbruch

Erhältlich als eBook, Taschenbuch und gebundene
Ausgabe

PALINEAS Trilogie:
Buch 2 – Aufstieg

Erhältlich als eBook und Taschenbuch

Die verlorenen Chroniken von Eristria

Die Vorgeschichte der PALINEAS-Trilogie

Erhältlich als eBook, Taschenbuch

CHRONIKEN DER MAGIE

Kapitel 1 – Tod eines Magiers

Erhältlich als eBook, Taschenbuch und gebundene Ausgabe

www.ingramcontent.com/pod-product-compliance
Lightning Source LLC
Chambersburg PA
CBHW072014020726
47501CB00006B/1804